HEYNE BÜCHER

Fantasy

Herausgegeben von Friedel Wahren

Von Mary Stewart erschienen in der Reihe
HEYNE SCIENCE FICTION & FANTASY:

Der Merlin-Zyklus
Flammender Kristall · 06/5959 (auch 01/5035)
Der Erbe · 06/5960 (auch 01/5336)
Merlins Abschied · 06/5961 (auch 01/5961)
Tag des Unheils · 06/5962 (auch 01/6969)

MARY STEWART

Tag des Unheils

Vierter Roman
des Merlin-Zyklus

Neuausgabe

WILHELM HEYNE VERLAG
MÜNCHEN

HEYNE SCIENCE FICTION & FANTASY
Band 06/5962

Titel der Originalausgabe
THE WICKED DAY
Übersetzung aus dem Englischen von Helmut Kossodo

Das Umschlagbild malte Thomas Thiemeyer
Die Karte auf Seite 6/7 zeichnete Erhard Ringer

Dieser Roman erschien 1988
unter gleichem Titel
als Band 01/6969 in der Allgemeinen Reihe
des Wilhelm Heyne Verlags.

Umwelthinweis:
Dieses Buch wurde auf
chlor- und säurefreiem Papier gedruckt.

Redaktion: Friedel Wahren

Die Originalausgabe erschien 1983 bei
Hodder & Stoughton Limited, London, Sydney, Auckland, Toronto

Printed in Germany 1998
Umschlaggestaltung: Atelier Ingrid Schütz, München
Technische Betreuung: M. Spinola
Satz: Schaber Satz- und Datentechnik, Wels
Druck und Bindung: Elsnerdruck, Berlin

ISBN 3-453-13365-X

INHALT

Merlins Reisen
DUNPELDYR
CAER EIDYN
Manau
Guotodin
Germanisches Meer
ALAUNUS
BREMENIUM
Strathclyde
HADRIANSWALL
CORSTOPITUM
VINDOLANDA
PETRIANAE
LUGUVALLIUM
ITUNA ESTUARY
Rheged
VINOVIA
BROCAVUM
GLANNA
VENTA
GALAVA
VERTERAE
CATRAETH

OLICANA
LAKE FORT
ABUS
BREMETENNACUM
Elmet
Nordangeln
INSEL MONA
SEGONTIUM
DEVA
LINDUM
Gwynedd
VIROCONIUM
Powys
Ostangeln
Dyfed
Ostsachsen
MARIDUNUM
GLEVUM
Guent
TYWY
ISCA
CAERLEON
ABONAE
LONDON
AQUAE SULIS
CUNETIO
THEMSE
SEVERN
AMBROSIUSWALL
VAGNIACAE
INSEL THANET
BRENT KNOLL
Summer Country
RUTUPIAE
AMESBURY
TANZ DER GIGANTEN (STONEHENGE)
WINCHESTER
YNYS WITRIN
ITCHEN
Sächsische Küste
CAMELOT
Dumnonia
TINTAGEL
Das Enge Meer

Für Geordie Haddington
in tiefer Zuneigung

DIE PERSONEN

Merlin	Erzieher des Königs Artus
Nimuë	Merlins Nachfolgerin
Pelleas	Nimuës Mann
Artus	König von Britannien
Uther Pendragon	Vater des Königs Artus
Guinevere	Artus' Frau
Morgan	Artus' Schwester
Urbgen	König von Rheged, Morgans Mann
Accolon	Morgans Liebhaber
Morgause	Artus' Halbschwester
Lot	König von Lothian, Morgauses Mann
Gabran	Morgauses Liebhaber
Mordred	Sohn Artus' und Morgauses
Gawain Agravaine Geheris Gareth	Söhne Lots und Morgauses
Tydval	Nachfolger Lots
Bedwyr	Freund Artus'
Elen	Bedwyrs Frau
Lamorak Bors Cei	Ritter der Tafelrunde
Calum Colls Mador Cian Melion	Junge Kelten, Verschwörergruppe gegen Bedwyr
Constantin	Herzog von Cornwall, designierter Nachfolger des Königs Artus
Drustan	Krieger
Melwas	König von Summer Country

Hoel	König der Bretagne, Artus' Vater
Elen	Nichte König Hoels
Cerdic	König der Westsachsen
Cynric	Cerdics Sohn
Ceawlin	Cerdics Neffe
Chlodomir	König der Ostfranken
Chlodwig	König der sächsischen Franken
Childebert	König der Westfranken
Theoderich	König der Westgoten
Justin	Kaiser von Ostrom
Justinian	Justins Neffe und Nachfolger
Lucius	
Quintilianus	genannt Hiberus, römischer Konsul
Marcellus	zweiter Befehlshaber Quintilians
Petreius Cotta	dritter Befehlshaber Quintilians
Sula	Mordreds Pflegemutter
Brude	Mordreds Pflegevater
Macha	Mordreds Amme
Ailsa	Kinderfrau der Söhne Morgauses
Beltane	Goldschmied
Casso	Beltanes Sklave
Lukas	Abt von Amesbury
Mutter Mary	Äbtissin von Amesbury
Clemence	Elens Amme
Linet	Hofdame, Verlobte Gareths
Birgit	Freundin des Geheris
Ferner	Ritter, Knappen, Hirten, Fischer, Räuber, Geistliche, Nonnen und Novizen

PROLOG

»Merlin ist tot.«

Es war kaum mehr als ein Flüstern, und der Mann, der es hauchte, war nur eine Armeslänge von der Frau, seinem Weib, entfernt, aber die Wände des einzigen Raums, aus dem die Hütte bestand, schienen die Worte wie ein flüsterndes Echo einzufangen und wiederzugeben. Die Frau spürte ihre Wirkung so stark, als ob er geschrien hätte. Ihre Hand, die die große Wiege neben dem Torffeuer geschaukelt hatte, schnellte so abrupt auf, daß das unter den Decken gekuschelte Kind erwachte und wimmerte.

Dieses eine Mal schenkte sie ihm keine Achtung. Die seltsam blassen und hellen Augen in ihrem wie trockener Seetang gebräunten und verwitterten Gesicht drückten abwechselnd Hoffnung, Zweifel und Furcht aus. Sie brauchte ihren Mann nicht zu fragen, woher er die Nachricht hatte. Früher am Tage war ihr das Segel eines Handelsschiffs aufgefallen, das auf die Bucht zusteuerte, wo oberhalb der zusammengepferchten Wohnhütten, der einzigen Siedlung auf der Insel, das neue Haus der Königin lag, das den Haupthafen beherrschte. Die Fischer an ihren Netzen jenseits des Festlands waren gewohnt, sich Ankommenden zu nähern und mit Zurufen um Nachrichten zu bitten.

Ihr Mund öffnete sich, als ob ihm hundert Fragen entsprudeln wollten, aber sie stellte nur eine: »Kann es wirklich wahr sein?«

»Ja, dieses Mal ist es wahr. Sie haben es beschworen.«

Sie fuhr sich mit einer Hand an die Brust, machte

das Zeichen gegen Zauber. Aber immer noch blickte sie zweifelnd drein. »Nun, aber im letzten Herbst haben sie das gleiche gesagt, als …« Sie zögerte, gab dann dem Fürwort ein Gewicht, daß es wie ein Titel klang. »… als *sie* noch mit dem kleinen Prinzen dort unten in Dunpeldyr war und ihre Zwillinge erwartete. Ich erinnere mich noch gut daran. Du bist zum Hafen hinuntergegangen, als das Handelsschiff von Lothian einlief, und als du dann mit dem Lohn zurückkamst, erzähltest du mir, was der Kapitän erzählt hatte. Noch bevor die Nachricht von Merlins Tod eintraf, wurde im Palast ein Fest veranstaltet. Sie muß es mit ihrer Zauberkraft ›gesehen‹ haben, meinte er. Aber schließlich war es dann doch nicht wahr. Er hatte sich nur unsichtbar gemacht, wie schon so oft.«

»Ja, das ist wahr. Den ganzen Winter hindurch war er unsichtbar, und niemand weiß, wo er sich aufhielt. Es war auch ein böser Winter, ganz so wie hier, aber seine Zauberkraft hielt ihn am Leben, denn sie fanden ihn schließlich im wilden Wald, verstört wie ein Hase, und sie nahmen ihn nach Galava hinauf, um ihn zu pflegen. Jetzt sagen sie, er sei dort krank geworden und gestorben, bevor der Hochkönig vom Kriege zurückkehrte. Dieses Mal ist es mir wahr genug, Weib, und wir haben es aus erster Quelle. Das Schiff nahm die Nachricht auf, als es bei Glannaventa auslief und Merlin kaum vierzig Meilen entfernt tot in seinem Bette lag. Sie erzählten noch vieles andere, über neue Kämpfe im Süden des Waldes und einen weiteren Sieg für den Hochkönig, aber der Wind war zu stark, und ich hörte nicht alles, was sie sagten, denn ich kam mit meinem Boot nicht näher an sie heran. Ich gehe jetzt in die Stadt hinauf und erfahre dann alles übrige.« Er senkte die Stimme noch mehr, ließ nur noch ein fadendünnes heiseres Krächzen vernehmen. »Nicht jeder im Königreich wird über diese Nachricht trauern. Nicht einmal seine Blutsverwandten. Achte auf meine Worte,

Sula, wenn ich dir sage, daß heute abend wieder ein Fest im Palast gefeiert werden wird.« Während er sprach, blickte er verstohlen über seine Schulter zur Tür der Hütte, als ob er befürchtete, jemand könnte ihn belauschen.

Er war ein kleiner, untersetzter Mann mit den blauen Augen und dem verwitterten Gesicht eines Seemanns. Als Fischer hatte er sein ganzes Leben lang von der einsamen Bucht der größten Insel der Orkney-Gruppe aus, die sie Mainland nannten, sein Handwerk ausgeübt. Trotz seiner rauhen und schwerfälligen Art war er ein ehrlicher Mann und ein guter Fischer. Er hieß Brude und war siebenunddreißig Jahre alt. Seine Frau Sula, vier Jahre jünger als er, war so steif vor Rheumatismus und so gekrümmt von schwerer Arbeit, daß sie bereits wie eine alte Frau wirkte. Das Kind in der Wiege konnte unmöglich von ihr stammen, und es sah ihr auch gar nicht ähnlich. Es war ein zweijähriger Junge, dunkeläugig und dunkelhaarig, mit keinem der nordischen Merkmale, die man gewöhnlich bei den Bewohnern der Orkney-Inseln antrifft. Die sich um die Decken der Wiege schließende Hand war feinknochig und schmal, das dunkle Haar dicht und seidig, und die schrägliegenden Brauen und langen Wimpern ließen sogar eine Spur fremden Blutes vermuten.

Neben dem Kind gab es jedoch noch andere Dinge, die kaum in diese Umgebung zu passen schienen. Die Hütte selbst war sehr klein, nicht größer als ein Geräteschuppen. Sie lag auf einem flachen, salzhaltigen Torfgelände, ganz in der Nähe des Strandes, von beiden Seiten durch die zu den Klippen führenden Abhänge geschützt, die die Bucht umgaben, und auch die Flut konnte ihr nichts anhaben, da die zackigen Felsen vor dem Strand selbst die stärksten Sturmbrecher zurückhielten. Landeinwärts erstreckte sich das Moor, von dem ein Bach herunterrieselte und sich vor der Hütte in einem kleinen Wasserfall ins Meer ergoß. Irgendwo vor der Flutlinie hatte man ihn eingedämmt, um das frische Süßwasser zu stauen.

Die Wände der Hütte waren aus Steinen errichtet, die man am felsigen Strand aufgelesen hatte. Flache Sandsteinplatten, auf natürliche Weise verwittert, wie sie der Wind und die Flut von den Klippen abgebrökkelt haben, lassen sich leicht zu einer einfachen und trockenen Steinmauer zusammenfügen, die jedem Wetter standhält. Mörtel wurde nicht verwendet, aber die Lücken wurden mit schlammiger Erde zugestopft. Bei jedem Sturm wurde ein Teil dieses Schlamms wieder weggewaschen, und dann mußte mehr hinzugefügt werden, und schließlich sah die Hütte von weitem nur noch wie eine Kiste aus getrocknetem Schlamm aus, gedeckt mit Heidekrautreisig. Und das Dach wurde von alten Fischernetzen festgehalten, an deren Enden Steingewichte hingen. Fenster gab es nicht, und die Tür war so niedrig, daß ein normaler Mann sich bükken mußte, um einzutreten. Der Türrahmen war mit einem Vorhang aus roh gegerbten Rehhäuten ausgeschlagen, die sich so hart wie Holz anfaßten. Der Rauch des Torffeuers im Hause drang in trägen Schwaden hinter den Fellen hinaus.

Aber im Innern dieser mehr als ärmlichen Behausung wies einiges auf eine bescheidene, jedoch für diesen Ort außergewöhnliche Behaglichkeit hin. So war die Wiege des Kindes zwar aus rissigem alten Holz, aber die buntgefärbten Decken waren weich, und das Kissen war mit Federn ausgestopft. Auf der Steinplatte, die dem Paar als Schlafstatt diente, lag ein dicker, fast aufwendiger Überwurf aus makellos gefleckten Seehundsfell von einer Qualität, auf die gewöhnlich eher ein Krieger oder vielleicht sogar die Königin Anrecht gehabt hätte. Und auf dem Tisch – einer auf Steine gestützten, wurmzerfressenen Platte aus getrocknetem Seetang, wie es auf den holzarmen Orkneys üblich ist – lagen die Reste einer guten Mahlzeit; kein dunkles Fleisch allerdings, aber ein paar abgenagte Hühnerknochen und ein Topf Gänseschmalz als Aufstrich für das schwarze Brot.

Die Bewohner der Hütte waren ziemlich ärmlich gekleidet. Brude trug ein kurzes, schon oft geflicktes Hemd und darüber eine ärmellose Schaffelljacke, die ihn Sommer und Winter vor den Unbilden des Seewetters schützte. Seine Beine und Füße waren mit dicken Lappen umwickelt. Sulas Kleid war ein formloses Gewand aus hausgesponnener und mit Moos gefärbter Wolle, und als Gürtel diente ihr einer jener Stricke, die sie für die Netze ihres Mannes zu flechten pflegte. Auch ihre Füße waren in Lappen gewickelt. Aber vor dem Haus, oberhalb der von schwarzem Tang und zerbrochenen Muscheln markierten Flutlinie, lag ein gutes Boot, eins der besten auf der Insel, und die Netze, die über seinem Rumpf trockneten, waren von einer Qualität, die Brude sich eigentlich nicht hätte leisten können, Importware, wie sie auf den nördlichen Inseln sonst nicht zu finden ist, und viel fester als Brudes aus Schilfrohr und getrocknetem Seetang selbstverfertigtes Tauwerk, das vom Dach der Hütte bis zu den schweren Ankersteinen auf dem Torf gespannt war. Daran hingen trocknende aufgeschlitzte Fische und einige große weiße Seeraben, Sulas Namensvettern. Sie dienen als Winternahrung, nachdem man sie getrocknet, gelagert und mit Seegras und Schalentieren gefüllt hat. Schmackhaftere Kost versprachen jedoch die sechs auf der Flutlinie scharrenden und pickenden Hennen und die schwereutrige, auf dem salzigen Gras angebundene Ziege.

Es war ein klarer Frühsommertag. Der Mai kann auf den Inseln noch sehr streng sein, aber an diesem Tag schien die Sonne, und die Brise war mild. Die Steine am Strand glänzten grau, türkisblau und rosarot, die Brandung überflutete sie friedlich, und der Torf auf dem Hügel war von Lichtnelken, Primeln und Feuernelken übersät. Auf den die Bucht umgebenden Klippen scharten sich die Seevögel, zankten und stritten sich um ihre Nestplätze, und näher, auf dem Strandkies oder dem Torf, brüteten die buntscheckigen Austernfischer ihre Eier aus oder flogen schreiend über das Wasser. Die Luft war ganz von ihrem Geschrei erfüllt, und wäre wirklich ein Lauscher vor der Tür der Hütte gestanden, so hätte er in dem Lärm der Vögel und der Brandung nichts gehört; aber drinnen im Raum wurde trotzdem nur hastig geflüstert. Die Frau schwieg, doch ihr Gesicht drückte Furcht aus, und sie fuhr sich mit dem Ärmel über die Augen.

Ihr Mann sprach mit Ungeduld.

»Was schert es dich, Weib? Du trauerst doch nicht etwa um den alten Zauberer? Was Merlins Zauberkunst auch immer König Artus und den Leuten auf dem Festland bedeutete, für uns hier war er nie von Belang. Außerdem war er alt, und obgleich manche sagten, er werde nie sterben, scheint er schließlich doch sterblich gewesen zu sein. Was gibt es da also zu weinen?«

»Ich weine ja nicht um ihn, warum sollte ich? Aber ich habe Angst, Brude, ich habe Angst.«

»Um wen ängstigst du dich?«

»Nicht um uns. Um ihn.« Sie blickte verstohlen auf die Wiege, wo der Knabe wachend, aber noch vom Nachmittagsschlaf benommen, still und zu einem winzigen Bündel zusammengekrümmt unter seinen Dekken lag.

»Um ihn?« fragte ihr Mann überrascht. »Warum denn? Jetzt hat sich doch alles für uns zum Guten gewendet, und für ihn auch. Merlin, der Feind unseres Königs Lot und natürlich auch dieses Knaben, ist tot, und wer sollte ihm jetzt noch etwas antun, oder uns, die wir ihn aufziehen? Vielleicht müssen wir jetzt nicht mehr achtgeben, daß andere Leute ihn nicht sehen und Fragen stellen. Vielleicht kann er jetzt draußen herumtollen, wie andere Kinder spielen, und muß nicht mehr den ganzen Tag an unseren Rockschößen hängen. Du hast ihn wie ein Wickelkind verzärtelt, und er ist groß genug, um nicht mehr in dieser Wiege schlafen zu müssen.«

»Ich weiß, ich weiß. Gerade das ängstigt mich ja so, siehst du es denn nicht? Ihn zu verlieren. Wenn die Zeit kommt, da sie ihn von uns nimmt …«

»Warum sollte sie das tun? Wenn sie ihn uns nicht fortgenommen hat, als sie Nachricht von König Lots Tod bekam, warum jetzt? Schau, Weib, als ihr königlicher Gemahl von dannen schied, hätte man noch glauben können, sie werde dafür sorgen, auch seinen Bastard auf stille Weise verschwinden zu lassen. Damals ängstigte ich mich auch. Wenn man es sich wohl überlegt, ist der kleine Prinz Gawain zwar jetzt zu Recht der König der Orkneys, aber dieser Knabe hier, Bastard oder nicht, ist fast – wieviel? – fast ein Jahr älter, und da könnte mancher sagen …«

»Da könnte mancher zu viel sagen«, unterbrach ihn Sula mit solcher Schärfe und sichtlicher Angst, daß Brude beunruhigt an den Türbogen trat, den Vorhang beiseite schob und hinausblickte.

»Was hast du nur? Da draußen ist niemand, und wenn dort jemand wäre, würde er nichts hören. Der Wind weht stärker, und wir haben steigende Flut. Da, hör.«

Sie schüttelte den Kopf, starrte auf das Kind. Ihre Tränen waren getrocknet, und sie sprach noch leiser, flüsterte fast unvernehmbar.

»Nicht draußen. Niemand kann sich dem Hause nähern, ohne daß man die Strandvögel schreien hört. Hier drinnen müssen wir aufpassen. Schau ihn dir an. Er ist kein Säugling mehr. Er lauscht, und manchmal könnte man schwören, daß er jedes Wort versteht.«

Der Mann trat an die Wiege und blickte hinein. Sein Gesicht hellte sich auf. »Nun, wenn nicht jetzt, dann aber bald. Er hat sich gut entwickelt, bei allen Göttern. Wir haben getan, wofür man uns bezahlt hat – und mehr noch, wenn man bedenkt, wie krank und schwächlich er war, als wir ihn zu uns nahmen. Schau ihn dir jetzt an. Jeder Mann könnte stolz auf einen solchen Sohn sein.« Er wandte sich ab und griff nach seinem Stab, der am Türbogen lehnte. »Siehst du, Sula, wenn ihm ein Unheil drohte, wäre es schon längst gekommen. Wenn man ihm übelwollte, wären die Zahlungen doch ausgeblieben, oder etwa nicht? Also reg dich nicht auf. Du hast keinen Grund, dich zu ängstigen.«

Sie nickte, ohne ihn anzusehen. »Ja. Es war dumm von mir. Du hast ganz recht.«

»Es wird noch ein paar Jahre dauern, bis der junge Gawain sich den Kopf über Königreiche und königliche Bastarde zerbricht, und bis dahin ist dieser hier vielleicht längst vergessen. Und wenn dann niemand mehr für seinen Unterhalt bezahlt, so macht es mir auch nichts aus. Ein Mann braucht einen Sohn, der ihm bei der Arbeit hilft.«

Sie blickte zu ihm auf und lächelte. »Du bist ein guter Mann, Brude.«

»Recht so«, sagte er barsch und stieß den Vorhang beiseite. »Genug geschwatzt. Ich gehe jetzt zur Stadt hinauf, um zu hören, was die Seeleute sonst noch zu erzählen haben.«

Allein mit dem Kind saß die Frau noch eine Weile regungslos, immer noch mit angstvollem Gesicht. Dann streckte der Knabe die Hand nach ihr aus, sie lächelte, erstrahlte plötzlich wieder im Glanz ihrer Jugend, wirkte fast hübsch mit ihren geröteten Wangen und leuchtenden Augen. Sie beugte sich über die Wiege, nahm ihn heraus, setzte ihn sich auf den Schoß. Dann griff sie nach einem Stück Schwarzbrot auf dem Tisch, tunkte es in einen Becher Ziegenmilch und hielt es an seine Lippen. Der Knabe nahm das Brot, begann zu essen, schmiegte den Kopf an ihre Schulter. Sie legte die Wange an sein dunkles Haar, hob die Hand und streichelte es zärtlich.

»Die Männer sind doch wirklich Narren«, sagte sie leise vor sich hin. »Sie sehen nie, was ihnen ins Auge springt. Aber du wirst kein Narr sein, mein Liebling, nicht mit dem Blut, das in deinen Adern fließt, nicht mit diesem Blick, der den Dingen bis auf den Grund schaut, und dabei bist du noch ganz klein ...« Sie lachte, drückte den Mund in das Haar des Knaben, und er lächelte über das Geräusch.

»König Lots Bastard sollst du sein? Laß die Leute nur reden, es ist besser so. Aber wenn sie sähen, was ich sehe, und wüßten, was ich in den vergangenen Monaten erraten habe ...«

Sie wiegte das Kind in ihren Armen, wurde ruhiger, dachte an die Sommernächte vor zwei Jahren zurück, als Brude, mit Gold für sein Schweigen bezahlt, nicht zu seinem gewohnten Fischereigrund hinausgerudert war, sondern weiter nach Westen, in tiefere Gewässer. Vier Nächte hatte er dort gewartet, murrend über den Verlust seines Fangs, jedoch getreu, durch das Goldgeschenk und das Versprechen der Königin zum Schweigen verpflichtet. Dann, in der fünften Nacht, einer stillen, zwielichtigen Orkneysommernacht, war das Schiff aus Dunpeldyr in die Bucht gesegelt, hatte Anker geworfen und ein Boot von der Seite heruntergelassen, das von drei Soldaten der Königin gerudert wurde. Brude antwortete auf ihren leisen Ruf, und bald darauf stießen die Duchte der beiden Barken aneinander. Ein Bündel wurde herübergereicht. Das größere Boot ruderte davon und verschwand. Brude nahm Kurs auf den Strand und beeilte sich, zur Hütte zu gelangen, wo Sula an der leeren Wiege wartete, das Tuch im Schoß, das sie für ihr eigenes totes Kind gewebt hatte.

Ein Bastard, mehr hatte man ihnen nicht gesagt. Ein königlicher Bastard, und als solcher eine Gefahr für irgendwen irgendwo. Aber eines Tages könnte er sich vielleicht als nützlich erweisen. Also schweigt, ernährt ihn, und ihr könntet einmal dafür reich belohnt werden …

Die Belohnung war Sula seit langem unwichtig geworden. Sie lebte mit der einzigen Belohnung, die sie brauchte, dem Kind. Aber sie lebte auch in ständiger Angst, daß man ihr eines Tages, wenn es irgendeiner unnahbaren und königlichen Person gerade paßte, den Knaben wegnehmen würde.

Sie hatte sich seit langem ihre eigenen Gedanken über diese Person gemacht, hütete sich jedoch wohl, darüber zu sprechen, nicht einmal mit ihrem Mann. Daß es nicht König Lot sein konnte, dessen war sie gewiß. Sie hatte die anderen Kinder der Königin gesehen, die mit dem rotgoldenen Haar Morgauses und der hellen Gesichtsfarbe und dem kräftigen Körperbau ihrem Vater glichen. Keine dieser Zeichen waren an ihrem Pflegekind zu erkennen. Das dunkle Haar und die Augen mochten von Lot stammen, aber ihr Schnitt, die Linie der Brauen und die Backenknochen waren sehr verschieden. Und ein gewisser Zug um den Mund, die schmalen Hände, der schlanke Wuchs, der warme und reine Teint, die Art, wie er sich bewegte und dreinblickte, bezeichneten ihn in Sulas stets wachsamen Augen als den Sohn der Königin, jedoch nicht des Königs.

Ging man einmal davon aus, so wurden auch andere Dinge klar. Die Männer der Königin hatten das Kind in aller Eile aus Dunpeldyr geschafft, bevor König Lot von seinen Kriegszügen heimgekehrt war; kurz darauf waren alle Kinder der Stadt ermordet worden, ein Versuch, dieses einen Kindes habhaft zu werden und es zu töten, eine Metzelei, die Lot und seine Königin König Artus und seinem Berater Merlin zuschrieben, die jedoch in Wirklichkeit, wie man flüsterte, von König Lot selbst angestiftet worden war; und die regelmäßigen

Zahlungen in Münze und Ware, die ihnen heimlich aus dem Palast zukamen, den König Lot, solange das Kind lebte, sehr selten betrat. Es war also von der Königin. Und sogar jetzt, da König Lot tot war, zahlte sie immer noch, und das Kind war immer noch in Sicherheit. Das war Sula aller Beweis, den sie brauchte. Königin Morgause, eine nicht gerade ihrer Güte wegen geschätzte Dame, hätte sich kaum bereit gefunden, für den Bastard ihres Gemahls zu sorgen, dazu noch für einen Bastard, der älter als der legitime Thronfolger war und damit ein durchaus verfechtbares Anrecht auf das Königreich hatte.

Bastard der Königin also. Aber von wem? Auch darüber gab es für Sula keinen Zweifel. Sie hatte zwar Königin Morgauses Halbbruder Artus, den Hochkönig von Britannien, nie gesehen, aber wie allen anderen waren ihr viele Geschichten über diesen wunderwirkenden jungen Mann bekannt. Und die erste dieser Geschichten war die der großen Schlacht von Luguvallium, in der der Knabe Artus plötzlich an König Uthers Seite erschienen war und seine Truppen zum Sieg geführt hatte. Später – so die mit Stolz und Nachsicht erzählte Geschichte – hatte er sich angeblich noch in Unkenntnis seiner Verwandtschaftsbande, mit Morgause auf ihrem Lager vereint, mit Morgause, die Uthers Bastardtochter und demnach Artus' Halbschwester war.

Die Zeit stimmte mit dem Alter des Kindes überein, und auch sein Wesen und Aussehen paßten dazu. Ein weiterer Beweis waren die Gerüchte um den Kindermord in Dunpeldyr, der sich – ob nun von Lot oder Merlin befohlen – auf diese Weise erklären und sogar rechtfertigen ließ. Die Großen sind nun einmal so.

Lot war jetzt tot, und Merlin auch. König Artus hatte bestimmt andere und wichtigere Dinge im Sinn, und außerdem – wenn man all den Geschichten, die man sich in den Tavernen erzählt, Glauben schenken konnte – war er inzwischen Vater einer ganzen Reihe von

Bastarden geworden, dachte nicht mehr an diese schmachvolle Vereinigung oder hatte sie vergessen. Was Morgause betrifft, so würde sie ihren eigenen Sohn nicht töten wollen. Niemals. Aber warum sollte sie ihn jetzt noch, nach dem Tode Lots und Merlins, hierlassen? Welchen Grund hätte sie noch, ihn an diesem einsamen Ort versteckt zu halten?

Sie drückte das Kind fester an sich, fühlte sich kalt und schwer vor Angst. »Möge die Göttin dich schützen und sie dich vergessen lassen. Möge sie sie dich vergessen lassen. Daß du bei mir bleibst, mein Liebling, mein Mordred, mein Knäblein aus dem Meer.« Das durch die plötzliche Bewegung aufgeschreckte Kind schlang die Arme um sie und sagte etwas. Es war unverständlich, nur ein gedämpfter Laut an ihrem Hals, aber sie hielt den Atem an, verfiel in Schweigen, wiegte den Knaben und starrte über seinen Kopf zur Hüttenwand.

Nach einer Weile schienen die kleinen gewöhnlichen Geräusche des Zimmers und das Rauschen der Brandung draußen sie beruhigt zu haben. Das Kind wurde schläfrig in ihren Armen, und sie begann leise zu singen.

> »Von der See kamst du, mein Prinz, mein Mordred.
> Der Fee mit langem Haar, die die Wogen peitscht, entrannst du.
> Von ihrer Schwester kamst du, der Königin der Meere, Die die Ertrunkenen verspeist, die die Boote
> In die Tiefen des Wassers zieht.
> Du kamst an Land, um Prinz des Landes zu sein,
> Und du wirst wachsen, wachsen, wachsen.«

Königin Morgause gab kein Fest an diesem Abend.

Als man ihr die Nachricht vom Tod des verhaßten Zauberers überbrachte, saß sie lange Zeit schweigend, erhob sich dann, schritt, eine Lampe in der Hand, aus dem hell erleuchteten Saal, wo immer noch lärmendes Gerede umging, und begab sich in die versiegelten Kellergewölbe, in denen sie ihre schwarze Zauberei ausübte, um eine Eingebung, ein Aufflammen des seherischen Funkens zu erwarten.

In der ersten Kammer, wo sie ihre Tränke zu brauen pflegte, stand eine halbleere Flasche auf dem Tisch. Der Rest des Gifts, das sie für Merlin gemischt hatte. Lächelnd trat sie durch eine weitere Tür und kniete sich vor den Brunnen des Sehens.

Nichts zeigte sich klar. Ein Schlafgemach mit einer gerundeten Wand. Ein Turmzimmer? Im Bett ein Mann, regungslos, wie tot. Und er sah auch wie ein Toter aus, sehr alt, mager wie ein Gerippe, graue Haarsträhnen auf dem Kissen, verfilzter grauer Bart. Sie erkannte ihn nicht.

Doch dann öffnete er die Augen, und es war Merlin. Die dunklen, erschreckenden Augen in dem grauen Schädel blickten über die Meilen und Meere hinweg direkt in die ihren, wo sie am geheimen Brunnen kniete.

Die Hände an den Leib gepreßt, als wollte sie Lots letztes, ungeborenes Kind beschützen, krümmte sich Morgause wie im Schmerz, wußte jetzt, daß die Berichte wieder einmal falsch gewesen waren. Merlin lebte noch, und trotz seines vorzeitigen Alterns und seiner durch das Gift zerstörten Gesundheit hatte er immer noch Macht genug, sie und ihre Pläne zu vernichten.

Während sie da kniete, murmelte sie hastig und erschrocken einen Zauberspruch, der ihr in Anbetracht der Geschwächtheit des Alten noch helfen könnte, sich selbst und ihre Söhne vor Artus' Rache zu schützen.

ERSTES BUCH

Der Knabe vom Meer

1

Der Knabe war allein in der Sommerwelt mit dem Summen der Honigbienen.

Er lag auf dem Rücken ausgestreckt im Heidekraut über der Klippe. Nicht weit von ihm war die gerade Linie des dunklen Torfs zu sehen, wo er gearbeitet hatte. Die quadratischen Klumpen, wie Schwarzbrotscheiben übereinandergeschichtet, trockneten längs des ausgehobenen Grabens in der heißen Sonne. Er hatte seit Tagesanbruch gearbeitet, und der Graben war lang. Jetzt stand die Hacke an die Torfklumpen gelehnt, während der Knabe nach dem Mittagsmahl vor sich hinschlummerte. In der einen, auf dem Heidekraut ausgestreckten Hand hielt er immer noch den Rest eines Stück Haferkuchens. Die Bienenstöcke seiner Mutter – zwei auf Haferstroh geflochtene Körbe – standen fünfzig Schritt von der Steilküste entfernt. Das Heidekraut duftete süß und berauschend wie der Met, den man aus dem Honig braute. Bienen umschwirrten ihn, summten ganz nahe an seinem Gesicht vorbei. Das einzige andere Geräusch an diesem schwülen Nachmittag waren die Schreie der Seevögel in ihren Nisthöhlen unter ihm.

Plötzlich wurden die Schreie lauter.

Der Knabe öffnete die Augen, lag still, horchte. Inmitten der aufgeschreckten Rufe der Seeschwalben und Tordalken vernahm er den tieferen, vierstufigen

Warnungsschrei der großen Möwen. Er selbst hatte sich in der letzten halben Stunde nicht gerührt, konnte sie also nicht aufgeschreckt haben. Als er den Kopf wandte, sah er sie scharenweise wie aufgewehte Schneeflocken, etwa hundert Fuß entfernt, über dem Klippenrand treiben. Gerade darunter lag eine tiefe und schmale Einbuchtung, die das Meer in den Felsen gegraben hatte. Dort nisteten alle Arten von Seevögeln, Lummen, Krähenscharben, Seeschwalben und mit ihnen der große Falke. Jetzt sah er ihn, wie er mit den schreienden Möwen über die Klippen flog.

Der Knabe setzte sich auf. Ein Boot war nirgends in der Bucht zu sehen, aber ein Boot hätte die so hoch nistenden Vogelkolonien nicht so aufschrecken können. Ein Adler? Er sah keinen. Vielleicht war es nur ein räuberischer Rabe, der es auf die Jungen abgesehen hat, sagte er sich, aber jede Abwechslung von der eintönigen Tagesarbeit war ihm willkommen. Er stand auf, sah den angebissenen Haferkuchen in seiner Hand, wollte ihn essen, aber als er den darauf herumkrabbelnden Käfer entdeckte, warf er ihn angewidert fort. Dann rannte er durch das Heidekraut zur Felsenklippe, um zu sehen, was sich in der Bucht ereignet hatte.

Er blickte hinunter. Die Vögel flogen immer höher und schrien, Papageientaucher watschelten schwerfällig mit gespreizten Beinen und steif ausgestreckten Flügeln über den Felsen, die großen schwarzrückigen Möwen stießen schrille Laute aus, und die weißen Felsvorsprünge, auf denen gewöhnlich die Seeschwalben reihenweise auf ihren Nestern saßen, waren von den erwachsenen, ängstlich in der Luft herumflatternden Tieren verlassen.

Er legte sich hin, kroch etwas weiter vor, um die ganze Steilwand zu überschauen. Vögel glitten im Tiefflug über einen mit wildem Thymian und roten Federnelken überwachsenen Felsvorsprung, auf dem sich die weißen Kreideflecken wie ein Teppichmuster abhoben. Ganze Klumpen von Rosenwurz stieben unter ihrem Flügelschlag auf. Und dann vernahm er ein neues Geräusch in all dem lärmenden Aufruhr, einen Schrei, wie den einer Möwe, aber irgendwie doch etwas anders. Eine menschliche Stimme. Sie kam von irgendwo unterhalb der Klippe, hinter den Felsvorsprüngen hervor, wo die Vögel am dichtesten gedrängt herumflogen.

Er zog sich behutsam von der Klippe zurück, richtete sich langsam auf. Es gab keinen Strand am Fuße der Klippe, nichts, wo man ein Boot lassen konnte, nichts als die stete widerhallende Brandung. Der Kletterer mußte von oben gekommen sein, und es gab nur einen Grund, den Versuch zu wagen, von hier aus herunterzusteigen.

»Der Narr«, sagte er verächtlich. »Weiß er denn nicht, daß alle Eier jetzt ausgebrütet sind?« Halb widerstrebend ging er den Klippenrand entlang bis zu einem Punkt, von wo er den kleinen Jungen erblickte, der hilflos auf einer Felsplatte hinter dem Vorsprung lag.

Es war niemand, den er kannte. In dieser einsamen Ecke der Insel lebten nur wenige Familien, und Brudes Sohn hatte sich mit den Kindern der anderen Fischer nie recht anfreunden können. Zudem hatten ihn seine Eltern seltsamerweise nie ermutigt, mit ihnen zu spielen, selbst als er noch ganz klein war. Jetzt, im Alter von zehn Jahren, gut entwickelt und voller Kraft, half er seinem Vater schon seit einigen Jahren bei richtiger Männerarbeit. Es war schon lange her, daß er sich an seinen seltenen freien Tagen mit kindlichen Beschäftigungen abgegeben hatte. Soweit es ihn betraf, war das Eiersuchen auch kein Kinderspiel, denn wenn er im Frühling diese Klippen hinunterkletterte, um die frisch gelegten Eier zu suchen, brachte er etwas zu essen heim. Und später kamen er und sein Vater mit Netzen, um die jungen Vögel zu fangen, die Sula dann rupfte, häutete, trocknete und als Vorrat für den Winter verwahrte. So kannte er sich in den Klippen gut aus, wußte auch, wie gefährlich sie waren, und der Gedanke, sich jemanden aufzubürden, der nur infolge seiner Unbeholfenheit abgestürzt sein konnte und der wahrscheinlich jetzt sehr verängstigt war, gefiel ihm gar nicht.

Der Junge hatte ihn gesehen. Er hob den Kopf, winkte, rief wieder.

Mordred schnitt ein Gesicht, legte die Hände an den Mund, schrie ihm zu. »Was ist geschehen? Kannst du nicht zurück?«

Der da unten versuchte, sich mit Handzeichen verständlich zu machen. Er konnte wahrscheinlich nicht hören, was ihm zugerufen wurde, aber die Frage war offenkundig, und seine Antwort auch. Er hatte sich das Bein verletzt, denn sonst – seine Gesten zeigten es klar – wäre es ihm nicht eingefallen, um Hilfe zu rufen.

All das beeindruckte den Knaben auf der Steilküste nur wenig oder gar nicht, und sein Achselzucken drückte mehr Gelangweiltheit als Teilnahme aus, aber dann kletterte er hinunter.

Es war schwierig, hie und da sogar gefährlich, und Mordred nahm sich Zeit. Schließlich gelangte er auf die Felsplatte, wo der andere lag.

Die Knaben blickten sich prüfend an. Der Sohn des Fischers sah einen Jungen seines Alters, mit hellem rotgoldenen Haar und grünen Augen. Reine, rötliche Haut, gute Zähne, seine Kleidung war zerrissen und verschmutzt, aber aus gutem Stoff, und man sah ihrer Färbung an, daß sie teuer gewesen sein mußte. Er trug ein Kupferarmband, kaum leuchtender als sein Haar. Die Beine übereinander verschränkt, hielt er sich das verletzte Fußgelenk mit beiden Händen. Daß er Schmerzen verspürte, war offenbar, aber als Mordred, der als Arbeitender nur Verachtung für die müßigen

Reichen empfand, in seinem Gesicht nach Anzeichen von Tränen suchte, fand er keine.

»Hast du dir das Fußgelenk verletzt?«

»Verstaucht. Ich bin ausgerutscht.«

»Gebrochen?«

»Ich glaube nicht, nur verrenkt. Es tut weh, wenn ich aufzustehen versuche. Ich muß sagen, ich bin froh, dich zu sehen! Es ist mir, als sei ich eine Ewigkeit hier gewesen. Ich glaubte nicht, daß jemand nahe genug sein würde und mich hören könnte, besonders bei all diesem Lärm.«

»Ich habe dich nicht gehört. Ich sah die Möwen.«

»Den Göttern sei Dank dafür. Du bist übrigens ein guter Kletterer.«

»Ich kenne diese Klippen. Ich wohne hier in der Nähe. Nun gut, wir müssen es versuchen. Steh auf und laß sehen, wie du es schaffst. Kannst du wirklich nicht auf diesem Fuß stehen?«

Der rothaarige Knabe zögerte, blickte etwas erstaunt drein, als wenn ihm der Ton des anderen ungewohnt wäre. Aber dann sagte er nur: »Ich kann es versuchen. Ich habe es schon einmal versucht, und dann ist mir schlecht geworden. Ich glaube nicht… Die Kletterei war doch ziemlich beschwerlich, nicht wahr? Solltest du nicht lieber Hilfe holen? Sag ihnen, sie sollen ein Seil mitbringen.«

»Es ist meilenweit niemand zu finden.« Mordred sprach mit Ungeduld. »Mein Vater ist mit dem Boot ausgefahren. Nur meine Mutter ist da, und sie kann uns nicht helfen. Ein Seil kann ich allerdings holen. Ich habe eins oben im Torf. Damit werden wir es schon schaffen.«

»Fein.« Er bemühte sich, fröhlich zu lächeln. »Ich werde auf dich warten, mach dir keine Sorge. Aber bleib nicht zu lange, ja? Man wird sich bei mir zu Hause beunruhigen.«

In Brudes Hütte würde sich niemand über meine

Abwesenheit Gedanken machen, sagte sich Mordred. Ein Junge wie er mußte sich schon das Bein brechen und einen ganzen Arbeitstag versäumen, bevor jemand sich die Mühe machte, nach ihm zu suchen. Nein, das war nicht ganz gerecht. Manchmal ängstigten sich Brude und Sula um ihn wie zwei Hennen um ihr einziges Küken. Er hatte nie begriffen, warum, denn er war in seinem Leben nie krank gewesen.

Als er gerade gehen wollte, erblickte er einen kleinen verschlossenen Korb auf der Steinplatte neben dem Jungen. »Den nehme ich jetzt mit. Das erspart uns später die Mühe.«

»Nein danke. Ich behalte ihn lieber. Ich kann ihn an meinen Gürtel hängen.«

Also hat er vielleicht doch ein paar Eier gefunden, sagte sich Mordred, dachte nicht mehr dran, wandte sich der Klippe zu.

Neben dem Torfklumpen stand ein roh gezimmerter Schlitten aus Treibholz, der dazu diente, den gestochenen Torf zu dem Haufen neben der Hütte zu befördern. Und an diesem Schlitten war ein ausreichend langes und gutes Seil befestigt. Mordred löste es rasch von den Ringen, rannte zur Klippe zurück und kletterte langsam wieder hinunter.

Der verletzte Knabe sah gefaßt und beherzt aus. Er nahm das Seilende und knotete es mit Mordreds Hilfe an seinen Gürtel. Ein schöner Gürtel übrigens, aus starkem polierten Leder mit silbernem Beschlag und Schnalle. Der Korb hing bereits dran.

Jetzt begann der mühsame Aufstieg. Das dauerte lange Zeit, denn sie mußten sich häufig ausruhen und überlegen, wie der verletzte Junge am besten über die schwierigen Stellen gelangen konnte. Daß er Schmerzen hatte, war offenbar, er klagte jedoch nie und gehorchte Mordreds oft herrischen Anweisungen, ohne zu zögern oder Furcht zu zeigen. Manchmal kletterte Mordred ihm voraus, band das Seil irgendwo fest, kam wieder herunter und half ihm mit dem Arm oder der Schulter hinauf. An einigen Stellen robbten sie sich bäuchlings hinauf, und ständig kreisten die Seevögel so dicht über ihnen, daß der Wind ihres Flügelschlags das Gras auf den Felsen bewegte, während ihre Schreie über dem Brausen und Rauschen der Brandung widerhallten.

Endlich war es geschafft. Die beiden Knaben erreichten die Höhe, schleppten sich noch ein paar Fuß weiter bis ins Heidekraut, und dort saßen sie eine Weile keuchend und schwitzend, schauten einander an, aber dieses Mal zufrieden und mit gegenseitigem Respekt.

»Du hast meinen Dank.« Der rothaarige Knabe sagte es in einem feierlichen Ton, der seinen Worten Gewicht und Ernsthaftigkeit verlieh. »Und es tut mir leid, dir solche Schwierigkeiten gemacht zu haben. Einmal diese Klippen hinunter hätte jedem genügt, aber du hast es mehrere Male getan und warst flink wie eine Ziege.«

»Ich bin es gewohnt. Wir holen uns im Frühling Eier und später die Jungvögel. Aber gefährlich ist es schon. Es sieht so leicht aus, wenn man die verwitterten Felsbrocken sieht, doch so einfach ist es nicht, beileibe nicht.«

»Das weiß ich jetzt. Als ich es versuchte, sah ich einen Halt, der mir sicher schien, dann aber unter mir abbrach. Ich hatte noch Glück, daß ich mir nur den Fuß verstauchte. Und den Göttern sei Dank, daß du in der Nähe warst. Ich hatte den ganzen Tag niemanden gesehen. Sagtest du, daß du hier wohnst?«

»Ja. In einer Bucht, etwa eine Meile von hier. Mein Vater ist Fischer.«

»Wie heißt du?«

»Mordred. Und du?«

Wieder dieser leicht erstaunte Blick, als ob Mordred es hätte wissen sollen. »Gawain.«

Offenbar bedeutete der Name dem Sohn des Fischers nichts. Er berührte den Korb, den Gawain auf das Gras zwischen ihnen gestellt hatte. Seltsam zischende Geräusche wurden in ihm laut. »Was hast du da drinnen? Ich dachte mir schon, es könnten keine Eier sein.«

»Zwei junge Falken. Hast du das Weibchen nicht gesehen? Ich fürchtete fast, sie würde auf mich zukommen und mich von der Klippe stoßen, aber sie schrie nur. Übrigens habe ich ihr noch zwei Junge gelassen.« Er grinste. »Die besten habe ich mir natürlich genommen.«

Mordred war entsetzt. »Falken? Aber das ist doch verboten! Nur die Leute im Palast dürfen welche haben. Falls jemand die sieht, kommst du in arge Schwierigkeiten. Wie in aller Welt bist du an ihr Nest gelangt? Ich weiß, wo es ist, es ist dort unter dem Felsvorsprung mit den gelben Blumen, aber das ist fünfzehn Fuß tiefer als die Felsplatte, auf der du lagst.«

»Es war ziemlich leicht, wenn auch ein bißchen kniffig. Schau!« Gawain öffnete den Korb ein wenig, und Mordred sah die beiden voll befiederten, jedoch offenbar noch nicht ganz flüggen Jungvögel. Sie zischten und hüpften in ihrem Käfig herum, flatterten, die Klauen fest mit Hanfschnur an den Korbboden gefesselt.

»Das hat mich der Falkner gelehrt.« Gawain schloß den Korb wieder. »Man läßt einen Wollball ins Nest hinunter, und sie hacken mit den Schnäbeln hinein. Haben sie sich einmal fest darin verwickelt, so braucht man sie nur heraufzuziehen. Auf diese Weise kriegt man auch die besten und tapfersten. Aber man muß sehr aufpassen, daß die Falkenmutter nicht dazwischenkommt.«

»Du hast sie dir also von der Felsplatte geholt, wo du gefallen bist? Nachdem du dich verletzt hattest?«

»Es gab nicht viel anderes zu tun, während ich dort festsaß, und außerdem war ich ja deswegen gekommen«, antwortete Gawain einfach.

Das war Mordred unbegreiflich. Er faßte eine neue Bewunderung für diesen Jungen und sagte: »Aber du wirst bestimmt großen Ärger haben. Weißt du was? Gib mir den Korb, und wenn wir sie aus der Wolle bekommen, bringe ich sie wieder hinunter und versuche, sie ins Nest zurückzusetzen.«

Gawain lachte und schüttelte den Kopf. »Das gelänge dir nie. Mach dir keine Sorge, mir geschieht nichts. Ich habe schon gemerkt, daß du nicht weißt, wer ich bin. Ich gehöre zu den Leuten vom Palast. Ich bin der Sohn der Königin, ihr Ältester.«

»Du bist *Prinz* Gawain?« Mordred blickte den Knaben an, sah seine Kleidung, das Silber auf seinem Gürtel, die wohlerzogene Haltung, die Selbstsicherheit, und sein eigenes Selbstvertrauen war plötzlich verschwunden, vergessen das Gefühl, dem anderen gleichwertig und im Klettern sogar überlegen zu sein. Er hatte nicht mehr einen dummen Jungen vor sich, den er aus Gefahr gerettet hatte. Dieser Knabe war ein Prinz und dazu noch der Erbe des Throns von Orkney, der je nachdem, wie es Morgause gefiel, König sein oder zum Verzicht auf sein Amt gezwungen werden könnte. Und er selbst war nur ein Bauer. Zum ersten Mal in seinem Leben schämte er sich seiner Kleidung. Er trug nur einen kurzen Kittel von rauhem Stoff, den Sula aus an Brombeer- und Ginstersträuchern hängenden Wollresten gewoben hatte. Sein Gürtel war ein aus Grashalmen geflochtener Strick, die nackten Beine und Füße steckten in einer Kruste von braunem Torf und waren voller Schrammen und Schürfungen, die er sich beim Klettern geholt hatte.

Zögernd sagte er: »Aber … solltest du nicht in Begleitung sein? Ich dachte … Prinzen gingen nie allein aus.«

»Das tun sie auch nicht. Ich bin heimlich davongelaufen.«

»Wird die Königin nicht böse sein?« fragte Mordred besorgt.

»Wahrscheinlich.« Er sagte es mit weniger Selbstsicherheit, unbedacht und etwas zu laut, fast ängstlich. Aber dafür hatte Mordred durchaus Verständnis und sogar Mitgefühl. Alle Inselbewohner wußten, daß ihre Königin eine Hexe und zu fürchten war. Dies erfüllte die Leute mit dem gleichen Stolz, den sie für einen rohen, jedoch wirksam regierenden Kriegerkönig empfunden hätten. Jedenfalls brauchten sich selbst ihre eigenen Söhne nicht zu schämen, vor Morgause Angst zu haben.

»Vielleicht wird sie mich dieses Mal nicht auspeitschen lassen«, sagte Orkneys junger König hoffnungsvoll. »Nicht, wenn sie sieht, daß ich mir den Fuß verletzt habe. Und dann bringe ich ja auch die Falken mit.« Er zögerte. »Schau, ich glaube nicht, daß ich ohne Hilfe nach Hause kommen kann. Wird man dich bestrafen, wenn du deine Arbeit verläßt? Ich würde dafür sorgen, daß dein Vater nichts dabei verliert. Vielleicht solltest du zu deinen Eltern gehen und ihnen sagen, daß ich dich gebeten habe ...«

»Laß nur«, unterbrach ihn Mordred mit neuerwachter Zuversicht. Es gab schließlich doch noch andere Unterschiede zwischen ihm und diesem reichen Erben der Insel. Der Prinz hatte Angst vor seiner Mutter, würde sich bald vor ihr rechtfertigen müssen und versuchen, sich mit den geraubten Falken ihre Gunst wiederzuerkaufen. Während er, Mordred ...

Er sagte leichthin: »Ich bin mein eigener Herr, und ich werde dich heimbringen. Warte, bis ich den Torfschlitten geholt habe, und dann ziehe ich dich. Das Seil sollte stark genug sein.«

»Nun, wenn du meinst ...« Gawain ergriff die gebotene Hand und stand auf. »Kräftig genug bist du jedenfalls. Wie alt bist du, Mordred?«

»Zehn. Fast elf.«

Falls Gawain Genugtuung über diese Antwort empfand, ließ er es sich nicht anmerken. Sie standen sich

Auge in Auge gegenüber, und Mordred war mindestens zwei Fingerbreit größer als er. »Du bist mir also um ein Jahr voraus. Wahrscheinlich wirst du mich nicht weit bringen müssen«, fügte Gawain hinzu. »Man hat mich bestimmt inzwischen vermißt und jemanden auf die Suche geschickt. Schau, da sind sie schon.«

So war es auch. Von der Höhe der nächsten Hügelkuppe landeinwärts, wo das Heidekraut an den Himmel grenzte, ertönte ein Ruf. Drei Männer kamen herbeigeeilt. Zwei von ihnen, der Kleidung nach königliche Wachen, trugen Speere und Schilde. Der dritte führte ein Pferd am Zaum.

»Das trifft sich gut«, sagte Mordred. »Dann brauchst du den Schlitten nicht mehr.« Er griff nach dem Seil. »Ich kehre ins Torf zurück.«

»Nochmals meinen Dank.« Gawain zögerte. Jetzt schien ihm die Lage plötzlich ein wenig peinlich zu sein. »Warte einen Augenblick, Mordred. Geh noch nicht. Ich sagte, du würdest nichts dabei verlieren, und das ist nur gerecht. Ich habe keine Münze bei mir, aber man wird etwas schicken... Du sagtest, du wohnst dort drüben. Wie heißt dein Vater?«

»Brude, der Fischer.«

»Mordred, Brudes Sohn«, nickte Gawain. »Sie wird dir bestimmt etwas schicken. Wenn es Geld oder ein Geschenk ist, wirst du es doch annehmen, nicht wahr?«

Eine recht wunderliche Frage, die da ein Prinz an den Sohn eines Fischers richtete, aber den beiden Knaben schien sie ganz natürlich.

Mordred verzog den Mund zu einem kurzen, schmallippigen Lächeln, das Gawain seltsam vertraut vorkam. »Natürlich. Warum nicht? Nur ein Narr verweigert Geschenke, besonders wenn er sie sich verdient hat. Und ich bin kein Narr«, sagte Mordred.

2

Die Nachricht aus dem Palast kam am nächsten Tag. Sie wurde von zwei Männern überbracht, der Kleidung und den Waffen nach königliche Wachen, und es waren keine Münzen oder Geschenke, es war eine Vorladung an den königlichen Hof. Die Königin wünschte, wie es schien, dem Retter ihres Sohnes persönlich zu danken.

Mordred, auf die Torfhacke gestützt, starrte die Boten an, bemühte sich, die plötzlich in ihm aufsteigende Erregung zu beherrschen oder wenigstens zu verbergen.

»Jetzt? Ihr meint, ich soll jetzt mit euch gehen?«

»So lautet der Befehl«, sagte der ältere der beiden lachend. »Das hat sie gesagt. Wir sollen dich jetzt gleich mitnehmen.«

Der andere fügte mit rauher Herzlichkeit hinzu: »Du brauchst keine Angst zu haben, mein Junge. Du hast dich jedenfalls gut bewährt und solltest dafür belohnt werden.«

»Ich habe keine Angst.« Der Knabe sprach mit jener erstaunlichen Selbstbeherrschung, die schon Gawain überrascht hatte. »Aber ich bin zu schmutzig. Ich kann so nicht vor die Königin treten. Ich muß zuerst nach Hause, um mich anständig zu kleiden.«

Die Männer blickten einander an, und dann nickte der ältere. »Einverstanden. Wie weit ist es von hier?«

»Es ist gleich dort drüben, wo der Pfad über den Steilhang führt, und dann hinunter. Nur ein paar Minuten.« Er bückte sich, während er sprach, und nahm das Schlittenseil auf. Der Schlitten war bereits halbvoll. Die Hacke warf er auf die Torfladung, und dann zog er den Schlitten hinter sich her. Das trockene und flachliegende Gras auf dem Pfad war glatt und bot den Walfischknochenkufen nur geringen Widerstand. Er schritt rasch voran, und die Männer folgten ihm. Auf der Hügelkuppe blieben die Männer stehen, während der Knabe mit gewohnter Behendigkeit den Schlitten umdrehte, ihn vor sich hinuntergleiten ließ und sich am straffen Seil zurücklehnte, das ihm als Bremse diente. So brachte er die Ladung bis zum aufgeschichteten Torfhaufen auf der Wiese hinter der Hütte, warf das Seil zu Boden und eilte hinein. Sula stampfte Körner im Mörser. Zwei Hennen waren ins Haus geschlüpft und gackerten um sie herum. Sie blickte überrascht auf.

»Du bist früh! Was gibt es?«

»Mutter, gib mir rasch meinen guten Kittel.« Er griff nach dem Stofflappen, der ihm als Handtuch diente, und rannte wieder zur Tür. »Ach ja, weißt du, wo mein Halsband ist, der Riemen mit den roten Muscheln?«

»Halsband? Und du wäschst dich mitten am Tag?« Verwirrt tat Sula, wie ihr geheißen. »Was hat das zu bedeuten, Mordred? Was ist geschehen?«

Aus irgendeinem Grunde, den er wahrscheinlich selbst nicht kannte, hatte er ihr nichts von seiner Begegnung mit Gawain in den Klippen erzählt. Da er von Natur aus verschlossen war, ist es möglich, daß die übertriebene Anteilnahme seiner Eltern an allem, was er tat, ihn dazu bewogen hatte, gewisse Dinge vor ihnen zu verbergen. Zudem hatte er diesen Vorfall Sula auch deshalb verheimlicht, weil er sich auf ihre Überraschung freute, wenn die Königin ihn, wie er mit Recht erwartete, auf irgendeine Weise belohnen würde.

Das freudige Bewußtsein seiner Wichtigkeit klang fast jubelnd in seiner Stimme mit, als er sagte: »Königin Morgause hat Boten geschickt. Sie sind gekommen, um mich an ihren Hof zu führen. Sie warten draußen. Ich muß sofort aufbrechen. Die Königin hat mich zu sich bestellt.«

Die Wirkung seiner Worte verblüffte sogar ihn. Die Mutter war auf dem Weg zur Schlafstatt plötzlich wie vom Schlag gerührt stehengeblieben, drehte sich dann langsam um, stützte sich mit der Hand auf den Tisch, als ob ihr alle Kräfte geschwunden seien. Der Stößel entglitt ihren Fingern und rollte zu Boden, wo die Hennen gackernd auseinanderstoben. Sie schien nichts mehr wahrzunehmen, und ihr Gesicht wirkte wie erstarrt im rauchigen Licht des Raums. »Königin Morgause? Sie hat nach dir geschickt? Schon jetzt?«

Mordred machte große Augen. »Schon jetzt? Was soll das heißen, Mutter? Hat dir jemand erzählt, was gestern geschehen ist?«

Sulas Stimme zitterte, und sie bemühte sich, Beherrschung zu gewinnen. »Nein, nein. Es hat nichts zu bedeuten. Was ist gestern geschehen?«

»Nichts Besonderes. Ich war im Torf und hörte jemanden unten in den Klippen nach Hilfe rufen. Es war der junge Prinz Gawain, der älteste Sohn der Königin, wie du weißt. Er hatte unten in den Felsen jungen Falken nachgestellt und sich dabei das Bein verletzt. Ich holte das Seil vom Schlitten und half ihm hinauf. Das ist alles. Ich erfuhr erst zum Schluß, wer er war. Er sagte mir, seine Mutter werde mich belohnen, aber ich hätte nicht gedacht, daß sie es auf diese Weise täte, jedenfalls nicht so schnell. Ich habe es dir gestern nicht erzählt, weil es eine Überraschung für dich sein sollte. Ich dachte, du würdest dich freuen.«

»Natürlich freue ich mich!« Sie atmete tief durch, hielt sich immer noch am Tisch fest. Ihre an das Holz geklammerten Hände zitterten. Sie sah, wie der Knabe sie anstarrte, und versuchte zu lächeln. »Es ist ein großer Tag für dich, mein Sohn. Dein Vater wird stolz auf dich sein. Sie … sie wird dir Silber schenken, das sollte mich nicht wundern. Königin Morgause ist eine liebreizende Frau, und großzügig, wenn es ihr gefällt.«

»Du siehst gar nicht erfreut aus. Du bist ganz verängstigt.«

Er trat langsam in den Raum zurück. »Bist du krank, Mutter? Schau, du hast deinen Stock fallengelassen.

Hier ist er. Setz dich. Mach dir keine Mühe, ich finde meinen Kittel schon. Das Halsband ist auch im Schrank, nicht wahr? Ich hole es mir. Komm, setz dich.«

Er nahm sie sanft bei der Hand und setzte sie auf den Schemel. Wie er vor ihr stand, wirkte er größer als sie. Sie schien wieder zur Besinnung zu kommen, richtete sich auf, griff nach seinen Armen, hielt sie fest mit den Fingern umschlungen. Ihre vom Rauch des Torffeuers rotgeränderten Augen blickten ihn mit einer solchen Eindringlichkeit an, daß er sich am liebsten freigemacht und von ihr abgewandt hätte.

Sie sprach leise flüsternd: »Schau, mein Sohn. Es ist ein großer Tag für dich, ein großes Glück. Wer weiß, was sich daraus ergeben mag? Die Gunst einer Königin ist eine große Gnade … Aber es kann auch eine schwere Verantwortung sein. Du bist noch jung, und was weißt du schon von den hohen Leuten und ihrer Lebensart? Ich weiß selbst nicht viel darüber, aber ich kenne mich im Leben aus und kann dir eins sagen, Mordred. Folge immer deinem eigenen Rat, erzähl nie weiter, was du gehört hast.« Ihre Hände verkrampften sich unwillkürlich. »Und du darfst nie und nimmer irgendwem erzählen, was hier in deinem Heim gesagt worden ist.«

»Natürlich nicht! Wann sehe ich schon jemanden, mit dem ich darüber reden könnte? Und warum sollte sich die Königin oder sonst irgend jemand im Palast darum kümmern, was hier vorgeht?« Er trat ungeduldig von einem Fuß auf den anderen, und sie löste ihren Griff. »Ängstige dich nicht, Mutter. Du hast nichts zu befürchten. Ich habe der Königin einen Gefallen getan, und wenn sie eine so liebreizende Dame ist, kann sich doch eigentlich nur Gutes daraus ergeben, nicht wahr? Aber jetzt muß ich gehen. Sag Vater, ich werde morgen den restlichen Torf ausstechen. Und halte mir das Essen warm, ja? Ich bin so bald wie möglich wieder zurück.«

Jenen, die Camelot, den Hof des Hochkönigs, kannten, und selbst denen, die sich an Königin Morgauses stattliches Schloß in Dunpeldyr erinnerten, mußte der ›Palast‹ von Orkney äußerst einfach erschienen sein, aber für den Knaben aus der Hütte des Fischers war er von einer Pracht, die jenseits jeder Vorstellung lag.

Der Palast erstreckte sich hinter und über den eng zusammengepferchten kleinen Häusern, der einzigen Stadt auf den Inseln. Unter der Stadt lag der Hafen, zwischen dessen beiden Molen die größten Schiffe sicher ankern konnten. Die Molen, die Häuser und der Palast waren alle aus den gleichen verwitterten Sandsteinplatten gebaut. Auch die Dächer bestanden aus großen aufgeschichteten Platten, die man dann mit einer dicken Schicht Stroh oder Torf oder Heidekrautreisig bedeckt hatte, mit weiten Vorsprüngen, die die Wände und Türen vor dem Winterregen schützten. Zwischen den Häusern liefen enge Gassen und steile, ebenfalls mit Platten gepflasterte Rinnen aus dem auf den Klippen so üppig vorhandenen Sandstein.

Das Hauptgebäude des Palasts war der große Saal, wo der Hof sich versammelte, Feste gefeiert und Bitten angehört wurden, und der vielen Mitgliedern des Hofstaats – Adlige, Offiziere, königliche Beamte – des Nachts als Schlafunterkunft diente. Dieses Gebäude bestand aus einer großen langen Halle und einer Reihe anliegender kleiner Räume.

Davor lag ein von Mauern umgebener Hof, in dem die Dienerschaft und die Soldaten der Königin lebten – sie schliefen in den umliegenden Häusern und aßen am Herdfeuer im Hofe selbst –, und der einzige Eingang war das große Tor mit seiner wuchtigen Steinpforte und den Schilderhäusern an beiden Seiten.

Nicht weit vom Hauptgebäude und mit ihm durch einen überdachten Gang verbunden, stand das verhältnismäßig neue ›Haus der Königin‹. Es war auf Morgauses Befehl errichtet worden, als sie sich auf den

Orkneys niedergelassen hatte, ein kleinerer, jedoch nicht weniger großzügig angelegter Gebäudekomplex am Rande der Steilküste. Die Wände sahen fast wie eine Verlängerung der darunterliegenden Klippen aus. Nur eine geringe Anzahl von Personen – die Damen der Königin, ihre Ratgeber und Günstlinge – hatten je das Innere des Hauses gesehen, aber man sprach mit Ehrfurcht von seiner modernen Pracht, und die Stadtbewohner starrten die ihnen völlig neuen großen Fenster in den der See zugewandten Mauern wie ein Wunder an.

Landeinwärts vom Palast und der Stadt erstreckte sich ein großes Stück freien Lands, eine Torfwiese, auf der Schafe grasten und wo sich die Soldaten und jungen Leute im Reiten und im Umgang mit Waffen übten. Einige Hundezwinger und Stallungen für Pferde, Kühe und Ziegen lagen außerhalb der Palastmauern, denn auf diesen Inseln bot das Meer immer noch die beste Verteidigung, und dank des Friedens mit Artus drohte auch vom Süden her keine Gefahr. An dieser Küste jedoch, jenseits des Übungsplatzes, standen die Überreste eines primitiven runden Festungsturms, den die Alten vor Menschengedenken errichtet hatten und der sich herrlich als Wachtturm und Schlachtunterschlupf eignete. Ihn hatte Morgause, der Überfälle der Sachsen auf das Festlandkönigreich gedenkend, neu herrichten lassen und mit Wachen und Spähern bemannt. Das und die Wache vor dem Palasttor gehörte ihrer Meinung nach zu einem Hofstaat, der ihrer Würde entsprach. Falls es zu nichts anderem dient, pflegte sie zu sagen, hält es die Männer wachsam und legt den Soldaten eine Art von militärischer Pflicht auf, die sich von den allzu bereitwillig als Spiel angesehenen Übungen unterscheidet und sie davon abhält, im Hof des Palasts der Muße nachzugehen.

Als Mordred mit seiner Eskorte am Tor ankam, war

der Hof voller Menschen. Ein Kämmerer erwartete ihn, um ihn zur Königin zu führen.

Verlegen und unsicher in seinem selten getragenen besten Kittel, der ihm steif um die Hüften hing und leicht muffig roch, folgte Mordred seinem Begleiter. Aufs äußerste angespannt, niemanden anschauend, erhobenen Kopfes und die Augen auf die Schulterblätter des Kämmerers gerichtet, schritt er voran, aber er fühlte die starrenden Blicke und hörte das Gemurmel. Er hielt es für natürliche Neugierde, vielleicht auch spöttische Verachtung, denn er konnte nicht wissen, daß seine Haltung seltsam höfisch wirkte, daß gerade seine Steifheit ihm jene feierliche Würde verlieh, die dem Zeremoniell im großen Saal entsprach.

»Der Balg eines Fischers?« ging das Geflüster. »Ach ja, das haben wir schon einmal gehört. Schaut ihn nur an … Und wer ist seine Mutter? Sula? An die erinnere ich mich. Ein hübsches Ding. Sie arbeitete früher hier im Palast. Das war noch zu König Lots Zeiten. Wie lange ist es her, seit er zum letzten Mal auf den Inseln war? Zwölf Jahre? Elf? Wie die Zeit vergeht … Und das stimmt gerade mit dem Alter dieses Jungen überein, würde ich meinen. Bemerkenswert, nicht wahr? Sehr bemerkenswert …«

So ging das Geflüster. Es hätte Morgause gefallen, wenn es ihr zu Ohren gekommen wäre, und Mordred, der sich darüber geärgert hätte, hörte es nicht. Aber er hörte das Gemurmel und fühlte die Blicke, versteifte sich noch mehr, wünschte, er wäre wieder daheim und hätte das Ganze hinter sich.

Sie gelangten an die Tür des Saals, und als die Diener sie aufstießen, vergaß Mordred das Geflüster, seine Verlegenheit, sah nur noch die Pracht, die sich vor ihm auftat.

Als Morgause, unter der Ungunst Artus' leidend, Dunpeldyr schließlich verlassen hatte und in ihr anderes Königreich von Orkney gezogen war, mußte ein schwacher Schimmer in ihrem Zauberglas sie gewarnt haben, daß ihr Aufenthalt im Norden von langer Dauer sein werde. Es war ihr gelungen, viele der Schätze aus Lots südlicher Hauptstadt mitzunehmen. König Tydval, der jetzt dort auf Artus' Geheiß regierte, hatte seine Festung sicherlich ziemlich leer vorgefunden. Doch er war ein rauher Kriegsherr, dem der Verzicht auf Behaglichkeit nicht – viel ausmachen konnte. Morgause dagegen, die an Luxus gewohnt war, hätte sich ohne den königlichen Prunk entwürdigt gefühlt, und so hatte sie ihre Beute dazu verwendet, ihren Gemächern all die Pracht und den Glanz zu verleihen, der ihr die Verbannung bequem machen und ihrer einst gefeierten Schönheit dienlich sein konnte. Alle Wände des Saals waren mit glanzvoll gefärbten Stoffen behangen, und auf den glatten Bodenfliesen lagen nicht, wie man hätte erwarten können, Binsen und Heidekraut verstreut, sondern kostbare Teppiche aus braunem, ockerfarbenem oder gesprenkeltem Rehfell. Die schweren Bänke an den Seitenwänden waren aus Stein gemeißelt, aber die Stühle und Schemel auf der Empore am Ende des Saals waren aus feinem, kunstvoll geschnitztem und übermaltem Holz, die Kissen aus buntem Stoff, die schweren Türen mit ihren hübschen Verzierungen aus nach Öl und Wachs duftendem Eichenholz.

Der Sohn des Fischers sah das alles nicht, blickte wie gebannt auf die Frau im großen Thronsessel auf der Empore.

Morgause von Lothian und Orkney war immer noch eine sehr schöne Frau. Das Licht eines schmalen Fensters hob den kupferfarbenen Glanz ihres einst rotgoldenen Haars hervor, ihre großen schmalen Augen leuchteten wie grüne Smaragde, und ihre milchig blasse Haut war von jugendlicher Frische. Goldene Spangen schmückten ihr schönes Haar, Smaragde funkelten an ihren Ohren und um ihren Hals, sie trug ein kupferfarbenes Kleid, und auf den Ringen der weißen Hände in ihrem Schoß blitzten Edelsteine.

Neben ihr wirkten die anderen fünf Frauen – die Damen der Königin – trotz ihrer eleganten Kleidung schlicht und ältlich. Wer Morgause kannte, hegte keinen Zweifel, daß auch dieser Kontrast sorgfältig geplant war. Vor der Empore und im Saal standen Gruppen von Leuten, und Mordred hatte das peinliche Gefühl, selbst draußen im Hofe nicht von so vielen Leuten angestarrt worden zu sein. Er blickte sich um, suchte Gawain oder die anderen Prinzen, sah jedoch keinen von ihnen. Als er eingetreten und zögernd im Torbogen stehengeblieben war, hatte die Königin sich halb abgewandt und sprach mit einem ihrer Ratgeber, einem untersetzten kleinen Graubart, der sich demütig vor ihr verneigte.

Dann sah sie Mordred. Sie richtete sich in ihrem hohen Sessel auf, senkte kurz die Augenlider, um ihre plötzlich erwachte Neugier zu verbergen. Jemand stieß den Knaben von hinten an und flüsterte ihm zu: »Los jetzt. Geh hinauf und knie dich hin.«

Mordred gehorchte. Er näherte sich der Königin, aber als er sich niederknien wollte, befahl sie ihm mit einer Handbewegung, vor ihr zu stehen. Er wartete, hielt sich sehr gerade, schien gefaßt, machte jedoch kein Hehl aus dem Erstaunen und der Bewunderung, die er beim ersten Anblick der thronenden Königin empfand. Er stand einfach da und starrte. Falls die Anwesenden erwartet hatten, daß er sich schämen oder daß die Königin ihn für seine Frechheit schelten werde, wurden sie enttäuscht. Die plötzlich im Saal herrschende Stille war ein Zeichen lebhafter und belustigter Aufmerksamkeit. Königin und Fischersohn maßen sich schweigend mit Blicken.

Wäre Mordred ein halbes Dutzend Jahre älter gewesen, so hätten die Männer eher verstanden, warum sie ihn mit dieser Nachsicht, mit diesem sichtlichen Vergnügen betrachtete. Morgause hatte nie ein Geheimnis aus ihrer Vorliebe für hübsche Jünglinge gemacht, einer Neigung, der sie seit dem Tod ihres Mannes verhältnismäßig frei nachzugehen sich erlauben durfte. Und Mordred war in der Tat recht stattlich mit seiner gertenschlanken Figur, der geraden Haltung, dem feinen Knochenbau, dem Blick, der unter den gewölbten Brauen eine eifernde und doch beherrschte Klugheit verriet. Sie stellte fest, daß er in seinem besten Kittel – dem einzigen Kleidungsstück außer den Lumpen, die er gewöhnlich trug – etwas steif, aber durchaus nicht unbeholfen wirkte, und sie erinnerte sich, seinen Pflegeeltern diesen hausgesponnenen und so fleckig gefärbten Stoff geschickt zu haben, daß selbst die Sklaven im Palast ihn nicht tragen würden, denn jedes bessere Gewebe aus ihren Truhen hätte nur Neugierde erweckt. Um seinen Hals hing eine unregelmäßig geflochtene Muschelkette mit einem Talisman, den der Knabe offenbar selbst aus einem Stück Treibholz geschnitzt hatte. Die vom Weg verstaubten Füße waren fein geformt.

Das alles betrachtete Morgause mit Zufriedenheit, aber sie sah noch mehr; Die dunklen Augen, ein Erbe des spanischen Bluts der Ambrosii, waren Artus' Augen; die feinen Knochen, der anmutig geformte Mund waren Morgauses Erbe.

Schließlich sprach sie. »Dein Name ist Mordred, wie man mir sagt?«

»Ja.« Die Stimme des Knaben war heiser vor Aufregung. Er räusperte sich. »Ja, Madame.«

»Mordred«, sagte sie nachdenklich. Selbst nach all den Jahren im Norden hatte sie immer noch den Akzent der südlichen Festlandkönigreiche, aber sie sprach klar und langsam, ihre Stimme war lieblich, und er verstand sie sehr gut. »Medraut, der Knabe vom Meer. Du bist also ein Fischer wie dein Vater?«

»Ja, Madame.«

»Hat man dir deshalb diesen Namen gegeben?«

Er zögerte, sah nicht, wohin das führen sollte. »Ich nehme es an, Madame.«

»Du nimmst es an.« Sie sagte es leichthin und schien ihre Aufmerksamkeit dem Glätten einer Falte ihres Kleides zuzuwenden. Nur ihr Hauptratgeber und Gabran, ihr gegenwärtiger Liebhaber, die sie gut kannten, wußten, daß die nächste Frage wichtig war.

»Hast du sie nie danach gefragt?«

»Nein, Madame. Aber außer dem Fischen kann ich noch andere Dinge tun. Ich kann Torf stechen, ein Dach decken, eine Mauer bauen, das Boot ausbessern und … und sogar die Ziege melken.« Er hielt verlegen inne. Ein heiteres Raunen ging durch den Saal, und selbst die Königin lächelte.

»Und auf den Klippen herumklettern, als ob du selbst eine Ziege wärst. Wofür«, fügte sie hinzu, »wir dir alle dankbar sein sollten.«

»Das war nichts«, sagte Mordred. Sein Selbstvertrauen kehrte zurück. Er hatte wirklich keinen Grund, sich zu ängstigen. Die Königin war, wie Sula ihm erzählt hatte, eine liebreizende Frau, gar nicht die Hexe, die er sich vorgestellt hatte, und es fiel ihm überraschend leicht, mit ihr zu reden. Er lächelte zu ihr hinauf. »Ist Gawains Fuß arg verstaucht?« fragte er.

Erneutes Raunen im Saal. »Gawain sagt er einfach! Wie untersteht sich dieser Balg eines Fischers, mit der Königin Gespräche zu führen, sich wie ein junger Prinz vor sie hinzustellen und ihr ins Auge zu blicken?« Aber Morgause schien nichts Ungewöhnliches dabei zu finden. Sie achtete nicht auf das Gemurmel, hörte nicht auf, den Knaben aufmerksam zu betrachten.

»Nicht sehr. Jetzt, da der Fuß gebadet und verbunden ist, kann er schon ganz gut gehen. Morgen nimmt er seine Waffenübungen wieder auf. Das hat er dir zu verdanken, Mordred, und ich auch. Ich wiederhole, wir sind dir dankbar.«

»Die Männer hätten ihn sehr bald gefunden, und ich hätte ihnen das Seil leihen können.«

»Aber das taten sie nicht, und du bist zweimal hinuntergeklettert. Gawain erzählte mir, es sei ein gefährlicher Ort. Er hätte für diese Kletterei ausgepeitscht werden sollen, obgleich er mir zwei so herrliche Vögel brachte. Aber du ...« Die hübschen Zähne nagten an der roten Unterlippe, während sie ihn betrachtete. »Du sollst einen Beweis meiner Dankbarkeit erhalten. Was könnte dir gefallen?«

Jetzt war er wirklich verwirrt, starrte, schluckte, stammelte irgend etwas über seine Eltern, ihre Armut, den kommenden Winter und die Netze, die ständig ausgebessert werden mußten, aber sie unterbrach ihn. »Nein, nein. Das wäre für deine Eltern und nicht für dich. Für sie habe ich bereits Geschenke gefunden. Zeig sie ihm, Gabran.«

Ein gutaussehender blonder Mann, der in ihrer Nähe stand, bückte sich hinter ihren Sessel, holte eine Kiste hervor und öffnete sie. Mordred warf einen Blick hinein, sah gefärbte Wolle, gewobene Stoffe, einen geflochtenen Beutel mit Silbermünzen und eine verkorkte Weinflasche. Er wurde rot und dann bleich. Plötzlich schien ihm alles unwirklich, wie ein Traum. Die zufällige Begegnung in den Klippen, Gawains Erwähnung einer Belohnung, die Vorladung ins Haus der Königin – das war aufregend genug und eine willkommene Abwechslung in seinem eintönigen Leben. Er hätte höchstens eine Silbermünze erwartet, ein freundliches Wort von der Königin, vielleicht auch einen Leckerbissen aus der Palastküche vor dem Heimweg. Aber das hier – Morgauses Schönheit und Güte, die ungewohnte Pracht des Saals, die herrlichen Geschenke für seine Eltern und dazu noch das Versprechen weiterer Gaben für ihn ... Benommen und klopfenden Herzens fühlte er verwirrt, daß es zuviel war. Hier ging es um mehr als eine einfache Belohnung. Er sah es in den unter den Höflingen ausgetauschten Blicken, sah es in Gabrans vergnügt nachdenklichen Augen. Er verstand das alles nicht, und es machte ihn unsicher.

Gabran klappte den Deckel der Kiste zu, aber als Mordred sie aufheben wollte, wußte Morgause ihn zu hindern.

»Nein, Mordred. Nicht jetzt. Wir werden Sorge tragen, daß sie es vor der Abenddämmerung bekommen. Aber du und ich haben noch etwas zu besprechen, nicht wahr? Geziemt sich das nicht für einen jungen Mann, dem der zukünftige König dieser Insel zu liebendem Dank verpflichtet ist? Komm mit mir. Wir werden darüber unter vier Augen sprechen.«

Sie erhob sich. Gabran eilte sogleich an ihre Seite, bot ihr den Arm, aber sie achtete nicht auf ihn, trat von der Empore hinab und streckte dem Knaben die Hand entgegen. Er nahm sie etwas unbeholfen, aber sie machte eine anmutige Geste daraus, umfaßte sein Handgelenk mit ihren juwelengeschmückten Fingern, als wenn er ein Höfling wäre, der sie an der Hand aus dem Saal führte. Als sie neben ihm stand, war sie kaum größer als er. Sie duftete nach wilden Rosen und wie ein warmer Sommertag. In Mordreds Kopf begann sich alles zu drehen.

»Komm«, wiederholte sie leise.

Die Höflinge traten zurück, verneigten sich, bahnten ihnen den Weg frei. ihr Sklave zog einen Vorhang zurück, hinter dem eine Tür sichtbar wurde. Wachen standen an beiden Seiten, die Speere steif im Griff. Mordred war sich nicht mehr der starrenden Blicke und des Geflüsters bewußt. Sein Herz pochte. Was jetzt kommen würde, vermochte er nicht zu erraten, aber es konnten bestimmt nur weitere Wunder sein. Irgend etwas hing in den Wolken für ihn, ihr Lächeln und ihre Berührung waren glückverheißend.

Unwillkürlich strich er sich das schwarze Haar von

der Stirn, eine Geste nach Artus' Art, und dann führte er Morgause erhobenen Hauptes wie ein König aus dem Saal.

3

Der vom Palast in die Gemächer der Königin führende Gang war lang und ohne Fenster, nur von den Fackeln an den Wänden beleuchtet. Zwei Türen befanden sich auf der linken Seite; die eine mußte die des Wachraums sein, sie stand offen, und Mordred hörte dahinter Männerstimmen und das Klappern von Spielsteinen. Die andere führte auf den Hof hinaus, wo er sich erinnerte, Wachen gesehen zu haben. Sie war jetzt geschlossen, aber am Ende des Ganges hielt ein Diener eine dritte Tür auf, um die Königin und ihr Gefolge durchzulassen.

Dahinter lag ein viereckiger Raum, der als Vorzimmer der Privatgemächer der Königin zu dienen schien. Er war unmöbliert. Durch das Spitzfenster rechts sah man ein schmales Stück Himmel und hörte die Brandung. Ihm gegenüber, auf der Landseite, war eine weitere Tür, die Mordred zuerst mit Neugier und dann mit Ehrfurcht betrachtete.

Ein seltsam niedriger und breiter Türbogen – die gleiche primitive Form wie die Tür der Hütte seiner Eltern – tief eingelassen unter einer schweren Steinschwelle und von dicken Pfosten flankiert. Er hatte derartige Eingänge schon einige Male gesehen; sie führten in alte unterirdische Steingewölbe, wie man sie hie und da auf den Inseln fand. Man erzählte, sie seien wie die hohen Steintürme von den Alten erbaut, die ihre Toten dort bestatteten. Aber für die einfacheren Leute waren es Zauberorte, Feenhügel, die die Tore der Unterwelt schützten, und die Skelette der Menschen und Tiere, die man dort fand, waren die Überreste der Vermessenen, die sich zu weit in das dunkle Reich vorgewagt hatten. Wenn der Nebel die Inseln verhüllte - was auf diesen windgepeitschten Meeresküsten selten vorkam –, konnte man angeblich die Götter und Geister auf ihren goldgesattelten Pferden reiten sehen, während die traurigen Gespenster der Toten um sie herumirrten. Wahr oder nicht, jedenfalls mieden die Inselbewohner die Hügel, unter denen sich diese unterirdischen Gewölbe verbargen; aber vielleicht war das Haus der Königin neben einem solchen errichtet worden, und man hatte es erst entdeckt, als die Grundfesten ausgehoben waren. Jetzt war der Eingang durch eine schwere Eichentür mit eisernen Haspen und einem starken Riegel geschützt, die allen da drinnen im Dunkel lauernden Kräften standhielten.

Mordred dachte nicht mehr daran, als die große Tür vor ihnen sich zwischen zwei bewaffneten Wachen öffnete und er dahinter das blendende Sonnenlicht, die Wärme, die Düfte und Farben des Hauses der Königin wahrnahm.

Der Raum, den sie betraten, war Morgauses Gemach in Dunpeldyr nachgebildet. Eine Ausführung in kleinerem Maßstab, jedoch herrlich in Mordreds Augen. Die Sonne schien durch ein großes viereckiges Fenster und beleuchtete eine Fensterbank mit hellen blauen Kissen. Nahebei, ganz in Sonnenlicht gebadet, stand ein vergoldeter Sessel mit Fußschemel vor einem kreuzbeinigen Tisch. Morgause setzte sich und zeigte auf die Fensterbank. Mordred nahm gehorsam Platz, wartete schweigend und mit pochendem Herzen, während die Frauen sich auf Geheiß der Königin mit ihrer Stickarbeit in den hinteren Teil des Zimmers ins Licht eines anderen Fensters zurückzogen. Ein Diener eilte herbei, brachte der Königin einen silbernen Becher mit Wein und reichte Mordred auf ihren Befehl eine Schale süßen Honiggetränks. Er nippte daran, stellte die Schale auf den Fenstersims, denn obgleich ihm

Mund und Kehle trocken waren, konnte er nichts zu sich nehmen.

Die Königin trank ihren Wein aus, reichte ihren Becher Gabran, der bereits seine Befehle erhalten haben mußte. Er ging damit zum Diener an der Tür, schloß die Tür hinter ihm und gesellte sich zu den Frauen am anderen Ende des Zimmers, wo er eine kleine Knieharfe aus ihrer Stoffhülle nahm, sich auf einen Schemel setzte und zu spielen begann.

Erst jetzt sprach die Königin wieder, und sie sprach leise, so daß nur Mordred, der ganz in ihrer Nähe saß, sie hören konnte.

»Nun, Mordred, laß uns reden. Wie alt bist du? Nein, antworte nicht… Du wirst bald deinen elften Geburtstag feiern. Habe ich recht?«

»Ja … Ja«, stammelte der Knabe verblüfft. »Wie konntet Ihr … Ach, natürlich, Gawain hat es Euch erzählt.«

Sie lächelte. »Ich hätte es auch so gewußt. Ich weiß mehr über deine Geburt als du selbst, Mordred. Kannst du erraten, warum?«

»Aber nein, Madame. Über meine Geburt? Aber das war doch bevor Ihr Euch hier niederließt, nicht wahr?«

»Ja. Damals regierten ich und mein königlicher Gemahl noch in Dunpeldyr in Lothian. Hast du je gehört, was ein Jahr vor Prinz Gawains Geburt in Dunpeldyr geschah?«

Er schüttelte den Kopf, hätte auch nichts sagen können, denn er konnte immer noch nicht begreifen, warum die Königin ihn hierhergebracht hatte, in ihre Gemächer, und so geheimnisvoll zu ihm sprach. Aber sein Instinkt gebot ihm, wachsam zu sein. Jetzt mußte es sich entscheiden, die Zukunft, der er zugleich mit Widerwillen und Hoffnung entgegensah, mit seltsam ruhelosen und zuweilen heftigen Gefühlen der Auflehnung gegen das Leben, zu dem er geboren war und zu dem er sich bis zu seinem Tode verdammt geglaubt hatte wie alle Angehörigen seiner Familie.

Morgause beobachtete ihn sehr aufmerksam und lächelte. »Dann hör mir jetzt zu. Es ist Zeit, daß du es weißt. Du wirst bald wissen, warum ...«

Sie glättete eine Falte ihres Kleides und sprach leichthin, als ob sie über eine belanglose Sache aus ferner Vergangenheit redete, irgendeine Geschichte, die man einem Kind beim Lampenschein erzählt.

»Du weißt, daß der Hochkönig Artus mein Halbbruder ist. König Uther Pendragon war unser beider Vater. Vor langer Zeit plante König Uther meine Vermählung mit König Lot, und obgleich mein Vater starb, bevor sie stattfinden konnte, obgleich mein Bruder Artus nie Lots Freund war, wurden wir getraut. Ich hoffte, daß durch diese Ehe eine Freundschaft oder wenigstens ein Bündnis entstehen würde, aber ob es nun aus Neid auf Lots militärische Tüchtigkeit war oder (und davon bin ich überzeugt) wegen der Lügen, die Merlin der Zauberer ihm erzählte – Merlin, der alle Frauen haßt und der sich einbildet, ich hätte ihm ein Unrecht angetan –, jedenfalls hat König Artus sich mir gegenüber eher als Feind denn als Bruder oder einfach nur wie ein gerechter König betragen.«

Sie hielt inne. Der Knabe blickte sie mit großen Augen und halb geöffnetem Mund an. Sie glättete noch einmal ihr Kleid, fuhr dann mit tieferer und eindringlicherer Stimme fort:

»Kurz nachdem König Artus den Thron Britanniens eingenommen hatte, erzählte ihm der böse Merlin, irgendwo in Dunpeldyr sei ein Kind geboren, ein Sohn des Königs, der Artus Tod und Verderben bringen werde. Der Hochkönig zögerte nie. Er sandte Männer nach Norden aus, um die Söhne des Königs zu suchen und zu töten. O nein« – sie lächelte holdselig –, »nicht meine. Meine Söhne waren noch nicht geboren. Aber um sicher zu sein, daß auch kein vielleicht noch unbekannter Bastard König Lots überlebte, befahl Artus, alle Kinder unter einem gewissen Alter in der Stadt umzubringen.« Der Kummer ließ ihre Stimme fast versagen. »Und so, Mordred, wurden in dieser schrecklichen Nacht zahllose Kinder von den Soldaten ergriffen. Man ließ sie in einem kleinen Boot ins windige und wogende Meer hinaustreiben, bis sie schließlich an einen Felsen prallten und kenterten. Alle Kinder ertranken. Alle, bis auf eins.«

Er lauschte ihr wie gebannt. »Ich?« Es war ein kaum vernehmbares Flüstern.

»Ja, du. Der Knabe aus dem Meer. Verstehst du jetzt, warum man dir diesen Namen gab?«

Sie schien auf eine Antwort zu warten, und er sagte heiser: »Ich dachte, es sei deshalb, weil ich der Sohn eines Fischers bin. Viele Jungen, die bei den Netzen helfen, heißen Mordred oder Medraut. Ich dachte, es sei eine Art von Zauberbann, der mich vor der Meeresgöttin schützen sollte. Sie sang ein Lied darüber. Meine Mutter, meine ich.«

Die goldgrünen Augen öffneten sich ein wenig mehr.

»So? Ein Lied? Welches Lied?«

Mordred begegnete ihrem Blick und besann sich. Er hatte Sulas Ermahnung vergessen. Jetzt kam es ihm wieder in den Sinn, aber konnte es wirklich schaden, wenn er die Wahrheit sagte? »Ein Wiegenlied. Sie sang es, als ich noch klein war. Ich kann mich nur noch an die Melodie erinnern.«

Morgause schnippte mit den Fingern. Die Melodie war ihr einerlei. »Aber hast du diese Geschichte noch nie gehört? Haben deine Eltern dir nie von Dunpeldyr erzählt?«

»Nein, nie. Das heißt« – er sagte es offen und ehrlich heraus – »nur so, wie alle anderen Leute auch. Ich wußte, daß es zu Eurem Reich gehörte, daß Ihr dort einst mit dem König lebtet und daß die drei ältesten Prinzen dort geboren wurden. Mein … mein Vater erhält Nachrichten von den Schiffen, die von den Königreichen jenseits der Meere kommen, aus all den wunderbaren Ländern. Er hat mir so viel erzählt, daß ich ...« Er biß sich auf die Lippe, platzte dann mit der Frage heraus, die sich ihm unwiderstehlich aufdrängte. »Madame, wie haben mein Vater und meine Mutter mich aus diesem Boot gerettet und hierher gebracht?«

»Sie haben dich nicht aus dem Boot gerettet. Das hast du dem König von Lothian zu verdanken. Als er erfuhr, was den Kindern geschehen war, sandte er ein Schiff zu ihrer Rettung aus, aber es kam zu spät, außer für dich. Der Kapitän sah noch einige Wrackstücke schwimmen, und auf einer Planke lag ein Stoffbündel. Das warst du. Ein Ende deines Wickeltuchs hatte sich in einem Splitter verfangen und hielt dich in Sicherheit. Der Kapitän nahm dich auf. An deinem Kleid und dem Wickeltuch, das dir das Leben gerettet hatte, sah er, welches der Kinder du warst. So brachte er dich nach Orkney, wo du in Sicherheit aufwachsen konntest.« Sie hielt inne. »Hast du erraten, warum, Mordred?«

Sie las in seinen Augen, daß er es längst erraten hatte. Aber er senkte den Blick und antwortete scheu wie ein Mädchen: »Nein, Madame.«

Die Stimme, der Zug um den Mund, die mädchenhafte Sprödigkeit, das alles glich Morgause so sehr, daß sie laut auflachte, und Gabran, der seit über einem Jahr ihr Liebhaber war, blickte von seiner Harfe auf und erlaubte sich, mit ihr zu lächeln. »Dann werde ich es dir sagen. Zwei Bastarde des Königs von Lothian kamen bei diesem Gemetzel ums Leben. Aber man wußte, daß ihrer drei im Boot waren. Der dritte wurde durch die Gnade der Meeresgöttin gerettet, die ihn auf dem Wrackstück über Wasser hielt. Du bist der Bastard eines Königs, Mordred, mein Knabe vom Meer.«

Er hatte es natürlich kommen sehen, aber als sie in seinem Gesicht einen Funken von Freude oder Stolz oder Überlegung zu erkennen suchte, fand sie nichts.

Er biß sich auf die Lippe, kämpfte gegen ein Unbehagen an, das er auszudrücken wünschte, sich aber nicht getraute.

»Nun?« fragte sie schließlich.

»Madame …« Erneutes Schweigen.

»Nun?« Ein Hauch von Ungeduld. Sie hatte dem Knaben ein königliches Geschenk in die Hände gelegt, wenn auch ein falsches, und sie erwartete Anbetung und keine Zweifel, die sie nicht begreifen konnte. Da sie selbst nie wirklich geliebt hatte, fiel es ihr nicht ein, daß die Gefühle ihres Sohnes für seine Pflegeeltern stark genug sein könnten, um gegen die Versuchungen des Vergnügens und des Ehrgeizes abgewogen zu werden.

Endlich konnte er nicht mehr an sich halten. »Madame, war meine Mutter je in Dunpeldyr?«

Morgause liebte es, mit Menschen zu spielen, sah in ihnen Geschöpfe, die nur dazu da waren, ihren Launen zu dienen. Sie lächelte, und zum ersten Mal in dieser Unterredung sagte sie ganz einfach die Wahrheit. »Natürlich. Wo denn sonst? Du wurdest dort geboren. Habe ich es nicht gesagt?«

»Aber sie behauptet, sie habe ihr ganzes Leben in Orkney verbracht!« Mordred hatte die Stimme erhoben; das Geplauder am anderen Ende des Zimmers verstummte einen Augenblick, bis die Frauen, auf einen Blick der Königin hin, die Köpfe senkten und sich wieder an die Arbeit machten. Der Knabe sah zerknirscht aus und fügte leiser hinzu: »Und mein Vater. Er weiß doch bestimmt nicht, daß sie … daß ich …?«

»Du kleiner Narr hast mich nicht verstanden.« Ihr Ton war nachsichtig. »Brude und Sula sind deine Pflegeeltern. Sie haben dich auf Geheiß des Königs bei sich aufgenommen und das Geheimnis für ihn gewahrt. Sula hatte einen Sohn verloren und nahm dich an ihre Brust. Zweifellos zog sie dich mit der gleichen Liebe und Sorgfalt auf, die sie ihrem eigenen Kind geschenkt hätte. Was deine wirkliche Mutter betrifft« – sie beschloß die Frage, die an sie zu richten er noch zu verwirrt war, einstweilen aufzuschieben – »so kann ich es dir nicht sagen. Die Furcht gebot ihr zu schweigen und auf ihr Recht zu verzichten, und aus Angst vor dem Hochkönig wurde nie darüber gesprochen. Vielleicht war sie froh, daß die Sache in Vergessenheit geriet. Ich habe nie gefragt, obgleich ich wußte, daß einer der Knaben aus dem Boot gerettet worden war. Als König Lot dann starb und ich nach Orkney kam, um meinen jüngsten Sohn zu gebären und die drei anderen in Sicherheit zu bringen, war ich zufrieden, die Sache auf sich beruhen zu lassen. Und das mußt du auch tun, Mordred.«

Darauf wußte er nichts zu sagen und schwieg.

»Vielleicht ist deine Mutter tot, ich kann es nicht sagen. Erträume dir nicht, sie eines Tages aufzusuchen, das wäre Torheit – und was würde es dir nützen? Ein Mädchen aus der Stadt, das Vergnügen einer Nacht?« Sie beobachtete die halbgeschlossenen Lider, sein ausdrucksloses Gesicht. »Jetzt ist Dunpeldyr in den Händen eines Königs, den Artus zu seinem Geschöpf gemacht hat. Eine Suche wäre also zwecklos, Mordred, und sie könnte dir sehr gefährlich werden. Hast du mich verstanden?«

»Ja, Madame.«

»Was du tust, wenn du einmal erwachsen bist, ist deine eigene Sache, aber ich rate dir, nie zu vergessen, daß König Artus dein Feind ist.«

»Dann … bin ich es also? Derjenige, der ihm Tod und Verderben bringen wird?«

»Wer weiß? Das liegt bei den Göttern. Aber er ist ein harter Mann, und sein Ratgeber Merlin ist schlau und grausam zugleich. Glaubst du, sie nähmen diese Gefahr auf sich? Aber solange du auf diesen Inseln bleibst – und schweigst, bist du in Sicherheit.«

Er blickte sie stumm an, und dann fragte er fast flüsternd: »Aber warum habt Ihr es mir erzählt? Gewiß, ich verspreche, das Geheimnis zu wahren, aber warum habt Ihr es mir verraten?«

»Weil ich dir für Gawain zu Dank verpflichtet bin. Hättest du ihm nicht geholfen, so hätte er vielleicht allein den Aufstieg versucht und wäre dabei zu Tode gestürzt. Ich war neugierig, dich zu sehen, und habe dich unter diesem Vorwand zu mir kommen lassen. Es wäre vielleicht besser gewesen, dich dein ganzes Leben lang in Unwissenheit zu lassen. Deine Pflegeeltern hätten es nie gewagt, darüber zu sprechen. Aber nach dem, was gestern geschehen ist…« Sie machte eine hübsche, halb abschätzende Geste. »Nicht jede Frau wünscht, die Bastarde ihres Mannes zu verwöhnen, aber ich und meine Familie schulden dir etwas, und meine Schuld bezahle ich. Jetzt, da ich dich gesehen und mit dir gesprochen habe, weiß ich auch, wie.«

Der Knabe schwieg. Er schien kaum noch zu atmen. Von dem anderen Ende des Zimmers ertönten Musik und das leise Geplauder der Frauen.

»Du bist zehn Jahre alt«, sagte Morgause. »Du bist hoch gewachsen, kräftig und gesund, und du könntest mir von einigem Nutzen sein. Nicht viele auf diesen Inseln haben das Blut und die Fähigkeit, die man braucht, um vielleicht einmal ein Führer zu werden. In dir glaube ich diese Fähigkeit zu sehen. Es ist Zeit, daß du deine Pflegestelle verläßt und deinen Platz hier mit den anderen Prinzen einnimmst. Was sagst du dazu?«

»Ich… ich werde tun, was Ihr wünscht, Madame«, stammelte der Knabe. Mehr vermochte er nicht zu sagen, denn in seinem Kopf hallten immer noch die Worte, sich ständig wiederholend wie die Harfenmusik. Die anderen Prinzen. Es ist Zeit, daß du hier deinen Platz mit den anderen Prinzen einnimmst… Später vielleicht würde er mit Liebe und Bedauern an seine Pflegeeltern denken, aber im Augenblick erfüllte die blendende Vision einer Zukunft, wie er sie sich nie zu erträumen gewagt hätte, sein ganzes Wesen. Und diese Frau, diese liebreizende königliche Dame war so gnädig, ihm, dem Bastard ihres Mannes, einen Platz neben ihren in Ehren geborenen Söhnen anzubieten. Von einem Impuls bewegt, den er nie zuvor verspürt hatte, glitt Mordred von der Fensterbank und kniete sich zu Morgauses Füßen. Mit einer anmutigen und rührend unbeholfenen Geste hob er den Saum ihres kupferfarbenen Kleides und küßte ihn. Anbetungsvoll blickte er zu ihr auf und flüsterte: »Ich werde Euch mit meinem Leben dienen, Madame. Verlangt es nur, es gehört Euch.«

Seine Mutter lächelte auf ihn herab, wohl zufrieden mit ihrer neuen Eroberung. Sie berührte sein Haar, und ihm schoß das Blut zu Kopf, dann lehnte sie sich wieder in die Kissen zurück, anmutige und zarte Königin, die zu ihrem Schutz starke Arme und kampfbereite Schwerter brauchte.

»Der Dienst mag hart sein, Mordred. Eine alleinstehende Königin ist auf die rückhaltlose Liebe und Schutzbereitschaft ihrer kämpfenden Mannen angewiesen. Dazu wirst du mit deinen Brüdern hier im Palast geschult werden. Jetzt geh zur Seehundsbucht hinunter, nimm Abschied von deinen Pflegeeltern und hol dir deine Sachen.«

»Heute? Jetzt?«

»Warum nicht? Ist einmal ein Beschluß gefaßt, so muß er auf der Stelle ausgeführt werden. Gabran wird dich begleiten, und ein Sklave, der dir deine Sachen trägt. Geh jetzt.«

Mordred, der noch zu verwirrt und von Ehrfurcht gerührt war, um ihr zu sagen, daß er seinen irdischen Besitz sehr gut ganz allein tragen könne, und in einer Hand noch dazu, stand auf, verneigte sich und küßte die ihm dargebotene Hand. Die höfische Geste – und das war bemerkenswert – wirkte dieses Mal fast natürlich. Die Königin entließ ihn, wandte sich ab, Gabran war an seiner Seite, führte ihn rasch aus dem Zimmer, durch den Gang in den Hof hinaus, wo der leuchtende Abendhimmel sich bereits der Dämmerung zuneigte und die Gerüche der Torffeuer und des Essens, das auf ihnen kochte, die Luft erfüllten.

Ein Mann, der Kleidung nach ein Stallbursche, erschien mit einem gesattelten Pferd. Es war ein kräftiges Inselpony von gelblicher Farbe und struppig wie eine Ziege.

»Komm«, sagte Gabran. »Es ist bald Essenszeit, und wir werden uns verspäten. Ich nehme an, du reitest nicht. Nein? Dann steig hinter mir auf. Der Mann kann uns folgen.«

Mordred zögerte. »Es ist nicht nötig, ich habe wirklich nichts zu tragen. Und auch Ihr braucht nicht mitzukommen, Sir. Wenn Ihr hierbleibt und zu Abend eßt, kann ich nach Hause laufen und ...«

»Du wirst bald lernen, daß, wenn die Königin mir befiehlt, dich zu begleiten, ich dich begleiten muß.« Gabran verschwieg, daß die Befehle sogar noch ausdrücklicher waren. »Du darfst ihn nicht mit Sula alleinlassen«, hatte Morgause gesagt. »Was immer sie auch erraten haben mag, so hat sie ihm scheinbar noch nichts erzählt. Aber jetzt, da sie ihn verlieren wird, könnte ihr wer weiß was einfallen. Der Mann ist nicht wichtig; er ist zu dumm, um die Wahrheit zu erraten, aber selbst er könnte dem Jungen erzählen, wie er wirklich, auf eine Abmachung hin, aus Dunpeldyr hierher gebracht wurde. Also nimm ihn, laß ihn nicht aus den Augen, und bring ihn rasch zurück. Ich werde dafür sorgen, daß er nicht zu ihnen zurückkehrt.«

So sagte Gabran barsch: »Los, gib mir die Hand.« Und sobald Mordred hinter ihm auf dem Pferd saß, sich an ihn klammernd wie der junge Falke an seinen Wollball, galoppierte er den Pfad zur Seehundsbucht hinunter.

4

Sula hatte im letzten Tageslicht vor der Hütte gesessen, die zum Dörren bestimmten Fische geschlitzt und ausgenommen, und als das Pferd auf der Hügelkuppe sichtbar wurde, schüttete sie gerade einen Eimer mit Abfällen auf dem Kiesstrand aus, wo die Hühner und die Seevögel sich sogleich über den stinkenden Haufen hermachten. Die schreienden und miteinander kämpfenden Möwen machten einen ohrenbetäubenden Lärm, und der Wind verbreitete den üblen Geruch.

Als Gabran die Zügel festzog, ließ sich Mordred vom Rumpf des Ponys gleiten. »Falls Ihr hier auf mich warten wollt, Sir, laufe ich rasch zur Hütte hinunter und hole mir meine Sachen. Ich bin gleich wieder zurück. Es ... es wird nicht lange dauern. Ich glaube, meine Mutter hat das oder ähnliches erwartet. Ich werde mich beeilen. Könnte ich vielleicht bis morgen früh bleiben? Dann hätten wir noch Zeit, miteinander zu reden.«

Gabran machte sich nicht die Mühe, ihm zu antworten, stieg vom Pferd und nahm den Zügel in die Hand. Als Mordred behutsam mit der Kiste hinunterging, folgte er ihm.

Sula hatte sich wieder der Hütte zugewandt und blickte auf. Sie war über Mordreds lange Abwesenheit beunruhigt gewesen, aber als sie ihn in dieser Begleitung sah, blieb sie einen Augenblick wie angewurzelt stehen und preßte unwillkürlich den schleimverschmierten Eimer an den Leib. Dann faßte sie sich, warf den Eimer vor die Tür und ging rasch ins Haus. Ein trüber gelber Schein drang durch den Ritz des Vorhangs, nachdem sie die Lampe angezündet hatte.

Der Knabe stieß den Vorhang beiseite, trat freudig mit der Kiste ein.

Heute war es drinnen einmal nicht so rauchig wie sonst. An warmen Sommertagen kochte Sula das Essen draußen im Ziegelofen auf einem Feuer aus getrocknetem Seetang und Dung. Aber die ganze Bucht stank nach Fisch, und in der Hütte schnürte einem der erstickende Geruch des Seerabenfetts der Lampe die Kehle zu. Mordred nahm das alles plötzlich wahr, obgleich er sein ganzes Leben lang nichts anderes gekannt hatte – nur waren ihm jetzt die Düfte und Farben der Gemächer der Königin in frischer Erinnerung –, empfand Mitleid und Scham, Selbsthaß sogar, den er allerdings zu jung war, als solchen zu erkennen. Er schämte sich vor Gabran, der offenbar beabsichtigte, mit ihm einzutreten, und er schämte sich vor sich selbst, weil er sich vor Gabran schämte.

Zu seiner Erleichterung war Sula allein. Sie wischte sich die Hände an einem Tuch ab, das vom Blut ihres aufgeritzten Fingers und dem Schleim und den Schuppen der Fische verschmiert war. Auch die Steinklinge des Messers auf dem Tisch war voller Blutflecke.

»Mutter, du hast dir die Hand geschnitten!«

»Es ist nichts. Sie haben dich lange aufgehalten.«

»Ich weiß. Die Königin wollte mit mir sprechen. Warte, bis du alles gehört hast. Der Palast ist ganz wunderbar, und ich war sogar im Hause der Königin … Aber zuerst schau dir das an, Mutter! Sie gab mir Geschenke.«

Er stellte die Kiste auf den Tisch und öffnete sie.

»Schau, Mutter! Das Silber ist für dich und Vater, und ist dieses Tuch nicht fein? Dick und gut für den Winter. Hier ist eine Flasche guten Weins und ein Kapaun aus der Palastküche. Das alles ist für dich …«

Er hielt unsicher inne. Sula hatte keinen einzigen Blick auf die Schätze geworfen, wischte sich immer noch die Hände ab, immer wieder.

Da verlor Mordred die Geduld. Er riß ihr den Lappen aus den Händen, warf ihn zu Boden, rückte die Kiste näher. »Willst du es dir nicht einmal anschauen?

Möchtest du nicht wissen, was die Königin zu mir gesagt hat?«

»Ich sehe, daß sie großzügig war. Wir wissen alle, daß sie großzügig sein kann, wenn es ihr gefällt. Und was hast du bekommen?«

»Versprechungen.« Gabran sagte es in der Tür, während er sich bückte, um einzutreten. Als er sich aufrichtete, ragte sein Kopf fast bis an die Decke. Er trug einen knielangen gelben Leibrock mit breiter grüner Borte, gelbe Steine glänzten auf seinem Gürtel, und sein Kragen war aus ziseliertem Kupfer. Sein dichtes Haar, blond wie Haferstroh, hing ihm über die Schultern, und er hatte die blauen Augen des Nordens. Seine Gegenwart erfüllte den Raum, ließ diesen noch ärmlicher und schmutziger als zuvor erscheinen.

Mordred mochte es empfunden haben, Sula jedoch nicht. Unbeeindruckt betrachtete sie Gabran kampfbereit, wie man einem Feind entgegenblickt. »Welche Versprechungen?«

Gabran lächelte. »Nur das, was jedem Mann gebührt, und Mordred hat sich als ein Mann erwiesen – wenigstens in den Augen der Königin. Einen Becher für seinen Trunk, einen Teller für sein Fleisch und Werkzeug für seine Arbeit.«

Sie starrte ihn an, bewegte die Lippen, fragte ihn nicht, was er damit meinte, machte auch keine Anstalten, ihn gastfreundlich zu empfangen, wie es bei den Inselbewohnern üblich war.

»Das hat er«, entgegnete sie barsch.

»Aber nicht so, wie es ihm gebührt«, sagte Gabran sanft. »Du weißt so gut wie ich, daß ihm ein silberner Becher geziemt und daß sein Werkzeug nicht Hacke und Fischhaken sind, sondern ein Schwert und ein Speer.«

Man ist nie vorbereitet, wenn das, was man seit Jahren erwartet und gefürchtet hat, plötzlich eintrifft. Es war Sula, als hätte er mit diesem gleichen Speer ihr

Herz getroffen. Sie warf die Hände auf, verbarg das Gesicht in der Schürze und sank auf dem Schemel neben dem Tisch nieder.

»Mutter, nein!« rief Mordred. »Die Königin hat mir alles gesagt... du mußt wissen, was sie mir gesagt hat!« Dann, betrübt an Gabran gewandt: »Ich dachte, sie wüßte es. Ich dachte, sie verstünde es.«

»Sie versteht es. Nicht wahr, Sula?«

Ein Nicken war ihre Antwort. Sie wiegte sich hin und her, wie im Kummer, aber sie gab nicht einen Laut von sich.

Mordred zögerte. Unter dem rauhen Volk der Inseln tauschte man selten Zärtlichkeiten aus. Er ging auf sie zu, berührte nur leicht ihre Schulter. »Mutter, die Königin hat mir die ganze Geschichte erzählt. Wie der Schiffskapitän mich fand, wie du und Vater mich aufnahmt, für mich sorgtet, als wäre ich euer eigener Sohn. Sie sagte mir, wer ich sei... oder wenigstens, wer mein Vater war. Und jetzt meint sie, ich sollte im Palast bei den anderen sein, bei König Lots anderen Söhnen und den Edelmännern, um dort das Kriegshandwerk zu erlernen.«

Sie sagte noch immer nichts. Gabran, der sie von der Tür aus beobachtete, rührte sich nicht.

Mordred versuchte es noch einmal. »Mutter, du mußt gewußt haben, daß ich es eines Tages erführe. Und jetzt, da ich es weiß, darfst du nicht traurig sein. Du siehst ja, daß ich nicht traurig bin. Hier wird sich nichts ändern, denn es ist immer noch mein Heim, und du und Vater...« Er schluckte. »Ihr werdet immer meine Sippe sein, glaube mir! Eines Tages...«

»Ja, eines Tages«, unterbrach sie ihn barsch. Die Schürze fiel, und ihr vom Schmutz verschmiertes Gesicht schien krankhaft bleich im flackernden Lampenlicht. Sie achtete nicht auf Gabran, der elegant an der Tür lehnte. Mordred blickte sie flehend an; sie sah Liebe und Besorgtheit in seinem Antlitz, aber da war noch etwas anderes, sie erkannte es, die hochfahrende Erregung, den Ehrgeiz, den eisernen Willen, seinen Weg zu gehen. Sie hatte Artus, den Hochkönig von Britannien, nie gesehen, aber als sie Mordred anblickte, erkannte sie seinen Sohn.

Mit schwerer Stimme fuhr sie fort: »Ja, eines Tages. Eines Tages wirst du als hoher Herr zurückkehren und den armen Leuten, die dich aufgezogen haben, Gold schenken. Und du willst mir einreden, daß nichts sich geändert hat? Erzähl mir nicht, es mache keinen Unterschied, wer du seist ...«

»Das habe ich nicht gesagt! Natürlich macht es einen Unterschied! Wer wäre nicht froh zu wissen, daß er der Sohn eines Königs ist? Wer wäre nicht froh in der Erwartung, Waffen zu tragen und vielleicht eines Tages über das Meer zu reisen und die Königreiche auf dem Festland zu sehen, wo sich Dinge ereignen, die den Lauf der Welt bestimmen? Als ich sagte, nichts werde sich ändern, meinte ich das, was ich fühle, was ich für dich und meinen Vater fühle. Aber daß ich von hier fort will, dafür kann ich nichts! Bitte, versuch mich zu verstehen. Ich kann doch nicht lügen und so tun, als ob es mich grämte.«

Sein Gesicht und seine Stimme waren so betrübt, daß sie weich wurde. »Natürlich kannst du das nicht, mein Junge. Du mußt einer alten Frau verzeihen, die diesen Augenblick so lange gefürchtet hat. Ja, du mußt gehen. Aber muß es schon jetzt sein? Wartet dieser feine Herr darauf, dich zurückzubringen?«

»Ja. Sie sagten, ich solle mir nur meine Sachen holen und gleich zurückkommen.«

»Dann hol sie dir. Dein Vater kehrt erst mit der Abendflut heim. Du kannst ihn besuchen, sobald man es dir erlaubt.« Sie lächelte fast. »Sorge dich nicht, mein Junge, ich werde ihm erzählen, was geschehen ist.«

»Er weiß doch auch alles, nicht wahr?«

»Natürlich weiß er es. Und er wird einsehen, daß es so kommen mußte. Ich glaube, er hat nicht mehr daran gedacht, aber ich habe es seit etwa einem Jahr kommen sehen. In dir sah ich es, Mordred, jawohl. Das Blut spricht. Immerhin bist du für uns ein guter Sohn gewesen, wenn du auch auf anderes hinauszuwollen schienst. Daß wir Bezahlung für dich nahmen, weißt du sicher. Wo hätten wir sonst das Geld für das gute Boot und die ausländischen Netze hergenommen? Ich habe dich anstelle meines toten Kindes genährt, und dann warst du so gut wie unser eigenes, und noch besser. Ja, wir werden dich bitter vermissen. Die Fischerei ist ein hartes Handwerk für einen Mann, wenn er älter wird, und du hast trefflich am Strick mitgezogen. Das hast du getan.«

Im Gesicht des Knaben ging etwas vor, und dann rief er plötzlich aus: »Ich werde nicht gehen! Ich will dich nicht verlassen, Mutter. Sie können mich nicht zwingen!«

Sie blickte ihn traurig an. »Du wirst gehen, Junge. Jetzt, da du es gesehen und geschmeckt hast, wirst du gehen. Hol dir deine Sachen. Der Herr dort wird ungeduldig.«

Mordred wandte sich zu Gabran um. Dieser nickte und sagte nicht unfreundlich: »Wir müssen uns beeilen. Die Tore werden bald geschlossen.«

Der Knabe ging zu seiner Schlafstatt, einer Steinplatte, auf der ein mit getrocknetem Farnkraut gefüllter Sack lag, der als Matratze diente, und eine blaue Decke. Aus einer Mauernische unter dem Bett holte er seine Habe hervor, eine Schleuder, einige Fischhaken, ein Messer, seinen alten Arbeitskittel. Schuhe besaß er nicht. Er legte die Fischhaken auf das Bett zurück, den Arbeitskittel ebenfalls. Bei der Schleuder zögerte er. Der glatte Holzgriff paßte so gut in seine Hand, und die runden und glatten Steine, die er so sorgfältig am Strand aufgelesen hatte, betastete er liebevoll ein letztes Mal. Dann trennte er sich auch von ihnen. Sula sah ihm wortlos zu. Zwischen ihnen hingen die unausgesprochenen Worte: *Sein Werkzeug sind ein Schwert und ein Speer …*

Er drehte sich um. »Ich bin bereit.« Nur sein Messer nahm er mit.

Falls jemandem die Symbolik dieser Geste aufgefallen war, so wurde kein Wort darüber verloren. Gabran griff zum Türvorhang, aber bevor er ihn berührte, wurde der Vorhang ungestüm aufgestoßen, und die Ziege drängte sich ins Zimmer. Sula stand auf und nahm den Melkeimer. »Geh jetzt. Komm zurück, wenn man es dir erlaubt, und erzähl uns, wie es sich dort oben im Palast lebt.«

Gabran hielt den Vorhang auf, und Mordred schritt langsam zur Tür. Was sollte er noch sagen? Ein Dankeswort wäre nicht genug und doch wieder mehr als genug. So stammelte er verlegen: »Leb wohl, Mutter«, und ging hinaus. Gabran ließ den Vorhang hinter ihnen zufallen.

Draußen wechselte die Tide, und der Wind hatte aufgefrischt und den Fischgestank vertrieben. Reine Luft schlug ihm entgegen, und es war wie ein Sprung in eine andere Strömung.

Gabran band das Pferd los. In der einbrechenden Dunkelheit waren die Knoten schwer zu lösen, und er brauchte einige Zeit dazu. Mordred zögerte, rannte dann noch einmal in die stinkende Hütte zurück. Sula molk die Ziege, blickte nicht auf. Er sah eine feuchte Spur im Schmutz auf ihrer Wange, wie die Spur einer Schnecke. Im Türbogen blieb er stehen, hielt den Vorhang fest, sprach rasch und heiser: »Ich komme bestimmt zurück, wenn sie mich lassen, ganz bestimmt. Ich werde … euch besuchen, dich und ihn. Eines Tages … eines Tages werde ich jemand sein, das verspreche ich, und dann werde ich für euch sorgen.«

Sie gab kein Zeichen von sich.

»Mutter.«

Sie blickte nicht auf. Ihre Hände ruhten nicht.

»Ich hoffe, daß ich nie erfahren werde, wer meine wirkliche Mutter ist«, sagte Mordred, wandte sich um und rannte wieder in die Dämmerung hinaus.

»Nun?« fragte Morgause.

Die Nacht war eingebrochen. Sie war allein mit Gabran in ihrem Schlafgemach.

Ihre Frauen schliefen im äußeren Zimmer, und in der Kammer dahinter lagen die fünf Knaben – Lots vier und ihr Sohn von Artus – in festem Schlummer. Aber die Königin und ihr Liebhaber waren noch nicht zu Bett gegangen. Das Torffeuer, vor dem sie saß, war zur Glut erloschen. Sie trug ein langes weißes Nachtgewand, pelzbesetzte Pantoffeln aus dem Winterfell des blauen Hasen, der auf der Hohen Insel läuft, das Haar hing ihr locker über die Schultern, leuchtete funkelnd im Widerschein der Torfglut. In diesem schwachen Licht sah sie kaum älter als zwanzig Jahre aus, und sie war sehr schön.

Obgleich sie wie immer seine Sinne erregte, wußte der junge Mann, daß der Augenblick nicht geeignet war, es zu zeigen. Noch voll angekleidet, den feuchten Mantel über dem Arm, hielt er Abstand und antwortete ihr im Ton des Untergebenen.

»Alles hat einen guten Verlauf genommen, Madame. Es geschah ganz nach Eurem Wunsch.«

»Keine Spuren von Gewalt?«

»Keine. Sie lagen in tiefem Schlaf – oder hatten zuviel von dem Wein getrunken, den Ihr ihnen schicken ließt.«

Ein leichtes Lächeln, das dem Arglosen unschuldig erschienen wäre, hing um ihren hübschen Mund. »Hätten sie nur daran genippt, so wäre es genug gewesen, Gabran.« Ihre schönen Augen blickten zu ihm auf, fanden nur rückhaltlose Bewunderung, und dann fuhr sie fort: »Glaubtest du, ich überließe es dem Zufall? Das solltest du besser wissen. Es war also leicht?«

»Sehr leicht. Aller Anschein wird darauf hinweisen, daß sie zuviel getrunken haben, achtlos waren, daß die Lampe zu Boden fiel, dabei Öl auf dem Bett verschüttete und …« Eine Geste beendete den Satz.

Sie atmete erleichtert auf, aber etwas in seiner Stimme ließ sie innehalten. Obgleich Morgause ihren jungen Galan schätzte und sogar liebte, hätte sie nicht gezögert, sich gegebenenfalls seiner zu entledigen, aber da sie ihn noch brauchte, mußte sie sich seine Treue bewahren. So sagte sie zärtlich: »Meinst du, es sei zu leicht gewesen, Gabran? Liebster, ich weiß, daß leichtes Töten einem Mann wie dir widerstrebt, und das Töten dieser Leute ist wie ein Schweineschlachten – keine Aufgabe für einen Krieger. Aber es war notwendig, das weißt du doch.«

»Ich nehme es an.«

»Du sagtest mir, die Frau schien etwas zu wissen.«

»Oder zu erraten. Es ist schwer zu sagen. Diese Leute sehen alle wie verwitterter Seetang aus. Sicher war ich mir nicht. Es war nur die Art, wie sie zu ihm sprach und wie sie dreinblickte, als er ihr sagte, du habest ihm die ganze Geschichte erzählt.« Er zögerte. »Wenn dem so ist, haben sie beide all die Jahre hindurch das Schweigen gewahrt.«

»Und selbst wenn«, sagte die Königin, die Hand nach der wärmenden Glut des Feuers ausstreckend, »so beweist das noch lange nicht, daß sie auch weiterhin geschwiegen hätten. Als sie sahen, daß sie den Knaben verlieren mußten, könnte sich ein Groll bei ihnen eingeschlichen haben, und wer einen Groll hegt, ist gefährlich.«

»Hätten sie zu sprechen gewagt? Und zu wem?«

»Zu dem Knaben natürlich. Du sagtest mir, Sula habe ihn ermahnt, sie zu besuchen, und das hätte er – zumindest in der ersten Zeit – auch gern getan. Und dann wäre ein einziges Wort, eine Andeutung, genug gewesen. Du weißt, wessen Sohn er ist, und du hast ihn gesehen. Glaubst du, es brauchte mehr als einen Hauch, um die Flamme eines Ehrgeizes anzufachen, der alle meine Zukunftspläne vernichten könnte? Nimm mein Wort dafür, es war notwendig. Liebster Gabran, du magst der beste Liebhaber sein, den je eine Frau in ihr Bett nahm, aber du könntest kein Königreich regieren, das größer als dies Bett wäre.«

»Warum sollte ich das wollen?«

Ihr Lächeln war zärtlich und spöttisch zugleich, und es ermutigte ihn, sich ihr zu nähern, aber sie wies ihn zurück. »Warte. Überlege. Diesmal werde ich es dir erklären. Und gib nicht vor, dir nie über meine Pläne bezüglich dieses Bastards Gedanken gemacht zu haben.« Sie drehte ihre Hand, schien das Funkeln ihrer Ringe zu bewundern, und dann blickte sie vertrauensvoll auf. »Du magst zum Teil recht haben. Ich habe meinen Falken zu früh und zu rasch fliegen lassen, aber ich nahm die Gelegenheit wahr, den Knaben aus seiner Pflegestelle zu nehmen und hierherzubringen, ohne viel erklären zu müssen. Außerdem ist er zehn Jahre alt, höchste Zeit also, daß er die Aufgaben und Manieren eines Prinzen erlernt. Ist dieser Schritt einmal getan, so ergibt sich alles übrige von selbst. Bis der geeignete Augenblick gekommen ist, darf mein Bruder Artus nichts über ihn erfahren, und auch nicht dieser Erzzauberer Merlin, der vielleicht in seinen guten Tagen das flüsternde Raunen auf der Heiligen Insel vernommen hätte. Jetzt ist er so alt und närrisch, daß wir nichts mehr von ihm zu befürchten haben. Ich machte aus meinem und Artus' Sohn all die Jahre hindurch nicht ein solches Geheimnis, um ihn mir jetzt fortnehmen zu lassen. Er ist meine Möglichkeit, auf das Hauptland zurückzukehren. Wenn er bereit ist, dorthin zu gehen, werde ich mit ihm ziehen.«

Er gehörte ihr wieder ganz, stellte sie fest. Erfreut

und geschmeichelt über ihr Zutrauen, fragte er mit Eifer: »Zurück nach Dunpeldyr, meint Ihr?«

»Nein, nicht nach Dunpeldyr. Nach Camelot steht mir der Sinn.«

»Zum Hochkönig?«

»Warum nicht? Er hat keinen legitimen Sohn und wird, wie die Kunde geht, auch nie mehr einen bekommen. Mordred ist meine Gewähr, an Artus' Hof zu gelangen ... Danach werden wir sehen.«

»Ihr scheint Euch sehr sicher zu sein«, sagte er.

»Ich bin es, denn ich habe es gesehen.« Sie lächelte über seinen erstaunten Blick. »Jawohl, Liebster, ich sah es im Brunnen. Es war klar wie Kristall – wie Hexenkristall: ich und alle meine Söhne in Camelot, festlich gekleidet und Geschenke tragend.«

»Dann aber – verzeiht mir die Frage – könnte es doch bedeuten, daß Ihr auch ohne das, was heute abend geschah, in Sicherheit gewesen wäret?«

»Mag sein.« Ihre Stimme war gleichgültig. »Wir lesen die Zeichen nicht immer richtig, und die Göttin könnte bereits gewußt haben, was heute nacht getan wurde. Jetzt weiß ich wenigstens, daß ich sicher bin. Ich brauche nur noch auf Merlins Tod zu warten. Zweimal schon, wie du weißt, wurde mir von seinem Tod berichtet, und zweimal freute ich mich zu früh, weil der Bericht falsch war und der alte Narr noch lebte. Aber der Tag, an dem es sich endlich bestätigen wird, kann nicht mehr fern sein. Dafür habe ich gesorgt, Gabran. Und wenn es soweit ist, wenn er nicht mehr Artus zur Seite steht, dann kann ich in Sicherheit dorthin ziehen, und Mordred mit mir. Mit meinem Bruder komme ich zurecht ... vielleicht nicht ganz so wie früher, doch immerhin wie eine Schwester, die über einige Macht verfügt und noch etwas von ihrer Schönheit bewahrt hat.«

»Madame ... Morgause ...«

Lachend streckte sie ihm die Hand entgegen.

»Komm, Gabran, du brauchst nicht eifersüchtig zu sein, und du brauchst mich auch nicht zu fürchten. Der einzigen Zauberkunst, die ich gegen dich anwende, weißt du sehr gut zu begegnen. Was du heute nacht noch zu tun hast, wird dir bekömmlicher sein als das von vorhin. Komm zu Bett. Alles ist in Sicherheit, denn du hast mir mehr als treu gedient.«

Und so geschah es. Gabran sprach seinen Gedanken nicht aus, und nachdem er sich seiner feuchten Kleidung entledigt hatte und neben Morgause in dem großen Bette lag, vergaß er ihn, vergaß die beiden Toten, die er in den rauchenden Trümmern der Hütte am Strand zurückgelassen hatte.

5

Mordred erwachte früh, wie er es gewohnt war.

Die anderen Knaben schliefen noch, aber es war die Stunde, da sein Pflegevater ihn immer zur Arbeit gerufen hatte. Eine Weile lag er da, seiner Umgebung ungewiß, und dann erinnerte er sich. Er befand sich im königlichen Palast, er war ein Königssohn, und die anderen Söhne des Königs schliefen hier, in einem Zimmer mit ihm. Prinz Gawain, der älteste von ihnen, lag neben ihm im selben Bett. Im anderen Bett schlummerten die drei jüngeren Prinzen, die Zwillinge und der kleine Gareth.

Er hatte mit ihnen noch nicht gesprochen. Nachdem Cabran ihn am Abend in den Palast gebracht hatte, war er der Obhut einer alten Frau übergeben worden, die den Prinzen als Kinderfrau und, wie sie ihm erzählte, Gareth noch als Amme diente, sich um ihre Kleidung und gewissermaßen auch um ihr Wohlergehen kümmerte. Sie hatte Mordred in eine Kammer voller Truhen und Kästen geführt und ihn neu eingekleidet. Waffen noch nicht, die würde er morgen bekommen, hatte sie mit saurer Miene gesagt, früh genug, um wie all die anderen mit dem Töten und Morden zu beginnen. Nach Männerart! Knaben seien schlimm genug, aber man könne sie wenigstens noch unter Zucht halten; sie sei zwar eine alte Frau, jedoch immer noch fähig, zu strafen, wem Strafe gebührte ... Mordred hatte ihr schweigend zugehört, die guten Kleider betastet und sich alle Mühe gegeben, nicht zu gähnen, während sie ihr Aufhebens machte. Aus ihrem Geschwätz, das nie aufhörte, erfuhr er, daß Königin Morgause, um das mindeste zu sagen, eine launenhafte Mutter war. Den einen Tag würde sie mit den Knaben ausreiten, ihnen zeigen, wie man auf dem Festland mit Hunden und Falken jagt, sie den ganzen Tag im Sattel sitzen lassen und ihnen bis zum späten Abend nichts zu essen geben, und am nächsten Tage schien sie dann die Knaben völlig vergessen zu haben, ließ sie nicht einmal ihre Gemächer betreten und rief sie erst am späten Abend zu sich, damit sie einem Minnesänger lauschten oder der ruhelosen und gelangweilten Königin zu erzählen hatten, was sie tagsüber getan hatten. Die Knaben wurden auch nicht auf gleiche Weise behandelt, und das einzige Prinzip, das Morgause von den Römern übernommen zu haben schien, war das *divide et impera.* Gawain, als Ältester und Thronerbe, hatte gewisse Freiheiten und Vorrechte, die den anderen versagt waren. Gareth, der Jüngste und nach dem Tod ihres Mannes Geborene, war das Lieblingskind. Blieben die Zwillinge, die, wie Mordred der verkniffenen Grimasse und dem Kopfschütteln der alten Ailsa entnahm, auch ohne die ständigen Eifersüchteleien und die eingedämmten Kräfte schwierig genug waren.

Als Mordred, die neuen Kleider sorgfältig über den Arm gehängt, ihr schließlich in die Schlafkammer der Knaben gefolgt war und die vier bereits fest schlafend in ihren Betten vorfand, seufzte er erleichtert auf. Ailsa nahm Gareth aus Gawains Bett, schob die Zwillinge etwas beiseite und legte den Kleinen neben sie. Keiner von ihnen rührte sich. Nachdem sie sie gut zugedeckt hatte, wies sie Mordred schweigend den Platz neben Gawain. Er zog sich aus und schlüpfte in das warme Bett. Die alte Frau trippelte noch eine Weile in der Kammer herum, las am Boden liegende Kleidungsstücke auf, legte sie auf die Truhe zwischen den Betten, ging dann hinaus und schloß die Tür leise hinter sich. Mordred schlief, bevor sie das Zimmer verlassen hatte.

Jetzt war ein neuer Tag angebrochen, und er fühlte sich hellwach. Genüßlich streckte er sich aus, ließ die neue Umgebung auf sich einwirken, verspürte eine Erregung, die ihm bis in die Knochen drang. Das Bett war weich und warm und roch nur leicht nach dem Pelz, der es bedeckte. Die Kammer schien ihm groß und prächtig eingerichtet mit den beiden breiten Betten, der Kleidertruhe und dem dick gewobenen Wandteppich über der Tür, der vor zu kalter Zugluft schützte. Fußboden und Wände waren mit den hier überall üblichen Steinfliesen ausgelegt. Zu dieser frühen Stunde war das Zimmer selbst im Sommer sehr kalt, aber viel sauberer, als Sulas Hütte es je sein könnte, und irgendwie erkannte der Knabe das als wünschenswert. Zwischen den Betten und über der Truhe ließ ein schmales Fenster die kühle, reine und salzig schmeckende Morgenluft herein.

Er konnte nicht mehr länger still liegen. Gawain schlief noch, wie ein kleiner Hund unter der Pelzdecke zusammengekuschelt. Im anderen Bett waren von den Zwillingen nur die Haarschöpfe zu sehen, und der an den Bettrand gestoßene Gareth hatte ein Beinchen aus der Decke gestreckt, schlief jedoch noch fest.

Mordred schlüpfte aus dem Bett, schlich sich zur Kleidertruhe, kniete sich darauf und schaute aus dem Fenster. Es ging auf den Hof hinaus, und wenn er sich ein bißchen streckte, sah er den großen Platz und das äußere Tor des Palastes. Das Rauschen des Meeres klang gedämpft, wie ein Murmeln unter dem unaufhörlichen Kreischen und Schreien der Möwen. Er blickte in die andere Richtung jenseits der Palastmauern, wo ein grüner Pfad durch das Heidekraut auf die Kuppe eines sanften Hügels führte. Jenseits dieses gewölbten Horizonts lag das Heim seiner Pflegeeltern. Sein Vater saß jetzt sicher beim Frühstück, um bald an die Arbeit zu gehen. Falls Mordred ihn sehen wollte (um es hinter mich zu bringen, sagte eine kleine, rasch unterdrückte Stimme im Dunkel seiner kaum bewußten Gedanken), so müßte er jetzt gehen.

Auf der Truhe lag der gute Kittel, den man ihm gestern abend gegeben, und dazu ein Mantel, eine Spange und ein Ledergürtel mit Kupferschnalle. Aber im Augenblick, da er nach der schönen neuen Kleidung greifen wollte, besann er sich plötzlich anders, nahm seinen alten Kittel, den er in eine Ecke geworfen hatte, zuckte leicht die Schulter und schlüpfte hinein. Dann duckte er sich unter dem Türvorhang hindurch, schlüpfte hinaus und schritt barfuß über die kalten Fliesen des Gangs zum großen Saal.

Im Saal schliefen die meisten noch, aber die Wache wurde für den Morgen abgelöst, und die Diener waren bereits auf. Niemand hielt ihn an oder sprach zu ihm, als er durch den Saal auf den Hof hinaus ging. Das äußere Tor war geöffnet, und zwei Bauern zogen einen mit Torf beladenen Karren herein. Die beiden Wachen sahen ihnen lässig zu, aßen ihre Frühstückshaferkuchen und tranken abwechselnd Bier aus einem Füllhorn.

Als Mordred sich dem Tor näherte, sah ihn einer der Männer, stieß den anderen an, brummte ihm ein paar unverständliche Worte zu. Der Knabe zögerte, erwartete, angehalten oder wenigstens gefragt zu werden, wo er hinwolle, aber nichts dergleichen geschah. Der Mann hob sogar die Hand wie zum Gruß, trat zurück und ließ ihn vorbei.

Vielleicht kam kein anderer Augenblick königlichen Zeremoniells im Leben Prinz Mordreds diesem gleich. Das Herz pochte ihm bis in die Kehle, und er fühlte die Röte in seine Wangen steigen. Er brachte jedoch die Ruhe auf, ein gelassenes »guten Morgen« zu sagen, und dann rannte er aus dem Tor hinaus und den grünen Pfad zum Moor hinan.

Er rannte, und das Pochen seines Herzens ließ nicht nach. Die Sonne ging auf, lange Schatten erstreckten sich vor ihm, der nächtliche Tau zitterte und dampfte im Gras und auf den Binsen, die eine leichte Brise bewegte, und bald war die Landschaft in flimmerndes Licht gebadet, in ein milderes Leuchten als der blendend schimmernde Glanz des Meers. Über ihm zogen die Wolken dahin, und die Luft erfüllte sich mit Gesang, als die Lerchen aus ihren Nestern in der Heide aufflogen. Ihr Trällern ließ die Luft erzittern, wie das Licht die Erde. Jetzt war er auf den Gipfel des Moores gelangt, und vor ihm lagen die langen, bis zu den Klippen wallenden Hänge, hinter denen sich die endlos leuchtende Weite des Meers erstreckte.

Von hier aus konnte er im klaren frühen Morgenlicht die Hügel der Hohen Insel erkennen. Dahinter lag das Festland, das wahre Festland, das große und wunderbare Land, das die Inselbewohner halb im Scherz, halb in Unwissenheit ›die nächste Insel‹ nannten. Oft hatte er vom Boot seines Vaters aus die nördlichen Klippen dieser Insel erblickt und versucht, sich den Rest vorzustellen; die weiten Ebenen, die Wälder, Straßen, Häfen und Städte. Obgleich sich das alles auch heute seinem Blick verbarg, war es kein Traum mehr. Es war das Hohe Königreich, in das er sich eines Tages begeben würde und wo große Dinge ihn erwarteten. Wenn sein neuer Rang irgendeine Bedeutung hatte, so würde es das sein. Dafür zu sorgen, war er fest entschlossen.

Er lachte laut und freudig auf und eilte weiter.

An der Torfhalde blieb er stehen, blickte sinnend auf den Graben, den er erst gestern ausgehoben hatte. Eine Ewigkeit schien seitdem vergangen zu sein. Jetzt mußte Brude die Arbeit allein beenden, obgleich er in letzter Zeit über Rückenschmerzen geklagt hatte. Vielleicht, sagte sich der Junge, könnte er, da man ihm im Palast scheinbar die Freiheit zu kommen und zu gehen ließ, jeden Morgen in der Frühe hierhereilen, etwa eine Stunde bevor die anderen Knaben erwachten, und den restlichen Torf ausheben. Und falls man ihm wirklich prinzlichen Rang und Dienerschaft zusprach, könnte er sie diese Arbeit verrichten lassen sowie das Sammeln von Flechten, die seiner Mutter als Farbstoff dienten. Der Korb stand noch immer neben dem Graben, wo er ihn gestern gelassen und vergessen hatte. Er nahm ihn auf und rannte hügelabwärts.

Die Möwen waren kreischend aufgeflogen, und der Wind vom Meer trug die Schreie zu ihm hinüber. Aber dieser Wind brachte noch etwas anderes, einen seltsamen Geruch, der ihm mit den schrillen aufgeschreckten Rufen der Seevögel wie die Klinge eines Messers entgegenschlug. Und der Rauch? Gewöhnlich stieg Rauch aus der Hütte auf, aber nicht dieser säuerliche, kalte und trübe Rauch, nicht dieser Geruch, der den guten Bratenduft an den seltenen Tagen, da Sula Fleisch in ihrem Topf hatte, Hohn strafte. Es war kein guter Geruch, sondern ein Übelkeit erregender Gestank, ein häßlicher Schimpf, der die frische Morgenluft verdarb.

Mordred war seiner Abstammung nach – mochte sie auch unrein sein – der Sohn eines kriegerischen Königs und der Enkel zweier Könige. Das und seine harte bäuerliche Erziehung hatten aus ihm einen Menschen gemacht, den keine Furcht schreckte und der den Dingen sofort auf den Grund ging. Er warf den Korb mit den Flechten zu Boden, rannte die Steilküste entlang, bis er in die Bucht hinunterblicken konnte, die sein Heim gewesen war.

Ja, gewesen war. Die vertraute Hütte mit dem Ofen aus Lehm, den geschichteten Fischen auf den Matten, den zum Trocknen aufgehängten Netzen – das alles war verschwunden. Nur die vier Wände seines Heims waren geblieben, geschwärzt und rauchend, den üblen Gestank verbreitend, den der Wind ihm entgegentrug. Die äußeren Dachplatten hatten zum größten Teil standgehalten, da sie auf steinernen, in die Mauern gebauten Stützpfeilern ruhten, aber die in der Mitte waren dünner und hatten an manchen Stellen nur auf einer Schicht von Treibholz gelegen. Das von der Sommerhitze trockene Heidedach war in Flammen aufgegangen, und nachdem die Stützen nachgegeben hatten, waren die Dachfliesen gesunken, zersplittert und eingestürzt, hatten die flammende Glut mit sich gerissen und das Innere seines Heims zu einem Scheiterhaufen gemacht.

Es muß wahrlich ein Scheiterhaufen gewesen sein, denn jetzt erkannte er würgend den Geruch, der ihn an Sulas Kochtöpfe erinnerte. Sula und Brude lagen bestimmt unter diesem Haufen schwelender Trümmer. Das Dach war unmittelbar über ihrer Schlafstatt eingestürzt. Für Mordred, der benommen und verwirrt die Ursache des Unheils zu finden suchte, gab es nur eine Erklärung. Seine Eltern mußten geschlafen haben, als ein einzelner Funke der unbewachten Glut, von der Zugluft hinaufgetrieben, sich im trockenen Torf des Dachs verfangen und dort das Feuer ausgelöst hatte. Er hoffte nur, daß sie nicht erwacht waren, daß sie vielleicht im schwelenden Rauch das Bewußtsein verloren hatten oder daß sie vom einstürzenden Dach getötet wurden, bevor die Flammen sie erreichten.

So stand er lange Zeit da, starrte, konnte es nicht fassen, fühlte Übelkeit, und erst als der scharfe Wind ihm unter dem Kittel an die Haut fuhr, fröstelte er und bewegte sich wieder. Er kniff die Augen zu, wie in törichter Hoffnung, daß alles wieder wie früher sein würde, wenn er sie öffnete, daß der Schrecken nur ein Alptraum gewesen war. Aber der Schrecken blieb. Mit seinen jetzt weit aufgerissenen Augen sah er wie ein wildes aufgescheuchtes Pony aus, als er zuerst langsam den Pfad hinabstieg und dann, wie von einer unsichtbaren Peitsche angetrieben, zu rennen begann.

Etwa zwei Stunden später fand ihn Gawain, den man ihn suchen geschickt hatte.

Mordred saß auf einem Felsblock in der Nähe der Hütte und starrte auf das Meer hinaus. Neben ihm lag Brudes unbeschädigtes Boot. Gawain war schreckensbleich, rief ihn, und da Mordred nicht antwortete, trat er zögernd auf ihn zu und berührte seinen Arm.

»Mordred. Man hat mich nach dir ausgeschickt. Was ist geschehen?«

Keine Antwort.

»Sind sie … sind deine Leute … dort drinnen?«

»Ja.«

»Was ist geschehen?«

»Wie soll ich das wissen? Es war so, als ich hier ankam.«

»Sollten wir nicht … könnte ich vielleicht …?«

Mordred fuhr ihn an: »Nein! Geh nicht hin. Es steht dir nicht an. Laß sie.«

Er sprach barsch und gebieterisch, im Ton des älteren Bruders, und Gawain fügte sich ohne Widerspruch, blickte ihn nur neugierig und erschrocken an. Die Männer, die ihn begleitet hatten, waren bereits an der Hütte, schauten sich in den Trümmern um; aber ob ihre leisen Ausrufe wirkliches Entsetzen oder nur Ekel ausdrückten, ließ sich schwer sagen.

Die beiden Knaben sahen ihnen zu, Gawain fasziniert und gegen Übelkeit ankämpfend, Mordred bleich und wie verkrampft.

»Bist du hineingegangen?« fragte Gawain.

»Natürlich. War es nicht meine Pflicht?«

Gawain schluckte. »Nun ... du solltest jetzt lieber mit mir zurückkehren. Wir müssen es der Königin sagen.« Dann, als Mordred sich immer noch nicht rührte: »Es tut mir leid, Mordred. Wie furchtbar muß das alles für dich sein. Es tut mir wirklich leid. Aber du kannst jetzt nichts mehr tun, das siehst du doch ein. Überlaß es ihnen. Wollen wir jetzt gehen? Du siehst krank aus.«

»Ich bin gesund, mir war nur übel.« Er ließ sich von dem Felsblock gleiten, bückte sich über eine Pfütze, bespritzte sich das Gesicht mit etwas Salzwasser. Dann richtete er sich auf und rieb sich die Augen, wie aus einem Schlaf erwacht. »Wir können jetzt gehen. Wo sind die Männer?« Zorn stieg in ihm auf. »Sind sie hineingegangen? Was haben sie dort zu suchen?«

»Sie müssen es tun«, sagte Gawain rasch. »Siehst du nicht ein, daß die Königin alles darüber wissen muß? Schließlich waren diese Leute ... deine Pflegeeltern ... nicht Leute wie jeder andere ...« Mordred starrte ihn blicklos an, und er fuhr fort: »Vergiß nicht, wer du jetzt bist, und daß sie gewissermaßen in königlichem Dienst standen. Die Königin muß wissen, was geschah, Mordred.«

»Es war ein Unfall. Was sonst?«

»Ich weiß. Aber sie wird einen Bericht verlangen, und man wird alles tun, was dem Anstand gebührt. Komm jetzt, bleiben wir nicht länger hier. Wir können nichts tun, wirklich nichts.«

»Doch, wir haben noch etwas zu tun.« Mordred zeigte auf die Tür der Hütte, wo die Milchziege blökend hin und her trappelte, verängstigt ob des ungewohnten Treibens, der Gerüche, des Durcheinanders, aber auch beunruhigt durch den Schmerz ihres geschwollenen Euters. »Wir müssen die Ziege melken. Hast du je eine Ziege gemolken, Gawain?«

»Nein, noch nie. Ist es schwer? Wirst du sie jetzt melken? Hier?«

Mordred lachte, und die Spannung war gewichen. »Nein. Wir nehmen sie mit. Und auch die Hühner. Wenn du mir das Netz holst, das auf dem Kiel des Bootes trocknet, werde ich versuchen, sie einzufangen.«

Er griff nach einer Henne, packte sie geschickt, fing eine zweite, die im Seegras scharrte, fand in seinem Tun die erlösende Gegenwirkung zu der Tragödie, vergaß Kummer und Schrecken. Gawain, Prinz und Thronfolger von Orkney, blieb einen Augenblick unschlüssig stehen, tat dann wie ihm geheißen, rannte auf das umgedrehte Boot zu und holte das Netz.

Als die Männer aus der Hütte kamen und leise miteinander sprechend vor der Tür standen, sahen sie die beiden Knaben den Pfad hinansteigen. Gawain führte die Ziege, und Mordred trug, über die Schulter gehängt, das Netz mit den Hühnern.

Keiner von ihnen blickte zurück.

Am Tor des Palastes wurden sie von Gabran erwartet, der sich zuerst schweigend anhörte, was Gawain ihm erzählte, dann ein paar teilnahmsvolle Worte zu Mordred sprach und schließlich einige Diener herbeirief, um den Knaben die mitgebrachten Tiere abzunehmen (»Sie muß sofort gemolken werden!« rief Mordred ihnen zu), bevor er sie in den Palast führte.

»Die Königin muß darüber unterrichtet werden. Ich gehe jetzt zu ihr. Mordred, zieh dir etwas Anständiges an, denn sie wird mit dir sprechen wollen. Gawain, du wirst ihn begleiten.«

Er eilte davon. Gawain blickte ihm mit schmalen Augen nach und murmelte vor sich hin: »Eines Tages, mein lieber Gabran, wirst du Prinzen keine Befehle mehr erteilen, als ob sie deine Hunde wären. Wir wissen, wessen Hund *du* bist! Für wen hältst du dich, daß du meiner Mutter an meiner Stelle Nachrichten bringst?« Dann grinste er verschmitzt zu Mordred hinüber. »Immerhin ist es mir lieber, daß er es heute tut! Komm, wir müssen uns saubermachen.«

Die Zwillinge waren im Zimmer der Knaben, gingen zwar ihren gewohnten Beschäftigungen nach, warteten jedoch mit einiger Ungeduld auf die erste Begegnung mit ihrem neuen Halbbruder. Agravaine saß auf dem Bett und schärfte sein Messer auf einem Wetzstein, während Geheris auf dem Boden hockte und einen Ledergürtel fettete, um ihn geschmeidig zu machen. Gareth war nicht anwesend.

Von kräftigem Wuchs, wohlgestaltet, hatten beide das rötliche Haar und die helle Gesichtsfarbe der Söhne Morgauses von Lot, und als sie aufblickten, sahen sie nicht gerade freundlich aus. Aber offenbar hatte man ihnen eingeschärft, Mordred höflich willkommen zu heißen, denn sie begrüßten ihn recht artig, starrten ihn allerdings danach argwöhnisch an, wie das Vieh es tut, wenn ein fremder und vielleicht gefährlicher Eindringling den Weideplatz betritt.

Ein Diener eilte herbei, stellte ein Wasserbecken auf den Boden und legte ein Tuch daneben. Gawain rannte zur Kleidertruhe, warf Mordreds Sachen auf das Bett, suchte sich passende Kleidung aus, während Mordred sich auszuziehen begann.

»Warum zieht ihr euch um?« fragte Agravaine.

»Wir müssen zu unserer Mutter«, sagte Gawain, den Kopf in der Truhe.

»Warum?« fragte Geheris.

Gawain warf Mordred einen Blick zu, der nur bedeuten konnte: ›Kein Wort. Noch nicht.‹ Dann sagte er: »Das ist unsere Sache. Ihr werdet es später erfahren.«

»Er auch?« Agravaine zeigte auf Mordred.

»Ja.«

Agravaine schwieg, beobachtete Mordred, der in einen seiner neuen Kittel schlüpfte und nach dem bestickten Ledergürtel mit der Dolchscheide und dem Haken für das Trinkhorn griff. Er zog die Schnalle zu und blickte sich nach dem versilberten Horn um, das Ailsa ihm gegeben hatte.

»Es liegt dort auf dem Fenstersims«, sagte Geheris.

»Hat sie dir das wirklich gegeben? Ein Glück für dich, es ist ein Prachtstück. Gerade das hatte ich für mich haben wollen«, sagte Agravaine. Es klang nicht verärgert oder trotzig, war völlig ausdruckslos dahergesagt, aber Mordreds Augen blitzten ihn kurz an, während er sich das Horn an den Gürtel schnallte.

»Es gab nur eines davon«, bemerkte Gawain über die Schulter hinweg. »Und du und Geheris müßt immer das gleiche haben.«

»Gareth wird das goldene bekommen«, sagte Geheris. Er sprach im gleichen ausdruckslosen altklugen Ton. Wieder blickte Mordred kurz auf. Etwas, das ihm für die Zukunft nützlich sein könnte, hatte sich in seinem kühlen Kopf eingeprägt.

Gawain trocknete sich das Gesicht und warf Mordred das Tuch zu. »Beeil dich, wir müssen uns noch die Füße waschen. Sie gibt sehr auf ihre Teppiche acht.« Er blickte sich um. »Wo ist Gareth?«

»Bei ihr natürlich«, sagte Geheris.

»Hast du vielleicht einen vollständig versammelten Willkommensrat erwartet, Bruder?« fragte Agravaine.

Wenn man mit den Zwillingen plaudert, fand Mordred, während er sich die Füße trocknete, glaubt man mit einem Knaben und seinem Spiegelbild zu reden. Gawain sagte barsch: »Es reicht. Ich sehe euch später. Komm, Mordred. Wir sollten jetzt gehen.«

Mordred stand auf, glättete die weichen Falten seines neuen Kittels und folgte Gawain zur Tür. Der Diener, der gerade eintreten wollte, um das Becken zu holen, hielt sie weit auf. Gawain blieb unwillkürlich stehen, schickte sich an, wie es dem Gastgeber geziemt, Mordred den Vortritt zu lassen, schien sich dann jedoch plötzlich anders zu besinnen, ging als erster durch und ließ Mordred folgen.

Die Tür der Königin war wie immer bewacht. Die Speere senkten sich, als die Knaben sich näherten. »Nicht Ihr, Prinz Gawain«, sagte der eine. »Strikter Befehl. Nur der andere.«

Gawain blieb stehen, trat dann beiseite, blickte finster und wie versteinert drein. Als Mordred ihn betroffen anschaute, ein bedauerndes Wort auf den Lippen, wandte er sich rasch und schweigend ab, schritt den Gang hinunter, rief laut und gebieterisch einen Diener herbei.

Alle drei also, sagte sich Mordred. Gawain ist mir wenigstens immer noch für die Rettung in den Klippen dankbar, aber die anderen beiden sind mir böse. Ich werde auf der Hut sein müssen. Sein kühler Verstand fügte alles zusammen, und was dabei herauskam, mißfiel ihm nicht. Man fühlte sich also von ihm bedroht? Und warum? Weil er unleugbar König Lots ältester Sohn war? Irgendwo in seinem Innern flammte ein kleiner Funke auf – Wetteifer, Streben, Tatendrang – glühte, entfachte sich zu etwas Neuem: Ehrgeiz. Er spann seine Gedanken weiter, zusammenhanglos, jedoch klar. Bastard oder nicht, ich bin der älteste Sohn des Königs, und das gefällt ihnen nicht. Hat das zu bedeuten, daß ich wirklich eine Bedrohung für sie bin? Das muß ich herausfinden. Vielleicht heiratete er sie … meine Mutter, wer immer sie war …? Oder vielleicht kann ein Bastard erben …? Selbst Artus wurde nicht im Ehebett gezeugt, und auch Merlin nicht, der des Königs Schwert fand, das Schwert von Britannien … Was macht es schon aus, daß ich ein Bastard bin? Was ein Mann vermag, was er ist, das allein zählt …

Die Speere hoben sich, und die Tür der Königin öffnete sich. Er verdrängte die aufsteigenden wirren Gedanken und kam zum Kern der Sache. Ich muß auf der Hut sein, sagte er sich. Mehr als nur auf der Hut. Ich sehe keinen Grund, weshalb sie mich begünstigen sollte, aber da sie es tut, muß ich auf der Hut sein. Nicht nur vor ihnen. Vor ihr. Vor ihr am allermeisten.

Er trat ein.

6

Während der einsamen Totenwache am Strand, auf dem langen schweigsamen Marsch zum Palast zurück, beim spannungsvollen Wortwechsel mit den Zwillingen im Zimmer der Knaben hatte Mordred Zeit gehabt, seine gewohnte – und erstaunlich erwachsene – Selbstbeherrschung wiederzugewinnen. Morgause, die ihn sehr prüfend betrachtete, als er näher trat, erriet es nicht, denn die Nachwirkungen des Schreckens waren noch sichtbar: Die blassen Wangen und die Bewegungen, aus denen alles Leben gewichen zu sein schien, zeugten noch vom Ekel und Entsetzen über das, was er gesehen hatte. Der Knabe, den die Königin vor sich stehen sah, war stumm und blaß, blickte zu Boden, während seine Hände, in den neuen Ledergürtel gesteckt, sich zu Fäusten ballten, in scheinbarem Bemühen, seiner Gefühlserregung Herr zu werden.

So jedenfalls erschien es Morgause. Sie saß auf ihrem Stuhl am Fenster, wo das einflutende Sonnenlicht Wärme verbreitete. Gabran war mit Gareth hinausgegangen, aber die Frauen der Königin saßen am anderen Ende des Zimmers, drei mit Stickarbeiten beschäftigt, eine vierte neugesponnene Wolle aus einem Korb sortierend. Der vom vielen Gebrauch glattpolierte Spinnrocken lag neben ihr auf dem Boden. Das alles erinnerte Mordred gerade jetzt, da er es sich am wenigsten wünschte, an Sulas lange und beschwerliche Spinnarbeiten vor der Hütte, bei denen ihre knotig gewordenen Finger sie in letzter Zeit immer mehr geschmerzt hatten. Er blickte fort, starrte auf den Boden und hoffte ungestüm, daß die Teilnahmsbezeugungen und Mitleidsbeweise der Königin ihn nicht aus der Fassung brächten.

Das hätte er nicht zu fürchten gebraucht. Morgause stützte das Kinn auf die Hand und betrachtete ihn. In der neuen Kleidung sah er wie ein Prinz aus, und er ähnelte Artus so sehr, daß ihre Augen schmal wurden, als sie mit spitzem Mund, ungerührt wie ein Vogel, zwitscherte: »Gabran hat mir erzählt, was geschehen ist. Es tut mir leid.«

Sie klang völlig gleichgültig. Er blickte auf, senkte wieder die Augen, sagte nichts. Welchen Grund hätte sie gehabt, traurig zu sein? Für sie war es nur eine Erleichterung, nichts mehr bezahlen zu müssen. Aber für Mordred ... Er war zwar jetzt ein Prinz, aber er sah seine Lage klar. Ohne die Möglichkeit, zu seinen Pflegeeltern zurückzukehren, war er völlig der Gnade einer Königin ausgesetzt, die außer der belanglosen Dankesschuld für seine Kletterei auf den Klippen keine Ursache hatte, ihm wohlzuwollen. Er sagte also nichts.

Das alles bestätigte ihm Morgause nun. »Immerhin scheint die Göttin über dich zu wachen, Mordred. Hätte sie nicht unsere Aufmerksamkeit auf dich gelenkt, was wäre dann aus dir geworden, ohne Heim, ohne jede Möglichkeit, dir deinen Lebensunterhalt zu verdienen? Vielleicht wärst du sogar mit deinen Pflegeeltern in den Flammen umgekommen. Und selbst wenn du dich gerettet hättest, wäre dir nichts geblieben. Da du ein Boot rudern und Netze flicken kannst, hätte dich irgendein Bauer in seinen Dienst genommen. Aber das ist eine Knechtschaft, Mordred, der ebenso schwer zu entkommen ist wie der Sklaverei.«

Er rührte sich nicht, blickte nicht auf, aber sie sah das schwache Zittern seiner gespannten Muskeln und lächelte zufrieden.

»Mordred, schau mich an.«

Er hob den Kopf, zeigte ihr ein ausdrucksloses Gesicht.

Sie fuhr entschlossen fort: »Du hattest einen Schrekken, aber du mußt dagegen ankämpfen und es hinter dich bringen. Du weißt jetzt, daß du der Bastard eines Königs bist und daß du deinen Pflegeeltern nichts weiter schuldig warst als Kost und Unterkunft; und selbst das verdankst du eigentlich dem König, der es vor vielen Jahren befahl. Auch ich hatte meine Befehle und bin ihnen gefolgt. Ich hätte mich vielleicht nie entschlossen, dich aus deiner Pflegestelle zu nehmen, wenn der Zufall und das Schicksal es nicht gewollt hätten. Am selben Tage, als du Prinz Gawain auf den Klippen begegnetest, sah ich etwas im Kristall, das mich warnte.«

Bei dieser Lüge hielt sie inne. Die Augen des Knaben hatten kurz aufgeblitzt, und sie deutete es als ein Zeichen jener zugleich furchtsamen und gebannten Neugier, die das arme Volk ihrer angeblichen Zaubermacht entgegenbrachte. Sie war zufrieden. Auch er würde ihr Geschöpf sein, wie die anderen Leute im Palast. Ohne den Zauber und den Schrecken, den sie damit einflößte, hätte eine Frau schwerlich vermocht, dieses wilde und unbeugsame Königreich zu halten, so fern von den schützenden Schwertern der Könige, deren Aufgabe es war, Britanniens Einheit zu sichern. Sie fuhr fort: »Mißverstehe mich nicht. Vom Unheil der letzten Nacht erhielt ich keine Warnung. Hätte ich in den Brunnen gesehen – dann vielleicht. Aber die Wege der Göttin sind undurchschaubar, Mordred. Sie ließ mich wissen, daß du zu mir kommen würdest, und siehe, du bist gekommen. Deshalb hast du jetzt doppelten Grund, die Vergangenheit zu vergessen und dich nach besten Kräften zu bemühen, ein Kriegsmann zu werden, der sich seinen Platz im Palast verdient hat.« Sie blickte ihn an und fügte in sanfterem Ton hinzu: »Und du bist mir in der Tat willkommen. Wir werden für dein Wohlergehen Sorge tragen. Aber Mordred, königlicher Bastard oder nicht, deinen Platz mußt du dir zuerst verdienen.«

»Ich werde es tun, Madame.«

»Dann geh jetzt und beginne.«

So nahm Mordred nun voll und ganz am Leben des Palastes teil, einem Leben, das sich auf seine Art als nicht weniger hart und streng als das seines früheren bäuerlichen Daseins erwies und ihm viel weniger Freiheiten bot.

Die Festung von Orkney hatte keinen Platz aufzuweisen, den ein Festlandkönig als ein militärisches Übungsfeld anerkannt hätte. Jenseits der Mauern fiel das Moor in einem leichten Hang landeinwärts ab, und diese wildbewachsene, genügend flache und bei gutem Wetter ziemlich trockene Strecke diente als Paradefeld, Übungsgelände und auch als Spielplatz für die Knaben in ihren freien Stunden. Fast jeden Tag sah man sie sich dort tummeln, denn die Prinzen von Orkney wurden nicht so ausgiebig in der Kriegskunst geschult wie die unter strengerer Zucht stehenden Söhne der Festlandkönige. Hätte König Lot noch gelebt, hätte Dunpeldyr und das Königreich Lothian auf dem Festland noch unter seiner Herrschaft gestanden, so hätte er wahrscheinlich seine Söhne, zumindest die älteren, dazu angehalten, sich täglich im Umgang mit dem Schwert, dem Speer oder dem Bogen zu üben, die Grenzen ihres Landes kennenzulernen und andere Länder zu sehen, die mit dem ihren verbündet waren, von denen man im Kriegsfall Hilfe oder Bedrohung erwarten konnte. Aber auf dieser Insel war eine solche Wachsamkeit nicht nötig. Den ganzen Winter hindurch – er währte vom Oktober bis zum April, manchmal sogar bis zum Mai – machte die See die Küsten uneinnehmbar, und oft sah man die umliegenden Inseln nur als Wolken hinter den Wolken schweben, die mit Regen oder Schnee beladen über das Meer trieben. In mancher

Hinsicht mochten die Knaben den Winter am liebsten, denn dann zog sich Königin Morgause vor den Unbilden der Winde vollkommen in ihren Palast zurück, verbrachte ihre Tage am wärmenden Feuer und schenkte ihren Söhnen nicht einmal mehr ihre sprunghafte Anteilnahme? Dann waren sie frei, mit den Männern an der Reh- oder Wildschweinjagd teilzunehmen – Wölfe gab es auf der Insel nicht –, fanden besondere Freude an den halsbrecherischen Ritten, wenn sie, mit Speeren bewaffnet, den zottigen Hunden über wildes und gefährliches Gelände folgten. Es gab auch Seehundjagden, blutige und aufregende Raubzüge über die glitschigen Felsen, wo ein falscher Schritt einen Beinbruch oder noch Schlimmeres bedeuten konnte. Mit ihren Bogen, die sie bald vortrefflich zu handhaben verstanden, schossen sie auf Vögel, die man jederzeit jagen durfte. Was den Umgang mit dem Schwert und die Kunst der Kriegsführung betraf, so sorgten die Offiziere der Königin für das erstere, denn das zweite konnte man an jedem Abend am Lagerfeuer der Soldaten im Hof erlernen. Sonst gab es keinen Unterricht. Es ist möglich, daß Königin Morgause im ganzen Königreich die einzige war, die lesen und schreiben konnte. Sie hatte eine Truhe voller Schriften in ihrem Gemach, und wenn sie manchmal am Winterfeuer eine davon aufrollte, blickten die Frauen ehrfurchtsvoll zu ihr hoch und baten sie, ihnen etwas vorzulesen. Das tat sie nur selten, denn die Schriften waren zum größten Teil Sammlungen altüberlieferter magischer Sprüche, und die Königin hütete ihre Zaubergabe mit Eifersucht. Die Knaben wußten nichts davon, und es wäre ihnen auch gleichgültig gewesen, denn diese Macht – deren Echtheit außer Zweifel stand – hatte sich durch eine List des Blutes auf Morgause und ihre Halbschwester Morgan vererbt, war aber auf keinen ihrer fünf Söhne übergegangen. Sie hätten auch nie davon Gebrauch gemacht, allein schon deshalb, weil sie Zauberei für Frauensache hielten. Sie waren Männer und strebten nach deren Macht.

Mordred vielleicht noch eifriger als alle anderen. Er hatte nicht erwartet, ohne weiteres und sofort in die Bruderschaft der Prinzen aufgenommen zu werden, und es gab auch Schwierigkeiten. Die Zwillinge waren immer beisammen, und Gawain nahm sich fast ausschließlich des jungen Gareth an, um ihn vor den rauhen Fäusten und Füßen der Zwillinge zu schützen und um ihn davor zu bewahren, von seiner Mutter allzusehr verwöhnt zu werden.

Durch folgenden Umstand gelang es Mordred schließlich, den geschlossenen Kreis der legitimen Kinder Morgauses zu durchbrechen. Eines Nachts erwachte Gawain und hörte Gareth auf dem Fußboden schluchzen. Die Zwillinge hatten ihn aus dem Bett auf die kalten Fliesen gestoßen und dann lachend seine Versuche abgewehrt, in die Wärme unter den Decken zurückzukriechen. Zu schläfrig, um tätlich einzugreifen, nahm Gawain den kleinen Bruder einfach in sein Bett, was bedeutete, daß Mordred aufstehen und sich zu den Zwillingen legen mußte. Sie waren hellwach, kampflustig, machten keine Anstalten, ihn einzulassen, verwehrten ihm, jeder auf seiner Seite des breiten Betts, den Platz zum Schlaf.

Mordred stand ein paar Minuten in der Kälte, beobachtete sie, während Gawain, des Treibens nicht gewahr, den kleinen Gareth tröstete, unbekümmert über das erstickte Kichern der Zwillinge. Mordred indessen machte sich nicht einmal die Mühe, in das Bett zu gelangen, griff rasch und plötzlich nach der dicken Pelzdecke, unter der die Knaben nackt lagen, riß sie ihnen fort und bereitete sich sein Lager auf dem Boden.

Ihre wütenden Schreie ließen Gawain auffahren, aber er lachte nur, schlang den Arm um Gareth und schaute zu. Agravaine und Geheris bekamen eine Gänsehaut vor Kälte und stürzten sich mit Fäusten und

Zähnen auf Mordred. Aber er war rascher, schwerer und völlig erbarmungslos. Agravaine stieß er mit einem Schlag in den Magen, der ihn nach Atem ringen ließ, auf das Bett zurück, und dann, als Geheris ihn in den Arm biß, schnappte er sich seinen Ledergürtel von der Truhe und schlug so lange auf den Rücken und Hintern des Jungen ein, bis dieser sich heulend hinter dem Bett verkroch.

Mordred verfolgte sie nicht weiter, warf die Decke auf das Bett zurück, legte den Gürtel auf die Truhe, stieg in das Bett und deckte sich gut zu, um sich vor der kalten Zugluft aus dem Fenster zu schützen.

»Genug. Die Sache ist abgetan. Kommt herein. Ich tue euch nichts mehr, wenn ihr mich in Ruhe laßt.«

Agravaine trotzte und schluckte, gehorchte jedoch nach wenigen Minuten. Geheris hielt sich die Hinterbacken und zischte wütend: »Du Bastard! Du Fischerbalg!«

»Beides bin ich«, sagte Mordred gelassen. »Als Bastard bin ich älter als ihr und als Fischerbalg kräftiger. Kommt also und haltet den Mund.«

Geheris blickte zu Gawain, fand keine Hilfe, gehorchte zitternd. Die Zwillinge wandten Mordred den Rücken zu und schliefen scheinbar sofort ein.

Gawain lächelte von seinem Bett aus, streckte die Hand im Zeichen des Sieges hoch, und Gareth, dessen Tränen kaum getrocknet waren, grinste breit.

Mordred beantwortete die Geste, zog die Decke fester an sich und streckte sich aus. Erst als er sicher war, daß die Zwillinge wirklich schliefen, entspannte er sich, genoß die Wärme des dicken Pelzes und schlummerte ein. Wie immer schwankte sein Schlaf zwischen Wunschbildern und Alpträumen.

Danach gab es keine ernstlichen Schwierigkeiten mehr. Agravaine faßte sogar eine Art von trotziger Bewunderung für Mordred, und Geheris, der seinem Zwillingsbruder so weit nicht folgen wollte, verhielt sich wenigstens neutral. Gareth war nie ein Problem. Sein sonniges Wesen und die rasche und wirksame Rache, die Mordred an seinen Peinigern vollzogen hatte, sicherten ihm seine Freundschaft zu. Mordred hütete sich jedoch wohl, etwas zwischen den kleinen Knaben und den geliebten Bruder kommen zu lassen, denn Gawain blieb ihm am wichtigsten, und Gawain, dessen Natur etwas vom alten Fürstengeschlecht innewohnte, eine Tugend, der das schwarze Blut Lots und die böse Zaubermacht seiner Mutter nichts anhaben konnten, würde sich rasch und grimmig zur Wehr setzen, wenn jemand in seine Gefilde einbräche. Was Gawain betraf, so verhielt sich Mordred neutral und abwartend. Gawain mußte der Schrittmacher sein.

So verging der Herbst und der Winter, und als der Sommer wiederkam, war die Seehundsbucht nur noch eine Erinnerung. Niemand hätte vermocht, Mordred in seiner Haltung und Kleidung, in seinen Kenntnissen der einem Prinzen von Orkney notwendigen Künste von seinen Halbbrüdern zu unterscheiden. Um fast ein Jahr der älteste, maß er sich natürlich öfter mit Gawain als mit den jüngeren, und obgleich Gawain zuerst den Vorteil für sich hatte, geübter zu sein, war Mordred ihm bald in jeder Beziehung ebenbürtig. Mordred besaß Scharfsinn, war schlau, hatte einen kühlen Kopf; Gawain hatte jenen Heldenmut, der in schlechten Tagen zu Unbesonnenheit und Wildheit ausarten konnte. Im Waffengang waren sie sich gleich, und sie brachten einander Achtung entgegen, vielleicht Zuneigung, aber keine Liebe. Gawain liebte nur Gareth und, wenn auch auf gespannte und unglückliche Art, seine Mutter. Die Zwillinge lebten füreinander. Mordred schien sich zwar in seiner neuen Umgebung heimisch und zur Familie gehörig zu fühlen, stand jedoch immer abseits, selbstgenügsam und zufrieden, es zu sein. Die Königin sah er nur selten, wußte daher nicht, wie aufmerksam sie ihn beobachtete.

Eines Tages, der Herbst war wiedergekommen, ging er zur Seehundbucht hinunter. Auf der Höhe der Klippe verweilend, wie einst so oft, blickte er auf das grünlich schimmernde Wasser hinab. Es war Oktober, und ein heftiger Wind wehte. Die Heide war schwarz und kahl, hie und da an den feuchteren Stellen von goldgrünen Flecken unterbrochen, wo das Sumpfmoos in hohen und dichten Tupfen wuchs. Die meisten Vögel waren nach Süden gezogen, und nur weiße Seeraben kreisten, Gespenstern gleich, über dem Wasser. Unten in der Bucht hatte das Wetter den Ruinen der Hütte so stark zugesetzt, daß die Mauern, reingewaschen von den Erdklumpen, die ihre Steine zusammengehalten hatten, eher wie von der Flut angespülte Felsblöcke aussahen als wie ein einst von Menschen bewohntes Haus. Die verbrannten und geschwärzten Trümmer waren seit langem vom Sturm und der Flut in alle Winde zerstreut worden.

Mordred kletterte den Hang hinunter und ging geradewegs über das regenfeuchte Gras auf den Türbogen seines ehemaligen Heims zu. Auf der Schwelle blickte er sich um. Während der vergangenen Woche hatte es stark geregnet, und in einer der Pfützen vor ihm sah er etwas Weißes schimmern. Er bückte sich, und seine Hand fühlte Knochen.

Nach kurzem Zögern packte er plötzlich zu und zog den Gegenstand heraus. Es war Teil eines Knochens, aber ob von einem Tier oder einem Menschen, das vermochte er nicht zu erkennen. Er hielt es in der Hand, erwartete, daß es eine Gemütserregung oder wenigstens eine Erinnerung in ihm weckte. Aber die Zeit und das Wetter hatten ihre Arbeit getan, und was er da betrachtete, erschien ihm ebenso nichtssagend und gleichgültig wie die Steine an dem sturmgepeitschten Strand. Diese Menschen, sein früheres Leben, das alles war jetzt vorüber und vergangen. Er warf den Knochen in die Pfütze zurück und wandte sich ab.

Bevor er wieder den Pfad hinan stieg, blickte er auf das Meer hinaus. Er war nun frei, frei in gewissem Sinne, aber die Freiheit, nach der er mit jeder Faser seines Wesens dürstete, lag jenseits der Grenzen dieses Wassers. Sein Streben war auf den Raum zwischen den Orkneys und dem Festland gerichtet, dem Hohen Königreich, dem Ziel seiner Wünsche.

»Dorthin werde ich ziehen«, sagte er zum Wind. »Hat das Schicksal es mir nicht vorbestimmt? Dort werde ich sehen, was ein Bastardprinz aus Orkney vermag. Sie kann mich nicht aufhalten. Ich nehme das erste Schiff.«

Dann kehrte er der Bucht den Rücken und ging zum Palast zurück.

7

Die Gelegenheit ergab sich nicht mit dem ersten Schiff und auch nicht im nächsten Jahr. Doch Mordred war nicht unzufrieden, begnügte sich, seinem Wesen gemäß, die Zeit abzuwarten und auf der Hut zu sein. Daß er ziehen würde, stand für ihn fest, aber nicht bevor er eine Zusicherung hatte, denn er wußte wohl, wie wenig Aussichten es in der Welt jenseits der Inseln für einen unbewährten und ungeschulten Knaben gab und daß er – königlicher Bastard oder nicht – nur in Armut, Knechtschaft oder Sklaverei enden würde. Da war das Leben auf Orkney vorzuziehen. Erst im dritten Sommer seines Lebens im Palast lief ein Schiff vom Festland im Hafen ein, und plötzlich erwachte seine Sehnsucht wieder.

Die *Meridaun* war ein kleines Handelsschiff und kam aus Caer y n'a Von, wie die alte römische Garnisonstadt Segontium in Wales bei den Leuten jetzt hieß. Sie brachte Töpferwaren, Erz, Schmiedeeisen und sogar Waffen für den Schmuggelhandel der kleinen Waffenschmiede des Heerlagers hinter der Hafenfestung.

Sie brachte auch Passagiere, die bei den auf dem Pier versammelten Inselbewohnern noch größere Neugier erweckten als die so dringend benötigten Güter. Schiffe bringen Nachrichten, und die *Meridaun* mit ihren Reisenden brachte die größte Nachricht, die man seit Jahren vernommen hatte.

»Merlin ist tot!« rief der erste Mann vom Laufsteg der Menge zu, aber bevor man sich an ihn herandrängte, um nach Einzelheiten zu fragen, berichtigte ihn der zweite mit lauter Stimme.

»Noch nicht, gute Leute, noch nicht! Wenigstens noch nicht, als wir den Hafen verließen, aber es ist wahr, daß er sehr krank ist und wahrscheinlich den Monat nicht überleben wird …«

Allmählich erfuhr man weiteres, während die Menge nach mehr Einzelheiten verlangte. Der alte Zauberer war gewiß sehr krank, seine Fallsucht hatte sich verschlimmert, er lag im Koma – ›in einem Schlaf wie der Tod‹ –, sprach und rührte sich seit vielen Tagen nicht mehr. Der Schlaf mochte sogar inzwischen den Tod herbeigeführt haben.

Die Knaben waren den neugierigen Stadtbewohnern auf den Pier gefolgt, und die jüngeren Prinzen drängten sich erregt, um das Schiff besser zu sehen, in die ersten Reihen vor. Mordred jedoch blieb zurück. Er hörte das murmelnde Gerede, die gebrüllten Fragen, die wichtigtuerischen Antworten, den Lärm und die Schreie, aber er achtete nicht darauf, war wie in einen Traum versunken. Früher einmal, verschwommen in den Schatten der Vergangenheit, hatte er die gleiche Nachricht vernommen, aber damals war es ein angstvolles Flüstern gewesen. Er hatte es vergessen, bis jetzt. Seit jeher waren ihm die Geschichten über den Zauberer Merlin und den Hochkönig auf Schloß Camelot bekannt, aber wie kam es, daß er irgendwo in einem Traum bereits vom Tode Merlins gehört hatte? Damals konnte es doch nicht wahr gewesen sein, und jetzt wohl auch nicht …

»Es ist nicht wahr.«

»Was sagst du da?«

Er schreckte auf, wurde gewahr, laut gesprochen zu haben. Gawain, der neben ihm stand, starrte ihn an.

»Was soll nicht wahr sein?«

»Habe ich das gesagt?«

»Das weißt du genau. Wovon redest du? Über den alten Merlin? Du wußtest es also? Woher? Und was geht es uns an? Du siehst aus, als hättest du Gespenster gesehen.«

»Mag sein. Ich … ich weiß nicht, was ich damit meinte.«

Er sprach undeutlich, und das war ihm so wenig ähnlich, daß Gawain ihn noch fester anstarrte. Dann wurden die beiden Knaben beiseite geschoben, als ein Mann sich mit Gewalt durch die Menge drängte. Die Knaben wollten sich trotzig zur Wehr setzen, aber dann sahen sie, daß es Gabran war.

Der Liebhaber der Königin rief gebieterisch über die Köpfe der Leute hinweg: »Ihr dort! Jawohl, du und auch du … Folgt mir! Kommt mit euren Nachrichten in den Palast. Die Königin soll sie als erste hören.«

Die Menge trat etwas unmutig zurück und ließ die Nachrichtenbringer durch. Sie folgten Gabran willig, taten sich wichtig, hofften offenbar auf eine Belohnung. Man blickte ihnen nach, bis sie verschwunden waren, wandte sich dann wieder dem Pier zu, um zu sehen, wer sonst noch vom Schiff stieg.

Es schienen Handelsleute zu sein, der erste, seinem Werkzeug nach ein Goldschmied, schritt einem Arbeiter im Lederkittel voran, und dann kam ein reisender Wundarzt, gefolgt von einem mit Kisten, Säcken und Flaschen beladenen Sklaven. Um sie drängte man sich. Es gab keinen Arzt auf diesen nördlichen Inseln, und wer ein Heilmittel brauchte, ging zu den weisen Frauen oder – in besonders ernsten Fällen – zu dem heiligen Mann auf Papa Westray, also bot sich hier eine

Gelegenheit, die man nicht verpassen durfte. Der Arzt verlor auch keine Zeit, begann sofort, seine Künste zu preisen, stellte sich auf die Sonnenseite des Piers und rasselte seine Rede herunter, während sein Sklave alles auspackte, was den allfälligen Leiden der Orcadier zuträglich sein könnte. Seine Stimme war laut und verheißungsvoll, stark genug, um jeden mit ihm wetteifernden Marktschreier zu übertönen. Der Goldschmied aber, der vor ihm vom Schiff gestiegen war, machte keine Anstalten, seine Ware feilzubieten. Er war alt, gebückt und grau, und der Schmuck seines Gewandes zeugte von feinster und auserlesener Arbeit. Er blieb stehen, blickte sich um, wandte sich dann an Mordred, der in seiner Nähe stand.

»He, Junge, kannst du mir sagen … ach, ich bitte um Verzeihung, junger Herr. Ihr müßt einem alten Mann vergeben, dessen Augen schwach geworden sind. Jetzt sehe ich, daß Ihr von Rang seid, und ich wiederhole meine Bitte, mir gütigst sagen zu wollen, wo sich das Haus der Königin befindet.«

Mordred zeigte es ihm. »Diese Straße hinauf, dann in westlicher Richtung beim schwarzen Altarstein. Der Pfad führt Euch direkt zum Palast. Es ist das große Gebäude, das Ihr dort seht … aber Ihr sagtet, Eure Augen seien schwach? Dann folgt nur der Menge, denn alles begibt sich jetzt dorthin, um weitere Nachrichten zu erfahren.«

Gawain trat einen Schritt vor. »Vielleicht wißt Ihr etwas mehr? Woher waren diese Männer mit ihrer Kunde vom Hof? Aus Camelot? Und woher seid Ihr, Goldschmied?«

»Ich bin aus Lindum, junger Herr, im Südosten, aber ich reise viel.«

»Dann sagt es uns. Ihr müßt doch auf der Reise gehört haben, was diese Männer zu erzählen wußten.«

»Was das betrifft, so habe ich sehr wenig vernommen. Da ich ein schlechter Seemann bin, verbrachte ich die Zeit auf meiner Pritsche. Etwas jedoch haben diese Leute nicht erwähnt. Ich nehme an, sie wollten als erste die Kunde bringen. Es ist nämlich ein königlicher Kurier an Bord. Der Arme war so krank wie ich, aber auch ohnedem hätte er wohl kaum sein Wissen mit gewöhnlichen Leuten wie uns geteilt.«

»Ein königlicher Kurier? Wann kam er an Bord?«

»In Glannaventa.«

»Das ist in Rheged?«

»Jawohl, junger Herr. Er muß noch auf dem Schiff sein, nicht wahr, Casso?«

Der hochgewachsene Sklave, der hinter ihm stand und sein Gepäck trug, schüttelte den Kopf. »Nun, jedenfalls wird er auch geradewegs zum Palast gehen, dessen könnt Ihr sicher sein. Falls Ihr Genaueres erfahren wollt, folgt ihm. Was mich betrifft, so bin ich ein alter Mann, und solange ich meinem Handwerk nachgehen kann, soll die Welt laufen, wie sie will. Komm, Casso, hast du gehört? Diese Straße hinauf bis zum schwarzen Altarstein und dann nach Osten.«

»Nach Westen!« rief Mordred rasch dem Sklaven zu. Dieser nickte lächelnd, griff nach dem Arm seines Herrn und führte ihn die steilen Stufen zur Straße hinan. Bald waren die beiden hinter der Hütte des Hafenmeisters verschwunden.

Gawain lachte. »Dieses Mal hat der Palastbock einen Fehler gemacht! Da bringt er ein paar Geschichtenerzähler zur Königin und weiß nicht einmal, daß sich ein königlicher Kurier an Bord befand! Ich frage mich ...«

Er sprach den Satz nicht zu Ende. Den Rufen und der Geschäftigkeit auf dem Deck konnte man nur entnehmen, daß eine wichtige Person erwartet wurde, und bald darauf stieg ein wohlgekleideter, frisch barbierter, jedoch von der Seekrankheit noch bleicher Mann die Treppe herauf. An seinem Gürtel hing eine versiegelte und mit einem Schloß versehene Kuriertasche. Er schritt ehrfurchterheischend die Laufplanke hinab. Die von dem Wundarzt abgelenkte Menge drängte sich auf ihn zu, die Knaben auch, aber sie wurden enttäuscht, denn der Kurier nahm keine Notiz von ihnen, beantwortete keine Fragen, schritt rasch zu den Stufen und eilte die Straße zum Palast hinauf. Nachdem er die letzten Hütten der Stadt hinter sich gelassen hatte, begegnete er Gabran, der ihn mit einer bewaffneten Eskorte erwartete.

»Sie weiß es jetzt«, sagte Gawain. »Komm, beeilen wir uns.« Und die Knaben liefen ihnen nach.

Der Brief, den der Kurier der Königin überbrachte, war von ihrer Schwester Morgan, der Königin von Rheged.

Die beiden hohen Frauen empfanden wenig Liebe zueinander, aber was sie zusammenhielt, war stärker als Liebe, denn sie fühlten sich im Haß gegen ihren Bruder Artus, den König, vereint. Morgause haßte ihn, weil sie wußte, daß Artus die Erinnerung an die Sünde, zu der sie ihn verführt hatte, verabscheute und fürchtete; Morgan, weil sie sich trotz ihrer Ehe mit dem großen und kriegerischen König Urbgen einen jüngeren Gemahl und ein größeres Reich wünschte. Es ist menschlich, jene zu hassen, die man, ohne sie tadeln zu können, zu vernichten trachtet, und Morgan war bereit, ihren Bruder und ihren Gemahl zu verraten, um ans Ziel ihrer Wünsche zu gelangen.

Darüber schrieb sie an ihre Schwester. ›Erinnerst Du Dich an Accolon? Ich kenne ihn jetzt. Er würde für mich sterben. Und das müßte er, falls Artus oder dieser Teufel Merlin von meinen Plänen erführen. Sei jedoch beruhigt, Schwester, denn ich weiß aus guter Quelle, daß der Zauberer krank ist. Wie Du erfahren hast, nahm er eine Schülerin bei sich auf, die Tochter der Dyonas von den Flußinseln, die früher zu den Damen des Sees von Ynys Witrin gehörte. Jetzt soll sie seine Geliebte sein, ist bestrebt, seine Schwäche auszunutzen, alle Macht von ihm zu erlernen, schickt sich an, ihm alles zu stehlen, ihm die letzte Kraft aus den Knochen zu saugen und ihn auf immer in ihren Bann zu bringen. Man erzählt zwar, der Zauberer könne nicht sterben, aber selbst wenn es wahr sein sollte, so frage ich mich, ob wir wahren Hexen nicht viel Macht an uns reißen könnten, wenn Merlin einmal wehrlos ist und nur das Mädchen Nimuë an seiner Stelle steht.‹

Morgause, die an ihrem Fenster las, verzog verächtlich den Mund. »Wir wahren Hexen.« Falls Morgan sich einbildete, auch nur im entferntesten mit Morgauses Künsten wetteifern zu können, war sie eine vermessene Närrin. Morgause, die ihre Halbschwester in die Kunst der Zauberei eingeführt hatte, hätte nie zugegeben, nicht einmal sich selbst gegenüber, daß Morgan mit ihrer natürlichen Begabung für das Brauen von Liebestränken und die Giftmischerei schon längst die Hexe von Orkney übertroffen hatte, und das fast im gleichen Maße, wie Merlin in seinen guten Tagen ihnen beiden überlegen gewesen war.

Sonst enthielt der Brief nicht viel Neues. ›Im übrigen‹, hatte Morgan geschrieben, ›herrscht Ruhe im Lande, was, wie ich fürchte, nur bedeuten kann, daß mein Herr und König Urbgen bald für den Winter heimkehren wird. Artus soll sich, wie ich höre, demnächst in Frieden in die Bretagne begeben, um seinen Vetter Hoel zu besuchen. Zur Zeit genießt er sein Eheglück auf Camelot, wenn auch bisher noch nichts darauf hinweist, daß er einen Erben haben wird.‹

Jetzt lächelte Morgause. Die Göttin hatte also ihre Anrufung gehört und ihre Opfergaben gutgeheißen. Die Gerüchte entsprachen der Wahrheit. Königin Guinevere war unfruchtbar, und der Hochkönig, der sich ihrer nicht entledigen wollte, mußte ohne Erben bleiben. Sie blickte aus dem Fenster. Da war er, da war jener, der während all der Jahre als ertrunken gegolten hatte. Er stand mit den anderen Knaben auf dem flachen Torfgelände außerhalb der Mauern, wo der Diener des Goldschmieds das Schlafzelt und den Herd seines Herrn aufgestellt hatte, und der alte Mann plauderte mit den Knaben, während er sein Werkzeug auspackte.

Plötzlich wandte sich Morgause vom Fenster ab und rief einen Pagen herbei.

»Dieser Mann da draußen ist ein Goldschmied? Gerade mit dem Schiff angekommen? Aha. Bitte ihn zu mir mit einigen seiner Arbeiten. Ist er geschickt, so gibt es Arbeit für ihn hier, und er kann im Palast wohnen. Aber die Arbeit muß gut sein, geeignet für den Hof einer Königin. Sag ihm das, denn anderenfalls braucht er mich nicht zu belästigen.«

Der Page eilte hinaus. Die Königin legte den Brief in ihren Schoß, blickte über das Moorland hinweg zum grünen Horizont, wo das endlose Flimmern des Meers sich im Himmel widerspiegelte, und dann lächelte sie, sah noch einmal die Vision, die die Kristallkugel ihr gezeigt hatte, sah die hohen Türme von Camelot, sah sich selbst mit ihren Söhnen, wie sie Artus die kostbaren Geschenke brachte, um sich Macht und Gunst zu erkaufen. Und das allerkostbarste Geschenk stand dort unter dem Fenster: Mordred, der Sohn des Hochkönigs.

Obgleich es bisher nur die Königin wußte, sollte es der letzte Sommer sein, den die Knaben miteinander auf den Inseln verbrachten. Und es war ein herrlicher Sommer. Die Sonne schien, die Winde waren warm und mild, die Jagd und der Fischfang brachten ergiebige Ausbeute. Knaben verlebten ihre Tage in der frischen Luft. Seit einiger Zeit hatten sie sich sogar unter Mordreds Führung auf die See hinausgewagt, und das war in den Augen der Inselbewohner ein recht abenteuerliches Unternehmen, weil die Strömungen an diesem Treffpunkt zweier großer Meere als besonders unbeständig und gefährlich galten. Geheris war zuerst seekrank gewesen, aber da er sich schämte, dem ›Fischerbalg‹ unterlegen zu sein, hatte er es nicht aufgegeben und war zu einem recht tüchtigen Seemann geworden. Die anderen drei gewöhnten sich an das Segeln wie die Möwen an die Schaumkämme, und die ›echten Prinzen‹ lernten den älteren Jungen noch mehr zu schätzen, als sie sahen, wie gut und sicher er ein Boot in diesen schwierigen Gewässern zu führen verstand. Bei stürmischem Wetter wurde sein Mut allerdings nie auf die Probe gestellt, denn der geringste Beweis einer wirklichen Gefahr hätte genügt, der Nachsicht der Königin ein rasches Ende zu setzen. So hüteten sich die fünf, mit ihren Abenteuern zu prahlen, um ungescholten ihren Entdeckungsfahrten an den Küsten nachgehen zu können. Falls Morgauses Ratgeber wußten, was sie nicht wußte, und die Gefahren kannten, die selbst bei Sommerwetter drohten, so schwiegen sie darüber. Gawain würde eines Tages König sein, und man eiferte bereits um seine Gunst. Zudem kümmerte sich Morgause nur wenig um Dinge, die sich außerhalb ihres Palastes abspielten. Der kleine Gareth sagte in aller Unschuld und ohne sich der Bedeutung seiner Worte bewußt zu sein: »Hexen segeln nicht gern«, denn die Prinzen waren stolz auf den Ruf ihrer Mutter, eine Hexe zu sein.

Das bestätigte sich dann auch in gewisser Weise während des Sommers. Der Goldschmied Beltane und sein Sklave Casso wurden in einem Außengebäude des Palasts untergebracht, und man sah sie täglich im Hof bei der Arbeit. Die Königin hatte ihnen Silber und einige der aus Dunpeldyr geretteten Edelsteine gegeben und sie beauftragt, daraus Halsringe, Armbänder und anderen ›eines Königs würdigen‹ Schmuck zu verfertigen. Sie sagte niemandem warum, aber man erzählte sich, die Sehergabe der Königin habe ihr all diese so schönen und kostbaren Dinge gezeigt, und der Goldschmied sei gekommen – zufällig oder durch Zauber herbeigelockt –, um den Traum Wirklichkeit werden zu lassen.

Schön in der Tat, denn der alte Mann war ein vortrefflicher Handwerker, mehr noch, ein Künstler von auserlesenem Geschmack, der – wie er es zu erzählen nie müde wurde – bei den allerbesten Meistern gelernt hatte. Er beherrschte sowohl die keltische Art mit ihren anmutigen Formen, den scharfkantigen und doch flüssigen Linien als auch die der Sachsen im Süden aus Email und Niello und anderen in feinem Filigran gearbeiteten Metallen. Er war so kurzsichtig, daß er fast als blind gelten konnte, aber die Feinarbeit führte er selbst mit größter Genauigkeit aus, dicht über seine Werkbank gebückt. Das Gröbere übernahm Casso, dem er auch gestattete, von Zeit zu Zeit Aufträge aus der Stadt anzunehmen. Casso sprach nie, während Beltane ständig schwatzte, und die Knaben, die oft lange Stunden um den Schmelzofen standen, wenn sich etwas Bemerkenswertes ereignete, merkten erst nach einiger Zeit, daß Casso tatsächlich stumm war. So bestürmten sie Beltane mit ihren Fragen, der unaufhörlich redete und arbeitete, und nur Mordred, der alles fast so schweigsam wie der Sklave beobachtete, sah, daß diesem kein Wort entging und daß aus seinen hie und da aufblickenden Augen eine lebhaftere Klugheit als die seines Meisters sprach. Dieser Eindruck war vorübergehend und schnell vergessen, denn ein Prinz verschwendet seine Zeit nicht mit Gedanken an einen stummen Sklaven, und Mordred fühlte sich jetzt voll und ganz als Prinz, geachtet von seinen Halbbrüdern und – immer noch zu seinem Erstaunen – hoch in der Gunst der Königin.

So verging der Sommer, und als er vorüber war, bestätigte sich die Voraussicht der Königin. Eines schönen Septembertages lief wieder ein Schiff ein, und es brachte Nachrichten, die das Leben eines jeden von ihnen verändern sollten.

8

Es war ein königliches Schiff. Die Knaben sahen es zuerst. Sie waren mit dem Boot hinausgefahren und fischten irgendwo im Fjord. Das Schiff lag in günstigem Wind, kam unter vollen Segeln, und auf dem vergoldeten Mast flatterte ein Wimpel, den keiner von ihnen je gesehen, jedoch sofort erkannte. Ein roter Drache auf gelbgoldenem Untergrund.

»Die Flagge des Hochkönigs!« rief Mordred aufgeregt am Steuerruder. Er hatte sie zuerst gesehen.

Geheris, der sich nie beherrschen konnte, stieß einen wilden Jubelschrei aus. »Er hat nach uns geschickt! Jetzt werden wir bald auf Camelot sein! Unser Onkel, der Hochkönig, hat sich erinnert und nach uns geschickt!«

Gawain sagte nachdenklich: »Sie hat es also wahrhaftig gesehen. Die Silbergaben sind für König Artus. Aber warum macht sie ihm solche Geschenke, wenn sie seine Schwester ist?«

Seine Brüder achteten nicht auf ihn. »Camelot!« sagte Gareth mit großen Augen.

»Dich wird er nicht wollen.« Agravaine fuhr ihn barsch an. »Du bist viel zu jung. Sie ließe dich auch nicht ziehen. Aber wenn dein Onkel nach *uns* schickt, kann sie es uns nicht verwehren!«

»Du würdest gehen?« fragte Mordred gelassen.

»Was soll das heißen? Ich müßte es doch, wenn der Hochkönig ...«

»Ja, das weiß ich. Ich meinte nur, würdest du gehen wollen?«

Agravaine starrte ihn an. »Bist du von Sinnen? Ich sollte nicht gehen wollen? Warum nicht?«

»Weil der Hochkönig nie ein Freund unseres Vaters war, das meint er«, fiel Geheris ein, und dann fügte er boshaft hinzu: »Wir verstehen natürlich, warum Mordred sich vielleicht nicht dorthin wagen wird; aber schließlich ist der Hochkönig der Bruder unserer Mutter, und warum sollte er unser Feind sein, selbst wenn er der Feind unseres Vaters war?« Er blickte Gawain an. »Das meintest du doch auch? Daß sie sich mit all diesen Schätzen seine Gunst zurückkaufen will?«

Gawain, mit einem Strick beschäftigt, antwortete nicht. Gareth, der nur die Hälfte des Gesagten verstanden hatte, mischte sich eifrig ein. »Wenn auch sie geht, wird sie mich mitnehmen, das weiß ich ganz bestimmt.«

»Sich seine Gunst zurückkaufen!« wiederholte Agravaine aufbrausend. »Welch ein Unsinn! Es ist doch leicht zu erraten, was geschah. Der böse alte Merlin hatte den Geist des Hochkönigs vergiftet und ihn gegen uns aufgebracht, und jetzt ist er endlich tot, denn du kannst wetten, was du willst, das ist die Nachricht, die das Schiff uns bringt, und jetzt können wir auf Camelot bei Hof erscheinen und die Gefährten des Hochkönigs anführen!«

»Es wird immer besser.« Mordred sprach gelassener als je. »Als ich euch fragte, ob ihr gehen wollt, erinnerte ich mich nur, daß ihr gegen seine Staatsführung wart.«

»Ach, seine Staatsführung«, entgegnete Agravaine ungeduldig. »Das gehört hier nicht zur Sache. Wir haben vielleicht die Gelegenheit, von hier fortzukommen und in der Mitte der Ereignisse zu stehen. Laß mich erst einmal dort sein, auf Camelot, und einen Einblick in das Leben, Streiten und Kämpfen gewinnen, und zum Teufel mit seiner Staatsführung!«

»Welches Kämpfen und Streiten erwartest du dort? Das ist es doch gerade, worüber du so wütend warst, oder nicht? Falls er wirklich entschlossen ist, mit Cerdic dem Sachsen Frieden zu halten, wirst du kein Kämpfen sehen.«

»Er hat recht«, sagte Geheris, aber Agravaine lachte.

»Das werden wir sehen. Erstens glaube ich nicht,

daß selbst ein Artus es vermag, einen Sachsenkönig zu Friedensbedingungen zu bewegen, die er dann auch einhält, und zweitens wird es, wenn ich einmal dort bin und einem Sachsen begegne, zum Kampf kommen, Vertrag hin, Vertrag her!«

»Feine Reden«, sagte Geheris zornig.

»Aber wenn es einen Vertrag gibt …«, begann Gareth entrüstet.

Gawain unterbrach ihn. Seine Stimme war beherrscht, verbarg die innere Erregung. »Haltet den Mund, ihr alle. Laßt uns heimsegeln, dann werden wir alles erfahren. Zumindest ist es eine Nachricht. Mordred, können wir jetzt umkehren?« Mordred galt in Übereinstimmung als der Kapitän ihrer Seefahrten, wie Gawain es bei ihren Raubzügen über Land war.

Mordred nickte und gab Befehl, das Segel aufzuziehen. Daß er Agravaine die härteste Arbeit aufbürdete, mag kein Zufall gewesen sein, aber dieser sagte kein Wort, hängte sich an die Schoten, half beim Wenden des Boots, und dann zogen sie landwärts, schaukelnd im Kielwasser des königlichen Schiffs.

Ob mit einer Nachricht für die Knaben oder nicht, jedenfalls war ein königlicher Bote bereits an Land gegangen, bevor das Schiff am Pier festgemacht hatte. Obgleich er nur ein paar höfliche Worte mit den Hauptleuten der Königin wechselte, die zu seiner Begrüßung erschienen waren, und sonst mit niemandem sprach, hatte die Mannschaft wenigstens einiges über den Grund seines Kommens zu erzählen, und als die Knaben aus dem Boot gestiegen und den Hang hinaufgeklettert waren, ging die Kunde von Mund zu Mund, verbreitete ehrfürchtiges Erstaunen oder jene vorübergehende Aufregung, die das gemeine Volk beim Gedanken an einen so bedeutenden Wechsel an hoher Stelle empfindet.

Die Knaben drängten sich vor, hielten die Ohren

offen, bestürmten die bereits an Land gestiegenen Seeleute mit Fragen.

Es war, wie sie es erwartet hatten. Der alte Zauberer war endlich tot, und man hatte ihn prunkvoll und mit allen Ehren in seiner Felsgrotte Bryn Myrddin beigesetzt, in der Nähe von Maridunum, wo er geboren war. Ein Soldat, der den königlichen Boten begleitet hatte, war dabeigewesen und erzählte lebhaft und ausführlich von der Totenfeier, dem Kummer des Königs, den über das ganze Land verbreiteten Leuchtfeuern, und schließlich von der Rückkehr des Hofes nach Camelot und dem Aussenden des königlichen Schiffs nach Orkney. Über den Grund ihrer Reise wußten die Seeleute nichts Genaues zu sagen, erzählten jedoch, man munkle, daß sie Auftrag hätten, Königin Morgauses Familie auf das Hauptland zurückzubringen.

»Habe ich es euch nicht gesagt?« rief Geheris triumphierend seinen Brüdern zu. Sie rannten die Straße zum Palast hinauf. Mordred zögerte einen Augenblick, folgte ihnen dann. Alles schien sich plötzlich verändert zu haben. Er war wieder ausgeschlossen, und die vier Söhne Lots, vor denen sich eine goldene Zukunft auftat, schienen ihn kaum noch zu beachten. Sie redeten eifrig, während sie rannten.

»Und es war Merlin, der dem Hochkönig riet, mit den Sachsen Frieden zu schließen«, keuchte Agravaine.

»Dann werden wir vielleicht unseren Onkel wieder zum Schwert greifen sehen«, sagte Geheris erfreut.

»Und seinen Eid brechen?« fragte Gawain mit Schärfe.

»Vielleicht will er nicht nur uns«, sagte Gareth. »Vielleicht hat er auch nach unserer Mutter gesandt, da Merlin jetzt tot ist. Merlin war ein böser Mann, das habe ich gehört, und er haßte sie, weil er sie um ihre Zauberkunst beneidete. Das hat sie mir erzählt. Vielleicht wird unsre Mutter jetzt, da er tot ist, die Zauberin des Königs sein.«

»Die Zauberin des Königs? Die hat er bereits«, erwiderte Gawain trocken. »Hast du es nicht gehört? Nimuë hat Merlins Macht, und der König wendet sich in allem an sie. Das haben die Seeleute erzählt.«

Sie waren jetzt kurz vor dem Tor und rannten nicht mehr. Gareth drehte sich nach seinem Halbbruder um.

»Mordred, wenn wir nach Camelot gehen, wirst du der einzige sein, der hierbleibt. Was wirst du tun?«

Der einzige, der hierbleibt … Der Erstgeborene des Königs von Orkney hier allein, während die anderen Prinzen fort sind? Mordred sah, daß Gawain im selben Augenblick derselbe Gedanke gekommen war, und er antwortete kurz: »Darüber habe ich noch nicht nachgedacht. Kommt, gehen wir hinein und hören, was der Mann zu sagen hat.«

Er rannte durch das Tor. Gawain wollte ihm vorauseilen, gab es jedoch auf und folgte ihm mit den anderen.

Im Palast herrschte große Aufregung, aber niemand wußte mehr als das, was die Knaben bereits gehört hatten. Der Botschafter war immer noch mit der Königin allein hinter verschlossenen Türen. Man drängte sich in den Gängen und im Saal, trat jedoch zurück, als die Prinzen nach kurzer Zeit, gewaschen und umgezogen, sich ihren Weg zu den Türen der Privatgemächer der Königin bahnten.

Die Zeit verstrich, der Tag ging zur Neige, Diener eilten herbei, um die Fackeln anzuzünden. Es war Essenszeit. Bratendüfte verbreiteten sich in den Räumen, erinnerten die Knaben an ihren Hunger. In ihrer Aufregung hatten sie nicht einmal die Haferkuchen gegessen, die im Boot lagen. Aber immer noch war die Tür der Königin verschlossen. Einmal hörten sie, daß sich ihre Stimme erhob, vermochten jedoch nicht zu erkennen, ob sie zornig oder freudig erregt war. Die Knaben fühlten sich unbehaglich, blickten einander an.

»Es muß einfach wahr sein, daß man nach uns gesandt hat«, sagte Agravaine. »Welche andere Nachricht ließe unser Onkel, der Hochkönig, mit einem königlichen Schiff sonst überbringen?«

»Selbst wenn dem nicht so ist«, sagte Gawain, »können wir wenigstens unserem Onkel, dem Hochkönig, eine Botschaft zurücksenden, um ihn zu erinnern, daß wir auf seinen Ruf warten.«

(Wenn ich noch einmal dieses ›unser Onkel, der Hochkönig‹ höre, sagte sich Mordred in wildem Grimm, werde ich schreien, daß ›mein Vater der König von Lothian und Orkney‹ ist, und sehen, was sie dazu zu sagen haben!)

»Still!« sagte er laut. »Er kommt heraus. Jetzt werden wir es wissen.«

Sie erfuhren jedoch noch nichts. Die Tür der Königin öffnete sich, der Botschafter erschien, umgeben von der Ehrenwache, das Gesicht kühl und ausdruckslos, wie es bei solchen Männern üblich ist. Er schritt voran, ohne nach rechts oder links zu schauen, und die Leute wichen vor ihm zurück. Niemand sprach zu ihm, und auch die Prinzen traten beiseite, ohne all die Fragen, die ihnen auf den Lippen brannten, an ihn zu richten. Selbst hier auf den Inseln hinter dem Nordwind wußte man, daß es ebenso unschicklich war, einen königlichen Botschafter mit Fragen zu belästigen wie den König selbst. Er ging an ihnen vorbei, würdigte sie keines Blicks, schien sich, obgleich nur Botengänger des Hochkönigs, für wichtiger zu halten als die Prinzen der Insel.

Ein Kämmerer eilte herbei, um sich seiner anzunehmen, und dann wurde er in die für ihn bereitete Unterkunft im Palast geführt. Die Tür der Königin blieb geschlossen.

»Ich will mein Abendessen«, sagte Gareth ungeduldig.

»Mir scheint, wir werden es nicht erfahren«, sagte Agravaine, »bevor sie sich entschlossen hat, uns mitzuteilen, was hier vorgeht.«

Das geschah dann auch. Spät am Abend, zu einer Stunde, da die Knaben gewöhnlich zu Bett geschickt wurden, ließ die Königin sie endlich zu sich rufen.

»Alle fünf?« fragte Gawain, als die Kunde kam.

»Alle fünf«, bestätigte Gabran. Er musterte Mordred mit unverhohlener Neugier, und die anderen vier Augenpaare folgten seinem Blick. Mordred beherrschte seine innere Erregung, die plötzlich aufsteigende Hoffnung und Furcht, ließ sich jedoch nichts anmerken und wirkte wie immer gelassen und gleichgültig.

»Beeilt euch«, sagte Gabran, die Tür öffnend.

Sie eilten hinein.

Nacheinander traten sie in Morgauses Gemach, schweigend, erwartungsvoll, von Ehrfurcht ergriffen über das, was sie sahen. Morgause hatte die Zeit, nachdem der königliche Bote gegangen war, genutzt, hatte ihr Nachtmahl eingenommen, ihre Ratgeber zu einem Gespräch empfangen, mit Gabran ein stürmisches, jedoch wohltuendes Stündchen verbracht, sich dann von ihren Frauen baden und in ein prunkvolles Gewand kleiden lassen, um der Unterredung mit ihren Söhnen ein königliches Gepräge zu geben.

Sogar ihren goldenen Thronsessel hatte man ihr aus dem Saal gebracht, und nun saß sie, die Füße auf einem roten Fußschemel, am glühenden Torffeuer. Auf dem Tisch neben ihr stand ein goldener Becher mit Wein, und dahinter lag die ihr von dem königlichen Boten überreichte Pergamentrolle mit dem königlichen Drachensiegel, das sich wie ein Blutfleck davon abhob.

Gabran, der die Knaben hereingeführt hatte, durchschritt das Gemach und stellte sich hinter den Sessel der Königin. Sonst war niemand anwesend, denn die Frauen waren längst entlassen worden. Der Vollmond am Mitternachtshimmel schien durch das Fenster, sein Dottergelb zu kühlem Silber verblaßt, und ein scharfer Lichtstrahl fiel auf Morgauses Sessel, brach sich an dem goldfunkelnden Holz, verfing sich in den Falten ihres Gewandes, eines Kleides von auserlesener Pracht, aus bronzefarbenem Samt. Ihr Gürtel war mit Gold und Smaragden bestickt, das Haar mit Gold geflochten, und sie trug eine ihrer Königskronen, einen schmalen Reif aus rotem keltischen Gold, den einst König Lot besessen hatte und den die Knaben nur bei seltenen Gelegenheiten zu sehen bekamen, wenn sie einer offiziellen Zeremonie des königlichen Rats beiwohnen durften.

Die Fackeln waren gelöscht, und keine Lampe brannte. Sie saß zwischen Feuerglut und Mondlicht, strahlte in königlicher Würde und auserlesener Schönheit. Mordred war vielleicht der einzige, dem auffiel, wie blaß sie unter dem aufgetragenen Rot ihrer Wangen aussah. Sie hat geweint, sagte er sich, doch dann, mit jener Eiseskälte, die so sehr Artus glich, berichtigte er den Gedanken. Sie hat getrunken. Gawain hatte recht, die Reise ist ihnen sicher. Und was wird aus mir? Warum hat sie nach mir geschickt? Haben sie Angst, mich hier alleinzulassen, mich, den Erstgeborenen König Lots? Ein Königssohn und hier allein, was könnte sich daraus ergeben? Seine Miene verriet nichts von den ihn bestürmenden Gedanken, er verhielt sich still, stand neben Gawain, den er um einen halben Kopf überragte, wartete, gab den Anschein, der am wenigsten Betroffene zu sein. Dann wurde er sich gewahr, daß die Königin die Augen nur auf ihn gerichtet hatte, auf ihn, Mordred, und sein Herz begann zu pochen.

Endlich wandte Morgause den Blick von ihm ab, betrachtete schweigend ihre Kinder. Dann sprach sie.

»Ihr wißt alle, daß das im Hafen liegende Schiff auf Befehl meines Bruders Artus, des Hochkönigs, gekommen ist, und daß es mir seinen Botschafter mit Nachricht für mich brachte.«

Niemand antwortete, und so hatte sie es auch erwartet. Sie ließ den Blick über die Knaben schweifen, sah die freudige Erwartung in ihren Augen. »Wie ich sehe, habt ihr Vermutungen angestellt, und ich glaube, es sind die richtigen. Ja, endlich ist die Einladung gekommen, die ihr euch so sehnsüchtig erhofft habt, und ich auch, obwohl ich sie in ihrer jetzigen Form nicht gutheißen kann… Ihr werdet nach Camelot ziehen, an den Hof des Hochkönigs, eures Onkels.«

Sie hielt inne. Gawain sagte kraft seines Vorrechts rasch: »Madame, Mutter. Falls diese Nachricht Euch betrübt, tut es mir aufrichtig leid. Aber haben wir es nicht schon immer gewußt? Und wissen wir nicht, daß Männer von unserem Blut sich nur auf dem Hauptland erproben, nur dort zu Glück und Ruhm gelangen können, inmitten des Geschehens, und nicht auf diesen Inseln?«

»Gewiß.« Ihre Hand klopfte auf den Tisch, wo der halb aufgerollte Brief des Königs lag. Was mochte wohl in diesem Brief stehen, fragte sich Mordred, um Morgause in einen solchen Zustand zu versetzen, daß sie zur Weinflasche griff und ihre überspannten Sinne kaum noch zu beherrschen vermochte?

Ermutigt von ihrer kurzen Antwort, fragte Gawain weiter: »Und warum könnt Ihr die Einladung nicht gutheißen? Es ist doch nicht so, als wenn Euer Thron…«

»Es ist nicht die Einladung an sich, sondern die Art, wie sie mir überbracht wurde. Wir alle wußten, daß es eines Tages geschehen würde, sobald… sobald mein Erzfeind von der Seite des Königs gewichen wäre. Ich habe es vorausgesagt, und ich hatte meine Pläne gemacht. Ich hätte dich, Gawain, hiergelassen, denn du wirst König sein, und dein Platz ist hier, in meiner Gegenwart oder ohne sie. Aber er hat nach dir geschickt, und du mußt gehen. Und dieser Mann, den er mir sandte, dieser ›Botschafter‹, wie er sich nennt, (ihre Stimme war voller Zorn) soll an deiner Statt hier als

›Regent‹ verweilen. Wer weiß, wohin das führen wird? Ich sage dir ganz offen, was ich befürchte. Ich befürchte, daß Artus, wenn du und deine Brüder einmal Orkney verlassen haben, diesen seinen Knecht beauftragen wird, dir das einzige Land, das dir geblieben ist, wegzunehmen, wie er es mit Lothian getan hat, und diesen Mann hier an deiner Stelle zu lassen.«

Gawain, rot vor Erregung, ereiferte sich, ihr zu widersprechen. »Aber Mutter – Madame –, das wird er bestimmt nicht tun. In Dunpeldyr war er der Feind unseres Vaters, König Lot, aber Ihr seid seine Schwester, und wir sind seine einzigen Verwandten. Warum sollte er uns beschämen und berauben wollen?« Sinnvoll fügte er hinzu: »Er würde es nie und nimmer tun! Jeder, mit dem ich gesprochen habe – Seeleute, Reisende, Handelsleute aus aller Welt –, sie alle sagen, daß Artus ein großer König ist und nur gerecht handelt. Ihr werdet es sehen, Madame, Mutter, es gibt nichts zu befürchten!«

»Du redest wie ein Grünschnabel«, sagte Morgause gereizt. »Jedoch eins ist sicher: Wir können von hier aus nichts tun und haben nichts zu gewinnen, wenn wir dem König den Gehorsam verweigern. Wir müssen uns wohl oder übel auf das von ihm versprochene freie Geleit verlassen, aber stehen wir einmal Artus gegenüber, so können wir unsere Stimmen in seinem Rat geltend machen – im Runden Saal, wenn es sein muß – und dann sehen, ob er es wagt, mir, seiner Schwester, und euch, seinen Neffen, unsere Rechte in Dunpeldyr streitig zu machen.«

Uns? Wir? Niemand sprach es aus, aber jeder dachte daran mit bitterer Enttäuschung. Keiner hatte es sich bisher eingestanden, daß diese sehnsüchtig erhoffte Erweiterung ihrer Welt sie auch über kurz oder lang von der launenhaften Zucht ihrer Mutter befreien würde. Aber jetzt fühlten sie sich alle traurig und niedergeschlagen.

Morgause, Mutter und Hexe zugleich, las es sofort in ihren Augen. Sie schürzte die Lippe. »Jawohl, ich habe ›wir‹ gesagt. Die Befehle sind klar. Ich habe auf Camelot bei Hof zu erscheinen, sobald der Hochkönig aus Britannien zurückkehrt. Kein Grund wurde angegeben. Nur daß ich« – ihre Hand berührte wieder Artus' Brief, und sie schien ihn zu zitieren – »alle fünf Prinzen mit mir nehme.«

»Alle fünf hat er gesagt?« Die Zwillinge fragten es wie aus einem Munde. Gawain schwieg, starrte jedoch Mordred an.

Und was hätte Mordred dazu sagen können? Ein Wirrsaal von Gefühlen stieg in ihm auf, Freude und Enttäuschung, Ehrgeiz und Verzicht, Stolz und Beschämung – und sogar Angst. Der Hochkönig hatte ihn also nach Camelot geladen, ihn, den Bastard seines einstigen Feindes. Rief er etwa alle fünf Söhne Lots zu sich, um sie in ein Verderben zu stürzen, das bisher nur die Gegenwart des alten Zauberers von ihnen abgehalten hatte? Diesen Gedanken verwarf er sofort. Nein, die anderen Prinzen waren ja auch die Söhne der Schwester des Hochkönigs. Aber welchen Anspruch hatte er, Mordred, auf irgendeine Gunst Artus'? Keinen, nur die Erinnerung an alte Feindschaft, an seinen einstigen Versuch, ihn ermorden und ertränken zu lassen. Vielleicht dachte Artus noch immer daran und wollte nun das bei dem mitternächtlichen Kindermord fehlgeschlagene Werk zu Ende führen …

Das wäre Wahnsinn gewesen. Mit jener harten Selbstzucht, die er sich angeeignet hatte, verdrängte Mordred alle Vermutungen und konzentrierte sich auf das, was sicher war. Daß er reisen würde, stand jetzt wenigstens fest. Und falls der König wirklich versucht hatte, ihn ermorden zu lassen, so war es zu einer Zeit gewesen, als Merlin noch lebte, also hatte Merlin ihm wahrscheinlich dazu geraten. Jetzt, da dieser tot war, mußte Mordred mindestens so sicher wie seine Brüder sein. Er würde also nehmen, was die Welt des Hauptlandes ihm bot, und, einmal fern der Feste seiner Insel, ob durch List oder Einvernehmen mit den Ratgebern des Königs, endlich herausfinden, was dem erstgeborenen Sohn eines Königs gebührte, selbst wenn andere ihm gefolgt waren und ihm sein Recht streitig machten.

Mit einiger Mühe wandte er wieder seine Aufmerksamkeit den Worten der Königin zu. Sie würden, wie es schien, ihr eigenes Schiff nehmen, die *Orc,* die dank der Sehergabe Morgauses reisefertig war, neu aufgetakelt, angestrichen und mit allem Luxus ausgestattet, den sie sich nur wünschen konnte. Auch die Geschenke, die sie mitnehmen würden, waren bereit sowie Kleidung für die Knaben, Gewänder und Schmuck für ihre Mutter. Gabran sollte sie mit einem Trupp der königlichen Wache begleiten, vier Ratgeber der Königin würden zurückbleiben, um sich unter der Leitung des königlichen Botschafters der Regierungsgeschäfte anzunehmen, und da der Hochkönig erst im Oktober auf Camelot erwartet wurde, konnten sie sich Zeit für die Reise nehmen und Königin Morgan in Rheged besuchen …

»Mordred!«

Er zuckte zusammen. »Madame?«

»Bleibe. Die anderen gehen. Ailsa!«

Die alte Frau erschien an der Tür des Gemachs.

»Führe die Prinzen auf ihr Zimmer und sorge dafür, daß sie nicht lange reden und gleich zu Bett gehen, Gabran, auch du gehst! Nein, dort hinein. Warte auf mich.«

Gabran wandte sich um und ging ins Schlafgemach. Gawain blickte ihm zornig nach, sah Tadel in den Augen seiner Mutter, machte ein freundlicheres Gesicht, trat mit seinen Brüdern auf sie zu und küßte ihre Hand. Ailsa drängte sie hinaus, gackerte und schnatterte, bevor die Tür sich hinter ihr schloß.

Mordred, allein mit der Königin, fühlte, wie seine Haut sich straffte, wartete gespannt, was nun kommen sollte.

9

Kaum hatte sich die Tür hinter den anderen Knaben geschlossen, da erhob sich Morgause plötzlich aus ihrem Sessel und trat zum Fenster.

Die Bewegung brachte sie aus dem glimmenden Feuerschein ganz in den silbernen Glanz des Mondes. Das kalte Licht hinter ihrer Schulter warf einen dunklen Schatten auf ihr Antlitz und ihre Gestalt, von dem sich nur die Ränder ihres Haars und Gewands leuchtend abhoben, so daß sie wie ein lichtumflutetes Schattenwesen wirkte, halb sichtbar und ganz unwirklich. Wieder fühlte Mordred das Prickeln auf der Haut, so wie sich das Fleisch eines Tiers sträubt, wenn es Gefahr wittert. Sie war eine Hexe, und wie jeder andere auf diesen Inseln fürchtete er ihre Macht, die ihm so wirklich und natürlich erschien wie das Dunkel, das dem Tageslicht folgt.

Er war zu unerfahren und der Königin zu sehr in Ehrfurcht ergeben, um zu bemerken, daß sie sich unsicher fühlte und gegen Niedergeschlagenheit ankämpfte. Der Bote des Hochkönigs war kühl, fast barsch gewesen, und der Brief, den er ihr überbracht hatte, enthielt nur einen kurzen königlichen Befehl, den Befehl, sich mit den fünf Knaben auf Camelot einzufinden. Kein Grund wurde angegeben, keine Entschuldigung erlaubt, und eine Soldateneskorte auf dem Schiff bekräftigte noch das strikte Geheiß. Auf Morgauses Fragen hatte der Botschafter nicht geantwortet, und sein kaltes Betragen machte die Drohung noch deutlicher.

Dem Wortlaut des Befehls war zwar nicht mit Sicherheit, jedoch mit einiger Wahrscheinlichkeit zu entnehmen, daß Artus entdeckt hatte, wo Mordred sich befand. Offenbar vermutete er, wenn er es nicht wußte, daß der fünfte Knabe am Hofe von Orkney sein Sohn war. Wie er es erfahren hatte, war ihr ein Rätsel. In all den Jahren wurde zwar immer wieder erzählt, sie habe ihrem Halbbruder kurz vor ihrer Hochzeit mit Lot Liebesgunst erwiesen und sei nach gegebener Zeit mit einem Knaben niedergekommen, aber man nahm allgemein an, daß dieser Sohn mit den anderen Kindern von Dunpeldyr ermordet worden sei. Hier in Orkney stellte niemand Vermutungen an oder wußte, wer Mordred war, dessen war sie sich sicher. Bei Hof flüsterte man nur von ›Lots Bastard‹, dem vielversprechenden Knaben, den die Königin begünstigte. Natürlich gab es noch andere, anzüglichere Gerüchte, doch über diese lächelte die Königin nur.

Aber irgendwie wußte es Artus. Sein Brief ließ keinen Zweifel darüber. Die Soldaten sollten sie nach Camelot bringen, sie und alle ihre Söhne.

Während Morgause den Sohn betrachtete, mit dem sie sich Artus' Gunst zu erkaufen erhoffte, und damit neue Macht und eine einflußreiche Stellung, überlegte sie, ob sie ihm jetzt sagen sollte, wessen Sohn er war.

Seitdem er im Palast lebte und die gleiche Erziehung wie seine Halbbrüder genoß, hatte sie nie ernsthaft daran gedacht, ihm die Wahrheit zu sagen. Sie hatte es hinausgeschoben, bis die Zeit kommen würde, eine günstige Gelegenheit, ihn aufzuklären und für ihre Pläne zu verwenden, und mit der Zeit oder dank ihrer Sehergabe würde sie diesen Augenblick erkennen.

In Wahrheit war Morgause wie viele Frauen, die es gewohnt sind, vor allem durch ihren Einfluß auf Männer zu wirken, eher schlau als klug und von Natur aus träge. So waren die Jahre vergangen, und Mordred blieb in Unwissenheit, da nur seine Mutter und Gabran sein Geheimnis kannten.

Aber jetzt war es Artus, wie auch immer, bekannt,

denn er verlangte unmittelbar nach Merlins Tod, seinen Sohn zu sehen. Und obgleich Morgause den alten Zauberer, den sie haßte und fürchtete, während all der Jahre geschmäht und verleumdet hatte, wußte sie genau, daß er es war, dem Mordred und sie Schutz vor dem ungestümen Zorn Artus' verdankten. Was wollte also Artus jetzt? Mordred töten? Um endlich ganz sicher zu sein? Sie vermochte es nicht zu erraten. Was Mordred geschehen könnte, war ihr gleichgültig, solange es sie nicht selbst betraf; aber um sich selbst hatte sie Angst. Seit der Nacht, da sie mit ihrem Halbbruder diesen Knaben gezeugt, hatte sie Artus nie mehr gesehen, und was man sich von dem mächtigen und ruhmvollen König erzählte, entsprach kaum ihrer Erinnerung an den leidenschaftlichen Jüngling, den sie damals mit voller Absicht in ihr Bett gelockt hatte.

Sie stand mit dem Rücken zum Mondlicht, das Gesicht verborgen vor ihrem Sohn, und als sie sprach, klang ihre Stimme kühl und gelassen.

»Hast du wie Gawain mit den Seeleuten und Händlern gesprochen, die hier an Land gegangen sind?«

»Ja, Madame. Gewöhnlich gehen wir zum Landungsplatz hinunter und mischen uns unter das Volk, um Nachrichten zu hören.«

»Hat irgendwer ... du mußt sehr sorgfältig nachdenken ... Hat irgendwer in den vergangenen Wochen und Monaten dich je beiseite genommen, um mit dir zu reden oder dir Fragen zu stellen?«

»Ich glaube nicht ... worüber denn, Madame?«

»Über dich selbst. Wer du bist, was du hier mit den Prinzen im Palast tust.« Ihre Erklärung klang vernünftig. »Die meisten Leute hier wissen jetzt, daß du ein Bastard König Lots bist, daß du in Pflege gegeben wurdest und in den Palast kamst, als deine Pflegeeltern starben. Sie wissen jedoch nicht, daß man dich vor dem Mord an den Kindern in Dunpeldyr rettete und daß du über das Meer hierher kamst. Hast du mit jemandem darüber gesprochen?«

»Nein, Madame. Ihr befahlt mir, es nicht zu tun.«

Ein prüfender Blick auf das aufmerksame Gesicht und in die dunklen Augen überzeugte sie. An das arglose Starren des Lügners war sie gewohnt – die Zwillinge logen oft aus reinem Vergnügen –, und sie wußte, daß er die Wahrheit sprach. Wußte auch, daß Mordred sie zu sehr fürchtete, um ihr ungehorsam zu sein.

Doch sie wollte volle Gewißheit. »Das will ich dir auch geraten haben.« Sie sah das Aufblitzen seiner Augen und war zufrieden. »Aber hat irgend jemand dich gefragt? Wirklich niemand? Denke nach. Schien irgendwer es zu wissen oder Vermutungen anzustellen?«

Er schüttelte den Kopf. »Ich kann mich an nichts dergleichen erinnern. Die einzigen Fragen, die ich höre, sind: ›Du wohnst im Palast, nicht wahr? Fünf Söhne hat die Königin also? Eine glückliche Frau!‹ Und ich antworte ihnen, ich sei der Sohn des Königs, aber nicht der Königin. Gewöhnlich jedoch«, fügte er hinzu, »fragen sie andere aus. Mich nicht.«

Die Worte waren unschuldig, der Ton war es nicht. Es bedeutete: ›Sie würden es nicht wagen, *mich* zu fragen, aber da sie neugierig sind, fragen sie andere. Was man redet, kümmert mich nicht.‹

Im Widerschein des Mondlichts sah er den Schatten eines Lächelns. Ihre Augen waren leer und schwarz, dunkle Höhlen. Selbst ihr Schmuck wirkte matt. Sie schien immer größer zu werden. Ihr Schatten, den das Mondlicht warf, wuchs und wuchs. Die Luft war kalt, und er begann unwillkürlich zu zittern.

Sie beobachtete ihn immer noch lächelnd, während sie die ersten Fühler ihrer Zauberkraft ausstreckte. Der Entschluß war gefaßt, sie würde ihm nichts sagen. Die lange Reise in den Süden sollte ruhig verlaufen, nicht vom Mißmut und Neid ihrer anderen Söhne getrübt, wenn sie erführen, daß Mordred ihnen als Sohn des Hochkönigs an Rang überlegen war, und auch nicht von der Kenntnis dessen, was sich zwangsläufig daraus ergab, nämlich der Blutschande, die ihre Mutter mit ihrem Halbbruder begangen hatte. Das mochte auf dem Hauptland alltägliches Gerede sein, aber hier auf den Inseln hätte niemand gewagt, eine solche Kunde weiterzugeben. Ihre vier Söhne hatten nichts gehört, und Morgause vermied es sogar sich selbst gegenüber, auch nur den Gedanken zu erwägen, wie es aufgenommen werden würde.

Trotz all ihrer Zaubergabe vermochte sie sich nicht zu erklären, warum der König nach ihnen geschickt hatte. Falls er damit nur bezweckte, Mordred töten zu lassen – was immerhin möglich war –, sagte sich Morgause, kühl ihren ältesten Sohn betrachtend, so erübrigte es sich ohnehin, ihn – oder ihre anderen Söhne – etwas darüber wissen zu lassen. Falls nicht, so mußte sie diesen Knaben an sich fesseln, sich seines Gehorsams versichern, und das konnte sie mit bewährten Mitteln erreichen. Furcht und dann Dankbarkeit, Mitwisserschaft und dann treue Ergebung, damit hatte sie ihre Liebhaber erprobt und gehalten, und damit würde sie auch ihren Sohn an sich binden.

Sie sagte: »Du hast mir die Treue gehalten. Es freut mich, ich wußte es, aber ich wollte es von dir selbst hören. Ich hätte dich nicht zu fragen brauchen, das ist dir doch klar?«

»Ja, Madame.« Er war verwirrt über das Gewicht, das sie auf diese Frage zu legen schien, aber er antwortete sehr einfach. »Jeder weiß, daß Euch nichts verborgen bleibt, weil Ihr eine …« Das Wort ›Hexe‹ lag ihm auf der Zunge, aber er schluckte es und sagte: »… Ihr Zaubermacht besitzt. Weil Ihr zu sehen vermögt, was anderen verborgen ist, über Raum und Zeit hinweg.«

Jetzt war es gewiß, daß sie lächelte. »Eine Hexe,

Mordred. Ja, ich bin eine Hexe, und ich habe Zaubermacht. Sag es nur.«

Er wiederholte gehorsam: »Ihr seid eine Hexe, Madame, und habt Zaubermacht.«

Sie neigte den Kopf, und ihr Schatten wurde noch größer. Die kalte Luft wirbelte hinter ihm auf. »Und du tätest wohl daran, sie zu fürchten. Sei dir ihrer stets bewußt. Und wenn man dich befragt, wie man es auf Camelot tun wird, erinnere dich an die Pflicht, die du mir schuldest, als mein Untertan und mein – Stiefsohn.«

»Das werde ich tun. Aber was sollten sie ... warum sollten sie ...?« Er hielt verwirrt inne.

»Du willst wissen, was geschehen wird, wenn wir auf Camelot sind? Ist es das? Nun, Mordred, ich werde ganz ehrlich sein. Ich habe Dinge gesehen, aber alles ist nicht klar. Etwas blieb verschwommen im Kristall. Wir können erraten, wie es um meine Söhne bestellt sein wird, um seine Neffen. Aber du? Fragst du dich, was mit jemandem wie dir geschehen wird?«

Er nickte nur, traute seiner Stimme nicht. Dem Blick einer Hexe im Mondlicht standzuhalten, dazu gehörte ein stärkerer Geist als der eines auf den Inseln aufgewachsenen Knaben.

Sie schien immer mehr Zauberkraft auszustrahlen, wie das Licht des Mondes, das die samtenen Falten ihres Gewandes und die seidige Flut ihres Haars mit einem unwirklichen Glanz umgab.

»Hör mir zu. Wenn du jetzt und immer tust, wie dir von mir geheißen, wird dir nichts Böses geschehen. Es liegt Macht in den Sternen, Mordred, und einige davon ist für dich. Soviel habe ich gesehen. Aha, das gefällt dir wohl?«

»Madame?« Hatte sie mit ihrer Hexenmacht erraten, was er sich erträumte, was er unbewußt erstrebte? Er hielt an sich, zitterte, sie sah, wie er den Kopf hob und die Fäuste an seinem Gürtel ballte; und während sie, in Dunkel gehüllt, ihn beobachtete, fühlte sie Gefallen und eine Art von widernatürlichem Stolz. Er hatte Mut, und schließlich war er ihr Sohn … Diesem Gedanken folgte ein weiterer.

»Mordred.«

Sein Blick suchte sie im Dunkel. Sie ließ ihr Schweigen auf ihn einwirken, nahm sich Zeit. Ja, er war ihr Sohn, und wäre es nicht möglich, daß ein Teilchen ihrer Macht auf ihn übergegangen war, als sie ihn in ihrem Leib trug? Keiner der Söhne Lots, dieses derben Erdmenschen, hatte auch nur einen Flimmer davon geerbt, aber Mordred könnte nicht nur der Erbe jener Mächte sein, die ihre bretonische Mutter ihr vermacht hatte, sondern auch eines Teils zumindest der größeren Macht des Erzzauberers Merlins. Die dunklen Augen, die sie so fest anblickten, waren die Artus', aber sie glichen auch denen des verhaßten Zauberers, der sie so oft mit seinem Blick gebannt und besiegt hatte.

Plötzlich fragte sie: »Hast du dich nie gefragt, wer deine Mutter war?«

»O ja. Natürlich. Aber …«

»Ich frage es nur, weil es damals in Dunpeldyr viele Frauen gab, die sich rühmten, die Sehergabe zu besitzen. Könnte eine von jenen deine Mutter gewesen sein? Hast du Träume, Mordred?«

Er fröstelte. All seine Träume gingen ihm durch den Kopf, Träume von Macht, Alpträume der Vergangenheit, die verbrannte Hütte, angstvolles Flüstern im Dunkel, Furcht, Argwohn, Ehrgeiz. Er versuchte, sich vor ihrem Zauber zu verschließen.

»Madame, Hohe Frau, ich habe nie … das heißt …«

»Nie die Sehergabe gespürt? Nie einen Traum gehabt, der dich die Zukunft wissen ließ?« Ihre Stimme wurde hart. »Als die *Meridaun* die Nachricht von Merlins Tod brachte, wußtest du, daß es noch nicht wahr sein konnte. Man hat es dich sagen gehört. Und die Ereignisse bewiesen, daß du recht hattest. Woher wußtest du es?«

»Ich ... ich wußte es nicht, Madame. Ich ... das heißt ...« Er biß sich auf die Lippe, dachte verwirrt an die Menge am Hafenplatz zurück, an das Geschrei und Gedränge. Hatte Gawain es ihr erzählt? Nein, Gabran mußte ihn gehört haben. Er fuhr sich mit der Zunge über die Lippen, versuchte es noch einmal, bemühte sich, die Wahrheit zu sagen. »Ich wußte nicht einmal, daß ich laut gesprochen hatte. Es bedeutete nichts. Es ist keine Sehergabe oder ... oder was Ihr sonst noch sagtet. Vielleicht war es nur ein Traum, aber ich glaube, es war etwas, das ich vor langer Zeit gehört habe, und auch damals hatte es sich dann als unwahr erwiesen. Wenn ich mich daran zu erinnern versuche, denke ich an Dunkelheit, an ein Flüstern und ...« Er hielt inne.

»Und?« fragte sie mit Schärfe. »Antworte!«

»Und an einen Fischgeruch«, stammelte Mordred, zu Boden blickend. Er schaute sie nicht an, sah nicht, daß ihr Lächeln eher Erleichterung als Spott ausdrückte. Sie atmete auf. Den Blick hatte er also nicht; nur eine Erinnerung aus frühester Kindheit, als er wie in einem Halbtraum von seiner Wiege aus das Gerede der dummen Bauern über die aus Rheged eingetroffene Nachricht vernommen hatte. Aber sie wollte ganz sicher sein.

»Wahrlich ein seltsamer Traum«, sagte sie lächelnd. »Doch diesmal scheint sich die Kunde zu bestätigen. Überzeugen wir uns. Komm mit mir.« Dann, als er sich nicht rührte, mit einiger Ungeduld: »Komm, wie dir geheißen. Du wirst mit mir in den Kristall blicken, und dann sehen wir vielleicht, was die Zukunft dir vorbehält.«

Sie trat aus dem Lichtstrahl des Fensters, streifte im Vorbeigehen seinen nackten Arm mit dem Samt ihres Gewandes und mit einem Hauch von Nachtblumenduft. Der Knabe folgte ihr mit stockendem Atem, wie benommen. Die Wachen vor der Tür standen reglos und stumm. Auf einen Wink der Königin nahm Mordred eine Lampe von der Wand, ließ sich von ihr durch die stillen Räume bis in das Vorzimmer führen, wo sie vor dem versiegelten Torgewölbe stehen blieb.

Während seiner Jahre im Palast hatte der Knabe die vielen Geschichten gehört, die man sich darüber erzählte, was sich hinter dieser alten Tür verbarg. Es war ein Kerker, eine Folterkammer, eine Hexenküche, ein Schrein, wo die Göttin persönlich der Königin erschien. Genau wußte es niemand. Falls irgendwer außer der Königin je diese Schwelle übertreten hatte, so war immer nur die Königin wieder herausgekommen. Er begann abermals zu zittern, und die Flamme flackerte in der Lampe.

Ohne ein Wort zog Morgause den an einer Kette hängenden Schlüssel von ihrem Gürtel und schloß die Tür auf. Sie öffnete sich lautlos. Auf ihren Wink hielt Mordred die Lampe höher. Vor ihnen führte eine steile Steintreppe in einen Gang. Die feuchtschwitzenden Wände flimmerten im Lampenlicht. Wände und Stufen waren aus rohem, ungemeißelten Felsstein, jenem lebenden Gestein, in das die Alten ihre Totenkammern gehöhlt hatten. Die Luft war frisch und feucht, roch nach dem Salz des Meerwassers.

Morgause zog die Tür hinter ihnen zu. Die Lampe flackerte und tropfte zuerst, brannte dann hell. Schweigend wies sie den Weg, führte ihn die Stufen hinab und dann durch einen langen Gang mit glattem Boden, der so niedrig war, daß sie sich ducken mußten, um nicht mit den Köpfen an die Decke zu stoßen. Hier war die Luft leblos; man hätte es Totenstille nennen können, aber da war ein Geräusch, das aus dem Felsgestein zu kommen schien, ein Murmeln, ein Dröhnen, ein Pochen, das Mordred plötzlich wiedererkannte. Es war das Rauschen des Meeres, das in diesem Gang eher wie eine Erinnerung an die einst hier anprallende Flut widerhallte als das Tosen der lebendigen See draußen. Es war ihm, als schritten sie durch das innere

Gehäuse einer riesigen Seemuschel, deren wirbelndes Echo der Meerestiefen auf ewig in ihr weiterklingt. Es war ein Geräusch, das er als Kind oft gehört hatte, wenn er am Strand der Seehundsbucht mit Muscheln spielte. Vorübergehend verscheuchte die Erinnerung das Dunkel und die lähmende Angst, und er fragte sich, ob sie nicht bald in eine offene Felsenhöhle am Strand gelangen würden.

Vergebliche Hoffnung; der Gang bog nach links ab, und sie standen vor einer zweiten niedrigen Tür. Auch sie war verschlossen, öffnete sich jedoch mit demselben Schlüssel. Die Königin trat ein, ließ die Tür offen. Mordred folgte ihr.

Es war keine Höhle, sondern ein kleiner Raum mit viereckigen gemauerten Wänden und poliertem Fliesenfußboden. Eine Lampe hing an der felsigen Decke. Auf einem Tisch an der Wand standen Kästen und Schüsseln und verschlossene Krüge mit Löffeln und Mörserstößeln und anderem Werkzeug aus Elfenbein und Knochen oder aus abgegriffener Bronze. Einige Fliesen waren quer in die Wände eingehauen, und auf ihnen standen weitere Kästen und Krüge und mit Bleidraht zugeschnürte Ledersäcke, versiegelt mit einem ihm unbekannten Wappen aus Kreisen und verknoteten Schlangen. Ein hoher Schemel vor dem Tisch, ein kleiner Herd an einer anderen Wand und neben ihm ein Korb mit Holzkohle. Ein Riß in der Decke diente offenbar dazu, den Rauch hinauszulassen. Der Herd mußte oft benutzt worden sein, jedenfalls noch vor kurzem. Die Luft war trocken.

Auf einem hohen Fliesenbrett sah Mordred etwas, das er zuerst für eine Reihe von Kugeln oder Rundkrügen aus seltsam bleichem Ton hielt, die in Wirklichkeit jedoch, wie er bald feststellte, menschliche Schädel waren. Einen Augenblick lang stellte er sich entsetzt vor, wie Morgause hier in ihrem geheimen Verlies ihre Tränke braute, gleich der dunklen Göttin in ihrem unterirdischen Reich die Zaubermacht durch Menschenopfer nährend. Aber dann begriff er, daß sie nur die ursprünglichen Bewohner dieses Ortes weggeräumt hatte, als die Totenkammer für ihren Gebrauch umgebaut worden war.

Auch so war es schlimm genug. Die Lampe zitterte wieder in seiner Hand, und ihr Flackern spiegelte sich auf den Klingen der Bronzemesser. Morgause lächelte.

»Ja. Du fürchtest dich mit Recht. Aber hierher kommen sie nicht.«

»Sie?«

»Die Geister. Nein, Mordred, halte die Lampe fest. Wenn du Geister sehen willst, dann mußt du sicher sein, ebenso gut gegen sie gewappnet zu sein wie ich.«

»Ich verstehe nicht.«

»Nein? Nun, wir werden sehen. Komm, gib mir das Licht.«

Sie nahm ihm die Lampe ab und ging zur Ecke hinter dem Herd. Jetzt sah er, daß auch dort eine Tür war. Aus rohen Treibholzplanken gezimmert, hoch und schmal, von unregelmäßiger Form wie ein Keil, der eine natürliche Felsspalte abdichtete. Sie öffnete sich knarrend, und die Königin winkte dem Knaben, ihr zu folgen.

Dies war endlich eine Höhle oder eher die innere Kammer einer Grotte. Die Brandung schlug und donnerte irgendwo in der Nähe, doch mit dem dumpfen und hohlen Klang einer weiter draußen gebrochenen Kraft.

Diese Höhle mußte oberhalb der gewöhnlichen Fluthöhe liegen, denn der Boden war flach und trocken, und die Felsplatten neigten sich nur leicht dem Brunnen zu, einem abgrundtiefen Teich auf der Seeseite der Höhle, wahrscheinlich der einzigen Öffnung zum Meer.

Morgause stellte die Lampe an den Wasserrand. In der zuglosen Luft brannte ihr Licht hell, strahlte in die tintenschwarze Tiefe des Wassers. Offenbar drang die Flut seit langem nicht mehr bis zu diesem Teich vor, denn er war spiegelglatt und finster, von einer unvorstellbaren Tiefe, die kein Licht zu durchbrechen vermochte; im Schein der Lampe sah man nur die über ihm hängenden Felsen.

Die Königin kniete sich an den Rand des Brunnens und zog Mordred neben sich. Sie fühlte ihn zittern.

»Hast du immer noch Angst?«

Mordred sagte mit zusammengebissenen Zähnen: »Ich friere, Madame.«

Morgause wußte, daß er log, und lächelte. »Das wirst du bald vergessen. Knie dich hier hin, bete zur Göttin und schau ins Wasser. Rede nicht, bis ich es dir erlaube. Und jetzt, Sohn des Meeres, laß uns erfahren, was der Brunnen uns zu sagen hat.«

Darauf schwieg sie und starrte in die schwarze Tiefe. Der Knabe verhielt sich so still, wie er konnte, folgte ihrem Beispiel. Er war ganz verwirrt, wußte nicht, ob er hoffte oder fürchtete, etwas in diesem toten Kristall zu sehen. Aber er hätte nichts zu befürchten brauchen, denn für ihn war das Wasser nur Wasser.

Einmal warf er der Königin einen verstohlenen Blick zu. Er konnte ihr Gesicht nicht sehen. Sie beugte sich über das Wasser, und ihr lockeres Haar wallte wie ein seidenes Zelt bis auf die Oberfläche des Teiches. Sie war so still, so verzückt, daß nicht einmal ihr Atem die glatte Fläche kräuselte, auf der ihr Haar wie Seegras schwamm. Plötzlich erschaudernd wandte er sich ab, starrte wieder ins Wasser, aber falls die Geister Brudes und Sulas und all der auf Morgauses Geheiß ermordeten Kinder in dieser Höhle erschienen waren, so sah Mordred nichts von ihnen, fühlte keinen Hauch ihres kalten Brodems. Er wußte nur, daß er die Dunkelheit haßte, die Grabesstille, die den Atem verschlagende Erwartung und Angst, den leisen, jedoch unverkennbar magischen Hauch, den Morgauses verzückter Körper ausströmte. Er war Artus' Sohn, und wenn auch diese Frau trotz all ihrer Zaubergabe es nicht wissen konnte, so entzog diese kurze Stunde, da er zum Mitwisser ihrer Geheimnisse wurde, ihn noch mehr ihrem Einfluß als eine Verbannung. Mordred war sich dessen noch nicht gewahr, wußte nur, daß das ferne Dröhnen und Pochen der Brandung frische Luft verhießen, Wind und Licht auf den glitzernden Wellenkämmen, ihn im Geiste unwiderstehlich von diesem toten Teich mit seinen versunkenen Rätseln fortriß.

Endlich bewegte sich die Königin. Sie atmete tief und schaudernd, strich sich ihr Haar zurück und stand auf.

Mordred schnellte erleichtert hoch, rannte zur Tür, öffnete sie ihr, folgte ihr durch den keilförmigen Spalt, fühlte sich wie von einer Last befreit. Selbst die ehemalige Totenkammer mit den schauerlichen Schädeln schien ihm nach der Stille in der Höhle und dem verzückten Brodem der Hexe so gewöhnlich wie die Palastküche. Jetzt nahm er auch den Geruch der Öle und Essenzen wahr, aus denen sich Morgause ihre Duftstoffe mischte. Er schloß die Tür hinter sich und wandte sich ihr zu, als sie die Lampe auf den Tisch stellte.

Sie schien bereits die Antwort auf ihre Frage zu kennen, denn ihre Stimme klang unbesorgt.

»Nun, Mordred, jetzt hast du in meinen Kristall geschaut. Was sahst du?«

Er traute sich nicht zu sprechen, schüttelte nur den Kopf.

»Nichts? Willst du mir sagen, daß du nichts gesehen hast?«

Er fand seine Stimme wieder, sprach heiser. »Ich sah einen Teich mit Meerwasser. Und ich hörte die See.«

»Nur das? Bei all dem Zauber im Teich?« Zu seiner Überraschung lächelte sie, denn er hatte dummerweise Enttäuschung erwartet.

»Nur Wasser und Gestein. Sich spiegelndes Gestein. Ich … ich glaubte einmal, etwas sich bewegen zu sehen, aber ich hielt es für einen Aal.«

»Der Sohn des Fischers.« Sie lachte, aber es klang nicht spöttisch. »Ja, ein Aal ist da. Er wurde im letzten Jahr hineingeschwemmt. Nun, Mordred, Knabe aus dem Meer, ein Prophet bist du nicht. Was auch immer die Gabe deiner wahren Mutter sein mochte, sie ist nicht auf dich übergegangen.«

»Ja, Madame.« Er sagte es mit unverhohlener Erleichterung, denn er erinnerte sich nicht mehr, was in diesem Kristall zu sehen sie ihm befohlen hatte. Er verspürte nur noch den heftigen Wunsch, von hier fortzukommen. Der beißende Geruch des Lampenöls und der schwere Duft der Körpersalben Morgauses bedrückten ihn. Er war benommen, und selbst das Geräusch der Brandung schien ihm in unendlich weiter Ferne. Alles beengte ihn, die ihn umgebende Stille, diese alte und stickige Gruft, diese Hexe von einer Königin, die ihn mit ihren Fragen verwirrte und mit ihren seltsamen und wechselhaften Launen durcheinanderbrachte.

Jetzt beobachtete sie ihn mit einem so sonderbaren Blick, daß er unwillkürlich die Schultern zuckte, als wenn er sich plötzlich fremd in seinem Körper und seiner Kleidung fühlte.

Um das Schweigen zu brechen, fragte er, ohne es wirklich wissen zu wollen: »Habt Ihr etwas im Teich gesehen, Madame?«

»In der Tat. Es war die gleiche Vision, die ich gestern hatte und auch schon früher, bevor Artus' Bote hier erschien.« Ihre Stimme klang tief und gleichmäßig, fand jedoch kein Echo in der toten Luft.

»Ich sah eine Kristallhöhle, und in ihr lag mein Feind tot auf seiner Bahre im Kerzenlicht, ohne Zweifel dahinfaulend in die Vergessenheit, zu der ich ihn einst verfluchte. Und ich sah auch den Drachen, meinen lieben Bruder Artus, wie er inmitten seiner goldenen Türme bei seiner unfruchtbaren Königin saß und auf die Rückkehr seines Schiffs nach Ynys Witrin wartete. Und dann mich selbst mit meinen Söhnen und dir, Mordred, uns alle, dem König Geschenke bringend, endlich innerhalb der Tore von Camelot ... endlich ... Und dann verschwamm die Vision, aber nicht bevor ich ihn kommen sah, Mordred, den Drachen selbst ... ein flügelloser Drache jetzt, und bereit, auf andere Stimmen zu hören, sich an anderem Zauber zu versuchen, andere Ratgeber in sein Bett zu nehmen.«

Sie lachte, doch der Klang war ebenso beunruhigend wie ihr Blick. »Wie er es schon einmal getan hat. Komm her, Mordred. Nein, laß die Lampe stehen. Nur noch eine Minute, dann gehen wir hinauf. Komm her. Näher.«

Er trat vor sie hin. Sie mußte aufblicken, um ihm in die Augen zu schauen. Die Hände hebend, faßte sie ihn bei den Armen. »Wie er es schon einmal getan hat«, wiederholte sie lächelnd.

»Madame?« Die Stimme des Knaben war heiser.

Ihre Hände griffen fester zu. Dann zog sie ihn plötzlich an sich, und bevor er ihre Absicht erraten konnte, richtete sie sich empor und küßte ihn lange und wollüstig auf den Mund.

Verwirrt, halb erregt, benommen von ihrem Duft und dem unerwartet sinnlichen Kuß, stand er zitternd in ihrer Umarmung; aber dieses Mal zitterte er nicht vor Kälte oder Angst. Sie küßte ihn wieder, und ihre Stimme drang honigsüß an seine Lippen. »Du hast den Mund deines Vaters, Mordred.«

Lots Mund? Ihres Gemahls, der sie mit seiner Mutter betrogen hatte? Und sie küßte ihn? Begehrte ihn vielleicht? Warum nicht? Sie war immer noch eine schöne Frau, und er war jung und in diesen Dingen so erfahren wie jeder Junge seines Alters. Eine gewisse Dame am Hofe hatte es sich zum Vergnügen gemacht, ihn das Vergnügen zu lehren, und dann war da noch ein Mädchen, die Tochter eines Schafhirten, die in diskreter Entfernung vom Palast wohnte und nach ihm ausblickte, wenn er zu ihr über die Heide ritt, im abendlichen Wind von der See… Mordred war auf den Inseln aufgewachsen, die noch nicht unter dem Einfluß der römischen Kultur oder der christlichen Moral standen, und der Begriff der Sünde war ihm ebenso fremd wie einem jungen Tier oder einem jener alten keltischen Götter, die in den Steinhügeln geisterten und wie Regenbogen an sonnigen Tagen über das Land ritten. Warum also dieses Widerstreben seines Körpers? Was hielt ihn zurück, auf ihr Anerbieten einzugehen? Warum dieses Gefühl, als habe etwas Böses ihn berührt?

Sie stieß ihn plötzlich fort, griff nach der Lampe, hob sie an, hielt inne, musterte ihn mit jenem gleichen beunruhigenden Blick. »Bäume können hoch wachsen, so scheint es mir, Mordred, und immer noch Schößlinge sein. Zu sehr vielleicht, und doch nicht genug deines Vaters Sohn… Gehen wir. Ich zu meinem Gabran, der geduldig auf mich wartet, und du in dein Kinderbett mit den anderen Kindern. Muß ich dich daran erinnern, über alles, was heute abend vorgefallen ist und was ich gesagt habe, zu schweigen?«

Sie wartete auf eine Antwort. Schließlich stammelte er: »Über das, Madame? Gewiß, ich gelobe es.«

»Das? Was ist ›das‹? Über alles, was du gesehen oder nicht gesehen hast. Jedenfalls hast du genug gesehen, um zu wissen, daß man mir zu gehorchen hat. Ja? Nun denn, tu wie dir geheißen, und dann wird dir nichts Böses geschehen.«

Sie ging ihm schweigend voran, und er folgte ihr den Gang hinauf und die Treppe hinauf bis ins Vorzimmer. Der Schlüssel drehte sich hinter ihnen im wohlgeölten Schloß. Sie würdigte ihn keines Worts und keines Blicks mehr. Er wandte sich um, rannte davon durch die kalten Gänge und den dunklen Palast zu seiner Schlafkammer.

10

Während der folgenden Tage versuchte Mordred mit den anderen Knaben und einer großen Menge der Inselbewohner sich dem Boten des Königs zu nähern, um irgend etwas von ihm zu erfahren. Was die Inselbewohner und die jüngeren Prinzen betraf, so war es reine Neugierde. Wie sieht es auf dem Hauptland aus? Und auf dem märchenhaften Schloß Camelot? Wie geht es dem König, dem Helden vieler wilder Schlachten, und seiner anmutigen Gemahlin? Und seinem Freund Bedwyr und den anderen Rittern der Tafelrunde?

Aber alle, Prinzen wie Gemeine, fanden es unmöglich, an den Mann heranzukommen. Nach der ersten Nacht im Palast schlief er an Bord des königlichen Schiffes, das er täglich mit einer Eskorte verließ, angeblich für einen Höflichkeitsbesuch bei Königin Morgause, in Wirklichkeit jedoch – so ging das Gerücht –, um sich zu versichern, daß alle Vorbereitungen getroffen wurden, die Reise beim günstigen Herbstwetter anzutreten.

Die Königin ließ sich nicht zur Eile antreiben. Ihr Schiff, die *Orc,* lag ausfahrbereit am Pier, und es fehlte ihm nur noch der letzte Schliff. Handwerker waren mit Mal- und Vergoldungsarbeiten beschäftigt, während ihre Frauen das große, reich geschmückte Segel bestickten. Im Palast waren Morgauses Frauen emsig dabei, die prunkvollen Gewänder, die die Königin für ihren Empfang auf Camelot ausgewählt hatte, fertig zu nähen, zu glätten und einzupacken. Morgause selbst verbrachte viele Stunden in ihrem geheimen

Gemach unter dem Felsen. Nicht etwa, wie man sich zuflüsterte, um sich mit ihrer dunklen Göttin zu beraten, sondern um Salben, Essenzen und Duftstoffe zu mischen und auch gewisse Elixiere, die im Ruf standen, Schönheit und jugendliche Kraft wiederherzustellen.

Der Goldschmied Beltane saß immer noch in seiner Ecke des Hofes bei der Arbeit. Die Geschenke für Artus lagen fix und fertig, in Wolle verpackt, in der geschnitzten Truhe, die ihm überbracht werden sollte. Jetzt war der alte Mann mit dem Schmuck Morgauses beschäftigt. Casso, sein stummer Sklave und Gehilfe, verfertigte Schnallen und Broschen für die Prinzen, und obgleich er kein Künstler wie sein Meister war, leistete er gute Arbeit nach den Entwürfen Beltanes und schien sich immer zu freuen, wenn die Knaben ihm zuschauten und am Schmelztiegel plauderten. Mordred war der einzige, der sich um eine Art von Verständigung mit ihm bemühte, ihm Fragen stellte, die mit einem bloßen Nicken oder Kopfschütteln beantwortet werden konnten, aber er erfuhr nur wenig über Casso. Er hatte sein ganzes Leben als Sklave verbracht, war nicht immer stumm gewesen – ein grausamer Herr hatte ihm die Zunge herausgeschnitten –, und er betrachtete sich als den glücklichsten der Menschen, seit Beltane ihn zu sich genommen und ihm ein Handwerk beigebracht hatte. Ein eintöniges Leben, dachte sich Mordred und wunderte sich, wenn auch nur flüchtig, über die zufriedene Miene, die dieser Sklave zur Schau stellte. Es war, falls der Knabe es erkannt hätte, die Miene eines Mannes, der sich mit seinen Beschränkungen abgefunden und einen Platz im Leben geschaffen hat, den er mit Rechtschaffenheit zu behaupten weiß. Mordred hatte in seinem Leben wenig Grund gehabt, in einem Menschen nur das Beste zu sehen, und nahm einfach an, daß der Sklave ein von seinem Meister unabhängiges Privatleben führte und in diesem eine Art von Genugtuung fand. Frauen vielleicht? Das konnte er sich gewiß leisten. Wenn der Sklave, nachdem sein Meister zu Bett gegangen war, mit den Soldaten beim Würfelspiel saß, fehlte es ihm nie an Münzen, und er zahlte auch immer seine Runde Wein. Mordred wußte, woher das Geld kam. Gewiß nicht von Beltane, denn wer entlohnt seinen eigenen Sklaven? Ein gelegentliches kleines Geschenk vielleicht, aber kein Geld. Aber da war jener Tag im letzten Monat gewesen, als Mordred mit einem kleinen Boot allein zum Fischen ausgefahren und spät im Zwielicht der nördlichen Sommernacht zurückgekommen war. Ein kleines Handelsschiff lag am königlichen Pier, die Mannschaft verbrachte die Nacht an Land, jedoch einige Offiziere schienen noch an Bord zu sein, denn er hörte die Stimme eines Mannes und dann ein Geräusch, das wie das Klimpern von Münzen klang. Als er sein Boot im Schatten des Handelsschiffs am Steg festband, sah er einen Mann die Laufplanke hinuntereilen und die Straße zum Palast hinaufgehen. Er hatte Casso erkannt. Der Mann machte also Privatgeschäfte? Ehrlichen Handel trieb man schließlich nicht um Mitternacht. Nun, warum soll er nicht für sich selbst sorgen? fragte sich Mordred achselzuckend, und dann vergaß er den Vorfall.

Endlich kam der Tag. An einem sonnigen Oktobermorgen führte die Königin mit ihren Frauen, gefolgt von den fünf Knaben, Gabran und ihrem obersten Kammerherrn, den feierlichen Zug zum Pier an. Hinter ihnen schleppte ein Mann die für Artus bestimmte Schatztruhe, ein anderer trug Geschenke für den König von Rheged und seine Gemahlin, die Schwester Morgauses, ein Page hatte alle Mühe, die Leinen der beiden großen auf der Insel gezüchteten Hunde für König Urbgen festzuhalten, während ein verängstigt dreinblickender anderer Knabe mit ausgestreckten Armen einen großen Käfig aus Flechtkorb trug, in welchem eine halbwüchsige Wildkatze fauchte und spie, eine Gabe für Königin Morgans Sammlung seltsamer Vögel, Tiere und Schlangen. Ihnen folgte ein Trupp bewaffneter Mannen in Morgauses Diensten, und ganz zuletzt – offiziell ihr zu Ehren, jedoch mit dem grimmigen Blick einer Wache – marschierte eine Abteilung der königlichen Soldaten von der *Seedrache.*

Selbst im gnadenlosen Licht der Morgensonne sah die Königin schön und anmutig aus. Ihr mit süßen Essenzen gewaschenes und goldgeschmücktes Haar glänzte und strahlte. Die Augen wirkten hell unter den gefärbten Lidern. Gewöhnlich bevorzugte sie üppige Farben, aber heute trug sie ein schwarzes Kleid, das ihrer durch Schwangerschaften etwas füllig gewordenen Gestalt eine fast mädchenhaft geschmeidige Schlankheit verlieh, und von dem sich der Schmuck und ihre seidig blasse Haut besonders abhoben. Stolzen Hauptes und mit zuversichtlichem Blick schritt sie dahin, während die Inselbewohner, ein Spalier bildend, ihr zujubelten und Segen spendeten. Seit ihrer Verbannung an diese Gestade hatte die verzärtelte und verwöhnte Königin ihnen nicht oft einen solchen Anblick gewährt, aber jetzt bot sie ihnen fürwahr etwas, das sich anzuschauen lohnte, einen königlichen Umzug, Königin und Prinzen mit ihrer bewaffneten und geschmückten Eskorte und, um das Ganze zu krönen, das höchstpersönliche Schiff König Artus' mit seiner Drachenflagge, das die *Orc* an die Küsten des Festlandes geleiten sollte.

Endlich lichtete die *Orc das* Segel, bahnte sich ihren Weg durch die Gewässer zwischen den Inseln, und in ihrem schäumenden Kielwasser folgte die *Seedrache,* einem Schäferhund gleich, der seine kostbare Herde in das vom Hochkönig Artus für sie ausgebreitete Netz treibt.

Als sie in einiger Entfernung von den Orkneys waren und der Kapitän der *Seedrache* sich versichert hatte, daß die Königin mit ihrer Familie wirklich in die vorgeschriebene südliche Richtung reiste, sah er keinen Grund zur Eile mehr. Der Hochkönig war immer noch in der Bretagne, und bis zu seiner Rückkehr nach Camelot blieb Morgause noch viel Zeit. Zudem hatte er ihnen in seiner Weisheit eine zusätzliche Frist eingeräumt, falls die Schiffe in schlechtes Wetter geraten sollten, was dann auch bald geschah. In der Meerenge von Muir-Orc – jenem Arm, der sich zwischen dem Hauptland und den äußeren Inseln erstreckt – gerieten sie in einen Sturm, der die beiden Schiffe auseinandertrieb und selbst die mutigsten Passagiere dazu brachte, sich von den Decks nach unten zu flüchten. Erst nach einigen Tagen ließen die heftigen Winde etwas nach, und das orcadische Schiff gelangte in die geschützten Gewässer der Ituna-Mündung und ankerte dort. Die *Seedrache* kämpfte sich nach einigen Stunden an denselben Pier heran, wo die Passagiere aus Orkney noch an Bord waren, sich jedoch vorbereiteten, an Land zu gehen; denn sie wollten nach Luguvallium, der Hauptstadt von Rheged, reisen, um König Urbgen und seine Königin Morgan zu besuchen.

Obgleich der Kapitän der *Seedrache* wohl wußte, daß er nicht als Ehrengeleit, sondern zur Überwachung von Gefangenen gekommen war, sah er keine Ursache, sich dieser Reise zu widersetzen. König Urbgen von Rheged hatte dem Hochkönig immer treu gedient, wenn auch seine Königin sich schwer gegen ihren Bruder Artus vergangen hatte, und er würde bestimmt dafür sorgen, daß Morgause und ihre kostbare Brut in sicherem Gewahrsam wären, bis man die Sturmschäden an den Schiffen behoben hätte.

Morgause, die es nicht für nötig befand, um Erlaubnis für diese Reise zu bitten, hatte bereits einen Brief an ihre Schwester geschrieben, um ihr Kommen zu melden. Jetzt wurde ein Kurier abgesandt, und kurz darauf machte sich die Reisegesellschaft, unter der gleichen behutsamen Bewachung wie vorher, auf den Weg zu König Urbgens Schloß.

Für Mordred war der Ritt viel zu kurz. Nachdem sie die Küste verlassen hatten und über die Hügel ins Innere des Landes vordrangen, kamen sie durch eine Gegend, die sich sehr von allem unterschied, was er bisher gesehen oder sich vorzustellen gewagt hatte.

Am meisten beeindruckten ihn die vielen Bäume. Auf Orkney gab es nur ein paar verkrüppelte Erlen und Birken und Dornbüsche an den wenigen, spärlich vom Wind geschützten Stellen längs der Küste. Hier gab es Bäume überall, mit riesigen Kronen, in deren Schatten Buschwerk, Farnkraut und rankendes Gestrüpp wuchs. Große Eichenwälder erstreckten sich über die Hänge der Hügel, wichen weiter oben den schlanken und hohen Tannen, die bis auf den höchsten Klippen zum Himmel ragten. In allen Felsschluchten sah man Bäume, Ebereschen, Stechpalmen, Birken, und die dichtbewaldeten Klüfte hingen von den silbrigen Berggipfeln wie die Seile vom Dach der Fischerhütte seiner Pflegeeltern. Weiden und Erlen wucherten an den Ufern der kleinsten Bäche, an Wegen und Straßen, an jedem Hügelhang, an den Sümpfen, beschatteten Hütten und Schafställen, Bäume überall, mit rötlichem oder goldenem Herbstlaub geschmückt, von dem sich das dunkle Glitzern der Stechpalmen und das tiefe Grün der Tannen abhoben. Längs des Pfades, auf dem er ritt, fielen die reifen Haselnüsse aus ihren gezackten Laubkelchen, und unter den herbstlichen Spinnweben glitzerten die letzten Brombeeren wie feines Granat. Gareth zeigte aufgeregt auf eine schimmernde Blindschleiche, die sich ins Farnkraut schlängelte, und Mordred sah Rehe am Waldrand, zierlich und so reglos und gescheckt wie der Waldboden, auf dem sie standen.

Einmal, als der Pfad sie über einen hohen Paß führte und das weite Land mit seinen Hügelkuppen sich vor ihnen bis zum blauen Horizont erstreckte, hielt Mordred sein Pferd an und starrte. Noch nie hatte er so weit geschaut, ohne im Hintergrund das Meer zu sehen. Meilenweit war nur das Wasser der kleinen Seen und Teiche zu erkennen, die in den sanften Tälern glitzerten, und die weißen Strudel der Bäche, die sich von den grauen Felsen in sie ergossen. Zahllose blaue Hügel erstreckten sich bis in die weite Ferne, wo eine große Bergkette sich mit ihren weißen Gipfeln vom Himmel abzuheben schien. Berge oder Wolken? Es war das gleiche. Hier war das Hauptland, das Königreich der Königreiche, das Ziel seiner Träume.

Einer der Wachsoldaten ritt lächelnd und ermahnend auf ihn zu, und Mordred schloß sich wieder dem Gefolge an.

Später blieb ihm nur noch eine verschwommene Erinnerung an seinen ersten Aufenthalt in Rheged zurück. Das Schloß war riesig, voller Menschen, prächtig und in großem Aufruhr. Die Knaben wurden geradewegs zu den Söhnen des Königs geschickt, und sie hatten den Eindruck, aus dem Wege geschafft zu werden, während sich irgendeine Krise abspielte, über die man ihnen keine Erklärung abgab. König Urbgen begrüßte sie höflich, jedoch zurückhaltend und mit wenig Worten. Königin Morgan war überhaupt nicht zu sehen. Wie es schien, war sie seit kurzem in ihre Gemächer verwiesen worden, wo sie fast wie eine Gefangene lebte.

»Es handelt sich um ein Schwert«, sagte Gawain, dem es gelungen war, ein Gespräch in der Wachstube zu belauschen. »Um das Schwert des Hochkönigs. Sie nahm es aus Camelot, während er abwesend war, und ließ einen Ersatz an dessen Stelle zurück.«

»Es ist nicht nur das Schwert«, sagte Geheris. »Sie nahm sich einen Liebhaber und gab ihm das Schwert.

Aber der Hochkönig tötete ihn trotzdem, und jetzt will König Urbgen sich ihrer entledigen.«

»Wer hat dir das erzählt? Dein Onkel würde ihm nie erlauben, seine Schwester so zu behandeln, was immer sie auch getan haben mag.«

»Oh, doch. Schon wegen des Schwertes; denn das war Verrat. Der Hochkönig wird ihm freie Hand lassen, sie fortzuschaffen«, sagte Geheris mit Eifer. »Was den Liebhaber betrifft …«

Aber in diesem Augenblick kam Gabran über den Hof auf sie zu, um sie in die Stallungen zu rufen, und selbst der gewöhnlich eher taktlose Geheris hielt es für besser, das Thema einstweilen fallenzulassen.

Von Urbgens beiden Söhnen erfuhren sie etwas mehr, aber nur sehr wenig. Sie waren erwachsene Männer, Söhne aus des Königs erster Ehe, bewährte Krieger, die die Verbindung ihres Vaters mit Artus' jüngster Schwester zuerst sehr begrüßt, sich jetzt jedoch anders besonnen hatten und bereit waren, Urbgens Gesuch um Scheidung zu unterstützen.

In Wahrheit schien folgendes geschehen zu sein: Die durch ihre Ehe an einen viel älteren Mann gebundene Morgan hatte sich einen der Gefährten Artus' zum Liebhaber genommen, einen Mann namens Accolon, einen tapferen, ehrgeizigen und wagemutigen Ritter, und ihn überredet, dem Hochkönig, während dieser abwesend war, sein ruhmvolles Schwert Caliburn zu stehlen, das die Männer das Schwert Britanniens nannten, es nach Rheged zu bringen und an seiner Stelle eine Fälschung zu hinterlassen, die ein von Morgan besoldeter Waffenschmied im Norden heimlich dem Original nachgebildet hatte.

Was die Königin damit beabsichtigte, war nie wirklich glaubhaft erklärt worden. Sie kann nicht geglaubt haben, daß der junge Accolon, selbst wenn er Urbgen aus dem Weg geschafft und Morgan geheiratet hätte, allein mit dem Schwert Britanniens in der Hand je fähig gewesen wäre, Artus zu stürzen und sich zum Hochkönig ausrufen zu lassen. Da war schon eher anzunehmen, daß sie ihren Liebhaber benutzt hatte, um ihre ehrgeizigen Pläne voranzutreiben, und daß die Geschichte, die sie später Urbgen erzählte, im großen und ganzen der Wahrheit entsprach. Sie behauptete nämlich, ein Traum habe sie vor Artus' plötzlichem Tod in der Fremde gewarnt, und um dem Chaos vorzubeugen, das diesem Ereignis folgen würde, habe sie es auf sich genommen, das symbolische Schwert Britanniens in König Urbgens Gewahrsam zu bringen, des bewährten und ruhmreichen Kämpfers vieler Schlachten und Gemahls der einzigen legitimen Schwester König Artus'. Gewiß, Artus hatte zwar den Herzog von Cornwall zu seinem Erben ernannt, aber Herzog Cador war tot und sein Sohn Constantin noch ein Kind.

So ging die Geschichte. Was den Ersatz des königlichen Schwerts durch eine wertlose Fälschung betraf, so sei es, wie sie erklärte, nur ein Mittel gewesen, den Diebstahl zu vertuschen. Das Schwert hing gewöhnlich über dem Thronsessel des Königs im Runden Saal von Camelot und wurde nur noch für Zeremonien oder Schlachten heruntergenommen. Aber gerade das hätte zu einer Tragödie führen können. Artus war unbeschadet von seinen Reisen zurückgekehrt, und Accolon, der für sich und Morgan Strafe fürchtete, falls der Diebstahl entdeckt werden sollte, hatte den König zum Kampf herausgefordert und ihn mit dem guten Schwert angegriffen, während Artus sich mit der spröden Fälschung Caliburns verteidigen mußte. Der Ausgang dieses Kampfes gehörte bereits der Legende an, die sich um den König verbreitete. Accolon wurde trotz seines verräterischen Vorteils getötet, und Morgan, die nun die Rache ihres Bruders und ihres Gemahls zu fürchten hatte, beteuerte jedem, der es hören wollte, an dem Kampf sei nicht sie, sondern allein Accolon schuld gewesen, und da Accolon tot war, konnte ihr niemand widersprechen. Falls sie ihrem Liebhaber nachtrauerte, ließ sie es sich nicht anmerken. Bei jeder sich bietenden Gelegenheit beklagte sie seine Wahnsinnstat und beschwor, ihrem Bruder Artus und ihrem Herrn und Gemahl – irregeleitet, gab sie zu, jedoch wahrlich und inniglich – stets die Treue gehalten zu haben.

Daher der Aufruhr im Schloß. Noch waren keine Entscheidungen getroffen worden. Lady Nimuë, die jetzt Merlins Ratgeberamt bei Artus und (wie man behauptete) auch Merlins Zaubermacht innehatte, war in den Norden gekommen, um das Schwert zu holen. Ihre Botschaft ließ keinen Zweifel mehr zu. Artus war nicht bereit, seiner Schwester den Verrat zu verzeihen, und falls Urbgen wünschte, den Betrug seines Bettes zu rächen, so habe er des Königs Erlaubnis, mit seiner untreuen Gemahlin zu verfahren, wie es ihm beliebte.

Bisher hatte der König von Rheged sich nicht den Mut genommen, mit seinem Weib zu sprechen oder gar über sie zu richten. Lady Nimuë weilte immer noch in Luguvallium, wenn auch nicht im Schloß selbst; zu Urbgens Erleichterung hatte sie sein gastliches Anerbieten abgelehnt und sich Unterkunft in der Stadt besorgt. Urbgen war es müde (wie er seinen Söhnen anvertraute), von Frauen umgeben zu sein, die sich mit Träumen und Hexerei abgaben. Gern hätte er Morgauses Besuch abgelehnt, aber das konnte er aus Gründen der Schicklichkeit nicht tun, und außerdem war er neugierig, ›die Hexe von Orkney‹ und ihre Söhne zu sehen. So steuerte der große König Urbgen behutsam seinen Weg zwischen Nimuë und Morgause, gestattete letzterer, ihre Schwester nach Belieben aufzusuchen, und betete, daß die erstere jetzt, da ihre Geschäfte im Norden abgeschlossen waren, Luguvallium verlassen werde, ohne es zu einer peinlichen Begegnung mit ihrer alten Feindin Morgause kommen zu lassen.

11

Am dritten Tag ihres Aufenthalts ließ Mordred nach der Abendmahlzeit seine Halbbrüder im Saal zurück und machte sich allein auf den Weg zu den Schlafgemächern, die in einiger Entfernung vom Hauptgebäude des Schlosses und am Fluß lagen.

Der Pfad führte ihn durch ein Gelände, dessen hinterer Teil ein für Königin Morgan angelegter Lustgarten vor ihren Fenstern war, mit Blumenbeeten, Rosensträuchern und Rasenflächen bis zum Ufer hinab. Jetzt sah man dort nur noch die Stiele verwelkter Lilien, kahles Heckenrosengestrüpp, blattloses Gebüsch, wuchernde Pilze, die sich dunkel vom Gras abhoben, und an den Mauern, wo den Sommer über die Käfige mit den Singvögeln gehangen hatten, die nun im Hause überwinterten, waren nur noch die Haken zu erkennen. Schwäne glitten langsam am Flußufer entlang, schienen auf die Nahrung zu warten, die ihnen die Königin in weniger sorgenvollen Tagen gebracht hatte, und ein Paar schneeweißer Pfauen hockten, Gespenstern gleich, in ihrem Nest auf einer hohen Tanne. Im Sommer, wenn die Vögel zwitscherten, in der Farbenpracht der Blumen und ihren lieblichen Düften, mußte es hier sehr schön sein, aber jetzt, in der nassen Kälte des herbstlichen Abends wirkte der Ort verlassen und traurig und roch nach totem Laub und Schlamm vom Fluß.

Doch Mordred verweilte wie gebannt beim Anblick dieses Musterbeispiels an Luxus des Hauptlandes. Er hatte nie zuvor einen Garten gesehen, sich nie vorgestellt, daß es ganze Landstriche gab, die, mit größter Sorgfalt angelegt, nur der Schönheit und dem Vergnügen ihres Besitzers dienten. Am Spätnachmittag hatte er aus dem Fenster eine Statue erblickt, die sich wie ein Geist vom dunklen Gestrüpp abhob. Diese wollte er sich näher anschauen.

Auch die Statue war seltsam. Ein Mädchen in leichter Hülle, gebückt, wie um Wasser aus einer fremdartig aussehenden Muschel in ein unter ihr liegendes Steinbecken zu gießen. Die einzigen Statuen, die er bisher gesehen hatte, waren die rohgemeißelten Inselgötter gewesen, Steine mit wachsamen Augen. Dieses Mädchen war anmutig, wirkte fast lebendig. Die Abenddämmerung warf zarte Schatten auf das graue Moos, das auf ihren Armen und auf ihrem Kleid wucherte. Der Brunnen war versiegt, die Muschel leer, doch im Steinbecken stand das Wasser noch hoch, und auf ihm schwammen die Überreste der sommerlichen Seerosen. Unter den fast schwarzen Blättern erkannte er verschwommen die träge Bewegung von Fischen.

Er verließ den versiegten Brunnen und ging leichten Schrittes über den Rasen dem Flußufer und den gleitenden Schwänen zu. Dort fand er, dem Fluß zugewandt und hinter einer von dichten Weinranken überwachsenen Ziegelmauer den Blicken der Schloßfenster verborgen, eine liebliche Laube mit Mosaikboden und einer gerundeten Steinbank, deren Enden mit feingemeißelten Trauben und Amorfiguren verziert waren.

Etwas lag auf der Bank, und er näherte sich, um zu sehen, was es war. Ein Stickrahmen mit einer halbfertigen Arbeit auf heller Leinwand, ein hübsches Muster aus Erdbeeren, Blattwerk und Blumen. Neugierig nahm er es auf, stellte fest, daß das Leinen naß und fleckig war. Es mußte hier seit einiger Zeit gelegen haben und vergessen worden sein. Er konnte nicht wissen, daß Königin Morgan diesen Stickrahmen liegengelassen hatte, als man ihr die Kunde vom Tod ihres Liebhabers überbrachte. Seit diesem Tag hatte sie den Garten nicht mehr betreten.

Mordred legte die fleckige Stickarbeit auf die Bank zurück und überquerte wieder den Rasen bis zum Pfad unter den Fenstern. Als er näher kam, sah er in einem der Fenster ein Licht aufleuchten, und dann hörte er Stimmen, klar und deutlich. Die eine – sie klang erregt und zornig – war ihm unbekannt, aber die andere, die ihr antwortete, konnte nur Morgauses Stimme sein. Er erhaschte vereinzelte Worte wie ›Schiff‹ und ›Camelot‹ und dann ›die Prinzen‹, und da überlegte er nicht lange, verließ den Pfad, schlich sich an die Mauer unter dem Fenster und lauschte.

Die Fenster waren unverglast, tief in die Mauer eingebaut, einige Zoll über seinem Kopf. Er schnappte nur Bruchstücke auf, wenn die Frauen ihre Stimmen erhoben oder näher an das Fenster traten. Morgan – denn die Stimme erwies sich als die ihre – schien ruhelos und verstört im Zimmer auf und ab zu gehen.

Sie sprach. »Wenn er es wagt, mich fortzuschicken ... mich, die Schwester des Hochkönigs! Deren einzige Schuld es war, sich von ihrer Sorge über das Königreich ihres Bruders und ihrer Liebe für ihren Herren und Gemahl irreleiten zu lassen! Was kann ich dafür, daß Accolon sich wie ein Wahnsinniger in mich verliebte? Was kann ich dafür, daß er Artus angriff? Alles, was ich tat ...«

»Ja, ja, das hast du mir bereits erzählt.« Morgause klang teilnahmslos und ungeduldig. »Verschone mich damit, ich bitte dich! Ich möchte nur wissen, ob es dir gelungen ist, Urbgen zu überzeugen.«

»Er will nicht mit mir sprechen. Wenn ich nur zu ihm gelangen könnte ...«

Morgause unterbrach sie wieder, verbarg Verachtung hinter ihrem Spott. »Worauf wartest du? Du bist die Königin von Rheged, und du erzählst jedem, der es hören will, daß dein Gemahl dir nur Dankbarkeit und ein wenig Vergebung für deine Torheit schuldet. Warum also versteckst du dich hier? Ich an deiner Stelle, Schwester, würde mir mein feinstes Gewand anlegen und, mit der Krone der Königin von Rheged geschmückt, in den Saal treten, wenn er an der Tafel sitzt oder seinen Rat hält. Dann wird er dich anhören müssen. Falls er immer noch unentschlossen ist, wird er es nicht wagen, Artus' Schwester vor versammeltem Hof zu beleidigen.«

»In Anwesenheit Nimuës?« fragte Morgan erbittert.

»Nimuë?« Morgause klang bestürzt. »Merlins Schlampe? Ist sie noch da?«

»Ja, sie ist noch da. Und sie ist jetzt auch eine Königin, Schwester, also halte deine Zunge im Zaum! Nach dem Tod des alten Zauberers heiratete sie Pelleas, wußtest du das nicht? Das Schwert hat sie zurückgeschickt, aber sie blieb und wohnt irgendwo in der Stadt. Das hat er dir wohl nicht erzählt? Ach ja, er hält einfach den Mund und hofft, daß ihr euch nicht begegnet.« Morgan lachte schrill auf. »Diese Männer! Bei Hekate, wie ich sie verachte! Sie haben alle Macht und kein bißchen Mut. Er hat Angst vor ihr … und vor mir … und vor dir auch, ganz ohne Zweifel! Wie ein großer Hund unter fauchenden Katzen … Nun ja, vielleicht hast du recht. Vielleicht …«

Der Rest verlor sich. Mordred wartete, obgleich das Gespräch ihn eher langweilte. Der Fehltritt der Königin, der Zorn des Königs und was sich daraus ergeben könnte, das alles ging ihn nichts an. Aber er war beeindruckt von dem, was er über Morgans Ruf gehört hatte, und von der leichtfertigen Erwähnung großer Namen, die für ihn bisher nur Gegenstand von Geflüster in der Dämmerung gewesen waren.

Etwa eine Minute später, als die Worte wieder deutlicher zu ihm drangen, vernahm er etwas, das ihn die Ohren spitzen ließ.

Morgause sprach. »Wirst du Artus aufsuchen, wenn er heimgekehrt ist?«

»Ja. Ich habe keine andere Wahl. Er hat nach mir gesandt, und ich hörte, daß Urbgen bereits Anweisungen für mein Geleit trifft.«

»Für deine Bewachung, willst du sagen?«

»Und wenn es so wäre, warum solltest gerade du

darüber lächeln, Morgause? Wie nennst du denn deine königliche Eskorte, die dich auf Artus' Geheiß nach Süden geleitet?«

Der Ton war spöttisch, doch Morgause antwortete schlagfertig.

»Das ist etwas anderes. Ich habe meinen Gemahl nie betrogen ...«

»Ha! Jedenfalls nicht, nachdem er dich heiratete!«

»Oder Verrat an Artus begangen.«

»Nein?« Morgan lachte wild auf. »Verrat ist vielleicht nicht das richtige Wort, gib es ruhig zu. Und er war damals auch nicht dein König. Du weißt schon, was ich meine.«

»Ich ziehe es vor, dich nicht zu verstehen, Schwester. Du willst mich doch nicht etwa beschuldigen ...«

»Oh, komm schon, Morgause! Das weiß doch jetzt jeder! Und hier, in diesem Schloß! Nun gut, es ist lange her. Aber du glaubst doch bestimmt nicht, daß er jetzt um alter Zeiten willen nach dir schickt? Oder gibst du dich der Täuschung hin, daß er *dich* in seiner Nähe wünscht? Selbst nach Merlins Tod wird Artus dich nicht an seinem Hofe dulden. Verlaß dich darauf, er will nur die Kinder, und wenn er die einmal hat ...«

»Er wird Lots Söhnen nichts antun.« Morgauses Stimme klang zum ersten Mal schrill und scharf. »Er würde es nicht wagen! Und warum sollte er? Welchen Streit er auch mit Lot gehabt haben mag, Lot starb kämpfend unter dem Drachenbanner, und Artus wird seine Söhne dafür ehren. Er muß Gawains Thronanspruch unterstützen, ob er will oder nicht. Er wird es nicht zulassen, daß man von ihm sagt, er habe den Kindermord zu Ende geführt.«

Morgan stand nahe am Fenster, und ihre Stimme war klar vernehmbar, wenn auch fast flüsternd und ziemlich atemlos. »Zu Ende führt? Er hat ihn nie begonnen. Ach, schau nicht so drein. Auch das weiß jeder. Es war nicht Artus, der die kleinen Kinder hinmorden ließ. Nein, und auch nicht Merlin. Mach mir nichts vor, Morgause.«

Ein kurzes Schweigen trat ein, und dann sprach Morgause wieder mit ihrer gewohnten Kälte. »Vergangene Geschichten, wie das andere. Und wenn er, wie du sagtest, nur die Knaben bei sich haben wollte, hätte er es nicht für nötig befunden, auch mich kommen zu lassen. Nein, er befahl ausdrücklich mir, sie ihm nach Camelot zu bringen. Und du kannst es nennen, wie du willst, mein Geleit ist eine königliche Eskorte … Du wirst sehen, Schwester, daß ich wieder meinen rechtmäßigen Platz einnehmen werde, und meine Söhne mit mir.«

»Und der Bastard? Was glaubst du, wird mit ihm geschehen? Oder sollte ich lieber fragen, was du in seiner Hinsicht vorhast?«

»Was ich vorhabe?«

Morgan triumphierte. »O ja, das ist etwas anderes, nicht wahr? Das hat getroffen! Dort liegt die Gefahr, Morgause, und du weißt es. Du kannst erzählen, was du willst, aber man braucht ihn nur anzuschauen, um die Wahrheit zu erkennen … Er hat also überlebt, und was jetzt? Merlin sagte voraus, was geschehen wird, falls du ihn am Leben läßt. Der Kindermord mag vergangene Geschichte sein, aber wer weiß, was Artus jetzt tun wird, da er ihn endlich gefunden hat?«

Der Satz brach ab, als sich irgendwo eine Tür öffnete und wieder schloß. Schritte hallten, dann die Stimme eines Dieners, der eine Meldung überbrachte. Die beiden Königinnen entfernten sich vom Fenster, und jemand anders, wahrscheinlich der Diener, lehnte sich hinaus. Mordred drückte sich dicht an die Mauer, im tiefen Schatten verborgen. Er wartete still und reglos, bis die Silhouette im Widerschein des hellen Fensters auf dem Rasen verschwunden war, rannte dann lautlos zu den Schlafgemächern, die er mit den anderen Knaben teilte.

Seine Pritsche – hier schlief er allein – lag der Tür am nächsten, getrennt von den anderen durch einen Steinpfeiler. Hinter dem Pfeiler schliefen Gawain und Gareth. Im hintersten Ende des Zimmers flüsterte Agravaine seinem Bruder etwas zu, Geheris brummte und drehte sich um. Mordred rief ihnen ein leises »Gute Nacht« zu, legte sich hin, ohne die Kleider abzustreifen, zog eine Decke über sich und wartete.

Während er steif in der Dunkelheit lag, bemühte er sich, seine wirren Gedanken zu ordnen und ruhig zu atmen. Er hatte also recht gehabt. Sein zufälliger Gang durch den Garten hatte es bewiesen. Er wurde nicht in Ehren und als ein Prinz nach Süden gebracht, sondern zu irgendeinem Zweck, den er nicht zu erraten vermochte, der aber fast mit Gewißheit Gefahr bedeutete. Einkerkerung vielleicht, oder sogar – der schrille und böse Klang der Stimme Morgans ließen es als möglich erscheinen – Tod von den Händen des Hochkönigs. Morgauses Gönnerschaft, für die er ihr bis zu dem Abend in der Hexenküche dankbar gewesen, schien sich als nutzlos zu erweisen. Sie war machtlos, ihm Schutz zu bieten, und hatte im übrigen recht gleichgültig geklungen.

Er wendete den Kopf auf dem harten Kissen und lauschte. Kein Laut war von den anderen zu hören, außer dem leisen und regelmäßigen Atem des Schlafs. Draußen im Schloß wachte man noch. Die Tore standen bestimmt noch offen, wurden aber bald geschlossen und unter Bewachung gestellt sein. Morgen sollte er mit den Leuten aus Orkney und der königlichen Eskorte auf das Schiff zurückkehren, um die Weiterreise nach Camelot und dem, was ihn dort erwartete, anzutreten. Wahrscheinlich segelte die *Orc ohne* Zwischenhalt nach Ynys Witrin, wo der mit Artus verbündete König Melwas die Insel für den König hielt. Falls er fliehen wollte, mußte er es jetzt tun.

Er wurde sich kaum des Augenblicks bewußt, da er

seine Entscheidung traf. Sie schien ihm unvermeidlich, vorbestimmt und nur noch auf die Gelegenheit wartend. Vorsichtig setzte er sich auf, stieß die Decke zurück. Er sah, daß seine Hände zitterten, und ärgerte sich. War er es nicht gewohnt, allein davonzurennen? Eigentlich war er schon immer allein gewesen, hatte schon immer für sich selbst gesorgt. Er hatte keine Bande zu brechen. Die einzigen Menschen, die er je wirklich geliebt hatte, waren in jener Nacht vor so vielen Jahren in den Flammen umgekommen. Jetzt war er der vom Rudel abgeschiedene Wolf, der Alleingänger Mordred, der sich nur auf Mordred verließ und sonst auf keinen Mann und – es war eine Erleichterung, endlich einer halb argwöhnischen Dankbarkeit ledig zu sein – auch auf keine Frau.

Er ließ sich vom Bett gleiten, packte rasch seine Sachen zusammen. Ein dicker rotbrauner Mantel, sein Gürtel und sein Schwert, das kostbare Trinkhorn, die Börse aus Ziegenleder mit den über die Jahre sorgsam gesparten Münzen. Seine beste Kleidung trug er, das andere lag noch auf der *Orc*, aber dem war nicht abzuhelfen. Er häufte das Bettzeug so auf, daß es aussah, als schliefe jemand dort, dann schlich er sich aus dem Zimmer, suchte sich pochenden Herzens seinen Weg durch das Gewirr von Gängen bis in den Hof hinaus. Ahnungslos ging er an dem Zimmer vorüber, in welchem der junge Artus ihn mit seiner Halbschwester Morgause gezeugt hatte.

Der stets hellbeleuchtete Hof war gewöhnlich menschenleer zu dieser Abendstunde, nachdem man gegessen, sich in die Schlafgemächer zurückgezogen hatte oder beim Würfelspiel am Feuer saß. Die Wachen waren sicher noch da, und ein paar schnüffelnde Hunde, aber Mordred gedachte, sich im Schatten davonzuschleichen, ohne von den Männern bemerkt zu werden.

Heute abend jedoch herrschte trotz der späten

Stunde noch reges Treiben. Einige Diener standen an der Treppe, die vom Hauptportal des Schlosses in den Hof führte. Unter ihnen waren zwei, die Mordred als die Kammerherren des Königs erkannte. Der eine winkte zwei Diener mit Fackeln zum großen Tor. Es stand weit offen, und die Männer rannten hinaus, um den Weg zur Brücke zu erleuchten. Ein Licht in einem der Ställe und das Geräusch von Männerstimmen und trampelnden Hufen wiesen darauf hin, daß Pferde gesattelt wurden.

Mordred trat in den Schatten eines Torbogens zurück. Der ersten Enttäuschung folgte neue Hoffnung. Falls Gäste so spät das Schloß verließen, mochte es ihm gelingen, sich im allgemeinen Hin und Her unbemerkt davonzustehlen.

Tumult und Geschäftigkeit an der Schloßtreppe verkündeten das Erscheinen des Königs. Er trat mit seinen beiden Söhnen heraus, und alle drei trugen noch dieselbe Kleidung wie an der Tafel im Saal. Eine Dame war mit ihnen, und Mordred, der Königin Morgan noch nie gesehen hatte, fragte sich einen Augenblick, ob es sie sein könnte, aber sie war reisefertig angezogen und wirkte durchaus nicht wie eine Frau, die an der Gnade ihres Gemahls für ihren Fehltritt zweifelte. Sie war jung, schien außer zwei bewaffneten Dienern ohne Eskorte zu sein, machte jedoch den Eindruck einer an Ehrerbietung gewohnten Person, und der Knabe bemerkte sogar, daß König Urbgen, während er mit ihr sprach, sich respektvoll vor ihr verneigte. Er machte irgendwelche Einwände, wollte sie vielleicht bewegen, ihre Abreise auf eine bessere Zeit zu verschieben, tat es jedoch – das war dem schlauen Mordred nicht entgangen – ohne allzusehr darauf zu bestehen. Sie dankte ihm huldvoll und entschlossen, reichte den beiden Prinzen ihre Hand, schritt dann rasch die Treppe hinunter, als die Pferde aus dem Stall geführt wurden.

Sie kam ganz nahe an Mordreds Torbogen vorbei, und er sah ihr Gesicht. Sie war in der Tat jung und schön, aber mit einem strengen und kraftvollen Zug, der sogar auf einen Unbeteiligten einschüchternd wirkte. Über dem Schleier, der ihr dunkles Haar bedeckte, trug sie eine schmale goldene Krone. Eine Königin, ohne Zweifel. Jedoch mehr als das. Jetzt wußte Mordred, daß es nur Nimuë sein konnte, Nimuë, die Geliebte und Nachfolgerin Merlins, Nimuë, der ›andere Merlin‹, die Hexe, die die beiden Schwestern Artus' fürchteten, trotz allen Spottgeredes, das sie über sie verbreiteten.

Urbgen selbst half ihr aufs Pferd. Die beiden bewaffneten Diener stiegen in die Sättel. Sie sprach wieder, lächelte jetzt, schien ihn über irgend etwas zu beruhigen. Dann bot sie ihm ihre Hand, und er küßte sie, trat zurück. Ihr Pferd wendend, ritt sie auf das Tor zu, zog jedoch noch einmal die Zügel an, richtete sich auf und blickte sich um. Sie sah Mordred nicht, denn er hielt sich tief im Schatten des Torbogens versteckt, aber sie rief dem König mit Schärfe zu:

»König Urbgen, diese beiden Männer verlassen die Burg mit mir und sonst niemand. Tragt Sorge, daß die Tore hinter mir geschlossen werden, und stellt die Gästezimmer unter Bewachung. Ja; ich sehe, Ihr versteht mich. Laßt die Habichtmutter und ihre Brut nicht aus den Augen. Mir träumte, daß eins von ihnen bereits flügge ist und ausfliegt. Wenn Ihr Euch Artus' Liebe bewahren wollt, haltet den Käfig verschlossen und schaut, daß sie sicher in seine Hände gelangen.«

Ohne Urbgen Zeit zur Antwort zu lassen, gab sie dem Pferd die Sporen und ritt davon. Die beiden Diener folgten ihr. Der König starrte ihr versonnen und sichtlich unangenehm berührt nach, rief dann einen Befehl. Die Fackelträger eilten in den Hof zurück, und die Tore schlossen sich quietschend. Riegel wurden krachend vorgeschoben. Die Wachen nahmen unter dem Blick des Königs stramm ihre Plätze ein. Er richtete noch ein paar Worte an den diensthabenden Hauptmann, kehrte dann mit seinen Söhnen ins Schloß zurück, gefolgt von den Kammerherren und Dienern.

Mordred wartete nicht länger, lief geduckt durch die Schatten, suchte eine Tür, durch die er in den Flügel der Gästezimmer gelangen konnte. Er fand sie. Sie führte in einen Gang mit Werkstätten und Vorratsräumen an beiden Seiten. Um diese Stunde war niemand zu sehen. Er trat ein und rannte.

Sein erster Gedanke war, die Schlafkammer zu erreichen, bevor sie bewacht wurde; aber als er durch den Gang rannte und all die zum Teil verschlossenen, zum Teil nur zugehakten, zum Teil weit offenstehenden Türen sah, fiel ihm ein, daß es vielleicht einen anderen Fluchtweg gab. Die Fenster. Die Zimmer zu seiner Linken gingen auf das Flußufer hinaus. Die Fenster mußten ziemlich hoch liegen, aber nicht zu hoch, um hinauszuspringen, und was den Fluß betraf, so wäre es nicht gerade angenehm, ihn um diese Jahreszeit zu durchqueren, aber er könnte es schaffen, und falls er Glück hätte, wäre die Brücke noch unbewacht.

Jetzt war Eile geboten. Er blickte durch die nächste offene Tür; das Fenster war vergittert. An der folgenden Tür hing ein Vorlegeschloß. Die dritte war zu, aber nicht verschlossen. Er stieß sie auf und trat vorsichtig ein.

Eine Art von Vorratsraum, aber mit einem seltsamen Geruch und voller sonderbarer Geräusche, ein Scharren und Kratzen und Piepsen und Geflatter. Natürlich. Die Vögel der Königin. Hier waren die Käfige abgestellt. Er beachtete sie kaum. Das Fenster war nicht vergittert, aber schmal. Zu eng? Er trat näher. Ein Käfig stand auf dem keilförmigen Sims. Er griff ihn mit beiden Händen, um ihn auf den Boden zu stellen.

Irgend etwas zischte wie eine Schlange, spie, krallte sich in ihn ein. Der Knabe ließ den Käfig los, sprang zurück, den Handrücken aufgerissen. Er fuhr mit der Zunge darüber, schmeckte das salzige Blut. Aus dem Käfig blickten ihn zwei grüne Augen an, und ein leises bedrohliches Fauchen steigerte sich zu einem Schrei.

Die Wildkatze. Sie duckte sich auf dem Käfigboden, erschreckend, erschrocken, die kleinen flachen Ohren zurückgelegt, unsichtbar im gesträubten Fell. Alle Krallen waren vorgestreckt. Eine Pfote war noch erhoben, gezückt, angriffsbereit.

In seiner Wut, dem Schmerz und dem Schrecken, griff Mordred blitzartig zum Messer, wie er es gewohnt war. Beim Anblick der Klinge sprang die Wildkatze auf – ob instinktmäßig oder aus Überlegung, tut nichts zur Sache –, fauchte wütend und schlug mit der Krallenpfote durch die Gitterstäbe. Immer wieder schnellte sie sie hervor, an die Wand des Käfigs gedrückt, unermüdlich angreifend. Ihre Pfote und ihre Brust waren blutig, aber nicht vom Blut Mordreds; jemand hatte eine tote Ratte in den Käfig geworfen, die Katze hatte nichts davon gefressen, aber das verspritzte Blut war geronnen, und der Käfig stank.

Mordred ließ langsam sein Messer sinken. Er wußte wie jeder Bauernjunge auf Orkney eine ganze Menge über Wildkatzen, und er wußte auch, wie diese hier gefangen worden war, nachdem man ihre Mutter und den Rest der Brut niedergemetzelt hatte. Und hier war sie nun – fast noch ein Kätzchen – so klein, so wild, so tapfer, in einen Käfig gesperrt und stinkend, und das alles nur zum Vergnügen einer Königin. Und zu welchem Vergnügen? Zähmen konnte man sie nie, das wußte er. Man würde sie necken, zum Kampf aufstacheln, vielleicht sogar mit Hunden, denen sie die Augen auskratzen und das Fell blutig schlagen würde, bevor sie sie töten würden. Oder sie würde einfach die Nahrung verweigern und sterben. Die Ratte hatte sie nicht berührt.

Das Fenster war viel zu schmal, um ihn durchzulassen. Eine Weile stand er da, leckte das Blut von seiner Hand, kämpfte gegen die Enttäuschung an, die in beschämende Angst auszuarten drohte. Dann riß er sich endlich zusammen, beschloß auf die nächste sich bietende Gelegenheit zu warten. Bis nach Camelot war es noch weit. Waren sie erst einmal draußen, so würden sie schon sehen, ob er sich wie ein Gefangener führen ließ. Sollten sie nur versuchen, ihm etwas anzutun. Wie die Katze war er kein zahmes Tier, das sich in einen Käfig sperren läßt und dort geduldig auf den Tod wartet. Er konnte kämpfen.

Die Katze schlug wieder zu, aber er war in sicherer Entfernung. Er blickte sich um, sah einen gegabelten Stab, wie die Erntearbeiter ihn benutzen, um Schlangen zu fangen, und mit ihm hob er den Käfig an und stellte ihn mit der Tür nach außen auf den Sims. Der Käfig nahm fast die ganze Breite des Fensters ein. Er steckte den Stab in das Gitter, schob damit behutsam den äußeren Riegel auf. Dabei berührte er die tote Ratte, und die Katze schlug fauchend auf sie ein, neue Gefahr witternd. Als sich nichts mehr rührte, blieb sie eine lange Weile völlig reglos sitzen, und man sah nur das gesträubte Fell und den zuckenden Schwanz. Dann pirschte sie sich langsam an die Freiheit heran, wie an eine Beute, kroch bis ans Ende des Käfigs, stieg auf den Sims, spähte hinunter.

Er sah sie nicht springen. Eben noch war sie hier gewesen, eine Gefangene, und jetzt war sie draußen, in der Freiheit der Nacht.

Er nahm den Käfig vom Fenster, das zu eng für ihn war, warf ihn zu Boden, stellte den Stab in die Ecke zurück, wo er ihn gefunden hatte.

Eine Wache stand bereits an der Tür des Schlafgemachs. Der Mann hob zuerst warnend den Speer, aber als er den Prinzen erkannte, ließ er ihn wieder sinken und trat verlegen beiseite.

Mordred, der das erwartet hatte, hüllte sich fester in seinen rotbraunen Mantel, unter dem er seine Sachen und seine blutige Hand verbarg. Sein Gesicht drückte nur kühles Erstaunen aus.

»Eine Wache? Wozu? Ist etwas geschehen?«

»Befehl des Königs, Sir«, antwortete der Mann unbeholfen.

»Befehl, mich nicht einzulassen? Oder heraus?«

»Ach, nicht heraus ... ich meine ... besser gesagt, ich soll auf Euch aufpassen, Sir.« Der Mann räusperte sich verlegen, versuchte es noch einmal. »Ich dachte, Ihr alle schlieft dort drinnen. Wart Ihr vielleicht bei Eurer Königin?«

»Aha. Der König befahl also auch, über unser Kommen und Gehen zu berichten?« Mordred schwieg eine Weile, während der Mann betreten dreinblickte, und dann lächelte er. »Nein, ich war nicht bei Königin Morgause. Fragt Ihr immer die Gäste des Königs, wo sie ihre Nächte verbringen?«

Der Mann sperrte langsam den Mund auf, starrte Mordred überrascht, vergnügt und mitwisserisch an. Mordred griff mit seiner freien Hand in die Börse an seinem Gürtel und nahm eine Münze heraus. Sie hatten leise gesprochen, aber jetzt flüsterte er. »Ihr werdet es niemandem sagen?«

Das Gesicht des Mannes entspannte sich zu einem Grinsen. »Gewiß nicht, Sir. Bitte um Verzeihung. Vielen Dank, Sir. Wünsche eine gute Nacht, Sir.«

Mordred ging an ihm vorbei, trat lautlos in das Schlafgemach.

Vergebliche Vorsicht, denn Gawain war wach, auf den Ellbogen gestützt, und griff nach seinem Dolch.

»Wer ist da?«

»Mordred. Sei still. Kein Grund zur Unruhe.«

»Wo bist du gewesen? Ich dachte, du schläfst.«

Mordred antwortete nicht. Das war bei ihm zur Gewohnheit geworden, denn er hatte entdeckt, daß man peinlichen Fragen am besten mit Schweigen begegnet, weil sie dann selten zweimal gestellt werden. Allerdings wußte er nicht, daß man eine solche Entdeckung gewöhnlich erst in späteren Jahren macht, und auch dann nur, wenn man eine gewisse Charakterfestigkeit besitzt. Er trat an sein Bett hinter den Pfeiler, verstaute ungesehen seine Sachen und legte dann seinen Mantel darüber. Gawain sollte nicht wissen, daß er unter dem Mantel voll angezogen war.

»Mir schien es, als hätte ich Stimmen gehört«, flüsterte Gawain.

»Man hat eine Wache vor die Tür gestellt. Ich sprach mit dem Mann.«

»Ach so.« Gawain klang gelangweilt, was Mordred nicht erstaunte, denn wahrscheinlich wußte er nicht, daß es nicht zu den Gepflogenheiten in Rheged gehörte, Gäste zu bewachen. Vermutlich nahm er auch an, daß Mordred nur ausgetreten war. Er legte sich wieder zurück. »Das muß mich geweckt haben. Wie spät ist es?«

»Es müßte nach Mitternacht sein.« Mordred band sich ein Tuch um die verletzte Hand und fuhr leise fort: »Morgen brechen wir früh auf. Schlafen wir jetzt lieber. Gute Nacht.«

Nach einer Weile schlief auch Mordred. Eine halbe Meile fort, am Rande des großen Baumlands, das man den Wilden Wald nannte, nistete sich eine junge Wildkatze in die Höhlung einer riesigen Tanne und schickte sich an, den Geruch der Gefangenschaft von ihrem Fell zu lecken.

12

Am nächsten Morgen gab es keinen Zweifel mehr, daß Nimuës Warnung auch der Eskorte mitgeteilt worden war. Die Soldaten hielten die Leute aus Orkney stets dicht beisammen, bemühten sich jedoch mit größtmöglichem Takt, die strenge Bewachung als eine Ehre erscheinen zu lassen. Morgause jedenfalls nahm es so auf, und auch die vier jüngeren Prinzen, die fröhlich plaudernd und lachend neben ihr ritten, aber Mordred auf seinem guten Pferd, vor ihm und ringsum das zur Flucht verlockende Moor des Hauptlandes, war voller Ungeduld und schwieg.

Nur zu bald erreichten sie den Hafen. Die *Orc* lag allein am Pier, denn die *Seedrache* hatte, wie der Hauptmann der Eskorte erklärte, nur leichten Sturmschaden erlitten und war bereits auf dem Wege nach Süden. Er und seine bewaffnete Mannschaft sollten sich mit der Gesellschaft auf der *Orc* einschiffen. Sehr zum Ärger Morgauses, die Befürchtungen zu hegen begann, die sie sich nicht anmerken lassen wollte, bestiegen sie alle das Schiff. Mit den vielen Menschen an Bord mußten sie zwar auf einige Bequemlichkeiten verzichten, aber die Winde waren günstig, und die Fahrt durch den Fjord von Ituna und dann südlich der Küste von Rheged entlang verlief glatt und sogar recht angenehm.

Die Knaben verbrachten ihre Zeit an Deck, blickten auf die vorübergleitenden Hügel hinaus. Möwen kreisten schreiend hinter dem Schiff her. Einmal begegneten sie einer Flotte von Fischerbooten, und einmal sahen sie auf einer kleinen Landzunge der hügligen Küste einige Männer auf Ponies, die eine Viehherde vorantrieben (»Wahrscheinlich gestohlen«, sagte Agravaine eher zustimmend als tadelnd), aber sonst war kein Lebenszeichen zu erkennen. Morgause erschien nicht. Die Matrosen lehrten die Knaben, Knoten zu binden, und Gareth versuchte, auf einer kleinen Flöte zu spielen, die einer von ihnen aus Schilfrohr geschnitzt hatte. Sie alle warfen selbstgefertigte Angelleinen aus, hatten auch einigen Erfolg, aßen folglich gute Mahlzeiten aus frisch gebackenen Fischen. Das Abenteuer der Reise und die Zuversicht auf eine glanzvolle Zukunft versetzten die Prinzen in ungestüme Freude. Selbst

Mordred gelang es zuweilen, seine Ängste zu vergessen. Die einzige Fliege in der Suppe war das Schweigen der Eskorte. Die Knaben bestürmten die Soldaten mit Fragen – die Prinzen aus unschuldiger Neugier, Mordred mit Argwohn und Bedacht –, aber die Männer und ihre Offiziere waren ebensowenig mitteilsam wie der königliche Botschafter, der die Vorladung überbracht hatte. Über die Befehle des Hochkönigs oder seine Pläne für ihre Zukunft erführen sie nichts.

So vergingen drei Tage. Dann, als der Kapitän mit besorgter Miene die plötzlich aufflatternden Segel musterte, lief die *Orc* im Hafen von Segontium ein, an der Küste von Wales, gegenüber der Insel Mona.

Diese Stadt war viel größer als der kleine Hafen von Rheged. Caer y n'a Von, oder Segontium, wie es in der Römerzeit geheißen hatte, war vor kurzem zu einem Heerlager von mindestens der Hälfte seiner früheren Macht ausgebaut worden. Die Festung lag auf einem steinigen Hügelhang oberhalb der Stadt, dahinter das Vorgebirge, und hinter ihm die umwölkten Höhen von Y Wyddfa, dem Schneeberg. Jenseits des schmalen Meerarms, der in der Sonne wie blauer Saphir glitzerte, sah man die goldenen Felder und die magischen Felsblöcke von Mona, der Druideninsel.

Die Knaben standen an der Reling und starrten begeistert auf das Land hinaus. Endlich erschien auch Morgause auf dem Deck. Trotz der ruhigen und leichten Fahrt sah sie bleich und krank aus. (»Weil sie eine Hexe ist«, erklärte Gareth stolz dem Hauptmann der Eskorte.) Als der Kapitän ihr verkündete, daß sie im Hafen auf einen Windwechsel warten mußten, schien sie erleichtert zu sein, äußerte den Wunsch, die Nacht an Land zu verbringen, und so wurde ihr Kammerherr zum Hafen gerudert, wo er ihnen Unterkunft in der Herberge besorgte, einem stattlichen und behaglich aussehenden Haus, in dem es sicher gute Zimmer gab. Man begab sich freudig an Land.

Vier Tage lang weilten sie dort. Die Königin und ihre Frauen blieben in den Gemächern, aber die Knaben durften sich die Stadt anschauen oder – natürlich unter aufmerksamer Bewachung – an der Küste Krebse und andere Schalentiere fischen. Beim zweiten Mal, sei es mit Absicht oder aus Langeweile, ließen sie Mordred allein und kehrten zurück. Wenn er es auch nicht in Hörweite seiner Brüder sagte, so gab er den beiden Wachsoldaten zu verstehen, daß das Krebsfischen für einen Jungen, der sich damit vor ein paar Jahren seinen Lebensunterhalt verdient hatte, kein besonderes Vergnügen war. Er überließ es ihnen und ging alleine in die Stadt, wo er, seine Absicht verbergend, gemächlich einen Weg hinan schlenderte, der von den Häusern fort und an den Festungsmauern vorbei zu den fernen Höhen von Y Wyddfa führte.

Die Luft war frisch und klar nach der kalten Nacht. Die Steine waren bereits trocken und warm. Er setzte sich. Jeder Beobachter hätte angenommen, daß er nur den Ausblick genoß und sich in der Sonne wärmte, aber in Wirklichkeit spähte er nach einer Fluchtgelegenheit aus.

Oberhalb von ihm, in einiger Entfernung, hütete ein Schafhirte seine Herde. Die Spuren der Tiere waren über den ganzen Hügelhang verstreut. Höher, jenseits der steinigen Hänge ihrer Weide erstreckte sich ein Wald bis zu den Flanken des Schneebergs. Ein schmaler Streifen zwischen den Bäumen zeigte, daß dort eine Straße nach Osten führte.

Das war der Weg. Über diese Straße gelangte man bestimmt zum berühmten Sarn Elen, dem Damm, dem Durchgangsweg nach Deva und den Inlandkönigreichen. Dort konnte er leicht irgendwo untertauchen. Er trug sein ganzes Geld bei sich und auch seinen Mantel, den er unter dem Vorwand der Kälte der letzten Nacht mitgenommen hatte.

Ein Stein rollte den Pfad hinunter, und als er sich

umschaute, sah er, kaum zwölf Schritt von sich entfernt die beiden Wachsoldaten, scheinbar ruhig und gelassen die Aussicht auf den Strand und die Stadt genießend, jedoch wachsam und von Zeit zu Zeit einen Blick auf ihn werfend.

Es waren dieselben Männer, die die Prinzen an die Küste begleitet hatten. Jetzt sah er auch seine Brüder, winzige Punkte am fernen Strand, jedoch leicht zu erkennen unter den anderen Krabbenfängern. Sie schienen unbewacht zu sein.

Die Männer hatten also die anderen Knaben ihrem Zeitvertreib überlassen und waren ihm in aller Stille gefolgt. Daraus war nur ein Schluß zu ziehen: Die Wachen galten ihm allein.

Eine Gefühlsregung, wie sie die Wildkatze im Käfig verspürt haben mußte, stieg in ihm auf, setzte sich in seiner Kehle fest. Er wollte schreien, um sich schlagen, davonrennen.

Rennen. Er sprang auf, und sofort kamen die Männer auf ihn zu. Sie waren jung und kräftig, und er konnte es nie mit ihnen aufnehmen. Er blieb stehen.

»Zeit, daß Ihr zurückkehrt, junger Herr«, sagte der eine freundlich. »Bald Essenszeit, schätze ich.«

»Eure Brüder sind schon unterwegs«, sagte der andere, mit dem Finger zeigend. »Schaut, Ihr könnt sie dort sehen. Wollen wir jetzt gehen?«

Mordreds Gesicht war wie Stein. Seine Augen verrieten nichts von seiner inneren Erregung. Etwas, das keinem wilden Tier und nur wenigen Männern gegeben war, befähigte ihn, Ruhe und scheinbare Gleichgültigkeit zu bewahren. In zwei tiefen Atemzügen gewann er seine Beherrschung wieder, bezwang seine Furcht und die wütende Enttäuschung, entledigte sich ihrer, fühlte sie fast wie Blutstropfen aus seinen Fingerspitzen rinnen. An ihre Stelle trat das leise Beben der Entspannung, ein Gefühl der Leere, und dann die Ruhe seiner gewohnten Besonnenheit.

Er nickte den Männern zu, sprach ein paar unverbindlich höfliche Worte und kehrte mit ihnen in die Herberge zurück.

Am nächsten Tag versuchte er es noch einmal.

Der Spiele am Strand und der Stadtbesichtigung müde begehrten die Prinzen, die große Festung am Hügelhang zu besuchen, aber das ließ ihre Mutter nicht zu. Der Hauptmann der Eskorte hatte klipp und klar erklärt, daß selbst die Prinzen von Orkney nicht in die Tore eingelassen werden wurden, denn alles stünde in ständiger Kriegsbereitschaft.

»Gegen wen?« fragte Gawain.

Der Mann wies auf das Meer.

»Die Iren?«

»Die Pikten, die Iren, die Sachsen, wer auch immer kommen mag.«

»Ist König Maelgon hier?«

»Nein.«

»Wo ist Macsens Tower?« Die beiläufig klingende Frage kam von Mordred.

»Wessen Turm?« wollte Agravaine wissen.

»Macsens. Jemand sprach gestern davon.« Der Jemand war einer seiner Wachen gewesen, der ihm erzählt hatte, der Turm stehe ziemlich weit oben auf dem Hügel, nicht weit vom Wald entfernt.

Der Hauptmann wies hinüber. »Er ist dort oben. Aber ihr könnt ihn jetzt nicht sehen, er ist eine Ruine.«

»Wer war Macsen?« fragte Gareth.

»Habt ihr in Orkney nichts gelernt?« Der Mann lächelte nachsichtig. »Er war Kaiser von Britannien, Magnus Maximus, ein Spanier von Geburt …«

»Natürlich wissen wir das«, unterbrach ihn Gawain. »Wir sind mit ihm verwandt. Er war Kaiser von Rom, und es war sein Schwert, das Merlin für den Hochkönig führte, Caliburn, das Schwert des Königs von Britannien. Jeder weiß das! Unsere Mutter stammt durch König Uther von ihm ab.«

»Sollten wir uns dann nicht den Turm ansehen?« fragte Mordred. »Da er nicht im Festungsgebiet steht, kann ihn doch gewiß jeder besichtigen. Selbst wenn es eine Ruine ist ...«

»Ich bedaure.« Der Hauptmann schüttelte den Kopf. »Zu weit. Das ist gegen die Befehle.«

»Befehle?« fragte Gawain gereizt, aber Agravaine wandte sich hochmütig über ihn hinweg an Mordred:

»Was geht der Turm dich an? Du bist nicht von Macsens Sippe! Wir sind es! Wir sind auch durch unsere Mutter von königlichem Blut.«

»Wenn ich der Bastard von Lothian bin, dann könnt ihr euch zu den Bastarden Macsens zählen«, zischte Mordred zurück, dessen Angst und Spannung sich mit einer solchen Wut entluden, daß er seine Zunge nicht im Zaum zu halten vermochte.

Er hatte nichts zu fürchten. Die Zwillinge hielten sich nach wie vor an die alte Kindheitsregel und hüteten sich, Mordred bei ihrer Mutter zu verpetzen. Ihre Methoden waren direkter. Nach kurzen Augenblicken der Überraschung schrien sie auf, stürzten sich auf Mordred, entluden alle ihre auf dem Schiff angestaute Energie in einer wilden Balgerei im Hof der Herberge. Die Königin setzte dem Kampf ein jähes Ende, ließ die Knaben die Peitsche spüren und war so verärgert über die Ruhestörung, daß sie ihnen kurzerhand alle weiteren Ausflüge verbot. So bekam niemand Macsens Turm zu sehen, und die Prinzen mußten sich mit Fingerhakeln, Scheinkämpfen und Geschichtenerzählen begnügen. Kinderspiele, sagte Mordred mit offener Verachtung und zog sich schmollend in seine Ecke zurück.

Am nächsten Abend schlug der Wind plötzlich um und wehte stark vom Norden her. Unter den wachsamen Blicken der Eskorte schifften sie sich wieder ein, und die *Orc* stach mit gutem Rückenwind in See, zuerst nach Süden, bis sie in die ruhigeren Gewässer der

Severnmündung gelangte. Hier war das Wasser spiegelglatt. »Zur Glasinsel«, sagte der Kapitän. »Bald sind wir da.« Und die in seichtem Gewässer dahinziehende *Orc* glitt in den windstillen Mündungstrichter, wo sie noch ein gutes Stück gerudert werden mußte, bis sie die Glasinsel erreichte und im Hafen von Ynys Witrin, fast im Schatten der Burgmauern des Königs Melwas, anlegen konnte.

Melwas' Burg war kaum mehr als ein großes Haus im flachen Weideland, das sich über die Küsten der größten der drei Ynys Witrin genannten Inseln erstreckte. Zwei dieser Inseln hoben sich mit ihren niedrigen grünen Hügeln sanft und lieblich von dem sie umgebenden Wasser ab. Die dritte war der Tor, ein hoher kegelförmiger Berg, in seiner Symmetrie fast künstlich wirkend, umgeben von Obstgärten, hinter denen die kleinen aufsteigenden Rauchwolken der Hütten das Dorf vermuten ließen, das Melwas' Hauptstadt war. Der Tor ragte über dem flachen Land wie ein großer Leuchtturm, und das war auch seine eigentliche Funktion. Ein Wachtturm stand auf dem Gipfel und stellte mit seinem Leuchtfeuer die direkteste Verbindung mit Camelot her. Von diesem Gipfel aus, erzählte man den Knaben, konnte man die Mauern und Zinnen ganz klar und deutlich jenseits des spiegelglatten Sees erkennen.

König Melwas' Festung lag unmittelbar unterhalb dieses Gipfels, zu dem sich eine in den Bergkies gehauene Straße emporschlängelte. Im Winter, so sagten die Männer, war es schier unmöglich, durch den Schlamm auf den Gipfel zu gelangen. Aber im Winter gab es auch keine Kriegsgefahr. Der König und sein Gefolge lebten behaglich in der Burg am Seeufer und verbrachten ihre Tage auf der Jagd, zumeist in den Sümpfen und Märschen von Summer Country, die sich mit ihren schillernden Teichen, Weiden und Erlen und vereinzelten Jagdhütten in den Süden erstreckten und wo viele Wildvögel nisteten.

König Melwas bereitete der Gesellschaft einen huldvollen Empfang. Er war ein hochgewachsener, braunbärtiger Mann mit rotem Gesicht und schwülstigen Lippen. Morgause begrüßte er mit offener Bewunderung, und als er ihr den offiziellen Willkommenskuß gab und sie dabei etwas länger als schicklich in seinen Armen hielt, machte sie keine Einwände. Sie stellte ihm ihre Söhne vor, und wenn er ihnen auch eine gebührliche Achtung bezeugte, so war er viel wärmer in seinem Lob auf die Frau, die eine so stattliche Schar zur Welt gebracht hatte. Mordred wurde wie immer als letzter vorgestellt. Daß der König während der offiziellen Begrüßung gerade ihn, der hinter den anderen Prinzen stand, mit besonderer Aufmerksamkeit angeschaut hatte, war niemandem aufgefallen, außer Mordred. Dann wandte sich Melwas wieder Morgause zu und teilte ihr mit, daß ein Kurier des Hochkönigs sie erwartete.

»Ein Kurier?« Morgause war entrüstet. »Für die Schwester des Königs? Das kann nicht sein. Einer seiner Ritter vielleicht? Mit einem Geleit für uns?«

Aber nein. Es ergab sich, daß der Bote nur ein ganz gewöhnlicher Kurier war, der Morgause zwar höflich, jedoch recht unzeremoniell Artus' Befehle überbrachte. Morgause und ihr Gefolge sollten bis zum folgenden Tage auf Ynys Witrin bleiben und dann mit einer von Artus geschickten Eskorte nach Camelot reiten. Dort würde der König sie im Runden Saal empfangen.

Die jüngeren Knaben waren zu aufgeregt und unbeherrscht, um sich darüber Gedanken zu machen, aber Gawain und Mordred sahen, wie Wut und Angst in Morgause gegeneinander ankämpften, als sie den Mann mit weiteren Fragen anherrschte.

»Mehr hat er nicht gesagt, Madame«, wiederholte der Kurier. »Nur daß er wünscht, Euch morgen im

Runden Saal zu sehen. Bis dahin müßt Ihr hier bleiben. Lady Nimuë, Madame? Nein, sie ist noch nicht aus dem Norden zurückgekehrt. Das ist alles, was ich weiß.«

Er verbeugte sich und ging. Gawain, bestürzt und zum Zorn geneigt, wollte etwas sagen, aber seine Mutter gebot ihm Schweigen, stand eine Weile da, biß sich auf die Lippe, dachte nach. Dann wandte sie sich rasch Gabran zu.

»Laß meine Frauen rufen. Sie sollen unsere Kleider auspacken, vor allem mein weißes Gewand und den roten Mantel. Jetzt, jawohl, jetzt, Mann! Glaubst du, ich werde hier brav und folgsam die Nacht herumsitzen und mich morgen, wenn es ihm paßt, in den Runden Saal begeben? Weißt du denn nicht, was das bedeutet? Dort hält Artus seinen Rat, und dort werden Verurteilungen ausgesprochen. O ja, ich habe von diesem Saal gehört, mit seinem ›peinlichen Stuhl‹ für die Missetäter und jene, die Beschwerden gegen den Hochkönig vorbringen!«

»Aber welche Gefahr kann Euch drohen? Ihr habt Euch nicht gegen ihn vergangen«, sagte Gabran rasch.

»Natürlich nicht!« zischte Morgause zurück. »Und deshalb werde ich mich nicht von meinem eigenen Bruder wie ein Bittsteller oder Übeltäter vor den versammelten Rat zitieren lassen! Noch heute abend werde ich zu ihm gehen, wenn er mit der Königin und dem ganzen Hof an der Tafel sitzt. Laß uns dann sehen, ob er mir meinen Rang abzusprechen wagt, mir, der Mutter…« Sie unterbrach sich, schien es sich anders überlegt zu haben. »Mir, seiner Schwester, und den Söhnen seiner Schwester.«

»Madame, wird man Euch ziehen lassen?«

»Ich bin keine Gefangene. Wie kann man es mir verwehren, ohne die Öffentlichkeit wissen zu lassen, daß man mir Gewalt antut? Außerdem ist die Truppe des Königs nach Camelot zurückgekehrt.«

»Ja, Madame, aber König Melwas …«

»Nachdem ich angekleidet bin, kannst du König Melwas zu mir bitten.«

Gabran drehte sich widerstrebend um und wollte gehen.

»Gabran.« Er hielt inne. »Nimm die Knaben mit. Sag den Frauen, sie sollen ihnen beim Anziehen helfen. Die Hofkleidung. Ich werde Melwas bitten, uns Pferde und eine Eskorte zu geben.« Ihre Lippen wurden schmal. »Solange wir unter Bewachung sind, kann Artus ihn für nichts verantwortlich machen. Im übrigen ist das Melwas' Sorge und nicht unsere. Jetzt geh. Du wirst nicht mit uns reiten und erst morgen mit den anderen folgen.«

Gabran zögerte, aber als er ihren Blick sah, verneigte er sich und verließ das Zimmer.

Mit welchen Mitteln sie Melwas zu überzeugen vermochte, ist nicht schwer zu erraten. Jedenfalls setzte sie ihren Willen durch. Bei Sonnenuntergang ritt die kleine Gruppe über den Dammweg, der die Insel mit dem Hauptland verband, Morgause auf einer hübschen grauen Stute mit reich verzierter und mit Glöckchen behangener grün und scharlachroter Satteldecke, Mordred – zu seiner Überraschung – auf einem stattlichen Rappen, der dem Gawains in nichts nachstand. Die von Melwas zur Verfügung gestellte bewaffnete Eskorte trabte mit ihnen den schmalen Dammpfad entlang. Hinter ihnen verfärbte sich die sinkende Sonne von Kupfergold zu Purpurrot. Die Luft wurde kühl, und mit den Schatten der Dämmerung stieg eine frostige Brise auf.

Die Hufe der Pferde knirschten auf dem Kies des Uferwegs, und dann führte die Straße durch wildes Sumpfgebiet, nur von Schilfrohr und Erlen bewachsen. Enten und Stelzvögel flatterten auf, und das Wasser rann von ihren Flügeln wie geschmolzenes Metall. Mordreds Pferd schüttelte die Mähne, ließ die Silberglöckchen an den Zügeln erklingen. Unwillkürlich fühlte er, wie sein Herz plötzlich in freudiger Erregung zu pochen begann. Dann rief jemand etwas und zeigte nach oben.

Vor ihnen, auf dem Gipfel eines dichtbewaldeten Hügels, die Zinnen im letzten Licht der untergehenden Sonne wie Fackeln leuchtend, ragten die Türme von Camelot in den Abendhimmel.

13

Es war eine Stadt auf einer Hügelkuppe. Caer Camel hatte einen flachen und sehr breiten Gipfel, hob sich jedoch nicht minder eindrucksvoll als der Tor von der umliegenden sanft gewellten Landschaft ab. Die steilen Hänge mit ihren horizontalen Einschnitten sahen aus, als wenn ein Riesenpflug sie durchfurcht hätte. Diese Furchen waren Unterstände und Gräben, angelegt, um Angriffe abzuhalten. Auf dem Grat der Hügelkuppe umkränzten die Festungsmauern den Gipfel wie eine Königskrone. An zwei Punkten, im Nordosten und Südwesten, war das mächtige Verteidigungswerk von Toren durchbrochen.

Morgause und ihr Gefolge näherten sich dem Schloß vom Südwesten, ritten auf das sogenannte Königstor zu. Sie überquerten einen kleinen Fluß, und danach schlängelte sich die Straße steil zwischen hohen Bäumen hinauf. Ganz oben in einer Vertiefung der äußeren Mauern Camelots stand das schwere Tor noch offen, aber unter Bewachung. Sie hielten an, während der Hauptmann der Eskorte zum Wachoffizier ritt, um ihre Ankunft zu melden.

Gleich darauf kehrten beide Männer zu Morgause zurück.

»Madame.« Der Offizier verneigte sich höflich. »Ihr werdet erst morgen erwartet. Ich habe keinen Befehl,

Euch einzulassen. Wenn Ihr hier warten wollt, werde ich Meldung erstatten ...«

»Der König ist im Saal?«

»Ja, Madame, er ist beim Abendessen.«

»Dann führt mich zu ihm.«

»Madame, das kann ich nicht. Wenn Ihr ...«

»Wißt Ihr, wer ich bin?« Der eisige Ton sollte ihn einschüchtern.

»Natürlich, Madame.«

»Ich bin die Schwester des Hochkönigs, die Tochter Uther Pendragons. Wollt Ihr mich hier wie einen Bittsteller oder Kurier am Tor warten lassen?«

Der Mann begann leicht zu schwitzen, blieb jedoch beherrscht und ruhig. »Natürlich nicht, Madame, nicht hier vor dem Tor. Es wird jetzt geschlossen, also reitet bitte nur herein. Aber leider müßt Ihr hier warten, während ich einen Boten in den Saal schicke. Ich habe meine Befehle.«

»Sehr gut. Ich werde Euch keine Umstände machen. Mein Kammerherr wird zu ihm gehen.« Morgause sprach kurz und gebieterisch, als hätte sie selbst jetzt keinen Zweifel, daß man ihr gehorchen würde. Immerhin setzte sie ihr hübschestes Lächeln auf. Mordred bemerkte, wie aufgeregt sie war. Ihre Stute mußte es gespürt haben, denn sie tänzelte und warf den Kopf hoch, und die goldenen Zügelglöckchen schallten.

Der Offizier, offenbar erleichtert, gab sich einverstanden, der Kämmerer stieg vom Pferd, wechselte einige Worte mit seiner Herrin, entfernte sich dann, von zwei Wachsoldaten begleitet. Morgause und ihr Gefolge ritten durch das befestigte Tor, wo man ihnen Halt gebot und sie warten ließ.

Hinter ihnen schlugen die großen Torflügel zu. Die Riegel wurden vorgeschoben. Über ihren Köpfen, auf den Mauerzinnen, hörten sie den schweren Schritt der Schildwachen. Seltsamerweise nahm Mordred diese Geräusche kaum wahr, obgleich sie ihm in Erinnerung rufen mußten, daß er ein Gefangener war, dem ein höchst ungewisses Schicksal bevorstand. Er war zu sehr mit seinen neuen Eindrücken beschäftigt. Das also war Camelot.

Vom Tor aus führte ein breiter Weg zu den Schloßmauern. Links und rechts von ihm hingen brennende Fackeln in ihren Trägern an aufgepflanzten Pfählen, um den Pfad zu beleuchten. Etwa in der Mitte, an einem Steilhang, gabelte sich der Weg, führte links zu einer Pforte in der Schloßmauer, hinter der man einige jetzt kahle Baumwipfel sah. Noch ein Garten? Ein Gefängnis, erbaut zum Vergnügen einer Königin? Die andere Abzweigung wand sich den Schloßmauern entlang bis zu einer größeren Pforte, die in die Stadt führen mußte, denn über der Mauer konnte man die Dächer und Türme von Häusern, Läden und Werkstätten erkennen, die den Marktplatz umgaben, und hinter denen im Norden die Schuppen und Ställe lagen. Die Tore zur Stadt waren geschlossen, und außer den Schildwachen war kein Mensch zu sehen.

»Mordred!«

Aus seinen Gedanken gerissen, blickte er auf. Morgause winkte ihn zu sich.

»Hier, neben mir.«

Er ritt auf sie zu, hielt an ihrer Rechten. Gawain schickte sich an, ihm zu folgen, aber sie winkte ihn zurück. »Du bleibst bei den anderen.«

Seit der Balgerei im Hof der Herberge hatte sich Gawain von Mordred ferngehalten, und jetzt murrte er, als er sein Pferd zurückhielt, sagte jedoch nichts. Keiner der anderen sprach. Etwas von Morgauses Gespanntheit war selbst auf Gareth übergegangen. Sie saß schweigend, steif und still im Sattel, starrte auf die Ohren ihres Pferdes. Ihre Kapuze war zurückgezogen, ihr Gesicht ausdruckslos und bleich.

Dann veränderte es sich. Mordred, der in die gleiche Richtung wie sie schaute, sah den Kämmerer mit den beiden Wachen zurückeilen, und hinter ihnen schritt ein Mann allein über die Straße auf sie zu.

An den erschrockenen Mienen der Torwachen erkannte er sofort, wer es sein mußte, und daß sein Kommen völlig unerwartet war. Entgegen aller Gepflogenheit kam Artus, der Hochkönig, ganz allein aus seinem Schloß, um sie am äußeren Tor der Festung zu empfangen.

Der König blieb ein paar Schritte vor ihnen stehen und befahl den Wachen: »Laßt sie herein.«

Keine Begrüßungszeremonie. Kein Willkommenskuß, kein lächelndes Händeschütteln. Er stand an einem der Pfähle, und im Licht der Fackel wirkte sein Gesicht so kalt und teilnahmslos wie das eines strengen Richters.

Der Kämmerer eilte an Morgauses Seite, aber sie wies ihn zurück. »Mordred. Deine Hand bitte.«

Keine Zeit, überrascht zu sein. Keine Zeit für irgend etwas außer der beklemmenden, überwältigenden Angst. Er stieg vom Pferd, warf die Zügel einem Diener zu, half der Königin aus dem Sattel. Einen Augenblick hielt sie seinen Arm fest, schaute zu ihm auf, als wollte sie ihm etwas sagen, ließ ihn dann los, hielt sich aber dicht an seiner Seite. Der immer noch schmollende Gawain drängte sich ungeladen vor, doch niemand beachtete ihn. Die anderen Knaben folgten ihm unsicher. Diener führten die Pferde wieder zurück. Artus hatte sich immer noch nicht bewegt. Morgause, zwei ihrer Söhne an ihren Seiten, die drei jüngeren hinter ihr, trat dem König entgegen.

Auch später vermochte Mordred nie zu sagen, was ihn beim ersten Anblick des Königs so sehr beeindruckte. Kein feierliches Gebaren, kein Hofstaat, keine äußeren Anzeichen von Majestät und Macht, und er war nicht einmal bewaffnet. Allein, kalt, schweigend und gewaltig stand er vor ihnen. Der Knabe starrte. Er sah einen einsamen Mann in einem braunen, mit Marderfell besetztem Gewand, fast unscheinbar wirkend vor den hohen erleuchteten Gebäuden hinter ihm, den Bäumen an der Straße, den Speeren der Wache, und doch hatten alle an diesem frostigen, widerhallenden und zwielichtigen Ort den Blick nur auf ihn allein gerichtet.

Morgause kniete sich auf den kalten Boden vor ihm, und es war nicht die übliche Ehrerbietung, die man dem Hochkönig bezeugte, sondern wirklich ein Kniefall. Sie hob die Hand, faßte Mordred am Arm, zog ihn mit sich auf die Knie. Er fühlte ein leichtes Zittern in ihrem Griff. Gawain und die anderen Knaben blieben stehen. Artus hatte sie bisher keines Blicks gewürdigt. Seine ganze Aufmerksamkeit galt dem knienden Knaben, dem Bastard, seinem Sohn, der wie ein Bittsteller vor seinen Füßen lag, den Kopf erhoben, wild um sich blickend wie ein Tier, das einen Fluchtweg sucht.

Morgause sprach: »Artus, mein Herr und Bruder – Ihr könnt Euch denken, mit welcher Freude ich und meine Familie die Kunde vernahmen, daß es uns nach all den Jahren wieder vergönnt ist, Euch zu sehen und Euren Hof auf dem Hauptland zu besuchen. Wer hat nicht von der Pracht Camelots gehört, von den Wundern, die Ihr durch Eure Siege vollbracht, von Eurer Größe als König dieser Lande? Eine Größe, die ich und mein Gemahl König Lot Euch nach der gewaltigen Schlacht von Luguvallium voraussagten ...«

Sie warf einen verstohlenen Blick auf Artus' teilnahmsloses Gesicht. Daß sie sich gleich auf gefährlichen Boden begab, war volle Absicht. In Luguvallium hatte Lot zuerst versucht, Artus zu verraten, und dann, ihn zu stürzen, aber es war auch die Zeit, da er mit ihr gelegen und Mordred gezeugt hatte. Mordred, der jetzt die Augen niederschlug und den sich auf dem Pflaster bildenden Frost betrachtete, wurde sich des Augenblicks der Unsicherheit bewußt, als sie rasch Atem schöpfte und fortfuhr:

»Vielleicht hat es zwischen uns – zwischen Euch und Lot und sogar auch zwischen Euch und mir, mein lieber Bruder – Dinge gegeben, die wir lieber vergessen sollten. Aber Lot ist in Eurem Dienst gefallen, und seitdem lebte ich allein und still in der Verbannung, jedoch ohne zu klagen, mich nur der Pflege und Erziehung meiner Söhne widmend ...« Sie sagte es mit leichter Betonung und blickte wieder zu ihm auf. »Jetzt, Artus, mein Herr, bin ich auf Euer Geheiß gekommen und bitte um Eure Gnade und Nachsicht für uns alle.«

Der König blieb stumm. Keine Antwort, keine Willkommensbezeugung. Die hübsche kleine Stimme plätscherte fort, und ihre Worte prallten wie Steinchen an eine Mauer des Schweigens. Mordred, noch immer zu Boden blickend, vermeinte fast, eine Berührung zu fühlen, schaute auf und sah die auf ihn gerichteten Augen des Königs. Zum erstemal begegnete er diesen Augen, die ihm zugleich seltsam vertraut und doch wieder fremd erschienen, diesem Blick, der ihn innerlich erschaudern ließ, nicht aus Angst, sondern als wenn ihn etwas mitten ins Herz getroffen hätte. Und dann war alle Furcht von ihm gewichen. Plötzlich und zum erstemal, seit Morgause ihm die Wahrheit mit Drohungen und Hexerei verschleiert hatte, sah er klar, wie sinnlos seine Ängste gewesen waren. Warum sollte dieser Mann, dieser König, sich die Mühe machen, den Bastard eines vor so vielen Jahren gestorbenen Feindes zu verfolgen? Das wäre unter seiner Würde gewesen. Es hätte keinen Sinn ergeben. Für Mordred klärte sich endlich der Himmel auf, als wenn der Wind einen bösen Zaubernebel weggeblasen hätte.

Jetzt war er hier in der legendären Stadt, im Mittelpunkt des großen Königreichs. Vor langem hatte er es sich erhofft, davon geträumt, danach gestrebt. Zwar hatte er in der Angst und dem Mißtrauen, das Morgause ihm eingeträufelt, zu fliehen versucht, aber jetzt war er hier, ganz gleich, ob sie in ihm ein Opfer sah, das sie ihrer Göttin auf dem schwarzen Altar darzubringen gedachte. Alle Fluchtgedanken waren verflogen, all sein Ehrgeiz, all seine Kindheitsträume kehrten zurück, nahmen wieder feste Form an. Hier war sein Platz, hier wollte er sein. Was er auch immer tun müßte, um sich diesen Platz im Königreich dieses Königs zu erobern, er würde es tun…

Morgause sprach jetzt in einem ungewohnt demütigen Ton. Mordred sah sie im neuen kalten Licht, das seinen Verstand erleuchtete, hörte sie und sagte sich: Jedes ihrer Worte ist eine Lüge. Nein, keine Lüge, denn die Tatsachen stimmen, aber alles, was sie ist, alles, was sie zu tun versucht, ist falsch. Wie erträgt er das? Er wird sich doch nicht täuschen lassen? Nicht dieser König. Nicht Artus.

»… und so flehe ich Euch an, mich nicht zu tadeln, lieber Bruder, daß ich jetzt gekommen bin und nicht bis morgen warten wollte. Wie konnte ich warten, da die Lichter von Camelot so nahe über den See strahlten? Ich mußte kommen und mich versichern, daß Ihr mir in Eurem Herzen nicht mehr gram seid. Und seht, ich habe Euch gehorcht. Hier bin ich mit all den Knaben. Der an meiner Linken ist Gawain, der älteste derer von Orkney, mein Sohn und Euer Diener. Wie seine Brüder auch. Und dieser an meiner Rechten … ist Mordred.« Sie blickte auf. »Bruder, er weiß nichts. Nichts. Er wird …«

Endlich machte Artus eine Bewegung. Er unterbrach sie mit einer Geste, trat vor, bot ihr die Hand. Morgause schöpfte tief Atem, legte schweigend die ihre in die seine. Der König richtete sich auf. Die Knaben und die Diener am Tor fühlten sich erleichtert. Sie wurden empfangen, hatten nichts mehr zu befürchten. Als Mordred sich erhob, spürte auch er, daß die Spannung gewichen war. Selbst Gawain lächelte, und Mordred nickte ihm zu. Aber anstatt des offiziellen Willkommenskusses, der Umarmung und der Begrüßungsworte sagte der König nur zu Morgause:

»Ich habe Euch etwas mitzuteilen, aber nicht in Gegenwart dieser Kinder.« Dann, an die Knaben gewandt: »Seid willkommen hier. Kehrt einstweilen ins Pförtnerhaus zurück und wartet.«

Sie gehorchten. »Die Geschenke«, rief der Kämmerer, »rasch die Geschenke! Mir scheint, es ist noch nicht alles gut.« Er ließ sich von einem Diener die Truhe bringen, stellte sie zu des Königs Füßen, öffnete sie, zog sich hastig und betreten zurück. Artus warf keinen Blick auf die Schätze. Er sprach mit Morgause, und obgleich die Leute am Tor weder hören konnten, was gesagt wurde, noch ihr Gesicht sahen, bemerkten sie, wie ihre Haltung sich trotzig versteifte, dann wieder flehentlich wurde und sogar Angst verriet und wie der König unverwandt eisig und steinern blieb. Nur Mordred mit seinem klaren Blick sah Kummer und Überdruß in seinen Zügen.

Sie wurden unterbrochen. Ein Geräusch näherte sich dem Tor, wurde immer lauter. Es waren die stampfenden Hufe eines Pferdes, das im stolpernden Galopp die Straße hinaufkam. Eine heisere Männerstimme rief, und eine der Schildwachen meldete aufgeregt: »Der Kurier aus Glevum! Beim Donner, er hat keine Zeit vertan! Es muß eine dringliche Nachricht sein!«

Anrufen der Wache, ein kurzer Befehl, und die Tore öffneten sich knarrend. Ein müdes Pferd holperte herein, erschöpft und nach Schweiß riechend. Der Kurier stammelte ein paar Worte, ritt geradewegs auf den König zu, der bei Morgause stand.

Der Reiter fiel fast vom Sattel, stützte sich mit einem Knie am Boden auf. Erzürnt ob der Unterbrechung blickte ihn der König an, aber nachdem der Mann dringlich auf ihn eingeredet hatte, winkte Artus die Wachen heran. Zwei traten vor und stellten sich zu beiden Seiten Morgauses. Dann drehte sich der König um, gab dem Kurier ein Zeichen und schritt mit ihm die Straße hinan. Am Fuß der Schloßtreppe blieb er stehen. Während einer Minute sprachen sie miteinander, aber die Knaben konnten vom Pförtnerhaus aus nichts sehen oder hören. Plötzlich wandte sich der König um und rief.

Im Nu schien die kalte und lastende Spannung der Nacht verflogen und dem regen Treiben einer Vorbereitung zur Schlacht gewichen zu sein. Ein riesiger grauer Hengst wurde wiehernd und sich aufbäumend von zwei Stallknechten herbeigeführt, Diener eilten davon, um dem König seinen Mantel und sein Schwert zu bringen, die Tore wurden weit aufgerissen, Artus stieg in den Sattel, der graue Hengst stob mit ihm im Licht der Fackeln am Pförtnerhaus vorbei durch das Tor, raste wie ein geschleuderter Speer den Pfad hinunter. Die Knechte führten das erschöpfte Pferd des Kuriers in den Stall, und dieser folgte ihnen hinkend.

Weitere Befehle wurden ausgerufen. Melwas' bewaffnete Mannen zogen sich zurück, und die Knaben, der Kämmerer und die Dienerschaft der Königin erhielten Anweisung, sich eiligst ins Schloß zu begeben, während Morgause immer noch steif und reglos zwischen den beiden Wachen stand. Kaum hatten sie das Schloßtor erreicht, da stürmte ein bewaffneter Reitertrupp heraus, galoppierte über den Hof und eilte dem König nach.

Als das Hufgetrappel verklungen war, wurden die Tore wieder geschlossen. Stille trat ein, und mit ihr eine Art von unsicherem Frieden. Die Knaben standen wartend am Schloßtor mit den Dienern und Wachen, drängten sich zusammen, verwundert und verwirrt und verängstigt. Gareth weinte, die Zwillinge tuschelten, warfen Mordred Blicke zu, die alles andere als freundlich waren, Gawain schmollte und murrte, und Mordred fühlte sich mehr als je von ihnen ausgeschlossen. Seine Gedanken flatterten wild durcheinander, wie Vögel im Käfig. Jetzt hatten sie alle Zeit, die Kälte zu spüren.

Endlich kam ein hochgewachsener Mann mit rotem Gesicht und aufrechter Haltung zu ihnen. Er wandte sich direkt an Mordred.

»Ich bin Cei, der Seneschall des Königs. Ihr sollt mit mir kommen.«

»Ich?«

»Ihr alle.«

Gawain stieß Mordred beiseite, trat vor und sprach mit einer Schärfe, die an Hochmut grenzte. »Ich bin Gawain, Prinz von Orkney. Wo führt Ihr uns hin, und was ist mit meiner Mutter geschehen?«

»Befehle des Königs«, antwortete Cei kurz, jedoch kaum beruhigend. »Sie wird warten, bis er zurück ist.« Dann, zu Gareth, in sanfterem Ton. »Fürchte dich nicht. Man wird dir nichts tun. Du hast doch gehört, daß er euch willkommen hieß?«

»Wohin ist er so schnell geritten?« wollte Gawain wissen.

»Habt ihr es nicht gehört?« fragte Cei. »Wie es scheint, lebt Merlin doch noch. Der Kurier sah ihn auf der Straße. Der König ist ausgeritten, um ihn zu begrüßen. Wollt ihr jetzt mit mir kommen?«

14

Die Knaben hielten sich nur kurz in Camelot auf, und dann erhielt der ganze Hof Befehl, sich über Weihnachten nach Caerleon zu begeben. Inzwischen wurden sie von den anderen jungen Leuten ferngehalten und der Aufsicht Ceis unterstellt, der Artus' Pflegebruder und intimer Ratgeber war. Er sorgte dafür, daß keine der auf Camelot umgehenden Gerüchte den Knaben zu Ohren kamen. Mordred sollte bis zur Rückkehr Artus' nichts erfahren. Cei vermutete mit Recht, daß der König sich mit Merlin beraten wollte, bevor er beschloß, was mit dem Knaben oder mit Morgause zu tun sei. Die Prinzen sahen Morgause nicht; sie war irgendwo abseits untergebracht, nicht als eine Gefangene, wie man ihnen sagte, jedoch unter ausdrücklichem Befehl, bis zur Rückkehr des Königs mit niemandem zu sprechen.

Er kehrte allerdings nicht zurück. Die Geschichte seines wilden Ritts zur Begrüßung des alten Freundes hatte sich rasch in der stets auf Nachrichten erpichten Stadt verbreitet.

Es erwies sich als wahr, daß der Zauberer Merlin noch lebte. Infolge eines Rückfalls in seine alte Krankheit war er in einen todesähnlichen Schlaf verfallen, und man hatte ihn für tot gehalten, aber dann war er wieder genesen und hatte nach langer Mühe vermocht, sich aus dem versiegelten Grab zu befreien, in dem er bestattet worden war. Jetzt hatte er sich mit dem König und dessen Gefährten – der auserlesenen Schar seiner zuverlässigsten Ritter – nach Caerleon begeben. Der Hof sollte ihnen folgen.

Inzwischen verbrachten die Knaben auf Camelot ihre Zeit mit Beschäftigungen, die sie zwar anstrengten, die jedoch sehr nach ihrem Geschmack waren.

Der Waffenmeister nahm sich ihrer sofort an, und seinem Spott über das, was sie auf den Inseln gelernt hatten, wagte nicht einmal Gawain zu widersprechen, denn hier mußten sie viel härter üben. In den langen Stunden des Reitunterrichts sahen alle ein, wie unzureichend die Schulung auf Orkney gewesen war. Die Pferde des Hochkönigs unterschieden sich ebensosehr von den Ponies der Inseln wie Artus' auserlesene Ritter von Morgauses bewaffneten Mannen.

Es war nicht nur Arbeit, denn es gab auch reichlich Gelegenheit zum Spiel, wenn es auch ausschließlich Kriegsspiele waren, wie das Zeichnen von Geländekarten im Sand oder – was die Knaben besonders bewunderten – das Modellieren von Landschaften in Ton. Auch übten sie sich lange Stunden in Scheinkämpfen und im Bogenschießen. In letzterem erwiesen sie sich als vortrefflich; Mordred hatte dabei den festesten Griff und den besten Blick. Und schließlich zogen sie auf die Jagd. Im Winter boten die verschiedenartigen Sumpfvögel in den Marschen ihnen reiche Beute, und weiter östlich im hügligen Weideland oder an den waldigen Hängen gab es Rehe und Wildschweine.

In der ersten Dezemberwoche zog der Hof nach Caerleon, und die Prinzen aus Orkney mit ihm. Nur ihre Mutter nicht. Morgause wurde auf Artus' Befehl nach Amesbury gebracht, wo sie in einem Kloster wohnen sollte. Dort war sie zwar nur dem Namen nach eine Gefangene und lebte recht behaglich, aber eine Gefangene war sie doch. Ihre Gemächer wurden von Truppen des Königs bewacht und von einigen Dienerinnen, die ihre Frauen ersetzten. Amesbury, der Geburtsort des Ambrosius, gehörte dem Hochkönig und sicherte ihm strikte Ausführung seiner Befehle zu. Im Frühling, wenn die Straßen wieder benutzbar wären, sollte sie nach Caer Eidyn geführt werden, wo ihre Halbschwester, Königin Morgan, bereits in Verbannung lebte.

»Aber was hat sie getan?« fragte Geheris wütend. »Wir wissen, was Königin Morgan getan hat, und sie ist zu Recht bestraft worden. Aber unsere Mutter? Warum? Sie kam nach Orkney, kurz nachdem unser Vater in der Schlacht gefallen war. Der König weiß es genau – es war im Frühling nach Königin Morgans Hochzeit in Rheged. Also vor Jahren schon! Seitdem hat sie die Insel nie verlassen. Warum nimmt er sie jetzt gefangen?«

»Weil sie auf dieser Hochzeit versuchte, Merlin zu ermorden.« Die kurze und bündige Antwort kam von Cei, der als einziger der Edlen seine Mußestunden mit den Knaben verbrachte.

Sie starrten ihn an. »Aber das ist Jahre her!« rief Gawain. »Ich war dabei – ich weiß es, weil sie es mir erzählte, aber ich erinnere mich an nichts. Ich war damals noch ganz klein. Warum ließ man sie jetzt kommen, um sie für etwas verantwortlich zu machen, was vor so langer Zeit geschah?«

»Und was geschah?« fragte Geheris mit rotem Gesicht und vorgestrecktem Kinn.

»Er sagt, sie versuchte, Merlin zu ermorden«, sagte Agravaine. »Nun, es ist ihr nicht gelungen, wie man sieht. Also warum?«

»Wie hat sie es getan?« fragte Mordred ruhig.

»Auf Frauenart. Auf Hexenart, wenn ihr wollt.« Cei ließ sich von den empörten Fragen der jüngeren Prinzen nicht aus der Fassung bringen. »Es geschah am Tage des Hochzeitsfestes. Merlin war anstelle des Königs erschienen. Sie tat ein Mittel in seinen Wein und sorgte dafür, daß er ein tödliches Gift zu sich nahm, als sie nicht bei ihm war und nicht beschuldigt werden konnte. So kam es dann auch. Er erholte sich zwar, zog sich jedoch die schwere Krankheit zu, die sich vor kurzem so sehr verschlimmerte, daß man ihn für tot hielt – und die ihn schließlich auch töten wird. Als Artus sie und euch holen ließ, galt Merlin als tot und war begraben. Deshalb schickte er nach ihr und klagte sie des Mordes an.«

»Es ist nicht wahr!« schrie Geheris.

»Und selbst wenn es wahr wäre«, sagte Gawain kalt und mit jener herausfordernden Anmaßung, die er sich seit seiner Ankunft in Camelot angeeignet hatte, »was ist schon dabei? Wo steht es geschrieben, daß eine Königin ihren Feind nicht auf ihre eigene Art vernichten darf?«

»So ist es«, fiel Agravaine rasch ein. »Sie hat immer gesagt, er sei ihr Feind. Und was blieb ihr anderes übrig? Frauen können nicht mit dem Schwert kämpfen.«

»Er muß zu stark für ihre Zaubermittel gewesen

sein«, sagte Gareth. »Sie haben nicht gewirkt.« Sein Ton drückte nur Bedauern darüber aus.

Cei blickte ihn an. »Ein Zauber war es wohl, und er wurde oft versucht, aber am Ende war es kalter Giftmord.« Dann freundlicher: »Es hat keinen Sinn, weiter darüber zu reden, bis ihr den König gesehen habt. Was wißt ihr von solchen Dingen? Auf eurer abgelegenen Insel wurdet ihr im Glauben erzogen, daß Merlin und vielleicht sogar der König eure Feinde waren.«

Er hielt inne, schaute sie an. Die Knaben schwiegen.

»Ja, ich habe richtig vermutet. Lassen wir einstweilen die Sache ruhen, bis er mit Merlin und Königin Morgause gesprochen hat. Sie kann sich glücklich schätzen, daß Merlin nicht tot ist. Und was euch betrifft, so müßt ihr euch mit der Versicherung des Königs begnügen, daß man euch nichts antun wird. Es gibt Dinge zu erledigen und alte Rechnungen zu begleichen, von denen ihr nichts wißt. Glaubt mir, der König ist ein gerechter Mann, und Merlins Rat ist weise und nur dann hart, wenn es nötig ist.«

Nach seinem Fortgehen brachen die Knaben in wütende Reden und heftige Diskussionen aus. Es schien Mordred, der ihnen zuhörte, daß ihr Zorn sich weniger auf ihre Mutter als auf sie selbst bezog. Es war eine Sache des Stolzes. Keiner von ihnen wollte je wieder unter Morgauses Fuchtel stehen. Die neue Freiheit, die Welt der Männer und Taten, wie sie sie hier fanden, gefiel ihnen, und selbst Gareth, der auf Orkney fast mädchenhaft gewesen war, begann sich zu einem Mann zu entwickeln. Auch er sah keinen Grund für einen Prinzen, vor Mord zurückzuschrecken, wenn es in seine Pläne paßte.

Mordred sagte nichts, und die anderen fanden es nur natürlich. Was ging den Bastard die Königin an? Aber Mordred hörte ihnen nicht mehr zu. Er war in das Dunkel zurückgekehrt, in den rauchigen Fischgeruch der Hütte, zu dem angstvollen Geflüster Sulas und Brudes. »Merlin ist tot. Im Palast wurde ein Fest veranstaltet, und dann« – *und dann* – »kam die Nachricht.« Und die Worte der Königin in der Hexenküche, die Essenzen und Elixiere, der unbestimmte Geruch des Bösen, das Gefühl ihrer Lippen auf den seinen.

Er schüttelte die Erinnerungen von sich ab. Morgause hatte also den Zauberer vergiftet, war in den Norden auf die Inseln gezogen und wußte, daß sie den Keim des Todes bereits gepflanzt hatte. Warum nicht? Der alte Mann war ihr Feind gewesen, aber er war auch Mordreds Feind. Und jetzt lebte dieser Feind und würde mit allen anderen über Weihnachten auf Caerleon sein.

Caerleon, die Stadt der Legionen, unterschied sich sehr von Camelot. Die Römer hatten dort am Fluß, den sie Isca Silurum nannten, eine starke Festung erbaut, und diese Festung, am strategischen Punkt einer Biegung und Nebenflußmündung gelegen, war zuerst von Ambrosius und später von Artus in ihren ursprünglichen Ausmaßen wiederhergerichtet worden. Vor den Mauern hatte sich eine Stadt gebildet, mit Marktplatz, Kirche und Schloß an der römischen Brücke, die – hie und da ausgebessert und mit neuen Fackelpfosten versehen – den Fluß überspannte.

Der König wohnte mit dem größten Teil seines Hofstaats im Schloß außerhalb der Festungsmauern. Viele seiner Ritter hatten Quartier in der Festung bezogen, und mit ihnen auch die Knaben aus Orkney. Sie wohnten immer noch für sich allein, betreut von einigen Dienern Artus' und dem Gesinde, das sie aus Orkney mitgebracht hatten. Gabran mußte wohl oder übel bei den Knaben bleiben, denn man hatte ihm natürlich nicht gestattet, Morgause nach Amesbury zu folgen. Gawain, in seinem Ehrgefühl verletzt, weil er sich seiner Mutter schämte und zudem eifersüchtig war, nutzte jede Gelegenheit, ihrem Galan seine Verachtung zu bezeugen. Geheris stand ihm darin nicht nach, tat es sogar noch offener und auf seine Art, beschimpfte Gabran, wo er nur konnte. Die anderen beiden, die sich vielleicht weniger der Liebeslaunen Morgauses bewußt waren, schenkten ihm kaum Beachtung. Mordred hatte andere Dinge im Kopf.

Aber die Tage vergingen, und nichts geschah. Falls der vom Tode auferstandene Merlin wirklich plante, Artus zur Rache an Morgause und ihrer Familie anzuspornen, schien er keine Eile zu haben. Der von den Ereignissen des Sommers und Herbstes geschwächte Greis hielt sich meist in den Gemächern auf, die der König ihm in seinem Hause zur Verfügung gestellt hatte. Artus verbrachte viel Zeit mit ihm, und Merlin hatte sogar, wie jeder wußte, an einigen Zusammenkünften des geheimen Rats teilgenommen; aber die Knaben aus Orkney bekamen ihn nicht zu sehen.

Man erzählte, Merlin habe ausdrücklich abgeraten, seine Rückkehr öffentlich bekanntzugeben, und so wurde auch seine wunderbare Genesung nicht gefeiert. Im Laufe der Zeit gewöhnte man sich einfach wieder an den Gedanken, ihn lebend zu wissen, und nahm an, daß der Vetter und Ratgeber des Königs mit seinem ›Tode‹, seiner Grablegung und Wiederauferstehung nur einmal mehr seine Fähigkeit bewiesen hatte, nach Belieben zu verschwinden und wiederaufzutauchen. Man habe schon immer gewußt, sagten einige weise Männer, daß der große Zauberer nicht sterben könne, und wenn er gewünscht habe, in Todesschlaf zu verfallen, während sein Geist das Reich der Toten durchwanderte, so sei er bestimmt noch weiser und mächtiger als je zurückgekehrt. Bald sollte er wieder die Abgeschlossenheit seiner Höhle im heiligen Berg Bryn Myrddin aufsuchen, wo er, vielleicht von Zeit zu Zeit unsichtbar, allen jenen, die ihn brauchten, gegenwärtig sein und mit Rat und Tat beistehen würde.

Falls Artus inzwischen Zeit gefunden hatte, mit ihm

über die Knaben aus Orkney zu sprechen – natürlich war keinem von ihnen die besondere Bedeutung Mordreds bekannt –, so wurde nichts darüber verlautbart. In Wahrheit zögerte Artus dieses Gespräch hinaus, weil er sich nicht auf sicherem Boden fühlte, aber dann wurde er ganz ohne Absicht von Mordred dazu gezwungen.

Es war am Abend vor Weihnachten. Tagsüber hatte ein Schneesturm die Knaben gehindert, sich mit ihren Waffen zu üben oder auszureiten. So kurz vor dem Weihnachtsfest und dem Geburtstag des Königs machte sich niemand die Mühe, ihnen den üblichen Unterricht zu erteilen, und die fünf saßen den ganzen Tag müßig in dem großen Gemach herum, wo sie mit einem Teil der Dienerschaft untergebracht waren. Sie aßen zu viel, tranken mehr als gewohnt von dem starken Waliser Met, stritten, zankten, begaben sich schließlich in die andere Ecke des Zimmers, wo seit einiger Zeit ein Würfelspiel im Gange war. Besonders an einem Tisch waren die Einsätze hoch, und eine Gruppe von Zuschauern ermutigte die Spieler mit mehr oder weniger gutem Rat. Die Spieler waren Gabran und ein Ortsansässiger namens Llyr.

Es war spät, und die Lampen waren fast niedergebrannt. Das Feuer erfüllte den Raum mit Rauch, und ein kalter Wind trieb Schnee zum Fenster herein.

Die Würfel schepperten und rollten, die Einsätze wurden höher, das Spiel war noch unentschieden, und die aufgehäuften Münzen wurden von Spieler zu Spieler geschoben, je nach dem wechselnden Glück. Allmählich wuchsen die Haufen an. Es war Silber dabei und sogar einige Goldstücke. Jetzt wurde es still unter den Zuschauern, niemand scherzte mehr oder wollte Rat erteilen, wo es um so hohe Summen ging. Die Knaben drängten sich vor, um sich nichts entgehen zu lassen. Gawain vergaß alle Feindseligkeit und blickte Gabran gespannt über die Schulter. Seine

Brüder verfolgten das Spiel mit der gleichen Aufmerksamkeit. Es zeigte sich immer deutlicher, daß es hier um Orkney gegen alle anderen ging, und selbst Geheris fand sich dieses Mal auf Gabrans Seite. Mordred, der kein Spieler war, befand sich ihnen gegenüber, zufällig im feindlichen Lager, und schaute unbeteiligt zu.

Gabran warf. Eine Eins und eine Zwei. Llyr gewann mit zwei Fünfen, schob sein ganzes Geld in die Mitte des Tisches und sagte begeistert: »Das nenn ich mir ein Spiel! Das gleicht deine letzten beiden Gewinne aus! Also jetzt noch einmal für die Entscheidung. Und sie rollen für mich, mein Freund. Spuck dir in die Hände und bete zu deinen ausländischen Göttern.«

Gabrans Wangen waren vom Trunk gerötet, aber er schien immer noch nüchtern und beherrscht genug zu sein, denn er kam keiner dieser beiden Aufforderungen nach. Er schob Uyr seinen Einsatz zu und sagte mit zweifelnder Miene: »Ich glaube, ich bin abgebrannt. Es tut mir leid, aber wir werden es dabei belassen müssen. Du hast gewonnen, und ich gehe zu Bett.«

»Ach, komm schon.« Llyr schüttelte die Würfel versucherisch in der Faust. »Du bist an der Reihe. Es ist Zeit, daß das Glück sich wendet. Komm, versuch es noch einmal. Du kannst es mir schuldig bleiben. Hör jetzt nicht auf.«

»Aber ich bin wirklich abgebrannt.« Gabran zog seine Börse aus dem Gürtel und griff hinein. »Nichts, siehst du es? Und wo soll ich mehr hernehmen, wenn ich wieder verliere?«

Wieder griff er in die Börse, zog sie von innen nach außen, schüttelte sie über dem Tisch. »Siehst du? Nichts.« Keine Münzen fielen, aber etwas anderes rollte klappernd und blieb dann im Licht der Lampe liegen.

Es war ein Talisman, ein rundes Amulett aus verwaschenem roh geschnitzten und silbrig glänzenden Holz mit zwei Augen und einem Mund. Die Augen waren zwei blaue Meeresperlen, und im grinsenden Mund schimmerte roter Ton. Ein Talisman der Göttin von Orkney, primitiv und kindlich verfertigt, aber für einen Orcadier ein machtvolles Symbol.

LIyr befühlte es mit dem Finger. »Perlen? Warum sollte das nicht als Einsatz gelten? Wenn es dir Glück bringt, gewinnst du es zurück, und noch viel mehr. Willst du anfangen?«

Die Würfel wurden geschüttelt, rollten zu beiden Seiten des Amuletts. Noch bevor sie gefallen waren, trat eine plötzliche Störung ein. Mordred, jäh nüchtern geworden, griff über den Tisch und packte das Ding.

»Wo hast du das her?«

Gabran blickte überrascht auf. »Ich weiß es nicht. Ich habe es seit Jahren. Keine Ahnung, wo ich es auflas. Vielleicht in der ...«

Er unterbrach sich mit halb offenem Mund. Während er Mordred anstarrte, wurde er bleich. Hätte er fortgefahren, so wäre es dem offenen Geständnis gleichgekommen, daß er jetzt wußte, woher er das Amulett hatte.

»Was ist es?« fragte jemand. Niemand antwortete ihm. Mordred war so bleich wie Gabran.

»Ich habe es selbst gemacht.« Seine Stimme war tonlos, und wer ihn nicht kannte, hätte sie für gefühllos gehalten. »Ich schnitzte es für meine Mutter. Sie trug es immer. Immer.«

Seine Augen waren auf Gabran gerichtet. Er sagte nichts mehr, aber sein Schweigen beendete den Satz. *Bis sie starb.* Und jetzt wußte er genau, als ob es ihm laut gestanden worden wäre, wie sie gestorben war, wer sie getötet, wer den Mord befohlen hatte.

Plötzlich hielt er den Dolch in der Hand. Vergessen war aller Streit über das Recht einer Königin, zu töten, wie es ihr beliebte. Aber ein Prinz hat das Recht und wird davon Gebrauch machen. Er trat den Tisch mit dem Fuß beiseite, und die Münzen rollten zu Boden. Gabran zog den Dolch und sprang auf. Die anderen, zu betrunken und die Gefahr nicht erkennend, glaubten an eine simple Balgerei über den Spielgewinn und reagierten zu langsam. Llyr wollte ihnen gutmütig Einhalt gebieten. »Nun gut. Dann nimm es dir, wenn es dir gehört.« Ein anderer wollte dem Knaben das Messer entreißen, aber Mordred schnellte an ihm vorbei, sprang Gabran an, die Klinge gekonnt niedrig gehalten und auf das Herz gerichtet. Gabran, jetzt völlig nüchtern, sah, daß die Drohung ernst und tödlich war, und stieß zu. Die Klingen prallten aneinander, aber Mordreds Stoß traf. Das Messer bohrte sich tief unter die Rippen und blieb dort stecken.

Gabrans Messer fiel klirrend zu Boden. Seine Hände klammerten sich um den Griff, der ihm unter den Rippen steckte. Er krümmte sich, sank vornüber, man packte ihn bei den Schultern, legte ihn zurück. Nur wenig Blut drang aus der Wunde.

Jetzt herrschte völlige Stille, und man hörte nur den röchelnden Atem des am Boden Liegenden. Mordred stand über ihm, und der Blick, den er in die bestürzte Runde warf, hätte der Artus' sein können.

»Es ist ihm recht geschehen. Er hat meine Eltern getötet. Dieses Amulett gehörte meiner Mutter. Ich schnitzte es für sie, und sie trug es immer. Er muß es sich genommen haben, als er sie ermordete. Er hat sie verbrannt.«

Unter den anwesenden Männern war keiner, der nicht schon einmal getötet oder einer Metzelei beigewohnt hatte. Aber als sie das hörten, tauschten sie entsetzte Blicke aus.

»Verbrannt?« fragte Llyr.

»Lebendig verbrannt in ihrem Haus. Ich sah es später.«

»Nicht lebendig.«

Gabran flüsterte es. Er lag halb auf der Seite, den Körper um den Dolch gekrümmt, dessen Heft er noch umspannte, zögernd, als ob er ihn herausziehen wollte, jedoch den Schmerz zu sehr fürchtete. Der silberne Griff zitterte mit seinem kurzen stockenden Atem.

»Ich sah es auch.« Gawain trat an Mordreds Seite und blickte hinunter. »Es war schrecklich. Arme alte Leute, die nichts besaßen. Ist es wahr, Gabran? Hast du Mordreds Heim niedergebrannt?«

Gabran keuchte, schien kaum noch Luft in den Lungen zu haben. Sein Gesicht war gelb wie Pergament, die goldblonden Locken dunkel vor Schweiß.

»Ja.«

»Dann hast du den Tod verdient«, sagte Gawain, Schulter an Schulter mit Mordred.

»Aber sie lebten nicht mehr«, flüsterte Gabran. »Ich schwöre es. Verbrannt ... später. Um es zu verbergen.«

»Wie starben sie?« fragte Mordred.

Gabran antwortete nicht. Mordred kniete sich über ihn, griff nach dem Heft des Dolches. Gabrans Hände zuckten, sanken kraftlos nieder. Mordred sprach mit trügerischer Ruhe: »Du stirbst so oder so, Gabran. Also sag es mir jetzt. Wie kamen sie um?«

»Gift.«

Das Wort ließ die Männer erschaudern. Sie raunten es einander zu, und das Flüstern lief zischend durch den Raum. Gift. Die Waffe der Frau. Die Waffe der Hexe.

Mordred fühlte, ohne aufzublicken, wie Gawain sich versteifte. »Du hast ihnen Gift gegeben?«

»Ja. Ja. Mit den Geschenken. Im Wein.«

Niemand sprach, und die aus Orkney hatten allen

Grund zu schweigen. Mordred sagte leise, und es war eher eine Feststellung als eine Frage: »Die Königin.«

»Ja«, brachte Gabran röchelnd hervor.

»Warum?«

»Weil die Frau … etwas über dich … wissen … erraten könnte.«

»Was über mich?«

»Ich weiß es nicht.«

»Du stirbst, Gabran. Was über mich?«

Gabran, Günstling und Gimpel der Königin, log zum letzten Mal für sie. »Ich weiß es nicht. Ich … schwöre es.«

»Dann stirb jetzt«, sagte Mordred und zog den Dolch heraus.

Man führte ihn direkt zum Hochkönig.

15

Artus war gerade dabei, sich einen der sechs jungen Hunde auszuwählen, die ein Page, gefolgt von der besorgten Hündin, in einem Korb hereingebracht hatte. Die sechs weißen und gescheckten Tierchen waren aus dem Korb geklettert und balgten sich drollig und piepsend zu den Füßen des Königs herum. Immer wieder lief die beunruhigte Hündin herbei, schnappte sich eins ihrer Kleinen und trug es in den Korb zurück, aber bevor sie das nächste packen konnte, war das erste schon wieder hinausgeklettert.

Der König lachte, aber als seine Wachen Mordred hereinführten, blickte er drein, als wenn plötzlich ein Licht in ihm erloschen sei. Er war bestürzt, faßte sich dann wieder.

»Was hat das zu bedeuten? Arrian?«

Der Angesprochene sagte gleichmütig: »Ein Mord, Sir. Messerstecherei. Einer derer aus Orkney. Dieser junge Mann hat es getan. Wie es geschah, weiß ich nicht, Sir. Es sind andere draußen, die es gesehen haben. Soll ich sie hereinbringen, Sir?«

»Später vielleicht. Zuerst will ich mit dem Knaben sprechen. Ich werde sie rufen lassen, wenn ich sie brauche. Laß sie jetzt gehen.«

Der Mann grüßte und verschwand. Der Page begann, die Hunde aufzulesen. Einer von ihnen, ein weißes Tierchen, entkam ihm, rannte, quietschend wie eine wütende Maus, auf den König zu, packte mit den Zähnchen eine Litze des Gewandes, zerrte und schüttelte sie knurrend. Artus betrachtete das Tier, als der Page es von seinen Füßen fortzog. »Ja. Diesen nehme ich. Er soll wieder Cabal heißen. Danke.« Der Page trug den Korb hinaus, und die Hündin folgte ihm auf den Fersen.

Mordred blieb in der Tür stehen, wo die Männer ihn gelassen hatten. Er hörte, wie die Wachen draußen wieder ihre Plätze einnahmen. Der König erhob sich von seinem Stuhl am Feuer und trat an einen großen Tisch, auf dem Haufen von Pergamentrollen und Schrifttafeln lagen. Dort setzte er sich und winkte Mordred zu sich heran. Mordred stellte sich vor den Tisch. Er zitterte, mußte seine ganze Willenskraft aufbringen, um sich zu beherrschen. Es war die Reaktion auf seinen ersten Mord, auf die gräßliche Erinnerung an die verbrannte Hütte, an den verwitterten Knochen in seiner Hand, und jetzt stand er dem so gefürchteten Mann gegenüber, der, wie man ihn gelehrt hatte, sein unerbittlicher Feind war. Vergessen war die kühle Überlegung, daß der Hochkönig sich mit ihm nicht weiter abgeben werde. Mordred selbst hatte ihm jetzt einen gerechten Vorwand verschafft. Es gab keinen Zweifel mehr, daß man ihn töten würde. Er hatte sich im Hause des Königs geschlagen, und obgleich Gabran zum Hofstaat von Orkney gehörte und auf gerechte Weise für einen Mord bestraft worden war, konnte Mordred selbst als Prinz von Orkney nicht hoffen, seinerseits der Strafe zu entgehen. Und Gawain, der ihm beigestanden hatte, würde ihm jetzt auch nicht mehr helfen, nachdem Gabrans Geständnis Morgause als die Urheberin des Mordes bezeichnet hatte.

Nichts von alledem war im Gesicht des Knaben zu sehen. Er stand bleich und still, die Hände hinter dem Rücken verkrampft, wo ihr Zittern dem Blick des Königs verborgen blieb, die Augen zu Boden gerichtet, die Lippen zusammengepreßt. Sein Ausdruck war trotzig und verbissen, aber Artus kannte sich in Menschen aus und sah das für sich sprechende Zucken unter den Augen und den raschen Atem, der die Angst des Knaben verriet.

Die ersten Worte des Königs waren kaum bedrohlich zu nennen.

»Wie wär's, wenn du mir erzähltest, was geschah?«

Mordred schaute auf, sah, daß der König ihn aufmerksam betrachtete, aber nicht mit dem Blick, der Morgause am Tor von Camelot in die Knie gezwungen hatte. Er gewann immer mehr den Eindruck, daß das Augenmerk des Königs auf etwas ganz anderes gerichtet war als auf Mordreds eben begangenes Verbrechen. Das gab ihm Mut, und bald sprach er ganz frei und ungezwungen, allerdings ohne sich bewußt zu sein, wie Artus' scheinbar zufällige Fragen auf alle Einzelheiten hinzielten, die nicht nur den Mord an Gabran, sondern vor allem seine eigene Lebensgeschichte von frühester Kindheit an betrafen. Zu erregt, um sich zu fragen, warum der König es hören wollte, erzählte ihm der Knabe alles; sein Leben bei den Pflegeeltern, die Begegnung mit Gawain, die Einladung der Königin und die Gunst, die sie ihm in der Folge erwiesen, der Ritt mit Gabran in die Seehundsbucht und schließlich die gräßliche Entdeckung der niedergebrannten Hütte. Zum ersten Mal seit Sulas Tod und dem Ende seiner

Kindheit hatte er das Gefühl, ganz frei – vertraulich sogar – mit jemandem reden zu können, der ihm echtes Verständnis entgegenbrachte. Echtes Verständnis? Der Hochkönig? Mordred merkte nicht einmal, wie absurd dieser Gedanke war. Er fuhr fort. Jetzt sprach er vom Tode Gabrans, und irgendwann im Laufe seiner Erzählung trat er an den Tisch und legte das hölzerne Amulett vor den König hin. Artus nahm es auf, betrachtete es mit ausdruckslosem Gesicht. Der auf seiner Hand funkelnde große Rubin ließ das primitive Spielzeug noch ärmlicher erscheinen. Er legte es wieder nieder.

Schließlich hatte Mordred geendet. In der nun folgenden Stille knatterten die lodernden Flammen im Kamin wie Fahnen im Wind.

Wieder waren die Worte des Königs unerwartet. Er sprach, als habe er schon lange über diese Frage nachgesonnen, die mit der Sache selbst in keinem Zusammenhang zu stehen schien.

»Warum hat sie dich Mordred genannt?«

Ermutigt durch das Gefühl des Vertrauens, überlegte der Knabe nicht lange und antwortete mit einer Ungezwungenheit, die noch vor einer Stunde undenkbar gewesen wäre.

»Es heißt der Sohn des Meeres. Dort fand man mich, nachdem ich aus dem Boot gerettet wurde, in welchem Ihr die Kinder ertränken ließt.«

»Ich?«

»Ich hörte inzwischen, daß Ihr es nicht wart. Die Wahrheit weiß ich nicht, aber das war es, was man mir zuerst erzählte.«

»Natürlich. Das hatte sie dir erzählt.«

»Sie?«

»Deine Mutter.«

»O nein!« sagte Mordred rasch. »Sula hat mir nie etwas erzählt, weder von dem Boot noch von den Morden. Königin Morgause erzählte es mir viel später. Was meinen Namen betrifft, so heißen viele Jungen auf den Inseln Mordred oder Medraut … Die See ist überall.«

»Ich verstehe. Deshalb also dauerte es so lange, bis ich dich fand, obgleich ich wußte, wo deine Mutter war. Nein, ich rede nicht von Sula. Ich meine deine wirkliche Mutter, die Frau, die dich geboren hat.«

Mordred brachte würgend hervor: »Das wißt Ihr? Ihr habt … Ihr meint, Ihr habt nach mir *gesucht?* Ihr wißt, wer meine Mutter ist … wer ich wirklich bin?«

»Das sollte ich wohl.« Die Worte fielen schwer, wie von Bedeutung beladen, aber dann schien Artus sich anders zu besinnen und fügte nur hinzu: »Deine Mutter ist meine Halbschwester.«

»Königin Morgause?« Der Knabe war wie vom Donner gerührt.

»Sie selbst.«

Artus ließ es einstweilen darauf beruhen. Jedes zu seiner Zeit. Mordred blinzelte, seine Lider flatterten, und während er die erstaunliche Tatsache in sich einsinken ließ, dachte er zurück, dachte voraus …

Endlich blickte er auf. Alle Furcht war vergessen, vergessen die Vergangenheit und mit ihr auch das, was vor kurzem geschehen war. Eine Flamme loderte in seinen Augen auf, verriet eine fast überwältigende Erregung.

»Jetzt sehe ich es! Ein wenig hat sie mir gesagt. Nur Andeutungen – Andeutungen, die ich nicht verstand, weil ich die Wahrheit nicht ahnen konnte. Ihr eigener Sohn … wirklich ihr eigener Sohn!« Ein tiefer Atemzug. »Also deshalb suchte sie mich aus! Gawain war nur der Vorwand. Ich fand es seltsam, daß sie sich des Bastards, den ihr Gemahl mit einem Mädchen in der Stadt gezeugt, annehmen sollte. Und daß sie mir sogar ihre Gunst erwies! Und dabei war ich ihr eigener Sohn und nur ein Bastard, weil ich vor der Zeit geboren wurde! O ja, jetzt verstehe ich alles! Sie waren kaum acht Monate verheiratet, als ich auf die Welt kam. Und dann kehrte König Lot aus Linnuis zurück und …«

Plötzlich verstummte er. Das erregte Verstehen schwand, als wenn eine Tür sich vor seinen Augen geschlossen hätte.

Mehr Dinge fügten sich zusammen. Langsam sagte er: »Es war doch König Lot, der den Kindermord befahl? Weil ihm die Geburt seines ältesten Sohns verdächtig schien? Und meine Mutter rettete mich und schickte mich zu Brude und Sula auf den Orkneys?«

»Es war König Lot, der den Mord befahl. Ja.«

»Um mich zu töten?«

»Ja. Und um mir die Schuld zuzuschieben.«

»Warum?«

»Aus Angst vor dem Volk. Vor den Eltern, deren Kinder sterben mußten. Und auch weil Lot, obgleich er zum Schluß unter meinem Befehl kämpfte, schon immer mein Feind war. Und aus anderen Gründen.«

Den letzten Satz sprach er zögernd aus. In seinem Bemühen, einen Weg zu finden, der zur Enthüllung der wichtigsten Wahrheit führen könnte, gab Artus ihm ein besonderes Gewicht, weil er erwartete, daß Mordred die ihm zugedachte Frage stellen würde. Aber Mordred ließ sich nicht leiten. Er war zu sehr mit seiner lang gehegten Besessenheit beschäftigt. Er trat einen Schritt hervor, legte beide Hände flach auf den Tisch und sagte eindringlich:

»Ja, aus anderen Gründen! Die kenne ich! Ich war sein ältester Sohn, aber da ich unehelich gezeugt wurde, befürchtete er, daß in der Zukunft Zweifel an der Rechtmäßigkeit meiner Geburt aufkommen könnten, was zu Schwierigkeiten im Königreich geführt hätte! Da war es besser, mich los zu sein und einen legitimen Prinzen zu zeugen, der zu gegebener Zeit unangefochten das Reich übernehmen würde!«

»Mordred, du gehst viel zu weit. Du mußt zuhören.«

Wahrscheinlich bemerkte Mordred nicht einmal, daß

der Hochkönig nicht mit seiner gewohnten Selbstsicherheit sprach und daß er, wenn man ein solches Wort auf den großen Schlachtenführer anwenden darf, betreten dreinschaute. Aber Mordred konnte und wollte nicht hören. Die volle Bedeutung dessen, was er in den wenigen letzten Minuten erfahren hatte, überwältigte und verwirrte ihn, schenkte ihm jedoch neue Zuversicht, Wagemut und die begeisternde Genugtuung, endlich alles sagen zu können und es jenen zu sagen, die in der Lage waren, seinen Ehrgeiz zu fördern.

Ein wenig stammelnd fuhr er fort: »Bin ich dann nicht, ganz nüchtern gesprochen, der Erbe von Dunpeldyr? Oder, falls Tydwal die Festung für Gawain halten soll, der der Orkneys? Sir, die beiden Reiche sind so weit voneinander abgelegen und schwer von einem einzigen Mann zu regieren, und wäre die Gelegenheit nicht günstig, sie jetzt aufzuteilen? Ihr sagtet, Ihr würdet Königin Morgause nicht zurückkehren lassen. Laßt es mich an ihrer Stelle tun!«

»Du hast mich nicht verstanden«, sagte der König. »Du hast kein Anrecht auf die Königreiche Lots.«

»Kein Anrecht?« Es hätte der junge Artus selbst sein können, der das sagte, der in seiner ganzen Höhe aufschoß, wie ein Bogen, bevor der Pfeil fliegt. »Und Ihr? Wart Ihr nicht auch unehelich gezeugt von Uther Pendragon und der damaligen Herzogin von Cornwall, die ihn nicht heiraten konnte, bevor ein Monat verging?«

Kaum war es heraus, da hätte er die Worte am liebsten wieder zurückgeschluckt. Der König sagte nichts, sein Ausdruck blieb unverändert, aber die Besinnung machte Mordred stumm, und mit ihr kehrte die Furcht zurück. Zweimal an diesem Abend hatte er seinen Gleichmut verloren, er, Mordred, der seit Jahren seine Natur bekämpft, der sich gegen die Entfremdung und die Unsicherheit seines Lebens mit kalter Selbstbeherrschung gewappnet hatte.

Stockend versuchte er es wiedergutzumachen. »Sir, ich bitte um Verzeihung. Ich wollte Euch nicht beleidigen… und auch nicht Eure Frau Mutter. Ich meinte nur… ich habe so lange darüber nachgedacht, nach einem Weg gesucht, mich gefragt, ob es möglich wäre, daß ich das Recht auf einen Platz beanspruchen könnte, der mich zu einem Herrscher macht… weil ich die Fähigkeit dazu habe… Und da dachte ich an Euch, und wie Ihr dazu kamt. Das war nur natürlich. Jeder weiß… ich… …. man sagt…«

»Daß ich eigentlich ein Bastard bin?«

Überraschenderweise klang der König gar nicht verärgert. Mordreds Mut kehrte zurück. Die Fäuste auf den Tisch gestemmt, um Haltung bemüht, sagte er vorsichtig: »Ja, Sir. Ich fragte mich nach dem Gesetz, dem Gesetz des Hauptlandes. Ich wollte es herausfinden und mich dann bei Euch erkundigen. Sir, falls Gawain nach Dunpeldyr geht, schwöre ich Euch bei der Göttin, daß ich befähigter als Geheris oder Agravaine bin, über die Orkneys zu regieren! Und wer weiß, welcher Aufruhr und Ärger entstehen könnte, wenn die Zwillinge den Thron beanspruchen würden?«

Artus antwortete nicht sofort. Mordred verfiel in Schweigen, nachdem er seine Bitte vorgetragen hatte. Endlich riß sich der König aus seinen Gedanken und sprach.

»Ich habe dich angehört, weil ich neugierig war und wissen wollte, zu welch einem Mann du dich entwickelt hast, mit deiner seltsamen Erziehung, die so sehr der meinen gleicht.« Ein leichtes Lächeln. »Wie ›jeder weiß‹, bin auch ich von unehelicher Geburt und lebte viele Jahre versteckt. Bei mir waren es vierzehn Jahre, aber ich wurde in einem Haus erzogen, wo ich von Anfang an die Tugenden und Pflichten eines Ritters erlernte. Bei dir waren es nur vier Jahre, aber wie ich höre, hast du dir bereits viel angeeignet. Du wirst zu Ruhm und Ehren gelangen, glaube mir, aber nicht so, wie du es planst oder dir vorstellst. Jetzt hör mir gut zu. Und setze dich gefälligst.«

Der Knabe zog verwundert einen Schemel heran und setzte sich. Der König stand auf, ging einige Male im Zimmer auf und ab, bevor er sprach.

»Zuerst einmal kommt es nicht in Frage, daß du das Königreich von Orkney übernimmst, ganz gleich, ob du dich auf das Gesetz oder auf Beispiele berufst. Das ist für Gawain bestimmt. Ich beabsichtige, Gawain und seine Brüder einstweilen hier unter meinen Kämpen und Rittern zu behalten und ihn dann zu gegebener Zeit, und falls er es wünscht, zu ermächtigen, sein Inselkönigreich aus meiner Hand zurückzunehmen. Inzwischen wird Tydwal in Dunpeldyr bleiben.«

Er setzte sich wieder an den Tisch.

»Das ist keine Ungerechtigkeit, Mordred. Du hast kein Anrecht auf Lothian oder die Orkneys. Du bist nicht Lots Sohn.« Er betonte es. »König Lot von Lothian war nicht dein Vater.«

Schweigen. Die Flammen prasselten im Kamin. Draußen im Gang ertönte ein Ruf, dann eine Antwort. Der Knabe fragte mit tonloser Stimme: »Wißt Ihr, wer es ist?«

»Das sollte ich wohl«, sagte der König zum zweiten Mal. Jetzt wurde es ihm plötzlich klar. Der Knabe sprang auf und blickte dem König in die Augen.

»Ihr?«

»Ich«, sagte Artus und wartete.

Dieses Mal dauerte es nur einen Augenblick, bis er die neue Tatsache in sich aufgenommen hatte. Nicht mit dem Ekel, den Artus erwartete, sondern nur mit Verwunderung fragte er:

»Mit Königin Morgause? Aber das … das …«

»Ist Blutschande. Ja.« Dabei ließ er es. Keine Entschuldigung, kein Beteuern seiner Unwissenheit, als Morgause ihren jungen Halbbruder zu dem sträflichen Beischlaf verführt hatte.

Der Knabe sagte schließlich nur: »Ich verstehe.«

Jetzt war es an Artus, überrascht zu sein. In seinem Bewußtsein der Sünde und dem Ekel vor der Erinnerung jener Nacht mit Morgause, die seitdem für ihn der Inbegriff des Bösen und der Unreinheit geworden war, hatte er nicht in Betracht gezogen, daß ein unter den Bauern der Inseln aufgewachsener Junge die in seiner Heimat nicht ungewöhnliche Sünde der Inzucht fast natürlich fand. In der Tat galt es in seiner Heimat kaum als eine Sünde. Das römische Recht war nicht so weit gelangt, und die Göttin Mordreds, die auch Morgauses Göttin war, hatte aller Wahrscheinlichkeit nach ihren Anhängern keinen solchen Sündenbegriff eingeflößt.

Mordred war mit anderen Überlegungen beschäftigt. »Das heißt also, daß ich … daß ich …«

»Ja«, sagte Artus und betrachtete das Wunder, das sich in dem Glanz der den seinen so ähnlichen Augen offenbarte. Keine Liebe – woher auch? –, jedoch ein Aufflammen des angeborenen und machtvollen Ehrgeizes. Und warum nicht? fragte sich der König. Guinevere wird kein Kind von mir haben. Dieser Knabe ist zweimal Pendragon und allen Berichten nach meiner Zuneigung würdig, wie ein Sohn es nur sein kann. Jetzt empfindet er dasselbe wie ich, als Merlin mir dasselbe sagte und das Schwert Britanniens in meine Hände legte. Laß es ihn fühlen. Alles übrige wird nach dem Willen der Götter geschehen.

Über die Prophezeiung Merlins, daß der Knabe ihm Verderben und Tod bringen werde, machte er sich jetzt keine Gedanken. Er gab sich dem Augenblick mit ungetrübter Freude hin.

Ungetrübt auch wunderbarerweise dank der Gleichgültigkeit Mordreds gegenüber der Sünde der Vergangenheit. Daher fand er jetzt den Mut, selbst darüber zu sprechen.

»Es war nach der Schlacht von Luguvallium. Mein

erster Kampf. Deine Mutter Morgause kam in den Norden, um nach ihrem Vater König Uther zu sehen, der krank und, obgleich wir es nicht wußten, im Sterben lag. Ich ahnte damals nicht, daß auch ich ein Kind Uther Pendragons war. Ich hielt Merlin für meinen Vater und liebte ihn wirklich wie ein Sohn. Morgause hatte ich nie zuvor gesehen. Du kannst dir vorstellen, wie schön sie mit ihren zwanzig Jahren war.... Ich schlief mit ihr in jener Nacht. Erst später erfuhr ich durch Merlin, daß Uther Pendragon mein Vater und ich der Erbe des Hohen Königreichs war.«

»Aber sie wußte es?« Mordred, rasch denkend wie immer, hatte das Ungesagte erfaßt.

»Ich glaube es. Aber selbst meine Unwissenheit entschuldigt meinen Teil an der Sünde nicht. Das weiß ich. Indem ich tat, was ich tat, habe ich Unrecht an dir begangen, Mordred. Und das Unrecht währt fort.«

»Warum? Ihr suchtet mich und brachtet mich hierher. Das brauchtet Ihr nicht zu tun. Warum tatet Ihr es?«

»Als ich Morgause hierher befahl«, sagte Artus, »glaubte ich sie schuldig an Merlins Tod, am Tod des Mannes, der der beste im ganzen Reiche und mir der liebste war – ist. Schuldig ist sie immer noch. Merlin alterte vorzeitig und trägt in sich den Keim des Giftes, das sie ihm einflößte. Er wußte, daß sie ihn vergiftet hatte, sagte es mir jedoch nie, aus Rücksicht auf ihre Söhne. Ihretwegen fand er, daß sie leben sollte, solange sie in sicherer Verbannung war, um sie großzuziehen bis zum Tag, da ich sie in meinen Dienst rufen würde. Von dem Gift erfuhr ich erst, als er, wie wir glaubten, im Sterben lag und im Fieber davon redete sowie von Morgauses wiederholten Versuchen, ihn durch Zaubermittel und Hexerei zu töten. So ließ ich sie nach seinem Begräbnis kommen, damit sie sich für ihr Verbrechen verantwortete, und auch weil ich es an der Zeit fand, die Söhne ihrer Pflege zu entziehen und mich selbst ihrer anzunehmen.«

»Alle fünf, das überraschte alle. Ihr sagtet, Ihr hättet Berichte, Sir. Wer hat Euch von mir erzählt?«

Artus lächelte. »Ich hatte einen Spion in eurem Palast. Casso, der Sklave des Goldschmieds. Er schrieb mir.«

»Der Sklave? Er konnte schreiben? Das hat er sich nicht anmerken lassen. Er ist stumm, und wir dachten, er könne sich nicht mitteilen.«

Der König nickte. »Deshalb ist er wertvoll. Vor einem Sklaven redet man ganz offen, besonders wenn er stumm ist. Merlin hat ihn das Schreiben gelehrt. Manchmal glaube ich, daß die Vorsehung ihm selbst die kleinsten Dinge diktierte. Nun, Casso sah und hörte eine Menge, während er in Morgauses Haus weilte. Er schrieb mir, daß der zur Zeit im Palast lebende Mordred derjenige sein müsse, den ich suchte.«

Mordred dachte zurück. »Ich glaube, ich sah ihn die Nachricht senden. Ein Handelsschiff lag am Pier und hatte eine Ladung Holz gebracht. Ich sah ihn an Bord gehen, und jemand gab ihm Geld. Ich dachte, es sei für eine Arbeit, die er selbst gemacht hatte und von der der Goldschmied nichts wußte. Könnte es damals gewesen sein?«

»Das ist sehr gut möglich.«

Andere Erinnerungen stiegen in ihm auf: Morgause und ihr seltsames Lächeln, wenn sie von seiner ›Mutter‹ sprach. Wie sie ihn auf die Probe stellte, um zu sehen, ob ihre Sehergabe auf ihn übergegangen sei. Und Sula. Sula mußte gewußt haben, daß man ihn eines Tages von ihr nehmen würde. Sie hatte Angst gehabt. Ahnte sie schon damals, was man mit ihr plante?

Plötzlich fragte er: »Hatte sie wirklich Gabran befohlen, sie zu töten?«

»Wenn er es im Sterben sagte, kannst du dessen sicher sein«, antwortete der König. »Ihr hätte es nicht mehr bedeutet, als ihren Falken fliegen zu lassen, um einen Hasen zu erlegen. In Dunpeldyr ließ sie deine erste Amme Macha ermorden, und auf ihr Drängen hin tötete Lot Machas Kind, das an deinem Platz in der königlichen Wiege lag. Und wenn der große Kindermord auch auf Lots Befehl geschah, so war sie die treibende Kraft. Das wissen wir mit Bestimmtheit, denn es ist uns von jemandem bezeugt worden. Es hat viele Morde gegeben, Mordred, und sie waren alle schmutzig.«

»So viele Morde, und alle meinetwegen. Aber warum?« Den einzigen Hinweis, den man ihm in all den Jahren gegeben, hatte er, wie Artus, im Rausch der Begeisterung vergessen. »Warum ließ sie mich am Leben? Warum nahm sie sich die Mühe, mich viele Jahre hindurch versteckt zu halten?«

»Um sich deiner als Werkzeug zu bedienen, als Mittel zum Zweck.« Wenn der König sich jetzt an die Prophezeiung erinnerte, war er nicht gewillt, den Knaben damit zu belasten. »Vielleicht auch als Geisel, falls ich herausfände, daß sie Merlin ermordet hatte. Erst als sie sich sicher wähnte, holte sie dich aus der Verborgenheit hervor, und selbst dann war sie vorsichtig genug, dich als den Bastard Lots auszugeben. Aber mehr vermag ich über ihre Beweggründe nicht zu erraten. Dazu fehlt mir ihre Erfindungsgabe.« Als der Knabe ihn gespannt und fragend anblickte, fügte er hinzu: »Es kommt nicht von dem Blut, das wir mit ihr gemein haben, Mordred. Ich habe zu meiner Zeit viele Männer getötet, aber nicht auf solche Art und nicht aus solchen Gründen. Morgauses Mutter war, wie ich hörte, eine Bretonin, eine sogenannte weise Frau. Diese Dinge vererben sich von der Mutter auf die Tochter. Du hast diese dunklen Mächte in dir nicht zu fürchten.«

»Ich fürchte sie nicht«, sagte Mordred rasch. »Ich habe nichts von dem Blick und der Zaubergabe, das bestätigte sie mir. Einmal versuchte sie es herauszufinden. Jetzt glaube ich, sie befürchtete, ich könne ›sehen‹, was meinen Pflegeeltern geschah. Sie führte mich in ihr unterirdisches Gemach mit dem Zauberteich und hielt mich an, nach Visionen auszuschauen.«

»Und welche Visionen hast du gesehen?«

»Nichts. Ich sah einen Aal im Teich. Aber die Königin sagte, sie habe Visionen gehabt.«

Artus lächelte. »Sagte ich dir doch, daß du mehr von meinem Blut als von dem ihren bist. Für mich ist Wasser nur Wasser, wenn ich auch das Zauberfeuer gesehen habe, das Merlin aus den Lüften zu rufen vermag, und andere Wunder, aber sie waren alle Wunder des Lichts. Zeigte Morgause dir etwas von ihrer Zauberei?«

»Nein, Sir. Sie nahm mich in die Kammer mit, wo sie ihre Hexenkünste ausübte und ihre magischen Elixiere braute …«

»Fahr fort. Was ist dir?«

»Nichts. Es war wirklich nichts. Nur etwas, das dort geschah.« Er wendete sich ab, blickte zum Feuer, erlebte noch einmal jene Minuten in der Hexenküche, die Umarmung, den Kuß, die Worte der Königin. Dann sprach er langsam, wie zu sich selbst, bestürzt über die neue Gewißheit. »Und dabei wußte sie, daß ich ihr eigener Sohn war.«

Artus beobachtete ihn und erriet sofort die Wahrheit. Der in ihm aufsteigende Zorn ließ ihn erbeben, aber seine Stimme war sanft. »Auch du, Mordred?«

»Es war nichts«, sagte der Knabe rasch, als wolle er es von sich abschütteln. »Wirklich nichts. Aber jetzt weiß ich, warum ich dieses Gefühl hatte.« Ein verstohlener Blick über den Tisch. »Ach, es geschieht alle Tage, das weiß jeder. Aber nicht so. Bruder und Schwester, das geht noch an … aber Mutter und Sohn? Das nicht, nie und nimmer. Jedenfalls habe ich nie davon gehört. Und sie wußte es, nicht wahr? Sie wußte es. Ich frage mich, warum sie mit mir …«

Er verstummte, blickte auf seine Hände hinunter, die er jetzt zwischen den Knien hielt. Er erwartete keine Antwort. Die kannten er und der König bereits. Es war keine Bewegung in seiner Stimme, nur verwunderter Ekel, wie man ihn gegenüber einer abartigen Begierde empfindet. Das Blut war ihm aus den Wangen gewichen, und er sah blaß und müde aus.

Der König stellte dankbar und erleichtert fest, daß er keine Bande zu brechen hatte. Heftige Gefühle schaffen ihre eigenen Bande, aber unter das, was zwischen Morgause und Mordred geblieben war, konnte hier und jetzt ein klarer Strich gezogen werden.

Endlich sprach er, behutsam und gesetzt, von gleich zu gleich, von Prinz zu Prinz.

»Ich werde sie nicht hinrichten lassen. Merlin lebt, und ihre anderen Verbrechen gehen mich insofern nichts an, als ich sie hier und jetzt nicht dafür bestrafen kann. Außerdem wirst du einsehen, daß ich dich nicht in meiner Nähe behalten – hier an meinem Hof, wo so viele die Geschichte kennen und in dir meinen Sohn vermuten – und gleichzeitig deine Mutter zum Tode verurteilen kann. Also wird Morgause leben. Aber ich werde sie nicht freilassen.«

Er hielt inne, lehnte sich im großen Stuhl zurück, betrachtete den Knaben mit gütiger Zuneigung. »Nun, Mordred, sind wir hier und haben einen neuen Weg vor uns. Wohin er uns führen wird, können wir nicht erraten. Ich versprach, gerecht an dir zu handeln, und das meinte ich auch. Du wirst hier an meinem Hof bleiben, mit den anderen Prinzen von Orkney, und wie sie hast du von nun an königlichen Rang als mein Neffe. Wo man zu wissen glaubt, daß du mehr als mein Neffe bist, wird man dir um so mehr Achtung entgegenbringen. Aber du mußt einsehen, daß ich dich in Anbetracht dessen, was in Luguvallium geschah, und in der Gegenwart der Königin Guinevere nicht offen meinen Sohn nennen darf.«

Mordred blickte wieder auf seine Hände. »Und wenn die Königin Euch andere Söhne gebiert?«

»Das wird nicht sein. Sie ist unfruchtbar. Laß das jetzt, Mordred. Du hast eine Zukunft vor dir. Nimm, was das Leben dir hier in meinem Hause bietet. Allen Prinzen von Orkney wird die Ehre zuteil, als königliche Waisen behandelt zu werden, und du – du wirst, wie ich glaube, noch zu höheren Ehren gelangen.« Er sah etwas in den Augen des Knaben aufleuchten. »Ich rede jetzt nicht von Königreichen, Mordred. Aber vielleicht kommt das auch noch, wenn du dich genügend als mein Sohn erweist.«

Plötzlich verlor der Knabe alle Fassung. Er begann zu zittern, hielt sich die Hände vor das Gesicht. Stammelnd brachte er hervor: »Es ist nichts. Ich hatte erwartet, für die Sache mit Gabran bestraft zu werden. Mit dem Tode sogar. Und jetzt alles das. Was wird geschehen? Was wird geschehen, Sir?«

»Wegen Gabran? Nichts«, sagte der König. »Es tut mir leid um ihn, aber sein Tod war auf seine Art gerecht. Und was dich betrifft, so wird für den Augenblick sehr wenig geschehen, außer daß du heute nacht nicht bei deinen Halbbrüdern schlafen wirst. Du brauchst Zeit für dich allein, um alles das, was du eben erfahren hast, in dich aufzunehmen. Das wird niemanden verwundern. Man wird nur glauben, daß du wegen Gabrans Tod von den anderen ferngehalten wirst.«

»Gawain und die anderen? Sollen sie es wissen?«

»Mit Gawain werde ich reden. Die anderen brauchen nicht mehr zu wissen, als daß du Morgauses Sohn und der älteste der Neffen des Hochkönigs bist. Das sollte genügen, um deinen Rang am Hof zu erklären. Aber Gawain werde ich die Wahrheit sagen. Er soll wissen, daß dir kein Anspruch auf den Thron von Orkney oder Lothian zusteht.« Er drehte sich um. »Höre, draußen ist Wachablösung. Morgen feiern wir Mithras, die Christen haben ihr Weihnachtsfest, und du und die deinen das Winterfest eurer Götter von Orkney. Für uns alle ein Neubeginn. Sei also hier willkommen, Mordred. Geh jetzt und versuch zu schlafen.«

ZWEITES BUCH

Die Söhne der Hexe

1

Kurz nach Weihnachten waren die Wege verschneit, und es dauerte fast einen ganzen Monat, bis der regelmäßige königliche Kurierdienst wieder aufgenommen werden konnte. Da es jedoch nur wenig Bedeutendes zu berichten gab, machte es nichts aus. Im tiefen Winter blieben die Männer – auch die kämpferischsten Krieger – am häuslichen Feuer und widmeten sich ihrem Heim und ihrer Familie. Sowohl Sachsen als Kelten verließen kaum einmal den wärmenden Herd, und wenn sie im Licht des Winterfeuers ihre Waffen schliffen, so wußten sie alle, daß sie sie nicht vor dem Frühling gebrauchen würden.

Für die Knaben aus Orkney bot das Leben auf Caerleon immer noch genug Zerstreuung und Beschäftigung, um kein Heimweh aufkommen zu lassen, zumal ihre Insel im Winter alles andere als ein angenehmer Aufenthaltsort war. Die Übungsplätze nahe der Festung waren freigelegt, und trotz Schnee und Eis wurde dort täglich Unterricht abgehalten. Man sah bereits einen Unterschied: Lots vier Söhne – besonders die Zwillinge – waren immer noch wild bis zur Tollkühnheit, aber während sie ihre Fähigkeiten verbesserten, lernten sie auch etwas mehr Selbstbeherrschung, was sie mit einem gewissen Stolz erfüllte. Sie neigten nach wie vor dazu, sich in zwei Parteien zu spalten – die Zwillinge auf der einen, Gawain und der junge Gareth auf der anderen Seite –, aber es gab weniger Streit. Der Hauptunterschied machte sich in ihrer Haltung gegenüber Mordred bemerkbar.

Artus hatte mit Gawain lange und ausgiebig über die wahren Umstände der Geburt Mordreds gesprochen und seinen Worten allem Anschein nach ein so warnendes Gewicht beigelegt, daß Gawains Verhalten gegenüber seinem Halbbruder sich merklich veränderte. Es war eine Mischung von Zurückhaltung und Erleichterung. Erleichterung, weil er jetzt wußte, daß ihm niemand mehr seinen Rang als erstgeborener Sohn Lots streitig machen würde und daß der Hochkönig seinen Anspruch auf den Thron von Orkney voll anerkannte. Doch dahinter verbarg sich noch etwas von seiner früheren Zurückhaltung, vielleicht auch Neid, weil Mordred als Bastard des Hochkönigs ihm an Rang überlegen war, aber vor allem Vorsicht, denn er wußte nun, woran er sich in Zukunft zu halten hatte. Da Königin Guinevere bekanntermaßen unfruchtbar war, schien alles darauf hinzuweisen, daß Mordred eines Tages die Erbschaft Artus' antreten würde. Auch Artus war unehelich gezeugt und erst anerkannt worden, als er erwachsen war. Wie Mordred also.

Man munkelte zwar, daß der Hochkönig noch andere Bastarde hatte – von zweien sprach man ganz offen –, aber sie waren nicht am Hof und genossen sichtlich nicht die Gunst, in der Mordred bei ihm stand. Zudem war Königin Guinevere dem Knaben zugetan und hielt ihn in ihrer Nähe. So wartete Gawain, der als einziger der Söhne Lots die Wahrheit kannte, seine Zeit ab und nahm allmählich wieder die zurückhaltende Freundschaft auf, die er früher mit dem älteren Knaben geteilt hatte.

Mordred bemerkte den Wechsel, billigte und verstand die Beweggründe, nahm das Anerbieten des anderen ohne Überraschung an. Was ihn jedoch überraschte, war der Wandel im Betragen der Zwillinge. Sie wußten nichts über Mordreds wahre Herkunft, glaubten nur, daß Artus ihn als Bastard König Lots, also gewissermaßen als Anhängsel der Familie von Orkney, bei sich aufgenommen hatte. Sie waren vor allem beeindruckt, weil er Gabran getötet hatte. Für Agravaine galt jedes Töten – jeder Mord – als ein Beweis dessen, was er ›Männlichkeit‹ nannte. Für Geheris war es das und noch mehr: eine voll und ganz gerechtfertigte Tat, die sie alle rächte. Obgleich er sich nach außen hin gegenüber den seltenen Zärtlichkeitsbezeugungen seiner Mutter ebenso gleichgültig wie sein Bruder zeigte, hatte er von Kindheit an ein Gefühl von Groll und Eifersucht in seinem Herzen genährt. Und nun, da Mordred den Liebhaber seiner Mutter getötet hatte, war er bereit, ihm Anerkennung und Bewunderung zu zeugen. Was Gareth betraf, so hatte die Gewalttat selbst ihn mit Ehrfurcht erfüllt. Während der letzten Monate auf Orkney war Gabran so selbstherrlich und anmaßend geworden, daß sogar der sanftmütige jüngste Sohn ihn bitter zu hassen begonnen hatte. Indem Mordred die Frau rächte, die er ›Mutter‹ nannte, hatte er für sie alle gehandelt. So fanden sich die fünf Knaben aus Orkney zu gemeinsamem Tun zusammen, und in der Kameradschaft der Turnierplätze und des Rittersaals begannen die ersten Keime der Treue für den Hochkönig zu sprießen.

Mit der Schneeschmelze des Februars traf Nachricht aus Camelot ein. Die Knaben erhielten sie von ihrer Mutter, die noch in Amesbury weilte. Sobald der Hof nach Camelot zurückgekehrt wäre, sollte sie nach Norden in das Kloster in Caer Eidyn verschickt werden, und ihre Söhne hätten Erlaubnis, sie vor ihrer Abreise zu besuchen. Fast gleichgültig wurde diese Nachricht aufgenommen. Der einzige, der seine Mutter noch vermißte, war erstaunlicherweise Geheris, dem sie nie viel Aufmerksamkeit geschenkt hatte. In seinen Träumen sah er sich als ihr Retter, der sie nach Orkney zurückbrachte; sie, ihm in Dankbarkeit und Liebe zugetan, er, triumphierend und umjubelt. Aber mit dem Tageslicht verblaßten die Träume, und selbst um ihretwillen war er dann nicht mehr bereit, dem neuen aufregenden Leben am Hofe des Hochkönigs zu entsagen oder auf die Hoffnung zu verzichten, vielleicht einmal zu den Gefährten des Königs zu gehören.

Als sich der Hof Ende April wieder für den Sommer auf Camelot eingefunden hatte, ließ der König die Knaben holen, damit sie von ihrer Mutter Abschied nahmen. Das geschah, wie man munkelte, gegen den Rat Nimuës, die zur Begrüßung des Königs aus ihrem Heim in Applegarth gekommen war. Merlin hatte sich seit seiner letzten Krankheit ganz zurückgezogen, und als der König von Caerleon heimkehrte, war der alte Zauberer in seine Höhle in den Hügeln von Wales gezogen und hatte Nimuë sein Amt als Ratgeber Artus' überlassen. Dieses Mal jedoch folgte man ihrem Rat nicht, und die Knaben wurden, wie geheißen, mit einem ihrer würdigen Geleit, das Cei und der Ritter Lamorak anführten, nach Amesbury geschickt.

Unterwegs nächtigten sie in Sarum, wo der Stadthauptmann, stolz auf den Besuch der Neffen des Hochkönigs, sie bei sich aufnahm, und am nächsten Morgen ritten sie nach Amesbury, das am Rande der Großen Ebene liegt.

Es war ein leuchtendheller Morgen, und die Söhne Lots fühlten sich glücklich. Sie hatten gute Pferde, waren königlich ausgerüstet, freuten sich fast vorbehaltlos auf das Wiedersehen mit Morgause und die Gelegenheit, der Mutter ihre neuerworbene Pracht vorzuführen. Alle Befürchtungen um sie waren längst verflogen. Sie hatten Artus' Wort, daß sie nicht getötet werden würde, und die Art der Gefangenschaft unterschied sich nicht so sehr (so glaubten es die Söhne in ihrer Unwissenheit) von ihrem Dasein daheim, wo sie ja auch meist mit den Frauen ihres Haushalts in Abgeschlossenheit gelebt hatte. Überdies trösteten sie sich mit dem Gedanken, daß hohe Frauen sich oft selbst und in aller Freiheit ein solches Leben auswählten. Es versagte ihr zwar die Macht zu entscheiden, aber das stand – wenigstens in den Augen der ungestümen und anmaßenden Jugend – einer Frau ohnehin kaum zu. Morgause hatte nach dem Tode ihres Gemahls an der Stelle ihres minderjährigen ältesten Sohns und Thronerben als Königin regiert, aber eine solche Macht konnte nur vorübergehend sein und (Gawain sagte es ganz offen) war jetzt nicht mehr notwendig. Daß sie jetzt keinen Buhlen mehr haben durfte, erschien Gawain und Geheris, den einzigen, die es wirklich bemerkt und darunter gelitten hatten, nur als gerecht. Mochte sie also noch lange im Kloster eingesperrt sein, natürlich von allem Luxus umgeben, und keine Gelegenheit mehr haben, sich in das neue Leben ihrer Söhne einzumischen oder sie mit Liebhabern zu beschämen, die kaum älter als ihre Kinder waren.

So ritten sie fröhlich dahin, Gawain war ihnen im Geiste bereits um Jahre voraus, und Gareth beschäftigte sich nur mit dem Abenteuer des Augenblicks. Agravaine dachte vor allem an sein Pferd, sein neues Gewand und die Waffen, die er trug (»endlich was sich für einen Prinzen geziemt«), und er war begierig, Morgause von seinen Heldentaten zu erzählen. Geheris sah dem Besuch mit einer Art von schuldbewußtem Vergnügen entgegen, denn dieses Mal, nach so langer Abwesenheit, würde sie gewiß mit zärtlichen Gesten und Worten ihrer Freude über das Wiedersehen mit ihren Söhnen Ausdruck geben und endlich allein mit ihnen sein, ohne den naseweisen Liebhaber neben ihrem Stuhl, der alles beobachtet und ihr gehässige Bemerkungen zuflüstert.

Mordred ritt schweigend hinter ihnen, einmal mehr abgesondert, nicht zur Herde gehörend. Er nahm mit einiger Genugtuung die fast unterwürfige Aufmerksamkeit wahr, mit der Lamorak ihn umgab, und die Wachsamkeit Ceis, der ihn nicht aus den Augen ließ. Gerüchte waren am Hofe umgegangen, und weder König noch Königin hatten etwas unternommen, um ihnen Einhalt zu gebieten. Es wurde immer offenkundiger, daß Mordred von den fünf Prinzen derjenige war, der die wichtigste Rolle spielte. Er empfand auch als einziger der Knaben eine gewisse Scheu vor der kommenden Begegnung. Zwar wußte er nicht, wieviel man Morgause erzählt hatte, aber sie mußte zumindest erfahren haben, daß ihr Liebhaber tot war. Und diesen Tod hatte er jetzt an seinen Händen.

So gelangten sie eines sonnigen Morgens nach Amesbury. Der Tau spritzte flimmernd an den Hufen der Pferde, als Morgause ihnen mit ihrer Geleitschaft im Walde entgegenritt.

Daß sie genötigt und nicht zu ihrem Vergnügen ausgeritten war, sah man sofort. Wenn die Königin auch prunkvolle Kleidung trug – ein Gewand aus ihrem bernsteinfarbenen Lieblingsstoff und darüber ein kurzer pelzgefütterter Mantel als Schutz gegen die kühlen Frühlingswinde –, so war ihr Pferd eine recht unansehnliche träge trabende Stute, und zu ihren beiden Seiten ritten Männer in der Uniform der Truppen Artus'. Der zu ihrer Rechten hielt einen am Zaum der Stute befestigten Leitzügel locker in der Hand, eine einfach gekleidete Frau mit Mantel und Kapuze ritt ein paar Schritte hinter ihr, gleichfalls zwischen zwei Soldaten.

Gareth erkannte seine Mutter als erster in der noch fernen Reiterschar. Mit einem lauten Ausruf streckte er sich im Sattel hoch und winkte. Dann stürmte Geheris im Galopp an ihm vorbei, gefolgt von den anderen, und nun rasten sie wie zum Angriff über die breite Lichtung, lachend, schreiend, jubelnd.

Morgause empfing den Ansturm der jungen Reiter mit lächelndem Wohlwollen. Geheris, der sich als erster an die Flanke der Stute drängte, reichte sie huldreich die Hand und bot ihm die Wange zum Kuß. Die andere Hand hielt sie Gareth entgegen, der sie ehrerbietig an seine Lippen führte, dann Gawain, und dann erst zog sie die Zügel fest, um die Knaben um sich zu scharen.

Sie beugte sich vor, streckte beide Arme nach ihren Söhnen aus, und ihr Gesicht strahlte.

»Seht, sie führen mein Pferd, damit ich beide Hände frei habe! Man sagte mir, ich könne hoffen, euch bald zu sehen, aber wir hatten euch nicht so früh erwartet! Ihr müßt nach mir gebangt haben, wie ich nach euch ... Gawain, Agravaine, Gareth, mein Liebling, kommt und küßt eure Mutter, die sich in all den langen Wintermonaten so sehr nach ihren Kindern gesehnt hat ... Schon gut, jetzt ist es genug ... Laß mich los, Geheris, laßt mich euch alle anschauen. Oh, meine geliebten Söhne, es ist so lange her, so lange ...«

Die Steigerung ins Pathetische wurde nicht bemerkt. Zu freudig erregt, zu erfüllt von ihrer eigenen Wichtigkeit, umkreisten sie die jungen Reiter. Die Szene nahm die Lebhaftigkeit einer Vergnügungspartie an.

»Schaut, Mutter, das ist ein Hengst aus des Hochkönigs Stall!« »Seht Ihr dieses Schwert, Lady? Und ich weiß auch damit umzugehen. Der Waffenmeister sagt, ich könne es mit jedem Mann meines Alters aufnehmen.«

»Geht es Euch gut, Mutter Königin? Werdet Ihr gut behandelt?« Das war Geheris.

»Ich soll in die Ritterschaft aufgenommen werden«, unterbrach ihn Gawain mit barschem Stolz, »und falls es im kommenden Sommer zu Kämpfen kommt, so darf ich dabei sein. Das hat er mir versprochen.«

»Werden wir Euch Pfingsten auf Camelot sehen?« fragte Gareth.

Mordred war nicht mit den anderen vorangestürmt. Sie schien es nicht bemerkt zu haben, blickte nicht einmal in seine Richtung, wo er zwischen Cei und Lamorak ritt, als die Gesellschaft später den Weg nach Amesbury einschlug. Sie lachte mit ihren Söhnen, plauderte heiter, ließ sie schreien und prahlen, fragte, wie es auf Camelot und Caerleon sei, hörte sich ihre Lobreden mit schmeichelhafter Aufmerksamkeit an. Von Zeit zu Zeit schenkte sie Lamorak, dem in ihrer Nähe reitenden Reiter, einen sanften Blick oder ein freundliches Wort, sprach sogar recht leutselig zu den Männern ihrer Eskorte. Sichtlich besorgt über den Bericht, den man Artus überbringen würde, bemühte sie sich, einen guten Eindruck zu machen. Ihr Gebaren war sanft und mild, ihre Worte voller Unschuld drückten nur die Sorge einer Mutter um das Wohlergehen ihrer Kinder aus, und die Dankbarkeit dafür, was der Hochkönig und seine Vertreter für ihre Söhne getan hatten. Wenn sie von Artus sprach – zu Cei, über die Köpfe Gareths und Geheris' hinweg –, so pries sie seine Großzügigkeit (»meine armen verwaisten Knaben, die sonst jedes Schutzes beraubt wären«) und die Gnade, wie sie es nannte, die der König ihr zuteil werden ließ! Es war zu bemerken, daß sie in naher Zukunft sogar einen weiteren Akt der Gnade, der vollen Gnade, erwartete oder zumindest erhoffte, denn sie blickte Cei mit ihren schönen Augen tief in die seinen und fragte mit süßer Demut:

»Hat mein Bruder, der König, Euch geschickt, um mich an den Hof zurückzubringen?«

Als Cei errötend und ihren Blick meidend die Frage verneinte, schwieg sie, beugte den Kopf und fuhr sich verstohlen mit der Hand über die Augen. Mordred, der gerade in ihrer Nähe ritt, sah daß ihr Auge trocken war, aber Geheris preschte an ihre andere Seite und legte ihr die Hand auf den Arm.

»Aber bald, Mutter! Gewiß bald! Sowie wir zurück sind, werden wir ihn darum bitten! Zu Pfingsten, ganz bestimmt!«

Sie antwortete nicht, erschauderte ein wenig, zog sich den Mantel fester, blickte zum Himmel auf, kämpfte um Beherrschung, und dann sagte sie: »Schaut, der Tag umwölkt sich. Bleiben wir nicht länger hier. Kehren wir zurück.« Sie lächelte tapfer. »Wenigstens heute wird Amesbury einmal kein Gefängnis sein.«

Als sie sich dem Dorf Amesbury näherten, war Cei sichtlich gelöst. Lamorak starrte Morgause mit unverhohlener Bewunderung an, und die Söhne Lots vergaßen völlig, daß sie sich einmal gewünscht hatten, von ihr frei zu sein. Das Zaubernetz war wieder gesponnen. Nimuë hatte recht gehabt. Die noch vor kurzem in Caerleon geknüpften Bande lockerten sich bereits. Die Treue der Brüder aus Orkney zu ihrem Onkel, dem Hochkönig, würde bald nicht mehr unverbrüchlich sein.

2

Das Tor des Klosters stand offen, und der Pförtner schaute nach ihnen aus. Er starrte überrascht, als er die Schar aus Camelot erblickte, rief einen jungen Mann herbei, einen Novizen in sackleinener Kutte, der in einem Beet voller Unkraut Salat pflückte. Der Novize eilte ins Haus, und kaum war die Gesellschaft in den Hof geritten, da stand bereits der Abt in der Tür, etwas außer Atem, jedoch in makelloser Würde, um die hohen Herrschaften zu begrüßen.

Selbst hier unter den Augen des Abtes wirkte Morgauses Zauber noch. Cei, der sich ihr höflich näherte, um ihr aus dem Sattel zu helfen, wurde von Lamorak überholt, dem Gawain und Geheris auf den Fersen folgten. Morgause lächelte ihren Söhnen zu, ließ sich anmutsvoll in die Arme Lamoraks gleiten, hielt sich eine Weile an ihn, um deutlich zu zeigen, daß der Ritt und die Aufregung des Wiedersehens ihre zarten

Kräfte überbeansprucht hatten. Sie dankte dem Ritter artig, wandte sich dann wieder den Knaben zu, sagte ihnen, sie würde sich in ihren Gemächern etwas ausruhen, während Abt Lukas sie willkommen heißen könne, und sie später empfangen, nachdem sie gegessen, sich umgezogen und von der Reise erholt hätten.

So begab sich Morgause, die zu des Abts kaum verhohlenem Ärger ihren Rang als Gefangene gegen den einer Königin, die Audienzen gewährt, vertauscht hatte, in das Frauenquartier des Klosters, auf den Arm ihrer Dienerin gestützt, gefolgt von den vier Wachsoldaten, die sie als eine königliche Eskorte zu betrachten schien.

In den Jahren nach Artus' Krönung und besonders seit Morgause hier als seine Gefangene weilte, hatte der Hochkönig Geld und Geschenke an das Stift von Amesbury gesandt, so daß die Gebäude jetzt größer und besser eingerichtet waren als zur Zeit, da der junge König zum erstenmal nach Süden geritten war, um dem Begräbnis seines Vaters auf der Stätte des Reigens der Giganten beizuwohnen.

Auf dem früheren Feld hinter der Kapelle war jetzt ein von Mauern umgebener Garten angelegt, mit Obstbäumen und Fischteich, und dahinter lag ein zweiter Hof, der die Quartiere der Frauen von denen der Männer trennte. Das Haus des Abts war vergrößert worden; er brauchte seine Wohnung nicht mehr den königlichen Gästen zu räumen, denn ein ganzer Flügel mit Gästezimmern und Blick auf den Süden erstreckte sich jetzt an der Seite des Gartens. Hier wurden die Reisenden untergebracht. Die beiden jungen Novizen, die angewiesen waren, sich um das Wohlergehen der Prinzen zu kümmern, zeigten ihnen zuerst den Schlafsaal, einen langen sonnigen Raum mit sechs Betten, dessen Einrichtung durchaus nicht der Strenge eines Klosters entsprach. Die Betten waren neu und gut, mit bemalten Kopfbrettern; auf dem weißgeschrubbten Steinfliesenfußboden lagen hellgeflochtene Teppiche, und Wachskerzen standen in silbernen Haltern bereit. Mordred blickte sich um, schaute aus dem breiten Fenster, sah den in Sonnenlicht gebadeten Garten, den Rasen, den Fischteich, die blühenden Apfelbäume und sagte sich, daß Morgause hier bestimmt alle Vorrechte genoß, die sie sich nur wünschen konnte, und zudem sehr willkommen sein mußte, war sie doch im buchstäblichen Sinne der am meisten zahlende Gast.

Auch die Mahlzeit war gut. Die Knaben wurden im kleinen dem Gästehaus angeschlossenen Refektorium bedient, und dann waren sie frei, sich auf dem Gelände des Klosters zu vergnügen oder in die Stadt – eigentlich eher ein Dorf – außerhalb der Mauern zu gehen. Man sagte ihnen, ihre Mutter werde sie erst nach dem Abendgottesdienst empfangen. Cei, der mit Abt Lukas zu sprechen hatte, ließ sich nicht sehen, aber Lamorak blieb bei den Knaben, und als sie ihn baten und drängten, ritt er mit ihnen auf die Große Ebene hinaus, wo sich etwa zwei Meilen von Amesbury entfernt der große Steinkreis, Reigen der Giganten genannt, befand.

»Dort liegt unser Verwandter, der berühmte Ambrosius zu Grabe, und neben ihm unser Großvater Uther Pendragon«, erklärte Agravaine hochmütig, an Mordred gewandt. Mordred erwiderte nichts, nahm jedoch Gawains kurzen Blick wahr und lächelte. Auch Lamoraks verstohlener Seitenblick ließ erraten, daß er ebenfalls die Wahrheit über Artus' ältesten ›Neffen‹ kannte.

Wie es sich für Gäste eines Klosters geziemt, gingen sie alle zum Abendgottesdienst. Daß ihm auch Morgause beiwohnte, überraschte Mordred ein wenig. Als Lamorak und die Knaben sich der Tür der Kapelle näherten, gingen die Nonnen in Zweierreihen an ihnen vorüber, mit kurzen Schritten, die Augen niedergeschlagen. Der kleinen Prozession folgte Morgause in einem einfachen schwarzen Kleid, das Gesicht verschleiert. Zwei Frauen begleiteten sie, die Dienerin, mit der sie ausgeritten war, und eine andere von jüngerem Aussehen, aber mit dem alterslosen Gesicht einer Schwachsinnigen und der bleiernen Blässe schlechter Gesundheit. Als letzte kam die Äbtissin, eine zierliche Person mit sanfter und unschuldsvoller Miene und, allem Anschein nach, von einer Gutmütigkeit, die nicht vermuten ließ, daß sie ihr Regiment mit der gebotenen Strenge führte. Der Abt hatte sie zur Aufseherin über die Klosterfrauen ernannt, denn er war ein Mann, der hinsichtlich seiner Autorität nicht den geringsten Wetteifer geduldet hätte. Seit Morgauses Ankunft hatte er jedoch Ursache, seinen Entschluß zu bereuen. Mutter Mary war wirklich nicht geeignet, die königliche Gefangene in Zucht zu halten. Andererseits hatte das Kloster ihrem Kommen viel zu verdanken, war aufgeblüht, und solange die Königin von Orkney hier in sicherem Gewahrsam blieb, sah Abt Lukas keinen Grund, der zu nachgiebigen Äbtissin Vorhaltungen zu machen. Er selbst war auch nicht unempfindlich gegen den schmeichelhaften Respekt, den Morgause ihm bezeugte, oder den zarten Reiz, den sie in seiner Anwesenheit zur Schau stellte, und außerdem gab es immer noch die Möglichkeit, daß sie eines Tages wieder ihren Rang einnehmen würde, wenn auch nicht als Königin ihres Reiches, so doch wenigstens am Hofe des Hochkönigs, dessen Halbschwester sie war …

Kurz nach dem Gottesdienst überbrachte die jüngere Begleiterin Morgauses den Knaben die Nachricht. Die vier jüngeren Prinzen sollten mit ihrer Mutter zu Abend essen. Sie würde sie später kommen lassen. Jetzt wünschte sie, Prinz Mordred allein zu sehen.

Über das Geschrei der Einwendungen und Fragen hinweg, die dieser Befehl auslöste, begegnete Mordred Gawains Blick. Er war der einzige, der mehr Teilnahme als Groll zeigte.

»Viel Glück«, sagte er, und Mordred dankte ihm, strich sich das Haar glatt, rückte seinen Gürtel und

Hüfthaken zurecht, während die Frau in der Tür stand, sie mit ihren blassen Augen anstarrte und ihre auswendig gelernte Rede mechanisch wiederholte:

»Die jungen Prinzen werden mit Madame zu Abend essen, aber jetzt wünscht sie, Prinz Mordred allein zu sehen.«

Als Mordred ihr folgte, hörte er Gawain im Flüsterton zu Geheris sagen: »Sei doch kein Narr, sie räumt ihm kein Vorrecht ein. Heute früh hat sie ihn keines Blickes gewürdigt, und du weißt auch bestimmt, warum. Oder hast du vielleicht Gabran vergessen? Der arme Mordred. Ihn brauchst du nicht zu beneiden.«

Er folgte der Frau über den Rasen. Amseln hüpften im Gras herum, pickten nach Würmern, und eine Drossel pfiff irgendwo in den Apfelbäumen. Die Sonne schien noch warm, und es duftete überall nach Apfelblüten, Schlüsselblumen und dem gelben Goldlack am Pfad.

Er nahm nichts davon wahr. Sein ganzes Wesen war nach innen gekehrt, konzentrierte sich auf die bevorstehende Unterredung, und jetzt wünschte er sich, die Kühnheit besessen zu haben, dem König zu widersprechen, als dieser ihm sagte: ›Ich habe mich geweigert, sie je wiederzusehen. Aber du bist ihr Sohn, und ich finde, du schuldest es ihr, sei es auch nur aus Höflichkeit. Du brauchst nie wieder zu ihr zurückkehren, aber dieses eine Mal mußt du es tun. Ich habe ihr das Königreich genommen und ihre Söhne – aber Grausamkeit soll man mir nicht nachsagen.‹

In seinem Kopf, über alles Erinnern hinweg, erhoben sich zwei Stimmen; die des Knaben Mordred, Sohn des Fischers' und die des Prinzen Mordred, Sohn des Hochkönigs Artus, eines erwachsenen Mannes.

Warum solltest du sie fürchten? Sie vermag nichts. Sie ist eine Gefangene und wehrlos.

Das war der Prinz, tapfer und von hoher Gestalt, in

seinem silberbestickten Waffenrock und dem neuen grünen Mantel.

Sie ist eine Hexe, sagte der Fischerjunge.

Sie ist eine Gefangene des Hochkönigs, und er ist mein Vater. Mein Vater, sagte der Prinz.

Sie ist meine Mutter und eine Hexe.

Sie ist keine Königin mehr. Sie hat keine Macht.

Sie ist eine Hexe und die Mörderin meiner Mutter.

Hast du Angst vor ihr? fragte der Prinz verächtlich.

Ja.

Warum? Was kann sie tun? Nicht einmal zaubern kann sie mehr. Hier nicht. Du bist jetzt nicht allein mit ihr in einem unterirdischen Grab.

Ich weiß. Und doch weiß ich nicht warum. Sie ist ganz allein, eine Gefangene und wehrlos. Und doch habe ich Angst.

Im Säulengang des Nonnenhofs stand eine Seitentür offen. Die Frau winkte ihm, er folgte ihr durch einen kurzen Flur, der zu einer weiteren Tür führte.

Jetzt pochte ihm das Herz, und die Hände schwitzten. Er ballte die Fäuste an seinen Gürtel, ließ wieder los, kämpfte um Beherrschung.

Ich bin Mordred, mein eigener Herr, weder ihr noch dem Hochkönig verpflichtet. Ich werde sie anhören und dann gehen. Ich brauche sie nie wieder zu sehen. Wer sie auch ist, was sie auch sei, es spielt keine Rolle. Ich bin mein eigener Herr und werde tun, was mir beliebt.

Die Frau öffnete die Tür, ohne anzuklopfen, und trat beiseite, um ihn einzulassen.

Das Zimmer war groß, jedoch kalt und spärlich eingerichtet. Wände aus verputztem Flechtwerk, roh ausgebessert und übermalt, keine Matten oder Teppiche auf dem Steinfußboden, ein unverglastes Fenster auf der Seite des Kreuzgangs, das den Abendwind einließ, ihm gegenüber eine andere Tür, ein schwerer Tisch und eine Bank aus geschnitztem und poliertem Holz an der langen Wand, am Ende des Tischs ein einziger Stuhl mit hoher Rückenlehne, fein geschnitzt, jedoch ohne Kissen, einige Schemel vor dem Tisch. Die Tafel schien für die Abendmahlzeit gedeckt zu sein, denn Teller, Krüge und Becher aus Zinn, rotem Ton und sogar Holz standen bereit. Mordred, zu dessen Wesensart es gehörte, trotz pochenden Herzens und feuchter Hände ein kühler Beobachter zu bleiben, empfand ein spöttisches Vergnügen bei dem Gedanken an das selbst für mönchische Begriffe sehr frugale Mahl, auf das seine Halbbrüder sich gefaßt machen konnten. Dann öffnete sich die Tür am anderen Ende des Zimmers, und Morgause trat ein.

Einst, als der schäbig gekleidete Fischerjunge der Königin zum ersten Mal in der Licht- und Farbenpracht des Palastes begegnet war, hatte ihn nur der äußere Rahmen beeindruckt, aber jetzt, in diesem kahlen und kalten Raum, vergaß er alles andere und starrte nur sie an.

Sie trug immer noch ihr einfaches schwarzes Kleid, und als Schmuck hing nur ein silbernes Kreuz (ein *Kreuz?)* an ihrem Busen. Das Haar war in zwei lange Zöpfe geflochten, und den Schleier hatte sie abgenommen. Sie trat neben den Stuhl, legte eine Hand auf die hohe Rückenlehne, hielt mit der anderen eine Falte ihres Gewands. So wartete sie schweigend und reglos, bis die Aufwärterin die Eingangstür verriegelte und sich schweren Schrittes durch die kleine Seitentür entfernt hatte. Während diese sich öffnete und dann wieder schloß, erspähte Mordred einige aufgestapelte Stühle und gleißendes Silberzeug, über das man eine bunte Decke geworfen hatte. Er hörte auch eine flüsternde Stimme, die sogleich verstummte. Dann schloß sich die Tür leise, und er war allein mit der Königin.

Er stand ganz still und wartete. Sie wandte nur leicht den Kopf, ließ das Schweigen währen. Das Licht aus dem Fenster fiel auf die schwarzen Falten ihres Kleides, und das silberne Kreuz an ihrem Busen zitterte leicht. Plötzlich, wie ein Taucher, der den Kopf aus dem Wasser streckt, sah er zwei Dinge sehr klar: Die weiß verkrampften Fingergelenke der in das schwarze Tuch gekrallten Hand, und das erregte Wallen ihres Busens. Also auch sie sah dieser Unterredung nicht gerade mit Gleichmut entgegen, war ebenso gespannt wie er.

Er sah noch mehr. Die rissigen Stellen an den Wänden, von denen man in aller Eile die Behänge genommen, die helleren Flecken auf dem Boden, wo Teppiche gelegen, die Kratzer auf den Fliesen, deutliche Spuren der Stühle, Lampen und Tische, die man herausgeschleppt und im Nebenraum mit den Kissen, dem Silber und all jenen Einrichtungsgegenständen verstaut hatte, ohne die sich Morgause todunglücklich und mißhandelt fühlen würde. Und das war aufschlußreich. Morgause hatte sich wieder einmal, wie sie es gewohnt war, in Szene gesetzt. Die schlichte schwarze Kleidung, das kalte zugige Zimmer, das Fehlen jeder Dienerschaft – alles wies darauf hin, daß die Königin von Orkney um den Bericht besorgt war, den Artus erhalten würde, und um den Eindruck, den sie auf ihre Söhne machen wollte. Sie sollten sie als eine einsame und geknechtete Gefangene sehen, die in trauriger Abgeschlossenheit lebte.

Es war genug. Mordreds Ängste schwanden. Er verneigte sich höflich, wartete ruhig, ließ sichtlich gelassen das Schweigen und den forschenden Blick der Königin über sich ergehen.

Sie nahm die Hand von der Lehne, faßte die andere Seite ihres Kleides, trat vor den Stuhl und setzte sich. Das schwarze Tuch über ihren Knien glättend, dann die weißen Hände in den Schoß gefaltet, hob sie den Kopf und sah ihn prüfend von oben bis unten an. Jetzt bemerkte er, daß sie den königlichen Kronreif von Lothian und Orkney trug. Die in Weißgold gefaßten Perlen und Zitrine funkelten im Rotgold ihres Haars.

Als es keinen Zweifel mehr gab, daß er weder Furcht noch Unruhe empfand, begann sie zu sprechen.

»Komm näher. Hierher, wo ich dich sehen kann. Hm. Ja, sehr gut. ›Prinz Mordred‹ heißt es jetzt, wie man mir sagte. Eine Zierde für Camelot und ein vielversprechendes Schwert im Dienste Artus'.«

Er verneigte sich abermals, erwiderte nichts. Ihre Lippen wurden schmal.

»Er hat es dir also gesagt, nicht wahr?«

»Ja, Madame.«

»Die Wahrheit? Er hat es gewagt?« Ihre Stimme war scharf und zornig.

»Es muß wohl wahr sein. Niemand würde eine solche Geschichte erfinden und damit prahlen.«

»Aha, die junge Schlange kann zischen. Ich dachte, du seist mein ergebener Diener, Mordred, du Fischerjunge.«

»Das war ich, Madame. Was ich Euch schulde, schulde ich Euch. Aber was ich ihm schulde, schulde ich ihm.«

»Die Wollust eines Augenblicks.« Sie spie es verächtlich. »Ein Knabe nach seiner ersten Schlacht. Ein unerfahrener junger Hund, der der ersten Frau, die ihm pfiff, in die Arme lief.«

Schweigen. Ihre Stimme wurde lauter. »Hat er dir das erzählt?«

Mordred sprach ruhig, fast ausdruckslos. »Er erzählte mir, daß ich sein Sohn bin, von ihm gezeugt nach der Schlacht von Luguvallium, als er nicht wußte, daß Ihr seine Halbschwester wart. Er erzählte mir, daß Ihr Euch unmittelbar danach gegen seinen Willen mit König Lot vermähltet, der Eurer Schwester versprochen war, und ihm als seine Königin nach Dunpeldyr folgtet, wo ich geboren wurde. Daß König Lot Verdacht schöpfte, ich könnte ein Bastard des Hochkönigs sein, als Ihr so früh nach der Eheschließung mit mir niederkamt, und darauf versuchte, mich umbringen zu lassen. Daß er deshalb befahl, alle Kinder meines Alters in Dunpeldyr zu ertränken, um den Hochkönig dieses Mordes zu bezichtigen. Daß Ihr, Madame, ihm dabei halft, weil Ihr wußtet, daß ich bereits in Sicherheit auf den Inseln war, wo Brude und Sula gegen Bezahlung für mich sorgten.«

Sie beugte sich vor, die Hände an die Armlehne des Stuhls geklammert. »Und hat dir Artus erzählt, daß auch er deinen Tod wünschte? Hat er dir das erzählt, Mordred?«

»Das brauchte er nicht zu tun. Ich hätte es ohnehin gewußt.«

»Was willst du damit sagen?« fragte sie mit Schärfe.

Mordred zuckte die Schultern. »Es wäre doch nur vernünftig gewesen. Damals erwartete der Hochkönig noch Söhne von seiner Gemahlin. Warum sollte er da mich, einen mit einer Feindin gezeugten Bastard, am Leben lassen?« Er blickte sie herausfordernd an. »Ihr könnt nicht leugnen, daß Ihr seine Feindin seid und daß Lot sein Feind war. Deshalb habt Ihr mich behalten, nicht wahr? Ich fragte mich immer, warum Ihr Brude bezahltet, um für einen Sohn Lots zu sorgen. Und ich hatte recht, mich darüber zu wundern. Denn einen Bastard Lots, den er mit einer anderen Frau gezeugt, hättet Ihr nie behalten. Und wie war es mit jener Macha, jener Frau, deren Kind in meine Wiege gelegt wurde, um Lots rächendes Schwert auf sich zu lenken, damit Euer Sohn entkam?«

Sie schwieg für einen Augenblick, hatte alle Farbe verloren. Dann sagte sie, seine letzten Worte außer acht lassend: »Du gibst also zu, daß ich dich vor Lots Rache bewahrt habe. Das weißt du. Und was sagtest du vor einer Weile? Was du mir schuldest, schuldest du mir. Dein Leben schuldest du mir. Zweimal, Mordred, zweimal!« Sie neigte sich vor, und ihre Stimme bebte. »Mordred, ich bin deine Mutter. Vergiß es nicht. Ich habe dich in meinem Leib getragen. Für dich habe ich gelitten …«

Sein Blick gebot ihr Einhalt. Langsam begriff sie, daß dieser Sohn nicht wie ihre Söhne von Lot war, die bereits vor ihr auf die Knie gesunken wären. Dieser nicht. Nicht der Sohn Artus'.

Er sprach kalt. »Das Leben habt Ihr mir gegeben, ja, für die Wollust eines Augenblicks. Das sagtet Ihr, nicht ich. Und so war es auch wirklich, nicht wahr, Madame? Eine Frau, die einen Knaben an ihr Bett pfeift. Einen Knaben, von dem sie wußte, daß er ihr Halbbruder war, aber von dem sie auch wußte, daß er eines Tages ein großer König sein würde. Dafür schulde ich Euch nichts.«

Sie flammte plötzlich wütend auf. »Wie wagst du es? Du, eine Bastardbrut, aufgezogen von schmutzigen Bauern in einer stinkenden Hütte, wie wagst du es, so zu mir zu sprechen …?«

Jetzt war er so zornig wie sie. Seine Augen funkelten. »Sagt man nicht, daß die Sonne die im Schlamm liegende Schlangenbrut erzeugt?«

Schweigen. Dann stieß sie zischend den Atem aus, lehnte sich in ihren Stuhl zurück, verschränkte die Hände im Schoß. Während er kurz die Beherrschung verloren hatte, gewann sie die ihre wieder. Sie sagte leise: »Erinnerst du dich, wie du einmal mit mir in einer Kellergruft warst?«

Abermals Schweigen. Er benetzte die Lippen, antwortete jedoch nicht.

Sie nickte. »Du hast es vergessen? Dann will ich dir nachhelfen, mein Sohn Mordred. Ich bin eine Hexe. Vergiß nie, daß du mich zu fürchten hast. Vergiß es nicht, und vergiß nicht den Fluch, mit dem ich einst Merlin bedachte, weil auch er sich unterstand, mir wegen dieser unüberlegten Liebesnacht zu zürnen. Er vergaß wie du, daß es zweier bedarf, um ein Kind zu zeugen.«

Er fuhr auf. »Eine Liebesnacht und eine Niederkunft ergeben noch keine Mutter, Madame. Ich schuldete

Sula und Brude mehr als Euch. Ich sagte, ich schuldete Euch nichts. Das ist nicht wahr. Ich schulde Euch ihren Tod. Ihren gräßlichen Tod. Ihr habt sie ermordet.«

»Ich? Was soll dieser Wahnsinn?«

»Könnt ihr es leugnen? Ich hätte es längst ahnen sollen. Aber jetzt weiß ich es. Gabran gestand es, bevor er starb.«

Es traf sie wie ein Schlag. Zu seiner Überraschung hatte sie das nicht gewußt. Das Blut schoß ihr ins Gesicht, und dann wurde sie bleich. Sehr bleich. »Gabran ist tot?«

»Ja.«

»Wie?«

»Ich tötete ihn.« Mordred sagte es mit grimmigem Stolz.

»Du? Dafür?«

»Wofür sonst? Falls es Euch Kummer bereitet ... aber ich sehe, daß es Euch kalt läßt. Hättet Ihr nach ihm gefragt oder nach ihm gesucht, so wüßtet Ihr es, so hätte es Euch jemand gesagt. Schert Ihr Euch nicht einmal um seinen Tod?«

»Du redest wie ein Grünschnabel und ein Narr. Was nützt mir Gabran hier? Oh, er war ein guter Liebhaber, aber Artus hätte ihn nie in meiner Nähe gelassen. Ist das alles, was er dir gestanden hat?«

»Mehr fragte ich ihn nicht. Hat er vielleicht noch andere Morde für Euch begangen? War er es, der Merlin das Gift gab?«

»Das ist viele Jahre her. Sag mir, hat der alte Zauberer mit dir gesprochen? Hast du es seinem Zauber zu verdanken, daß du zu Artus' Mannen gehörst?«

»Ich habe nicht mit ihm gesprochen«, sagte Mordred. »Ich sah ihn kaum einmal. Er ist nach Wales zurückgekehrt.«

»Und hat dein Vater, der Hochkönig« – sie spie die Worte –, »der so offen zu dir sprach, dir auch erzählt, was Merlin prophezeite? Dir prophezeite?«

Er antwortete mit trockenem Mund. »Ihr habt es mir erzählt. Ich erinnere mich. Aber alles, was Ihr mir erzähltet, waren Lügen. Ihr sagtet, er sei mein Feind. Das war eine Lüge. Alles Lügen! Auch Merlin ist nicht mein Feind! All das Gerede über die Prophezeiung ...«

»Es ist die Wahrheit. Frag ihn. Oder frag den König. Und vor allem frag dich selbst, warum ich dich am Leben ließ. Ja, ich sehe, daß du es endlich begreifst. Ich ließ dich am Leben, um mich zu gegebener Zeit an Merlin zu rächen, und an Artus, der mich verstieß. Höre. Merlin sah voraus, daß du Artus Verderben bringen wirst. Und aus Angst davor vertrieb er mich vom Hof und vergiftete Artus' Geist gegen mich. Seit jenem Tag, mein Sohn, trachte ich mit allen Mitteln, dieses Unheil herbeizuführen. Nicht nur indem ich dich in meinem Leibe trug und dich vor Lots mörderischem Schwert schützte, sondern auch mit einem Fluch, den ich in jeder mondlosen Nacht wiederhole, seit jenem Tag, da ich vom Hofe meines Vaters verbannt wurde und mein junges Leben an den fernsten und kältesten Gestaden des Königreichs verbringen mußte, ich, die Tochter Uther Pendragons, in Wohlstand und Freude aufgewachsen ...«

Er unterbrach sie, war nur mit einem Gedanken beschäftigt. »Ich soll Artus Unheil bringen? Wie?«

Sie begann zu lächeln, als sie den Ton seiner Stimme hörte. »Wenn ich es wüßte, würde ich es dir wohl kaum sagen. Aber ich weiß es nicht. Und Merlin wußte es auch nicht.«

»Warum hat er mich nicht umbringen lassen, wenn es wahr ist?«

Sie verzog den Mund. »Weil ihn Skrupel davon abhielten. Du warst der Sohn des Hochkönigs. Merlin pflegte zu sagen, die Götter bestimmten das Schicksal auf ihre eigene Weise.«

Wieder Schweigen. Dann sprach Mordred langsam und überlegt. »Aber in dieser Sache werden sie, wie mir scheint, auf Menschenhand angewiesen sein. Auf mich. Und ich kann Euch jetzt und hier versichern, Königin Morgause, daß ich dem König kein Unheil bringen werde!«

»Wie kannst du es vermeiden, da weder du noch ich noch Merlin wissen, wie es hereinbrechen wird?«

»Außer daß es durch mich geschehen soll! Glaubt Ihr, ich werde untätig darauf warten? Ich finde bestimmt einen Weg!«

Sie blickte ihn verächtlich an. »Warum gibst du vor, ihm so treu ergeben zu sein? Willst du mir erzählen, du liebst ihn plötzlich? Du hast weder Liebe noch Treue in dir. Schau, wie du dich gegen mich gewandt hast, du, der du mir in allen Tagen dienen solltest.«

»Auf einen verrotteten Felsen kann man nicht bauen!« erwiderte er wütend.

Sie lächelte. »Wenn ich verrottet und verderbt bin, so bist du mein Blut, Mordred. Mein Blut.«

»Und seins.«

»Ein Sohn ist das Abbild seiner Mutter«, sagte sie.

»Nicht immer! Die anderen gleichen Euch und ihrem Vater. Ihr braucht sie nur anzuschauen. Aber mich würde niemand als Euren Sohn erkennen.«

»Aber du bist wie ich. Sie nicht. Sie sind kühn, kräftige Krieger, aber sie haben nicht mehr Verstand als das wilde Vieh. Du jedoch, Mordred, bist der Sohn einer Hexe, scharfzüngig, redegewandt, mit dem Zahn einer Schlange und dem Verstand der Verschwiegenheit. Meine Zunge. Mein Biß. Mein Verstand.« Ihr Lächeln wurde strahlend. »Mich mag man einsperren, bis ich tot bin, aber Artus hat jetzt einen anderen meiner Art bei sich aufgenommen, einen Sohn mit dem Geist seiner Mutter.«

Die Kälte kroch ihm bis in die Knochen, und er sagte heiser: »Das ist nicht wahr. Durch mich könnt Ihr nicht an ihn gelangen. Ich bin mein eigener Herr. Ich werde ihm nichts antun.«

Sie beugte sich vor, immer noch lächelnd, und sagte leise: »Mordred, hör mir zu. Du bist jung und kennst die Welt nicht. Ich haßte Merlin, aber er hat sich nie geirrt. Wenn Merlin in den Sternen las, daß du Artus' Verderben bist, dann bist du es und kannst nichts dagegen tun. Der Tag wird kommen, der Tag des Unheils, da alles sich vollzieht, wie es vorausgesagt war. Und auch ich habe etwas gesehen, nicht im Himmel, aber im Teich unter der Erde.«

»Was?« fragte er tonlos.

Sie fuhr leise fort. Die Farbe kehrte in ihr Gesicht zurück, ihre Augen glänzten, und sie war schön anzuschauen. »Ich sah eine Königin für dich, Mordred, und einen Thron, den du dir nur zu nehmen brauchst, wenn du die Kraft dazu hast. Eine liebreizende Königin und einen hohen Thron. Und ich sah eine Schlange, die auf die Ferse des Königreichs zuschnellt.«

Die Worte verhallten im Raum wie ein dumpfer Glockenton. Mordred sprach rasch, um den Zauber zu brechen. »Wenn ich mich an ihm verginge, wäre ich in der Tat eine Schlange.«

»Wärst du es«, erwiderte Morgause sehr ruhig, »so entspräche deine Rolle nur der des leuchtendsten aller Engel, des Engels, der seinem Herrn am nächsten stand.«

»Wovon redet Ihr?«

»Ach, eine Geschichte, die die Nonnen erzählen.«

Jetzt packte ihn der Zorn. »Ihr redet Unsinn, um mich zu erschrecken! Ich bin nicht Lot oder Gabran, ich bin kein treu ergebenes Werkzeug, das Eure Morde für Euch ausführt. Ihr sagtet, ich sei wie Ihr. Nun gut. Jetzt, da ich gewarnt bin, weiß ich, was ich zu tun habe. Wenn ich den Hof verlassen und ihm fern bleiben muß, werde ich es tun. Keine Macht auf Erden kann mich zwingen, die Hand zum Töten zu erheben, *solange ich es nicht will,* und diesen Mord – das schwöre ich Euch – werde ich nie begehen. Ich schwöre es bei der Göttin!«

Kein Echo. Der Zauber war gebrochen. Die geschrienen Worte erstarben in Totenstille. Er stand keuchend da, die Faust am Heft seines Schwertes geballt.

»Mutige Worte«, sagte Morgause spöttisch und lachte laut auf.

Er drehte sich um, rannte aus dem Zimmer, schlug die Tür hinter sich zu, um dem gellenden Lachen zu entkommen, das ihn wie ein Fluch verfolgte.

3

Als die Knaben nach Camelot zurückgekehrt waren, verblaßte die Erinnerung an Amesbury und die gefangene Königin rasch, und das aufregende Leben am Hofe nahm wieder voll und ganz von ihnen Besitz.

Zuerst hatte sich Geheris bei jedem, der es hören wollte, in lauten Tönen über das harte Schicksal und die Entbehrungen beklagt, unter denen seine Mutter angeblich litt. Mordred, der ihn hätte aufklären können, sagte nichts und schwieg auch über seine Unterredung mit der Königin. Die jüngeren Knaben versuchten zwar hie und da, etwas von ihm darüber zu erfahren, aber da sie nur auf Schweigen stießen, verloren sie bald die Lust daran. Gawain mußte zumindest das Thema des Gesprächs erraten haben, aber vielleicht wollte er eine Abfuhr vermeiden, denn er zeigte keine Neugier und erfuhr ebenfalls nichts. Artus hatte Mordred nur gefragt, wie es ihm ergangen war, und auf die Antwort seines Sohns – »Gut genug, Sir, aber nicht so gut, daß ich mir ein Wiedersehen wünsche« – nur genickt und das Thema fallengelassen. Da man wußte, wie gereizt, gelangweilt oder ungeduldig der König werden konnte, wenn man von seinen Schwestern sprach, vermied man es, sie auch nur zu erwähnen, und bald waren sie fast vergessen.

Königin Morgause wurde letztendlich doch nicht zu ihrer Schwester Morgan in den Norden geschickt, sondern Morgan in den Süden.

Nachdem König Urbgen sie nach einer langen stürmischen Unterredung mit dem Hochkönig endlich der Gerichtsbarkeit Artus' ausgeliefert hatte, wurde sie für einige Zeit in Caer Eidyn festgehalten, bis ihr Bruder, wenn auch ungern, einwilligte, sie in ihr eigenes Schloß im Süden ziehen zu lassen – ein Geschenk Artus' aus glücklicheren Tagen –, das in den Hügeln nördlich von Caerleon lag. Einmal dort eingerichtet, mit einer unter Artus' Befehl stehenden Wache und den Frauen, die willens waren, mit ihr in Gefangenschaft zu bleiben, hielt sie einen fast königlichen Hof und heckte (wie man zu Recht munkelte) allerlei gehässige Intrigen gegen ihren Bruder und ihren Gemahl aus, und das mit dem gleichen Eifer und Wohlbehagen wie eine Henne, die ihre Eier ausbrütet.

Von Zeit zu Zeit bedrängte sie den König durch Kuriere mit Bitten um besondere Gefälligkeiten. Wiederholt hatte sie ihn aufgefordert, ihrer ›lieben Schwester‹ zu gestatten, zu ihr nach Castell Aur zu kommen. Nun war es wohlbekannt, daß die beiden königlichen Damen sich nicht besonders mochten, und als sich Artus schließlich gezwungen sah, über die Sache nachzudenken, argwöhnte er sofort, daß Morgans Wunsch, ihre Kräfte mit denen Morgauses zu vereinigen, nichts Gutes bedeuten konnten. Es war der Wunsch, ihre verderbliche Zaubermacht zu verdoppeln. Auch hier kam ihm ein Gerücht in den Sinn. Man sagte, Morgan übertreffe Morgause bei weitem an Macht, und keine der beiden nutze die ihre zum Guten. So wurden Morgans Gesuche einfach übergangen, denn der Hochkönig folgte, wie auch jeder geringere Mann es getan hätte, der Neigung, nörgelnden Frauen gegenüber die Ohren zu verschließen und sich anderen Dingen zuzuwenden. Er verwies die Angelegenheit an seine Ratgeber und war vernünftig genug, es einer Frau zu überlassen, mit den Frauen ein Auskommen zu finden.

Nimuës Rat war klar und einfach: Laßt sie unter Bewachung und haltet sie fern voneinander. So blieben die beiden Königinnen unter Bewachung, die eine in Wales, die andere nach wie vor in Amesbury, aber – auch dazu riet Nimuë – nicht zu sehr wie eine Gefangene.

»Laßt ihnen ihren Staat und ihre Titel, ihre feinen Kleider und ihre Liebhaber«, sagte sie, und als der König die Stirn runzelte, »Männer vergessen schnell, was geschehen ist, und eine schöne Frau, die im Kerker schmachtet, kann leicht zum Mittelpunkt von Verschwörungen und Abtrünnigkeitsbestrebungen werden. Macht keine Märtyrerinnen aus ihnen. In ein paar Jahren werden die jüngeren Männer nicht mehr wissen oder nicht mehr wissen wollen, daß Morgause Merlin vergiftete und sich hie und da noch anderer Morde schuldig machte. Sie haben bereits vergessen, daß sie und Lot all die Kinder in Dunpeldyr umbringen ließen. Verhängt über einen Missetäter ein bis zwei Jahre Strafe, und er findet bestimmt einen Narren, der willens ist, für ihn das Banner zu schwingen und ›Grausamkeit! Laßt ihn frei!‹zu schreien. Laßt ihnen alles, was nicht wichtig ist, aber haltet sie in sicherem Gewahrsam und seid stets auf der Hut vor ihnen.«

So hielt Königin Morgan ihren kleinen Hof auf Castell Aur und schickte weiterhin ihre häufigen Briefe mit den Kurieren nach Camelot, während Königin Morgause im Kloster zu Amesbury blieb. Obwohl es ihr gestattet war, ihren Haushalt zu vergrößern, wie es ihrem Rang entsprach, bot die Gefangenschaft ihr weniger Annehmlichkeiten als ihrer Schwester, zumal die Klosterregeln ihr einen gewissen Lippendienst abverlangten. Dem Abt stellte sie sich als eine verirrte Seele vor, die, lange im heidnischen Dunkel Orkneys vom wahren Glauben ausgeschlossen, eifrig bestrebt ist, soviel wie möglich über die ›neue Religion‹ der Christen zu erfahren. Die Frauen, die ihr dienten, nahmen an den Andachtsübungen der guten Schwestern teil und verbrachten viel Zeit mit Näharbeiten für die Nonnen und anderen häuslichen Verrichtungen. Man mochte bemerkt haben, daß die Königin sich begnügte, diesem Teil ihrer Pflichten durch andere nachzukommen, aber der Äbtissin gegenüber war sie die Höflichkeit in Person, und die unschuldige alte Dame ließ sich leicht von den Aufmerksamkeiten einer Frau täuschen, die, was auch immer sie angeblich verbrochen hatte, schließlich die Halbschwester des Hochkönigs war.

›Angeblich verbrochen …‹ Nimuë hatte recht gehabt. Mit fortschreitender Zeit verblaßte die Erinnerung an die Morgause vorgeworfenen Vergehen und wich weit über die Klostermauern hinaus dem von ihr selbst sorgfältig unterhaltenen Eindruck einer sanften und traurigen Gefangenen, die, ihrem königlichen Bruder in Treue ergeben, ihrer geliebten Söhne beraubt, ihr Leben fern von der Heimat fristen muß. Und obgleich es sich herumgesprochen hatte, daß des Hochkönigs ältester ›Neffe‹ dem Thron in Wirklichkeit näher und auf skandalöse Weise verwandt war, fand man nun Entschuldigungen genug: Es sei lange her, ein Ereignis aus dunklen und bewegten Zeiten, da Artus und Morgause sehr jung waren, und man könne ja jetzt noch sehen, wie schön sie damals gewesen sei … und noch sei …

So vergingen die Jahre. Die Knaben wuchsen zu Männern heran, nahmen ihre Plätze am Hofe ein, Morgauses Missetaten schwanden aus der Erinnerung, wurden zur Legende, und sie selbst lebte recht behaglich in Amesbury, behaglicher sogar als in ihrer kalten Festung in Dunpeldyr oder der windigen Burg auf Orkney. Was ihr fehlte und was sie schmerzlich vermißte, war nur die Macht, eine größere Macht als die, die sie über ihren kleinen Hofstaat ausübte. Mit der Zeit, als sie nicht mehr hoffen konnte, Amesbury je zu verlassen, als sie fast vergessen war, wandte sie sich wieder ihrer Zauberkunst zu, überzeugt, darin die Keime neuen Einflusses und wahrer Macht aufsprießen lassen zu können. Eine Gabe war ihr jedenfalls geblieben, sei es, daß sie sie aus den sorgsam gehüteten Pflanzen im Klostergarten schöpfte oder aus den Zauberformeln, mit denen sie diese auswählte und verarbeitete, denn Morgauses Duftsalben und Essenzen hatten nichts von ihrer magischen Wirkung eingebüßt. Sie hatte sich ihre strahlende Schönheit bewahrt, und mit ihr die Macht über Männer.

An Liebhabern mangelte es ihr nicht. Da war der junge Gärtner, der ihr beim Aussortieren der Kräuter und den einfacheren Verrichtungen half, ein hübscher Jüngling, der einst gehofft hatte, der Bruderschaft beizutreten. Man kann ruhig sagen, daß die Königin ihm eine Gefälligkeit erwies, denn in weniger als vier Monaten hatte sie ihn gelehrt, daß die Welt außerhalb der Klostermauern Freuden versprach, auf die ein Sechzehnjähriger nicht verzichten konnte. Als sie ihn schließlich mit einem Goldgeschenk entließ, zog er aus dem Kloster fort und begab sich nach Aquae Sulis, wo er die Tochter eines wohlhabenden Kaufmanns kennenlernte und danach zu großem Reichtum gelangte. Ihm folgten andere, und es wurde noch einfacher, als eine Garnison sich zur Waffenübung auf der Großen Ebene niederließ und die Offiziere nach der Arbeit nach Amesbury ritten, um sich in der Taverne nach gutem Wein und Unterhaltung umzuschauen. Und noch einfacher, als Lamorak, der vor langer Zeit die Knaben zu ihrer Mutter gebracht hatte, zum Garnisonskommandanten ernannt wurde und es auf sich nahm, dem Kloster einen Besuch abzustatten, um sich nach dem Wohlergehen der gefangenen Königin zu erkundigen. Sie empfing ihn sehr huldvoll. Er kam wieder und brachte Geschenke. Einen Monat später war er ihr Geliebter. Lamorak schwor ihr, es sei Liebe auf den ersten Blick gewesen, und beklagte all die verschwendeten Jahre, die seit ihrer ersten Begegnung im Walde vergangen waren.

Zweimal während dieser Zeit hatte Artus ganz in der Nähe geweilt; das erste Mal mit der Garnison, das zweite Mal in Amesbury im Hause des Stadtverwalters.

Schon beim ersten Mal hatte er sich trotz Morgauses Drängen geweigert, sie zu sehen. Er ließ nur die Äbtissin kommen, erkundigte sich in aller Form nach der Gesundheit und dem Wohlergehen der Gefangenen und sandte Vertreter – Bedwyr und Lamorak, von dessen Leidenschaft er nichts wußte – zu ihr. Das andere Mal war etwa zwei Jahre später. Er hätte es vorgezogen, wieder im Hauptquartier der Garnison abzusteigen, aber um dem Stadtverwalter die gebotene Gastfreundschaft nicht auszuschlagen, beschloß er, bei ihm zu wohnen. Für die Zeit seines Aufenthalts gab er Befehl, Morgause unter keinen Umständen zu erlauben, das Kloster zu verlassen, und man gehorchte ihm. Aber eines Abends, als er mit einigen seiner Gefährten, dem Abt und den Würdenträgern der Stadt beim Essen saß, erschienen zwei Frauen Morgauses an der Tür und berichteten, die Königin sei schwerkrank und flehe den König an, sie an ihrem Lager aufzusuchen. Sie habe, so erzählten sie, nur den Wunsch, Vergebung vom König zu erlangen, bevor sie stürbe, oder, falls er ihr immer noch zürnte, ihr wenigstens die letzte Bitte zu gewähren – und man sah den Gesichtern der Frauen an, mit welcher Inbrunst sie es verlangte –, noch einmal ihre Söhne zu sehen.

Die Söhne Lots hatten Artus nicht nach Amesbury begleitet. Geheris war mit der Garnison auf der Großen Ebene, Gawain und die beiden anderen auf Camelot. Nur Mordred, der jetzt immer an der Seite seines Vaters weilte, war in Amesbury.

Zu ihm sagte Artus leise, nachdem er die Frauen außer Hörweite gewunken hatte: »Im Sterben? Glaubst du das?«

»Vor drei Tagen ist sie ausgeritten.«

»So? Woher weißt du das?«

»Vom Schweinehirten im Buchenhain. Ich sprach mit ihm. Sie hat ihm einmal eine Münze geschenkt, damit er für sie Ausschau hält. Er nennt sie ›die hübsche Königin‹.«

Artus runzelte die Stirn. »Die ganze Woche über wehte ein kalter Wind. Sie mag sich erkältet haben. Immerhin ...« Er hielt inne. »Nun gut, ich werde morgen jemanden schicken. Und wenn die Geschichte wahr ist, werde ich wohl oder übel zu ihr gehen müssen.«

»Bis morgen wird alles in Szene gesetzt sein.«

Der König blickte ihn verwundert an. »Was soll das heißen?«

Mordred antwortete gelassen: »Als sie mich damals rufen ließ, war sie allein in einem kalten Zimmer ohne Bequemlichkeiten. Die sah ich durch die Tür, hastig im Nebenraum aufgeschichtet.«

Artus zog die Brauen noch höher. »Du meinst also, es sei eine List? Hat sie es immer noch nicht aufgegeben? Aber zu welchem Zweck?«

Mordred zuckte die Schultern. »Wer weiß? Mehr als einmal hieß sie mich, nicht zu vergessen, daß sie eine Hexe ist. Bleibt ihr fern, Sir. Oder ... laßt mich gehen und mich selbst überzeugen, ob sie wirklich krank ist und im Sterben liegt, wie sie erzählt.«

»Und du fürchtest ihre Zaubermacht nicht?«

»Sie hat gebeten, ihre Söhne zu sehen«, sagte Mordred, »und ich bin der einzige hier in Amesbury.« Er verschwieg, daß er sich in Sicherheit wußte, obgleich ihm beim bloßen Gedanken an Morgause der Mut zu schwinden begann. Denn er sollte ja – und er hörte noch die zischende haßerfüllte Stimme – das Verhängnis seines Vaters sein. Nur deshalb würde sie ihn schonen, wie sie es seit den frühesten Jahren getan hatte.

Er sagte: »Sir, wenn Ihr ihr jetzt mitteilen laßt, daß Ihr sie morgen sehen werdet, und wenn es wirklich nur eine List von ihr ist, wird sie alle Vorbereitungen treffen. Ich werde zu ihr gehen, jetzt, heute abend noch.«

Nach einigem Für und Wider erklärte sich der König einverstanden, kehrte zu seinen Gästen zurück und sandte einen seiner Gefährten aus, um Königin Morgause zu melden, daß er sie morgen früh besuchen werde.

Wieder schickte er Lamorak.

Vor der Mauer des Obstgartens war ein Pferd angebunden, an einer Stelle, wo der Ast eines alten Apfelbaums sie eingedrückt und beschädigt hatte, so daß sie hier weniger hoch und vom Sattel eines Pferdes aus leicht zu überklettern war.

Die Nacht war mondlos, aber am Himmel glitzerten und flimmerten zahllose Sterne wie Blumen auf einer Sommerwiese. Mordred blieb stehen und sah sich das Pferd näher an. Irgendwie kamen ihm die weiße Stirn und die Binde am rechten Vorderhuf bekannt vor, und dann sah er das Wildschweinwappen von Orkney auf dem Brustharnisch. Es konnte nur Geheris' Rotschimmel sein. Er fuhr ihm mit der Hand über die Kruppe; sie fühlte sich warm und feucht an.

Versonnen stand er eine Weile da. Falls das Gerücht über Morgauses Krankheit bereits bis ins Hauptquartier der Garnison gedrungen war, und Gerüchte verbreiten sich oft wie ein Lauffeuer, mußte Geheris sofort ausgeritten sein, um die Königin aufzusuchen. Er könnte sich aber auch heimlich davongestohlen haben, weil er trotz des Verbots, Artus und Mordred nach Amesbury zu begleiten, unbedingt seine Mutter sehen wollte. In beiden Fällen war sein Besuch verdächtig, denn sonst wäre er zum Eingangstor gegangen.

Mordred bedachte mit einiger Genugtuung, daß Morgause, die auf diesen Besuch bestimmt nicht gefaßt war, in einer so kalten Nacht wohl kaum auf ihre gewöhnlichen Bequemlichkeiten verzichtet und ihre Verstellungskomödie auf morgen verschoben hatte, so daß Geheris, wie er auch immer zu ihr stand, Mordreds Bericht über den Gesundheitszustand und die Lebensbedingungen der Königin gegenüber Artus bezeugen mußte.

Leichten Schrittes eilte er zum Klostertor, wo ihn die Wachen unter der Lampe in Augenschein nahmen, zeigte den Paß des Königs und wurde eingelassen.

Innerhalb der Klostermauern gab es keine Wachen mehr, und alles war still und menschenleer. Morgause hatte jetzt einen Flügel des Klosters – die Gebäude zwischen dem Obstgarten und dem Frauenhaus – ganz für sich und ihre Gefolgschaft. Mordred ging an der Kapelle vorbei und trat in den Säulengang. Hier saß eine halb schlafende Nonne an einem Kohlenbecken in einer kleinen Pförtnerloge. Wieder zeigte er seinen Paß, wurde erkannt und durchgelassen.

Die Bögen des Säulengangs hoben sich schwarz und kahl vom Himmel ab. Der Rasen in der Mitte des Hofs schimmerte grau im Sternenlicht, und die Blumen, die sich zur Nacht geschlossen hatten, waren unsichtbar. Eine Eule flog lautlos über die Dachzinnen dem Obstgarten zu. Das einzige Licht war die Glut des Kohlenbeckens in der Pförtnerloge.

Mordred blieb unentschlossen stehen. Es war spät, aber noch vor Mitternacht. Morgause gehörte wie fast alle Hexen zu den Nachtgeschöpfen, aber warum war keins ihrer Fenster erleuchtet? Und selbst wenn die Sterbebettgeschichte der Wahrheit entsprach, müßten dann nicht ihre Frauen auf sein und an ihrem Lager wachen? Vielleicht ein Liebhaber? Er hatte gehört, daß sie sich immer noch dieses Vergnügen nahm. Aber wenn Geheris hier war? Geheris!

Mordred fluchte laut, ekelte sich vor diesem Gedanken, ekelte sich vor der Gewißheit, daß der Verdacht gerechtfertigt war.

Er versuchte die Tür unter der Arkade zu öffnen, fand sie unverschlossen, trat ein, eilte den ihm noch wohlbekannten Gang hinauf. Hier war die Tür zu den Gemächern der Königin. Nach einigem Zögern stieß er sie auf und trat ein, ohne anzuklopfen.

Das Zimmer glich nicht dem, an das er sich erinnerte, aber so mußte es ausgesehen haben, bevor Morgause alle Möbel hinausgeschafft hatte. Im schwachen Sternenlicht, das durch die Fenster drang, schimmerten die reich bestickten Wandbehänge, das polierte Holz der Möbel, die goldenen und silbernen Gefäße. Dicke Teppiche dämpften seinen Schritt. Er durchquerte den Raum bis zur inneren Tür, die zum Vorzimmer des Schlafgemachs der Königin führte. Hier hielt er inne. Müßte nicht wenigstens eine ihrer Frauen noch wach sein? Er klopfte leise an.

Ein Geräusch drang aus dem Innern des Zimmers, eine hastige Bewegung, gefolgt von Stille, wie wenn sein Klopfen jemanden aufgeschreckt hätte, der nicht entdeckt werden wollte. Mordred zögerte wieder, griff dann entschlossen nach der Klinke, aber bevor er sie berühren konnte, wurde die Tür aufgerissen, und Geheris stand vor ihm, das Schwert in der Hand.

Im Vorzimmer brannte eine einzige Kerze, doch selbst in ihrem schwachen Schein war zu erkennen, daß Geheris bleich wie ein Gespenst aussah. Als er Mordred erblickte, wurde er womöglich noch bleicher. Augen und Mund aufsperrend stammelte er heiser: *»Du?«*

»Wen erwartest du?« Mordred sprach sehr leise, schaute über Geheris hinweg zur Tür des Schlafgemachs. Sie war hinter einem schweren Vorhang geschlossen, der die kalte Nachtluft abhielt. Zwei Frauen lagen auf Pritschen zu beiden Seiten der Tür. Die eine war Morgauses Aufwärterin, die andere eine Nonne, vermutlich von den nächtlichen Andachtsübungen befreit und der Bewachung der Königin zugeteilt. Beide schliefen fest, und besonders die Nonne schnarchte wie in einem unnatürlich schwerem Schlaf. Auf einem Tisch an der Wand standen zwei Becher, und das Zimmer roch nach gewürztem Wein.

Geheris bewegte sein Schwert, zögerte jedoch, als er sah, daß Mordred ihn nicht einmal anschaute, ließ es wieder sinken. Mordred sprach, und sein Flüstern war kaum noch ein Hauch. »Steck das ein, du Narr. Ich komme auf Befehl des Königs. Was hast du dir gedacht?«

»Zu so später Stunde? Und mit welchem Vorhaben?«

»Ohne böse Absicht. Hätte ich sonst an ihre Tür geklopft? Wäre ich, nackt wie ich bin, gekommen?«

Unter Soldaten bedeutete dieses Wort ›unbewaffnet‹ und den Ritter schützte es wie ein Schild. Er spreizte die leeren Hände. Geheris ließ sein Schwert langsam in die Scheide gleiten.

»Dann was …«, begann er, aber Mordred gebot ihm Schweigen, ging an ihm vorbei, trat ins Zimmer, schritt auf den Tisch zu, nahm einen der Becher und führte ihn an die Nase. »Aha, deshalb war die Frau in der Pförtnerloge so schläfrig, als sie mich einließ.«

Geheris starrte ihn an. Er lächelte, stellte den Becher wieder auf den Tisch. »Der König schickte mich, weil er Kunde erhielt, daß sie krank und dem Tode nahe sei. Er wäre morgen früh selbst gekommen. Aber jetzt glaube ich, daß er sich die Mühe ersparen kann.« Er hob rasch die Hand. »Nein, befürchte nichts. Es kann nicht wahr sein. Diese Frauen hier wurden mit einem Schlaftrunk betäubt, und es ist leicht zu erraten …«

»Betäubt?« Geheris schien langsam zu begreifen, dann richtete er sich auf, blickte forschend in die dunklen Ecken des Zimmers, wie ein Tier, das einen Feind wittert, griff wieder nach dem Knauf seines Schwerts und sagte mit heiserer Stimme: »Dann ist also doch Gefahr!«

»Nein, nein!« Mordred nahm seinen Halbbruder beim Arm, versuchte ihn von der Tür des Schlafgemachs wegzuführen. »Die Königin selbst hat diesen Trunk gebraut. Ich kenne den Geruch. Also ist sie weder krank noch in Lebensgefahr. Der König braucht morgen früh nicht zu ihr zu kommen, aber er wird dir bestimmt erlauben, sie dann zu sehen. Nach den anderen hat er bereits gesandt, falls doch etwas an der Geschichte wahr sein sollte.«

»Aber woher weißt du …?«

»Sprich leiser. Komm, wir gehen. Laß mich dir die schönen Wandteppiche im Vorzimmer zeigen.« Er lächelte, zerrte den Unentschlossenen am Arm. »Oh, bei allen Göttern, Mann, hast du es immer noch nicht begriffen? Sie hat einen Liebhaber bei sich, das ist alles! Weder du noch ich können sie heute abend besuchen.«

Geheris stand einen Augenblick wie versteinert da, und dann machte er sich mit einer wilden Geste los, sprang auf die Tür des Schlafgemachs zu, riß den Vorhang beiseite, stieß die Tür krachend bis an die Wand auf.

4

In dem überraschten, endlos scheinenden Augenblick, bevor sich irgendwer zu rühren vermochte, sahen sie alles.

Lamorak nackt, mit schwitzendem Rücken auf ihr, sie unter ihm, im Schatten verborgen, die Hände lüstern und gierig auf seinem Körper verkrampft, das lange Haar über die Kissen wallend. Ihr Nachtgewand lag zerknüllt am Boden neben Lamoraks Kleidung. Sein Schwertgürtel mit Schwert und Dolch in der

Scheide hing über einem Schemel in einer Ecke des Zimmers.

Geheris stieß einen tierischen Laut aus, zog wild entschlossen das Schwert.

Mordred, zwei Schritte hinter ihm, rief warnend »Lamorak!« und griff nach dem Arm seines Halbbruders.

Morgause schrie, Lamorak fuhr erschrocken auf, drehte sich um, sah, sprang aus dem Bett, rannte zu seinem Schwert. Jetzt war sie dem gnadenlosen Sternenlicht ausgesetzt, bebenden Fleisches, in Wollust verzückt, den Mund weit aufgesperrt, die Hände noch in der Luft, wo sein Körper gewesen ...

Sie ließ die Hände sinken, erkannte Geheris in der Tür, mit Mordred ringend, der ihn zu packen versuchte, und ihr Schrei erstarb in einem Stöhnen, als sie sich eilig aufrichtete und die Decke an sich zog.

Geheris griff fluchend zum Dolch, stieß ihn in Mordreds abwehrende Hand. Die Klinge schnitt ein, Mordred ließ los, Geheris rang sich frei.

Lamorak hatte den Schemel erreicht, griff hastig nach seinem Schwertgürtel, schwang ihn unbeholfen – vielleicht noch vor Schreck benommen – im Halbdunkel herum, so daß der lockere Riemen seinen Arm behinderte und das Heft sich verklemmte. Nackt und wehrlos stand er dem Angreifer gegenüber.

Mordred, aus dessen Hand Blut spritzte, schnellte an Geheris vorbei, stellte sich zwischen die beiden Männer, stieß seinen Halbbruder mit den Handflächen vor die Brust.

»Geheris! Warte! Du kannst einen Unbewaffneten nicht töten. Und vor allem nicht ihn und nicht hier. Halt ein, du Narr! Er ist ein Ritter. Laß den König über ihn richten.«

Geheris schien ihn weder zu hören noch den Druck seiner Hände zu spüren. Er weinte und schluchzte laut, gebärdete sich wie ein Wahnsinniger, machte nicht einmal den Versuch, an Mordred vorbeizugelangen, um auf Lamorak loszugehen. Plötzlich drehte er sich um, rannte mit erhobenem Schwert auf das Bett der Königin zu.

Die Decke fest an sich haltend, das Gesicht unter dem Haar verborgen, rollte sie sich von ihm fort, vergrub den Kopf in den Kissen, schrie. Bevor die anderen Geheris' Absicht erraten hatten, schwang er vor dem Bett das Schwert in die Höhe und ließ es mit aller Kraft auf den Nacken seiner Mutter niedersausen. Und dann noch einmal, wieder und wieder.

Das einzige Geräusch war das dumpfe und schreckliche Einhacken des Eisens in das Fleisch und das federgepolsterte Bettzeug. Morgause starb beim ersten Hieb, die Decke glitt aus ihren immer noch verkrampften Händen, und ihr nackter Leib fiel in den bergenden Schatten zurück. Gräßlich war der halbabgeschlagene Kopf anzuschauen, der im vollen Sternenlicht auf dem blutdurchtränkten Kissen schwankte. Geheris, selbst blutübergossen, hob die rote Klinge zu einem letzten Schlag, heulte dann auf wie ein verletzter Hund, schleuderte das Schwert krachend zu Boden, kniete sich in die Blutlache, ließ den Kopf neben den seiner Mutter sinken und weinte bitterlich.

Mordred wurde gewahr, daß er Lamorak in einem Griff hielt, der sie beide schmerzte; der Mord war so rasch, so unerwartet geschehen, daß sie keiner Bewegung fähig gewesen waren. Dann kam Lamorak mit einem Fluch zur Besinnung, riß sich von Mordred los und versuchte, ihn beiseite zu stoßen. Aber Morgause war tot, alle Hilfe zu spät, und ihr Sohn kniete arglos und wehrlos vor ihr, den Rücken ungeschützt ihnen zugewandt, das Schwert weit von sich auf dem Boden. Lamorak zückte die Klinge, ließ sie wieder sinken.

Selbst hier, selbst in diesem Augenblick vergaß er nicht, was sich einem Ritter geziemt. Ein schrecklicher Mord war geschehen, in heißem Blut, aber jetzt war das Blut kalt, das Zimmer kalt, und es gab nichts mehr zu tun. Lamorak stand immer noch in Mordreds Griff, unter dem Eindruck des Schreckens und der eisigen Kälte des Entsetzens begannen seine Zähne zu klappern.

Mordred ließ ihn los, las die Kleider des Ritters auf, hielt sie ihm hin.

»Hier, zieh dir das an und geh. Du hast nichts zu gewinnen, wenn du bleibst. Und wäre er auch jetzt fähig, sich dir zum Kampf zu stellen, so darf es nicht hier sein. Das weißt du.« Er bückte sich rasch, nahm Geheris' Schwert an sich, und dann führte er Lamorak am Arm zur Tür hinaus. »Hier hinein, bevor er zu sich kommt. Die Sache ist geschehen, und uns bleibt nur noch übrig, den Wahnsinnigen zu hindern, es noch schlimmer zu machen.«

Im Vorzimmer lagen die Frauen noch in tiefem Schlaf. Als Mordred die Tür hinter sich schloß, bewegte sich die Nonne, murmelte etwas – es hätte ›Madame?‹ sein können – und schlief wieder ein. Die beiden Männer verhielten sich still und horchten. Kein Laut, nichts rührte sich. Morgauses Schreie waren nicht durch die dicken Wände und die verschlossenen Türen gedrungen.

Lamorak hatte sich jetzt gefaßt. Er war noch sehr bleich, sah schlecht und gequält aus, versuchte jedoch nicht, sich Mordred zu widersetzen, zog sich rasch an, warf nur hie und da einen Blick auf die Tür des Schreckensgemachs.

»Ich werde ihn natürlich töten«, sagte er mit tonloser Stimme.

»Aber nicht hier.« Mordred blieb kühl. »Bisher hast du dir nichts zuschulden kommen lassen. Der König wird ohnehin wütend genug sein, also reize seinen Zorn nicht noch mehr. Folge meinem Rat und mach dich jetzt schnell davon. Was du später tust, ist deine Sache.«

Lamorak blickte auf, während er sich den Gürtel umschnallte. »Was wirst du tun?«

»Von hier verschwinden, wenn Geheris fort ist, und dann dem König berichten, wie er es mir befohlen hat. Es ist zwar jetzt nicht mehr wichtig, aber ich nehme an, daß ihre Geschichte von schwerer Krankheit und nahem Tod frei erfunden war.«

»Ja. Sie wollte den König sehen und ihn bitten, sie freizulassen.« Sehr leise fügte er hinzu: »Ich wollte sie heiraten. Ich liebte sie, und sie mich. Ich hatte ihr versprochen, morgen selbst mit dem König zu reden... heute. Als meiner Frau hätte Artus ihr doch bestimmt erlaubt, von hier wegzuziehen und wieder in der Freiheit zu leben.«

Mordred antwortete nicht. Noch ein Werkzeug, sagte er sich. Einst sollte ich ihr zu Macht verhelfen, und jetzt wollte sie, daß dieser Mann, dieser arme leichtgläubige Narr ihr zur Freiheit verhalf. Nun, sie ist tot, und der König wird ihr kaum nachtrauern, aber im Tode wie im Leben wird sie allen, die ihr nahe sind, nur Unfrieden bringen.

Er fragte: »Wußtest du, daß der König bereits nach Gawain und den anderen beiden gesandt hat?«

»Ja. Was werden sie ... was wird dann wohl geschehen?« Ein Blick zur Tür.

»Geheris? Wer weiß? Was dich betrifft... so sagte ich, daß dich keine Schuld trifft. Aber sie werden dich trotzdem beschuldigen, verlaß dich darauf. Wahrscheinlich werden sie, wie ich sie kenne, sogar versuchen, auch Geheris umzubringen. Sie lieben es, Wollust und Mord in der Familie unter sich auszumachen.«

Diese spöttisch gelassene Bemerkung ließ Lamorak trotz seines Kummers und der Wut des Augenblicks scharf aufhorchen. Er schaute den jüngeren Mann überrascht an, als habe er eben eine ganz neue Entdeckung gemacht. »Du? Auch du gehörst zu ihnen. Ihr eigener Sohn! Und du redest, als ob ... als ob ...«

»Ich bin anders«, sagte Mordred kurz. »Hier, dein Mantel. Nein, dieser Blutfleck ist von mir, achte nicht darauf. Geheris hat mich in die Hand geschnitten. Und jetzt geh, bei der Göttin, geh, Mann, und überlaß ihn mir.«

»Was wirst du tun?«

»Das Zimmer verschließen, damit die Frauen nicht aufkreischen, wenn sie erwachen. Und Geheris herausholen, wie er hereingekommen ist. Du kamst natürlich durch das Haupttor, nicht wahr? Wissen die Wachen, daß du noch hier bist?«

»Nein. Ich verließ das Kloster zu gebührlicher Zeit, und dann... verschaffte ich mir wieder Einlaß. Sie pflegte ein Fenster offen zu lassen, wenn sie mich erwartete.«

»Ja, natürlich. Aber warum dann die Mühe ...?«

Er wollte fragen, warum sie sich die Mühe nahm, die Frauen mit einem Schlaftrunk zu betäuben, aber dann fiel ihm ein, daß Morgause ja gezwungen war, ihre Liebesspiele vor der Äbtissin zu verbergen. Denn dazu hätte die heilige Frau wohl kaum ihren Segen gegeben.

»Selbstverständlich werde ich dem Hofe fernbleiben müssen«, sagte Lamorak. »Wirst du es dem König sagen?«

»Ich werde genau berichten, was geschehen ist. Vom König hast du, denke ich, keinen Tadel zu erwarten, aber du tust gut daran, dich fernzuhalten, bis Gawain und die anderen beruhigt sind. Also viel Glück und gute Reise.«

Lamorak warf einen letzten Blick auf die Tür des Schlafgemachs, und dann eilte er hinaus. Mordred versicherte sich, daß die Frauen schliefen, stellte Geheris' blutiges Schwert in eine dunkle Ecke hinter einen hochlehnigen Stuhl, wo es nicht sichtbar war, kehrte dann in das Schlafgemach der Königin zurück und schloß die Tür hinter sich.

Geheris stand im Zimmer, schwankend wie ein Betrunkener, glasigen Blicks, sich umschauend, als hätte er etwas vergessen.

Mordred nahm ihn bei der Schulter und zog ihn, ohne auf Widerstand zu stoßen, vom Bett fort. Dann bückte er sich, griff nach der blutbefleckten Decke und warf sie über den toten Körper. Geheris ließ sich wie ein Schlafwandler aus dem Gemach führen.

Erst im Vorzimmer, und nachdem die Tür geschlossen war, fing er mit lallender Stimme zu sprechen an. »Mordred. Ich habe recht getan. Ich mußte sie töten. Sie war meine Mutter, aber sie war auch eine Königin. Daß sie mir das antat ... daß sie Schande über uns und unsere Sippe brachte ... Niemand kann mir das Recht bestreiten, nicht einmal Gawain. Und wenn ich erst Lamorak töte ... es war doch Lamorak, nicht wahr? Ihr ... dieser Mann?«

»Ich sah nicht, wer es war. Er nahm seine Kleider und verschwand.«

»Und du hast nicht versucht, ihn aufzuhalten? Du hättest ihn töten müssen.«

»Bei der Liebe der Hekate«, sagte Mordred. »Spar dir das für später auf. Still, ich glaube, ich habe Schritte gehört. Es könnte die Stunde des Nachtgottesdienstes sein. Wir müssen fort von hier, bevor jemand kommt.«

Es war eine Lüge, aber es half, Geheris zur Eile anzutreiben. Er blickte sich bestürzt um, als würde er sich plötzlich einer Gefahr bewußt, und dann fragte er: »Wo ist mein Schwert?«

Mordred nahm es aus der Ecke, zeigte es ihm. »Wenn wir außerhalb der Mauern sind. Komm. Ich sah, wo du dein Pferd gelassen hast. Schnell.«

Sie hatten den Obstgarten durchquert, als Geheris wieder sprach. Immer noch kämpfte er gegen seine Schuldgefühle an.

»Dieser Mann. Es war Lamorak, das weiß ich und du auch. Du hast ihn bei seinem Namen genannt. Versuch nicht, ihn zu schützen. Artus' Mann, einer seiner Gefährten. Auch er verdient den Tod, und ich werde ihn töten. Aber sie ... mit so einem ins Bett zu gehen ... Es war bestimmt nicht das erste Mal. Den Frauen hat sie einen Schlaftrunk gegeben. Er war also ihr Liebhaber.« Das Wort blieb ihm im Halse stecken, und dann fuhr er fort: »Einmal hat sie mir von ihm erzählt. Von Lamorak. Sie erzählte mir, er habe unseren Vater König Lot getötet, und darum hasse sie ihn. Sie hat gelogen. Mich angelogen. Mich!«

Mordred entgegnete ruhig: »Siehst du es denn nicht, Geheris? Sie hat gelogen, um dich irrezuführen, und sie hat zweimal gelogen. Lamorak hat Lot nie getötet. Wie hätte er es tun können? Lot starb an den Wunden, die er sich in der Schlacht von Caledon zuzog, und sie kämpften beide auf der gleichen Seite. Also könnte Lamorak nur sein Mörder gewesen sein, wenn er ihn rücklings erstochen hätte, und das ist nicht seine Art. Hast du nie darüber nachgedacht?«

Aber Geheris hing nur seinen eigenen Gedanken nach, quälenden und kreisenden Gedanken. »Sie nahm ihn sich als Liebhaber und log mich an. Uns alle hat sie getäuscht, auch Gawain. Mordred, die anderen werden mir doch recht geben, nicht wahr?«

»Du weißt so gut wie ich, daß Gawain dir diese Tat nie verzeihen wird. Auch Gareth nicht. Selbst dein Zwillingsbruder wird dich nicht unterstützen. Und obgleich der König deiner Mutter nicht nachtrauern wird, ist er gezwungen, den Prinzen von Orkney das zu gewähren, was sie ihr gutes Recht nennen werden.«

»Sie werden Rache an Lamorak verlangen!«

»Wofür?« fragte Mordred gelassen. »Er hätte sie geheiratet.«

Das brachte Geheris für einen Augenblick zum Schweigen. Sie waren an die Mauer des Obstgartens gelangt, und er blieb unter dem Apfelbaum stehen und blickte sich um. Im Licht des am wolkigen Horizont aufgehenden Mondes hoben sich die Blutflecken an seiner Brust schwarz hervor.

»Wenn sie ihn nicht töten, werde ich es tun«, sagte er.

»Du kannst es versuchen«, erwiderte Mordred nüchtern. »Und er wird dich töten. Gib dich keinen falschen Hoffnungen hin. Und dann werden deine Brüder ihn zu töten versuchen. Siehst du denn nicht, was du heute nacht angerichtet hast?«

»Und du? Du tust, als ginge das alles dich gar nichts an, und redest, als berührte es dich nicht einmal.«

»Oh, es berührt mich schon«, sagte Mordred, »aber wir verschwenden unsere Zeit. Was getan ist, ist getan. Du wirst den Hof verlassen müssen, das weißt du. Und ich rate dir, zu verschwinden, bevor deine Brüder hier sind. Steig über die Mauer, Geheris, dort steht dein Pferd.«

Geheris schwang sich hinüber, und Mordred, der ihm nachkletterte, blieb auf der Mauer sitzen, bis sein Bruder das Pferd losgebunden und am Zügel gefaßt hatte. Dann reichte er ihm sein Schwert hinunter.

»Wo willst du hin?« fragte er.

»Nach Norden. Nicht auf die Insel, und Dunpeldyr ist ja auch in des Königs Hand. Was ist es nicht? Aber ich werde einen Ort finden, wo ich mein Schwert verkaufen kann.«

»Inzwischen nimm meine Börse. Hier.«

»Meinen Dank, Bruder.« Geheris fing sie auf und schwang sich in den Sattel. Jetzt war er fast in Mordreds Höhe. Einen Augenblick zog er die Zügel fest, während sein Rotschimmel vor Ungeduld tänzelte und stampfte. »Wenn du Gawain und die anderen siehst …«

»Sage ich ihnen die Wahrheit und lege ein gutes Wort für dich ein, nicht wahr? Ich werde tun, was ich kann. Leb wohl.«

Geheris wendete das Pferd, und bald hörte man nur

noch das ferne Hufgetrappel. Mordred sprang von der Mauer und kehrte durch den Obstgarten zum Kloster zurück.

5

So starb Morgause, die Hexenkönigin von Lothian und Orkney, und ließ den verhaßten Bruder mit ihrem Tod und der Art ihres Todes in einem wahren Hexenkessel von Schwierigkeiten zurück.

Die Folgen zogen weite Kreise: Geheris in der Verbannung, Lamorak, der bleich und schweigend ins Hauptquartier geritten war, um sein Schwert abzugeben, seiner Befehlsgewalt enthoben und gebeten, sich außer Landes zu halten, bis der aufgewirbelte Staub sich gelegt hätte.

Das sollte nicht so bald geschehen. Gawain hatte, eher aus verletztem Stolz als aus Kummer, bei allen wilden Göttern des Nordens geschworen, sich sowohl an Lamorak als auch an seinem Bruder zu rächen, und weigerte sich, auf Artus' Beschwichtigungen, Bitten und Drohungen zu hören.

Man hielt ihm vor, daß Lamorak, der Morgause die Ehe angetragen, sich durch ihre Einwilligung das Anrecht des Verlobten auf den Platz in ihrem Bett erworben hatte, und damit auch das Recht, ihren Tod zu rächen. Auf dieses Recht hatte Lamorak, der erste und getreueste Gefährte Artus', verzichtet und geschworen, daß Geheris vor ihm sicher sei.

Aber das alles befriedigte Gawain nicht, dessen Wut zum Teil reine Eifersucht war.

Mit dem gleichen Ingrimm zog er über Geheris her, aber darin pflichteten seine Brüder ihm bei. Agravaine, der stets der Führer der Zwillinge gewesen war, schien ohne Geheris verloren und wandte sich immer mehr Mordred zu, der seine Gründe hatte, ihn willig zu dulden. Gareth sprach wenig, zog sich in Schweigsamkeit zurück, denn seine Mutter hatte ihn in ihrem Leben und mit ihrem Tode zutiefst verletzt. So sehr ihn auch die Geschichte ihres schrecklichen Todes schmerzte, so empfand er die Erzählungen über ihre Unreinheit, die jetzt in aller Munde waren, als noch viel schlimmer und schimpflicher.

Aber einmal mußte all das Rachegebrüll verstummen. Lamorak war fort, und niemand wußte, wo. Geheris schien sich irgendwo in den Nebeln des Nordens in Luft aufgelöst zu haben, Morgause lag auf dem Klosterfriedhof begraben, und Artus war mit seinem Gefolge nach Camelot zurückgekehrt. So erstarb allmählich die durch den Mord entfachte Flamme, deren Glut keine Nahrung mehr fand. Artus, seinen Neffen zugetan und im geheimen eher froh als betrübt über Morgauses Tod, steuerte sich behutsam durch die Klippen hindurch, beschäftigte die Prinzen nach bestem Vermögen, überließ Gawain alle Autorität, die er ihm zutraute, und wartete resigniert auf das neue Ausbrechen des Sturms. Um Geheris war er nicht sonderlich bekümmert, aber um Lamorak, den an allem keine Schuld traf, der nur eine Torheit begangen hatte und dafür fast mit Bestimmtheit mit dem Tode büßen mußte. Eines Tages würde er, der tapfere Gefährte, einem der Prinzen von Orkney begegnen und getötet werden, ob kämpfend oder meuchlings ermordet. Und das wäre noch nicht das Ende, denn Lamorak hatte auch einen Bruder, der zur Zeit mit einem gewissen Drustan in Dumnonia diente, einem Ritter, den Artus in seinen Dienst zu nehmen hoffte. Da war es durchaus möglich, daß er oder Drustan, den Freundschaft mit den beiden Brüdern verband, wiederum Rache schwören und fordern würde.

So tat Morgause in ihrem Tode, was sie in ihrem Leben zu tun geplant hatte. In die Blüte der Ritterschaft an Artus' Hof hatte sie ein Krebsgeschwür gepflanzt und das ironischerweise nicht in der Gestalt des Bastards, den sie aufgezogen, damit er Artus Unheil brächte, sondern in der ihrer legitimen Kinder, ihrer wilden, unberechenbaren und zu keinem Gehorsam zu bringenden Söhne.

Mordred war von alledem nicht betroffen. Er hatte sich in jener Mordnacht als zuverlässig und kühl erwiesen, weiteres Blutvergießen verhindert, Zeit gewonnen und guten Rat erteilt. Daß die Prinzen von Orkney auf guten Rat nicht hören wollten oder – wie manche sagten – nicht hören konnten, war nicht seine Schuld. Immerhin fiel es auf, daß man ihn am Hofe fast nie mehr zur ›Orkneybrut‹ zählte, denn unmerklich hatte sich die Distanz zwischen ihm und seinen Halbbrüdern vergrößert. Und seit Morgauses Tod machte sich auch niemand die Mühe, ihn den ›Neffen des Hochkönigs‹ zu nennen. Er war einfach ›Prinz Mordred‹ und jemand, der die Gunst und die Liebe des Königs und der Königin genoß.

Einige Zeit, nachdem Artus nach Camelot zurückgekehrt war, rief er einen Rat im Runden Saal zusammen.

Es war der erste Rat, dem die beiden jüngeren Orkney-Prinzen in ihrer Eigenschaft als Ritter des Königs beiwohnen durften. Selbst Mordred, der mit Gawain schon seit einigen Jahren diesen Rang innehatte, fand dieses Mal eine veränderte Lage vor. Anstatt zur Linken des Königs zu sitzen, wie es bisher sein Vorrecht gewesen war, wurde er von einem königlichen Diener zum Stuhl an Artus' Rechten geführt, wo Bedwyr gewöhnlich zu sitzen pflegte. Bedwyr nahm auf der linken Seite Platz. Falls er sich in seinem Rang herabgesetzt fühlte, ließ er es sich nicht anmerken. Er schenkte Mordred ein Lächeln, das echt empfunden schien, verneigte sich feierlich, um den jüngeren Mann zu seiner neuen Ehre zu beglückwünschen.

Bedwyr, von Jugend an des Königs Freund und Gefährte im engsten Sinne, war ein ruhiger Mann mit den Augen eines Dichters und, wie der König sagte, mit dem Ruhm, das tödlichste Schwert im ganzen Reiche zu sein. An Artus' Seite hatte er in all den großen Kriegen gekämpft, und mit ihm teilte er den Ruhm, die sächsischen Schreckenshorden von den Grenzen Britanniens vertrieben zu haben. Wahrscheinlich als einziger der Kriegsherren zeigte er keine Ungeduld, dem langen Frieden ein Ende zu machen; und wenn Artus sich über See zu Verbündeten oder Anverwandten begeben und seine Kämpen mit sich nehmen mußte, schien Bedwyr sich immer gern damit abzufinden, als Regent seines Königs im Lande zu bleiben. Gerüchte, die auch Mordred zu Ohren gekommen waren, gaben einen Grund dafür an. Bedwyr hatte nie geheiratet, und da er mit dem König und der Königin so intim verkehrte, munkelte man, er habe ein Liebesverhältnis mit Königin Guinevere. Aber Mordred, der ebenfalls ständig bei ihnen weilte, hatte nie einen Blick oder eine Geste bemerkt, die auf derartiges hinweisen konnten. Guinevere war ihm gegenüber ebenso lieb und freundlich wie zu Bedwyr, und er hätte bei jeder offenen Andeutung auf eine solche Beziehung – vielleicht auch aus angeborener und von Morgause genährter Eifersucht – sofort zum Schwert gegriffen, um ihre Ehrenhaftigkeit zu verteidigen.

So erwiderte er Bedwyrs Lächeln und setzte sich auf den neuen Ehrenplatz. Er sah Gawain, der seinem Bruder etwas zuflüsterte, sah Agravaine nicken, und dann sprach der König, eröffnete die Ratssitzung, und sie schwiegen. Es wurde viel und lange geredet. Mordred beobachtete vergnügt, wie Agravaine und Gareth, zuerst steif und würdevoll jedem Wort lauschend, bald überdrüssig und ungeduldig wurden und auf ihren Stühlen wie auf heißen Kohlen saßen. Gawain, wie auch der Graubärtige neben ihm, döste im Licht des Sonnenstrahls, der durch das Fenster drang, vor sich hin. Der König, geduldig und gewissenhaft wie immer, schien Mühe zu haben, allen Einwänden zu begegnen.

Auf dem runden Tisch in der Mitte des Saals häuften sich Schriftrollen und Tafeln, und die Schreiber kritzelten ohne Unterlaß.

Wie es im Rate des Runden Saals üblich war, erledigte man die alltäglichen Angelegenheiten zuerst. Bittschriften wurden verlesen, Klagen vorgebracht, Recht gesprochen. Königliche Boten meldeten, was für die Öffentlichkeit bestimmt war, und erst später trugen die heimgekehrten fahrenden Ritter dem König und dem Rat die Berichte über ihre abenteuerlichen Reisen vor.

Die fahrenden Ritter dienten dem König zugleich als Kundschafter und Vertreter. Vor Jahren, nachdem die sächsischen Kriege beendet waren und wieder Friede im Lande herrschte, hatte Artus nach Mitteln und Wegen gesucht, die – wie Merlin sie nannte – ›müßigen Schwerter und tatenhungrigen Geister‹ zu beschäftigen. Er wußte, daß der lange und ertragreiche Frieden zwar den meisten Männern willkommen war, nicht aber einigen Rittern, ganz gleich welchen Alters, die kein anderes Leben als das des Kampfes kannten. Es gab keinen Bedarf mehr an jener auserlesenen Schar der Gefährten, jenen kampferprobten Rittern, deren Reitertruppen unter Artus' Befehl sich als eine so schnelle und tödliche Waffe gegen die Sachsen erwiesen hatten. Die Gefährten blieben seine engsten Freunde, wenn sie auch nicht mehr ihre frühere Befehlsgewalt innehatten. Jetzt dienten sie dem König als seine persönlichen Stellvertreter, waren als solche bevollmächtigt, zogen mit ihren eigenen Mannen durch die Lande, stets bereit, den verbündeten Königen oder Fürsten, die Hilfe oder Führung brauchten, zur Seite zu stehen, das Recht des Hochkönigs walten zu lassen und sich für seinen Frieden zu verbürgen. Sie sorgten auch für Sicherheit auf den Straßen, denn in den wilderen Teilen des Landes lauerten immer noch Räuber an Kreuzwegen oder Furten Handelsleuten und reichen Reisenden auf, die sie dann aus dem Hinterhalt überfielen. Diese fingen und töteten sie oder brachten sie vor den König und sein Gericht. Eine andere und nicht minder wichtige Aufgabe war der Schutz der Klöster. Obgleich Artus selbst kein Christ war, erkannte er die wachsende Bedeutung dieser Stiftungen als Lehrstätten und Verbreiter des Friedens. Zudem trug ihre Gastlichkeit wesentlich zur Sicherheit der reisenden Handelsleute bei.

Drei dieser Ritter stellten sich jetzt vor. Beim Erscheinen des ersten ging ein Raunen durch den Saal, und selbst die Schläfer wurden plötzlich wach und aufmerksam. Manchmal wurde von Kämpfen berichtet, gelegentlich brachte man Gefangene herein oder erzählte von seltsamen Geschehnissen in abgelegenen und unerforschten Gebieten des Landes. Das regte Unwissende zu dem Glauben an, Artus setze sich nie an die abendliche Tafel, ohne sich vorher einige Wundergeschichten angehört zu haben.

Es gab über keine Wunder zu berichten. Ein Mann kam aus Nordwales, einer aus Northumbria und der dritte – er sollte Kundschaft von der sächsischen Grenze bringen – aus dem oberen Themsetal. Dieser Ritter hatte einige Betriebsamkeit, allerdings friedlicher Art, in Suthridge zu melden, in jenem von mittelsächsischen Siedlern bewohnten Gebiet südlich der Themse, wo, wie er vermutete, ein offizieller Besuch einer Gruppe von Cerdics Westsachsen stattgefunden habe. Der Mann aus Nordwales erzählte von der Gründung eines neuen Klosters, in welchem der christliche Gral, ein Weihgefäß, am kommenden Festtag aus seinem Schrein gehoben werden würde. Der Mann aus Northumbria hatte nichts zu berichten.

Mordred, der von seinem Platz neben dem König alles beobachtete, bemerkte mit wachsamer Aufmerksamkeit, daß Agravaine, nachdem er die Reden der ersten beiden Ritter mit offenbarer Ungeduld angehört hatte, plötzlich sehr still und aufmerksam wurde, als der letzte sprach, und sich sichtlich entspannt und gähnend in seinen Stuhl zurücklehnte, als der König den Mann mit seinem Dank entließ.

»Northumbria?« fragte sich Mordred, aber dann beschloß er, einstweilen nicht weiter darüber nachzudenken, und wandte seine Aufmerksamkeit wieder dem König zu.

Endlich leerte sich der Saal, und nur noch der Rat und die Gefährten blieben zurück. Artus erhob sich von seinem königlichen Stuhl und sprach.

Er kam gleich zur Sache, die ihn bewegt hatte, den Rat einzuberufen.

Ein Kurier hatte am vorigen Abend böse Nachricht vom Kontinent gebracht. Zwei der drei jungen Söhne des Frankenkönigs Chlodomir waren ermordet worden, und ihr Bruder hatte Zuflucht in einem Kloster gefunden, das er, wie man sagte, nicht zu verlassen wagte. Die Mörder, die Onkel des Knaben, beabsichtigten wahrscheinlich, das Reich König Chlodomirs unter sich aufzuteilen.

Das mochte Folgen haben. Chlodomir (der vor einem Jahr in einer Schlacht gegen die Burgunder gefallen war) gehörte zu den vier Söhnen Chlodwigs, des salischen Frankenkönigs, der sein Volk aus den nördlichen Gebieten in das reiche und fruchtbare ehemalige römische Gallien geführt und dieses Land in Besitz genommen hatte. Wild und gnadenlos wie alle Merowinger war es ihm immerhin gelungen, ein mächtiges und beständiges Königreich zu schaffen. Nach seinem Tode wurde dieses Reich, dem alten Brauch gemäß, unter seinen vier Söhnen aufgeteilt. Chlodomir und Childebert, die ältesten seiner legitimen Söhne, erhielten den mittleren Teil Galliens, Chlodomir das östliche Gebiet, das an das feindliche Burgund grenzte, und Childebert das westliche, also jenen Teil Galliens, zu dem die an ihn grenzende Bretagne gehörte.

Und hier war der Haken.

Die Bretagne, Kleinbritannien im Volksmund genannt, war fast eine Provinz des Hochkönigreichs. Vor über einem Jahrhundert hatten sich dort ganze Sippen von Großbritanniern angesiedelt, und die Beziehungen konnten nicht besser sein. Leichte Verbindungswege, reger Handel, die bis auf einige Varianten gleiche Sprache, alles wies auf Gemeinsamkeit hin. Der bretonische König Hoel war Artus' Vetter, aber was die beiden Herrscher mehr als Sippe und Bündnis verband, war jene Föderation des Hochkönigreichs, der die Bretagne ebenso angehörte, wie Cornwall und Summer Country um Camelot.

»Die Lage ist nicht hoffnungslos«, sagte der König. »Sie kann sich sogar noch zum Besten wenden, zumal Kinder nie sichere Herrscher sind. Aber ihr seht, wie es ist. Chlodomir wurde im letzten Jahr bei Véséronce von den Burgundern getötet. Sie sind immer noch Feinde und warten nur auf eine Gelegenheit, wieder anzugreifen. So haben wir in der Mitte die lebenswichtige Provinz der Franken, östlich davon die Burgunder, und im Westen das von König Childebert regierte Land, das unsere keltische Provinz Bretagne einschließt. Sollte nun Chlodomirs Reich noch einmal aufgeteilt werden, so wird Childebert sein Land nach Osten ausdehnen, während seine Brüder sich die nördlichen und südlichen Gebiete nehmen. Was bedeutet, daß diese Könige, solange wir uns ihre Freundschaft erhalten, uns als Schutzschild gegen die germanischen Völker im Osten dienen könnten.«

Er hielt inne, blickte sich in der Runde um, wiederholte: »Solange wir uns die Freundschaft dieser Könige erhalten. Ich sagte, die Lage sei noch nicht hoffnungslos. Aber sie könnte gefährlich werden, und wir müssen uns darauf vorbereiten. Vorläufig nicht, wie manche von euch wünschen mögen, indem wir Heere waffnen. Das vielleicht später. Wir müssen vor allem Bündnisse schließen, freundschaftliche Beziehungen, und sie durch gebotene Hilfe und ehrlichen Handel festigen. Wenn die Königreiche Britanniens dem Ansturm der wilden Horden aus dem Osten standhalten wollen, müssen sich alle Reiche innerhalb unserer Meeresgrenzen zur Verteidigung zusammenschließen.«

»Die Sachsen!« rief jemand. Es war Cian, ein junger Kelte aus Gwynned.

»Sachsen oder Angeln«, sagte Artus. »Ihnen gehört vertragsgemäß ein guter Teil der östlichen und südöstlichen Gestade, jener Gebiete der einstigen Sachsenküste, die ihnen mit anderen Landstrichen von Ambrosius und auch von mir nach der Schlacht von Badon Hill zugesprochen wurden. Diese Sachsenküste erstreckt sich wie eine Mauer der Meerenge entlang, und sie kann unser Bollwerk sein oder – wenn sie Verrat birgt – unser Unheil.« Er hielt inne, brauchte sich nicht umzuschauen, denn alle Blicke waren auf ihn gerichtet. »Was ich dem Rat zu sagen habe, ist dies: Ich habe ein Treffen mit dem Führer ihrer Könige vereinbart, mit Cerdic von Westsachsen, um über gemeinsame Verteidigung zu sprechen. Wenn wir wieder zusammenkommen, werde ich in der Lage sein, euch über das Ergebnis der Unterredung zu berichten.«

Er setzte sich, und die Ordnungsdiener sprangen auf, bemüht, die erhitzten Gemüter zu beschwichtigen und die wütendsten Zwischenrufer zur Ruhe zu bringen. Inmitten des Lärms lächelte Artus seinem Freund Bedwyr zu. »Du hattest recht. Ein Hornissennest. Aber laß sie nur reden und ihre Einwände vorbringen. Zuletzt werden sie mir, wenn auch widerwillig, ihre Zustimmung geben.«

So war es dann auch. Bis zur Essenszeit hatten alle, die noch etwas sagen wollten, das Wort gehabt. Am nächsten Tag ritt ein Kurier zum Dorf, das der Sachsenkönig seine Hauptstadt nannte, und die Zusammenkunft wurde festgesetzt.

Mordred sollte den König begleiten, aber bevor Cerdics Antwort kam, nutzte er die Zeit, Nimuë in Applegarth einen Besuch zu machen.

6

Seit dem Tag, da Nimuë König Urbgen in Rheged besucht und Mordreds Flucht verhindert hatte, war er ihr nie begegnet. Ihr Gemahl Pelleas herrschte als König über die Inseln westlich des Sommerlandes, wo die Brue in die Mündung des Severn fließt. Nimuë, selbst eine Prinzessin der Flußinsel, hatte ihn von Kindheit an gekannt. Ihr Schloß lag fast in Blickweite des Tor, und wenn Pelleas, auch einer der Gefährten Artus', mit dem König war, nahm Nimuë ihren Platz als Oberin der Jungfrauen vom See im Kloster von Ynis Witrin ein oder zog sich allein nach Applegarth zurück, in das Haus, das Merlin in der Nähe von Camelot gebaut und ihr mit seinem Titel und vielem anderen mehr – wie man flüsterte – hinterlassen hatte. Man munkelte, der alte Zauberer habe seiner Schülerin Nimuë während der langen Krankheit und sogar noch, als man ihn bereits für tot hielt, all seine Weisheit beigebracht und ihr seinen Geist bis zurück auf die frühesten Kindheitserinnerungen eingeflößt.

Mordred hatte die Geschichten gehört, und obgleich er mit der Mannesreife und in seiner Sicherheit skeptischer geworden war, erinnerte er sich noch gut an den Eindruck, den die Macht der Zauberin in Luguvallium auf ihn gemacht hatte, und näherte sich Applegarth mit einem Gefühl von fast angstvoller Ehrfurcht.

Es war ein graues Steingebäude, dessen vier Mauern einen kleinen Hof umgaben. Ein alter Turm ragte an einer seiner Ecken empor. Das Haus lag im hügeligen Weideland, Wiesen und Obstgärten ringsum. Ein Bach plätscherte an den Mauern vorbei.

Mordred wendete sein Pferd von der Straße ab und dem Pfad zu, der neben dem Bach hügelan führte, und als er den halben Weg zurückgelegt hatte, sah er einen anderen Reiter auf sich zukommen. Zu seiner Überraschung war es der König, der ganz allein auf seiner grauen Stute ritt.

Artus hielt neben ihm die Zügel an. »Hast du nach mir gesucht?«

»Nein, Sir. Ich hatte keine Ahnung, daß Ihr hier seid.«

»Aha, also hat Nimuë nach dir gesandt? Sie sagte mir, daß du kommen würdest, verriet mir aber nicht, warum.«

Mordred starrte ihn an. »Sie sagte, ich würde kommen? Wie konnte sie das? Ich wußte es ja selbst kaum. Ich … da war etwas, das ich sie fragen wollte, und so ritt ich hierher – wie einer plötzlichen Eingebung folgend.«

»Aha«, sagte Artus. Er blickte Mordred fast spöttisch lächelnd an.

»Warum lächelt Ihr, Sir?« Mordred sagte sich: Zum Glück weiß er nicht, was ich im Sinne habe. Er kann es nicht wissen. Aber Nimuë …?

»Falls du Nimuë noch nie begegnet bist, wappne deine Lenden und halte deinen Schild hoch«, sagte Artus lachend. »Es ist kein Geheimnis, jedenfalls keins, das gewöhnliche Sterbliche wie du und ich erraten könnten. Sie wußte, daß du kommst, weil sie alles weiß. So einfach ist es. Sie wird sogar wissen, warum.«

»Das muß ihr viel Worte ersparen«, bemerkte Mordred trocken.

»Auch ich pflegte das zu sagen. Zu Merlin.« Das Gesicht des Königs umwölkte sich, aber dann kehrte das Lächeln wieder zurück. »Nun denn, viel Glück, Mordred. Es ist an der Zeit, daß du die Herrin deines Herrn kennenlernst.« Lachend ritt er zur Straße hinunter.

Mordred ließ sein Pferd am Torbogen, durch den man in den Hof gelangte, und trat ein. Überall Blumen, der Duft von Kräutern und Lavendel, das leise Gurren der Tauben auf dem Dach. Ein alter Mann stand am Brunnen, der Kleidung nach ein Gärtner, und schöpfte Wasser. Er blickte auf, schirmte sich die Augen mit der Hand, zeigte in die Richtung der Tür zum Turm.

Sie erwartet mich also wirklich, sagte sich Mordred.

Er stieg die Steinstufen – hinauf und stieß die Tür auf.

Der Raum war klein und viereckig, ein großes Fenster auf der Südseite, darunter ein Tisch. Die einzigen anderen Möbel waren ein Schrank, ein schwerer Stuhl und ein paar Schemel. Ein Kasten auf dem Tisch enthielt sorgfältig zusammengerollte Schriften. Am Tisch stand eine Frau, der Tür zugewandt.

Kein Wort, keine Geste der Begrüßung. Bezwingend war ihr Blick, kalt wie der einer Schlange, feindselig, frostig. Er blieb reglos auf der Schwelle stehen. Ein formloses schweres Angstgefühl lastete auf ihm, drückte ihn nieder, als wenn die Aasgeier des Schicksals auf seinen Schultern hockten, ihm die Klauen ins Fleisch grüben.

Dann war es vorbei. Er richtete sich auf. Das Gewicht war fort. Das Turmzimmer strahlte im Sonnenlicht, und vor ihm stand eine hochgewachsene Frau in einem grauen Kleid, das schwarze Haar von einem Silberreif umspannt, mit kühlen grauen Augen.

»Prinz Mordred.«

Er verbeugte sich. »Madame.«

»Verzeih mir, daß ich dich hier empfange. Ich arbeitete. Der König kommt oft und nimmt die Dinge, wie er sie findet. Willst du dich setzen?«

Er zog einen Schemel heran und setzte sich. Sein Blick wanderte zum Tisch mit all den Papieren. Ihre ›Arbeit‹ bestand also nicht, wie er halbwegs erwartet hatte, im Brauen irgendwelcher Mixturen über dem

Kohlenbecken, sondern im Studium von Schrifttafeln und Pergamenten. Ein Gegenstand, den er nicht kannte, ruhte auf dem Fenstersims, das eine Ende dem Himmel zugewandt.

Nimuë nahm ihrerseits Platz, schaute Mordred an und wartete.

Er sagte ohne Umschweife: »Wir sind uns noch nie begegnet, Madame, aber ich habe Euch schon einmal gesehen.«

Sie nickte. »Im Schloß von Luguvallium? Ich wußte, daß du in der Nähe warst. Hattest du dich im Hof versteckt?«

»Ja.« Er fügte betreten hinzu: »Und Ihr hattet mich um meine Freiheit gebracht. Ich wollte fliehen.«

»Ja, weil du Angst hattest. Aber jetzt weißt du, daß deine Angst unbegründet war.«

Er zögerte. Ihr Ton war immer noch kalt, ihr Blick feindselig. »Warum habt Ihr mich dann aufgehalten? Hofftet Ihr, der König würde mich umbringen lassen?«

Sie zog die Brauen hoch. »Warum fragst du das?«

»Wegen der Prophezeiung.«

»Wer hat dir davon erzählt? Ach ja, Morgause. Nein. Ich ermahnte Urbgen nur, auf dich achtzugeben und aufzupassen, daß du nach Camelot gelangst, weil es immer besser ist, eine Gefahr dort zu haben, wo man sie sehen kann, als sie verschwinden zu lassen und sich dann fragen zu müssen, aus welcher Richtung sie zuschlagen wird.«

»Ihr gebt also zu, daß ich eine Gefahr bin. Ihr glaubt an die Prophezeiung.«

»Ich muß.«

»Dann habt Ihr es auch gesehen? Im Kristall, im Brunnenteich oder« – er blickte auf den Gegenstand im Fenster – »in den Sternen?«

Zum ersten Mal sah er etwas anderes als kalte Ablehnung in ihren Augen. Sie schaute ihn lange mit Aufmerksamkeit, fast mit Verwunderung an. Dann sagte sie langsam und betont: »Merlin sah es, er machte die Prophezeiung, und ich bin Merlin.«

»Dann könnt Ihr mir sagen, warum Merlin, wenn er an seine prophetischen Worte glaubte, es dem König nicht verwehrte, mich am Leben zu lassen. Ich weiß, warum Morgause es tat. Sie rettete mich in dem Glauben, ich wurde dem König Unheil und Tod bringen. Das sagte sie mir, und als ich erwachsen war, versuchte sie, mich zu seinem Feind zu machen. Aber warum ließ Merlin sie mich überhaupt gebären?«

Sie schwieg eine Weile. Die grauen Augen durchdrangen ihn, als wollte sie die geheimsten Gedanken hinter seiner Stirn erspähen. Dann sprach sie.

»Weil er Artus nicht mit der Schande des Mordes befleckt sehen wollte, ob zu Recht begangen oder nicht. Weil er in seiner Weisheit einsah, daß wir den Willen der Götter nicht abwenden können und, so gut wir es vermögen, den Wegen folgen müssen, die sie uns vorgezeichnet haben. Weil er wußte, daß scheinbares Übel zu Gutem führen kann, wie Wohltaten oft zu Unheil und Tod führen. Und weil er sah, daß Artus' Ruhm im Augenblick seines Todes die Fülle erreicht und noch übertroffen haben wird, um weiterzuleben als ein Licht, ein Trompetenruf und ein Lebensatem für die Männer, die da kommen werden.«

Als sie geendet hatte, schien es, als klänge das leise Echo ihrer Stimme wie Harfenklang durch den Raum, um dann zitternd zu verhallen.

Nach langem Schweigen sprach Mordred. »Aber Ihr müßt wissen, daß ich nicht willentlich dem König Unheil bringen werde. Ich habe ihm viel zu verdanken, und nur Gutes. Ihm war die Prophezeiung von Anfang an bekannt, und obgleich er an sie glaubte, hat er mich an seinen Hof genommen und mich als seinen Sohn anerkannt. Wie könnt Ihr da glauben, daß ich ihm willentlich Unheil bringen werde?«

Sie sagte, jetzt sanfter: »Es muß nicht durch deinen Willen sein.«

»Wollt Ihr damit sagen, daß ich nichts tun kann, um dieses Schicksal abzuwenden, von dem Ihr redet?«

»Was sein wird, wird sein«, sagte sie.

»Ihr könnt mir nicht helfen?«

»Gegen das, was in den Sternen steht? Nein.«

Mordred sprang in wilder Ungeduld auf. Sie rührte sich nicht, auch als er auf sie zutrat und sich über sie beugte, wie um sie zu schlagen.

»Welch ein Unsinn! Die Sterne! Ihr redet, als ob die Menschen Schafe wären, schlimmer noch als Schafe, und sich von einem blinden Schicksal treiben ließen, nach dem Willen irgendeines gnadenlosen Gottes! Und mein Wille? Bin ich verurteilt, trotz allem, was ich wünsche und tue, einem Mann zum Verderben zu werden, den ich achte, einem König, dem ich folge? Bin ich zur Sünde verdammt, zur schlimmsten aller Sünden, zum Vatermord? Was sind das für Götter?«

Sie antwortete nicht, warf nur den Kopf zurück, blickte ihn fest und unverwandt an.

Zornig fuhr er fort: »Sehr gut. Ihr habt gesagt, und Merlin hat gesagt, und auch Morgause, die wie Ihr eine Hexe war« – ihr Auge flammte auf, vielleicht aus Wut, und es bereitete ihm ein wildes Vergnügen, sie zu kränken –, »daß der König durch mich den Tod finden wird. Ihr sagt, ich könne es nicht verhüten. Ist es nicht so? Und wenn ich nun meinen Dolch nähme – seht Ihr ihn? – und mich hier und jetzt tötete? Würde das nicht das Schicksal abwenden, das, wie Ihr sagt, in den Sternen steht?«

Beim Aufblitzen der Klinge hatte sie sich nicht gerührt, aber jetzt bewegte sie sich. Sie erhob sich von ihrem Stuhl und trat an das Fenster. Dort stand sie, den Rücken ihm zugekehrt, und blickte hinaus. Auf dem Birnbaum draußen zwitscherte eine Amsel.

Sie sprach, ohne sich umzuwenden.

»Prinz Mordred, ich sagte nicht, daß Artus durch deine Hand oder durch deine Tat umkommen wird. Dein Dasein allein ist sein Verhängnis. Also töte dich nur jetzt, wenn du willst, aber durch deinen Tod könnte ihn das Schicksal noch schneller treffen.«

»Aber ...«, begann er verzweifelt.

Sie drehte sich um. »Hör mir zu. Hätte Artus dich gemordet, als du ein Wiegenkind warst, so hätten sich die Menschen vielleicht ob seiner Grausamkeit gegen ihn erhoben, und er hätte im Aufruhr getötet werden können. Wenn du dich jetzt tötest, könnte es geschehen, daß deine Brüder ihn dafür verantwortlich machen und ihm Verderben bringen. Oder daß Artus, auf die Nachricht hin nach Applegarth eilend, vom Pferde stürzt und stirbt oder als wehrloser Krüppel mitansehen muß, wie sein Reich um ihn zerbröckelt.« Sie hob die Hände. »Begreifst du es jetzt? Das Schicksal hat mehr als einen Pfeil. Die Götter warten hinter den Wolken.«

»Dann sind sie grausam.«

»Das weißt du doch bereits, nicht wahr?«

Er erinnerte sich an den übelkeiterregenden Geruch der verbrannten Hütte, das Gefühl des vom Meer verwaschenen Knochen in seiner Hand, die über dem verlassenen Strand kreisenden Möwen.

Dann blickte er in ihre grauen Augen und sah Mitleid. Ruhig fragte er: »Was kann ein Mensch tun?«

»Alles, was wir haben«, antwortete sie, »ist das, was das Leben bringt, und das, was der Tod nimmt.«

»Ihr gebt mir trostlosen Rat.«

»So? Das kannst du nicht wissen.«

»Wie meint Ihr das?«

»Ich meine, daß du nicht wissen kannst, was das Leben dir bringen wird. Ich kann dir nur eins sagen: Wie viele Jahre dir und deinem Vater auch immer bleiben mögen, ihr werdet Ehrgeiz verwirklicht sehen, Erfüllung und Ruhmeslohn für ihn und für dich.«

Er schwieg. Das war mehr, als er sich vorgestellt oder erwartet hätte. Sie hatte ihm nicht nur beschränkte Hoffnung gegeben, sondern auch das Versprechen auf ein erfülltes Leben.

Dann sagte er: »Es wird mir also nichts nützen, den Hof zu verlassen und ihm fernzubleiben?«

»Nein.«

Zum ersten Mal lächelte er. »Weil er mich dort haben will, wo er mich sehen kann? Weil es besser ist, sich dem Pfeil bei Tageslicht zu stellen als dem Messer in der Nacht?«

Auch in ihrer Antwort lag ein Schimmer des Lächelns. »Du bist wie er«, war alles, was sie sagte; aber er hatte das Gefühl, daß das Gespräch sich aufzuhellen begann. Eine finstere Dame fürwahr. Gewiß schön, aber lieber hätte er einen auffliegenden Falken angefaßt, als sich mit dieser Frau eingelassen.

»Könnt Ihr mir nicht mehr sagen? Irgend etwas?«

»Mehr weiß ich nicht.«

»Hätte Merlin mehr gewußt? Und hätte er es mir gesagt?«

»Was er wußte, weiß ich«, wiederholte sie. »Ich sagte es dir, ich bin Merlin.«

»Das sagtet Ihr. Sprecht Ihr in Rätseln, um mir zu sagen, daß seine Macht dahin ist, oder nur, daß ich mich ihm nicht nähern soll?« Er wurde wieder ungeduldig. »Mein ganzes Leben lang habe ich Gerüchte über seine magischen Tode und sein spurloses Verschwinden gehört, und nie entsprachen sie der Wahrheit. Sagt es mir bitte ganz offen: Wenn ich nach Bryn Myrddin komme, werde ich ihn finden?«

»Wenn er es wünscht, ja.«

»Dann ist er also noch dort?«

»Er ist, wo er immer war, umgeben von all seinen Feuern und fahrenden Glorien.«

Während sie redete, hatte sich die Sonne gewendet, und das Licht des Fensters fiel jetzt auf ihr Gesicht. Er sah kleine Runzeln auf der glatten Stirn, die Schatten der Müdigkeit unter ihren Augen, den lasurartigen Schmelz ihrer Haut.

Plötzlich sagte er: »Es tut mir leid, Euch belästigt zu haben.«

Sie widersprach ihm nicht, sagte nur: »Ich freue mich, daß du kamst«, und folgte ihm bis zur Turmtür.

»Danke für Eure Geduld.« Er suchte nach schicklichen Abschiedsworten, aber ein Lärm im Hof schreckte ihn auf, und als er hinunterschauen wollte, trat Nimuë rasch an seine Seite.

»Du solltest jetzt lieber verschwinden. Beeil dich! Dein Pferd hat sich losgemacht und scheint bereits einige der neuen Setzlinge gefressen zu haben.« Ihr Ausdruck war schelmisch, jung und lebhaft, wie der eines Kindes, das sich an einem heiligen Ort eine Unartigkeit erlaubt. »Wenn Varo dich mit seinem Spaten totschlägt, was er voraussichtlich im Sinne hat, werden wir sehen, was das Schicksal *dazu* sagt!«

Er küßte ihre Hand und rannte hinunter, um sein Pferd einzufangen. Als er fortritt, blickte sie ihm lange nach. Ihre Augen waren wieder traurig und ernst, aber nicht mehr feindselig.

7

Mordreds Befürchtung, vom König über seine Unterredung mit Nimuë ausgefragt zu werden, war umsonst, denn als er am folgenden Tag zu seinem Vater gerufen wurde, sprach dieser nur über den geplanten Besuch beim Sachsenkönig Cerdic.

»Ich hätte dich hier als mein Stellvertreter lassen können, was dir eine nützliche Erfahrung gewesen wäre, aber es wird dir noch nützlicher sein, Cerdic kennenzulernen und den Verhandlungen beizuwohnen. So soll Bedwyr sich wie immer der laufenden Geschäfte annehmen, als Regent könnte ich fast sagen, denn offiziell begebe ich mich ja ins Ausland. Bist du schon je einem Sachsen begegnet, Mordred?«

»Noch nie. Sind sie wirklich alle Riesen, die das Blut von Kindern trinken?«

Der König lachte. »Du wirst sehen. Gewiß sind sie zumeist von sehr hohem Wuchs und fremdartig in ihren Sitten. Aber ich hörte von Leuten, die sie gut kennen und ihre Sprache sprechen, daß es unter ihnen beachtliche Dichter und Künstler gibt. Von ihren mutigen Kämpen ganz zu schweigen. Du wirst sie bemerkenswert finden.«

»Wie viele Männer werdet Ihr mit Euch nehmen?«

»Da die Waffen ruhen, nur hundert. Ein königliches Geleit, mehr nicht.«

»Könnt Ihr einem Sachsen trauen, den Frieden zu halten?«

»Cerdic ja, wenn man sich auch bei den meisten Sachsen nur auf die eigene Kraft verlassen kann und solange man sie an die Schlacht von Badon erinnert. Aber das darfst du nicht weitersagen.«

Agravaine gehörte auch zu der ausgewählten Hundertschaft, aber weder Gawain noch Gareth. Diese beiden waren kurz nach der Tagung des Rats in den Norden aufgebrochen. Gawain hatte erzählt, sie wollten nach Dunpeldyr und von dort vielleicht nach Orkney reisen; und obgleich Artus seinen Neffen im Verdacht hatte, ein ganz anderes Vorhaben im Schilde zu führen, sah er keinen Grund, ihm die Bitte abzuschlagen. Er hoffte, daß Lamorak sich mit seinem Bruder dem Heer Drustans angeschlossen hatte, sandte aber vorsichtshalber einen Kurier mit einer Warnung nach Dumnonia.

Der König und seine Hundertschaft verließen die Burg an einem schönen und windigen Junitag. Ihr Weg führte sie über das hügelige Heideland. Blaue Falter und kleine gefleckte Schmetterlinge flatterten und schwärmten über den blumigen Wiesen, die Lerchen sangen, die reifenden Kornfelder glänzten golden im Sonnenlicht, und die Bauern, weiß im aufwirbelnden Staub, blickten von ihrer Arbeit auf und lächelten der Gruppe zu. Die Männer ritten gemächlich, redeten und scherzten, und die Stimmung war ausgelassen.

Nur Agravaine machte eine Ausnahme. Er hielt sich dicht an Mordred, der dem mit Cei und Bors plaudernden König in einiger Entfernung folgte.

»Unsere erste Unternehmung mit dem Hochkönig, und schau es dir an. Eine Lustpartie.« Er sprach mit Verachtung. »All das Gerede von Krieg, von zu erobernden Königreichen, von ausgehobenen Heeren, um unsere Küsten zu verteidigen, und das ist das Ergebnis! Er wird alt, scheint mir. Wir sollten diese Sachsen zunächst ins Meer zurücktreiben und erst dann verhandeln. Aber nein! Was tun wir? Wir reiten mit dem Schlachtenführer auf ein Friedenstreffen. Mit den Sachsen! Um uns mit denen zu verbünden? Pah!« Er spuckte aus. »Er hätte mich mit Gawain ziehen lassen sollen.«

»Hast du ihn gefragt?«

»Natürlich.«

»Das war auch eine friedliche Unternehmung«, sagte Mordred trocken, den Blick zwischen die Ohren seines Pferdes gerichtet. »In Dunpeldyr droht keine Kriegsgefahr. Nur ein kleines diplomatisches Gespräch mit Tydwal, und Gareth ist dabei, um allen Argwohn abzulenken.«

»Mit mir brauchst du nicht den Unschuldigen zu spielen«, sagte Agravaine wütend. »Du weißt genau, was er wirklich vorhat.«

»Ich kann es vermuten. Jeder kann es vermuten. Aber falls er Lamorak findet oder hört, wo er sich aufhält, wird Gareth ihn hoffentlich zur Vernunft bringen. Warum, glaubst du, hat Gareth ihn begleitet?« Mordred drehte sich um und blickte Agravaine in die Augen. »Und falls er Geheris begegnet, solltest du das gleiche hoffen. Ich nehme an, du weißt, wo Geheris ist? Laß Gawain nur dem einen oder dem anderen auf die Spur kommen; dann würde ich dir raten, der Unwissende zu sein. Ich will nichts davon wissen.«

»Du? Du stehst dich mit dem König so gut, daß ich mich frage, ob du ihn nicht schon gewarnt hast.«

»Das war nicht nötig. Er weiß so gut wie du, was Gawain sich erhofft. Aber er kann ihn nicht ständig einsperren. Der König vergeudet seine Zeit nicht mit Dingen, die er nicht verhindern kann. Er kann nur hoffen, und wahrscheinlich vergebens, daß weiser Rat ihn zur Vernunft bringt.«

»Und falls Gawain, was rein zufällig geschehen mag, nun doch auf Lamorak stößt, was erwartest du dann von ihm?«

»Lamorak wird sich zu wehren wissen. Er ist tapfer und erfahren.« Er fügte hinzu: »Nimm, was das Leben bringt. Gib, was der Tod dir nimmt.«

Agravaine starrte ihn an. »Was? Was sind das für Reden?«

»Etwas, das ich letzthin gehört habe. Also wie ist es mit Geheris? Hoffst du, daß Gawain auch ihn findet?«

»Geheris wird er nicht finden«, sagte Agravaine mit Zuversicht.

»Aha, dann weißt du, wo er ist?«

»Was glaubst du? Natürlich habe ich von ihm gehört. Aber das weiß der König nicht, da kannst du sicher sein! Er ist nicht so allwissend, wie du denkst, Bruder.« Er warf Mordred einen verstohlenen Blick zu und flüsterte schelmisch:

»Es gibt eine Menge Dinge, die er nicht sieht.«

Mordred antwortete nicht, aber Agravaine fuhr ungebeten fort: »Sonst hätte er sich nicht auf diesen unnötigen Ausflug begeben und Bedwyr in Camelot gelassen.«

»Jemand muß ja bleiben.«

»Mit der Königin?«

Mordred funkelte ihn an. Der Ton und seine Augen sagten mehr, als die bloßen Worte auszudrücken vermochten. Er sprach mit Verachtung und Zorn. »Ich bin kein Narr, und ich bin nicht taub. Ich höre das Geschwätz der schmutzigen Mäuler. Halte deine Zunge in Zaum, Bruder!«

»Soll das eine Drohung sein?«

»Das ist nicht nötig. Laß es den König nur einmal hören ...«

»Wenn es wahr ist, sollte er es hören.«

»Es kann nicht wahr sein! Gewiß, Bedwyr steht dem König und der Königin nahe, aber ...«

»Sagt man nicht, daß der Ehemann es immer zuletzt erfährt?«

Mordred fühlte eine solche Wut in sich aufsteigen, daß er bestürzt war. Er begann zu sprechen, doch als er den Rücken des Königs und die beiden Reiter an seinen Seiten so dicht vor sich sah, hielt er sich zurück und flüsterte nur: »Laß es. Es ist närrisches Geschwätz, und man könnte dich hören. Sprich mir nicht mehr davon. Ich will nichts damit zu tun haben.«

»Immerhin hast du bereitwillig zugehört, als man die Tugend deiner Mutter in Frage stellte.«

Mordred fuhr ihn wütend an: »In Frage gestellt? Mein Gott, ich habe es mit eigenen Augen gesehen! Wie sie mit ihm im Bett lag!«

»Und dir so wenig daraus gemacht, daß du den Mann fliehen ließest?«

»Laß es, Agravaine! Wenn Geheris Lamorak dort getötet hätte, während der König Drustan zu überreden versuchte, Dumnonia zu verlassen und sich den Gefährten anzuschließen ...«

»Daran hast du gedacht? In einem solchen Augenblick? Als sie ... mit ihm ... vor deinen Augen ...?«

»Ja.«

Agravaine starrte ihn durchbohrend an. Das Blut schoß ihm in die Wangen, rötete seine Stirn. Dann riß er mit einem Schrei hilfloser Wut den Zaum seines Pferdes so heftig zurück, daß es zu bluten begann. Mordred war froh, ihn endlich los zu sein, ritt allein seines Weges, bis Artus sich umdrehte und ihn zu sich winkte.

»Siehst du? Dort ist die Grenze. Und wir werden erwartet. Der Mann in der Mitte, der große im blauen Mantel, das ist Cerdic.«

Cerdic war ein blauäugiger Hüne mit silbrigem Haar und Bart. Der blaue Mantel hing ihm locker über dem langen grauen Gewand, und außer seinem Dolch trug er keine Waffe; aber ein Page hinter ihm hielt sein Schwert, das schwere sächsische Schwert mit breiter Klinge in lederner goldverzierter Scheide. Auf seinem langen, sorgfältig gekämmten Haar saß eine Krone, ebenfalls aus Gold und fein ziseliert, und in der linken Hand hielt er einen vollendet geschnitzten und mit goldenen Kreuzblumen beschlagenen Stab, der ein Symbol seiner Königswürde zu sein schien. Neben ihm wartete ein der beiden Sprachen kundiger älterer Mann, dessen Sippe, wie man später erfuhr, seit Urzeiten zu den Verbündeten gehörte, und der sein ganzes Leben innerhalb der Grenzen der Sachsenküste verbracht hatte.

Hinter Cerdic standen seine Lehnsmannen oder Kriegsherren, wie der König gekleidet, bis auf die Krone, anstelle welcher sie hohe und bunte Lederhelme trugen. Ihre Rosse, kleine zottelige Tiere, Ponies im Vergleich zu Artus' gepflegten Zuchtpferden, wurden im Hintergrund von den Knechten am Zügel gehalten.

Artus und sein Gefolge stiegen ab. Die Könige, beide hochgewachsen, prunkvoll gekleidet, funkelnd im Glanze ihrer Edelsteine, ehrfurchtgebietend und hehr, begrüßten sich, zuerst mißtrauisch wie zwei sich beschnuppernde große Hunde – die Waffenruhe war noch nicht besiegelt –, aber dann, als sei ein Funke der Zuneigung zwischen ihnen aufgesprungen, lächelten sie, streckten sich gleichzeitig die Hand entgegen, umarmten und küßten sich.

Das war das Zeichen. Die hohen blonden Krieger traten aus den Reihen, stürmten mit Willkommensrufen hervor. Die Knechte rannten mit den Pferden herbei, und alle stiegen wieder in die Sättel. Mordred, den der König zu sich gewinkt hatte, wurde auch von Cerdic mit einem Kuß begrüßt und durfte zwischen dem Sachsenkönig und einem rothaarigen Lehnsmann reiten, der, wie er später erfuhr, ein Vetter der königlichen Gemahlin Cerdics war.

Die sächsische Hauptstadt lag nicht weit von der Grenze, etwa eine Stunde entfernt, und sie ritten langsam. Die beiden Könige schienen keine Eile zu haben und redeten mit Hilfe ihres Dolmetschers, der den Kopf hin und her streckte, um das Gesagte zu hören und zu übersetzen.

Mordred an Cerdics anderer Seite konnte nur wenig verstehen und gab es schließlich auf, denn inmitten des Lärms der Sachsen und Briten, die sich lachend und schreiend zu verständigen suchten, wäre alle Mühe umsonst gewesen. Ihm und seinem Begleiter gelang es immerhin, wenigstens die Namen auszutauschen. Der rothaarige Lehnsmann hieß Bruning. Einige Sachsen, die in den verbündeten Gebieten der Küste gelebt hatten, kannten sich recht gut in beiden Sprachen aus, aber sie waren meist ältere Männer, während die jüngeren auf beiden Seiten sich auf ihren guten Willen und ihr fröhliches Lachen verlassen mußten, um eine Art von Einvernehmen herzustellen. Agravaine hielt sich schmollend mit einer kleinen Schar junger Briten abseits, die leise miteinander redeten und nicht beachtet wurden.

Mordred schaute sich um und entdeckte viel Ungewöhnliches und Fremdartiges auf dem kurzen Ritt durch die Landschaft. Mangels eines Übersetzers begnügten er und Bruning sich damit, von Zeit zu Zeit einander freundlich zuzulächeln oder gelegentlich auf Dinge zu zeigen, an denen sie vorüberritten. Hier wurden die Felder anders bestellt, und die von den Bauern benutzten Geräte waren ungewohnt, zum Teil sehr primitiv, zum Teil recht kunstvoll. Auch die Häuser unterschieden sich von den Steingebäuden, die er kannte, denn hier wurden fast keine Steine verwendet, aber die ganz aus Holz gezimmerten Hütten und Ställe der Bauern zeugten von großer Kunstfertigkeit. Das weidende Vieh sah wohlgenährt und gut gepflegt aus.

Eine Gänseherde watschelte schnatternd über die Straße und scheute die Pferde der vordersten Reihen auf, die sich bäumten und wieherten. Die Gänsemagd, ein flachsblondes Kind mit runden Augen und einem anmutigen Gesicht, dem selbst die Schamröte gut anstand, jagte, den Stock schwingend, ihrer Herde nach. Artus warf ihr lachend eine Münze zu, sie dankte ihm mit Worten, die er nicht verstand, las das Geschenk vom Boden auf und rannte wieder hinter ihren Gänsen her. Die Sachsen schienen keine große Ehrfurcht vor den Königen zu haben, denn jetzt gebärdete sich die Reiterschar, die Agravaine verächtlich eine Lustpartie genannt hatte, wirklich wie eine solche. Die jungen Männer pfiffen und riefen dem davoneilenden Mädchen nach, das sich die Röcke geschürzt hatte, flink wie ein Junge rannte und dabei seine langen nackten Beine zeigte. Bruning grinste Mordred zu und sagte:

»Hwaet! Gaeger maeden!«

Mordred nickte lächelnd, fand zu seiner Überraschung bestätigt, was er seit ein paar Minuten geahnt hatte. Im Geschrei und Gelächter waren hie und da Worte zu ihm gedrungen, manchmal auch ganze Sätze, die er verstand, ohne sie bewußt übersetzen zu müssen. *»Schaut! Ein hübsches Mädchen!«* Die bald melodischen, bald kehligen Laute erweckten Kindheitserinnerungen in ihm: der Geruch des Meeres, die schaukelnden Boote, die Stimmen der Fischer, die herrlichen Schiffe mit dem schmalen Bug, die manchmal die Fischgründe der Inselbewohner durchquerten, die großen blonden Seeleute, die im Winter an Land kamen, wenn die Stürme tobten, oder im Sommer, wenn sie Handel trieben. Er glaubte zwar nicht, daß es Sachsen gewesen waren, aber es mußte viele Worte und Wendungen geben, die die Sachsen und Norweger gemein hatten. Jetzt lauschte er aufmerksamer, und vieles kam ihm vertrauter vor – wie ein alter Kinderreim, an den man sich noch dunkel erinnert.

Aber da er Mordred war, sagte er nichts und ließ sich nichts anmerken.

Nach einer Weile gelangten sie auf eine Hügelkuppe, und unter ihnen lag die sächsische Hauptstadt.

Mordreds erster Eindruck war enttäuschend: Cerdics Hauptstadt schien kaum mehr als ein primitives Dorf zu sein. Der zweite Eindruck war besonnener: Wie weit mußte er, der Sohn des Fischers, es seit jener Zeit gebracht haben, als er ein noch ärmlicheres Dorf auf den Inseln wie ein Weltwunder bestaunt hätte.

Die sogenannte Hauptstadt Cerdics bestand aus einem bunt zusammengewürfelten Haufen von Holzhäusern innerhalb eines Zauns. Den Mittelpunkt bildete das Haus des Königs, ein langes, ganz aus Holz gezimmertes Gebäude von der Größe einer Scheune, mit einem steilen spitzen Strohdach und einem Schornstein in der Mitte, einer Tür an jeder Seite des Saals, hohen und schmalen Fenstern in den Wänden. Es war symmetrisch gebaut, und man hätte es stattlich nennen können, wenn sich nicht der Vergleich mit den vergoldeten Türmen von Camelot und den großartigen römischen Steinbauten Caerleons oder Aquae Sulis aufdrängte.

Die anderen Häuser, ebenfalls symmetrisch gebaut,

jedoch viel kleiner, standen in dichten Haufen, offenbar planlos errichtet, um das Haus des Königs herum. Dazwischen, daneben, manchmal direkt angebaut, die Viehschuppen, und auf den freien Plätzen vor den Häusern tummelten sich Hühner, Schweine und Gänse, spielende Kinder und Hunde, zum Teil hinter den Rädern der Ochsenkarren versteckt, zum Teil unter den vereinzelten Bäumen, wo das Holz aufgeschichtet war. Es roch nach Dung, frischem Heu und Holzfeuerrauch.

Die großen Tore standen weit offen, und die Schar ritt hinein, unter einem Querbalken hindurch, auf dem Cerdics Fahne wehte, ein schmaler gezackter blauer Wimpel, der im Wind wie eine Peitsche knallte. An der Tür des Saals erwartete Cerdics Königin die Besucher, bereit, sie in ihrem Haus willkommen zu heißen, wie ihr Gemahl es an der Grenze des Königreichs getan hatte. Sie war fast so groß wie er, trug auch eine Krone und goldene Spangen in ihren langen flachsblonden Zöpfen. Nachdem sie Artus und dann Mordred und Cei mit dem zeremoniellen Willkommenskuß begrüßt hatte, begleitete sie, zu Mordreds Überraschung, die königliche Gesellschaft in den Saal. Die anderen blieben draußen, und bald hörte man aus der Ferne stampfende Hufe, klirrende Schwerter und Rufe, als die jüngeren Krieger, Sachsen und Briten, sich in edlem Wettstreit auf dem Felde vor dem Zaun miteinander maßen.

Die königlichen Herrschaften, und mit ihnen der Dolmetscher, nahmen neben der Feuerstelle in der Mitte des Saals Platz. Das frisch aufgeschichtete Brennholz war noch nicht angezündet. Zwei Mädchen, blonde Ebenbilder Cerdics, brachten Krüge mit Met und Bier. Die Königin erhob sich, nahm ihren Töchtern die Krüge ab und schenkte den Gästen ein. Dann verschwanden die Mädchen, aber die Königin blieb und setzte sich zur Linken ihres Gemahls.

Das Gespräch verlief langsam, da alles übersetzt werden mußte, und dauerte den ganzen Nachmittag. Zu Beginn wurde hauptsächlich über die nachbarlichen Beziehungen gesprochen, über Handel und Märkte, aber auch über die Möglichkeit einer zukünftigen Bereinigung der Grenzen zwischen den beiden Königreichen, und dabei kam auch, zunächst nur am Rande, das Thema einer gegenseitigen militärischen Hilfe ins Gespräch. Cerdic war sich durchaus bewußt, welchem Druck seine Landsleute in ihren immer enger werdenden Gebieten auf dem Kontinent standzuhalten hatten. Die stärker als Cerdics Volk bedrohten Ostsachsen suchten bereits mit den Engländern zwischen der Themse und dem Humber Bündnisse zu schließen, und er selbst hatte Verbindung mit den Mittelsachsen in Suthridge aufgenommen. Als Artus ihn fragte, ob er auch ein Bündnis mit den Südsachsen erwogen habe, deren Reich in der südöstlichen Ecke Britanniens den vom Kontinent über die Meeresenge kommenden Schiffen die nächstliegenden Landungsmöglichkeiten bot, war Cerdic sehr zurückhaltend. Seit dem Tode Aelles, des großen Führers der Südsachsen, hatte es dort keine Herrscher von Format mehr gegeben. ›Nichtse‹ war das treffende Wort des westsächsischen Königs. Artus verfolgte die Frage nicht weiter und ging auf die Nachrichten aus Franken über. Cerdic hörte zum erstenmal von dem Mord an Chlodomirs Kindern, zeigte sich bestürzt und dachte besorgt an die sich daraus ergebenden Folgen, besonders für die Bretagne in ihrer heiklen Lage als einziges Land zwischen den Küsten Britanniens und den bedrohten fränkischen Königreichen. Mit fortschreitender Zeit schien der Gedanke an gemeinsame Verteidigungsmaßnahmen der Briten und Sachsen gar nicht mehr so abwegig.

Als das Gespräch schließlich ein Ende nahm, schien das Licht der untergehenden Sonne mild und golden durch die Tür des Saals. Der Lärm der Waffenspiele auf dem Felde draußen war längst verklungen. Muhend und blökend wurde das Vieh zum Melken zusammengetrieben, und der Geruch der Holzfeuer lag beizend in der Luft. Der Wind hatte sich gelegt. Die Königin erhob sich und verließ den Saal, während Diener herbeieilten, um die Tische für die Abendmahlzeit aufzustellen und das Herdfeuer mit einer Fackel zu entfachen.

Von irgendwo kam Hörnerklang, und bald traten Cerdics und Artus' Krieger ein, fröhlich über ihre Wettkämpfe plaudernd, setzten sich bunt durcheinander an die langen Tische, lärmten, als wenn sie noch draußen wären, hämmerten mit den Dolchgriffen auf die Tafel und verlangten brüllend nach Speise und Trank. Das Getöse war ohrenbetäubend. Artus' Mannen, zuerst etwas verwirrt über den Aufruhr, stimmten bald in das fröhliche Geschrei ein. Es gab keine Sprachschwierigkeiten mehr, denn was gesagt wurde, war allen klar. Das Gejohle schwoll noch mehr an, als man Bier und Met brachte und danach die großen Platten mit den dampfenden und brutzelnden frisch vom Herd genommenen Braten. Die sächsischen Lehnsmänner, die sich bis jetzt mit Gesten und schallendem Gelächter zu verständigen bemüht hatten, schwiegen plötzlich und wandten all ihre Aufmerksamkeit begierig dem Essen und Trinken zu. Jemand reichte Mordred ein Trinkhorn – es war wie Elfenbein poliert und sehr kunstvoll mit Gold verziert –, ein anderer füllte es bis zum Überlaufen, und als er endlich zu essen begann, hatte er alle Mühe, seine Tischnachbarn abzuhalten, ihm immer wieder die besten Fleischstücke auf den Teller zu häufen.

Das Bier war stark und der Met noch stärker. Viele der Krieger betranken sich und schliefen ein, wo sie saßen. Auch einige Mannen Artus' konnten der überwältigenden Gastlichkeit nicht widerstehen und dösten berauscht vor sich hin. Mordred war mit Mühe nüchtern geblieben, blickte zwinkernd in das Licht der vor der offenen Tür untergehenden Sonne, um zu sehen, wie es den Königen erging. Cerdic lehnte sich schwitzend und mit rotem Gesicht in seinen Stuhl zurück, immer noch redend, während Artus, obgleich sein Teller leer war, erstaunlich frisch und kühl aussah und von der Hitze im Saal nichts zu spüren schien. Aber dann sah Mordred, wie ihm das gelungen war. Sein großer Hund Cabal lag neben seinem Stuhl und leckte sich genüßlich das Maul.

Der Abend brach an, und die entzündeten Fackeln füllten den Raum mit rauchigem Licht. Das Feuer brannte hell, und der Rauch zog durch den Schornstein oder drang zu den Tafeln, wo die Männer husteten und sich die Augen wischten. Als die Teller endlich leer waren und die Trinkhörner weniger oft gefüllt werden mußten, begann die Unterhaltung.

Zuerst kam eine Truppe von Spielmännern, die zu den Klängen von Trompeten und Hörnern tanzten, und mit ihnen zwei Gaukler von erstaunlicher Geschicklichkeit. Sie schleuderten und fingen bunte Bälle, dann Dolche und alles sonstige, was die noch nüchternen Herren ihnen zuwarfen, und beschrieben damit verblüffende Muster in der rauchigen Luft. Die Könige warfen ihnen Münzen zu, die Spielleute sammelten sie auf, verneigten sich und verließen hüpfend und tanzend den Saal. Dann nahm der Barde seinen Platz ein. Er war ein hagerer dunkelhaariger Mann in einem kostbar aussehenden Gewand. Nachdem er seinen Schemel an den Herd gerückt hatte, stimmte er seine Harfe. Mordred sah, wie Artus beim Saitenklang aufblickte und dann in seinen Stuhl zurücksank, lauschend, das Gesicht im Schatten verborgen.

Allmählich legte sich der Lärm im Saal, und man hörte nur noch das Schnarchen einiger Betrunkener und das fauchende Knurren der Hunde, die sich im Stroh um die Speisereste balgten. Der Barde hub zu singen an. Seine Stimme war klar, und er schien, wie es bei solchen Männern üblich ist, sprachgewandt zu sein. Zuerst sang er in der Sprache der Gäste ein Liebeslied und dann eine Klage. Darauf folgte ein Lied in seiner eigenen Sprache, ein Lied, das nach den ersten sechs Zeilen jeden fesselte, der es hören konnte, ob er die Worte verstand oder nicht.

»... Weh dem, sprach der getreue Mann,
Der seinen Herrn überlebt.
Öde und leer sieht er die Welt,
Wie einen Wall, den der Sturm brach,
Wie ein verlaß'nes Schloß, wo Schnee
Durch die weit off'nen Fenster weht,
Sich auf gebroch'nem Lager häuft
Und auf dem schwarzen Stein des Herds ...«

Der rothaarige Bruning, der Mordred gegenüber saß, war mäuschenstill, und Tränen rannen ihm über das Gesicht. Auch Mordred, wie bewegt von einem längst vergessen geglaubten Kummer, hatte alle Mühe, seine Gefühlserregung zu verbergen. Plötzlich, als wenn er gerufen würde, drehte er sich um und sah die Augen seines Vaters, den seinen so gleich, auf sich gerichtet. Lange blickten sie sich an. In Artus' Ausdruck lag etwas, das er bei Nimuë gesehen hatte; eine hilflose Traurigkeit. In seinem, das wußte er, war Trotz und Entschlossenheit. Dann lächelte Artus und wendete sich ab, als der Beifall ertönte. Mordred erhob sich rasch und verließ den Saal.

Während der langen Mahlzeit waren viele Männer für einen Augenblick hinausgegangen, um sich zu erleichtern, und so fragte ihn niemand oder blickte ihm auch nur nach.

Die Tore waren geschlossen, und Stille lag über dem umzäunten Dorf. Bei Sonnenuntergang hatte man das Vieh in die Ställe getrieben, die Kinder heimgeholt, sie mit Essen versorgt und zu Bett gebracht, und jetzt saßen die Männer und Frauen in ihren Häusern. Er schlenderte langsam am Zaun entlang und versuchte nachzudenken.

Dein Wille ist nichts, dein Dasein allein ist sein Verhängnis. Nimuës Worte. Das gleiche war dem König vor vielen Jahren verkündet worden, und er hatte sein Schicksal den grausamen finsteren Göttern überlassen.

Aber auch erfüllter Ehrgeiz und Ruhmeslohn waren ihm verheißen.

Natürlich glaubt ein vernünftig denkender Mann nicht an solche Trostsprüche, und aus gleicher Überlegung kann er auch nicht an die verhängnisvolle Prophezeiung glauben ...

Er fuhr sich mit der Hand über die Stirn. Die Luft war kühl und mild, erfrischend nach der Hitze und dem rauchigen Gestank im Saal. Allmählich wurden die Gedanken klarer. Er war ja noch weit entfernt von der Erfüllung seines Ehrgeizes, seines geheimen Strebens und seiner Wünsche. Dem König blieb also noch lange Zeit, bestimmt viele Jahre, bis er den unheilvollen Willen der Götter fürchten mußte. Was Artus für ihn vor all den Jahren getan hatte, konnte er jetzt für Artus tun. Vergiß das ›Verhängnis‹ und warte, bis die Zukunft sich dir zeigt.

Eine Bewegung im Schatten eines hohen Holzhaufens ließ ihn aufblicken. Ein Mann aus dem Gefolge Artus'. Zwei Männer, nein, drei. Der eine näherte sich der Glut eines erlöschenden Kochfeuers, und Mordred erkannte Agravaine. Der war nicht hier draußen, um sich zu erleichtern, denn er setzte sich jetzt auf die Deichsel eines leeren Karrens vor dem Holzhaufen, und seine beiden Gefährten standen bei ihm, neigten die Köpfe, redeten eifrig auf ihn ein. Es waren Calum, den er kannte, und ein anderer, den er zu kennen glaubte. Zwei junge Kelten, Freunde Agravaines und ehemalige Kumpane seines Bruders Geheris. Als Agravaine während des Ritts wütend von Mordreds Seite gewichen war, hatte er sich der Gruppe angeschlossen, in der diese beiden sich befanden, und Fetzen ihres Gesprächs waren von Zeit zu Zeit bis zu Mordreds Ohren gedrungen.

Plötzlich waren alle Gedanken an Nimuë und ihre finsteren Weissagungen verflogen. Die jungen Kelten; diese Bezeichnung hatte vor kurzem eine Art von politischer Bedeutung angenommen: Junge Krieger, meist aus den abgelegeneren keltischen Königreichen, die sich sehr unwillig mit dem ›Frieden des Hochkönigs‹ und der Vereinheitlichung der Länderverwaltung abfanden und die der den fahrenden Rittern zugedachten neuen Rolle als friedliche Gesetzeshüter überdrüssig waren. Zu offener Auflehnung war es nicht gekommen, aber die jungen Leute neigten dazu, über den ›Markt der alten Männer‹ im Runden Saal zu spotten und unter sich Gespräche zu führen, die dem Gerücht nach an Verrat grenzten.

Dazu gehörte auch das Geflüster über Bedwyr und Königin Guinevere, zu dessen Verbreitung sehr wohl eine aufrührerische Absicht beigetragen haben mochte.

Mordred schlich sich leise weiter, bis eine Scheune ihn vor den Augen und Ohren der kleinen Gruppe verbarg. Jetzt fester ausschreitend, den Kopf geneigt, bei kühlem Verstand, dachte er nach.

Gewiß hatte die Königin, zu deren engem Kreis er gehörte, Bedwyr nie durch einen Blick oder ein Wort eine besondere oder gar verdächtige Gunst bezeugt. Als Artus' bester Freund verdiente er ihre Huld, aber auch diese gewährte sie ihm nur in Artus' Gegenwart. Allerdings hatte sich Mordred manchmal gefragt, warum diese beiden Menschen, die sich seit so langer Zeit kannten und die eine so enge Freundschaft verband, oft fast gezwungen wirkten, wenn sie beisammen waren. Nein – er berichtigte sich – nicht gezwungen. Es war eher eine sorgsam gehaltene Distanz, auch wo es gar nicht nötig schien, auch wo Distanz überhaupt nicht am Platze war. Mordred hatte bemerkt, daß Bedwyr im voraus zu wissen schien, was die Königin sagen wollte, bevor sie es in Worte gefaßt hatte.

Er schüttelte den Gedanken von sich. Das war Gift, das Gift, das Agravaine ihm einzuträufeln versuchte. Nichts, womit er seine Zeit verschwenden würde. Aber etwas konnte er tun. Wohl oder übel stand er den Brüdern aus Orkney nahe, und in letzter Zeit besonders Agravaine. Falls der sich wieder an ihn wenden sollte, würde er ihn anhören und herausfinden, ob die Unzufriedenheit der Jungen Kelten mehr bedeutete als eine bloße Auflehnung der Jungen gegen die Herrschaft der Älteren. Was die Flüstereien über Bedwyr und die Königin betraf, so steckte auch dahinter bestimmt eine politische Absicht. Einen Keil zwischen Artus und seinen ältesten Freund zu treiben, den vertrauten Regenten und Siegelbewahrer, der ihn in Person vertrat, das wäre das Ziel jeder Partei, die bestrebt ist, die Stellung des Königs zu schwächen und seine Politik zu untergraben. Auch hier mußte er zuhören und gegebenenfalls den König warnen, wenn er den Mut dazu hatte. Es waren ja nur Verleumdungen, keine Tatsachen, denn was man über Bedwyr und die Königin erzählte, konnte nur eine gemeine Lüge sein.

Das sagte er sich mit einer Heftigkeit, in der er nur einen weiteren Beweis der Treue zu seinem Vater sah und seiner Dankbarkeit für die huldvolle Frau, die dem einsamen Knaben der Inseln soviel Güte bezeugt hatte.

Auf dem Heimritt hielt er sich fern von Agravaine.

8

In Camelot konnte er ihm allerdings nicht mehr aus dem Wege gehen.

Einige Tage nach der Rückkehr aus Cerdics Hauptstadt rief der König Mordred zu sich und bat ihn, auf seinen Halbbruder aufzupassen.

Es war durchgesickert, daß Nachricht von Drustan gekommen war, jenem ruhmvollen Heerführer, den Artus in seine Gefolgschaft zu nehmen hoffte, daß er sich nach Beendigung seiner Dienstzeit in Dumnonia nun bald dem Hochkönig mit seiner Festung im Norden und seiner bewährten Kampftruppe zur Verfügung stellen wollte. Er war bereits auf dem Wege nach Norden, um die letzten Vorkehrungen auf seiner Burg Caer Mord zu treffen, bevor er sich persönlich nach Camelot begeben würde.

»Soweit ist alles gut«, sagte Artus. »Ich brauche Caer Mord und hatte es mir erhofft. Aber Drustan hat Lamorak wegen einer alten Ehrensache Blutsbrüderschaft geschworen, und außerdem steht Lamoraks Bruder Drian gegenwärtig in seinen Diensten. Das ist dir bekannt. Und nun hat er verlauten lassen, daß er mich bitten wird, Lamorak zur Rückkehr nach Camelot einzuladen.«

»Werdet Ihr es tun?«

»Wie kann ich es umgehen? Er hat kein Unrecht begangen. Vielleicht war seine Zeit schlecht gewählt, und vielleicht wurde er getäuscht, aber er hatte sich mit ihr verlobt. Und selbst wenn nicht«, fügte der König bitter hinzu, »stünde mir als letztem das Recht an, ihn zu verdammen, für das, was er getan hat.«

»Und mir als vorletztem.«

Der König lächelte, aber seine Stimme war ernst. »Du siehst, wie es steht. Lamorak wird zurückkehren, und wenn deine drei älteren Halbbrüder inzwischen nicht zur Vernunft gekommen sind, haben wir dann eine Blutfehde, die die Ritter in zwei feindliche Lager spalten wird.«

»Lamorak ist also bei Drustan?«

»Nein. Noch nicht. Ich habe dir noch nicht alles erzählt. Ich weiß jetzt, daß er in die Bretagne gezogen ist und bei Bedwyrs Vetter gewohnt hat, der dort für ihn die Festung Benoic hält. Ich erhielt Briefe, aus denen hervorgeht, daß Lamorak inzwischen Benoic verlassen und angeblich ein Schiff nach Northumbria genommen hat. Wahrscheinlich kennt er Drustans Pläne und hofft, ihn in Caer Mord zu erreichen. Was hast du?«

»Northumbria«, sagte Mordred. »Sir, ich glaube – ich weiß –, daß Agravaine mit Geheris in Verbindung steht, und ich habe auch Grund zu vermuten, daß Geheris sich irgendwo in Northumbria aufhält.«

»In der Nähe von Caer Mord?« fragte Artus beunruhigt.

»Das weiß ich nicht. Ich bezweifle es. Northumbria ist groß, und Geheris kann unmöglich über Lamoraks Pläne unterrichtet sein.«

»Es sei denn, er kennt Drustans Pläne und stellt Vermutungen an, oder Agravaine hat hier am Hofe eine Andeutung gehört und sie an ihn weitergegeben«, sagte Artus. »Nun gut. Wir können nur eins tun: Deine Brüder nach Camelot zurückzuholen, wo sie beobachtet und bis zu einem gewissen Grade überwacht werden können. Ich werde Gawain eine strenge Mahnung zukommen lassen und ihm befehlen, sich unverzüglich zurückzubegeben. Falls es sein muß und Lamorak einverstanden ist, gestatte ich Gawain, ihn zum Kampf zu fordern, aber hier und in aller Öffentlichkeit. Das sollte genügen, um das böse Blut zu kühlen. Wie Gawain mit Geheris verfährt, ist seine Sache. Da kann ich mich nicht einmischen.«

»Ihr wollt Geheris wieder aufnehmen?«

»Wenn er in Northumbria ist und Lamorak sich nach Caer Mord begibt, bin ich dazu gezwungen.«

»Nach dem Prinzip, daß es besser ist, den Pfeil fliegen zu sehen, als ihn ungesehen ins Ziel treffen zu lassen?«

Mordred glaubte im ersten Augenblick, einen Fehler gemacht zu haben. Artus' Augen blitzten auf, und er schien im Begriff, eine Frage an ihn zu richten. Vielleicht hatte Nimuë, als sie mit ihm über Mordred sprach, dasselbe Wortbild benutzt. Aber Artus ging nicht weiter darauf ein. Er sagte: »Ich will es dir überlassen, Mordred. Du sagst, Agravaine stehe mit seinem Zwilling in Verbindung. Ich werde bekanntgeben, daß das Urteil gegen Geheris aufgehoben ist, und Agravaine bitten, ihn zurückzuholen. Und ich werde darauf bestehen, daß du ihn begleitest. Mehr kann ich nicht tun. Ich mißtraue ihnen, darf es aber nicht zeigen. Deshalb schicke ich dich. Ich kann doch keine Truppen aussenden, um mich ihrer Rückkehr zu versichern. Glaubst du, er wird damit einverstanden sein?«

»Wahrscheinlich. Ich werde mir schon etwas einfallen lassen.«

»Ist dir klar, um welchen Dienst ich dich bitte? Deiner eigenen Sippschaft nachzuspionieren? Kannst du das über dich bringen?«

Mordred sagte plötzlich: »Habt Ihr je einen Kuckuck im Nest beobachtet?«

»Nein.«

»Daheim sind sie überall im Moor zu finden. Sobald sie ausgebrütet sind, stoßen sie ihre Sippschaft aus dem Nest und bleiben …« Fast hätte er ›als Alleinherrscher‹ gesagt, aber er unterbrach sich rechtzeitig. Er wußte nicht einmal, wie ihm die Worte eingefallen waren, und fügte lahm hinzu: »Ich meinte nur, daß ich mich gegen kein Gesetz der Natur vergehen werde, Sir.«

Der König lächelte. »Nun, so kann ich wenigstens sagen, daß mein Sohn sich besser zu behaupten weiß als alle Söhne Lots. Paß mir gut auf Agravaine auf, Mordred, und bring sie beide hierher zurück. Dann vielleicht«, schloß er versonnen, »werden die Schwerter von Orkney zu gegebener Zeit wieder in den Scheiden ruhen.«

Kurz darauf, an einem schönen Oktobertag, sah

Agravaine Mordred über den Marktplatz von Camelot gehen, folgte ihm und holte ihn am Brunnen ein.

»Ich habe die Erlaubnis des Königs, nach Norden zu reiten. Aber nicht allein, hat er gesagt. Und du bist der einzige Ritter, den er entbehren kann. Willst du mich begleiten?«

Mordred blickte ihn mit gut gespielter Überraschung an. »Auf die Inseln? Nein, danke.«

»Nicht auf die Inseln. Glaubst du, die würde ich im Oktober besuchen? Nein.« Agravaine fuhr leiser fort, obgleich außer zwei Kindern, die im Brunnen planschten, niemand in der Nähe war. »Er versprach mir, daß er die Verbannung Geheris' widerrufen wird. Er läßt ihn an den Hof zurückkehren. Dann fragte er mich, wohin er den Kurier schicken sollte, aber ich sagte ihm, ich sei meinem Ehrenwort verpflichtet und dürfe nichts preisgeben. So meinte er, dann solle ich selbst gehen und ihn holen, falls du mich begleiten würdest.« Sein Hohnlächeln war unverblümt. »Dir scheint er zu trauen.«

Mordred übersah das Hohnlächeln. »Das ist gute Nachricht. Einverstanden, ich komme mit dir, und aus freiem Willen. Wann?«

»So bald wie möglich.«

»Und wohin?«

Agravaine lachte. »Das wirst du erfahren, wenn du da bist. Ich sagte dir ja, ich bin meinem Ehrenwort verpflichtet.«

»Ihr seid also die ganze Zeit in Verbindung geblieben?«

»Natürlich. Hättest du dir das nicht denken können?«

»Wie? Durch Briefe?«

»Wie sollte er mir Briefe schicken? Er hat niemanden, der für ihn lesen oder schreiben kann. Nein, von Zeit zu Zeit erhalte ich Nachricht von Händlern, von Leuten wie diesem Kaufmann dort drüben, der gerade die Stoffballen auf seinen Stand legt. Also halte dich bereit, Bruder, morgen früh geht es los.«

»Eine lange Reise? Das mußt du mir wenigstens verraten.«

»Lang genug.«

Die Kinder spielten wieder, und ihr Ball rollte Mordred vor die Füße. Er schleuderte ihn mit der Schuhspitze in die Höhe, fing ihn auf und warf ihn ihnen zu. Dann rieb er sich lächelnd den Staub von den Händen. »Sehr gut. Ich ziehe gern mit dir. Es wird mir guttun, wieder einmal in den Norden zu reiten. Willst du mir immer noch nicht sagen, wohin es geht?«

»Nicht, bevor wir dort sind«, sagte Agravaine.

An einem trüben und nebligen Spätnachmittag gelangten sie endlich an einen halbzerfallenen Turm im northumbrischen Moor.

Die Gegend war wild und öde. Selbst die einsamen Sümpfe von Orkney mit ihren Seen und dem fahlen Licht des allgegenwärtigen Meers schienen lebensfroh im Vergleich zu diesem Ort.

Zu allen Seiten erstreckte sich das von dunkelroter Heide überwachsene Hügelland in der trüben Abenddämmerung. Kein Schimmer der Sonne durchdrang den dichtbewölkten Himmel, kein Lüftchen wehte, nicht der geringste Hauch von Meeresfrische. Hie und da zwischen den Hügeln Flüsse und Bäche, deren Ufer man an vereinzelten Erlen und blassem Buschwerk erkannte, und an einem solchen Gewässer, in einer Mulde, stand der Turm. Der Boden war sumpfig, und zum Überqueren des Morasts hatte man Schrittsteine gelegt. Der mit dichtem Efeu überrankte Turm inmitten Holunderbüschen und knorriger und bemooster Obstbäume mochte einst ein angenehmer Aufenthalt gewesen sein und war es vielleicht noch an sonnigen Tagen, aber an diesem nebligen Herbstabend sah er alles andere als einladend aus. In einem Fenster flackerte ein trübes Licht.

Die Brüder banden ihre Pferde an einem Weißdorn fest und pochten an die Tür. Geheris öffnete.

Obgleich er den Hof erst vor wenigen Monaten verlassen hatte, merkte man ihm nicht mehr an, daß er je mit zivilisierter Gesellschaft in Berührung gewesen war. Sein möhrenroter Stoppelbart bedeckte Wangen und Kinn, das Haar hing ihm locker und struppig über die Schultern, das Lederwams strotzte von Schmutzflecken. Aber sein Gesicht hellte sich freudig auf, als er die beiden Männer erblickte, und die Umarmung, mit der er Mordred begrüßte, war die wärmste, die dieser je von ihm empfangen hatte.

»Willkommen, Agravaine! Ich hatte kaum noch Hoffnung, daß es dir gelänge, mich hier zu besuchen! Und auch Mordred! Weiß es der König? Aber du hast bestimmt dein Wort gehalten, das brauche ich dich nicht zu fragen. Es scheint so lange her … Nun, kommt herein und ruht euch aus. Ihr habt mir gewiß viel zu erzählen, das weiß ich. Also seid willkommen und tretet ein.«

Er führte sie in ein kleines Gemach in der Rundung der Turmmauer, wo ein Torffeuer und eine Lampe brannten. Ein Mädchen saß nähend am Herd. Beim Anblick der Eintretenden schaute sie verschüchtert und erschrocken auf. Ein längliches blasses, recht hübsches Gesicht, weiches braunes Haar, ein ärmliches Kleid aus selbstgesponnener braunroter Wolle, unter dessen schlechtsitzenden Falten man unschwer erkannte, daß sie schwanger war.

»Meine Brüder«, sagte Geheris zu ihr. »Gib ihnen etwas zu essen und zu trinken, und kümmere dich dann um ihre Pferde.«

Er nahm sich nicht die Mühe, sie vorzustellen. Sie stand auf, murmelte etwas, knickste ein wenig unbeholfen, legte ihre Näharbeit beiseite, stapfte schwerfällig zu einem Schrank an der gegenüberliegenden Wand und brachte ihnen Wein und Fleisch.

Während sie aßen und sich von dem Mädchen bedienen ließen, sprachen sie über Allgemeines, über den Aufruhr in den fränkischen Königreichen, die schwierige Lage der Bretagne, das Treffen mit dem Sachsenkönig, die Reisen der fahrenden Ritter Artus', den Hofklatsch – aber nicht den, der den König und die Königin betraf. Sie hüteten sich, vor dem hellhörigen Mädchen ein so heikles Thema zu erwähnen.

Endlich, als Geheris sie barsch anwies, die Pferde der Besucher zu versorgen, ging sie hinaus.

Kaum war der Riegel ins Schloß gefallen, da sagte Agravaine, der bisher wie ein Hund an der Leine gezappelt hatte:

»Es ist gute Nachricht für dich, Bruder.«

Geheris stellte seinen Becher ab. Die schwarzen Ränder seiner Fingernägel ekelten Mordred an. Er beugte sich vor. »Dann sag es mir. Will Gawain mich sehen? Weiß er jetzt, daß ich es tun mußte? Oder« – er blinzelte hämisch vergnügt – »hat er entdeckt, wo Lamorak ist, und will sich uns anschließen?«

»Nein. Nichts dergleichen. Gawain ist noch in Dunpeldyr, und über Lamorak haben wir bisher nichts erfahren.« Agravaine sagte die Wahrheit, wie er sie kannte. »Aber trotzdem gute Nachricht. Der König hat mich beauftragt, dich zurückzubringen. Was ihn betrifft, bist du ein freier Mann. Geheris, du kommst mit mir und Mordred nach Camelot zurück.«

Nach kurzem Schweigen stieß Geheris einen Freudenschrei aus. Das Blut schoß ihm in die Wangen, er warf seinen leeren Becher in die Luft, fing ihn wieder auf, griff zum Weinkrug und schenkte allen ein.

»Wer ist das Mädchen?« fragte Mordred.

»Brigit? Ach, ihr Vater war hier der Verwalter. Der Turm wurde von ein paar Banditen belagert, und die tötete ich. So habe ich jetzt freie Verfügung.«

»Freie Verfügung in der Tat«, sagte Agravaine grinsend, während er trank. »Und was meint der Vater dazu? Oder mußtest du sie heiraten?«

»Er sagte, ihr Vater *war* der Verwalter.« Mordred legte besondere Betonung auf das ›war‹.

Agravaine starrte, nickte dann. »Ach so. Also keine Hochzeit?«

»Keine.« Geheris knallte seinen Becher auf den Tisch. »Mach dir keine Gedanken darüber. Keine Verpflichtungen hier. Komm, laß mich alles hören.«

In Abwesenheit des Mädchens verstrickten sich die Zwillinge in ein langes Gespräch über den Gnadenerlaß des Königs, seine möglichen Absichten und die Gawains. Mordred hörte zu, nippte an seinem Wein, sagte sehr wenig. Aber es fiel ihm auf, daß Lamorak nicht mehr erwähnt wurde, und das war immerhin überraschend.

Schließlich kam das Mädchen zurück, setzte sich wieder an seinen Platz und nahm seine Näharbeit auf. Es war eine Art von kleinem einfachen Gewand, wahrscheinlich – so dachte sich Mordred – für das erwartete Kind bestimmt. Sie sprach kein Wort, aber ihre Augen wanderten von einem Zwilling zum anderen, und sie schien aufmerksam zu lauschen und zu beobachten. Jetzt blickte sie besorgt drein, fast verängstigt. Keiner der beiden machte einen Hehl aus seiner Begeisterung über die bevorstehende Rückkehr Geheris' nach Camelot.

Endlich, als die Lampe zu flackern und zu rauchen begann, beschlossen sie, schlafen zu gehen. Geheris und das Mädchen hatten ein Bett in der Nähe des Feuers, das sie mit Agrawaine zu teilen bereit waren. Mordred wurde zu seiner Überraschung und Zufriedenheit hinaus in die kühle Nacht geführt, dann eine Außentreppe an der Turmmauer hinauf, von der er in eine kleine Kammer gelangte, wo die Luft zwar kalt, jedoch frisch und rein war, und wo er ein Lager aus aufgeschichtetem Heidereisig und Stofflappen fand, das ihn bequemer als viele dünkte, in denen er geschlafen hatte. Müde von dem Ritt und dem langen Gerede schlüpfte er aus seinen Kleidern, legte sich hin und fiel bald in tiefen Schlaf.

Als er erwachte, war der Tag bereits angebrochen. Draußen krähten Hähne, und ein kaltes graues Licht drang durch die Spinnweben am schmalen Fensterspalt. Aus dem unteren Gemach war kein Laut zu hören.

Er stieß die Decken zurück und stapfte barfüßig ans Fenster, um hinauszuschauen. Von hier aus sah er den baufälligen Schuppen, der zugleich als Pferde- und Hühnerstall diente. Das Mädchen Brigit stand dort, einen Korb mit Eiern auf dem Boden neben sich, und verteilte Speisereste vom vorigen Abend an die Hühner, die sich gackernd, pickend und scharrend um sie versammelt hatten.

Der Stall war ein offener Bau und bestand aus einer Rückwand und Seitenwänden, einer steinernen Krippe und einem Schrägdach, das auf zu Pfeilern geschlagenen Tannenstämmen ruhte. Vom Fenster aus konnte er den ganzen Innenraum übersehen. Ein Blick genügte, und er rannte zum Bett zurück, griff nach seinen Kleidern, zog sich in fieberhafter Hast an.

Ein einziges Pferd stand im Stall. Das seine. Die Stricke, mit denen die Pferde seiner Halbbrüder festgebunden waren, lagen im schmutzigen Stroh unter den scharrenden Hühnern.

Es war sinnlos, sich Vorwürfe zu machen. Wie hätte er voraussehen können, was seine Halbbrüder dazu verführen würde, ihn zu täuschen und ohne ihn davonzureiten? Er band sich seinen Schwertgürtel um, und während er noch die Schnalle zuzog, rannte er die Steintreppe hinunter. Das Mädchen hörte ihn und drehte sich um.

»Wo sind sie hin?« fragte er.

»Ich weiß es nicht. Auf die Jagd, glaube ich. Sie baten mich, Euch nicht zu wecken, und sie wollten zum Frühstück zurück sein.« Aber sie sah verängstigt aus.

»Halte mich nicht zum Narren, Mädchen. Es ist ernst. Du mußt irgendeine Ahnung haben, wohin sie geritten sind. Was weißt du?«

»Ich? Nichts, Sir. Ich weiß wirklich nichts. Ganz bestimmt, Sir. Aber sie werden zurückkehren. Vielleicht morgen. Vielleicht in zwei Tagen. Ich werde gut für Euch sorgen, Sir.« Er funkelte sie an und sah, daß sie zu zittern begann. Dann faßte er sich und sprach sanfter.

»Höre – Brigit, nicht wahr? Hab keine Angst vor mir. Ich werde dir nichts tun. Aber es ist wichtig. Es geht um die Sache des Königs. Jawohl, so wichtig ist es. Zuerst einmal sag mir, seit wann sind sie fort?«

»Etwa zwei Stunden, Herr. Sie brachen vor dem Morgen auf.«

Er biß sich auf die Lippen. Dann, immer noch sanft. »Gutes Mädchen. Aber du kannst mir sicher noch mehr sagen. Du mußt sie reden gehört haben. Was haben sie gesagt? Sie ritten aus, um jemanden zu treffen, nicht wahr?«

Sie zögerte. »Ja. Einen Ritter.«

»Erwähnten sie seinen, Namen? War es Lamorak?«

Jetzt zitterte sie wieder, verkrampfte die Hände im Schoß.

»War es das? Los. Rede. Du mußt es mir sagen.«

»Ja, ja. Das war der Name. Ein böser Ritter, der die Mutter meines Herrn entehrte. Er hat mir davon erzählt.«

»Und wo erwarteten sie diesen Lamorak zu finden?«

»Da ist eine Burg an der Küste, viele Meilen von hier. Als mein Herr gestern ins Dorf ging, hörte er – die Handelsleute ziehen oft vorbei, und sie haben manchmal Nachricht für ihn –, da hörte er, daß dieser Ritter

Lamorak dort erwartet wird.« Jetzt sprudelten die Worte aus ihr heraus. »Er sollte, glaube ich, mit dem Schiff kommen, aus der Bretagne, und in der Nähe der Burg gibt es keinen Hafen, und keine Landung ist sicher bei dem schlechten Wetter, das wir hatten, und da erwarteten sie, daß das Schiff weiter südlich anlegen würde, einen Halbtagsritt von der Burg entfernt, und daß er, sobald er ein Pferd gefunden, nur die Küstenstraße entlangzureiten hätte, um zur Burg zu gelangen. Und auf dem Wege dorthin wollte mein Herr Geheris ihn treffen.«

»Um ihm wie ein Wegelagerer aufzulauern und ihn zu ermorden, willst du sagen!« stieß Mordred wild hervor. »Das heißt, falls Lamorak ihn nicht zuerst tötet. Und seinen Bruder ebenfalls. Das ist durchaus möglich. Er ist ein bewährter Kämpe, einer der Gefährten des Königs, und er weiß sich zu schlagen. Zudem ist er dem König teuer.«

Sie starrte ihn an, wurde kreidebleich. Mit ihren zitternden Händen griff sie sich an den Leib, wie um ihr ungeborenes Kind zu schützen.

»Wenn dir das Leben deines Herrn lieb ist«, sagte Mordred grimmig, »wirst du mir alles sagen. Diese Burg – ist es Caer Mord?«

Sie nickte stumm.

»Wo ist sie, und wie weit von hier?« Er hob die Hand. »Nein, warte. Mach mir rasch etwas zu essen, während ich mein Pferd sattle. Irgend etwas. Den Rest kannst du mir später erzählen, wenn ich esse. Willst du deinem Herrn das Leben retten, so mußt du mir jetzt helfen. Beeil dich.«

Sie nahm den Korb mit den Eiern und rannte zum Turm. Er ging zum Trog, spritzte sich Wasser über Gesicht und Hände, dann warf er seinem Pferd Sattel und Zaumzeug über, ließ es angebunden stehen und eilte in den Turm zurück. Das Mädchen hatte Brot und Fleisch auf den Tisch neben dem jetzt kalten Herd gestellt, und ihre Augen waren tränennaß, als sie ihm den Wein einschenkte.

Er trank rasch, nahm einen Bissen Brot, spülte ihn mit Wein hinunter.

»Jetzt sag mir schnell, wie alles geschehen ist. Was hast du sonst noch gehört?«

Die Gefahr für Geheris hatte ihr die Zunge gelöst. Sie erzählte bereitwillig. »Nachdem Ihr gestern abend schlafen gingt, redeten sie. Ich lag im Bett und schlief ein, aber als mein Herr nicht zu mir kam, wachte ich auf, und da hörte ich ...«

»Nun?«

»Er sprach von diesem Lamorak, der auf Caer Mord erwartet wird. Mein Herr war voller Freude, weil er geschworen hat, ihn zu töten, und weil jetzt sein Bruder gekommen ist, gerade zur rechten Zeit, um ihm beizustehen. Er sagte – mein Herr sagte –, die Göttin habe seinen Bruder hierhergeführt, damit er ihm helfen könne, den Tod seiner Mutter zu rächen. Er hatte es beim Blut seiner Mutter geschworen ...« Sie zögerte, hielt inne.

»So? Erzählte er dir auch, wer das Blut seiner Mutter vergossen hat?«

»Der böse Ritter natürlich! War es nicht so, Herr?«

»Fahr fort.«

»Er war also hocherfreut, und sie beschlossen, sofort aufzubrechen, ohne es Euch zu sagen. Zu Bett gingen sie gar nicht mehr, und da sie glaubten, ich schliefe, schlichen sie sich leise hinaus. Ich ... ich traute mich nicht, sie wissen zu lassen, daß ich alles gehört hatte, und ich hatte immer noch Angst ... deshalb log ich Euch an. Mein Herr redete als wenn« – sie schluckte –, »als wenn er von Sinnen wäre.«

»Das ist er«, sagte Mordred. »Nun gut. Das hatte ich befürchtet. Jetzt sag mir, welchen Weg sie genommen haben.« Sie zögerte wieder. »Brigit, der Mann ist unschuldig. Wenn dein Herr Geheris ihn tötet, wird er sich dafür vor dem Hochkönig verantworten müssen. Nun weine nicht, Mädchen. Vielleicht ist das Schiff noch nicht angekommen oder Lamorak noch nicht auf der Straße. Wenn du mir den Weg zeigst, könnte ich sie einholen, bevor der Schaden angerichtet ist. Mein Pferd hat sich im Stall ausgeruht, Agravaines nicht.« Obgleich er in verzweifelter Eile war, dachte er mit einigem Mitleid an das arme Mädchen, das wahrscheinlich seinen Liebhaber zum letzten Mal gesehen hatte, aber das konnte er nun auch nicht mehr ändern. Sie war ein unschuldiges Opfer, eins der vielen, die Morgause über ihren Tod hinaus noch immer forderte.

Er goß etwas Wein für sie ein, drückte ihr den Becher in die Hand. »Hier, trink. Dann fühlst du dich besser. Nun schnell, zeig mir den Weg nach Caer Mord.«

Sogar diese kleine freundliche Geste schien sie aufzuregen. Sie trank, schluckte ihre Tränen zurück. »Genau weiß ich es nicht, Herr. Aber wenn Ihr ins Dorf reitet, dort drüben, und dann zum Fluß hinunter, findet Ihr eine Schmiede, und der Meister wird es Euch sagen. Er kennt alle Wege.« Jetzt heulte sie wieder los. »Er wird nie wiederkommen, nicht wahr? Er wird getötet werden, oder er verläßt mich und kehrt an den großen Hof im Süden zurück, und ich habe nichts, und wie soll ich für das Kind sorgen?«

Mordred legte drei Goldstücke auf den Tisch. »Damit wirst du auskommen. Was das Kind betrifft …« Er hielt inne, sagte nicht: ›So tätest du gut daran, es bei der Geburt im Brunnen zu ertränken.‹ Das hatte er mit knapper Not zurückgehalten. Er rief ihr nur noch ein Lebewohl zu und trat in den grauen Morgen hinaus.

Als er das Dorf erreichte, war der wolkige Himmel heller geworden, und hie und da gingen die Leute bereits ihren Beschäftigungen nach. Die Tür der Schenke war noch geschlossen, aber hundert Schritte weiter, wo der

Weg einen seichten Bach überquerte, brannten die Feuer der Schmiede, und der Meister rekelte sich gähnend, einen Becher Bier in der Hand.

»Die Straße nach Caer Mord? Hier entlang, Sir. Ein guter Tagesritt. Immer weiter bis zum Gottesstein und dann nach Osten dem Meere zu.«

»Habt Ihr Reiter gehört, die während der Nacht hier vorüberkamen?«

»Nein, Sir. Wenn ich schlafe, höre ich nichts.«

»Und der Gottesstein? Wie weit von hier?«

Der Schmied warf einen kennerischen Blick auf Mordreds Pferd.

»Ein gutes Tier habt Ihr da, Herr, aber Ihr seid vielleicht schon lange unterwegs? Das dachte ich mir. Nun, wenn Ihr es nicht zu sehr antreibt, solltet Ihr bis etwa bei Sonnenuntergang dort sein. Und dann ist es nur noch eine halbe Stunde bis zum Meer. Auf dieser guten Straße seid Ihr sicher und erreicht Caer Mord vor Dunkelheit. Ihr werdet keinen Ärger haben.«

»Das bezweifle ich«, sagte Mordred, gab seinem Pferd die Sporen und ritt davon. Der Schmied starrte ihm mit offenem Mund nach.

9

Für Mordred aus Orkney war der einsam über dem flachen Moor ragende Gottesstein ein vertrauter Anblick. Und doch wieder nicht so vertraut. Ein hoher Felsblock inmitten der öden Landschaft. Er hatte oft solche Steine einzeln oder zu mehreren in einem Kreis aufgestellt in den Mooren von Orkney gesehen, aber dort waren es schmale und hohe Steinplatten, gezackt oder gezähnt, wie man sie aus den Klippen gebrochen hatte, während dieser hier ein riesiger grauer Basaltblock war, kunstfertig gemeißelt, wie eine dicke, nach oben spitz zulaufende Säule. An seinem Fuß lag eine

Art von Altarplatte mit einem dunklen Fleck, wahrscheinlich von getrocknetem Blut.

Der Abend dämmerte, und die tiefe rote Sonne warf den langen Schatten des Gottessteins über die dunkle Heide. Er ließ sein müdes Pferd bis an den Fels traben, wo der Weg sich gabelte, und hier wendete er es nach Südosten. Als er den blassen und stürmischen Himmel vor sich sah und ihm der so vertraut schmeckende Wind entgegen schlug, wußte er, daß die See nicht mehr fern sein konnte. Am Horizont, dem Meere zu, erstreckte sich ein dichter Waldgürtel.

Bald war er unter den Bäumen, und die Hufe seines Pferdes klangen gedämpft auf dem Nadelboden und dem modernden Laub. Mordred ließ es im Schritt gehen. Auch er fühlte sich müde, und das Pferd, das wacker den Tag überstanden hatte, war am Rande der Erschöpfung. Aber sie hatten wertvolle Zeit gewonnen, und er konnte vielleicht doch noch rechtzeitig da sein.

Hinter ihm verblaßten die Farben der untergehenden Sonne in den sich ballenden und türmenden Wolken. Mit dem Abend hatte ein starker Wind eingesetzt. Es rauschte und ächzte in den Bäumen. Früher als erwartet lichtete sich der Wald, und der hellere Himmel wurde hinter den Stämmen sichtbar. Eine Bresche im Wald? Sollte das die Straße sein?

Die Antwort hatte er sofort. Er mußte die anderen Geräusche überhört haben – das Stampfen von Hufen und Klirren der Schwerter –, oder der Wind hatte sie von ihm fortgeweht, oder sie waren im Ächzen und Krachen der Bäume erstickt. Jetzt jedoch ertönte fast vor ihm ein Schrei. Es war kein Warnungsruf, kein Angstschrei, kein Wutgebrüll, nein, es war ein Jubelschrei, und so wild, daß es an Wahnsinn grenzte. Das Pferd spitzte die Ohren, schlug sie dann flach an den Kopf zurück, scheute, rollte die Augen, bis das Weiß sichtbar wurde. Mordred gab ihm die Sporen, trieb das müde Tier zum kurzen Galopp an.

Im Dunkeln des Waldes verfehlte er den schmalen Pfad, und bald gerieten sie in dichtes Unterholz. Das Pferd zwang sich mühsam und stolpernd durch Brombeergestrüpp, Haselnußsträucher, Dornenbüsche und von Fliegen strotzendes bauchhohes Farnkraut. Immer langsamer kamen sie voran, schleppten sich weiter, bis Mordred die Zügel zog und das Pferd anhielt.

Von hier aus, verborgen im tiefen Schatten der Bäume, konnte er das flache Heideland überblicken, das sich zwischen dem Wald und dem Meer erstreckte, und darin den hellen Streifen der Straße. Dort lag Lamorak, tot. Nicht weit von ihm stand sein Pferd, schweratmend, mit hängendem Kopf. Neben der Leiche Agravaine und Geheris, eng umschlungen, lachend, sich gegenseitig auf die Schultern klopfend. Ihre Pferde grasten unbekümmert in der Nähe.

Plötzlich trug der Wind ihnen die Laute stampfender Hufe zu. Die Brüder verstummten, lösten sich aus der Umarmung, rannten zu ihren Pferden, schwangen sich rasch in die Sättel. Mordred befürchtete einen Augenblick, sie würden sich im Wald in Deckung begeben, wo er stand, aber dazu war es bereits zu spät.

Vier Reiter galoppierten vom Norden her über die Straße. Der Führer, ein großer Mann in voller Rüstung, saß auf einem prächtigen Roß. Mordred hatte Mühe, im Zwielicht das Wappen zu erkennen. Es war Drustan, der mit einigen seiner Männer dem erwarteten Gast entgegenritt.

Und neben ihm – er traute seinen Augen nicht – ritt Gareth, der jüngste Sohn Lots.

Drustan hatte die Leiche gesehen. Mit einem donnernden Aufschrei zog er das Schwert und stürmte auf die Mörder zu.

Die beiden Brüder warfen sich herum, stellten sich ihm zum Kampf entgegen, aber Drustan, der sie plötzlich zu erkennen schien, hielt sein Pferd an und streckte das Schwert in die Höhe. Mordred blieb reglos im Schatten stehen und wartete. Die Sache war nicht mehr in seiner Hand. Er hatte versagt, und wenn er jetzt am Tatort erschien, konnte er die Neuangekommenen durch nichts überzeugen, daß er an dem Mord nicht teilgenommen und nichts davon gewußt habe. Artus würde ihm glauben, aber Artus und seine Rechtsprechung waren weit fort von hier.

Dann schien es allerdings doch so, als ob Artus' Recht auch hier gelte.

Drustan hatte sich, gefolgt von seinen Mannen, den Brüdern genähert, und jetzt nahm er sie ins Verhör. Gareth war von seinem Pferd gesprungen und kniete im Staub neben der Leiche Lamoraks. Dann sprang er auf, rannte zur Gruppe der Reiter zurück, riß Geheris die Zügel aus der Hand und redete wild gestikulierend auf ihn ein.

Die Brüder brüllten. Worte und Sätze wurden über dem stoßweise in den Zweigen rauschenden Wind vernehmbar. Geheris hatte Gareth abgeschüttelt, und er und Agravaine schienen Drustan zum Kampf zu fordern. Drustan jedoch weigerte sich. Seine Stimme klang laut und klar.

»Mit euch kämpfe ich nicht. Ihr kennt die Befehle des Königs. Ich werde jetzt diesen Toten auf die Burg bringen und ihn dort begraben ... Seid versichert, daß die Nachricht mit dem nächsten königlichen Kurier nach Camelot gelangt. Was euch betrifft ...«

»Feigling! Er hat Angst, sich mit uns im Kampf zu messen!« Das Wutgebrüll übertönte den Wind. »Wir fürchten den Hochkönig nicht! Er ist von unserer Sippe!«

»Daß ihr von seinem Blut seid, ist eine Schande«, entgegnete Drustan in aufrichtigem Zorn. »So jung an Jahren und schon Mörder, Zerstörer wertvollen Lebens! Dieser Mann, den ihr getötet habt, war ein besserer Ritter, als ihr es je sein werdet. Wenn ich hiergewesen wäre ...«

»Dann wäre es dir ebenso ergangen!« schrie Geheris. »Trotz deiner Männer, die du dir zu deinem Schutz mitgenommen hast …«

»Mit euch Grünschnäbeln wäre ich auch ohne sie fertig geworden«, sagte Drustan verächtlich. Er steckte sein Schwert ein und wandte den Brüdern den Rücken zu. Auf sein Zeichen hin nahmen die Männer den toten Lamorak auf und schickten sich an, zurückzukehren. Drustan beugte sich über die Zügel und sprach zu Gareth, der wieder in den Sattel gestiegen war und sich zögernd nach seinen Brüdern umblickte. Selbst aus der Entfernung war deutlich zu erkennen, wie sich sein Körper vor Kummer und Ekel versteifte. Drustan nickte ihm zu, und ohne Geheris und Agravaine eines weiteren Blicks zu würdigen, wendete er sein Roß und ritt seinen Mannen nach.

Mordred lenkte sein Pferd behutsam in den Wald zurück.

Es war vorbei. Agravaine, offenbar etwas ernüchtert, hatte den Arm seines Bruders gefaßt, sprach auf ihn ein, als wolle er ihn zur Vernunft bringen. Lange Schatten breiteten sich über der Straße aus. Die Mannen waren bereits außer Sicht. Gareth hielt sich auf der anderen Seite von Geheris und redete über ihn hinweg mit Agravaine.

Plötzlich riß Geheris sich von seinem Bruder los und spornte sein Pferd an. Im wilden Galopp eilte er Drustan nach, das kampfbereite Schwert gezückt in seiner Hand. Agravaine zögerte eine Sekunde, stürmte ihm dann nach, zog ebenfalls sein Schwert.

Gareth hatte ihn vergeblich zurückzuhalten versucht. Er rief Drustan laut und klar eine Warnung zu.

»Sir, gebt acht! Drustan, Herr, Euer Rücken!«

Kaum waren die Worte verhallt, da riß Drustan sein Pferd herum. Er stellte sich den beiden. Agravaine schlug zuerst zu. Der ältere Ritter wehrte den Schlag mit einem mächtigen Hieb ab, der Agravaine das

Schwert aus der Hand riß und ihn quer über den Kopf schnitt. Die Klinge drang tief in die Rüstung und das Lederwams ein, grub sich in den Hals zwischen Kehle und Schulter. Agravaine stürzte, und Blut schoß aus der Wunde. Geheris schrie auf, trieb sein Pferd zum Angriff, holte zu einem Schlag nach unten aus, als Drustan sich bückte, um seine Klinge freizuziehen. Aber Drustans Roß bäumte sich, und seine beschlagenen Vorderhufe prallten dem Pferd Geheris' gegen die Brust. Dieses wich wiehernd zurück, und der Schlag verfehlte sein Ziel.

Jetzt griff Drustan an, brachte Geheris mit einem kräftigen Hieb auf den Schild aus dem Gleichgewicht und schmetterte ihn zu Boden, wo er reglos liegenblieb.

Gareth stürmte im Galopp heran. Drustan wendete sein Pferd, um sich ihm zu stellen, aber als er sah, daß Gareths Schwert in der Scheide steckte, streckte er seine Waffe hoch.

Die Mannen hatten die Leiche am Weg gelassen und eilten zurück. Auf Befehl ihres Herrn verbanden sie notdürftig Agravaines Wunde, halfen dem benommenen, jedoch unverletzten Geheris wieder auf die Beine und fingen die Pferde der Brüder ein. Drustan bot Geheris kühl und höflich die Gastfreundschaft auf der Burg an, »bis die Wunde deines Bruders verheilt ist«, aber Geheris, ebenso ungezogen, wie er verräterisch gewesen war, fluchte nur und wandte sich ab. Drustan winkte die Mannen heran, die den Frechling umstellten. Geheris schrie wieder etwas über den Hochkönig, »mit dem ich versippt bin«, versuchte Widerstand zu leisten, wurde jedoch überwältigt. Jetzt war aus der Einladung eine Festnahme geworden. Endlich ritten sie im Schritt davon, Geheris in der Mitte, sein bewußtloser Bruder an ihn gelehnt.

Gareth sah sie ziehen, machte jedoch keine Anstalten, ihnen zu folgen. Er hatte sich nicht gerührt, um Geheris zu helfen.

»Gareth?« rief Drustan ihm zu. Sein Schwert steckte unbefleckt in der Scheide. »Gareth, hatte ich eine andere Wahl?«

»Nein«, sagte Gareth. Dann gab er seinem Pferd die Zügel und lenkte es an Drustans Seite. Sie ritten nebeneinander auf Caer Mord zu.

Die Straße lag leer und verlassen in der anbrechenden Nacht. Eine schmale Mondsichel erhob sich über dem Meer. Mordred verließ endlich das dunkle Gebüsch und ritt nach Süden.

Er übernachtete im Wald. Es war kalt, aber in seinen Mantel gehüllt fühlte er sich warm genug, und zum Essen blieb ihm noch ein wenig von dem Brot und dem Fleisch, das das Mädchen ihm als Wegzehrung mitgegeben hatte. Sein Pferd, an einen langen Zügel gebunden, graste in der Lichtung. Früh am nächsten Morgen ritt er weiter, dieses Mal nach Südwesten. Artus müßte auf dem Wege nach Caerleon sein, und dort wollte er ihn treffen. Es war ihm nicht eilig. Drustan hatte bestimmt einen Kurier mit der Nachricht von Lamoraks Tod gesandt. Da Mordred am Tatort nicht gesehen worden war, würde der König wahrscheinlich und mit Recht annehmen, daß die Brüder sich durch irgendeine List seiner Bewachung entzogen hatten. Mordreds Auftrag schloß nicht die Sicherheit Lamoraks ein. Das war die Sache Lamoraks gewesen, der sich in Gefahr begeben und dafür mit seinem Leben bezahlt hatte. Mordreds Aufgabe bestand nur darin, Geheris zu finden und ihn nach Süden zu bringen. Dafür würde jetzt Drustan sorgen, nachdem Agravaines Wunde geheilt wäre. Mordred hatte immer noch die Möglichkeit, sich aus der Sache herauszuhalten, und er war sicher, daß der König ihm zustimmen würde. Denn selbst wenn seine Brüder den Zorn des Königs nicht überleben sollten, könnten die anderen Unruhestifter unter den jungen Kelten sich Mordred zuwenden, von dem sie annehmen würden, daß er seine eigenen Machtpläne hegte, und ihn einladen, an ihren geheimen Unterredungen teilzunehmen. Und darauf käme es dem König voraussichtlich als nächstes an. ›Und wenn ich es tue‹, flüsterte ihm eine eiskalte Stimme in seinem Innern zu, ›und wenn es ihnen gelingt, Bedwyr zu stürzen, wer wäre dann besser geeignet, seinen Platz im Vertrauen des Königs und in der Huld der Königin einzunehmen, als ich, des Königs eigener Sohn?‹

Es war ein goldener Oktober mit kalten Nächten und kühlen klaren Tagen. Am Morgen glitzerte der Reif auf Bäumen und Wiesen, und am Abend war der Himmel vom Krächzen der heimfliegenden Krähen erfüllt. Er nahm sich Zeit, schonte sein Pferd, schlief, wo er konnte, an kleinen abgelegenen Orten und mied die Städte. Die Einsamkeit, die Stille und die Schwermut des Herbstes entsprachen seiner Stimmung. Er ritt über sanfte Hügel, durch Wiesentäler, goldene Wälder und Felsenpässe, auf deren Höhen die Bäume bereits kahl standen. Sein gutes und getreues rotbraunes Pferd war ihm der beste Weggefährte. Obgleich die Nächte immer kühler wurden, fand er stets hinreichenden Unterschlupf – einen Schafstall, eine Höhle, manchmal nur eine Holzbank –, und es regnete nicht. Dann ließ er seinen Rotfuchs grasen, nahm etwas von seiner Wegzehrung zu sich, hüllte sich für die Nacht in seinen schweren Mantel ein, schlief bis zum Morgengrauen, wenn der Reif noch die Landschaft wie Schnee bedeckte, wusch sich im eiskalten Wasser eines Bachs und ritt weiter.

Allmählich fand er einen inneren Frieden in diesem schlichten Dasein und genoß sogar die Strapazen der Reise. Er war wieder Medraut, der Fischerjunge, und das Leben war einfach und sauber.

So gelangte er schließlich zu den Waliser Hügeln

und nach Viroconium, wo die vier Straßen sich kreuzten. Und dort, direkt an der Wegkreuzung stand, wie um ihn nochmals an die Heimat zu erinnern, ein Opferstein mit einem Altar an seinem Fuß.

Hier verbrachte er die Nacht hinter einem Gestrüpp aus Stechpalmen und Haselnußsträuchern, im Schutz eines gefallenen Baumstamms. Die Nacht war wärmer und sternenklar. Er schlief ein und träumte, er sei mit Brude im Boot beim Makrelenfang, und sie zögen die schweren Netze mit den silbern glänzenden Fischen herauf; die Sula für den Winter aufschlitzen und trocknen würde, und über dem sanften Geplätscher der Wellen hörte er Sula singen.

Er erwachte in dichtem Nebel. Die Luft war wärmer, im plötzlichen Temperaturwechsel hatte sich der Dunst gebildet. Er schüttelte sich den Tau vom Mantel, aß sein Frühstück, erhob sich, einem unwillkürlichen Einfall folgend, und legte den Rest seiner Speise auf die Altarplatte des Opfersteins. Dann, wieder ohne zu wissen warum, zog er eine Silbermünze aus seinem Wams und legte sie dazu. Erst danach wurde er sich gewahr, daß er, wie in seinem Traum, jemanden singen hörte.

Es war eine Frauenstimme, hoch und lieblich, und das Lied hatte Sula ihm einst gesungen. Eine Gänsehaut überkam ihn. War es Zauberei oder ein Wachtraum? Dann sah er im Dunst, kaum zwölf Schritte entfernt, einen Mann, der einen Maulesel führte, auf dessen Rücken ein Mädchen saß. Er hielt sie zuerst für ein Bauernpaar, das sich zur Arbeit begab, sah dann aber, daß der Mann Priesterkleidung trug, während das Mädchen in ihrem Sackleinenkleid und Kopftuch anmutig ihre hübschen nackten Füße über die Flanke des Maultiers hängen ließ. Sie mußten Christen sein, denn ein hölzernes Kreuz hing am Gürtel des Mannes und ein kleineres am Busen des

Mädchens. Auf dem Kummet des Esels schellte ein silbernes Glöckchen.

Der Priester blieb stehen, als er den gewappneten Mann mit dem großen Pferd erblickte, und erst als Mordred ihn freundlich grüßte, lächelte er und kam näher.

»Maridunum?« wiederholte er Mordreds Frage. Er wies auf die Straße, die nach Westen führte. »Das ist der beste Weg. Etwas beschwerlich, aber überall gangbar und viel kürzer als die südliche Hauptstraße über Caerleon. Kommt Ihr von weit her, Sir?«

Mordred antwortete ihm höflich und erzählte, was er für richtig hielt. Der Mann sprach nicht wie ein Bauer, schien von besserer, vielleicht sogar von edler Herkunft zu sein. Das Mädchen war, wie Mordred jetzt sah, von strahlender Schönheit. Selbst ihre nackten Füße sahen sauber und gepflegt aus, weiß, schmalknochig und von feinen blauen Adern durchzogen. Sie schaute ihn ruhig an, verfolgte das Gespräch, und sein Anblick schien sie nicht im geringsten einzuschüchtern. Als der Priester die Silbermünze und das Speiseopfer auf dem Altarstein sah, lächelte er. Mordred fragte ihn: »Wißt Ihr, wem dieser Altar geweiht ist?«

»Nicht mir, Sir. Das ist alles, was ich weiß. Ist das Eure Opfergabe?«

»Ja.«

»Dann weiß Gott allein, wem sie zukommen wird«, sagte der Mann freundlich, »aber falls Ihr einen Segen braucht, Sir, kann mein Gott ihn Euch durch mich erteilen. Es sei denn«, fügte er besorgt und nachdenklich hinzu, »daß Ihr Blut an Euren Händen habt.«

»Nein«, sagte Mordred. »Es ist ein Fluch, der für immer auf mir lastet. Könnt Ihr ihn bannen?«

»Ein Fluch? Wer hat Euch verflucht?«

»Eine Hexe«, antwortete Mordred kurz. »Aber sie ist tot.«

»Dann könnte der Fluch mit ihr gestorben sein.«

»Aber vor ihr wurde mir ein Geschick prophezeit, von Merlin.«

»Welches Geschick?«

»Das kann ich Euch nicht sagen.«

»Dann fragt ihn.«

»Aha«, sagte Mordred. »Es ist also wahr, daß er noch lebt?«

»Man sagt es. Er haust dort drüben in seiner Berghöhle für die, die das Bedürfnis oder das Glück haben, ihn zu finden. Nun, Sir, alle Hilfe, die ich Euch geben kann, ist mein christlicher Segen. Lebt wohl.«

Er hob die Hand zum Gruß, Mordred neigte den Kopf, dankte ihm, griff zögernd nach seinem Münzbeutel, entschied sich dagegen, ritt davon, schlug den Weg nach Maridunum ein. Bald erstarb der Klang des Silberglöckchens, und er war wieder allein.

Es war fast Nacht, als er am Berge Bryn Myrddin ankam, und er schlief wieder am Waldrand. Früh am Morgen erwachte er im Nebel, hinter dem die Sonne aufging und die grauen Buchenstämme in einen schwachen rosigen Schimmer tauchte.

Er wartete geduldig, aß den harten Fladen und die Trauben, die er als Morgenimbiß mitgenommen hatte. Die Welt war still, nichts regte sich, nur die langsam zwischen den Bäumen ziehenden Dunstschwaden und das in der Lichtung grasende Pferd. Er hatte keine Eile, war nicht mehr neugierig auf den alten Mann, den er suchte, den Zauberer des Königs, den Helden von tausend Legenden, der vom Tage seiner Zeugung an sein Feind gewesen sein sollte (und da Morgause es gesagt hatte, war es für ihn eine Lüge), und er empfand auch keine Furcht mehr. Falls der Fluch gebannt werden konnte, würde Merlin es zweifellos tun, und falls nicht, so würde er es ihm wenigstens erklären.

Ganz plötzlich hatte sich der Nebel gelichtet. Eine

leichte Brise, warm für diese Jahreszeit, wehte leise rauschend durch den Wald, trieb die Dunstfetzen vor sich her, zerstreute sie hügelabwärts, wo sie wie Rauchfahnen durch das Tal zogen. Die über der Kuppe aufsteigende Sonne blendete seine Augen mit ihrem rotgoldenen Glanz, überflutete die Landschaft mit grellem Licht.

Er stieg in den Sattel und ritt der Sonne entgegen. Jetzt sah er, wo er war. Die Anweisungen des fahrenden Priesters waren richtig gewesen und so genau, daß jeder sich, selbst in dieser welligen und eintönigen Gegend, leicht zurechtgefunden hätte.

›Wenn Ihr an den Wald gelangt, habt Ihr bereits die höheren Hänge von Bryn Myrddin hinter Euch. Reitet zum Fluß hinunter, überquert ihn, und dann seht Ihr einen Pfad. Von dort geht es wieder aufwärts bis zu einem Weißdorngehölz. Dahinter seht Ihr eine kleine Felsenklippe, auf die ein gewundener schmaler Weg führt. Auf dem Grat dieser Klippe steht der heilige Brunnen, und daneben liegt die Höhle des Zauberers.‹

Er kam zum Weißdorngestrüpp. Hier, neben der Klippe, stieg er vom Pferd und band es fest. Dann schritt er rasch den Pfad hinan, bis er auf flachen Boden und wieder in den Nebel gelangte, der dicht und reglos, nur schwach vom goldenen Sonnenlicht durchdrungen, wie ein stilles Gewässer über dem Wiesengrund lag. Er konnte nichts sehen, tastete sich vor. Zu seinen Füßen erkannte er einige kleine späte Gänseblümchen, vom Frost geknickt oder schlaff im feuchten Grase hängend. Der Rasen war eben und weich. Irgendwo zu seiner Linken plätscherte Wasser. Der heilige Brunnen? Er streckte die Hände aus, fand ihn nicht. Dann rutschte er auf einem Stein aus, der davonrollte, und wäre beinahe auf die Knie gefallen. Die nur vom Geplätscher der Quelle unterbrochene Stille war unheimlich. Beschämt fühlte er, wie ihm kalter Schweiß über den Rücken rann.

Er blieb stehen und rief mit lauter Stimme:

»Heda! Ist dort jemand?«

Das Echo hallte an die Nebelwand, hallte wieder und wieder aus den unsichtbaren Tiefen des Tals zurück und erstarb in der Stille.

»Ist dort jemand? Ich bin Mordred, Prinz von Britannien, und rufe Merlin, meinen Anverwandten. Ich komme in Frieden und suche Frieden.«

Wieder das Echo, wieder die Stille. Vorsichtig tappte er in die Richtung des Plätscherns, und endlich berührten seine tastenden Finger den Steinrand des Brunnens. Er beugte sich über das Wasser. Dunstfetzen wirbelten über der spiegelglatten Fläche. Er beugte sich noch tiefer, blickte hinunter, durch den Dunst hindurch in die klaren Tiefen des Brunnens. Ganz unten, auf dem Boden, sah er den silbernen Schimmer der Opfergaben für den Gott.

Aus dem Nichts stieg eine Erinnerung in ihm auf. Der Teich unter der alten Grabkammer, wo Morgause ihm befohlen hatte, in den Tiefen nach Visionen auszuschauen. Damals hatte er nur gesehen, was seinem Empfinden der Wirklichkeit entsprach. Hier, auf dem heiligen Hügel, war es das gleiche.

Er richtete sich auf. Mordred, der Mann der Tat, wußte nicht einmal, daß ihm ein Stein vom Herzen gefallen war. Er hätte höchstens gesagt, er fände Merlins Zauberei ebenso harmlos wie die Morgauses. Was ihm bisher als ein Fluch erschienen war, von Merlin beklagend vorausgesehen und von Morgause ins Böse verzerrt, hatte in dieser Umgebung von klarem Wasser und leuchtendem Dunst die lähmende Wirkung verloren und zeigte sich in seiner ureigenen Form. Es war kein Fluch. Es war irgend etwas, das irgendwann in der Zukunft geschehen würde, und ein zum Sehen Verdammter hatte es vorausgesagt, wie ihn auch immer diese Gabe schmerzen mochte. Daß es einmal kommen würde, war gewiß, aber nur so gewiß wie jeder Tod. Mordred war nicht das Werkzeug eines blinden und grausamen Schicksals, sondern folgte nur dem Wesen oder dem Prinzip, das den Lauf der Welt bestimmt. *Nimm, was das Leben gibt, gib, was der Tod dir nimmt.* Das war kein kalter Trost, und er wußte nicht einmal mehr, daß er Trost gesucht hatte. Ein Becher stand auf dem Brunnenrand, er nahm ihn, schöpfte Wasser, trank, fühlte sich erfrischt. Dann füllte er ihn noch einmal für den Gott, und als er ihn wieder an seinen Platz stellte, sagte er in der Sprache seiner Kindheit Dank und schickte sich zum Gehen an.

Der Nebel war dichter als zuvor, die Stille undurchdringlich. Die Sonne stand jetzt höher, aber ihr Licht verdrängte den Nebel nicht, sondern brannte wie ein Feuer inmitten einer riesigen Wolke. Der ganze Berghang war wie in einen Wirbel von Flammen und Rauch getaucht, kühl auf der Haut und rein in den Nüstern, jedoch blendend für das Auge und verwirrend für den Geist. Die Luft wie Kristall, wie Regenbogen, wie fließender Diamant. ›Er *ist, wo er immer war*‹, hatte Nimuë gesagt, *›umgeben von all seinen Feuern und fahrenden Glorien.*‹ Und: *›Wenn er es wünscht, wirst du ihn finden.*‹

Er hatte ihn gefunden und Antwort erhalten. Und nun begann er den Rückweg über die Felsenklippe. Hinter ihm tönte das Geplätscher der Quelle wie leiser Harfenklang. Über ihm die Lichtwirbel, wo die Sonne stand. Von beidem geführt, tastete er sich voran, bis sein Fuß den Abstieg zum Pfad fand.

Als er unten war, stieg er aufs Pferd und ritt geradewegs nach Caerleon zu seinem Vater.

10

Als Mordred in Caerleon ankam, hatten sich die Dinge etwas geklärt. Der König war sehr erzürnt über den Mord an Lamorak gewesen, und Agravaine konnte sich glücklich schätzen, daß er und Geheris bis zur Heilung seiner Wunde im Norden bleiben durften. Drustan hatte Artus einen ausführlichen Bericht über den Vorfall gesandt, aber nicht durch einen königlichen Kurier, sondern durch Gareth. Und diesem, weit entfernt, die Tat seiner Brüder entschuldigen zu wollen, war es schließlich gelungen, ihre Gnade beim König zu erlangen. Für Geheris, der Morgause geliebt und getötet hatte, machte er Wahnsinn geltend. Gareth konnte sich in seinem eigenen Kummer gut vorstellen, was sein außer Sinnen geratener Bruder empfunden haben mußte, als er im Blut seiner Mutter kniete. Und Agravaine hatte wie immer als Schild und Helfer seines Zwillingsbruders gehandelt. Jetzt, da Lamorak tot war, erklärte Gareth, wäre es gewiß möglich, daß Geheris seine blutige Vergangenheit überwinden und dem König wieder als treuer Gefolgsmann dienen würde. Und da Drustan, wenn auch schimpflich überfallen, den Kampf ausgefochten habe, könnte man jetzt mit Recht hoffen, das Pendel der Blutrache endlich zum Stillstand gebracht zu haben.

Unerwarteterweise widersetzte sich vor allem Bedwyr der Bitte Gareths. Bedwyr fand es bedauerlich genug, daß Artus mit diesen Brüdern aus Orkney, die er nicht mochte und denen er mißtraute, blutsverwandt war, und er verpaßte keine Gelegenheit, den König vor ihnen zu warnen. Es war am ganzen Hofe bekannt, daß er all seinen Einfluß geltend machte, um die Rückkehr der Zwillinge zu verhindern. Und wo war Mordred? fragte er mit immer eindringlicherem Verdacht. Hatte er vielleicht auch an dem Mord teilgenommen und war vor dem Erscheinen Drustans und Gareths vom Tatort geflohen? Mordred kam gerade noch rechtzeitig in Caerleon an, um der Ungewißheit über seinen möglichen Anteil an der Sache ein Ende zu setzen, und schließlich wurde Gareth, trotz Bedwyrs Einwänden, in den Norden geschickt, um seine Brüder an den Hof zurückzubringen, sowie sie körperlich und geistig wieder voll genesen wären.

Gawain kehrte zurück, kurz nachdem der Hof sich wieder in Camelot eingefunden hatte und während Agravaine und Geheris noch im Norden weilten. Er hatte eine lange Unterredung mit Artus und danach eine weitere mit Mordred, der ihm erzählte, wie es zum Mord an Lamorak und dem Kampf danach gekommen war, und der ihn ermahnte, auf die Bitten des Königs zu hören, die gleiche Zurückhaltung wie Drustan zu zeigen und nicht zu neuem Aufleben der Blutrache beizutragen.

»Lamorak hinterläßt einen jungen Bruder Drian, der unter Drustan dient. Nach deiner Logik hätte er jetzt das Recht, einen deiner Brüder zu töten oder dich oder sogar Gareth«, sagte Mordred. »Aber das halte ich nicht für wahrscheinlich. Drustan wird ihm alles genau erzählt haben, also auch, daß Gareth – und der Göttin sei dafür gedankt – einen kühlen Kopf bewahrt und vernünftig gehandelt hat. Er konnte sehen – wie jeder, der dabei war –, daß Geheris völlig außer Sinnen war. Wenn wir diesen Umstand genügend hervorheben, ist es möglich, daß niemand die Hand gegen ihn erheben wird, nachdem er geheilt zurückgekehrt ist.« Dann fügte er bedeutungsvoll hinzu: »Ich glaube nicht, daß der König je wieder einem der Zwillinge vertrauen wird, aber wenn du es über dich bringen kannst, Geheris den Mord an unserer Mutter zu verzeihen oder wenigstens nichts Tätliches gegen ihn zu unternehmen, dann können du und Gareth und ich hoffen, in der Gunst des Königs zu bleiben. Uns mag noch eine ruhmvolle Zukunft bevorstehen. Möchtest du nicht eines Tages dein nördliches Königreich regieren, Gawain?«

Mordred kannte seinen Bruder. Nichts war Gawain wichtiger als sein Thronrecht auf Orkney und vielleicht sogar Lothian. Und keiner dieser Ansprüche war auch nur einen Pfifferling wert, wenn Artus ihn nicht unterstützte. So war die Sache bereinigt; aber als es Zeit wurde, die Zwillinge heimzuholen, fand der König einen Vorwand, den älteren Bruder von Camelot fernzuhalten. Königin Morgan auf Castell Aur in Wales bot ihm den Vorwand. Gawain wurde zu ihr geschickt, angeblich um Klagen der Bauern über Autoritätsmißbrauch der Wachen Morgans zu überprüfen, aber in Wirklichkeit, um aus dem Wege zu sein, bis sich der über den Mord an Lamorak aufgewirbelte Staub gelegt hatte.

Eine Besorgnis für Mordred blieben jedoch die Zweifel, die Bedwyr an ihm hegte. Das zurückhaltende Wohlwollen, das Artus' Marschall ihm in letzter Zeit bezeugt hatte, wich allmählich jener wachsamen Aufmerksamkeit, mit der er auch Gawain und gewissen anderen Jungen Kelten begegnete.

Der Ausdruck ›Junge Kelten‹, ursprünglich eine Art von Spottname für die jungen Leute aus den fernen Provinzen, die am Hofe ihre eigenen Gruppen bildeten, war inzwischen zu einem ebenso klaren Begriff geworden, wie der der Gefährten des Hochkönigs. Und hier schnitten sich die Linien, denn Agravaine gehörte beiden Gruppen an, Geheris ebenfalls, und Mordred in gewissem Sinne auch. Artus hatte Mordred, wie dieser erwartete, zu sich rufen lassen und ihn gebeten, seine eben heimgekehrten Brüder und gleichzeitig auch die anderen Jungen Kelten zu überwachen. Etwas überrascht entdeckte Mordred, daß diese zwar mit einigen Maßnahmen Artus' unzufrieden waren, jedoch keine Reden führten, die man als aufrührerisch bezeichnen könnte. Sie waren dem König immer noch treu ergeben, sahen in ihm den Helden ruhmreicher Schlachten und brachten seiner Autorität alle gebührende Ehrfurcht entgegen, und das um so mehr, als er ihnen künftige Kriege in Aussicht gestellt hatte. Ihre Feindseligkeit richtete sich vielmehr gegen Bedwyr. Die Männer von Orkney, die in Artus' Gefolge nach Süden gekommen waren, um sich den Söhnen Lots anzuschließen, und andere aus Lothian, die sich Gawain als Thronfolger wünschten (aus einem mehr oder weniger begründeten Groll auf den northumbrischen Herrn von Benoic), wußten, daß Bedwyr ihnen mißtraute und alles getan hatte, um Agravaines und Geheris' Rückkehr an den Hof zu vereiteln, und den König immer noch zu überreden versuchte, sie auf ihre heimatliche Insel zu verbannen. Daher entsprang auch der Klatsch über Bedwyr und die Königin, von dem – wie es bei jungen Leuten unvermeidlich ist – oft die Rede war, vor allem dem Haß auf Bedwyr und dem Wunsch, ihn beim König in Ungnade zu bringen. Dessen wurde Mordred sich bald gewahr, und als er sie wissen ließ, daß er nicht abgeneigt sei, mit den Jungen Kelten gemeinsame Sache zu machen, nahmen diese an, die natürliche Eifersucht des Königssohns und sein Ehrgeiz, Stellvertreter seines Vaters zu werden, falls Bedwyr ausgeschaltet werden könnte, hätten ihn dazu bewogen. Demnach wäre er ein wertvoller Bundesgenosse.

So wurde er in den Kreis aufgenommen und nach kurzer Zeit von allen, einschließlich Agravaine und Geheris, als einer ihrer Führer betrachtet.

Mordred hatte seine eigenen Gemächer im königlichen Palast von Camelot, aber seit etwa einem Jahr besaß er auch noch ein hübsches kleines Haus in der Stadt. Ein Mädchen führte dort die Wirtschaft für ihn und hieß ihn mit Freuden willkommen, so oft er ihr einige Zeit widmete. Hier fanden sich die Jungen Kelten häufig ein, angeblich zum Abendessen oder zu einer geplanten Vogeljagd in den Grenzgebieten, in Wirklichkeit jedoch, um in Gegenwart Mordreds frei zu reden.

Der Kauf des Hauses war übrigens ein Einfall des Königs gewesen. Wenn Mordred Bedeutsames über etwaige Pläne der Gruppe erfahren wollte, so waren seine Gemächer im Schloß wenig geeignet, die Zungen zu lockern. In der Ungezwungenheit des Hauses seiner Geliebten jedoch konnte er sich leichter über die Meinungen der jungen Männer orientieren.

Eines Abends kam Agravaine zu ihm, mit Colles und Mador und einigen anderen Jungen Kelten. Nach dem Essen, als das Mädchen den Wein aufgetragen und sich dann zurückgezogen hatte, brachte Agravaine das Gespräch sofort auf das Thema, das ihm in letzter Zeit zu einer wahren Besessenheit geworden war.

»Bedwyr! Kein Mensch im Königreich kann etwas erreichen oder etwas werden, wenn er nicht die Zustimmung dieses Mannes hat! Der König ist ganz vernarrt in ihn. Jugendfreunde? Daß ich nicht lache! Jugendgespielen schon eher! Und wenn mein hoher und mächtiger Bedwyr zu reden geruht, gehorcht der König ihm aufs Wort! Was sagst du dazu, Colles? Wir wissen warum, nicht wahr?«

Agravaine war wieder einmal fast völlig betrunken, und das trotz der frühen Abendstunde. Selbst er sprach sonst nie so frei. Colles, gewöhnlich ein Kriecher und Schmeichler, antwortete verlegen und ausweichend. »Aber jeder weiß doch, daß sie seit Jahren alte Kampfgenossen sind. Waffenbrüder sozusagen. Da ist es nur natürlich ...«

»Nur zu natürlich und mehr als genug.« Agravaine lachte rülpsend. »Waffenbrüder? Busenfreunde sind sie. Am Busen der Königin! Habt ihr das Neueste gehört? Als der König letzthin das Schloß verließ, streckte und kuschelte sich mein lieber Bedwyr im Bett der Königin, bevor Artus' Pferd aus dem Königstor getreten war.«

»Wo hast du das her?« fuhr Mador ihn scharf an.

Auch Colles bekam es jetzt mit der Angst zu tun. »Du hattest es mir erzählt. Aber es ist nur Gerede und kann nicht wahr sein. Der König ist schließlich kein solcher Narr, und wenn er Bedwyr vertraut ... und ihr vertraut, dann meine ich ...«

»Kein Narr? Nur ein Narr vertraut. Mordred wird mir da zustimmen. Nicht wahr, Bruder?«

Mordred, der ihnen den Rücken zuwandte und Wein einschenkte, nickte kurz.

»Wenn es wahr wäre«, begann jemand hoffnungsvoll, aber Mador schnitt ihm das Wort ab.

»Du bist selbst ein Narr, wenn du so redest, ohne Beweise zu haben. Es kann nicht wahr sein. Selbst wenn sie es wollten, wie würden sie es wagen? Die Königin hat immer ihre Frauen bei sich, sogar in der Nacht.«

Agravaine lachte schallend, und Geheris, der sich neben ihm lümmelte, sagte grinsend: »Du arme Unschuld. Du klingst fast wie mein frommes Brüderlein Gareth. Hörst du dir denn nie den Tratsch an? Agravaine schläft seit fast einem Monat mit einer Zofe Guineveres, und er hat es bestimmt aus erster Quelle.«

»Und sie hat gesagt, daß Bedwyr die ganze Nacht bei der Königin gewesen ist?«

Agravaine nickte in seinen Becher, und Geheris krähte triumphierend: »Dann haben wir ihn!«

Aber Colles gab sich nicht zufrieden. »Sie hat ihn gesehen? Mit eigenen Augen?«

»Nein.« Agravaine blickte trotzig in die Runde. »Aber wir alle wissen, daß lange genug darüber geredet worden ist, und wir wissen auch, daß es keinen Rauch ohne Feuer gibt. Schauen wir hinter den Rauch, und löschen wir das Feuer aus. Macht ihr alle mit, wenn ich euch Beweise bringe?«

»Mitmachen? Wie?«

»Indem wir dem König einen Dienst erweisen und Bedwyr sowohl aus dem Bett als auch aus dem Rat des Königs vertreiben!«

Calum hatte Zweifel. »Du meinst, wir sollen es einfach dem König sagen?«

»Was denn sonst? Natürlich wird er toben, wer täte es nicht, aber danach muß er uns dankbar sein. Jeder Mann wäre es …«

»Aber die Königin?« rief ein junger Mann namens Cian, der wie die Königin aus Nordwales stammte. »Er wird sie umbringen. Jeder Mann, der so etwas erfährt …« Er errötete und schwieg, sichtlich bemüht, Geheris' Blick zu meiden.

Agravaine antwortete ihm mit selbstsicherer Entrüstung.

»Er wird der Königin nie etwas antun. Hast du nicht gehört, was geschah, als Melwas sie in sein Sommerland entführte und einen ganzen Tag und eine Nacht mit ihr in seiner Jagdhütte auf einer der Seeinseln verbrachte? Du kannst mir nicht erzählen, daß dieser Lüstling nicht seinen Willen mit ihr hatte, und trotzdem nahm der König sie ohne ein Wort zurück und gab ihr sein Versprechen, sie nie zu verstoßen, weder deswegen noch wegen ihrer Unfruchtbarkeit. Nein, er wird ihr nichts antun. Mordred, du kennst ihn besser als die meisten, und du gehörst auch zum engsten Kreis der Königin. Was meinst du?«

»Was die Zärtlichkeit des Königs ihr gegenüber betrifft, so stimme ich dir zu.« Mordred stellte den Weinkrug auf den Tisch und blickte in die Runde. »Aber alles andere ist Unsinn. Ich habe natürlich auch von dem Gerede gehört, doch scheint es mir, als käme es vor allem von hier, und zudem ist es unbewiesen. Völlig unbewiesen. Bis ein Beweis vorliegt, muß es Gerede bleiben, entstanden aus Wünschen und Ehrgeiz, aber nicht aus Tatsachen.«

»Er hat recht«, sagte ein gewisser Melion, der Bruder Cians. »Es ist nur Gerede, wie es immer entsteht, wenn eine Frau so schön wie die Königin ist, und der Mann so oft und so lange ihrem Bett fernbleibt, wie der König es tun muß.«

»Schlafzimmerklatsch!« fiel Cian ein. »Sollen wir uns

vielleicht in den Schmutz knien und durch die Schlüssellöcher spähen?«

Genau das hatte Agravaine getan, aber er leugnete es empört ab. Er war noch nicht zu betrunken und sah, daß er sich nicht durchsetzen konnte, solange seine Idee eine Gefahr für die Königin einschloß. So mimte er den Unschuldigen. »Meine Herren, ihr habt mich falsch verstanden. Nie und nimmer würde ich dieser liebreizenden Frau ein Leid antun wollen oder dulden, daß es geschähe. Aber wenn wir einen Weg finden, Bedwyr zu stürzen, ohne ihr zu schaden ...«

»Du meinst, wir sollen schwören, daß er sie dazu gezwungen hat? Vergewaltigung?«

»Warum nicht? Es wäre machbar. Mein Mädchen würde alles bezeugen, wenn wir es dafür bezahlen, und ...«

»Und Gareths Freundin?« fragte jemand. Es war bekannt, daß Gareth Linet, einer der Damen der Königin, den Hof machte, einem sanften und ebenso unbestechlichen Wesen, wie Gareth es war.

»Schon gut. Schon gut!« Agravaine wandte sich mit rotem Gesicht Mordred zu. »Es gibt noch viel zu überlegen, aber, bei der finsteren Göttin, wir haben einen Anfang gemacht und wissen, wer mit uns ist und wer nicht! Was meinst du, Mordred? Bist du mit uns, wenn wir uns einfallen lassen, wie wir die Königin da heraushalten können? Du kannst doch wirklich nicht Bedwyrs Freund sein.«

»Ich?« Mordred zeigte jenes kühle schwache Lächeln, das ihm als einziges von Morgause geblieben war. »Ich ein Freund Bedwyrs, des Marschalls, des besten aller Ritter, des Königs rechter Hand in der Schlacht und im Saal des Rats? Des Regenten in Artus' Abwesenheit, ausgestattet mit aller Macht Artus'?« Er hielt inne. »Bedwyr stürzen? Was soll ich sagen, meine Herren? Daß ich den Gedanken von mir weise?« Gelächter. Man hämmerte mit den Bechern auf den

Tisch und schrie durcheinander: »Mordred als Regent!« – »Warum nicht? Wer denn sonst?« – »Valerius? Viel zu alt!« – »Drustan vielleicht?« – »Oder Gawain?« Und dann in einer Art von wirrer Einstimmigkeit: »Mordred als Regent! Wer denn sonst? Einer von uns! Mordred!«

Als das Mädchen wieder hereinkam, verstummten die Schreie, und das Gespräch wandte sich dem Thema der morgigen Jagd zu.

Endlich brachen sie auf, und während das Mädchen den Tisch von den Speiseresten und den vergossenen Weinpfützen säuberte, trat Mordred in die frische Luft hinaus.

Unwillkürlich hatten ihn das Gespräch und die letzten Jubelrufe erschüttert. Bedwyr stürzen? Sich selbst an seine Stelle setzen, als rechte Hand des Königs oder als Regent in des Königs Abwesenheit? Hätte er sich einmal in diesem Amt und in der Kriegführung bewährt, würde Artus ihn dann nicht aller Wahrscheinlichkeit nach zu seinem Erben ernennen? Das war er noch nicht. Noch galt Constantin von Cornwall als Thronerbe, der Sohn jenes Herzogs Cador, den Artus mangels einer legitimen Nachkommenschaft zum Thronfolger bestimmt hatte. Aber das war zu einer Zeit, als er noch nicht wußte, daß er bereits einen leiblichen Sohn gezeugt hatte. Legitimität? Wer schert sich darum, nachdem doch Artus selbst ein uneheliches Kind ist?

Hinter ihm rief das Mädchen leise. Er blickte sich um. Sie lehnte sich aus dem Fenster des Schlafgemachs, und das warme Lampenlicht fiel auf ihr langes goldenes Haar, ihre nackte Schulter und Brust. Lächelnd rief er ihr zu: »Ich komme gleich«, aber er nahm sie kaum wahr, denn vor seinem geistigen Auge hob sich das Bild der Königin von der Dunkelheit ab.

Guinevere. Die goldblonde Frau, immer noch reizvoll mit ihren großen graublauen Augen, der angenehmen Stimme, dem anmutigen Lächeln und jener sanften Heiterkeit, die ihre Gegenwart im Audienzzimmer stets zu einem besonderen Vergnügen machte. Guinevere, die so offenkundig ihren Gemahl liebte, jedoch auch Furcht und Einsamkeit gekannt und sich so liebevoll des unsicheren und einsamen Knaben angenommen hatte, um ihm aus der Trübsal seiner Kindheitserinnerungen zu helfen und ihm zu zeigen, wie man leichten Herzens lieben kann. Guinevere, deren Hände, als sie die seinen nur teilnahmsvoll berührt, eine Flamme entfacht hatten, die Morgause mit all ihren verderbten Worten nicht einmal zum Aufflackern zu bringen vermochte.

Er liebte sie. Nicht etwa, wie er andere Frauen geliebt hatte, daran wagte er nicht einmal zu denken. Er hatte in seinem Leben viele gehabt, seit jenem Mädchen, mit dem er als Vierzehnjähriger in einer Mulde in der Heide geschlafen, bis zu dieser, die jetzt hier auf ihn wartete. Seine Gefühle für Guinevere paßten nicht in diesen Zusammenhang. Er wußte nur, daß er sie liebte, und wenn die Geschichte wahr sein sollte, dann wäre es ihm bei der Hekate ein Vergnügen, Bedwyr stürzen zu sehen! Der König würde ihr nichts antun, dessen war er sicher, aber er könnte, er könnte sie vielleicht aus Gründen der Ehre verstoßen.

Weiter ging er nicht. Wahrscheinlich wußte er nicht einmal, daß er so weit gegangen war. Seltsamerweise nahm sich Mordred, der sonst so kühle Denker, nicht die Mühe, seine Empfindungen klar zu formulieren. Er war sich nur seiner Wut über das schmutzige Geflüster bewußt, über den befleckten Ruf der Königin, über sein Mißtrauen den Zwillingen gegenüber und ihren verantwortungslosen Freunden. Mit einigem Bangen erkannte er seine Pflicht, dem König (als Spion des Königs, sagte er sich bitter) alles über die Umtriebe der Jungen Kelten zu berichten. Er mußte Artus vor der drohenden Gefahr für Bedwyr und die Königin warnen. Der König konnte dann seine eigenen Schlüsse ziehen, und falls etwas zu tun wäre, würde er es selbst tun. Mordred wußte jedenfalls, was er dem Vertrauen des Königs schuldete.

Und Bedwyr? Wenn es sich erweisen sollte, daß er dieses Vertrauen mißbrauchte?

Mordred schob den Gedanken beiseite und kehrte ins Haus zurück. Auf einen Impuls hin, den er geleugnet hätte, wenn er sich dessen bewußt gewesen wäre, nahm er sich sein Vergnügen mit so roher Gewalt – was ebensowenig seinem Wesen entsprach wie der wirre Aufruhr seiner Gedanken, daß er am nächsten Tag ein goldenes Halsband würde kaufen müssen, um sein Mädchen zu beschwichtigen.

11

Spät an jenem Abend, als es in der Stadt und im Palast still war, ging er zum König.

Artus hatte es sich in letzter Zeit zur Gewohnheit gemacht, bis in die späten Nachtstunden in seinem Schreibgemach zu arbeiten. Cabal, sein weißer Hund, lag zu seinen Füßen. Es war dasselbe Tier, das er ausgewählt hatte, als Mordred zum ersten Mal bei ihm erschienen war. Jetzt sah der Hund alt aus, und seine vielen Narben zeugten von denkwürdigen Jagdabenteuern. Er hob den Kopf und wedelte mit dem Schwanz, als Mordred hereingeführt wurde.

Der Diener zog sich zurück, und der König entließ seinen Sekretär.

»Wie steht es mit dir, Mordred? Es freut mich, daß du gekommen bist. Ich hatte vor, dich morgen früh zu mir zu rufen, aber heute abend ist mir noch lieber. Weißt du, daß ich bald in die Bretagne reisen werde?«

»Man sprach davon. Es ist also wahr?«

»Ja. Es ist an der Zeit, daß ich meinen Vetter König

Hoel besuche. Und dann möchte ich einmal selbst sehen, wie sich die Dinge dort entwickeln.«

»Wann reist Ihr, Sir?«

»In einer Woche. Bis dahin wird das Wetter günstig sein.«

Mordred blickte auf die Fenstervorhänge, an denen der Wind rüttelte. »Ist das die Meinung Eurer Wahrsager?«

Der König lachte. »Meine Quellen sind sicherer als die Altäre und sogar verläßlicher als Nimuë in Applegarth. Ich frage die Schafhirten auf der Hochebene. Die irren sich nie. Aber ich vergaß, mein Fischerjunge – vielleicht hätte ich auch dich fragen sollen?«

Mordred schüttelte lächelnd den Kopf. »Auf den Inseln hätte ich mir eine Voraussage zugetraut, obgleich sich auch dort selbst die Alten oft verrechneten. Aber hier nicht. Es ist eine andere Welt, ein anderer Himmel.«

»Sehnst du dich nicht nach deiner Welt zurück?«

»Nein. Ich habe alles, was ich mir nur wünschen kann.« Er fügte hinzu: »Aber die Bretagne sähe ich gern.«

»Das tut mir leid. Ich wollte dir nämlich gerade sagen, daß ich plane, dich hier auf Camelot zu lassen.«

Das traf ihn wie ein Schlag. Er mied Artus' Blick, um es sich nicht anmerken zu lassen.

Als ob er es dennoch bemerkt hätte – was bei ihm durchaus möglich war –, fuhr der König fort: »Bedwyr bleibt natürlich auch. Aber dieses Mal sollst du mehr tun als nur beobachten, wie die Dinge laufen. Du wirst Bedwyrs Vertreter sein, wie er der meine ist.«

Schweigen. Artus beobachtete aufmerksam, wenn auch ohne Verständnis, daß Mordred plötzlich bleich geworden war und zögerte, als ob er nicht wüßte, was er sagen sollte. Endlich fragte Mordred: »Und meine ... die anderen Orkney-Prinzen? Ziehen sie mit Euch, oder bleiben sie hier?«

Artus mißverstand den Sinn der Frage und war überrascht. Er hätte nicht gedacht, daß Mordred eifersüchtig auf seine Halbbrüder sein könnte. Wäre seine Reise militärischer Natur gewesen, so hätte er vielleicht Agravaine und Geheris mitgenommen, um ihre Energien und ihren Unmut auf anderes abzulenken, aber da das nicht der Fall war, sagte er rasch und bestimmt: »Nein. Gawain ist in Wales, wie du weißt, und wird dort noch einige Zeit bleiben. Gareth würde es mir nicht danken, wenn ich ihn so kurz vor seiner Hochzeit aus Camelot abberiefe. Und die anderen beiden haben keine Gunst von mir zu erwarten. Sie bleiben hier.«

Mordred schwieg. Der König begann ihm von seinen Reisevorbereitungen zu erzählen, von den Gesprächen, die er mit König Hoel zu führen beabsichtigte, und dann erklärte er Mordred die Aufgaben seiner Rolle als Mitarbeiter Bedwyrs. Der Hund erwachte einmal und kratzte sich, wo ihn die Flöhe bissen. Das Feuer war fast erloschen, und Mordred legte auf einen Wink seines Vaters einen Scheit aus dem Korb auf. Schließlich hatte der König geendet. Versonnen blickte er seinen Sohn an.

»Du bist sehr still, Mordred. Laß nur. Ein anderes Mal. Und einmal wird Bedwyr derjenige sein, der mich begleitet, während du an meiner Stelle hier als zeitweiliger König regierst. Gefällt dir diese Aussicht denn gar nicht?«

»O doch, Sir. Ich fühle mich geehrt.«

»Nun? Was ist es denn?«

»Wenn ich Euch bitte, dieses Mal Bedwyr mit Euch zu nehmen und mich hier zu lassen, werdet Ihr glauben, ich maße mir etwas an, das selbst einem Prinzen nicht zusteht. Aber ich bitte Euch darum, mein Herr und König.«

Artus starrte ihn an. »Was soll das?«

»Ich kam zu so später Stunde, um Euch zu berichten,

was unter den Jungen Kelten geredet wird. Sie kamen heute abend zu mir ins Haus. Das Gespräch betraf vor allem Bedwyr. Er hat Feinde, erbitterte Feinde, die alles tun werden, um ihn zu stürzen.« Er zögerte. Daß es schwer sein würde, hatte er gewußt, aber nicht, wie schwer. »Sir, ich flehe Euch an, Bedwyr nicht hier zu lassen, während Ihr fort seid. Ich sage es nicht, weil ich nach der Regentschaft strebe. Es ist nur wegen des Geredes über ihn und ...« Er stockte, fuhr sich mit der Zunge über die Lippen, stammelte lahm: »Wegen des Geredes über ihn. Er hat Feinde ...«

Artus' Augen waren schwarzes Eis. Er erhob sich. Mordred stand auf. Zu seiner Wut stellte er fest, daß er zitterte. Er wußte ja nicht, daß jeder, der bisher diesem harten kalten Blick begegnete, so gut wie zum Tode verurteilt war.

Der König sprach mit einer tonlosen Stimme, die aus weiter Ferne zu kommen schien.

»Es wird immer geredet. Da gibt es jene, die reden, und jene, die zuhören. Von denen sind keine meine Leute. Nein, Mordred, ich habe dich wohl verstanden. Ich bin nicht taub, und ich bin auch nicht blind. An diesem Gerede ist nichts. Darüber wird nicht gesprochen!«

Mordred schluckte. »Ich habe nichts gesagt, Sir.«

»Und ich habe nichts gehört. Geh jetzt.«

Er wies ihm schroff die Tür. Nicht einmal seinen Diener hätte er so entlassen. Mordred verneigte sich und ging.

Kaum hatte er die Hand auf der Klinke, als der König ihn wieder rief.

»Mordred.«

Er drehte sich um.

»Es ändert sich nichts. Du bleibst bei dem Regenten als sein Vertreter.«

»Jawohl, Sir.«

Die Stimme des Königs wurde sanfter. »Ich hätte

daran denken sollen, daß ich es war, der dich bat, dem Gerede zu lauschen, und daß ich kein Recht habe, dich zu tadeln, weil du mir darüber berichtest. Was Bedwyr betrifft, so ist er sich der Bestrebungen seiner Feinde bewußt.« Er blickte zu Boden, stützte sich mit den Fingerspitzen auf den Tisch, schwieg eine Weile. Mordred wartete. Ohne aufzublicken fügte der König hinzu: »Mordred, es gibt einige Dinge, über die man lieber nicht redet, von denen man lieber nichts weiß. Verstehst du mich?«

»Ich glaube«, sagte Mordred. Und er glaubte es wirklich, weil er den König ebenso falsch einschätzte, wie dieser ihn mißverstanden hatte. Offenbar wußte Artus, was über Bedwyr und die Königin geklatscht wurde. Er wußte und zog es vor, nicht darauf einzugehen. Was ganz einfach bedeutete, daß Artus nichts unternehmen wollte, ganz gleich, ob an der Sache etwas Wahres war oder nicht. Eine offene Anklage gegen den Stellvertreter des Königs und die Königin hätte zu einem Aufruhr geführt, der unbedingt vermieden werden mußte. Soweit hatte Mordred recht. Nicht jedoch in seiner Schlußfolgerung, die die eines Mannes und nicht die eines Prinzen waren, nämlich daß Artus sich im Grunde nicht sonderlich betroffen fühlte und nur aus Stolz und politischen Überlegungen so tat, als wisse er nichts davon. »Ich glaube es, Sir«, wiederholte er.

Artus blickte auf und lächelte. Sein Gesicht war wieder freundlich, aber er sah sehr müde aus. »Dann bleib mir wachsam, mein Sohn, und diene der Königin. Betrachte Bedwyr als deinen Freund und meinen getreuen Diener. Und jetzt gute Nacht.«

Bald darauf verließ der König Camelot, und Mordred nahm seine Arbeit als Vizeregent auf. Tagelange Sitzungen im Runden Saal, wo Bittschriften verlesen wurden, dann wieder ganze Tage, an denen er Truppenübungen beiwohnen mußte, und jeden Abend nach dem öffentlichen Mahl im Saal (oft brachte man während des Essens noch weitere Bittschriften am Tisch zur Verlesung) begab er sich mit dem Stapel von Tafeln und Papieren ins Schreibgemach des Königs.

In der Öffentlichkeit nahm Bedwyr wie zuvor den Platz des Königs neben der Königin ein, aber soweit der aufmerksam beobachtende Mordred es feststellen konnte, nutzte er keine Gelegenheit, um mit ihr allein zu sein, und weder er noch Guinevere schienen Mordreds ständige Gesellschaft als lästig zu empfinden. Wenn der Regent mit der Königin sprach, was er jeden Morgen tat, war auch Mordred dabei. Beim Essen saß Mordred zu ihrer Linken, und wenn sie mit Bedwyr und ihren Hofdamen im Garten spazierenging, gab sie Mordred ihren linken Arm.

Er fand es überraschend leicht, mit Bedwyr zu arbeiten. Der ältere Mann war bemüht, seinem jungen Vertreter ein eigenes Wirkungsfeld zu überlassen. Bald übergab er ihm fast mehr als die Hälfte der anhängigen Fälle und bedingte sich nur aus, daß die Urteile vor der Verlesung unter ihnen abgesprochen werden sollten. Es gab sehr wenige Meinungsverschiedenheiten, und mit der Zeit gewann Mordred immer mehr das Gefühl, die Entscheidungen selbst zu treffen. So kam es wohl auch, daß die Arbeit, die Artus gewöhnlich bei seiner Rückkehr nach der Reise vorfand, dieses Mal zum größten Teil bereits erledigt war.

Bedwyr schien allerdings trotz der von ihm genommenen Last noch schweigsamer und sorgenvoller geworden zu sein. Sein Gesicht wirkte eingefallen, und er hatte Schatten unter den Augen. Bei Tisch saß er mit starrem Lächeln, den Kopf der Königin zugeneigt, ihrer sanften Stimme lauschend, aß wenig, trank jedoch viel. Später, im Arbeitsgemach, stand er lange schweigend vor dem Kamin und starrte in die Flammen, bis Mordred oder einer der Sekretäre ihn mit einer Frage wieder zur Sache brachte.

All das beobachtete Mordred sehr wachsam. Für ihn selbst war die Nähe Guineveres zugleich eine Freude und eine Qual, und wenn es zwischen ihr und Bedwyr ein Zeichen geheimen Einverständnisses gegeben hätte, einen Blick, eine Berührung, eine Geste, so wäre es Mordred bestimmt nicht entgangen, denn er hätte es sofort gespürt. Aber es gab nichts, nur Bedwyrs Schweigen, die ihm anhaftende Bedrücktheit und vielleicht die etwas unnatürliche Ausgelassenheit im Geplauder der Königin, wenn sie mit ihren Frauen auf einem Empfang am Hofe erschien. Aber beides hätte sich durch die Bürde des Amts und den Druck erklären lassen, unter dem sie während der Abwesenheit des Königs stand. Jedenfalls verdrängte Mordred – eingedenk seiner letzten Unterredung mit dem König – die Klatschgeschichten der Jungen Kelten einstweilen aus seiner Erinnerung.

Doch eines Abends, lange nach dem Essen, als der Sekretär das königliche Siegel in seinem Schrein verschlossen, sich verabschiedet und das Arbeitsgemach verlassen hatte, klopfte es an die Tür, und ein Diener meldete Besuch.

Es war Bors, einer der älteren Ritter, ein Gefährte, der mit Artus und Bedwyr den großen Feldzug mitgemacht und bei Badon gekämpft hatte. Ein einfacher Mann, dem König treu ergeben, jedoch bekanntermaßen von einem ebenso ungestümen Tatendrang beseelt wie die Jungen Kelten. Allem Höfischen abgeneigt, haßte er steife Umgangsformen und sehnte sich nach der Einfachheit des Feldlagerlebens zurück.

Er grüßte Bedwyr auf Soldatenart und sagte mit seiner üblichen Schroffheit: »Du sollst zur Königin gehen. Sie hat einen Brief erhalten, den sie dir zeigen will.«

Kurzes erstauntes Schweigen. Dann erhob sich Bedwyr. »Es ist sehr spät. Sie hat sich bestimmt in ihre Gemächer zurückgezogen. Ist es denn so eilig?«

»Das sagte sie. Sonst hätte sie mich nicht geschickt.«

Mordred war mit Bedwyr aufgestanden. »Ein Brief? Kam er mit dem Kurier?«

»Ich nehme es an. Ihr wißt ja, wie spät er hier eintraf. Alles sonstige brachte er euch vor kurzem erst.«

Das war richtig. Der bei Sonnenuntergang erwartete Reiter hatte sich infolge einer Überschwemmung verspätet und war vor knapp einer halben Stunde angekommen. Daher waren Mordred und Bedwyr noch zu so später Stunde an der Arbeit.

»Er hat keinen Brief an die Königin erwähnt«, sagte Mordred.

Bedwyr erwiderte mit Schärfe: »Warum sollte er das? Es geht allein die Königin an und mich, da sie mit mir darüber zu sprechen wünscht. Gut, Bors. Ich gehe zu ihr.«

»Soll ich ihr sagen, daß du kommst?«

»Nicht nötig. Ich werde Ulfin schicken. Geh nur ins Bett, und Mordred auch. Gute Nacht.«

Während er sprach, schnallte er sich den Gürtel an, den er für die abendliche Unterredung abgenommen hatte. Der Diener brachte ihm den Mantel. Als er Mordred zögern sah, sagte er noch einmal barsch: »Gute Nacht.«

Mordred fügte sich und folgte Bors aus dem Zimmer.

Bors ging wie im Eilmarsch den Flur hinunter, und Mordred, der rasch ausschreiten mußte, um ihn einzuholen, hörte nicht mehr, was Bedwyr dann noch zu dem Diener sagte.

»Geh und melde der Königin, daß ich bald bei ihr sein werde. Sag ihr … Nein, warte, wahrscheinlich haben sich ihre Frauen bereits zur Nacht zurückgezogen. Sorg dafür daß sie nicht allein ist, wenn ich komme. Ganz gleich, ob ihre Frauen schon schlafen. Weck sie auf. Hast du mich verstanden?«

Ulfin war seit vielen Jahren der Kämmerer des Königs, und er antwortete kurz: »Jawohl, Sir«, und verschwand.

Mordred und Bors, die gerade durch den Garten gingen, sahen ihn zu den Gemächern der Königin eilen.

»Es gefällt mir nicht«, sagte Bors plötzlich.

»Aber es war doch ein Brief da?«

»Ich habe keinen gesehen. Und ich sah den Mann hereinreiten. Falls er der Königin wirklich einen Brief brachte, warum muß sie unbedingt jetzt mit Bedwyr darüber sprechen? Es ist fast Mitternacht. Was gibt es um Mitternacht unter vier Augen zu besprechen? Ich sage dir, es gefällt mir nicht.«

Mordred warf ihm einen Blick zu. Mochte das Geflüster bis in die Ohren dieses getreuen alten Kämpen gedrungen sein? Dann fügte Bors hinzu: »Wenn dem König etwas geschehen ist, wäre es bestimmt auch Bedwyr mitgeteilt worden. Was könnte es sonst sein?«

»Ja, was wohl?« fragte Mordred. Bors musterte ihn scharf, aber dann brummte er nur:

»Ach was! Gehen wir zu Bett, und scheren wir uns um unseren eigenen Kram.«

Als sie im Saal ankamen, wo die meisten jungen Männer schliefen, fanden sie noch einige wach vor. Geheris war gerade noch nüchtern, Agravaine betrunken wie gewöhnlich und geschwätzig. Gareth saß mit Colles und ein paar anderen am verglimmenden Feuer beim Würfelspiel.

Bors verabschiedete sich und schritt zur Tür, und Mordred, der während des Königs Abwesenheit im Schloß wohnte und schlief, ging durch den Saal auf die Treppe zu, die zu seinen Gemächern führte. Bevor er sie erreicht hatte, kam ein junger Ritter vom äußeren Hof hereingerannt. Es war Cian, der Mann aus Wales, und er stieß in der Tür mit Bors zusammen. Blinzelnd, um seine dunkel glänzenden Augen an das Licht zu gewöhnen, blieb er eine Weile stehen. Geheris erriet, von wo er kam, rief ihm ein zotiges Wort zu, und Colles zeigte mit rohem Gelächter auf seine noch offene Hose.

Cian beachtete es nicht, trat rasch in die Mitte des Saals und sprach sehr aufgeregt.

»Bedwyr ist zur Königin gegangen. Ich sah ihn. Geradewegs durch die private Tür, und in ihrem Schlafgemach brennt eine Lampe.«

Agravaine sprang auf. »Bei Gott! Jetzt haben wir ihn!«

Geheris erhob sich schwankend, die Hand am Schwertgriff. »Es ist also wahr. Wir alle wußten es! Jetzt wollen wir einmal sehen, was der König sagen wird, wenn er hört, daß seine Gemahlin mit einem Buhlen schläft.«

»Warum bis dahin warten?« Es war Mador. »Versichern wir uns jetzt der beiden!«

Mordred rief laut vom Fuß der Treppe über den aufsteigenden Lärm hinweg: »Sie hat nach ihm gerufen. Der Kurier brachte einen Brief, wahrscheinlich vom König, und darin stand etwas, das sie mit Bedwyr besprechen muß. Bors meldete es ihm. Sag es ihnen, Bors.«

»Es ist wahr«, sagte der alte Mann, aber seine Stimme klang besorgt, und Mador erwiderte pfiffig: »Dir gefällt es auch nicht, Bors, nicht wahr? Hast du auch die Geschichten gehört? Nun gut, wenn sie sich über den Brief des Königs beraten, können wir ruhig dabei sein. Wer sollte uns daran hindern?«

Mordred schrie: »Haltet ein, ihr Narren! Ich sage euch, ich war da! Es ist wahr! Seid ihr alle wahnsinnig? Denkt an den König! Was immer wir finden …«

»Jawohl, was immer wir finden«, lallte Agravaine. »Wenn es eine Beratung ist, nehmen wir als treue Gefolgsmänner des Königs daran teil …«

»Und wenn es ein lüsternes Stelldichein ist«, fügte Geheris hinzu, »werden wir dem König auf andere Weise dienen.«

»Daß du mir nicht wagst, die Königin anzurühren!« Mordred, der Böses ahnte, stieß sich durch die Menge und packte Geheris' Arm.

»Die? Nicht dieses Mal.« Geheris lachte mit gespenstisch irrem Blick, betrunken, jedoch noch gefährlich bei Kräften. »Aber Bedwyr, ja, wenn Bedwyr dort ist, wo ich ihn vermute, bekommt er seine Strafe, und der König wird uns dafür dankbar sein.«

Bors brüllte, wurde niedergebrüllt. Mordred, immer noch Geheris' Arm haltend, redete heftig auf die anderen ein, versuchte die Menge zur Vernunft zu bringen. Aber sie hatten zuviel getrunken, waren rauflustig, und sie haßten Bedwyr. Nichts vermochte sie aufzuhalten. Die Hand an Geheris' Ärmel geklammert, fand Mordred sich vom Strudel mitgerissen – sie waren jetzt ein Dutzend, einschließlich Bors und sogar Gareth, der ihnen mit bleichem Gesicht folgte –, und nun rannten sie durch den dunklen Säulengang am Hofgarten, durch das Tor zur Treppe der Privatgemächer der Königin. Ein Diener, der dort auf einem Schemel döste, sprang auf, wollte ihnen den Eintritt verwehren, zögerte jedoch, als er Mordred sah, und wurde im gleichen Augenblick von Colles durch einen Hieb mit dem Dolchgriff zum Schweigen gebracht.

Diese Gewalttat war wie der Knall, mit dem sich die gespannte Sehne des Bogens beim Abschuß löst, und die jungen Männer stürmten brüllend durch die Tür und die Treppe zu den Gemächern der Königin hinauf. Colles, der sie anführte, hämmerte mit seinem Schwertknauf an die Holzverkleidung und schrie:

»Macht auf! Macht auf! Im Namen des Königs!«

Verzweifelt bemüht, im Gedränge auf der Treppe nach oben zu gelangen, hörte Mordred von drinnen den Angstschrei einer Frau, dann andere schrille und erschrockene Stimmen, die vom Gebrüll auf den Stufen übertönt wurden.

»Öffnet diese Tür! Es geht um Verrat! Verrat am König!«

Dann flog die Tür plötzlich auf, und so rasch, daß sie unmöglich verschlossen gewesen sein konnte.

Ein Mädchen hielt sie. Nur einige Nachtlampen brannten im Zimmer. Drei oder vier Frauen standen da, in lange Gewänder gehüllt, unter denen sie offenbar noch ihre Nachthemden trugen. Man mußte sie in aller Eile geweckt und aus den Betten geholt haben. Eine von ihnen, eine ältere Dame, der das graue Haar locker über das noch verschlafen aussehende Gesicht hing, rannte zur Tür des Schlafgemachs der Königin und schob den Riegel vor.

»Was soll das? Was ist geschehen? Colles, du hier? Und Ihr, Prinz Agravaine? Habt Ihr mit Lord Bedwyr zu reden?«

»Weg da, Mütterlein!« rief jemand erregt, und die Frau wurde beiseite gestoßen, während Colles und Agravaine sich mit gezückten Schwertern gegen die Tür des königlichen Schlafgemachs warfen.

Über den Tumult, dem Gehämmer und den entsetzten Schreien hörte Mordred Gareths besorgte Stimme.

»Linet? Ängstige dich nicht. Bors ist die Wache rufen gegangen. Bleib dort drüben und halte dich heraus. Es wird nichts geschehen ...«

Zwischen zwei Hammerschlägen öffnete sich plötzlich die Tür der Königin, und Bedwyr stand vor ihnen.

Das Schlafgemach Guineveres war durch eine große drachenförmige silberne Hängelampe hell erleuchtet, und die überraschten Angreifer sahen in der Kürze eines Augenblicks alles, was es darin zu sehen gab.

Das große Bett stand an der gegenüberliegenden Wand. Die Decken waren aufgewühlt, aber die Königin hatte sich ja bereits zu Bett begeben, als der Brief – falls es einen solchen gab – gekommen war. Wie ihre Frauen war sie von Kopf bis Fuß in einen warmen lockeren Überwurf aus weißer Wolle gehüllt, mit einem blauen Gürtel, und sie trug Pantoffeln aus Hermelin. Das goldblonde Haar, mit blauen Bändern zusammengeflochten, hing ihr vorn über die Schultern. Sie sah wie ein junges Mädchen aus. Aber auch sehr erschrocken. Halb aus ihrem Stuhl erhoben, hielt sie die Hand ihrer verängstigten Zofe, die zu ihren Füßen auf einem niedrigen Schemel hockte.

Bedwyr, der die Tür hielt, war so gekleidet, wie Mordred ihn vor kurzem gesehen hatte, aber ohne Dolch oder Schwert. Er stand also, wie es in der Soldatensprache heißt, seinen Angreifern nackt gegenüber. Aber er bewegte sich mit der Schnelligkeit eines erfahrenen Kämpfers. Als Colles, immer noch im Vorfeld, mit seinem Schwert auf ihn losging, stieß er die Klinge mit einer Drehung seines schweren Mantels beiseite, versetzte dem Mann einen Schlag auf die Kehle, und während dieser zurücktaumelte, entriß ihm Bedwyr das Schwert und durchbohrte ihn.

»Lüstling! Mörder!« schrie Agravaine. Seine Stimme war immer noch lallend vom Rausch oder aus Wut, aber er hielt sein Schwert fest in der Hand. Mordred rief ihm etwas zu, wollte ihn aufhalten, aber Agravaine stieß ihn von sich und sprang, die mörderische Klinge gezückt, auf Bedwyr zu. Colles' Leiche versperrte halb die Schwelle, und Agravaine mußte einen Augenblick allein Bedwyrs Schwert standhalten. Und in diesem Augenblick schlug Bedwyr, der Held tausender Schlachten, Agravaines blitzende Klinge fast mühelos beiseite und rammte ihm die seine mitten durchs Herz.

Selbst dieser zweite Tod brachte die Eindringlinge nicht zur Besinnung. Mador, der Agravaine auf den Fersen gefolgt war, prallte an Bedwyrs Gegenwehr, bevor er sein Schwert zurückziehen konnte. Gareth, dessen junge Stimme sich vor Kummer überschlug, rief: »Er war betrunken! Um Gottes willen …« Und dann schrill, in panischem Entsetzen: »Geheris! *Nein!*«

Denn Geheris, der Frauenmörder, war über Agravaines Leiche gesprungen, an den klirrenden Schwertern vorbei, wo Bedwyr kämpfte, und näherte sich, die Klinge gezückt, der Königin.

Sie hatte sich nicht gerührt. Das Gemetzel war in Sekundenschnelle geschehen. Sie stand wie versteinert, die verängstigte Frau zu ihren Füßen, starrte auf das tödliche Blitzen der Schwerter um Bedwyr. Nichts ließ erkennen, daß sie sich Geheris' und der ihr drohenden Gefahr bewußt war, denn sie hob nicht einmal die Hand, um die Klinge abzuwehren.

»Hure!« schrie Geheris und holte zum Schlag aus.

Sein Arm mit dem Schwert wurde zurückgerissen. Mordred hatte ihn gepackt. Fluchend drehte Geheris sich um. Mordreds Schwert prallte gegen das seine, und die Griffe verhakten sich. Körper an Körper rangen die beiden Männer, schwankten, Geheris wurde zurückgedrängt, taumelte gegen den Stuhl der Königin, schleuderte ihn fort. Die Zofe kreischte auf, die Königin bewegte sich endlich, wich mit einem Schrei an die Wand zurück, und Geheris zog seinen Dolch. Mordred griff mit der Linken nach dem seinen, schlug Geheris mit aller Kraft den Knauf auf die Schläfe. Geheris fiel wie ein Stein zu Boden. Mordred wandte sich keuchend der Königin zu, aber da stand ihm Bedwyr gegenüber, erhobenen Schwerts und mit mörderischem Blick.

Bedwyr hatte, hart an der Tür kämpfend und leicht an der Stirn verletzt, durch das über seine Augen sickernde Blut den plötzlichen Ansturm auf die Königin und den Kampf an ihrem Stuhl wahrgenommen und war ihr mit rasender Wut und Verzweiflung zur Hilfe geeilt, ohne zu wissen, wie es sich wirklich ereignet hatte. Gareth, durch Agravaines Sturz ohne Deckung, beteuerte immer noch wild: »Er war betrunken!« Er wurde niedergemäht und starb in seinem Blut fast vor den Füßen der Königin. Dann richtete sich das bis an das Heft gerötete tödliche Schwert gegen Mordred, und Mordred, dem keine Zeit zu Worten oder zum Rückzug blieb, kämpfte um sein Leben.

Verschwommen wurde er sich eines neuen Aufruhrs gewahr. Eine der Frauen war, der Gefahr nicht achtend, in das Zimmer geeilt, kniete sich über Gareths Leiche, klagte, schrie, rief immer wieder seinen Namen. Draußen auf dem Gang, wo die anderen um Hilfe gerufen hatten, ertönten Rufe, und Bedwyr brüllte einen Befehl, während er verbissen weiterkämpfte. Jetzt wußte Mordred, daß die Wache gekommen war. Geheris bewegte sich auf dem Boden, versuchte aufzustehen, aber seine Hand rutschte in Gareths Blut aus. Mador war von den Wachen festgenommen und schreiend fortgeschleppt, die anderen, von denen einige Widerstand leisteten, wurden einzeln übermannt und abgeführt. Die Königin rief etwas, aber niemand hörte sie in all dem Lärm.

Mordred wurde zweier Dinge gewahr: der kalten Wut in Bedwyrs Augen und der Gewißheit, daß des Königs Marschall ihn trotz dieser Wut verschonte, ihn, den Sohn des Königs, weder zu töten noch ernstlich zu verletzen beabsichtigte. Eine Gelegenheit bot sich und wurde außer acht gelassen, dann eine zweite, und sie ebenfalls. Bedwyrs Schwert schlug auf Mordreds Klinge ein, prallte gezielt und flach an seinen Oberarm. Als Mordred zurücktaumelte, folgte ihm Bedwyr und versetzte ihm mit dem Knauf seines Dolchs einen mächtigen Hieb auf die Schläfe.

Mordred stolperte über Gareths ausgestreckten Arm und das weinende Mädchen, fiel mit dem Gesicht zu Boden.

Noch fühlte er keinen Schmerz, nur Benommenheit und in den Ohren das brausende Getöse, das ihn wie die Wellen des Meeres überflutete. Der Kampf war vorüber. Sein Kopf berührte fast den Saum des Kleides der Königin. Verschwommen nahm er wahr, wie Bedwyr über seinen Körper schritt und Guineveres Hände ergriff. Er hörte ihn leise und besorgt fragen: »Sie sind nicht zu Euch gelangt? Ist alles gut?« Und ihre Antwort, mit zitternder, angstvoller und bestürzter Stimme: »Seid Ihr verletzt? O mein lieber …« Und dann sein rasches »Nein. Nur eine Schnittwunde. Es ist vorbei. Ich muß Euch jetzt mit Euren Frauen allein lassen. Beruhigt Euch, Madame, es ist vorbei.«

Geheris, wieder auf den Beinen, aber heftig blutend aus einer tiefen Armwunde, ließ sich benommen und widerstandslos von den Wachen abführen. Bors war noch da, Zeuge der Tragödie, und er sprach erregt, aber seine Worte kamen und gingen wie das Auf und Nieder der Wellen des Meeres, im Rhythmus des Pulsschlags Mordreds. Jetzt begannen die Schmerzen. Einer der Männer sagte »Lady« und versuchte, Linet von der Leiche Gareths zu heben. Dann kniete sich die Königin neben Mordred. Er spürte ihren Duft, die weiche Wolle ihres Gewands. Sein Blut befleckte die Wolle, aber sie achtete nicht darauf. Er wollte ›Lady‹ sagen, brachte jedoch keinen Laut hervor.

Sie war übrigens nicht um ihn besorgt. Ihre Arme umschlangen Linet, ihre Stimme sprach Linet Trost zu und betrübte Teilnahme. Endlich ließ sich das Mädchen aufhelfen und fortführen, und die Wachen trugen Gareth hinaus. Kurz bevor Mordred das Bewußtsein verlor, sah er neben sich auf dem Boden ein zerknülltes Stück Papier, das aus der Tasche der Königin gefallen war, als sie sich neben ihn gekniet hatte.

Er sah die elegante und gleichmäßige Handschrift, die von auserlesener Schreibkunst zeugte, und er sah auch das Siegel, Artus' Siegel.

Die Geschichte von dem Brief war also doch wahr gewesen.

12

Als Mordred, aus tiefer Ohnmacht erwacht, allmählich wieder zu Bewußtsein kam, lag er im Bett seines Hauses; das Mädchen saß an seiner Seite, und Geheris beugte sich über ihn.

Sein Kopf schmerzte heftig, und er fühlte sich sehr

schwach. Die Wunde war zwar behelfsmäßig gesäubert und verbunden, aber sie blutete noch, und der Arm und die ganze rechte Seite brannten wie Feuer. Wie er hierher gelangt war, wußte er nicht. Als er aus dem Schlafgemach der Königin getragen wurde, hatte Bedwyr den Wachen befohlen, ihn in Sicherheit zu bringen und für die Pflege seiner Wunden zu sorgen. Bedwyr war nur darauf bedacht gewesen, den Sohn des Königs bis zu Artus' Rückkehr in sicherem Gewahrsam zu halten, aber die Wachen, die den Kampf nicht gesehen und in all der Verwirrung vermutet hatten, Mordred sei dem Regenten zur Hilfe geeilt, mußten den Befehl mißverstanden und ihn deshalb direkt in sein Haus gebracht haben, um ihn der Pflege seiner Geliebten anzuvertrauen. Und hierher hatte sich Geheris geflüchtet, nachdem es ihm gelungen war, seine Bewacher zu täuschen und den Sterbenden zu spielen, um ihnen leichter entschlüpfen zu können. Geheris hatte nur einen Gedanken im Kopf: vor der Rückkehr des Königs aus Camelot zu verschwinden und Mordred als Mittel für diesen Zweck zu benutzen.

Denn Artus war bereits auf dem Heimweg, viel früher als erwartet. In jenem schicksalhaften, in aller Eile von unterwegs abgesandten Brief hatte er Guinevere seine unmittelbar bevorstehende Ankunft verkündet und sie gebeten, Bedwyr sofort davon zu unterrichten. Das hatte sich bereits unter den Wachen herumgesprochen, und Geheris war es nicht entgangen. Und da der Kurier mit so starker Verspätung eingetroffen war, konnte es nur bedeuten, daß der König ihm in wenigen Stunden folgen würde.

So redete Geheris sogleich eindringlich auf den Mann im Bett ein.

»Komm, Bruder, bevor sie dich holen! Die Wachen haben dich irrtümlich hierhergebracht. Bald werden sie erfahren, daß du mit uns kamst, und dich verhaften.

Schnell, wir dürfen keine Zeit verlieren. Wir müssen fort. Komm mit mir, und du bist in Sicherheit.«

Mordred blinzelte ihn benommen an. Sein Gesicht war blutleer und bleich, der Blick schwimmend. Geheris griff nach der Flasche Kräuterlikör, goß etwas davon in einen Becher. »Trink das. Beeil dich, Mann. Mein Diener ist hier bei mir. Zu zweit schaffen wir es mit dir.«

Der Likör brannte Mordred auf den Lippen. Der schmerzhafte Nebel lichtete sich, und die Erinnerung kehrte zurück.

Das ist gut von Geheris, sagte er sich benommen. Gut von Geheris. Er hatte Geheris niedergeschlagen. Dann hatte Bedwyr versucht, ihn, Mordred, zu töten, und die Königin hatte kein Wort dazu gesagt. Weder dann noch später, denn sonst würde man nicht kommen und ihn als einen der Verräter verhaften ... Die Königin. Sie wollte also seinen Tod, obgleich er ihr das Leben gerettet hatte. Und er wußte auch warum. Der Grund erschien ihm in seiner Umneblung klar und logisch. Sie wußte von Merlins Prophezeiung und wünschte ihm daher den Tod. Bedwyr ebenfalls. Sie werden also lügen, und niemand wird erfahren, daß er nur versuchte, die Verräter aufzuhalten, daß er sogar Guinevere vor dem Frauenmörder Geheris gerettet hatte. Wenn der König heimkehrt, wird man ihn, Mordred, Artus' Sohn, vor allen Menschen als Verräter brandmarken.

»Beeil dich«, drängte ihn Geheris.

Keine Wachen kamen. Es war eigentlich ganz einfach. Von seinem Halbbruder und dem Mädchen gestützt, ging er, nein, schwebte er in die dunkle Straße hinaus, wo Geheris' Diener gespannt und schweigend mit den Pferden wartete. Irgendwie hoben sie Mordred in den Sattel, irgendwie nahmen sie ihn zwischen sich, und dann waren sie aus der Stadt und ritten die Straße zum Tor des Königs hinunter.

Hier wurden sie angehalten. Geheris lenkte sein Pferd leicht zurück, verhüllte sein Gesicht gegen die Kälte, sprach kein Wort. Der Diener, der mit Mordred voranritt, redete sogleich auf die Wachen ein.

»Es ist Prinz Mordred. Wie ihr wißt, ist er verletzt. Wir müssen ihn nach Applegarth bringen. Beeilt euch!«

Die Wachen kannten die Geschichte, die sich im Wind der Morgendämmerung wie ein Lauffeuer verbreitet hatte. Die Tore wurden geöffnet, die Reiter waren frei. Geheris jubelte. »Wir haben es geschafft! Wir sind draußen! Jetzt müssen wir nur noch sehen, daß wir unsere Bürde hier möglichst bald loswerden!«

Mordred blieb nichts von dem Ritt in Erinnerung. Er hatte das undeutliche Gefühl, einmal vom Pferd gefallen und dann auf das des Dieners gezogen worden zu sein, während des Ritts, der ihm alle Knochen im Leibe durcheinanderschüttelte. Und dann, wie das warme Blut ihm über den Verband rann, und dann – nach einer Ewigkeit, schien es ihm – endlich die willkommene Stille, als sie die Pferde anhielten.

Regen lief ihm über das Gesicht, kühl und erfrischend. Sein übriger Körper, obgleich fest eingehüllt, schien in heißem Wasser zu schwimmen. Er schwebte wieder. Laute drangen stoßweise an sein Ohr und verhallten, wie das Pochen des Bluts aus seiner offenen Wunde. Jemand – es war Geheris – sagte:

»Das genügt. Keine Bange, Mann. Die Brüder werden für ihn sorgen. Ja, das Pferd auch. Binde es dort an. Schnell. Jetzt laß ihn.«

Man legte ihn hin, und er spürte nassen Stein an seiner Wange. Sein ganzer Körper brannte und zuckte. Seltsam, daß er immer noch den Hufschlag der Pferde in seinen Adern fühlte.

Der Diener stieg über ihn hinweg und zog an einer Schnur. Irgendwo in der Ferne ertönte eine Glocke, und bevor der Klang verhallte, waren die Reiter verschwunden. Nichts war mehr zu hören, außer dem plätschernden Regen auf dem Stein, wo er lag.

Artus, der dem Kurier fast auf den Fersen gefolgt war, fand am Morgen seiner Ankunft die Stadt noch in heller Aufregung vor, und ehe er sich den Staub der Reise von den Kleidern geschüttelt hatte, ließ er den Regenten zu sich rufen.

Als Bedwyr gemeldet wurde, saß Artus am Tisch seines Schreibgemachs, während ihm sein Diener die verschmutzten Reitstiefel auszog, sie rasch an sich nahm und verschwand, ohne sich auch nur einmal umzuschauen. Ulfin hatte dem König während seiner ganzen Regierungszeit gedient, mehr gehört als mancher andere und um so weniger darüber geredet. Aber selbst er, der so verläßliche und verschwiegene Mann, entfernte sich mit einem Gefühl der Erleichterung. Es gibt Dinge, über die man nicht spricht und von denen man auch lieber nichts wissen möchte.

Der gleiche Gedanke drückte sich im Verhalten der beiden Männer aus. Artus' Blick schien sogar dem Freund in aller Deutlichkeit zu sagen: ›Zwing mich nicht, dir Fragen zu stellen. Laß uns irgendwie die Verfänglichkeiten der Sache umgehen und wieder aufs offene Feld des Vertrauens gelangen. Mehr als Freundschaft, mehr als Liebe, ja, mehr als mein Königreich hängt davon ab, was unausgesprochen bleiben soll.‹

Die Orkney-Prinzen und einige ihrer Kumpane wären sicher erstaunt gewesen, wenn sie die ersten Worte gehört hätten. Aber sowohl König als Regent wußten, daß sie, wenn auch das wichtigste Ärgernis nicht erwähnt werden durfte, für das zweitwichtigste rasch eine Lösung finden mußten: Gawain von Orkney.

Der König schlüpfte in seine Pelzpantoffeln, drehte sich in seinem großen Stuhl um und fuhr Bedwyr zornig an: »Bei allen Göttern der Hölle, mußtest du sie töten?«

Bedwyr hob verzweifelt die Hände.

»Was sollte ich tun? Bei Colles ließ es sich nicht vermeiden. Ich war unbewaffnet, und er ging mit seinem Schwert auf mich los. Es blieb mir nichts anderes übrig. Ich hatte weder die Zeit noch die Wahl. Er hätte mich umgebracht. Um Gareth tut es mir ehrlich leid. Das war meine Schuld. Ich kann mir nicht denken, daß er wirklich an dem Verrat teilnahm; vielleicht war er nur dabei, als die Bande losstürmte, und hatte Angst um Linet. Ich gestehe, daß ich ihn im Gemenge kaum sah. Mit Geheris habe ich nur kurz das Schwert gekreuzt, und ich glaube, ich verletzte ihn leicht – eine Schramme höchstens –, und dann war er verschwunden. Und nachdem Agravaine fiel, dachte ich nur noch an die Königin. Geheris war der lauteste von allen, und er beschimpfte sie auf gröbste Art. Ich erinnerte mich daran, was er seiner eigenen Mutter angetan hatte.« Er zögerte. »Es war wie ein Alptraum. Die Schwerter, die Flüche und Beschimpfungen, das Gemenge um die Königin, und sie, die arme Frau, wehrlos und ganz unter dem schrecklichen Eindruck der wenigen Sekunden, die den Frieden in ein blutiges Gemetzel verwandelten. Hast du sie gesehen, Artus? Wie geht es ihr?«

»Man sagte mir, sie sei wohlauf, wenn auch noch erschüttert. Sie war bei Linet, als ich mich nach ihr erkundigte. Ich werde sie aufsuchen, sobald ich mich gewaschen habe. Aber nun erzähl mir den Rest. Was ist mit Mordred? Man sagte mir, er sei verletzt, und er sei geflohen – mit Geheris. Das ist mir unbegreiflich. Er hatte sich nur auf meine Bitte hin den Jungen Kelten angeschlossen … Das kannst du nicht gewußt haben. Es war meine Schuld. Ich hätte es dir sagen sollen, aber dann spielten andere Erwägungen mit …« Er ließ es dabei beruhen, und Bedwyr nickte nur. Das war der fragliche Boden, auf dem sie sich schweigend begegneten. Artus senkte stirnrunzelnd den Blick, schaute dann seinen Freund mit Besorgnis an. »Es ist nicht deine Schuld, daß du das Schwert gegen ihn erhoben hast. Wie hättest du es erraten können? Aber die Königin? Er ist ihr so treu ergeben – wir nannten es jugendliche Verliebtheit und lächelten darüber, auch sie –, und ich verstehe einfach nicht, warum er versucht haben soll, ihr ein Leid anzutun.«

»Es ist nicht sicher, daß er es versuchte. Ich weiß nicht, was eigentlich in dieser Ecke geschah. Als ich mit Mordred das Schwert kreuzte, war die Sache so gut wie vorbei. Ich hatte die Königin hinter meinem Rücken in Sicherheit, und gleich darauf war die Wache da. Ich hätte ihn entwaffnet und dann mit ihm geredet oder gewartet, bis du kamst, aber er ist ein zu guter Kämpfer. Ich mußte ihn verwunden, um ihm das Schwert abnehmen zu können.«

»Und jetzt ist er verschwunden«, seufzte Artus. »Ich frage mich nur, warum. Warum vor allem mit Geheris? Um weiterhin für mich zu spionieren? Du weißt, wohin sie sich begeben haben könnten, nicht wahr?«

»Zu Gawain?«

»Genau. Und was sollen wir mit Gawain tun?« fragte Artus mit leichter Verzweiflung.

»Laß mich nehmen, was kommt!« antwortete Bedwyr.

»Und ihn töten? Wenn du es nicht tust, wird er dich töten. Das mußt du doch wissen. Und ich will es weder so noch so. Ich brauche Gawain, auch wenn er lästig ist.«

»Ich bin in deiner Hand. Du wirst mich fortschicken, nehme ich an. Gawain wirst du kaum fortschicken können, das sehe ich ein. Also wann und wohin?«

»Wann? Noch nicht gleich.« Artus zögerte, blickte dann Bedwyr in die Augen. »Ich muß zuerst der Öffentlichkeit bezeugen, daß ich dir vertraue.«

Unwillkürlich fuhr er mit der Hand über die Tischplatte. Sie war aus geädertem grünen Marmor und mit Gold eingefaßt. Beim Eintreten hatte er seine Handschuhe auf den Tisch geworfen, und Ulfin hatte sie in der Eile liegengelassen. Jetzt nahm er den einen, streifte ihn sich über die Hand, betrachtete versonnen das feine Kalbsleder, das geschmeidig und weich war wie Samt, die mit Seidenfäden in Regenbogenfarben und kleinen Flußperlen bestickte Manschette. Die Königin selbst hatte diese kunstvolle Arbeit verfertigt und sich von ihren Frauen dabei nicht helfen lassen. Die Perlen stammten aus den Flüssen ihrer Heimat.

Bedwyr hielt dem Blick des Königs stand. Seine dunklen Poetenaugen sahen unglücklich aus. Der Blick des Königs war umwölkt, aber nicht ohne Güte.

»Was das Wohin anbetrifft, so glaube ich, daß dein Vetter dich in eurem Familienschloß in der Bretagne willkommen heißen wird. Es wäre mir lieb, wenn du dort bist. Falls es dir recht ist, besuch zuerst König Hoel auf Kerrec. Er wird sich freuen, dich in seiner Nähe zu haben. Die Jahre sind schwer für ihn, und er ist alt geworden und in letzter Zeit auch ein wenig leidend. Aber darüber reden wir noch, bevor du gehst. Jetzt muß ich zur Königin.«

Von Guinevere erfuhr Artus endlich die Wahrheit, hörte, daß Mordred die Königin nicht angegriffen, sondern vor Geheris' mörderischem Schwert verteidigt und den Rasenden niedergeschlagen hatte, als Bedwyr auf ihn losging. Daß er dann geflohen war, ließ sich nur durch die Furcht erklären, für ein Mitglied der aufständischen Fraktion der Jungen Kelten gehalten zu werden (was Bedwyr ja offenbar auch getan hatte). Das war schon seltsam genug, denn sowohl Bors als die Königin hätten sich bestimmt für seine Treue verbürgt, aber völlig unverständlich schien es, daß er ausgerechnet mit Geheris geflohen war. Mordreds Freundin, die ins Verhör genommen wurde, lieferte die erste vernünftige Erklärung. Geheris, ebenfalls verwundet und von wirrem Geist, war es gelungen, sie von der Gefahr zu überzeugen, die Mordred angeblich drohte; und es mußte ihm um so leichter gefallen sein, dem halb bewußtlosen und geschwächten Prinzen einzureden, daß seine einzige Hoffnung in der Flucht bestand. Sie hatte Geheris in seinem Bemühen unterstützt, ihnen zu den Pferden verholfen und sie fortreiten gesehen.

Die Wachen am Tor erzählten den Rest, und dann gab es keine Zweifel mehr. Geheris hatte den Verwundeten als einen Schild benutzt, um in die Freiheit zu gelangen. Jetzt war Artus ernsthaft über die Gesundheit und Sicherheit seines Sohnes besorgt und sandte sofort die königlichen Kuriere aus, um Mordred zu finden und ihn heimzubringen. Als ihm berichtet wurde, daß sich weder Mordred noch Geheris zu Gawain begeben hatten, befahl der König, im ganzen Lande nach seinem Sohn zu suchen. Falls man Geheris fände, sollte man ihn in Haft nehmen, bis der König mit Gawain, der bereits auf dem Wege nach Camelot war, gesprochen hätte.

Gareth wurde als einziger der Toten in der königlichen Kapelle aufgebahrt. Linet beschloß, nach seiner Beisetzung zu ihren Eltern zurückzukehren. Die Geschichte war soweit beendet, aber immer noch lag ein unheilvoller Schatten über Camelot, als wenn das helle Gold seiner Türme, das leuchtende Rot-Grün-Blau seiner Flaggen sich mit dem trüben Grau einer kummervollen Erwartung überzogen hätten. Die Königin trug Trauer; sie beweinte Gareth und beklagte auch all das vergossene Blut jener, die, wie man im Ausland munkelte, in mißverstandener Treue gehandelt hatten. Aber man munkelte auch, daß sie ihrem Geliebten nachtrauerte, der sich in die Bretagne begeben mußte. Allerdings war das Flüstern leiser als zuvor, und es geschah auch öfter, daß die Gerüchte heftig abgestritten wurden: Es hatte Rauch und Feuer gegeben, aber jetzt war das Feuer erloschen, und man sah keinen Rauch mehr.

Als der Marschall seinen Abschied nahm, küßte die Königin ihn auf beide Wangen, und danach tat der König das gleiche. Bedwyr, scheinbar ungerührt von der Umarmung der Königin, hatte Tränen in den Augen, als er sich vom König abwandte.

Die Höflinge blickten ihm nach und freuten sich bereits, bald Gawain begrüßen zu können.

Die Schwelle, auf der Mordred verlassen lag, gehörte nicht zu einer der unter dem Schutz des Königs stehenden Stiftungen, sondern zu einem kleinen und abgelegenen Kloster, fern jeder Stadt oder Straße, dessen Mönche sich in Armut und Schweigsamkeit übten. Der Pfad, der durch ihr kleines Tal führte, diente nur Schafhirten, Wanderern und Reisenden, die nach einer Abkürzung suchten, oder, wie in Geheris' Fall, Flüchtlingen. Kein Bote kam hier vorbei, und auch die Nachrichten aus Artus' Hauptstadt drangen nicht bis hierher. Die guten Brüder pflegten Mordred mit aller christlichen Nächstenliebe und auch mit einigem Geschick, da einer der Mönche sich gut in der Kräuterheilkunde auskannte. Sie hatten keine Ahnung, wer dieser Fremde sein könnte, den man während des Sturms an ihrer Schwelle gelassen hatte. Er war gut gekleidet, trug aber weder Waffen noch Geld bei sich. Wahrscheinlich ein Reisender, der Räubern in die Hände gefallen war und sein Leben der Furcht – vielleicht sogar dem Mitleid – der Diebe verdankte. So nahmen sich die Brüder des Fremden an, teilten ihre karge Kost mit ihm und waren froh, als er nach überstandenem Fieber ihr schützendes Dach zu verlassen wünschte. Sein Pferd war da, ein Pferd wie jedes andere. Sie packten ihm einen Sattelsack mit Schwarzbrot, einem Lederbeutel Wein und einer Handvoll Rosinen, schickten ihn mit ihrem Segen auf den Weg und – es muß gestanden werden – mit einem anschließenden Te Deum. Dieser grimmige und schweigsame Mann war ihnen unheimlich gewesen, und der Bruder, der während des Fieberschlafs bei ihm gewacht hatte, zitterte auch jetzt noch vor Furcht, wenn er an die Reden des Kranken dachte, in denen immer wieder die Namen des Hochkönigs und der Königin vorkamen. Sonst hatte er nichts verstanden, denn Mordred war im Fieberdelirium in die Sprache seiner Kindheit zurückgekehrt, wo Sula und Guinevere und Königin Morgause in den heißen Schatten auf- und untertauchten, wo alles fremd aussah, wo jedes Wort schmerzte.

Die Wunde war geheilt, aber er fühlte sich immer noch recht schwach. Am ersten Tag legte er kaum acht Meilen zurück und war froh, daß sein Pferd einen so schweren und ruhigen Gang hatte. Instinktiv ritt er nach Norden. Die Nacht verbrachte er in einer verlassenen Holzfällerhütte tief im Walde, denn er war ohne Geld und die Brüder hatten ihm auch keins mitgeben können. Wie sie war er von jetzt an auf Barmherzigkeit angewiesen, und während er sich fröstelnd in seinen Mantel hüllte und auf den Schlaf wartete, fügte er noch hinzu – und auf Arbeit.

Der Gedanke, der ihm nach all den Jahren fast abartig erschien, erfüllte ihn mit einer Art von bitterem Vergnügen. Arbeit? Die Arbeit eines Ritters ist der Kampf. Ein waffenloser Mann auf einem ärmlichen Pferd wäre nur einem ganz kleinen und armen Herrn gut genug. Und jeder Herr würde Fragen stellen. Also welche Arbeit?

Die Antwort kam mit den sich nähernden Wolken des Schlafs, und obwohl er darüber zuerst lächelte, fühlte er eine alte Sehnsucht in sich erwachen. Segeln, Fischen, Torfstechen, ein kleines Feld mit Korn bepflanzen und dann ernten.

Eine Eule schwebte lautlos über das niedrige Strohdach, stieß ihren hohen und schrillen Schrei aus. Dem halb schlafenden Mordred, der sich bereits auf den Klippen des nördlichen Meeres sah, kam es wie der Schrei einer Möwe vor, gehörte der Welt an, in die er beschlossen hatte, zurückzukehren. Die heimatliche Insel. Dort war er schon einmal verborgen gewesen, und dort konnte er sich jetzt wieder verstecken. Selbst wenn man auf den Inseln nach ihm suchte, wäre er dort am schwersten zu finden. Die Lügen Geheris' und seine eigenen Fieberphantasien hatten ihm den Geist so vergiftet, daß er an nichts anderes mehr als an Flucht und Verstecken dachte.

Er drehte sich um und schlief ein, und in seinem Traum schlug ihm immer noch der kalte Seewind ins Gesicht, und der Schrei der Möwe. Am nächsten Tag wandte er sich nach Westen. Zwei der folgenden Nächte verbrachte er im Freien, mied die Klöster, wo er vielleicht erfahren hätte, daß Artus ihn suchte. Nach dem dritten Tag übernachtete er bei einem Bauern, mit dem er den letzten Rest seines Schwarzbrots und Weins teilte und für den er Brennholz schlug, um für seine Unterkunft zu bezahlen.

Am vierten Tag gelangte er ans Meer. Er verkaufte das Pferd und bezahlte mit dem Erlös seine Überfahrt in den Norden auf einem kleinen und kaum seefesten Handelsschiff, dem letzten, das sich vor dem Einbrechen der Winterstürme auf die Inseln begab.

Inzwischen kehrte Gawain nach Camelot zurück. Artus schickte ihm Bors entgegen, um ihn zu begrüßen, ihm ausführlich über die Tragödie zu berichten, und vor allem um zu versuchen, Gawains Kummer über den Tod Gareths und Agravaines und seinen Zorn auf Bedwyr nach Möglichkeit zu beschwichtigen. Bors tat sein Bestes, aber er mochte noch soviel reden, die Unschuld der Königin beteuern, ihm erklären, daß Agravaine, betrunken wie gewöhnlich in letzter Zeit und gewalttätig, Geheris mit mörderischen Absichten den unbewaffneten Bedwyr angegriffen hatte, daß das Schlafgemach der Königin während des wilden Handgemenges nur schwach beleuchtet war... nichts von alledem kümmerte Gawain. Gareths unverdienter Tod war das einzige, worüber er sprach, worauf er immer wieder zurückkam, woran er mit einer Beharrlichkeit dachte, die ihn weder beim Essen noch im Schlaf, noch in seinen Träumen verließ.

»Ich werde ihn treffen, und ich werde ihn töten«, war alles, was er sagte.

»Er wurde vom Hof verwiesen. Der König hat ihn in Verbannung geschickt. Nicht für etwas, das den Ruf der Königin beflecken könnte, sondern ...«

»Um ihn von mir fernzuhalten«, sagte Gawain grimmig. »Nun denn. Ich kann warten.«

»Falls du Bedwyr tötest«, sagte Bors verzweifelt, »kannst du sicher sein, daß Artus dich töten wird.«

Die glühenden, blutunterlaufenen Augen des Orkney-Prinzen blickten ihn an. »So?« Dann wandten sie sich ab. Gawain hob den Kopf. Sie waren in die Sicht der goldenen Türme gelangt, und über den Fluß an der Straße drang Glockengeläut zu ihnen. Sie kamen gerade rechtzeitig zu Gareths Begräbnis an.

Bors sah die Tränen auf Gawains Wangen, zog sich mit seinem Pferd zurück und sagte nichts mehr.

Was sich dann zwischen Gawain und seinem Onkel, dem Hochkönig, abspielte, wußte niemand außer ihnen. Nach Ende der Begräbnisfeier zogen sie sich in die Privatgemächer des Königs zurück, verbrachten dort den ganzen Tag, die Nacht und den nächsten Morgen. Danach begab sich Gawain, ohne auch nur ein Wort mit jemandem gesprochen zu haben, in seine Wohnung, schlief dort sechzehn Stunden, stand auf, legte sich Rüstung und Waffen an und ritt auf den Übungsplatz. Am Abend aß er in einer Taverne in der

Stadt, wo er die Nacht mit einem Mädchen verbrachte, und am nächsten Morgen erschien er wieder bei der Waffenübung.

So ging es acht Tage und Nächte lang, und er sprach nur, wenn es unbedingt nötig war. Am neunten Tag verließ er Camelot unter Geleit und ritt nach Ynys Witrin, wo des Königs Schiff, die *Seedrache,* im Hafen lag.

Bald lichtete sie ihr goldenes Segel, das rote Drachenwappen den Herbstwinden ausgesetzt, und nahm Kurs auf Norden.

Damit waren zwei Wünsche Artus' erfüllt: den Störenfried los zu sein, möglichst weit fort, in die kühlenden Winde des Raums und der Zeit hinaus; und Gawains von Gram und Groll beherrschten Geist auf anderes abzulenken.

Es war das Nächstliegende gewesen, etwas woran nicht einmal Mordred gedacht hätte. Gawain, König von Orkney, kehrte zurück, um die Herrschaft über die Inseln zu übernehmen.

DRITTES BUCH

Tag des Unheils

1

Der Winter verging, und ihm folgte der Frühling mit seinen heftigen Märzstürmen, wechselhaften Aprilwinden und lauen Brisen im Mai. Federnelken schimmerten rosig auf den Klippen, weiße Blüten tanzten auf den Zweigen der Brombeersträucher, Feuerlichtnelken und wilde Hyazinthen leuchteten im Gras. Die nistenden Vögel riefen über die Buchten, und der gurgelnde Schrei der Schnepfen hallte durch das Moor. Auf jedem Felsenriff, auf jedem Grasfleck am Wasser hatten sich die Schwäne ihre Nester aus Schilfrohr gebaut, und in jedem brütete das Weibchen, oft schlafend, den Kopf unter den Flügel gesteckt, während das Männchen den Hals emporstreckte, die Flügel spreizte und wachsam in ihrer Nähe schwamm. Möwen und Austernfischer kreisten schreiend über dem Wasser, und am Himmelszelt trällerten die Lerchen.

Ein Mann und ein Knabe arbeiteten auf einem Hügel in der Torfheide, die sich über die Mitte der Hauptinsel der Orkneys hinzieht. Um diese Jahreszeit war das Heidekraut noch kahl und welk, aber längs der ausgetretenen Pfade und an jeder Böschung blühten und dufteten die Schlüsselblumen, und der schmale Wiesenstreifen am Fuße des Hügels war von goldenem Löwenzahn übersät. Jenseits davon erstreckte sich ein großer Fjord und dahinter, fast parallel zu ihm, noch einer, und dazwischen, auf der Südseite, ein Damm und eine schmale Landzunge, zu der zahlreiche Fuß- und Hufspuren führten, denn sie war eine heilige Stätte der Insel. Hier standen die großen Steinkreise, ragten finster und geheimnisvoll empor, ehrfurchtgebietend selbst für jene, die ihre Bedeutung nicht kannten. Denn es war allen wohlbekannt, daß man kein Pferd dazu bringen konnte, zwischen Abend und Morgengrauen den Damm zu überqueren, und man hatte auch nie ein Reh dort äsen gesehen. Nur die Ziegen, jene unheiligen Geschöpfe, weideten unbekümmert zwischen den Steinen und hielten das Gras kurz und weich für die Zeremonien, die dort noch immer an gewissen Tagen abgehalten wurden.

Die beiden Arbeitenden standen auf einer flachen Hügelkuppe, nicht weit über diesen Fjorden und dem Damm. Der Mann war groß, hager und sehnig, und obgleich er Bauernkleidung trug, bewegte er sich mit der raschen und sparsamen Behendigkeit eines geschulten Kriegers. Sein noch junges, jedoch von Bitterkeit zerfurchtes Gesicht schien ruhelos trotz der ländlichen Beschäftigung und der friedlichen Stille. Der Knabe, dunkeläugig wie sein Vater, half ihm beim Zusammenpflocken von Brettunterlagen für die Bienenkörbe, die zur Blütezeit der Heide aneinandergereiht im Moor aufgestellt werden sollten.

Der gedämpfte Hufschritt eines Pferdes auf dem weichen Heideboden kam näher, dann fiel ein Schatten auf den über seine Arbeit gebeugten Mann, und Orkneys König Gawain stand vor ihm.

Der Mann blickte auf. Gawain wollte lässig grüßen, aber dann zog er scharf dem Pferd die Zügel an und starrte.

»Mordred!«

Mordred ließ den Hammer aus der Hand fallen und richtete sich langsam auf. Eine Gruppe von etwa einem Dutzend Reiter mit Fußvolk und Hunden folgte dem

König über die Hügelkuppe. Der Knabe hielt in seiner Arbeit inne und riß Mund und Augen auf.

Mordred klopfte seinem Sohn besänftigend auf die Schulter. »Ach, Gawain! Sei mir gegrüßt!«

»Du hier?« sagte Gawain. »Seit wann? Und wer ist das?« Er musterte den Knaben. »Nein, das brauche ich dich nicht zu fragen! Er sieht Artus zu ähnlich …« Verlegen unterbrach er sich.

Mordred beruhigte ihn. »Es macht nichts. Er versteht nur die Inselsprache.«

»Bei allen Göttern!« rief Gawain fast belustigt aus. »Wenn du den bekamst, bevor du von hier fortzogst, mußt du früher als wir alle aufgestanden sein!«

Die anderen Reiter hatten Gawain eingeholt. Er winkte sie außer Hörweite, ließ sich vom Sattel gleiten, während ein Knappe herbeieilte, um das Pferd weiter abseits zu führen, setzte sich auf eine der Bretterunterlagen. Mordred zögerte kurz, tat es ihm dann nach. Der Knabe begann, wie sein Vater ihn hieß, das Werkzeug aufzusammeln. Er nahm sich Zeit und beobachtete verstohlen den König und sein Gefolge.

»Und nun erzähl«, sagte Gawain. »Wie und warum bist du hier? Sag mir alles. An die Geschichte, du seist tot, weil man dich sonst längst gefunden hätte, habe ich irgendwie nie wirklich geglaubt. Was ist geschehen?«

»Mußt du das fragen? Hat Geheris es dir nicht erzählt? Ich nahm an, er sei damals zu dir geritten.«

»Du weißt es also nicht? Aber ich bin ein Narr, wie konntest du es wissen? Geheris ist tot.«

»Tot? Wie? Ist er doch noch dem König in die Hände gefallen? Trotzdem hätte ich nie geglaubt, daß Artus …«

»Es hat nichts mit dem König zu tun. Geheris hatte sich in jener Nacht eine leichte Verletzung zugezogen. Nichts Ernsthaftes, aber es wurde schlimm, weil er sich nicht pflegen ließ. Wäre er zu mir gekommen … aber das tat er nicht. Er ritt nach Norden zu seiner Buhlerin – wahrscheinlich wußte er, wie wenig er mir willkommen gewesen wäre –, aber als man ihn endlich zu ihr brachte, war alle Hilfe zu spät. Noch einer«, fügte Gawain bitter hinzu, »den Bedwyr auf dem Gewissen hat.«

Mordred schwieg. Er konnte keinem von ihnen nachtrauern, außer natürlich Gareth, aber für Gawain, den einzigen Überlebenden der einst so rührigen und unzertrennlichen Orkneybrut, war es ein schwerer Verlust. Er sagte es auch, und eine Weile sprachen sie von der Vergangenheit, die besonderes in dieser vertrauten Landschaft tausend Erinnerungen weckte. Dann tastete sich Mordred weiter vor, und er wählte seine Worte behutsam.

»Du sprichst von Bedwyr mit großer Bitterkeit. Das verstehe ich, glaub mir, aber es war nicht Bedwyrs Schuld, daß Geheris sich wie ein Wahnsinniger aufführte. Ihn trifft überhaupt keine Schuld an dem, was sich in jener Nacht abspielte. Nicht einmal für das hier mache ich ihn verantwortlich.« Er faßte sich an die Schulter. »Gawain, das mußt du einsehen, jetzt, da du Zeit hattest, dich mit deinem Kummer abzufinden. Agravaine war der Anführer in dieser Nacht, und Geheris unterstützte ihn. Sie waren entschlossen, Bedwyr zu vernichten, selbst wenn es die Königin das Leben gekostet hätte. Was man auch immer sagen mag …«

»Ich weiß. Ich kannte sie. Agravaine war ein Narr und Geheris ein wahnsinniger Narr, dem immer noch die blutige Schande eines noch viel schlimmeren Verbrechens anhaftet als dem jener Nacht. Aber an sie denke ich nicht. Ich denke an Gareth. Er hatte ein besseres Los verdient als das, von einem Mann gemordet zu werden, dem er vertraute und dem er diente.«

»Um der Götter willen, es war kein Mord!« Mordred sprach erregt, und als sein Sohn ängstlich zu ihm aufblickte, wurde er ruhiger und sagte zu ihm im orcanischen Dialekt:

»Bring das Werkzeug nach Haus. Wir arbeiten heute nicht mehr. Sag deiner Mutter, ich käme bald. Bange dich nicht, es ist alles gut.«

Der Knabe rannte davon, und die beiden Männer blickten ihm schweigend nach, sahen ihn immer kleiner werden, als er die Wiese am Fuße des Hügels überquerte. In einer Mulde am Strand des Fjords lag eine Hütte, deren Dach im Heidekraut kaum zu erkennen war. Der Junge verschwand durch den niedrigen Torbogen.

Mordred wandte sich wieder Gawain zu. Seine Stimme war ernst. »Gawain, du weißt, daß auch ich mich sehr über Gareths Tod grämte. Aber glaub mir, er war das Opfer eines unglücklichen Zufalls, soweit man es einen Zufall nennen kann, wenn jemand in der Hitze eines solchen Wahnsinnsgefechts getötet wird. Und Gareth war bewaffnet. Bedwyr war es nicht, als er angegriffen wurde. Ich glaube, er wußte in den ersten Sekunden nicht einmal, wen er vor der Schneide seiner Klinge hatte.«

»Ach ja.« Die Verbitterung war nicht aus Gawains Stimme gewichen. »Jeder weiß, daß du auf seiner Seite warst.«

Mordred starrte ihn an, sagte verblüfft: »Du weißt was?«

»Nun ja, wenn du vielleicht auch Bedwyr nicht unmittelbar zur Seite standest, so ist es bekannt, daß du gegen den Angriff warst. Und damit hattest du wahrscheinlich recht. Denn selbst wenn die beiden splitternackt im Bett überrascht worden wären, hätte der König die Angreifer zuerst bestraft und sich erst dann mit Bedwyr und der Königin befaßt.«

»Ich verstehe dich nicht. Und es gehört auch nicht zur Sache. Von einem Ehebruch kann überhaupt nicht die Rede sein.«

Mordred sprach mit strengem Zorn, und die gebieterische Zurechtweisung, von dem schäbig aussehenden Bauern an den prunkvoll gekleideten König gerichtet, hörte sich erstaunlich an. »Der König hatte der Königin einen Brief gesandt, den sie Bedwyr zu zeigen wünschte. Ich nehme an, er teilte ihr mit, daß er auf dem Heimweg war. Ich sah den Brief in ihrem Gemach liegen. Und als wir einbrachen, waren sie beide voll angekleidet – warm eingehüllt sogar –, und ihre Frauen wachten im Vorzimmer. Eine war im Schlafgemach mit Bedwyr und der Königin. Keine geeignete Umgebung für einen Ehebruch.«

»Ja, ja.« Gawain sprach mit Ungeduld. »Das alles weiß ich. Ich hörte es von meinem Onkel, dem Hochkönig.« Ein Echo aus anderen Zeiten klang in diesen Worten mit. Er schien es zu merken und fuhr rasch fort: »Der König erzählte mir, was geschah. Wie es scheint, versuchtest du, den Narren Agravaine aufzuhalten, und dann gelang es dir, die Königin vor Geheris zu schützen, indem du ihn niederschlugst. Hätte er sie nur angerührt ...«

»Warte. Das verstehe ich nicht. Woher weißt du das? Bedwyr kann es nicht gesehen haben, denn sonst hätte er mich nicht angegriffen. Und Bors war, glaube ich, die Wache rufen gegangen. Wie erfuhr der König die Wahrheit?«

»Von der Königin natürlich.«

Mordred schwieg. Die Luft um ihn herum war vom Gesang der Heidevögel erfüllt, aber er hörte nur Stille, die gespenstische Stille der Träume all jener Nächte. Sie hatte es gesehen. Sie wußte. Sie hatte ihn nicht fortgejagt.

Langsam sagte er: »Jetzt wird mir einiges klar. Geheris erzählte mir, die Wache würde mich holen, und ich müsse Camelot verlassen, um mich zu retten. Er bot mir an, mich in Sicherheit zu bringen, obgleich er sich dabei selbst in Gefahr begebe. Sogar damals, als ich kaum denkfähig war, kam mir das seltsam vor. Ich hatte ihn doch niedergeschlagen, um die Königin zu retten.«

»Mein lieber Mordred, Geheris war nur darauf aus, seine eigene Haut zu retten. Ist es dir nicht aufgefallen, daß die Wachen euch durch das Tor ließen, obgleich sie von dem Aufruhr wissen mußten? Geheris allein hätten sie aufgehalten. Aber Prinz Mordred, der auf persönlichen Befehl Bedwyrs mit aller Umsicht gepflegt werden sollte ...?«

»Daran kann ich mich kaum erinnern. Der Ritt war wie ein böser Traum für mich. Der Teil eines bösen Traums.«

»Dann denk jetzt darüber nach. So geschah es. Geheris entkam mit deiner Hilfe, und dann ließ er dich bei der ersten Gelegenheit irgendwo liegen, um zu sterben oder zu genesen, je nachdem, wie es Gott und die Heilkunst der barmherzigen Brüder möglich machten.«

»Das weißt du auch?«

»Als Artus schließlich das Kloster fand, warst du längst fort. Er sandte Reiter nach dir aus, die das ganze Land kreuz und quer nach dir absuchten. Zum Schluß erklärte man dich als verschollen oder tot.« Ein bitteres Lächeln. »Ein grausamer Scherz der Götter, Bruder. Geheris starb, und du wurdest betrauert. Es hätte dir geschmeichelt. Als die nächste Ratssitzung abgehalten wurde ...«

Den Rest hörte Mordred nicht mehr. Er stand plötzlich auf und ging ein paar Schritte fort. Die Sonne ging unter, und im Westen schimmerte und strahlte die Wasserfläche des weiten Fjords. Dahinter, zwischen der Landzunge und dem Feuerball ragten verschwommen die Hügel der Hohen Insel. Er nahm einen tiefen Atemzug, fühlte sich wie jemand, der langsam wieder zum Leben erwacht. Einst, vor langer Zeit hatte ein Knabe von dieser Küste mit vor Sehnsucht pochendem Herzen nach den fernen und farbenprächtigen Königreichen ausgeblickt. Jetzt stand ein Mann hier, mit dem gleichen Blick, den gleichen Visionen, und befreit von aller Bitternis. Er war kein Gejagter. Er war kein Geächteter. Sein Name hatte immer noch Silberglanz. Sein Vater suchte ihn im Frieden. Und die Königin …

Gawain sagte: »Ein Kurier wird noch in dieser Woche hier sein. Soll ich ihm Nachricht von dir mitgeben?«

»Nicht nötig. Ich gehe selbst.«

Gawain sah sein verklärtes Gesicht, nickte. »Und diese dort?« Er zeigte auf die Hütte in der Ferne.

»Werden hier bleiben. Medraut kann mich bald ersetzen und Männerarbeit tun.«

»Und sie? Ist sie dein Weib?«

»So nennt sie sich. Ein Ritus nach örtlichem Brauch, mit Kuchen und einem Feuer. Das war ihr genug.« Er ließ das Thema fallen. »Sag mir, Gawain, wie lange wirst du hier sein?«

»Ich weiß es nicht. Vielleicht bringt der Kurier mir Nachricht.«

»Erwartest du, zurückgerufen zu werden? Warum du hier auf den Inseln bist, brauche ich dich nicht zu fragen«, sagte Mordred unverblümt. »Aber falls du zurückkehrst, was ist dann mit Bedwyr?«

Gawains Gesicht verhärtete sich, nahm wieder den trotzigen Ausdruck an. »Bedwyr wird auf der Hut sein. Und ich vermutlich auch.«

Er blickte an Mordred vorbei. Eine Frau war aus der Hütte getreten und spähte, den Knaben neben sich, zu ihnen herauf. Die Brise umspielte ihr Kleid, und ihr langes lockeres Haar glänzte wie Gold.

»Ja, ich begreife«, sagte Gawain. »Wie heißt der Knabe?«

»Medraut.«

»Enkel des Hochkönigs.« Gawain blickte versonnen drein. »Weiß er es?«

»Nein«, erwiderte Mordred barsch. »Und dabei

bleibt es. Er weiß nicht einmal, daß ich sein Vater bin. Sie heiratete, nachdem ich die Inseln verließ, und sie gebar noch drei Kinder, bevor ihr Mann ertrank. Er war ein Fischer. Ich kannte ihn, als wir noch klein waren. Ihre Eltern leben noch und helfen ihr mit den Kindern. Sie hießen mich willkommen und waren froh, uns nach so langer Zeit verheiratet zu sehen, aber sie erwarteten nie, daß ich lange bleiben würde, und sie hat klar und deutlich gesagt, sie wolle die Inseln nie verlassen. Ich habe versprochen, immer für sie zu sorgen. Für sie und die vier Kinder, deren Stiefvater ich bin. Eines Tages mag Medraut erfahren, daß er der Bastard des ›Bastards Königs Lots‹ ist, aber das ist alles, es sei denn, ich lasse ihn eines Tages holen. Und, mit Verlaub zu sagen, lieber Bruder, von solchen gibt es genug. Wozu weiteren Ehrgeiz anstacheln?«

»Du hast recht.« Gawain erhob sich. »Willst du bei ihnen bleiben oder mit mir kommen, bis das Schiff da ist? Der Palast bietet dir mehr Behaglichkeit als dein Unterschlupf.«

»Gib mir noch ein bis zwei Tage, daß ich meinen Frieden mache, und dann komme ich.«

Mordred lachte plötzlich auf. »Ich möchte wissen, wie ich mich nach all den Monaten meiner alten Lebensweise wieder im Luxus fühlen werde! Das Fischen macht mir immer noch Spaß, aber ich muß gestehen, daß mir das Torfstechen gar nicht mehr gefiel.«

Die Freude und Erleichterung des Königs und die ehrlich empfundene Wonne, mit der die Königin ihn wiedersah, waren für Mordred wie der erste Sommertag nach einem langen entbehrungsvollen Winter. Über die Ereignisse jener bösen Nacht wurde nicht viel gesprochen, denn weder Artus noch die Königin wünschten dieses Thema zu erörtern, aber sie fragten mit um so mehr Anteilnahme, wie es ihm in den Monaten der Verbannung ergangen, und als er ihnen von seinen Bemühungen erzählte, sich wieder den harten Arbeitsgewohnheiten seiner Kindheit anzupassen, lachten sie alle drei so herzlich, daß die ›schreckliche Nacht‹ bald vergessen war.

Dann sprachen sie über Gawain, und Mordred händigte dem König den Brief seines Halbbruders aus. Artus las ihn, blickte dann auf.

»Weißt du, was er mir schreibt?«

»Im großen und ganzen ja, Sir. Er sagte, er wolle Euch bitten, ihn wieder nach Camelot kommen zu lassen.«

Artus nickte. Dann beantwortete er die Frage, die Mordred nicht gestellt hatte. »Bedwyr ist immer noch in der Bretagne, auf seiner Burg Benoic im Norden des großen Waldes Drohenot. Er scheint sich, was wir bedauern, dort endgültig niederlassen zu wollen, denn im letzten Winter hat er geheiratet.«

Mordred, wieder ganz Höfling, verriet keine Überraschung, zuckte nur leicht die Brauen. Bevor er etwas sagen konnte, erhob sich Guinevere, und die beiden Männer standen auf. Ihr Gesicht war blaß, und Mordred sah zum ersten Mal die Spuren der Schlaflosigkeit und Anspannung in ihren sonst so lebhaft anmutsvollen Zügen. Der Mund schien etwas von seiner Fülle verloren zu haben, als wenn er zu lange in Schweigen verharrt hätte.

»Ich lasse euch Männer jetzt allein. Ihr habt euch sicher noch viel zu sagen.« Sie hielt Mordred die Hand entgegen. »Komm bald wieder zu mir. Du mußt mir mehr von deinen seltsamen Inseln erzählen; ich freue mich darauf. Inzwischen sei herzlich willkommen. Du bist hier daheim.«

Artus wartete, bis die Tür sich hinter ihr geschlossen hatte. Er schwieg eine Weile, und sein Blick war ernst und versonnen. Mordred fragte sich, ob er wieder an die Ereignisse jener Nacht dachte, aber er sagte nur:

»Ich versuchte dich zu warnen, Mordred. Aber wie

hättest du meine Warnung verstehen können? Und selbst wenn, so hättest du auch nicht mehr zu tun vermocht, als du getan hast. Ich danke dir also nochmals, und jetzt reden wir nicht mehr davon … Aber über die Auswirkungen müssen wir reden. Was sagte Gawain über Bedwyr, als du mit ihm sprachst?«

»Daß er sich nach besten Kräften Zurückhaltung auferlegen werde. Falls er Bedwyr dulden muß, um wieder in den Kreis der Gefährten aufgenommen zu werden, wird er, meine ich, bereit sein, diesen Preis zu zahlen.«

»Das schreibt er in seinem Brief. Glaubst du, er wird sich daran halten?«

Mordred runzelte die Stirn. »Soweit es ihm möglich ist, ja. Er ist Euch treu ergeben, Sir, dessen könnt Ihr sicher sein. Aber Ihr kennt seinen aufbrausenden Charakter … und ob er sich im Zaume halten kann?« Er zuckte die Schultern. »Werdet Ihr ihn kommen lassen?«

»Er ist nicht verbannt. Es steht ihm frei, und wenn er wirklich kommen will, habe ich nichts dagegen. Bedwyr hat sich in der Bretagne niedergelassen und schrieb mir, daß seine Frau ein Kind erwartet. Für uns alle und auch für meinen Vetter Hoel ist es am besten, wenn er dort bleibt. In der Bretagne bahnt sich Unheil an, Mordred, und da könnte Bedwyrs Schwert sich als nützlich erweisen – wie das meine auch.«

»Schon jetzt? Ihr spracht davon.«

»Nein. Es geht hier um eine andere Sache, die damit nichts zu tun hat. Wir haben eine völlig neue Lage. Während du auf deiner Insel warst, erhielten wir Kunde von jenseits des Meers, daß sich große Veränderungen in den östlichen und westlichen Reichen ergeben werden.«

Er erklärte: Zuerst war die Nachricht vom Tode Theoderichs eingetroffen, des Königs von Rom und Kaisers des westlichen Reichs. Er hatte dreißig Jahre lang regiert, und sein Tod zog Folgen nach sich, die ebenso schwerwiegend wie unerwartet waren. Theoderich, obgleich ein Gote und demnach ein Barbar, hatte wie viele Männer seiner Art den Römern stets Bewunderung und Hochachtung bezeugt, selbst während er sie bekämpfte und ihr Land eroberte, um sein Volk im sonnigen Klima Italiens ansiedeln zu können. Das zeigte sich in der Übernahme der ihm wertvoll erscheinenden Kulturgüter – das römische Recht und die Pax Romana –, die er zu erhalten und zu festigen bemüht war. Unter ihm blieben Goten und Römer unter getrennter Verwaltung mit ihren eigenen Gesetzen und ihrer eigenen Gerichtsbarkeit. Der König regierte in seiner Hauptstadt Ravenna und galt in beiden Verwaltungsbereichen, also auch in Rom, wo die alten Titel des Prokurators, der Konsuln und Legaten immer noch anerkannt und verliehen wurden, als ein gerechter und sogar milder Herrscher.

Nun war ihm seine Tochter Amalasuntha als Regentin für den Thronfolger, ihren zehnjährigen Sohn Athalerich, gefolgt, aber niemand glaubte, daß der Knabe Aussichten hatte, je den Thron zu besteigen. Denn auch in Byzanz war eine Veränderung eingetreten. Der alternde Kaiser Justin hatte zugunsten seines Neffen Justinian abgedankt und ihn zum Herrscher des östlichen Reichs gekrönt.

Dieser neue Kaiser Justinian, ein ehrgeiziger Mann von großem Reichtum, der über einen glanzvollen Stab von Heerführern verfügte, plante offenbar, den Glanz und den Ruhm des einstigen großen römischen Reiches wiederherzustellen. Man munkelte, er trage sich bereits mit der Absicht, das Land der Vandalen an der Südküste des Mittelmeers zu erobern, aber es schien naheliegender, daß er zuerst versuchen würde, sein Reich nach Westen auszudehnen. Die Franken Childeberts und seiner Brüder, die besorgt jede Bewegung im Osten verfolgten, wo sie ständig Gefahr liefen, von den

Burgundern und Alemannen angegriffen zu werden, sahen sich jetzt der noch größeren Bedrohung durch die Römer ausgesetzt. Hinter der Grenze des fränkischen Galliens, und ganz vom guten Willen des jeweiligen Herrschers abhängig, lag das kleine Land der Bretagne.

An drei Seiten dem Meer zugewandt, hatte es nur eine Landgrenze, die, offiziell von den Franken verteidigt, in Wirklichkeit nur ein dichter und öder Wald war, in welchem ein paar kriegerische Stämme und allerlei geflüchtetes und fahrendes Volk in primitiv errichteten Dörfern hausten und mit ihren halbwilden Führern außerhalb jedes Gesetzes lebten.

Erst vor kurzem hatte König Hoel von beunruhigenden Vorfällen in diesen Waldgebieten nordöstlich seiner Hauptstadt berichtet. Raubzüge, Plünderungen, Überfälle ereigneten sich fast täglich, und letzthin war noch eine besonders schreckliche Missetat dazugekommen – acht Personen, davon sechs Kinder, lebendig den Flammen preisgegeben, das Vieh und alle Habe gestohlen. Seitdem hatte sich Angst im Wald verbreitet, und das Gerücht ging um, die Räuber seien Franken gewesen. Beweise gab es zwar nicht, aber der Haß und die Wut nahmen Ausmaße an, die blinde Racheakte und vielleicht sogar einen casus belli fürchten ließen, und das gerade jetzt, da die Freundschaft mit den fränkischen Nachbarn lebenswichtig war.

»Hoels Leute könnten bestimmt allein damit fertig werden«, sagte Artus, »aber er meint, meine Anwesenheit und die einiger Gefährten seien ein Machtbeweis, der nicht nur dieser, sondern auch einer anderen noch ernsthafteren Sache dienen würde. Lies selbst, was er darüber schreibt.«

Er reichte Mordred den Brief. Mordred hatte sich als einziger der Prinzen von Orkney die Mühe gemacht, von dem Priester, der sie in der Sprache des Hauptlandes unterrichtete, auch das Lesen zu lernen. Jetzt entzifferte er langsam und mit gerunzelter Stirn den lateinischen Text, den der Schreiber Hoels kunstvoll mit der Feder zu Papier gebracht hatte.

In dem Brief stand, König Hoel habe eine Botschaft von einem gewissen Ludus Quintilianus erhalten, auch Hiberus genannt, einem kürzlich zum Konsul ernannten Spanier, der sich als Bevollmächtigter des neuen Kaisers ausgab. Mit wahrhaft kaiserlicher Arroganz sich auf Rom berufend, als sonne dieses sich immer noch im Glanz seiner Adlerstandarten und Legionen, forderte er von Hoel Gold und die Aushebung eines größeren Heers, als der es sich je hätte leisten können, um ›Rom zu helfen, die Bretagne vor den Burgundern zu schützen‹. Die Strafe, die ihn im Falle einer Weigerung erwartete, wurde nicht erwähnt. Das war nicht nötig.

»Und die Franken? König Childebert?« fragte Mordred.

»Wie seine Brüder sind sie nur Schatten ihres Vaters. Hoel glaubt, sie hätten die gleiche Forderung erhalten, und demnach sieht es aus, als habe Rom die Macht, sich damit auch durchzusetzen. Mordred, dieser Kaiser macht mir Sorgen. Die keltischen Lande haben nicht den Abfall Roms und die Bedrohung durch die Barbaren überlebt, um sich noch einmal unter dem Joch Roms zu beugen, ganz gleich welchen ›Schutz‹ es dafür verspricht.«

Mordred fand, daß die Lage einer gewissen Ironie nicht entbehrte. Artus, dem die Jungen Kelten vorwarfen, sich an römisches Gesetz zu halten und sein Land auf römische Art zentralistisch zu regieren, war entschlossen, sich jedem Versuch zu widersetzen, keltisches Gebiet wieder unter die Herrschaft Roms zu stellen. Er äußerte seine Überlegungen.

»Es würde nur Knechtschaft bedeuten«, erklärte Artus. »Die Zeiten, da ein König und sein Volk für ihren Tribut wirklichen Schutz genossen, sind längst vorbei. Britannien wurde mit Gewalt erobert und gezwungen, Rom seinen Tribut zu entrichten. Dafür hatten wir dann eine Zeitlang Frieden. Bis Rom, wie immer nur auf sich selbst bedacht, den Schild lüftete und die geschwächten unter seiner Schutzherrschaft stehenden Länder dem Ansturm der Barbaren aussetzte. Wir auf diesen Inseln und unsere Vettern auf der bretonischen Halbinsel haben als einzige unsere Einheit und Beständigkeit bewahrt. Wir haben uns unseren eigenen Frieden geschaffen. Rom kann uns jetzt nicht einen Tribut aufzwingen, den wir ihm nicht schulden. Mit dem gleichen Recht könnten wir Tribut für römische Gebiete verlangen, die wieder britisch geworden sind!«

Mordred war überrascht. »Wollt Ihr damit sagen, dieser neue Kaiser – Justinian – habe einen Tribut von uns gefordert?«

»Nein. Noch nicht. Aber wenn er ihn von den Bretonen verlangt, wird es nicht mehr lange dauern.«

»Wann brecht Ihr auf, Sir?«

»Die Vorbereitungen sind zum größten Teil getroffen. Wir reisen so bald wie möglich. Jawohl, wir. Du wirst mich begleiten.«

»Aber Bedwyr ist weit fort von hier ... oder wollt Ihr Herzog Constantin als Regenten einsetzen?«

Artus schüttelte den Kopf. »Nicht nötig. Wir werden nicht lange abwesend sein. Der unmittelbare Anlaß sind die Unruhen im Walde Drohenot, und damit sollten wir ziemlich rasch fertig werden.« Er lächelte. »Wenn es zu Kämpfen kommt, hast du Gelegenheit, deine während der Ferien auf Orkney eingerosteten Kräfte wieder einmal zu üben! Und falls die andere Sache ernsthaft werden sollte, schicke ich dich als meinen Regenten zurück. Inzwischen beauftrage ich den Rat, sich unter dem Vorsitz der Königin um die laufenden Regierungsgeschäfte zu kümmern. Herzog Constantin werde ich einstweilen mit einem Brief beruhigen und ihn bitten, über die westlichen Provinzen zu wachen.«

»Beruhigen?«

»Ja, ein Beruhigungsmittel, um einen äußerst gewaltsamen und ehrgeizigen Mann einzulullen.« Artus nickte, als Mordred die Brauen hob. »Jawohl, viel zu gewaltsam für die Bedürfnisse dieses Landes, finde ich seit einiger Zeit. Sein Vater Cador, dem ich in Ermangelung eines leiblichen Erbens die Königreiche versprach, war von anderem Holz. Dieser Mann hier ist zwar ein ebenso guter Kämpe, wie sein Vater es war, aber mir mißfällt einiges, das ich über ihn hörte. Auf diese Weise zeige ich ihm Entgegenkommen, und wenn ich aus der Bretagne zurückkehre, werde ich ihn hierher bestellen und mit ihm ein Einvernehmen treffen.«

Sie wurden unterbrochen, als eine dringliche Meldung aus dem Hafen von Ynys Witrin überbracht wurde, wo die *Seedrache* lag. Das Schiff war fertig ausgerüstet, mit Proviant beladen und auslaufbereit. So sagte der König nichts mehr, denn es blieb ihm und Mordred gerade noch Zeit für die allerletzten Reisevorbereitungen.

2

Oft folgt ein Unglück dem anderen. Während Artus und die Gefährten das Enge Meer überquerten, wurde das bretonische Herrscherhaus – dieses Mal direkt – von einem tragischen Schicksalsschlag getroffen.

König Hoels Nichte Elen, sechzehn Jahre alt und eine Schönheit, machte sich eines Tages mit ihrem Gefolge vom väterlichen Schloß auf, um ihren Onkel auf seiner Burg Kerrec zu besuchen. Sie kam nie dort an. Ihre Wachen und Dienerschaft waren unterwegs angegriffen und niedergemacht worden, sie selbst und ihre alte Amme Clemence gefangengenommen und verschleppt, und die einzige Entkommene, eine ihrer Hofdamen, die unverletzt aufgefunden wurde, stand unter einem zu schweren Schock, um genauere Angaben machen zu können. Sie erzählte, der Überfall habe gegen Abend stattgefunden, fast in Sichtweite des Ortes, an dem die Reisenden übernachten wollten, und es sei ihr nicht möglich gewesen, die Schildwappen der Angreifer zu erkennen, oder irgendwelche sonstigen Merkmale, aber sie habe deutlich den Anführer gesehen, der Elen zu seinem Pferd geschleppt, sie vor sich in den Sattel gehoben hatte und dann mit ihr im Wald verschwunden war. »Ein Riese mit Wolfsaugen, mit Haaren wie Bärenfell und Armen wie knorrige Eichenstämme.«

Hoel, der mit dieser Beschreibung nicht viel anfangen konnte, schloß immerhin, daß die Täter jene Rohlinge sein mußten, die in letzter Zeit den Wald unsicher gemacht und überall Schrecken verbreitet hatten. Ob Bretonen oder Franken, jetzt war er gezwungen, gegen sie einzuschreiten. Die Frauen mußten gerettet und die Verbrecher bestraft werden. Selbst König Childebert würde einsehen, daß ein solcher Schimpf gerächt werden mußte. Als Artus und sein Gefolge im Hafen von Kerrec an Land gingen, fanden sie den Ort in heller Aufregung vor und hatten gerade noch Zeit, die in aller Eile zusammengestellte Strafexpedition in den Wald zu führen. Hoels oberster Hauptmann, ein bewährter alter Krieger, begleitete Artus und seine Gefährten mit einer Truppe bretonischer Reiterei.

Sie ritten rasch und sprachen nicht viel. Soweit man es den Aussagen der überlebenden Hofdame der Prinzessin entnehmen konnte, hatte der Überfall auf einem abgelegenen Stück der Straße stattgefunden, wo diese aus dem Wald und am Ufer eines Brackwassersees entlangführte. Es war eine Art von Lagune, ohne direkten Zugang zum Meer, jedoch den Gezeiten unterworfen und im Frühling und Herbst vom Meer überspült.

Bald nach Einbruch der Nacht gelangten sie an das Ufer, machten kurze Rast am Tatort, um auf die Morgendämmerung und auf Bedwyr zu warten, den sie hier treffen sollten. Es hatte seit einigen Tagen nicht geregnet, und Artus hoffte, Spuren des Kampfes zu finden, vielleicht sogar auch Fährten, die ihnen zeigen könnten, wohin die Banditen gezogen waren. Hoels Kurier hatte sich geradewegs nach Benoic begeben, und jetzt, da die Befehle für den nächtlichen Halt erteilt wurden, erschien Bedwyr mit seinen Mannen aus dem Dunkel.

Artus begrüßte seinen Freund aufs herzlichste, und während des Essens besprachen sie sofort, was als nächstes zu tun sei. Kein Schatten der Vergangenheit schien das Wiedersehen zu trüben, und der einzige, allerdings auch nur indirekte Hinweis auf die Ereignisse, die zu Bedwyrs freiwilliger Verbannung nach Kleinbritannien geführt hatten, waren ein paar Worte, die er an Mordred richtete.

Nach dem Essen, als Mordred zur Feldwache ging, um zu sehen, ob sein Pferd gut versorgt war, schloß Bedwyr sich ihm an, vorgeblich mit der gleichen Absicht.

»Wie ich höre, hast auch du eine Weile in dunkler Ferne gelebt, Mordred. Ich bin froh, dich wieder beim König zu sehen. Bist du von deiner Verletzung ganz geheilt?«

»Ja, aber dir habe ich das gerade nicht zu verdanken«, antwortete Mordred lächelnd. Dann fügte er hinzu: »Wenn ich es mir überlege, muß ich dir doch sehr dankbar sein. Du hättest mich töten können, und das wissen wir beide.«

»So einfach wäre es nicht gewesen. Die Entscheidung lag nicht nur bei mir, und das wissen wir auch beide. Du bist ein guter Kämpfer, Mordred. Vielleicht messen wir uns einmal wieder … aber dann nur zum Vergnügen?«

»Warum nicht? Inzwischen sollte ich dich beglückwünschen. Du hast doch letzthin geheiratet? Wer ist sie?«

»Ihr Vater ist Pelles, ein König in Neustrien, dessen Land an das meine grenzt. Sie heißt übrigens auch Elen.«

Das brachte sie auf das Anliegen des Augenblicks zurück. Während sie bei ihren Pferden standen, fragte Mordred: »Kennst du dich gut in dieser Gegend aus?«

»Sehr gut. Mein Familienschloß Benoic ist kaum einen Tagesritt von hier entfernt. Wir haben hier oft gejagt und in diesem See gefischt. Wie viele Male bin ich mit meinen Vettern ...«

Er brach ab, richtete sich auf.

»Schau, dort, Mordred! Was ist das?«

Ein leuchtender roter Punkt flimmerte im fernen Dunkel, und unter ihm, schwächer, ein zweiter.

»Ein Feuer. Am Ufer oder ganz nahe dem Ufer. Man sieht den Widerschein im Wasser.«

»Nicht am Ufer«, sagte Bedwyr. »Das Ufer ist viel weiter fort. Es muß auf der Insel sein. Ich kenne sie, denn wir haben da oft Feuer gemacht, um unsere Fische zu braten. Ja, dort muß es sein.«

»Ist sie unbewohnt?«

»Ja. Da ist nichts. Diese Seite des Sees ist eine Wildnis, und auf der Insel selbst gibt es nur einen Haufen Steine, Farn und Heidekraut und ein paar Tannen auf dem Gipfel. Wenn jetzt jemand dort ist, lohnt es sich bestimmt, das zu überprüfen.«

»Eine Insel?« sagte Mordred. »Das könnte sein. Ein gutes Plätzchen, um ungestört ein Mädchen zu schänden.«

»Das ist bekannt«, sagte der andere ausdruckslos, und dann eilten sie beide rasch zu Artus zurück.

Der König hatte das Feuer bereits gesehen. Er gab Befehle, und die Knappen eilten davon, um die Pferde zu satteln. Er wandte sich Bedwyr zu.

»Du hast es also auch gesehen? Es ist eine Möglichkeit. Jedenfalls lohnt es sich, der Sache nachzugehen. Wie kommen wir am besten dorthin, ohne sie aufzuscheuchen?«

»Mit Pferden kannst du nichts ausrichten. Es ist eine Insel.« Bedwyr wiederholte, was er Mordred erzählt hatte. »Auf der anderen Seite des Sees ist eine schmale Landzunge mit Geröll und Felsgestein. Das wäre etwa drei Meilen von hier. Die halbe Strecke kann man über die Uferstraße zurücklegen, aber dann geht es weiter durch den Wald, und da dort kein Pfad am Ufer entlangführt, muß man einen großen Umweg machen und sich durch das Dickicht kämpfen. Sehr beschwerlich und in der Dunkelheit ganz ausgeschlossen. Der Wald erstreckt sich bis zum Meer.«

»Dann haben sie ihre Pferde wahrscheinlich nicht drüben. Falls unser Unhold dort auf der Insel ist, muß er ein Boot genommen und sein Pferd irgendwo an der Küstenstraße gelassen haben. Gut. Wir schauen uns die Sache an und lassen die Straße bewachen, falls er versuchen sollte, uns zu entwischen. Aber inzwischen brauchen wir ein Boot. Bedwyr?«

»Nicht weit von hier sollte eins zu finden sein. Hier werden Austern gefischt, und die Bänke sind ganz in der Nähe. Dort finden wir bestimmt ein Boot … falls er es sich nicht genommen hat.«

Aber das Boot des Austernfischers war da, lag auf dem Strandkies neben einem Pier aus Feldsteinen. Es war ein einfach gezimmerter flacher Kahn ohne Kiel, der für gewöhnlich langsam mit einer Stange über die Austernbänke gestoßen wurde, jedoch auch mit Rudern versehen war, die zusammengebunden auf dem Boden lagen.

Willige Hände packten das Boot, schoben es über den Kies dem Wasser zu. Die Männer bewegten sich schnell und schweigend.

Artus, den Blick auf das ferne Flimmern gerichtet,

sprach sehr leise. »Ich nehme die Küstenstraße. Bedwyr« – ein Lächeln klang in seiner Stimme mit –, »du kennst dich in Unternehmungen dieser Art bestens aus. Die Insel ist dein. Wen willst du mitnehmen?«

»Dieser Kahn trägt nicht mehr als zwei Leute und ist schwer zu steuern, wenn das Wasser tiefer als die Länge der Stange ist. Ich werde den Fachmann nehmen, den Sohn des Fischers, falls er sich mir anschließen will.«

»Mordred?«

»Mit Vergnügen.« Er fügte spöttisch hinzu: »Um meine auf den Inseln eingerosteten Kräfte wieder zu üben.« Und Artus lachte in sich hinein.

»Dann geh, und Gott sei mit dir. Beten wir, daß das Mädchen noch lebt!«

Das Boot glitt leise ins Wasser, schaukelte ein wenig. Bedwyr setzte sich behutsam ins Heck, hielt die Stange als Steuerruder, und Mordred, der behende nach ihm eingestiegen war, nahm die Riemen. Die Männer am Ufer gaben ihm noch einen letzten Stoß, und dann bewegte sich das Boot leise plätschernd der Dunkelheit zu. Sie hörten noch den Aufbruch der Reiter, das gedämpfte Hufgetrappel auf dem weichen Rand der Straße.

Mordred ruderte kräftig, brachte den schwerfälligen Kahn gut voran. Bedwyr, regungslos im Heck, blickte angestrengt nach dem Flimmerschein aus.

»Das Feuer muß fast erloschen sein. Ich sehe das Licht nicht mehr … Ach, es macht nichts, ich kann jetzt das Inselufer erkennen. Ein wenig nach links. So ist's recht. Immer weiter so.«

Bald war die Insel trotz der Dunkelheit klar in Sicht. Sie hob sich zackig und schwarz über dem schwachen Glanz der Lagune ab. Eine leichte Brise kräuselte das Wasser, übertönte das Geräusch der Riemen. Jetzt, da das flackernde und irgendwie unheimliche Licht des Feuers verschwunden war, schien die Nacht ruhig und sehr friedlich. Sterne leuchteten am Himmel, und die Brise trug ihnen den Geruch des Meeres zu.

Sie hörten es beide im selben Augenblick. Es war ein leiser und schrecklicher Laut, der ihnen mit dem Wind über das Wasser entgegenwehte, ein Laut, der den trügerischen Frieden der Nacht im Nu vertrieb. Ein langgezogenes, klagendes Geheul, voll Kummer und Furcht. Dort auf der Insel. Die Stimme einer weinenden Frau.

Bedwyr fluchte leise vor sich hin. Mordred riß die Ruder fester durchs Wasser, das plumpe Boot schwankte, schlingerte, stieß mit der Breitseite an einen Felsen am Ufer an. Er zog die Ruder ein, griff behende nach dem Felsen und hielt das Boot fest. Bedwyr sprang an Land, das Schwert in der Hand.

Für einen Augenblick hielt er inne, während er sich den Mantel um den linken Arm wickelte. »Mach es fest. Such sein Boot und versenk es. Wenn er mir entschlüpfen sollte, bleib hier und töte ihn.«

Mordred zog den Kahn mit dem Seil auf den Strand. Über ihnen, vom Hügel, wo die Tannen standen, ertönte wieder das heulende Klagen, verzweifelt, hoffnungslos. Die Nacht war wie von Weinen erfüllt. Bedwyr schritt rasch über den knirschenden Strandkies, bis er auf den weichen Nadelboden gelangt war, wo er im Dunkel verschwand.

Mordred band das Boot fest, zog sein Schwert, lief den Strand entlang, schaute nach dem anderen Boot aus.

Die Insel war sehr klein, und in wenigen Minuten stand er wieder am gleichen Fleck. Kein Boot. Wer es auch sein mochte, und ob es der Gesuchte war oder nicht – er hatte sich davongemacht. Mordred, das Schwert in der Hand, eilte Bedwyr in der Richtung der Klageschreie nach.

Das Feuer war noch nicht ganz erloschen, und im schwachen Licht der flimmernden Glut unter der

Asche hockte die Frau, gebückt, jammernd. Ihr dunkelfarbiges Gewand war zerrissen, und das ihr locker über die Schultern hängende Haar schien hell zu sein. Das Feuer hatte auf dem höchsten Punkt der Insel gebrannt, wo sich eine Gruppe von Tannen auf dem felsigen Boden erhob und ihn mit einem dicken Nadelteppich bedeckte. Ein vor langer Zeit errichtetes und jetzt zerfallenes Hügelgrab konnte als behelfsmäßiger Unterschlupf dienen. Außer der hockenden und wimmernden Gestalt war niemand zu sehen.

Der um viele Jahre jüngere Mordred hatte Bedwyr rasch eingeholt und kam fast gleichzeitig mit ihm an. Die beiden Männer blieben stehen.

Die Frau hörte sie und blickte auf. Im Licht der Sterne und dem Schimmer der Glut erkannten sie deutlich, daß es kein Mädchen war, sondern eine alte Frau, grauhaarig, das Gesicht zu einer Maske von Angst und Kummer erstarrt. Sie verstummte, als wenn man ihr die Kehle zugeschnürt hätte, ihr Körper versteifte sich, und ihr Mund stand weit offen, wie in stummem Entsetzen.

Bedwyr hob beschwichtigend die Hand und sagte rasch:

»Madame – Mutter –, ängstigt Euch nicht. Wir sind Freunde. Freunde! Wir kommen Euch zu Hilfe.«

Sie stieß einen erstickten, röchelnden Schrei aus. Man hörte ihren kurzen und keuchenden Atem, sah das Weiße ihrer Augen und dann den starren Blick.

Sie näherten sich ihr langsam. »Seid ruhig, Mutter«, sagte Bedwyr. »Der König hat uns gesandt.«

»Welcher König? Wer seid ihr?«

Ihre Stimme war zittrig und atemlos, aber jetzt nur noch vor Erschöpfung und nicht mehr aus Angst. Bedwyr hatte sich in der Ortssprache an sie gewandt, und in dieser antwortete sie ihm. Ihr Tonfall war gedehnter als der Bedwyrs, aber die Dialekte Kleinbritanniens unterschieden sich nicht so wesentlich von denen der anderen Königreiche, daß Mordred sie nicht verstehen konnte.

»Ich bin Bedwyr von Benoic, und das ist Mordred, der Sohn König Artus'. Wir sind vom König gesandt und suchen Prinzessin Elen. Habt Ihr sie gesehen? Wart Ihr mit ihr zusammen?«

Während Bedwyr sprach, hatte Mordred sich gebückt und eine Handvoll Tannennadeln und ein trokkenes Stück Holz aufgelesen, und als er es in die glühende Asche warf, loderte eine kleine Flamme auf und brannte eine Weile. In ihrem roten Schein war die Frau deutlicher zu sehen.

Sie trug vornehme, wenn auch einfache Kleidung und mußte etwa sechzig Jahre alt sein. Ihr Gewand war beschmutzt und zerrissen, wie nach einem Kampf; das Gesicht ebenfalls schmutzig und vom Weinen entstellt, eine Schürfwunde auf einer der Wangen, die Lippen aufgerissen und blutverkrustet.

»Ihr kommt zu spät«, sagte sie.

»Wohin ist er fort? Wohin hat er sie gebracht?«

»Zu spät für Prinzessin Elen.« Sie zeigte auf den Steinhügel, und nun sahen sie im stärkeren Feuerschein den aufgewühlten Tannennadelboden, in dem jemand gescharrt haben mußte. Einige kleinere Steine des Hügelgrabs waren heruntergenommen und mit Tannennadeln überschüttet worden.

»Mehr konnte ich nicht tun«, sagte die Frau und streckte ihre noch zitternden blutigen und zerkratzten Hände aus. Die Männer waren stumm vor Entsetzen und Mitleid.

Jetzt gingen sie zum Steinhügel, wo die Leiche lag. Sie war sehr unvollständig zugedeckt, hob sich deutlich unter den Tannennadeln und verstreuten Steinen ab, schmutzige Striemen auf der blassen Haut, das Gesicht im Todeskrampf verzerrt. Die Augen hatte man ihr geschlossen, aber der Mund stand weit offen, und der Hals mit den Todeswunden an der Kehle hing schief.

Mit einem Zartgefühl, das Mordred nie an ihm vermutet hätte, sagte Bedwyr wie zu sich selbst: »Wie lieblich sie ist. Gott gebe ihr Ruhe.« Dann, zur Frau gewandt: »Grämt Euch nicht, Mutter. Sie wird zu ihrer Sippe heimkehren, auf königliche Art beigesetzt werden und im Frieden mit ihren Göttern sein. Und das verruchte Tier wird verrecken und zur Hölle fahren, wie es ihm gebührt.«

Er zog eine Flasche aus seinem Gürtel, kniete sich neben sie, hielt sie ihr an die Lippen. Sie trank, seufzte und wurde ruhig. Bald war sie fähig, ihnen alles zu erzählen. Wer der Entführer war, wußte sie nicht. Aber sie behauptete – und die Männer hörten es mit Erleichterung –, ganz sicher zu sein, ihn als einen Hiesigen erkannt zu haben. Er habe zwar wenig gesprochen und dann meist geflucht, aber er und seine Kumpane seien unzweifelhaft Bretonen gewesen. Daß er ein ›Riese‹ war, bestätigte sie. Jedenfalls beschrieb sie ihn als einen hünenhaften, baumstarken Kerl mit einer lauten Stimme und einem bellenden Lachen, als einen wahren Bullen, der sie mit seinen drei Kumpanen – zerlumpt gekleidet wie Räubergesindel – aus dem Hinterhalt überfallen und vier Soldaten der Eskorte der Prinzessin mit seinen eigenen Händen erschlagen hatte, bevor sich jemand besinnen konnte. Die drei restlichen Soldaten kämpften tapfer, wurden jedoch alle niedergemacht. Dann schleppten sie sie und die Prinzessin fort, während Elens andere Begleiterin (»das arme Ding schrie und zeterte dermaßen, daß ich sie, wenn ich einer dieser Banditen gewesen wäre, auf der Stelle totgeschlagen hätte«, sagte die Amme verächtlich) zurückgelassen wurde. Aber die Räuber nahmen alle Pferde mit, als sie sich davonmachten, brauchten also keine Verfolgung zu fürchten.

»Sie brachten uns ans Seeufer. Es war noch dunkel, und ich kann mich an den Weg nicht mehr erinnern. Einer von ihnen blieb mit den Pferden am Strand, und die beiden anderen ruderten uns bis hierher zu diesem Felsen. Meine Herrin war halb ohnmächtig, und ich versuchte, mich um sie zu kümmern. Eine Flucht wäre ausgeschlossen gewesen. Der große Kerl – der Bulle – trug sie den Felsen hinan bis zu dieser Stelle. Die anderen wollten mich hinter ihr herschleppen, aber ich entwich ihnen und rannte allein, und als sie sahen, daß ich nicht die Absicht hatte, meine Herrin zu verlassen, ließen sie mich.«

Sie hustete, benetzte die aufgerissenen Lippen. Bedwyr bot ihr die Flasche, aber sie schüttelte den Kopf und fuhr fort:

»Was dann geschah, darüber kann ich nicht sprechen, aber ihr könnt es euch denken. Die beiden Burschen hielten mich fest, während er – der Bulle – sie schändete. Sie ist nie kräftig gewesen. Ein hübsches Mädchen, aber immer blaß und oft krank im kalten Winter.«

Sie verstummte, ließ den Kopf sinken, verkrampfte die Finger.

Nach einer Weile fragte Bedwyr sanft: »Er hat sie getötet?«

»Ja. Oder eher das, was er ihr antat, tötete sie. Sie starb. Er fluchte, ließ sie dort bei den Steinen liegen, und dann kam er auf mich zu. Ich schrie nicht – sie hielten mir den Mund zu mit ihren stinkenden Händen –, aber ich hatte Angst, daß sie mich jetzt auch töten würden. Denn was sie dann taten … ich hätte es nie für möglich gehalten … ich bin schließlich über sechzig, und da sollte man doch meinen … Nun, genug davon. Was geschehen ist, ist geschehen, und jetzt seid ihr hier und werdet dieses schmutzige Tier totschlagen, während es seine Lust ausschläft.«

»Lady«, sagte Bedwyr eindringlich, »noch in dieser Nacht wird er sterben. Wir müssen ihn nur noch finden. Wohin sind sie von hier gezogen?«

»Das weiß ich nicht. Sie redeten von einer Insel und

einem Turm. Mehr kann ich Euch nicht sagen. Sie dachten bestimmt nicht, daß man sie verfolgen könnte, denn sonst hätten sie mich auch getötet. Oder sie haben sich überhaupt nichts gedacht, weil sie Tiere sind. Mich haben sie einfach neben meiner Herrin liegengelassen. Nach einer Weile hörte ich Pferdegetrappel. Sie müssen zur Meeresküste geritten sein. Als ich mich wieder bewegen konnte, begrub ich meine Herrin, so gut ich es vermochte. Ich fand einen Winkel im Geröll des Grabhügels, wo jemand – vielleicht ein Fischer – Feuerstein und Eisen gelassen hatte, und machte ein Feuer. Wäre mir das nicht möglich gewesen, so hätte ich hier sterben müssen. Trinkwasser und Nahrung gibt es nicht, und ich kann nicht schwimmen. Wenn die Räuber das Feuer gesehen hätten und zurückgekommen wären, hätte ich eben früher sterben müssen, das ist alles.« Sie blickte auf. »Aber ihr – zwei junge Männer wie ihr gegen dieses Ungeheuer und seine Leute … Nein, nein, ihr dürft ihn nicht herausfordern. Bringt mich zurück, ich flehe euch an, aber fordert ihn nicht heraus. Ich will keine Toten mehr sehen. Meldet König Hoel, was ihr von mir hörtet, und dann wird er …«

»Gute Frau, König Hoel hat uns ausgesandt. Wir wurden beauftragt, Euch und Eure Herrin zu finden und die Entführer zu bestrafen. Habt keine Angst um uns. Ich bin Bedwyr von Benoic, und das ist Mordred, der Sohn von Artus von Britannien.«

Sie starrte in die flimmernde Glut. Offenbar hatte sie ihn vorher nicht gehört oder nicht verstanden, denn sie wiederholte ungläubig: »Bedwyr von Benoic? Ihr? Artus von Britannien?«

»Artus ist nicht weit von hier, mit einem Trupp Soldaten. König Hoel ist krank, aber er sandte uns aus. Kommt jetzt, Lady. Unser Boot ist klein und nicht sehr seefest, aber wenn Ihr jetzt kommt, bringen wir Euch in Sicherheit, kehren dann später zurück und holen

Eure Herrin, damit sie in allen Ehren beigesetzt werden kann.«

So geschah es dann auch. Man zimmerte rasch zwei Tragbahren aus starken Tannenzweigen, eine für das junge Mädchen, das man vorher mit einem Mantel zugedeckt hatte, die andere für die in tiefen Fieberschlaf versunkene alte Amme, und brachten sie unter Bewachung nach Kerrec. Die restlichen Streitkräfte Artus' ritten unter Bedwyrs Führung zur Meeresküste.

Es war Ebbe. Vor ihnen erstreckte sich der breite und flache Sandstrand, grau in der Dunkelheit schimmernd. Das Wasser spritzte, als sie die Flußmündung durchquerten, und dann, bei Anbruch der Morgendämmerung, sahen sie den steilen Felsen jener kleinen Insel mit dem Turm, von der die Banditen gesprochen hatten.

Sie mußten die Seeinsel und die sterbende alte Frau seit mehreren Stunden verlassen haben, zumindest vor der Flut, der diese Ebbe gefolgt war, denn man sah keine Hufspuren am Strand. Dafür aber war die Fährte deutlich auf den Sandbänken am Flußdelta zu erkennen, und sie führte durch das salzige Grasland geradewegs zum Meer und auf einen Damm, über den man bei Ebbe auf die Insel gelangen konnte. Die hohen mit Bäumen überwachsenen Felsen ragten im stillen Wasser empor, und die beginnende Flut umspülte die Füße der Klippen und die Steine des aufgeschichteten Dammes. Obgleich kein Licht zu sehen war, erkannten sie, Bedwyrs weisender Hand folgend, die Umrisse eines Turms auf dem Gipfel.

Der König hielt sein Pferd am Ufer an, blickte hinüber, legte sich versonnen den Finger an den Mund, überlegte. Man hätte meinen können, er denke über den Entwurf eines neuen Rosenbeets für die Königin im Garten von Camelot nach, denn er sah nicht kriegerischer aus als auf jener ›Friedensmission‹ bei Cerdic, deren zahmen Verlauf Agravaine dem ›Schlachtenführer‹ so bitter vorgeworfen hatte. Aber Mordred, der ihn aufmerksam, mit wachsender und kaum beherrschter Erregung aus der Nähe betrachtete, spürte, daß er endlich und zum ersten Mal den Artus der Legende vor sich sah. Hier war ein Mann, der sich wie kein zweiter in seinem Handwerk auskannte, der jede Lage zu meistern verstand, der Britannien ganz allein vom Schrecken der Sachsen befreit hatte und der sich jetzt mit der Lösung einer viel einfacheren Aufgabe beschäftigte.

Endlich sprach der König.

»Der Turm sieht halb zerfallen aus. Der Kerl ist ein Räuber und hat sich hier wie ein Dachs eingegraben. Also kein Fall für eine Belagerung oder einen Angriffsplan. Von Rechts wegen sollten wir Hunde holen und ihn wie ein Wildschwein aus seinem Versteck jagen.«

Unter den anderen erhob sich ein Murren. Sie alle hatten Elens Leiche gesehen, als sie an Land getragen wurde. Bedwyrs Pferd bäumte sich plötzlich, wie von der Spannung seines Reiters ergriffen. Er hatte bereits die Hand am Schwert, und hinter ihm blitzten die Klingen der Gefährten im kalten Licht der Morgendämmerung.

»Steckt eure Schwerter ein.« Artus blickte sich nicht einmal um, saß immer noch lässig im Sattel, den Finger an den Mund gelegt. Dann fuhr er ruhig fort: »Ich will damit sagen, daß es eine Sache für nur einen Mann ist. Für mich. Vergeßt nicht, daß Prinzessin Elen zu meiner Sippe gehörte und daß ich hier König Hoel vertrete, dessen Nichte und Untertan sie war. Das Blut dieses Tiers ist für mich.« Jetzt drehte er sich um und gebot den murrenden Männern Schweigen. »Falls er mich tötet, wirst du, Mordred, ihn nehmen. Nach dir Bedwyr, wenn es nötig ist, und die anderen werden tun, was ihnen beliebt. Verstanden?«

Sie stimmten ihm zu, aber einige offenbar sehr widerwillig. Mordred sah Artus lächeln, als er fortfuhr:

»Jetzt hört mir gut zu, bevor wir die Insel stürmen. Wie es scheint, hat er mindestens noch drei Mann bei sich. Wahrscheinlich sogar mehr. Die gehören euch; nehmt sie euch, wie ihr wollt. Nun könnten sie uns gesehen haben; jedenfalls sind sie bestimmt auf einen Angriff gefaßt. Entweder werden sie herauskommen und sich uns stellen, oder sie versuchen, sich im Turm zu verschanzen. In diesem Fall ist es an euch, sie auszuräuchern oder herauszutreiben und ihren Anführer zu mir zu bringen.« Er schüttelte die Zügel, und sein Pferd watete ins seichte Meer. »Wir müssen jetzt hinüber. Wenn wir noch länger warten, hat die Flut den Damm überspült, und dann sind sie im Vorteil und können uns angreifen, wenn wir mit unseren Pferden an Land schwimmen.«

In dieser Beziehung hatte er sich geirrt. Die Bande glaubte sich völlig sicher vor jeder Verfolgung, besonders bei einbrechender Flut. Aber vielleicht hatten sie in ihrem vertierten Stumpfsinn nicht einmal daran gedacht, denn sie waren alle im Turm und hatten keine Wachen aufgestellt. Vier von ihnen schliefen schnarchend vor dem erlöschenden Herdfeuer inmitten von Haufen abgenagter Knochen und fettiger Speisereste. Der Anführer war noch wach, saß vor der Glut, drehte die goldenen Spangen und das Juwelenamulett, das er Elen vom zarten Hals gerissen hatte, in seinen schmutzigen Händen. Dann mußte er ein Geräusch vernommen haben, denn er blickte auf und sah Artus im Mondlicht vor der offenen Turmtür stehen.

Der grunzende Schrei, den er ausstieß, klang wirklich wie der eines von Hunden umstellten Ebers. Und er war behende, von riesiger Gestalt, mit Muskeln wie ein Schmied, funkelnden Augen wie die eines wilden Tiers. Der König hätte sich nicht gescheut, den unbewaffneten Mann zu töten – es ging, wie er sagte, ja nicht um einen Zweikampf, sondern um das Abschlachten tollwütigen Viehs –, aber in dem engen Turmgemach ließ sich kein Schwert schwingen, und so blieb Artus gezwungenermaßen, wo er war, wartete, bis der Kerl nach seiner Waffe griff, einer wuchtigen Keule von größerer Länge als Artus' Schwert, und auf ihn zukam. Die Kumpane, noch benommen vom Schlaf und überrascht, taumelten ihrem Führer bestürzt nach, wurden draußen von den zu beiden Seiten der Tür lauernden Rittern ergriffen und auf der Stelle erschlagen. Mordred fand sich einem baumstarken stinkenden Burschen gegenüber, dessen Atem wie eine offene Senkgrube roch, vergaß im Nu die in all den Jahren erlernten ritterlichen Kampftugenden und wandte die Listen und Tücken an, die dem Sohn des Fischers in den rohen Balgereien seiner Kindheit gedient hatten. Aber dann waren sie doch zwei gegen einen. Als Mordred ins Stolpern geriet und unter dem Gewicht des anderen zu Boden ging, kam ihm Bedwyr fast beiläufig zu Hilfe und spießte den Burschen wie ein Brathuhn auf. Dann bückte er sich und wischte sein Schwert im Gras ab. Die Kleider des Toten waren ihm zu schmutzig dafür.

Wenige Sekunden nach ihrem Ausbruch aus dem Turm war die Bande bis auf den letzten Mann niedergemacht. Dann traten die Gefährten zurück, um sich die Hinrichtung des Anführers anzuschauen.

Dem geschulten Auge eines Ritters war es offenbar, daß der Mann irgendwann das Kämpfen erlernt haben mußte. Ein viehischer Rohling, gewiß, aber ein tapferer Rohling. Er stürmte auf Artus los, Keule gegen Schwert, und sein erster wuchtiger Hieb prallte mit solcher Macht gegen die Klinge, daß der König zurücktaumelte und das Metall seines Schilds sich verbeulte. Einen kurzen Augenblick wurde der Riese von der Schwungkraft seiner schweren Keule mitgerissen, und in diesem Augenblick zielte Artus, wieder im Gleichgewicht, an Keule und Arm vorbei auf die ungeschützte Kehle über dem dicken Lederwams. Aber der Riese hatte sich trotz seiner Größe schnell wieder aufgerichtet. Er sprang zurück, schwang die Keule in die Höhe, schlug das Schwert zur Seite. Artus fing den Stoß mit Arm und Körper ab, holte höher aus, über die Kehle hinweg, direkt auf das Gesicht des Riesen zu. Die Schwertspitze streifte nur die Stirn, schnitt jedoch ziemlich tief in die Braue ein. Der Mann brüllte, und Artus sprang zurück, als die schwere Keule ihn wieder zu treffen versuchte. Das Blut spritzte und rann dem Riesen über das Gesicht. Es blendete ihn, aber gerade das glich Artus' Vorteil aus und wäre ihm fast zum Verhängnis geworden, denn der durch den brennenden Schmerz seiner Wunde zum Äußersten getriebene Mann stürzte sich auf den König, achtete nicht auf das ausholende Schwert, war rasch genug, an ihm vorbeizugelangen, prallte mit seinem Gegner zusammen, Brust an Brust, packte ihn im Würgegriff, versuchte, Artus mit dem ganzen Gewicht seines Körpers nach hinten zu Boden zu drücken.

Mordred war vielleicht der einzige, der die rasche und äußerst tückische Art zu schätzen wußte, mit der der König sich der Bedrängnis entzog. Er wand sich aus dem Griff des Unholds, wich noch einmal der Keule mit sichtlicher Leichtigkeit aus, bückte sich etwas und durchschnitt dem Mann mit der Klinge seines Schwerts die Kniekehlen. Brüllend stürzte der Riese wie ein gefällter Baum zu Boden, wild um sich schlagend. Der König wartete, wiegte sich in den Hüften wie ein Tänzer, und als die Keule ins Gras fiel, durch schnitt er das Gelenk der Hand, die sie hielt. Die Keule lag in einer Blutlache. Ehe sich der Riese des Schmerzes seiner neuen Wunde bewußt wurde, trat der König rasch auf ihn zu und stieß ihm das Schwert säuberlich durch die Kehle.

Sie gingen zum Turm, nahmen die Juwelen der Prinzessin an sich, warfen die Leichen hinein und setzten ihn in Brand. Dann ritt die Truppe zu den anderen Gefährten zurück, um König Hoel die traurige Nachricht zu überbringen.

3

Immerhin ergab sich auch etwas Gutes aus der Tragödie der Prinzessin Elen. Es stand jetzt fest, daß Hoels fränkische Nachbarn nichts mit dieser Schandtat zu tun hatten, und als die Kunde vom Tode des ›Riesen‹ sich in den Dörfern und unter den Waldbewohnern verbreitete, wagten viele, die bisher aus Angst vor den Räubern geschwiegen hatten, endlich zu sprechen, und bald gab es keinen Zweifel mehr, daß all die Überfälle und Gewalttaten der letzten Zeit das Werk derselben Bande gewesen waren.

So kam es dann auch, daß Hoel und Artus sich gleich nach den Begräbnisfeierlichkeiten und bevor die Trauerzeit verstrichen war, zusammensetzen konnten, um zu besprechen, wie der Forderung des Konsuls Quintilianus Hiberus am besten zu begegnen sei. Sie beschlossen, Abgesandte zu ihm zu schicken, offiziell mit dem Auftrag, über die Vorschläge des römischen Kaisers zu verhandeln, jedoch in Wirklichkeit, um festzustellen, wieviel Macht er wirklich besaß. Hoel hatte bereits Schreiben an König Childebert und dessen Brüder gesandt und um Mitteilung gebeten, ob sie die gleichen Forderungen erhalten hätten, und falls ja, wie sie sich dazu stellten oder zu stellen gedachten.

»Das wird einige Zeit in Anspruch nehmen«, sagte Hoel, während er seinen Fuß näher ans Feuer schob und sich mit der Hand über das gichtige Knie fuhr, »aber du wirst doch so lange bleiben, Vetter, nicht wahr?«

»Mit meinen Truppen, um es offenkundig zu machen, daß wir dir zur Seite stehen, während deine Gesandten sich über Hiberus' Absichten Klarheit zu verschaffen suchen? Gern«, sagte Artus.

»Ich hoffe auch, du wirst der Gesandtschaft etwas mehr Gewicht verleihen«, sagte Hoel. »Ich schicke Guerin. Er ist schlau wie ein alter Fuchs, kennt sich in allen Schlichen aus, weiß, wie man eine Verhandlung hinauszögert. Sie werden von dem, was er sagt, nicht die Hälfte verstehen, geschweige denn von seinen Vorschlägen. Er wird Zeit für uns gewinnen, bis wir Antwort von den Franken erhalten haben. Nun, Vetter?«

»Natürlich. Für mich wird es dann Bors sein. Er ist zwar völlig arglos, aber dafür von einer wahrhaft entwaffnenden Ehrlichkeit. Wir können ihn anweisen, Guerin die Politik zu überlassen. Es wäre mir lieb, wenn Valerius die Eskorte befehligte.«

Hoel nickte. Sie saßen in einem seiner Privatgemächer auf Kerrec. Der alte König war nicht mehr bettlägerig, mußte aber noch das Zimmer hüten und verbrachte den Tag, in dicke Pelze gehüllt, vor einem lodernden Feuer. Mit dem Alter hatte sein einst kraftvoller Körper Fett angesetzt, und das schien auch die Hauptursache seiner Leiden zu sein. Zudem krachten ihm die Knochen, wie er sagte, in der Zugluft seiner altmodischen und verhältnismäßig unbehaglichen Burgfestung.

Artus, Mordred und einige Ritter Hoels hatten mit dem König zu Abend gegessen und saßen jetzt bei einer Schale würzigen Glühweins beisammen. Bedwyr war nicht unter ihnen. Er hatte nicht bleiben wollen und war auf seine Burg im Norden der Bretagne zurückgekehrt, weil er sich, wie er sagte, um das Wohlergehen seiner jungen Gemahlin Sorgen machte. Während sie mit der sterblichen Hülle der ermordeten Prinzessin nach Kerrec geritten waren, hatte er Mordred anvertraut, daß seine Elen, deren Schwangerschaft ihr große Ängste bereitete, vom Tod geträumt habe und keine Ruhe finde, bis ihr Herr und Gemahl wohlbehalten zu ihr zurückgekehrt sei. So war Bedwyr gleich nach der Beerdigung nach Norden geritten, und die Jungen Kelten, die im Heere Artus' dienten, fanden darin Anlaß, das Gerücht zu verbreiten, er sei nur deshalb so rasch verschwunden, weil er Gawain nicht begegnen wolle.

Denn Gawain war bereits unterwegs. Artus hatte es für klug befunden, seinen Neffen einzuladen, sich wieder den Reihen der Gefährten anzuschließen und gegebenenfalls an den Kämpfen teilzunehmen. Aber diese Kämpfe waren nichts weiter als ein Scharmützel gewesen, die Hinrichtung einer Räuberbande, und Gawain hatte seine Reise zu spät angetreten. So schlug Artus nun seinem Vetter Hoel vor, Gawain in die gemeinsame Gesandtschaft aufzunehmen. Da Hoel nicht reisen konnte und Artus seine Gründe hatte, nicht reisen zu wollen, schien es ratsam, einen Vertreter des Königshauses zu schicken, um dem Anlaß alle gebührende Würde zu verleihen.

Hoel murrte, brummte in seinen Bart, warf Mordred einen Blick zu, mißverstand dessen Stirnrunzeln, räusperte sich und wollte etwas sagen, aber Artus, dem nichts davon entgangen war, kam ihm rasch zuvor.

»Nein, nicht Mordred. Er wäre zwar die beste Wahl, aber ich brauche ihn anderswo. Wenn ich hierbleiben soll, bis die Sache erledigt ist, muß er nach Großbritannien zurückkehren und mich dort vertreten. Die Königin und der Rat sind als Regierung nur ein Notbehelf, sonst nichts, und gewisse Entscheidungen, die jetzt getroffen werden müssen, erfordern eine Autorität, die sie nicht besitzen.«

Er wandte sich an seinen Sohn. »Was hatte ich dir nicht alles versprochen? Daß du deine Kräfte wieder üben kannst? Du hast ein Boot über eine Lagune gerudert und ein paar Räuber erschlagen. Mehr war es nicht. Es tut mir leid, Mordred, aber ich erhielt heute eine Nachricht, die deine Rückkehr nötig macht. Wirst du gehen?«

»Natürlich, Sir. Was immer Ihr verlangt.«

»Dann werden wir später reden«, sagte der König und wandte sich wieder seinem Gespräch mit Hoel zu.

Mordred war verwirrt, enttäuscht und glücklich zugleich. Was konnte diese dringliche Nachricht sein, die den König zwang, so plötzlich seine Pläne zu ändern? Gestern noch schien er entschlossen, Mordred mit der Gesandtschaft zu den Römern zu schicken, und jetzt sollte es Gawain sein. War das klug gehandelt? Mordred bezweifelte es, denn sein Halbbruder trug sich bestimmt mit der Hoffnung, irgendwie seinen Tatendurst stillen zu können, und er würde enttäuscht, wahrscheinlich sogar sehr wütend sein, wenn er feststellte, daß er die ganze Reise gemacht hatte, um an einem friedlichen Botengang teilzunehmen. Artus schien sich seiner Sache jedoch sicher zu sein, denn auf eine Frage Hoels hin erklärte er, Gawain habe mit seiner Mission bei Königin Morgan, während seiner bisherigen Regierungszeit auf Orkney und noch letzthin durch die Zurückhaltung und den gemäßigten Ton, in welchem er jetzt über den am Tod Gareths schuldigen Bedwyr sprach, zur Genüge bewiesen, daß man sich auf ihn verlassen könne, und er werde das Abenteuer im fremden Land, wenn es sich auch nur um einen diplomatischen Auftrag handelte, als eine nützliche Erfahrung zu schätzen wissen.

Es schien Artus' Schicksal zu sein, daß er sich immer irrte, wenn er es mit der Brut und dem Blut Morgauses zu tun hatte. Denn während er so sprach, schliffen Gawain und seine Genossen ihre Waffen und redeten von nichts anderem als Schlachten und Kriegen, während ihr Schiff sich der bretonischen Küste näherte.

Später, nachdem Artus seinem Vetter Hoel eine gute Nacht gewünscht hatte, zog er sich mit Mordred in seine Gemächer zurück, um sich, wie versprochen, mit ihm zu unterreden.

Es wurde ein langes Gespräch und dauerte bis spät in die Nacht hinein. Zuerst erklärte der König, was ihn zur Änderung seiner Pläne gezwungen hatte. Es war ein Brief der Königin. Ohne auf Einzelheiten einzugehen, gestand sie ihm, daß sie sich in ihrer immer mehr gefährdeten Rolle sehr unglücklich fühle. Sie berichtete, Herzog Constantin, der mit seinem Gefolge von Rittern nach Caerleon gezogen war, habe ihr seine Absicht bekundet, sich auf Camelot einzurichten, ›wie es dem Herrscher zusteht, der über das Hochkönigreich regiert‹. Auf die Bitte der Königin, er möge sich an das halten, was Artus ihm geheißen, habe er ›mit Ungeduld und Vermessenheit‹ geantwortet.

›Ich fürchte, es wird nicht dabei bleiben‹, schrieb sie. ›Ich hörte bereits, daß er sich in Caerleon, anstatt seine Streitmacht dem Rat zur Verfügung zu halten, in Worten und Taten wie jemand aufführt, der als Alleinherrscher regiert oder zumindest als der einzige rechtmäßige Stellvertreter des Hochkönigs. Artus, mein Herr und Gemahl, ich warte täglich auf Eure Rückkehr. Und ich lebe in ständiger Angst vor dem, was geschehen mag, falls Euch oder Eurem Sohn etwas zustoßen sollte.‹

Als Mordred den Brief gelesen hatte, war er entschlossener als je, so schnell wie möglich zurückzukehren. Er nahm sich nicht einmal die Zeit, weigerte sich sogar, seine persönlichen Gefühle in Betracht zu ziehen. Herzog Constantin handelte gerade so, als ob Artus keinen leiblichen Sohn hätte, ganz zu schweigen von Gawain, dem ihm blutsverwandten Sohn seiner Halbschwester. Und die von Artus erwähnten Geschichten über einiges, was Constantin getan hatte, ließen Schlimmes für das Königreich befürchten. Er war ein unbeugsamer Mann, ein grausamer Herrscher, und der angstvolle Ton in Guineveres Brief war leicht zu begreifen.

Mordred fühlte auch kein Bedauern mehr, den

König zu verlassen. Diese Regentschaft, so kurz sie auch sein mochte, war das, was er sich gewünscht hatte, eine Bewährungszeit, die ihm gestattete, allein und in voller Autorität zu herrschen. War er einmal in Camelot und hatte die königliche Leibwache unter seinem Befehl, so brauchte er nicht zu befürchten, daß Constantin weiterhin auf seinen anmaßenden Forderungen beharrte. Es genügte, mit der Vollmacht des Königs und mit dem königlichen Siegel zurückzukehren. »Und hier findest du«, sagte Artus, auf die mit seinem Siegel versehenen Briefe weisend, »die Ermächtigung, in meinem Namen so viele Truppen auszuheben, wie es dir nützlich erscheint, um den Inneren Frieden zu erhalten und bereit zu sein, falls sich hier Schwierigkeiten ergeben sollten.«

So sprachen sie in gegenseitigem Vertrauen, während die Nacht vorüberging, und die Zukunft schien so hell zu leuchten wie die goldene Morgendämmerung, die sich vor den Fenstern auf dem Meer spiegelte. Wäre Morgauses Geist durch das Halbdunkel des Zimmers geschwebt und hätte sie flüsternd an das vor so vielen Jahren vorausgesagte Verhängnis erinnert, so wären sie in schallendes Gelächter ausgebrochen und hätten das Trugbild verscheucht. Und doch war es das letzte Mal, ihre letzte Begegnung vor jener, da sie sich als Feinde trafen.

Der König kam wieder auf das Thema der Gesandtschaft zurück. Hoel versprach sich viel Erfolg davon, aber Artus war weniger zuversichtlich, wenn er es sich auch vor seinem Vetter nicht anmerken ließ.

»Es kann doch noch zu einem Krieg kommen«, sagte er. »Quintilianus dient einem neuen Herrn, muß sich also bewähren, und obgleich ich nur wenig über die Leute seiner Umgebung weiß, fürchte ich, daß er diesem Herrn gegenüber an Glaubwürdigkeit verlieren wird, wenn er sich mit uns auf Verhandlungen einläßt. Auch er ist gezwungen, einen Machtbeweis zu liefern.«

»Eine gefährliche Lage. Warum geht Ihr nicht selbst, Sir?«

Artus lächelte. »Du kannst es auch eine Frage der Glaubwürdigkeit nennen. Wenn ich als Botschafter gehe, kann ich keine Truppen mit mir nehmen, und wenn die Verhandlung scheitert, sieht man auch mich scheitern. Ich bin hier in der Bretagne nur als Abschreckungsmittel, nicht als streitendes Schwert ... Ich kann es mir nicht leisten, auch nur einmal der Verlierer zu sein.«

»Ihr könnt unmöglich verlieren.«

»Siehst du, dieser Glaube ist es, der Quintilianus und die ehrgeizigen Herren des neuen Roms abschrekken soll.«

Mordred zögerte, sagte dann ganz offen: »Verzeiht, aber da ist noch etwas, das ich Euch fragen möchte – und zwar nicht als Euer Sohn, sondern als Euer zukünftiger Stellvertreter. Ist Gawain und seinen jungen Freunden zu trauen? Wenn Ihr sie mit Bors und Valerius ziehen laßt, könnte es Ärger geben.«

»Da magst du recht haben. Aber der Schaden wäre nicht groß für uns. Früher oder später muß es zu Kämpfen kommen, und ich kämpfe lieber hier gegen einen noch nicht ganz vorbereiteten Feind, als innerhalb meiner Grenzen auf der anderen Seite des Engen Meers. Wenn die Franken sich uns anschließen, kann es uns gelingen, diesen Kaiser abzuschrecken. Wenn nicht, würden wir schlimmstenfalls die Bretagne verlieren, müßten dann mit unseren Leuten – das heißt denen, die uns bleiben – in die Heimat zurückkehren und uns dort wieder einmal hinter dem Schutzwall der See verschanzen.« Er wandte sich ab und blickte in die Flammen, und sein Gesicht war ernst und traurig. »Aber zum Schluß kommt es doch wieder auf uns zu, Mordred. Nicht in meiner Zeit und, Gott behüte, auch nicht in deiner, aber es wird kommen, bevor deine Söhne alt geworden sind. Für den, der es dann wieder wagt, wird es allerdings nicht leicht sein. Zuerst das Enge Meer und dann die Schutzwehren der sächsischen und englischen Königreiche mit all den Mannen, die für ihr eigenes Land kämpfen. Warum, glaubst du, habe ich so sehr darauf bestanden, den Sachsen all ihre besiedelten Gebiete zu lassen? Man kämpft für das, was man besitzt. Wenn unsere Küsten ernsthaft bedroht sind, bin ich sicher, Cerdic auf meiner Seite zu haben.«

»Ich verstehe. Es wunderte mich, daß Euch die Entsendung der Unterhändler so wenig Sorge zu machen schien.«

»Wir brauchen die Zeit, die wir damit gewinnen. Und wenn die Sache scheitert, kämpfen wir gleich. So einfach ist es. Aber es wird spät. Kommen wir zum Schluß.« Er nahm einen mit dem Drachensiegel verschlossenen Brief vom Tisch. »Unbesiegbar oder nicht, ich habe an die Möglichkeit meines Todes gedacht. Hier ist ein Brief, den du in diesem Fall dem Rat vorlegen wirst. Ich habe dich darin zu meinem Erben erklärt. Herzog Constantin weiß sehr gut, daß der seinem Vater geleistete Eid mich nur so lange verpflichtete, als ich keinen leiblichen Sohn hatte. Damit muß er sich abfinden, ob es ihm gefällt oder nicht. Ich habe auch ihm einen Brief geschrieben, gegen den er nichts einwenden kann. Er erhält Ländereien, und sein Herzogtum wird alle Gebiete einschließen, die durch meine erste Frau, Guenever von Cornwall, in meinen Besitz gelangten. Ich hoffe, er wird zufrieden sein. Und wenn nicht« – seine Augen leuchteten auf, als er seinen Sohn anblickte –, »so ist es dann deine Sache und nicht meine. Hüte dich vor ihm, Mordred. Wenn ich lebe, werde ich gleich nach meiner Rückkehr den Rat einberufen und meinen Willen ein für allemal in aller Öffentlichkeit bekanntgeben.«

Es ist nie leicht, das Vermächtnis eines Lebenden entgegenzunehmen. Mordred suchte nach Worten, hub zögernd zu sprechen an, aber der König gebot ihm Schweigen und wandte sich endlich dem Thema zu, auf das Mordred zu allererst gekommen wäre.

»Die Königin«, sagte Artus, ins Feuer starrend. »Sie wird unter deinem Schutz stehen. Du wirst sie lieben und dich ihrer annehmen wie ihr eigener Sohn und Sorge tragen, daß sie in Frieden und Sicherheit lebt, in allen ihr gebührenden Ehren und Annehmlichkeiten. Ich bitte dich nicht, es mir zu schwören, Mordred, weil ich weiß, daß ich mich auf dich verlassen kann.«

»Aber ich schwöre es!« Mordred fiel vor dem Stuhl seines Vaters auf die Knie und sprach mit einer Erregung, die er nicht zu beherrschen vermochte. »Ich schwöre es bei allen Göttern, beim Gott der Kirchen des Königreichs, bei der Göttin der Inseln und den Geistern der Lüfte, ich schwöre, ihr die Reiche zu erhalten, sie zu lieben und zu umsorgen und ihre Ehre zu schützen, wie Ihr es tun würdet und getan habt, solange Ihr der Hochkönig wart.«

Artus ergriff die Hände des jungen Mannes, hob ihn auf, küßte ihn. Dann lächelte er.

»Hören wir jetzt auf, über meinen Tod zu sprechen. Der ist noch in weiter Ferne, glaub mir! Aber wenn er kommt, vertraue ich meine Königreiche und meine Königin ruhigen Herzens deinen Händen an, mit meinem und Gottes Segen.«

Am folgenden Tag schiffte sich Mordred zur Heimreise ein. Und am Morgen nach seiner Abfahrt brach die Gesandtschaft auf, wohlgemut, mit bunten Wimpeln und Federbüschen, um sich zum Heerlager des Quintilianus Hiberus zu begeben.

Gawain und seine Freunde ritten vergnügt. Für die Jungen hatte Gawain alle Eigenschaften eines Führers, Leichtsinn und Draufgängertum, und das spiegelte sich deutlich in ihren Reden wider, wenn sie auch nach außen hin Zurückhaltung zeigten. Aber sie alle hofften unverhohlen, daß die Friedensgespräche scheitern und zu Kampfhandlungen führen würden.

»Dieser Quintilianus soll ein Hitzkopf und ein schlauer Krieger sein. Warum wird er sich einen alten Mann anhören wollen, der ihm Botschaft von einem anderen alten Mann bringt?« Das war Madors Beschreibung der Gesandtschaft König Hoels.

Andere meinten: »Wenn es zu keinen Kämpfen kommt, so werden sie uns wenigstens Gelegenheit geben, uns im Sport mit ihnen zu messen – in Turnierspielen und auf der Jagd –, und da können wir diesen Ausländern einmal zeigen, zu was wir fähig sind!«

Oder: »Die Pferde in Gallien sollen ganz prächtig sein, und wenn wir weiter nichts erreichen, können wir wenigstens ein paar Tauschgeschäfte machen.«

Aber sie schienen sich auf der ganzen Linie vergebliche Hoffnungen gemacht zu haben. Das Hauptquartier des Quintilianus war nur ein Zeltlager im öden Moorland. Am Abend, als sie dort ankamen, war der Himmel grau, und ein kalter regennasser Wind schlug ihnen entgegen. Überall welkes, schwarzes und nasses Heideland, nur hie und da von vereinzelten Farbtupfen unterbrochen, wo das grüne Sumpfgras wuchs oder wo Tümpel und Teiche metallisch schillerten. Das Lager war nach römischem Muster errichtet. Das Hauptgebäude aus Torf und dicken Holzbalken mochte als Provisorium recht eindrucksvoll wirken, aber die in der Kriegführung unerfahrenen jungen Briten, die keine anderen römischen Bauwerke kannten als die großen Schlösser und Burgen von Caerleon und Segontium, blickten sich enttäuscht und geringschätzig um.

Es war schwer zu sagen, ob Vorsicht oder Sorge um das Wohlsein seiner Gäste Quintilianus bewogen hatte, die Briten außerhalb der Schutzwälle des Lagers unterzubringen. Zelte waren einige hundert Schritt vor dem äußeren Graben errichtet worden, mit Stallungen für die Pferde und einem Pavillon, der ihnen als Saal dienen sollte. Dort forderte man sie auf, ihre Pferde zu lassen, die von ihren Knappen in die Stallungen geführt wurden, und dann geleitete man sie zu Fuß über den Hauptweg zum Mittelpunkt des Lagers, wo das Hauptquartier lag.

Hier empfingen Quintilianus Hiberus und sein zweiter Befehlshaber Marcellus die Gesandtschaft mit kühler Höflichkeit. Ansprachen, von langer Hand vorbereitet und auswendig gelernt, wurden ausgetauscht, und diese waren so lang und mit einer solchen Vorsicht abgefaßt, daß man ihren Inhalt kaum noch verstand. Die Botschaft des Kaisers und Hoels Absichten wurden mit keinem Wort erwähnt, aber dafür ließ man sich lang und breit über den Gesundheitszustand des alten Königs aus – nach dem der Gastgeber sich ziemlich gleichgültig erkundigt hatte – und über die Besorgnis seines Vetters Artus, die diesem Kriegsherrn Anlaß gewesen war, den bretonischen König zu besuchen. Daß er eine beträchtliche Streitmacht mitgebracht hatte, wurde verschwiegen, aber der römische Konsul wußte es, und sie wußten, daß er es wußte …

Erst nachdem das höfliche diplomatische Geplänkel eine Weile gedauert hatte, wagten sich Guerin und Bors zu einer allerdings sehr sachwammigen Erklärung über Hoels Stellungnahme und ihrer Unterstützung durch Artus vor.

Die jungen Männer standen steif und stumm hinter ihren Abgesandten, mißmutig, überdrüssig des ihnen aufgezwungenen guten Benehmens, in Gedanken bereits beim Essen und Spiel, und sie hatten alle Zeit, sich zu langweilen, neugierig ihre Umgebung zu betrachten und Blicke mit der Gegenpartei auszutauschen, die sich ebensosehr wie sie zu langweilen schien.

Im Laufe der sich ohnehin mühsam genug hinschleppenden Vorverhandlung verbreiteten sich die römischen Führer ausgiebiger als nötig über den Umstand, daß Bors nur wenig oder überhaupt nicht Lateinisch sprach, und Marcellus redete von nichts anderem, bis dann das Gespräch völlig ins Stocken geriet. Quintilianus erhob sich, warf sich seinen Mantel über und verkündete, die Unterredung werde morgen fortgesetzt werden. Inzwischen hätten die Gäste bestimmt den Wunsch, sich auszuruhen und eine Erfrischung zu sich zu nehmen. Man werde ihnen die für sie vorbereiteten Zelte zeigen.

Die Abgesandten verneigten sich feierlich und nahmen Abschied. Ihre Gastgeber traten vor und führten sie durch das Lager.

Der junge Mann, der Gawain begleitete, sagte mit knapper Höflichkeit: »Ihr seid wahrscheinlich müde von der Reise. Leider werdet Ihr die Unterkunft nicht sehr behaglich finden, denn Ihr seid bestimmt nicht wie wir an die Härten des Lagerlebens gewohnt.«

Er gähnte, während er sprach, und das hatte nicht mehr zu bedeuten, als daß er wie die anderen jungen Leute der langen Reden müde war, aber Gawain, anmaßend wie immer, der sich in seinen Ruhmeshoffnungen betrogen zu fühlen begann, erwiderte gereizt: »Und warum sollten wir nicht daran gewöhnt sein? Wenn wir mit einer friedlichen Gesandtschaft kamen, so bedeutet das noch lange nicht, daß wir keine Krieger sind und mindestens ebenso kampfbereit wie all der Pöbel diesseits des Engen Meers!«

Der blonde junge Mann wurde puterrot vor Überraschung und Zorn. »Und auf welchem Schlachtfeld habt Ihr gekämpft, Prinz Gernegroß? Seit Agned und Badon ist es lange her! Selbst der sagenhafte Artus, von dem Eure Gesellen so prahlen, hätte es schwer, mit Leuten einen Krieg zu führen, die gerade gut genug zum Reden sind!«

Bevor Gawain Atem schöpfen konnte, fiel jemand ein: »Und nicht einmal dazu gut genug.« Eine grausame Anspielung auf Bors' schlechtes Latein.

Gelächter erscholl, und einige kühlere Köpfe versuchten, das Wortgefecht als einen Scherz abzutun, aber Gawains Blick war finster, und seine Worte wurden hitziger. Bis der blonde Jüngling, der ein gewisses Ansehen zu genießen schien, ihn wütend anfuhr:

»So? Wozu habt ihr die ganze lange Reise gemacht? Doch um uns zu bitten, *nicht* gegen euch zu kämpfen? Und jetzt brüstet ihr euch mit dem, was *eure* Führer vermögen! Was soll man von solch prahlsüchtigen Maulhelden halten?«

Da zog Gawain sein Schwert und durchbohrte ihn.

In den nun folgenden Minuten der Verwirrung, als die Freunde des jungen Mannes herbeieilten, ihn aufhoben, um zu sehen, ob er noch lebte, fanden die Briten gerade genug Zeit, die Flucht zu ergreifen. Gawain brüllte: »Holt die Pferde!« rannte zu den Stallungen, gefolgt von seinen Freunden, die vom Augenblick des heftigen Wortwechsels an das gewaltsame Ende vorausgesehen hatten. Die völlig verblüfften Abgesandten zögerten nicht lange und schlossen sich ihnen an. Wäre der Angreifer nicht Artus' Neffe gewesen, so hätten sie ihn vielleicht als Friedensbrecher der ihn gebührenden Bestrafung ausgeliefert, aber wie es jetzt stand, sahen die Führer, daß ihre ohnehin nicht sehr hoffnungsvolle Aufgabe unwiederbringlich gescheitert war und daß sie sich alle in großer Gefahr befanden. Valerius wußte als alter Soldat rasche Entscheidungen zu treffen, übernahm sofort den Befehl und hatte seine ganze Schar in den Sätteln und weit draußen im wilden Galopp, bevor die Gastgeber sich des Geschehens richtig bewußt wurden.

Gawain, der zuerst mit den anderen davongeritten war, zog plötzlich die Zügel an und wollte umkehren.

»Es ist schändlich! Nach dieser Beschimpfung einfach weglaufen? Schande über euch, Schande! ›Memmen‹ haben sie gesagt, und was werden sie uns jetzt nennen?«

»Tote Dummköpfe, du Narr!« Valerius nahm in seiner Wut kein Blatt vor den Mund, Prinz oder nicht. Er griff hart in Gawains Zügel und zog das Pferd in raschem Galopp mit sich. »Schande über dich, Prinz Gawain! Du wußtest, was die Könige sich von dieser Gesandtschaft erhofften. Wenn wir mit dem Leben davonkommen, was ich bezweifle, werden wir ja sehen, was Artus dir zu sagen hat!«

Gawain, immer noch aufsässig und ohne jede Reue, wollte antworten, aber in diesem Augenblick kamen sie an einen Fluß und schwärmten aus, um ihre Pferde hinüberzubringen. Sie hätten eine Furt suchen und ihn durchwaten können, wenn ihnen die Zeit geblieben wäre, aber die Verfolger tauchten plötzlich auf, und nun mußten sie sich wohl oder übel zum Kampf stellen. Wütend und verzweifelt machte Valerius kehrt und befahl den Angriff.

Auf beiden Seiten waren die Gemüter erhitzt, und es kam zu einer kurzen, wilden und sehr blutigen Schlacht. Verbissen schlugen sie aufeinander ein und hörten erst auf, als die Hälfte der Gesandtschaft und eine noch größere Anzahl der Verfolger tot am Boden lagen. Dann zogen sich die Römer für eine kurze Kampfpause an den Rand eines kleinen Waldes zurück, wo sie sich zu beratschlagen schienen, und bald darauf ritten zwei von ihnen nach Osten zurück.

Valerius, unverletzt, jedoch erschöpft und buchstäblich vom Blut seiner Gegner durchnäßt, blickte ihnen nach. Dann sagte er grimmig:

»Sie holen Verstärkung. Das ist es. Wir haben hier nichts mehr zu tun. Verschwinden wir, und zwar rasch! Holt unsere herrenlosen Pferde und bringt mir den Mann, der dort unten liegt. Er lebt noch. Die anderen müssen wir zurücklassen.«

Dieses Mal gab es keine Widerrede. Die Briten wendeten und ritten davon. Die Römer machten keine Anstalten, sie aufzuhalten, und es wurden auch keine

Spottrufe ausgetauscht. Gawain hatte seinen Willen durchgesetzt und bewiesen, was zu beweisen nicht nötig gewesen war. Man wußte auf beiden Seiten, wie es jetzt weitergehen würde.

4

Mordred saß am Fenster im Arbeitszimmer des Königs auf Camelot. Eine warme Brise wehte die süßen Düfte des Gartens herein. Die Kirschblüte war vorbei, aber die Apfelbäume standen noch in voller Pracht, umgeben von Glockenblumen, blauen Hyazinthen und Schwertlilien. Die Luft war vom Summen der Bienen erfüllt und von Vogelgezwitscher, während unten in der Stadt die Glocken für ein christliches Fest läuteten.

Die königlichen Sekretäre hatten sich verabschiedet, und er war allein. Noch beschäftigte ihn die Arbeit des Tages, aber allmählich verflüchtigten sich seine Gedanken in der duftenden Wärme und ließen ihn in Träumereien versinken. Vor noch so kurzer Zeit, schien es ihm, war er auf den Inseln gewesen, wie in den Tagen seiner Kindheit, aber mit dem bitteren Gedanken, alles verloren zu haben in jener Nacht, da die Orkney-Brüder in ihrem wahnsinnigen und verbrecherischen Versuch, Bedwyr umzubringen, alles aufs Spiel gesetzt hatten, ihr Leben und das ihrer Freunde. Vor noch so kurzer Zeit war er den Sommer über mit so einfachen Dingen beschäftigt gewesen wie Fische zu fangen und zu trocknen, Torf zu stechen, Mauern auszubessern, das Heidekrautdach für den harten Orkney-Winter abzudichten. Und jetzt?

Seine Hand berührte das königliche Siegel auf dem Tisch. Er lächelte.

Eine Bewegung vor dem Fenster ließ ihn aufblicken. Königin Guinevere ging im Garten spazieren. Sie trug ein taubengraues Kleid aus leichtem Stoff, das im Sonnenlicht schimmerte. Ihre beiden kleinen silberweißen Windhunde umsprangen sie. Von Zeit zu Zeit warf sie einen vergoldeten Ball, und die Tierchen rannten ihm nach, bellten und balgten sich, bis der Sieger ihn ihr wieder zu Füßen legte. Zwei ihrer Frauen, junge und hübsche Mädchen, eine in Blaßgelb, die andere in Blau, begleiteten sie. Die immer noch schöne und sich ihrer Anmut bewußte Guinevere gehörte nicht zu jenen, die sich mit unansehnlichen Frauen umgeben, um ihre eigenen Reize hervorzuheben. Die drei lieblichen Geschöpfe mit den niedlichen Hunden an ihren Rockschößen nahmen sich anmutiger aus als alle duftenden Blumen des Mais.

So jedenfalls empfand es Mordred, der selten poetisch wurde. Versonnen blickte er der Königin nach, während seine Hand – dieses Mal unbewußt – wieder den Drachen des königlichen Siegels betastete. Die Träumereien, denen er sich jetzt hingab, hatten nichts mehr mit den Inseln zu tun.

Plötzlich schreckten ihn unverkennbare Geräusche auf. Er hörte Schritte. Ein Bote wurde in die königlichen Gemächer geführt. Der Kämmerer öffnete die Tür und meldete den Kurier, doch dieser eilte an ihm vorbei und sank vor dem Regenten auf die Knie.

Mordred wußte sofort, daß es Nachrichten aus der Bretagne waren und daß sie nichts Gutes verhießen. Er lehnte sich in den großen Armstuhl und sagte kühl und gelassen:

»Nimm dir Zeit. Doch zuerst … ist der König wohlbehalten?«

»Ja, Herr. Gott sei Dank! Aber ich bringe böse Kunde.« Der Mann griff in seine Tasche, und Mordred streckte die Hand aus.

»Hast du Briefe? Dann verschnauf dich, während ich sie lese, und trink einen Becher Wein.«

Der Kämmerer, dem nichts entging, kam unaufgefordert mit dem Wein herein, und während der Mann ihm dankte und trank, erbrach Mordred das Siegel.

Es war schlechte Nachricht, aber im Hinblick auf Mordreds letztes Gespräch mit dem König schien es nicht allzu schlimm zu sein. Wieder einmal stellte er fest, daß die von Morgause heraufbeschworenen Schicksalsgötter immer noch am Werke waren. Oder, einfacher gesagt, daß die Hitzköpfigkeit der Orkney-Brut abermals zu einer Katastrophe geführt hatte. Aber möglicherweise war doch noch etwas zu retten, denn eigentlich hatte Gawain nicht mehr getan, als die ohnehin erwarteten Ereignisse zu überstürzen, und darauf war Artus vorbereitet.

Der in aller Eile diktierte Brief beschränkte sich nur auf das Wesentliche – das unheilvolle Ende der Verhandlungen und das darauf erfolgte blutige Gefecht –, aber der Kurier, den Mordred ins Verhör nahm, gab einen ausführlichen Bericht, erzählte vom heftigen Wortwechsel zwischen Gawain und dem jungen Römer, dem Mord, der Flucht und der wilden Schlacht am Flußufer. Seine Geschichte bestätigte, wie es auch aus Artus' Brief hervorging, daß alle Hoffnung auf einen einstweiligen Frieden sich zerschlagen hatte. Falls Hoel nicht in der Lage war, an der Spitze seines Heers ins Feld zu ziehen, müßte Artus die bretonischen Truppen zusammen mit seinen eigenen Streitkräften anführen. Bedwyr war von Benoic abberufen worden, und Artus hatte Aufgebote an Urbgen, Maelgon von Gwynedd, Tydval und den König von Elmet gesandt. Mordred sollte eine Streitmacht ausheben und sie unter dem Befehl Ceis in die Bretagne schicken. Artus riet ihm noch, ein Treffen mit Cerdic zu vereinbaren, um ihn von der neuen Lage in Kenntnis zu setzen. Der Brief schloß kurz und dringlich: ›Besuche Cerdic. Ermahne ihn und seine Nachbarn, an der Küste zu wachen. Inzwischen stelle mir eine gute Streitmacht zusammen. Tue, was du kannst. Und sorge für die Sicherheit der Königin.‹

Endlich entließ Mordred den Mann. Er wußte, daß es nicht nötig war, ihn an seine Schweigepflicht zu erinnern; die königlichen Kuriere wurden sorgfältig ausgewählt und einer strengen Schulung unterzogen. Aber er wußte auch, daß man ihn bestimmt kommen gesehen, Vermutungen angestellt und über ganz Camelot Gerüchte verbreitet hatte, so wie er auf seinem müden Pferd durch das Königstor geritten war.

Er trat ans Fenster. Die Sonne stand tiefer im Westen, und die Schatten wurden länger. Im Geäst eines Lindenbaums pfiff eine Drossel.

Die Königin war noch im Garten. Sie hatte Flieder geschnitten. Das Mädchen im blauen Kleid ging neben ihr mit einem flachen Flechtkorb voller weißer und lila Blütenzweige. Die andere, der die beiden kleinen Hunde bellend gefolgt waren, bückte sich, den Rocksaum mit der einen Hand aufschürzend, über das hohe Farnkraut am Wegrand, nahm den vergoldeten Ball, der dort lag, richtete sich auf und schleuderte ihn lachend fort. Die Windspiele rannten ihm nach, schnappten ihn gleichzeitig, balgten sich bellend um ihn.

›Sorge für die Sicherheit der Königin.‹ Wie lange konnte er ihr diesen heiteren Frieden ihres geschützten Gartens erhalten? Die Schlacht hatte vielleicht bereits begonnen. Oder war vorüber. Mit genug Blutvergießen, um selbst Gawain zufriedenzustellen.

Seine Gedanken schweiften weiter, nahmen festere Formen an. Vielleicht war er schon jetzt der Hochkönig, wenn auch noch nicht offiziell …

Als wenn dieser Gedanke ihr im Schatten einer kleinen Wolke zugeweht wäre, hob die Königin plötzlich den Kopf und schien einem fernen Klang jenseits der Gartenmauern zu lauschen. Der Fliederzweig, den sie losließ, schoß federnd in den blühenden Strauch zurück. Ohne aufzublicken, ließ sie das silberne Messer in den Korb des Mädchens neben sich fallen. Sie stand ganz still, und nur ihre Hände, die ihrem eigenen Willen zu folgen schienen, fuhren auf und klammerten sich an ihre Brust. Nach einer Weile drehte sie sich langsam um und blickte zum Fenster hinauf.

Mordred trat zurück. Dann sagte er zum Kämmerer: »Schick jemanden in den Garten und laß die Königin fragen, ob ich sie dort sprechen kann.«

Es war eine Laube, lieblich wie das Bild einer Seidenstickerei, mit dem Ausblick nach Süden, umschlossen von Rosenhecken, einer Fülle rosafarbener kleiner Blüten und korallenfarbiger Knospen, dazwischen blassere, welkere Rosenblätter. Dort saß die Königin auf einer von der Sonne gewärmten Steinbank und erwartete den Regenten. Das Mädchen in Gelb hatte sich mit den Hunden zurückgezogen, das andere war geblieben, aber am fernen Ende des Gartens, wo es auf einer Bank unter einem Fenster des Schlosses saß. Es hatte sich eine Näharbeit mitgebracht, die es aus dem Beutel an ihrem Gürtel zog, und schien vollauf damit beschäftigt, aber Mordred wußte, wie aufmerksam man ihn beobachtete und wie rasch die Kunde sich im Palast verbreiten würde: »Er blickte so ernsthaft drein, er muß ihr schlechte Nachricht gebracht haben…« Oder: »Er schien recht vergnügt; der Kurier kam mit einem Brief, und den zeigte er der Königin…«

Auch Guinevere hatte eine Arbeit bei sich. Ein halb ausgefüllter Stickrahmen lag auf der Steinbank neben ihr. Plötzlich stieg eine Erinnerung in ihm auf: Morgans Garten im Norden, die welken Blumen, die gespenstischen Spuren der in ihren Käfigen eingesperrten Vögel, die keifenden Stimmen der beiden Hexen im Fenster über ihm. Und der einsame, verängstigte Knabe, der sich dort unten versteckte, weil er sich auch in einer Falle glaubte, einem schändlichen Tod ausgesetzt. Wie die Wildkatze in ihrem Käfig – vermutlich längst tot seit all den Jahren, aber dank ihm in Freiheit gestorben, nach einem Leben in Freiheit mit ihren Jungen in ihrem eigenen Bau. Und im blitzartigen Aufleuchten der Erinnerung, die in einem Atemzug den Ablauf eines ganzen Lebens erhellt, dachte er an sein ›Weib‹ auf den Inseln, an seine Geliebte – inzwischen aus Camelot weggezogen und behaglich in Strathclyde eingerichtet – und seine Söhne dieser beiden Frauen, die in sicherem Gewahrsam aufwuchsen, denn die Kinder dieses einsamen Jünglings konnten bald Ursache haben, den Stachel des Neids und des Hasses zu verspüren. Er hatte, wie die Wildkatze, das Fenster zur Freiheit gefunden. Mehr noch, zur Macht. Von den beiden arglistigen Hexen war die eine tot, die andere trotz allen Prahlens von ihrer Zauberei noch immer in ihrem Schloßgefängnis und von nun an seinem Willen unterworfen, seiner Gnade oder Ungnade ausgesetzt.

Er kniete sich vor die Königin und küßte ihre Hand. Es schien ihm, daß sie leicht erschauderte. Sie zog die Hand fort, ließ sie in ihren Schoß fallen, wo die andere sich verkrampfte. Dann sagte sie mit erzwungener Ruhe:

»Wie ich höre, ist ein Kurier gekommen. Aus der Bretagne?«

»Ja, Madame.« Sie nickte, und er erhob sich, zögerte dann. Sie wies auf die Bank, und er setzte sich neben sie. Die Sonne war heiß, und der Duft der Rosen erfüllte die Luft. Die Bienen summten laut in den Blütenzweigen. Eine leichte Brise bewegte die Blumen, und die Schatten der Rosen tanzten und flimmerten auf dem grauen Kleid und der blassen Haut der Königin. Mordred schluckte, räusperte sich und sprach.

»Ihr braucht Euch nicht zu ängstigen, Madame. Es haben sich ernsthafte Schwierigkeiten ergeben, aber alles in allem sind die Nachrichten nicht so schlecht.«

»Meinem Gemahl geht es also gut?«

»O ja. Der Brief ist von ihm.«

»Und für mich? Hatte er mir etwas mitzuteilen?«

»Nein, Madame. Es tut mir leid. Er sandte ihn in großer Eile. Ihr werdet natürlich den Brief sehen, aber laßt mich zuerst zum Kern der Sache kommen. Ihr wißt, daß König Hoel und König Artus gemeinsam eine Gesandtschaft zum Konsul Lucius Quintilianus geschickt haben, um mit ihm zu verhandeln.«

»Ja. Nur eine Erkundungsmission, um Zeit zu gewinnen, bis die westlichen Königreiche sich zusammenschließen und gemeinsam etwas gegen ein mögliches Bündnis Roms und Byzantiums mit den Germanen Alemanniens und Burgunds unternehmen können.« Sie seufzte. »Es ist also gescheitert? Das dachte ich mir. Aber wie?«

»Mit Verlaub die gute Nachricht zuerst. Zur gleichen Zeit waren andere Erkundigungen im Gange. Boten wurden ausgeschickt, um bei den fränkischen Königen vorzusprechen. Mit ermutigendem Erfolg. Die Franken werden sich ausnahmslos allen Versuchen Justinians widersetzen, ihnen durch die Macht seiner Heere die römische Herrschaft wieder aufzuzwingen. Sie rüsten sich jetzt für diesen Fall.«

Sie blickte fort, an den Stämmen der Lindenbäume vorbei, die im Licht der Abendsonne golden schimmerten. Die jungen Blätter, hauchdünnes Blaßgold, verbreiteten ihren eigenen Glanz, und in den schattigen Wipfeln summten die Bienen.

Mordreds ›gute Nachricht‹ schien sie nicht erfreut zu haben. Er glaubte, Tränen in ihren Augen zu sehen.

Immer noch in das goldene Mosaik der Stämme und Blätter blickend, sagte sie: »Und unsere Gesandtschaft? Was geschah mit ihr?«

»Aus Gründen der Höflichkeit wurde ein Vertreter des Königshauses mitgeschickt. Es war Gawain.«

Jetzt sah sie ihn scharf an. Ihre Augen waren trocken. »Und er hat Unheil angestiftet.« Es war keine Frage.

»Das tat er. Törichtes Geschwätz und Prahlereien führten zu Beschimpfungen und Streit, und dann zogen die jungen Leute ihre Schwerter.«

Sie hob die Hände in einer fast verzweifelten Geste. Aber sie klang eher wütend. »Schon wieder!«

»Madame?«

»Gawain! Wieder diese Narren aus Orkney! Immer dieser kalte Nordwind, der wie ein beißender Frost alles Gute und Wachsende zerstört!« Sie faßte sich, schöpfte Atem und sagte mit sichtlicher Überwindung: »Verzeih mir, Mordred. Ich vergaß, aber du bist so anders. Doch Lots Söhne, deine Halbbrüder ...«

»Madame, ich weiß. Ich kann Euch nur zustimmen. Hitzköpfige Narren waren sie schon immer, und dieses Mal war es mehr als Narretei. Gawain tötete einen jungen Römer, den Neffen des Lucius Quintilianus, wie sich später herausstellte. Die Gesandten mußten fliehen, und Quintilianus schickte ihnen Marcellus mit einer Truppe nach. Sie waren zum Kampf gezwungen, und es hat Tote gegeben.«

»Doch nicht Valerius? Nicht dieser gute alte Mann?«

»Nein, nein. Sie zogen sich in guter Ordnung zurück – mit einer Art von Sieg sogar. Aber erst nach mehreren Angriffen und Gegenangriffen. Marcellus wurde beim ersten Ansturm getötet, und Petreius Cotta, der nach ihm den Befehl übernahm, später gefangengenommen und in Ketten nach Kerrec gebracht. Ich sagte, es sei eine Art von Sieg gewesen, aber Ihr seht, was das bedeutet. Jetzt muß der Hochkönig selbst ins Feld ziehen.«

»Ach, ich wußte es! Ich wußte es! Und über welche Streitmacht verfügt er?«

»Er führt Hoels Heer an, dazu seine eigenen Truppen, und Bedwyr ist mit seinen Mannen von Benoic aufgebrochen.« Kühl beobachtete er ihre Reaktion. Sie hatte sich nicht zu fragen getraut, ob auch Bedwyr in Sicherheit sei, und jetzt, da er es ihr gesagt hatte, kehrte ihre Farbe zurück. Er fuhr fort: »Der König weiß noch nicht, wie hoch die Anzahl der fränkischen Streitkräfte sein wird, aber sie wird bestimmt nicht klein sein. Aus Britannien hat er die von Rheged, Gwynedd und Elmet gerufen, und Tydval von Dunpeldyr. Von hier aus werde ich für ihn, soweit es in der Eile möglich ist, Verstärkungen ausheben und unter Ceis Befehl einschiffen lassen. Wir haben also nichts zu befürchten. Ihr werdet es sehen, Madame. Ihr kennt den Hochkönig.«

»Und sie kennen ihn auch«, sagte sie. »Sie werden sich ihm nur stellen, wenn sie ihm dreifach an Zahl überlegen sind, und das können sie. So läuft er also doch Gefahr, besiegt zu werden.«

»Er läßt ihnen nicht die Zeit. Ich sprach von Eile. Die ganze Sache ist wie ein Sommergewitter ausgebrochen, und Artus beabsichtigt, im Sturm anzugreifen und nicht den Lauf der Ereignisse abzuwarten. Er marschiert bereits auf Autun zu, um die Burgunder auf ihrem eigenen Boden zu schlagen, bevor Justinian seine Truppen versammelt hat. Er erwartet, daß die Franken sich ihm anschließen, ehe er die Grenze überschreitet. Aber lest lieber selbst, was er schreibt. Das wird Eure Ängste beruhigen. Der Hochkönig hegt keinen Zweifel am Enderfolg. Warum sollte er auch? Er ist Artus.«

Sie dankte ihm mit einem Lächeln, aber er sah, wie ihre Hand zitterte, als sie den Brief nahm. Während sie las, stand er auf und ließ sie allein in der Laube. Eine geränderte Steinsäule mit einem kunstvoll gemeißelten Kapitell, von üppigen Goldregenranken überhangen, stand ganz in der Nähe. An diese lehnte er sich und wartete, beobachtete sie jedoch verstohlen aus halbgeschlossenen Lidern.

Sie las schweigend. Er sah, daß sie ans Ende gelangt war, und dann las sie den Brief noch einmal. Schließlich ließ sie ihn in ihren Schoß fallen und saß eine Weile mit geneigtem Kopf. Er glaubte, sie lese ihn zum dritten Mal, aber dann sah er, daß sie die Augen geschlossen hatte. Sie war sehr bleich.

Fast unwillkürlich trat er auf sie zu. »Was ist Euch? Was fürchtet Ihr?«

Sie schreckte auf, öffnete die Augen. Es war ihm, als sei sie in Gedanken in weiter Ferne gewesen und wie aus tiefem Schlaf erwacht. Sie schüttelte den Kopf, zwang sich zu einem Lächeln. »Nichts. Wirklich nichts. Es war nur ein Traum.«

»Ein Traum? Saht Ihr den Hochkönig besiegt?«

»Nein, nein.« Sie lachte kurz auf, und es klang ziemlich echt. »Eine Frauentorheit, Mordred. Du würdest es bestimmt so nennen. Nein, schau nicht so besorgt drein, ich werde es dir sagen, selbst wenn du mich auslachst. Männer verstehen nichts von solchen Dingen, aber wir Frauen, die wir nichts anderes tun können, als zu warten, zu bangen und zu hoffen, haben einen viel zu regen Verstand. Wenn ich mich frage: ›Was wird aus mir werden, wenn mein Gemahl tot ist?‹ sehe ich ihn in meiner Phantasie sofort in allem Pomp aufgebahrt, und seine Gruft ist in der Mitte des Reigens der Giganten gegraben, das Trauerfasten ist vorüber, der neue König ist nach Camelot gezogen, seine junge Gemahlin ist mit ihren Frauen hier im Garten, und die abgedankte Königin, immer noch im Weiß ihrer Trauer, macht sich auf die Suche nach einem Königreich, wo sie in Ehren und Sicherheit aufgenommen werden kann.«

»Aber Madame«, sagte Mordred, der Wirklichkeitsmensch, »mein ... der Hochkönig hat Euch doch gewiß erklärt, welche Anordnungen er für diesen Fall getroffen hat.«

»Wußte ich's doch, daß du es närrisch fändest!« Sichtlich bemüht, ihren Worten eine leichte Wendung zu geben, fügte sie hinzu: »Aber glaub mir, das tut jede Ehefrau. Wie geht es übrigens der deinen, Mordred?«

»Der meinen?«

Sie schien verwirrt. »Irre ich mich? Ich dachte, du seist verheiratet. Ich bin sicher, daß mir jemand von einem Sohn von dir erzählt hat, dem er am Hofe Gwarthegydds in Dunbarton begegnet ist.«

»Ich bin nicht verheiratet!« Mordreds Antwort kam etwas zu schnell und war etwas zu betont. Sie blickte ihn überrascht an, und er fügte hinzu: »Aber Ihr hörtet wahr, Madame. Ich habe zwei Söhne.« Ein Lächeln und ein Achselzucken. »Warum sollte gerade ich auf einer Ehe bestehen? Die beiden Knaben sind von verschiedenen Müttern. Melehan, der jüngere, ist bei Gwarthegydd. Der andere ist noch auf den Inseln.«

»Und ihre Mütter?«

»Melehans Mutter ist tot.« Die Lüge ging ihm glatt von der Zunge. Da die Königin nichts von seiner wilden Ehe in Camelot zu wissen schien, sah er keinen Grund, es ihr jetzt zu gestehen. »Die andere ist mit ihrem Los zufrieden. Sie ist aus Orkney, und auf den Inseln herrschen andere Sitten.«

»Verheiratet oder nicht, sie ist eine Frau wie ich«, sagte Guinevere mit der gleichen gezwungenen Leichtfertigkeit, »und wie ich muß sie diese Träume haben, wenn eines bösen Tages ein Bote kommt und ihr schlimmere Nachricht bringt als die, die du mir brachtest.«

Mordred lächelte. Sein ›Weib‹ hatte bestimmt anderes zu tun, als herumzusitzen und von seinem Tod und seinem Begräbnis zu träumen, aber das sagte er nicht. Frauentorheit, in der Tat. Als er jedoch den Arm nach dem Brief ausstreckte und sie ihm die Rolle gab, sah er wieder, wie sehr ihre Hand zitterte. Das änderte seine Meinung von ihr. Bisher war sie für ihn die Königin gewesen, die liebliche Gemahlin seines Königs, das Traumbild seiner geheimsten Wünsche, ein Wesen, das Frohsinn und Reichtum, Macht und Glück verkörperte. Und nun wurde er sich plötzlich mit Bestürzung bewußt, daß sie eine einsame Frau war, die in ständiger Angst lebte. ›Wir können nichts anderes tun, als zu warten, zu bangen und zu hoffen‹, hatte sie gesagt.

Darüber hatte er nie nachgedacht. Er war kein phantasievoller Mensch, und in bezug auf Frauen – Morgause ausgeschlossen – folgte er im großen und ganzen seiner bäurischen Erziehung. Er hätte nie willentlich einer Frau weh getan, aber es wäre ihm auch nie in den Sinn gekommen, einer Frau zu helfen oder gar zu dienen. Ganz im Gegenteil. Waren sie nicht dazu geschaffen, ihm Helferinnen und Dienerinnen zu sein?

Und nun machte er sich die für ihn ungewohnte Mühe, seine Phantasie anzustrengen, versuchte, sich in das Wesen einer Frau hineinzudenken, mit ihren Schicksalsängsten, wie die Königin sie empfinden mochte. Was hatte sie, falls Artus sterben sollte, von der Zukunft zu erwarten? Vor einem Jahr wäre die Antwort einfach gewesen: Bedwyr hätte sich der Witwe angenommen und sie auf Benoic oder seinen Ländereien in Northumbria mit aller Liebe umsorgt. Aber jetzt war Bedwyr verheiratet, und seine Frau erwartete ein Kind. Zudem, wenn man es nüchtern bedachte, würde Bedwyr wahrscheinlich keine Schlacht überleben, die Artus das Leben kostete. Und diese Schlacht tobte vielleicht jetzt schon, während Mordred und die Königin sich im duftenden Garten unterhielten, hatte vielleicht schon ihren Traum von dem Tag des Unheils Wirklichkeit werden lassen. Er erinnerte sich ihres Briefes an Artus und jenes unverkennbaren Tons der Angst, der ihm damals aufgefallen war. Angst, nicht nur um Artus, auch um ihn, Mordred. ›Falls Euch und Eurem Sohn etwas zustoßen sollte‹, hatte sie geschrieben. Jetzt wußte er plötzlich warum, und die Erkenntnis traf ihn wie ein stechender Schmerz. Herzog Constantin! Constantin, der noch immer offiziell als der Thronerbe galt und der bereits ein Auge auf Camelot geworfen hatte, würde seine Stellung wesentlich festigen, wenn er zuerst Prinzregent der Königin werden könnte ...

Er schaute sie an, sah die Frage in ihrem Blick, beantwortete sie mit Nachdruck.

»Madame, was Eure Träume und Ängste betrifft, so möchte ich Euch eins sagen: Ich bin überzeugt, daß der König dank seiner Weisheit und Eurer Gebete noch viele Jahre leben wird, aber sollte ihm etwas geschehen, so befürchtet nichts für Euch. Ich weiß zwar, daß Constantin von Cornwall die letzten Anweisungen des Königs anfechten könnte ...«

»Mordred ...«

»Mit Verlaub, Madame, laßt uns ganz offen reden. Er trachtet nach dem Königreich, und Ihr fürchtet ihn. Ich sage Euch: Ihr kennt den Wunsch meines Vaters und wißt, daß er ausgeführt werden wird. Wenn ich ihm als Hochkönig nachfolge, habt Ihr nichts zu befürchten. Solange ich lebe, werdet Ihr in Ehren und Sicherheit bei mir sein.«

Röte stieg in ihren Wangen auf, und ihr Blick dankte ihm, aber sie fragte nur mit erzwungenem Lächeln: »Also keine abgedankte Königin?«

»Niemals«, sagte Mordred und verabschiedete sich.

Im Schatten des Gartentors, außer Sichtweite der Laube, blieb er stehen. Sein Puls raste, sein Fleisch brannte. Reglos stand er da, bis die Hitze und das Pochen nachließen, und dann verdrängte er kühl das leuchtende Bild aus seinem Herzen; die Rosen, die graublauen Augen, das Lächeln, das leichte Zittern ihrer Hand, als sie ihn berührte ... Es war Wahnsinn. Nutzloser Wahnsinn. Artus, Bedwyr ... was Mordred auch sein oder je werden mochte, bis Artus und Bedwyr tot waren, konnte er für diese liebreizende Frau nie mehr als ein armer und lahmer Dritter sein.

Er war zu lange ohne Frau gewesen. Oder, besser gesagt, er war zu beschäftigt gewesen, um daran zu denken. Bis zu diesem Augenblick. Er nahm sich vor, heute abend die Zeit zu finden und die Hitze seiner Wunschvorstellungen abzukühlen.

Und doch wußte er, daß sein Ehrgeiz heute eine andere Wendung genommen hatte. Es gab unbestrittene Präzedenzfälle. Er hatte kein angetrautes Weib. Sie war unfruchtbar, aber er hatte zwei Söhne. Wenn Constantin daran denken konnte, warum nicht auch er? Bei allen Göttern des Himmels und der Hölle, Constantin durfte sie nicht haben!

Den zerknüllten Brief des Königs in der Hand, kehrte er grimmig in das Arbeitszimmer zurück und rief ungeduldig nach den Sekretären.

5

Es verging einige Zeit, bis Mordred die Königin wiedersah. Das Ausrüsten und Einschiffen der von Artus angeforderten Truppen hatte ihn vollauf in Anspruch genommen, und als die Hilfsstreitkräfte unter dem Befehl Ceis, des Pflegebruders von Artus, innerhalb einer löblich kurzen Frist abgesandt waren, bestand feste Hoffnung, daß sie sich vor dem großen Ansturm dem königlichen Heer anschließen konnten. Der Kurier, der von dieser Reise zurückkehrte, brachte verhältnismäßig erfreuliche Nachricht: Artus war mit Bedwyr und Gawain bereits auf dem Marsch nach Osten, und König Hoel, der sich, von neuem Tatendrang beseelt, wie durch ein Wunder von seiner Krankheit erholt hatte, begleitete sie. Auch die fränkischen Könige näherten sich, wie berichtet wurde, mit einem großen Heer und strebten Autun zu, wo Artus sein Feldlager zu errichten gedachte.

Danach trafen nur noch unregelmäßig Nachrichten ein. Keine war wirklich schlecht, aber da sie immer mit großer Verspätung ankamen, konnten sie nie zufriedenstellend sein. Cei und die britischen Könige waren zu Artus gelangt, das wußte man nun, und die Franken auch. Das Wetter war gut, die Stimmung voller

Zuversicht, und bisher hatte es keine Schwierigkeiten gegeben.

Das war alles. Wie die Königin es empfand, wußte Mordred nicht, und er hatte auch keine Zeit, sich darüber Gedanken zu machen. Er mußte Artus' zweiten Auftrag ausführen, sich um die Aushebung und Schulung neuer Streitkräfte kümmern, um das Heimatheer nach der Entsendung der Hilfstruppen wieder auf die gebotene Stärke zu bringen. Er sandte Briefe an alle kleinen Fürsten und Führer im Norden und Westen, besuchte auch einige persönlich, wo es ihm nötig erschien. Seine Bitten fanden gute Aufnahme. Mordred hatte ganz offen erklärt, warum er Verstärkungen brauchte, und die keltischen Königreiche waren seinem Ersuchen sofort und mit Großzügigkeit nachgekommen. Der einzige, von dem keine Antwort kam, war Herzog Constantin. Mordred behielt, wie versprochen, Cornwall im Auge, sagte nichts, schickte Spione aus, verdoppelte die Garnison in Caerleon. Dann, nachdem das Feilschen mit den Königen erledigt und das neue Heer aufgestellt und geschult war, sandte er Botschaft an den Sachsenkönig Cerdic, um mit ihm das von Artus geratene Treffen zu vereinbaren.

Cerdics Antwort kam im späten Juli, und am selben Tag – es war ein dunstiger und regnerischer Nachmittag – traf ein Kurier aus Burgund ein und brachte eine kurze Depesche.

Die anderen Gegenstände jedoch, die er aus seinem Beutel holte und vor Mordred auf den Tisch legte, sprachen für sich selbst und ließen Schreckliches ahnen.

Wie gewöhnlich wurde der Hauptteil der Nachricht von den Kurieren auswendig gelernt und dann mündlich verkündet. So sprach er jetzt vor dem Regenten, der ihm mit steinerner Miene zuhörte.

»Herr, die Schlacht ist vorüber, und der Tag war unser. Die Römer und Burgunder wurden in die Flucht gejagt, und der Kaiser zog seine restlichen Truppen zurück. Die Franken kämpften tapfer an unserer Seite, und überall kam es zu wunderbaren Heldentaten. Aber …«

Der Mann zögerte, fuhr sich mit der Zunge über die Lippen. Offenbar hatte er die gute Nachricht zuerst verkündet, um das, was folgen sollte, ein wenig tröstlicher zu machen. Mordred blieb stumm und rührte sich nicht. Er fühlte sein Herz pochen, die Kehle war ihm wie zugeschnürt, und er hatte Mühe, das Zittern seiner Hand auf dem Tisch zu beherrschen, wo die Gegenstände lagen. Denn dieser bunte Haufen war der Beweis, daß das Schlimmste noch nicht gesagt war. Siegel, Ringe, Rangabzeichen, Feldmedaillen, alles, was als Erinnerung dienen konnte, wurde den Toten abgenommen und an ihre Witwen geschickt. Eine Medaille aus Kaerconan, dünn und abgewetzt; das konnte nur Valerius sein. Und auch Ceis Abzeichen war da, die vergoldete Brosche des königlichen Seneschalis. Kein königlicher Ring, kein großer Rubin mit dem Drachensiegel, und doch …

Und doch zauderte der Mann, der gewiß schon hundertmal gute und böse Kunde gemeldet hatte, und als er Mordreds Blick begegnete, schluckte er und räusperte sich. Es war lange her, daß die Überbringer schlechter Nachrichten – wie in einigen barbarischen Landen – fürchten mußten, von ihren Herren mißhandelt oder gar getötet zu werden. Trotzdem sprach er mit heiserer, fast verängstigter Stimme. Doch das, was er sagte, war von schrecklicher Offenheit.

»Sir, der König ist tot.«

Schweigen. Mordred traute sich kein Wort, keine Bewegung zu. Die Szene nahm die verschwommenen und veränderlichen Formen des Unwirklichen an. Die Gedanken hingen in der Luft, schwebten in- und voneinander, gewichtslos wie die feinen Regentropfen vor dem Fenster.

»Es geschah gegen Ende des Tages der Schlacht. Viele waren gefallen. Unter ihnen Cei und Gugein, Valerius, Mador und zahlreiche andere. Prinz Gawain schlug sich tapfer, kam heil davon, aber Fürst Bedwyr wurde schwer verwundet, und es steht zu befürchten, daß auch er sterben wird …«

Die Stimme redete weiter, nannte die Toten und Verwundeten, aber Mordred schien kein Wort davon zu hören. Endlich bewegte er sich, unterbrach die Aufzählung. Seine Hand berührte das Pergament auf dem Tisch.

»Steht alles darin?«

»Die Nachricht, Sir, aber nicht die Einzelheiten. Fürst Bedwyr sandte Euch die Botschaft. Während er noch sprechen konnte, ließ er alles niederschreiben. Die Liste der Gefallenen folgt, sobald sie aufgestellt und nachgeprüft ist, aber was ich Euch brachte, duldete keine Verzögerung, Herr.«

»Ja. Dann warte.«

Er nahm den Brief zu einem der Fenster, breitete dort, den Rücken zum Kurier gewandt, die Rolle auf dem Sims aus. Die Schriftzeichen tanzten vor seinen Augen. Der Regen schien sich wie ein Vorhang zwischen den Brief und ihn geschoben zu haben. Ungeduldig fuhr er sich mit der Hand über das Gesicht und beugte sich tiefer.

Nachdem er es dreimal aufmerksam gelesen hatte, sank die volle Bedeutung in ihn ein, traf ihn wie ein Pfeil, der tief ins Fleisch gedrungen ist und nicht Schmerz, sondern ein betäubendes Gift verbreitet.

Artus war tot. Die darauffolgende Nachricht vom vollständigen und vernichtenden Sieg über die Römer und Burgunder schien im Vergleich dazu belanglos. Artus war tot. Die in aller Eile auf einem Feldverbandplatz diktierte Depesche enthielt wenig Einzelheiten. Man hatte den Leichnam des Hochkönigs bisher nicht auf dem Schlachtfeld gefunden, suchte ihn noch unter den geplünderten Toten. Jedenfalls aber hatte Bedwyr unmißverständlich erklärt, der Regent müsse sich an die Annahme halten, daß der König tot sei, denn wenn er noch lebte, wäre es bestimmt inzwischen bekannt geworden.

Das Pergament glitt Mordred aus der Hand und schwebte zu Boden. Er bemerkte es nicht. Durch das Fenster drang die feuchte und frische Luft herein, und mit ihr die süßen Düfte des Gartens der Königin. Er blickte auf die regenschweren Rosen, die glitzernden, unter den fallenden Tropfen erzitternden Blätter, den matteren Perlenschimmer des nassen Rasens. Heute war niemand dort. Wo immer sie sein mochte, sie hatte bestimmt erfahren, daß ein Kurier gekommen war, und wartete jetzt auf ihn. Er mußte zu ihr gehen und es ihr sagen. Artus. Und Bedwyr. Alle beide. Das war genug für sie, und zuviel. Aber zuerst mußte er sich den Rest anhören. Er wandte sich an den Kurier.

»Fahr fort.«

Der Mann sprach mit Eifer, hatte seine Angst vergessen. Der Regent war wieder lebendig, vielleicht nicht gerade gelassen, aber beherrscht, und er stellte seine Fragen rasch und gezielt.

»Ja, Sir, ich war selbst dort. Das Schlachtfeld verließ ich in der Nacht, sobald die Nachricht als sicher galt. Man hatte den König bis gegen Sonnenuntergang kämpfen gesehen, obgleich Quintilianus um diese Zeit bereits gefallen war und wir kaum noch auf Widerstand stießen. Überall herrschte Chaos, und die Männer begannen, die Toten auszuplündern und die Sterbenden zu töten, um sich ihre Waffen und Kleider zu nehmen. Unsere Männer waren nicht gerade erbarmungsvoll, aber die Franken ... O Herr, die sind Barbaren. Sie kämpfen wie tollwütige Wölfe und sind ebenso unbeherrschbar wie die Wölfe. Die Feinde brachen zusammen, flohen in alle Richtungen und wurden verfolgt. Einige warfen ihre Waffen von sich, wollten sich ergeben und in Ketten legen lassen, bettelten um ihr Leben. Es war ...«

»Und der König? Was war mit dem König?«

»Man sah ihn fallen. Seine Standarte war niedergemäht, und in der anbrechenden Dunkelheit konnte man nicht genau sehen, wo er kämpfte und was ihm geschah. Bedwyr schleppte sich trotz seiner schweren Verletzung bis zu diesem Teil des Schlachtfelds und suchte nach ihm. Andere folgten und riefen den König. Viele Leichen waren bereits bis auf die nackte Haut geplündert, und falls der König darunter war ...«

»Willst du mir sagen, man habe ihn immer noch nicht gefunden?«

»Ja, Sir. Wenigstens nicht, als ich das Schlachtfeld verließ. Sobald es zu dunkel wurde, um die Suche fortzusetzen, schickte man mich fort. Vielleicht ist inzwischen ein weiterer Kurier unterwegs, aber mich sandte man unverzüglich, bevor sich andere Gerüchte im Land verbreiten könnten.«

»Deshalb also brachtest du keine Erkennungszeichen, weder Schwert noch Ring?«

»Ja, Sir.«

Mordred schwieg eine Weile. Dann fragte er zögernd. »Hofft man noch, den Hochkönig zu finden?«

»Sir, wenn Ihr das Schlachtfeld gesehen hättet ... Doch ja, es gibt noch Hoffnung. Selbst nackt wäre die Leiche des Hochkönigs bestimmt noch zu erkennen ...«

Er unterbrach sich jäh, als er Mordreds finsteren Blick sah. »Verzeiht, Sir.«

Nach einigen weiteren Fragen entließ ihn Mordred, blieb allein und dachte nach.

Es gab also noch eine Möglichkeit, daß Artus lebte. Aber die Pflicht gebot unverzügliches Handeln. Bevor die Kunde bis an die Küsten drang – und mit der Ankunft des Kuriers auf dem Schiff mußten sich die Gerüchte wie ein Lauffeuer verbreitet haben –, galt es, das Land unter seine feste Kontrolle zu bringen. Die unmittelbaren Maßnahmen ergaben sich wie von selbst: dringliche Einberufung des Rats, öffentliche Verlesung der Thronfolgeerklärung Artus', deren sofortige Inkraftsetzung und Ernennung Mordreds, Versendung von Abschriften an alle Könige, eine Ansprache an die Heerführer.

Inzwischen wartete die Königin und litt tausend Ängste. Er mußte zu ihr gehen, ihr allen Trost spenden, dessen er fähig war.

Und alle Liebe, soweit sie es ihm gewähren würde.

Bevor er die Schwelle ihres Gemachs übertreten hatte, war sie aufgestanden. Später bemerkte er, daß er nicht einmal wußte, auf wen ihre erste Frage sich bezog.

Sie sprach, die Hände an den Hals gepreßt. »Ist er tot?«

»Madame, es ist leider wahr, eben erhielt ich die Nachricht. Man sah ihn fallen, im Augenblick des Sieges, aber als der Bote zu mir gesandt wurde, hatte man seine Leiche noch nicht gefunden.«

Sie war so bleich, daß er fürchtete, sie werde umfallen. Er ging rasch auf sie zu, streckte ihr die Hände entgegen. Sie ergriff sie und hielt sie fest. Eindringlich fuhr er fort:

»Madame, es ist noch Hoffnung. Und Bedwyr lebt, wenn auch schwerverletzt. Er hatte noch die Kraft, die Suche nach der Leiche des Königs zu befehlen, bevor es dunkel wurde.«

Sie schloß die Augen. Ihre schmalen Lippen öffneten sich weit, und sie rang nach Atem wie eine Ertrinkende. Ihre Lider zuckten. Und dann, als wenn eine Geisterhand sie plötzlich berührt hätte, richtete sie sich in ihrer ganzen Höhe auf, öffnete die Augen, und ihr bleiches Gesicht war wieder gefaßt. Ruhig löste sie sich aus Mordreds Griff und ließ sich von ihm zu einem Stuhl führen. Ihre Frauen eilten herbei, wollten ihr mit

Gesten und Worten Trost spenden, aber sie wies sie zurück.

»Sag mir alles, was du weißt.«

»Ich weiß nur sehr wenig, Madame. Der Brief war kurz. Aber der Bote gab mir einen Bericht.« Er erzählte ihr, was der Mann ihm erzählt hatte. Sie hörte ihm zu, ohne ihn zu unterbrechen, ja, ein unbeteiligter Zuschauer hätte sogar meinen können, ohne ihm Aufmerksamkeit zu schenken, denn sie schien nur die Regentropfen zu beobachten, die auf dem Stiel einer am Fenster hängenden Rose hinunterliefen.

Endlich schwieg er. Die Regentropfen hatten sich auf einem Dorn angesammelt und fielen platschend auf den Sims.

Die Königin sprach mit ruhiger, fast tonloser Stimme.

»Wenn noch Hoffnung besteht, daß der König lebt, wird ein zweiter Kurier bestimmt dem ersten auf den Fersen folgen. Inzwischen müssen wir tun, was mein Gemahl angeordnet hat.«

»Und voraussetzen, daß er tot ist«, sagte Mordred.

»Und es voraussetzen.« Dann, in einem plötzlichen Ausbruch von Gram und Schrecken: »Mordred, was wird jetzt aus Britannien werden? Was wird auf uns zukommen? Noch vor kurzem sprachen wir darüber, du und ich … und jetzt … ist der Tag gekommen …«

Er machte eine unwillkürliche Bewegung in ihre Richtung, eine ganz leichte Bewegung, aber es genügte. Sie schien wieder ruhig und beherrscht, doch ihre Augen verrieten sie. Sie hätte nicht mehr sprechen können, ohne weinen zu müssen. Und das durfte nicht geschehen, bis sie allein war.

Er bemühte sich, so kühl und nüchtern zu klingen, wie es ihm möglich war. »Zwei Dinge müssen sofort getan werden: Die Unterredung mit Cerdic. Ich habe bereits ein Treffen vereinbart. Und ich habe den Rat einberufen. Er tritt heute abend zusammen. Bis wir weitere Kunde erhalten, bis die Nachricht sich bestätigt oder als falsch erwiesen hat, soll sich die Welt überzeugen können, daß es eine führende Macht in Britannien gibt, mit einem auf Geheiß des Königs ernannten Herrscher, der seinen Willen ausführt.«

Er fügte rücksichtsvoll hinzu: »Was Euch betrifft, Madame, so wird es Euch niemand verübeln, wenn Ihr auf dieser Ratssitzung nicht erscheint.«

»Ich werde da sein.«

»Wie es Euch beliebt ...«

»Es ist notwendig, Mordred. Man hat den Hochkönig noch nicht gefunden. Du hast sein Siegel, welches du und ich in gemeinsamer Regentschaft zu benutzen ermächtigt sind. Aber sein Ring und sein Schwert, die wirklichen Wahrzeichen der Königswürde können erst in deinen Besitz gelangen, nachdem man sie dem Toten abgenommen hat.«

»So ist es, Madame.«

»Deshalb werde ich dem Rat beiwohnen. Wenn Artus' Gemahlin dich unterstützt, wird jeder in allen Königreichen dich als Artus' Sohn und rechtmäßigen Thronfolger anerkennen müssen.«

Dazu konnte er nichts mehr sagen. Sie streckte ihm die Hand entgegen, er neigte sich über sie und küßte sie. Dann ließ er sie allein. Sie hatte Zeit, ihren Kummer auszuweinen, bevor sie im Runden Saal neben dem neuen König von Britannien Platz nehmen würde.

Er lag in einem Tannenwald am Fuße der Hügel östlich von Autun, als er erwachte.

Artus war in seinen schweren Mantel gehüllt, hielt das Schwert noch in der Hand. Er fühlte sich steif in der Schulter und der Seite nach dem Schlag, der ihn während der Schlacht vom Pferd geworfen hatte, der Kopf schmerzte ihn entsetzlich, aber sonst war er unverletzt. Sein Pferd war angebunden und graste in der Nähe. Seine Kampfgefährten, etwa vierzig Mann, schienen ebenfalls im frühen Dämmerlicht erwacht zu sein. Drei von ihnen schürten die fast erloschene Glut des Nachtfeuers wieder an. Andere hatten frisches Flußwasser in ihre Lederhelme geschöpft, die sie nun behutsam zum Lager brachten. Sie waren in guter Stimmung, lachten und scherzten, jedoch nicht zu laut, um den schlafenden König nicht zu wecken.

Die Vögel sangen in den Erlen am Fluß, und vom nahen Talhang her ertönte das Blöken der dort weidenden Schafe. Ein schärferes Geräusch ließ Artus zum oberen Rand des Waldes aufblicken, wo große schwarze Vögel schreiend am dunstigen Morgenhimmel kreisten. Dort lagen die Feinde, die sie vom Schlachtfeld her verfolgt hatten. Einige Überlebende hockten gefesselt unter den Bäumen, aber etwa dreißig Tote, im fahlen Tageslicht den gierigen Krähen und Gabelweihen ausgesetzt, waren noch nicht begraben.

Es dauerte über den Mittag hinaus, bis man die Leichen verscharrt hatte und der König sich mit seiner Schar auf den Weg nach Autun begab.

Eine kurze Meile vom Schlachtfeld entfernt, stieß er auf zwei Tote. Der Bote, den er zu Bedwyr und Hoel gesandt hatte, um ihnen zu melden, daß er in Sicherheit sei und bei Tagesanbruch zurückkehren würde, war von zwei Nachzüglern des römischen Heers in einen Kampf verwickelt worden. Den einen hatte er getötet, dem anderen, jetzt dem Tode nahe und sein Blut verlierend, war es gelungen, ihn zu erschlagen.

Artus tötete den Mann, gab dann seinem Pferd die Sporen und ritt im Galopp zu seinem Hauptquartier zurück.

6

»Der Vertrag gilt nicht mehr«, sagte Cerdic.

Er und Mordred saßen sich gegenüber. Das Treffen fand auf einer Hügelkuppe im Heideland statt. Es war ein leuchtender Morgen, und die Lerchen trällerten im Blau des Himmels. Im Süden sah man den Rauch aus einem sächsischen Dorf in die windstille Luft aufsteigen. Hie und da zwischen den weißen Felsbrocken und dem Dickicht von Eschen und Weißdorn leuchtete das Goldgrün des reifenden Hafers, wo ein sächsischer Bauer dem kargen Boden ein wenig Nahrung abgerungen hatte.

Mordred war in königlichem Staat erschienen. Der Rat, bereits vor Artus' Abreise in die Bretagne von dessen Wünschen in Kenntnis gesetzt, hatte gegen Mordreds Führungsanspruch keinerlei Einwände erhoben, ganz im Gegenteil, denn die Ratsmitglieder, die in Abwesenheit Artus' und seiner Gefährten geblieben waren – zum größten Teil Graubärte –, hatten Mordred in ihrer Bestürzung über die Nachrichten vom Schlachtfeld mit ausgesprochener Erleichterung willkommen geheißen. Mordred, erfahren im Umgang mit dem Rat, handelte mit äußerster Vorsicht. Er betonte immer wieder die zweifelhafte Natur der Nachricht, sprach von seiner Hoffnung, den Vater lebend wiederzusehen, verzichtete auf jeden Titel außer dem des Regenten, erneuerte dem Rat sein Treuegelöbnis und der Königin seinen Eid, sie zu ehren und zu schützen. Nach ihm hatte Guinevere in einer kurzen Ansprache – sichtlich noch in schlechter Verfassung – im Namen ihres Gemahls erklärt, Mordred müsse mit aller Macht belehnt werden, um so zu handeln, wie er es für richtig halte, sie selbst trete von ihrem Amt zurück und schlage vor, ihn zum alleinigen Regenten zu ernennen. Der Rat nahm voller Rührung ihren Rücktritt an, beschloß, eine Botschaft an Constantin von Cornwall zu senden und ihn zu bitten, dem Nachfolger des Hochkönigs Treue und Gefolgschaft zu bezeugen.

Schließlich hatte Mordred wieder das Wort ergriffen, von Dringlichkeit gesprochen und seine Absicht kundgetan, sich am nächsten Tag in den Süden zu einer Unterredung mit Cerdic zu begeben. Er forderte ein Geleit aus den neu aufgestellten Truppen, weil es immer ratsam sei, den sächsischen Nachbarn mit einem gewissen Machtaufwand gegenüberzutreten. Auch das wurde vom Rat gutgeheißen. So erschien er bei Cerdic mit einem königlichen Gefolge. Die Sachsen waren nicht minder auf Würde und Ansehen bedacht. Cerdics Lehensmannen standen dicht gedrängt hinter seinem Stuhl, und eine Zeltwand aus leuchtendbuntem Stoff, mit Gold- und Silberfäden durchwoben, bildete einen königlichen Hintergrund für die beiden Thronsessel, auf denen er und der Regent Platz genommen hatten. Mordred beobachtete Cerdic mit Aufmerksamkeit. Es war kaum ein Jahr her, seit er den sächsischen König zum letzten Mal gesehen hatte, aber dieser war in der kurzen Zeit beträchtlich gealtert und schien auch nicht mehr bei guter Gesundheit zu sein. Neben ihm stand sein Neffe Ceawlin, ein junges Abbild des alten Kriegers, der, wie man erzählte, eine stattliche Brut von Knaben gezeugt hatte.

»Der Vertrag ist nicht mehr gültig.«

Der alte König sagte es wie eine Herausforderung. Er musterte Mordred sehr aufmerksam.

»Weshalb wäre ich sonst hier?« Nichts war dem glatten Ton des Regenten zu entnehmen. »Falls es wahr ist, daß der Hochkönig nicht mehr lebt, muß der Vertrag – derselbe oder ein neuer, dessen Bedingungen noch auszumachen wären – von Euch und mir bestätigt werden.«

»Bevor wir uns dessen ganz sicher sind, hat es wenig Sinn, zu verhandeln«, fiel Cerdic ihm barsch ins Wort.

»Ganz im Gegenteil. Als ich das letzte Mal mit meinem Vater sprach, gab er mir Vollmacht, mit Euch ein neues Abkommen zu treffen, obgleich auch ich finde, daß eine Verhandlung wenig Sinn hat, solange eine andere Angelegenheit nicht geklärt ist. Ich nehme an, Ihr wißt, was ich meine?«

»Sagt es mir.«

»Sehr gut. Es ist mir letzthin zu Ohren gekommen, daß Euer Sohn Cynric und einige andere Eurer Lehnsmänner in die alten Lande jenseits des Engen Meers gezogen sind und daß sich täglich mehr Ritter ihren Fahnen anschließen. Ihre Langschiffe liegen in allen Buchten. Falls nun der zwischen unseren Völkern abgeschlossene Vertrag durch den Tod des Hochkönigs – nehmen wir es einmal als wahr an – nicht mehr gültig wäre, was soll ich dann davon halten?«

»Wir bereiten uns auf keinen neuen Krieg vor. Bis wir Beweise haben, daß Artus tot ist, wäre es nicht nur niederträchtig, sondern auch ein Wahnsinn.« Des alten Königs Auge blitzte auf, als er den jüngeren Mann betrachtete. »Ich sollte vielleicht klarstellen, daß wir unter keinen Umständen einen Krieg planen. Auch nicht gegen Euch, Prinz.«

»Dann was?«

»Es ist ganz einfach. Die Franken und mit ihnen andere Völker, die nicht unsere Freunde sind, dringen immer weiter nach Westen vor, und wir müssen ihnen weichen. Euer König hat den ersten Ansturm dieses Kaisers aufgehalten, aber es wird ein neuer kommen, und danach wieder einer. Mein Volk will in sicheren Grenzen leben. Sie versammeln sich, um an diese Küsten hier zurückzukehren, aber in Frieden. Wir werden sie bei uns aufnehmen.«

»Ich verstehe.« Mordred erinnerte sich daran, was Artus ihm bei der letzten Unterredung in Kerrec gesagt hatte: ›Zuerst das Enge Meer, dann die Bollwerke der sächsischen und englischen Königreiche. Man kämpft für das, was einem gehört.‹ So mag Vortigern gedacht haben, als er zuerst Hengist und Horsa an diese Küsten rief. Artus war kein Vortigern, und bis jetzt hatte er recht gehabt, auf Cerdic zu zählen. Männer kämpfen darum, was sie besitzen, und je mehr Männer an den Bollwerken der Küste wachen, desto besser sind die dahinterliegenden keltischen Königreiche geschützt.

Der alte König beobachtete ihn prüfend, als ob er erraten wolle, welche Gedanken sich hinter dieser glatten Stirn und den ausdruckslosen Augen verbargen. Mordred hielt seinem Blick stand.

»Ihr seid ein Ehrenmann, ein König, und es mangelt Euch nicht an Weisheit und Erfahrung. Ihr wißt, daß kein Sachse oder Brite ein neues Badon Hill wünscht.«

Cerdic lächelte. »Jetzt habt Ihr mir Eure blitzende Klinge gezeigt, wie ich Euch die meine. Genug davon. Ich sagte, sie würden in Frieden kommen. Aber sie werden kommen, und es sind ihrer viele. Und nun laßt uns reden.« Er lehnte sich zurück, schlug eine Ärmelfalte seines blauen Gewandes zur Seite. »Ich denke, wir müssen einstweilen voraussetzen, daß der Hochkönig tot ist.«

»Das denke ich auch. Wenn wir davon ausgehen, können wir uns immer noch Änderungen vorbehalten, falls es sich als nötig erweisen sollte.«

»Dann sage ich dies. Ich bin gewillt, und auch Cynric, der an meiner Stelle regieren wird, wenn ich zu alt zum Kämpfen bin, den Vertrag wiederaufzunehmen, den ich mit Eurem Onkel abgeschlossen hatte.« Unter den buschigen Brauen blitzten die Augen kurz auf. »Er war Euer Onkel, als wir uns das letzte Mal begegneten. Und jetzt Euer Vater, wie es scheint?«

»Ja, mein Vater. Und was wollt Ihr von uns?«

»Mehr Land.«

»Das war leicht zu erraten.« Jetzt lächelte Mordred. »Mehr Menschen brauchen mehr Land. Aber Ihr seid bereits näher, als es manchem bei uns gefällt. Wie wollt Ihr noch weiter vordringen? Zwischen Euren und unseren Landen erstreckt sich diese Heide hier. Seht sie Euch an.« Er wies auf die kärglich schmalen Haferfelder. »Kein Pflug, nicht einmal Eurer, König Cerdic, kann diese steinige Wildnis in fruchtbares Ackerland verwandeln. Zudem hörte ich, daß Eure Nachbarn, die Südsachsen, Euch dort keine Freizügigkeit mehr gewähren.«

Cerdic antwortete nicht sofort. Er griff hinter sich, und einer seiner Mannen reichte ihm einen Speer. Hinter Mordred erhoben sich Raunen und Geflüster, und man hörte das metallische Klicken der Schwertgriffe. Er hob beschwichtigend die Hand, und die Geräusche verstummten. Cerdic drehte den Speer um, beugte sich in seinem Sessel nach vorn und begann, mit der Spitze in den Sand zu zeichnen.

»Hier sind die Männer von Wessex. Hier die Südsachsen in ihrer reichen Ecke. Und hier sind wir jetzt, Ihr und ich. Die Gebiete, an die ich denke, sind Eurer Hauptstadt nicht näher als die gegenwärtigen Grenzen. Nämlich hier. Und dort.« Der Speer bewegte sich langsam nach Norden, dann, als Mordred sich zu protestieren anschickte, bog er nach Osten, durch die große Heide bis zum oberen Themsetal. »In dieser Richtung. Dieser Teil hier ist dichter Wald, und dort erstreckt sich das Moor, dünn bevölkert und arm. Beides kann urbar gemacht werden.«

»Aber gewiß ist vieles davon bereits sächsisches Land. Wo Euer Speer jetzt ist, liegt dort nicht das sogenannte Südgebiet der Mittelsachsen?«

»Suthrige, ja. Ich sagte Euch doch, daß wir nichts nähmen, was Euch Sorge bereiten könnte.«

»Wie werden die jetzigen Siedler mit Euren Leuten auskommen?«

»Sie sind einverstanden.« Der alte König warf seinem Gegenüber einen raschen Blick zu. »Sie sind kein starkes Volk, und sie wissen, daß die Südsachsen schon lange trachten, in diese Richtung vorzudringen. Sie werden uns willkommen heißen, und wir werden das Land für uns und für sie fruchtbar machen.«

Er fuhr fort, über seine Pläne zu sprechen, Mordred

stellte Fragen, und so redeten sie noch eine ganze Weile. Erst dann sagte Mordred:

»Sagt mir eins, König. Ich werde nicht immer wahrheitsgemäß unterrichtet.« (Eine kleine Lüge, wie sowohl er als Cerdic wußten, aber es ging um ein heikles Thema, das keiner von ihnen gewillt war, in aller Offenheit anzusteuern.) »Hat es seit dem Tod Aelles unter den Südsachsen je wieder einen Führer von Bedeutung gegeben? Das Land dort ist das beste im Süden, und es schien mir seit langem, daß der König, der Rutupiae und die dahinterliegenden Gebiete besitzt, einen Schlüssel in der Hand hält. Den Schlüssel zum Kontinent und dem Handel mit ihm.«

Der alte König zwinkerte zustimmend. Er brauchte nicht zu sagen, daß Aelles Nachfolger aus ihrer Lage keinerlei Nutzen zu ziehen vermochten, denn er und Mordred verstanden sich auch ohnedem. Er sagte nur versonnen: »Ich hörte – aber natürlich werde auch ich nicht immer wahrheitsgemäß unterrichtet –, daß der Hafen von Rutupiae versandet und niemand sich die Mühe macht, ihn zu befestigen.«

Mordred, der es ebenfalls gehört hatte, stellte sich überrascht, und die beiden Männer setzten ihr Gespräch zufrieden fort, denn sie waren sich klar darüber, daß Mordred und die Briten den Westsachsen Cerdics nicht in den Rücken fallen würden, falls letzterer beschlösse, das westliche Tor zum Kontinent für sich in Besitz zu nehmen, und sogar in Erwägung zogen, ein solches Unterfangen mit ihrer ganzen Macht zu unterstützen.

»Natürlich müssen wir uns dann freien Zugang für die britischen Schiffe zum Hafen ausbedingen«, sagte Mordred.

»Natürlich«, stimmte Cerdic ihm zu.

So endete die Unterredung, und beide Seiten waren zufrieden. Der greise König kehrte mit seinen älteren Lehensmannen nach Süden zurück, während die jüngeren Krieger Mordred und seine Truppe mit fröhlicher Ausgelassenheit und allerlei Waffenspielen in den Norden geleiteten. Mordred ritt den größten Teil des Weges allein den anderen voraus, war sich nur undeutlich des Lärms hinter sich bewußt, wo Sachsen und Briten etwas zu feiern schienen, das mehr einem festen Bündnis glich als einem bloßen Nichtangriffsabkommen. Er wußte, und auch Cerdic wußte, obgleich nichts darüber gesagt worden war, daß eine solche Einigung mit dem Sieger von Badon Hill und der vielen anderen Schlachten nicht so leicht zustande gekommen wäre. Eine neue Zeit hatte begonnen, der Tag der jungen Männer war angebrochen. Ein Wechsel lag in der Luft. Langgehegte Pläne überschlugen sich in seinem Kopf, und das auf ihn übergegangene Blut Ambrosius', Artus' und Merlins, des verschwundenen Staatsmanns, wallte endlich frei, verhieß ihm Macht des Handelns und der schöpferischen Tat.

Wenn er bei seiner Rückkehr nach Camelot den königlichen Kurier mit der Nachricht von Artus' Wohlbefinden und baldiger Heimkehr vorgefunden hätte, so wäre seine Freude bestimmt empfindlich getrübt und seine Zuversicht enttäuscht worden.

Aber kein Kurier war da. Tagelang hatten heftige Westwinde die Schiffe jenseits des Engen Meers in den bretonischen Häfen zurückgehalten. Aber von Cornwall war ein Schiff mit Briefen des Herzogs Constantin in die Bretagne gelangt. Sie waren von gleichem Wortlaut, der eine an König Hoel gerichtet, der andere an Bedwyr, und dieser wurde sogleich Artus überbracht, der noch in Autun weilte.

›Mordred hat sich in seinem wahren Licht gezeigt. Nachdem er in allen Landen verkünden ließ, daß König Artus gefallen sei, hat er sich königliche Macht angeeignet. Die Königin trat als Regentin zurück, und ich wurde in Briefen aufgefordert, auf meine Nachfolgerechte zu verzichten und Mordred als Hochkönig anzuerkennen. Jetzt verhandelt er mit Cerdic, der alle Häfen der Sachsenküste gegen jeden, der da kommen mag, für ihn halten soll, und dessen Sohn in Sachsen Tausende um sich schart, die alle Mordred den Treueeid leisten.

Inzwischen bespricht sich Herr Mordred, der König, mit den Königen von Dyfed und Guent und mit Männern aus Mona und Powys, begibt sich sogar nach Norden, um sich mit jenen Führern zu treffen, die seit langem dem Hochkönig Artus den Gehorsam verweigert hatten und von denen jeder nach freier Willkür herrschen will, ohne Berufung auf den Runden Saal und den Rat. Mordred, der Eidbrüchige, verspricht ihnen freie Herrschaft und Änderung des Gesetzes. So schafft er sich Verbündete.

Und schließlich plant er, nachdem der Hochkönig tot ist, Königin Guinevere zur Frau zu nehmen. Er hat sie nach Caerleon gebracht und lebt dort mit ihr.‹

Constantin hatte Mordreds Handlungsweise zwar auf seine Art ausgelegt, aber die geschilderten Tatsachen entsprachen der Wahrheit.

Gleich nach seiner Rückkehr vom Treffen mit Cerdic hatte Mordred die Königin überredet, nach Caerleon zu ziehen. Die Nachricht von Artus' Tod war noch nicht bestätigt, und bis im Lande wieder völlige Ruhe herrschte – der plötzliche Tod eines mächtigen Herrschers rief zwangsläufig Verwirrung und Panik hervor – und die neue Befehlsgewalt hergestellt und handlungsfähig war, wollte er, seinem Versprechen gemäß, für ihre Sicherheit sorgen. Camelot war zwar ebenso befestigt wie Caerleon, aber es lag zu weit im Osten, und alle zu erwartende Gefahr mußte nach Mordreds Schätzung von dort kommen. Der Westen war sicher. (Außer vor Herzog Constantin, den er nicht vergaß, jenem enttäuschten Erben, der sich bis jetzt in

Schweigen gehüllt und nicht auf die höfliche Einladung geantwortet hatte, die Angelegenheit mit dem Rat am Runden Tisch zu besprechen. Aber das befestigte Caerleon war so sicher vor ihm wie vor jedem anderen unzufriedenen Unruhestifter.)

Für Guineveres Geschmack lag es zu nahe ihrer Heimat Northgalis, wo ein Vetter von ihr herrschte, der einst um ihre Hand geworben hatte und seitdem jede Gelegenheit wahrnahm, es seiner jetzigen, ihm zwangsweise angetrauten Gemahlin vorzuhalten. Die anderen Möglichkeiten waren jedoch noch weniger verlockend. Guinevere hätte es vorgezogen, in einem Kloster Zuflucht zu suchen, aber von den beiden, die dafür in Frage kamen, lag das eine und allernächste – das Seekloster auf Ynys Witrin – im Summer Country, und die Königin hätte sich unter keinen Umständen dem Schutz König Melwas' anvertraut. Das andere in Amesbury, Artus' eigener Stadt, wäre bereit gewesen, sie mit Freuden bei sich aufzunehmen, hatte jedoch der letzten dort lebenden Königin bedauerlich wenig Schutz geboten. Der Mord an Morgause haftete diesem Ort immer noch wie ein böses Omen an.

So beschloß Mordred, das Notwendige mit dem Angenehmen zu verbinden, und wählte Caerleon, wo er bereits Treffen mit jenen Königen vereinbart hatte, mit denen er noch nicht in Verhandlungen getreten war. Er begleitete die Königin persönlich, schiffte sich mit ihr auf Ynys Witrin ein und nahm Kurs auf die Mündung der Ica an der walisischen Küste.

Die Reise war ruhig, die See still, die Winde lau und frisch. Eine erholsame Pause in diesem ereignisreichen Sommer. Die Königin und ihre Frauen blieben meist unter sich, aber an den Morgen und Abenden der zweitägigen Fahrt besuchte Mordred sie und sprach mit ihr. Bei einer solchen Gelegenheit erzählte sie ihm kurz und ohne Einzelheiten, warum sie sich so strikt geweigert hatte, bei König Melwas Zuflucht zu nehmen. Vor vielen Jahren hatte Melwas in der Hitze seiner Jugend die Königin mit List und Gewalt auf eine abgelegene Insel in den wasserreichen Sümpfen des Sommerlandes entführt. Merlin war es durch seine Zaubermacht gelungen, den Ort zu entdecken und ihr gerade noch rechtzeitig Bedwyr zur Hilfe zu schicken. Später hatten sich Artus und Melwas in einem denkwürdigen Zweikampf gemessen, der mit dem Sieg des Hochkönigs endete und dessen großmütiger Gnade, Melwas am Leben zu lassen.

»Nach solcher Schande?« Dieses eine Mal war Mordred unbeherrscht und derb. »Ich hätte ihn Euch vor die Füße geschleppt und ihn dort langsam getötet.«

»Um jedem Mann und jeder Frau in den Königreichen seine Schuld und meine Schande vor Augen zu führen?« Sie sprach ruhig, aber ihre Wangen hatten sich gerötet – ob in der Erinnerung an die Schande oder über den Eifer des jungen Mannes, war schwer zu sagen.

Mordred biß sich auf die Lippe. Ihm kam die Geschichte wieder in den Sinn, die Agravaine einst vor den Jungen Kelten erzählt und an die er, Mordred, nicht geglaubt hatte. Es war also doch wahr, und jetzt verstand er auch die dunklen Andeutungen Bedwyrs und Artus', als die Prinzessin Elen geschändet worden war. Er sah noch deutlich die Leiche des armen Mädchens, ihr Schimmern unter den Tannennadeln, vor sich.

Mit schwerer Zunge sagte er: »Dann hätte ich's später getan. Politik hin oder her, ich hätte ihm nicht das Leben gelassen.«

Darauf verabschiedete er sich von ihr. Die Königin saß noch eine ganze Weile reglos, blickte über die Reling auf das glitzernde Wasser hinaus, auf die ferne Küste, wo die Bäume wie Wolken und die Wolken darüber wie Türme in den Himmel ragten.

Nachdem er Guinevere aufs beste im Schloß der Königin in Caerleon untergebracht hatte, wandte Mordred sich den Verhandlungen mit den in der Festung versammelten Führern und kleinen Fürsten zu. Für ihn unerwartet, wenn auch Constantin wohlbekannt, war die Unzufriedenheit, sogar Feindseligkeit, die die meisten von ihnen der Politik König Artus' bezeugten. Im abgelegenen Hochland hatte sich die Ambrosius und Artus so angelegene Romanisierung nie durchzusetzen vermocht. Und es waren nicht nur die Jungen, die einen Wechsel wünschten, auch die älteren Fürsten und Könige wetterten gegen die Beschränkungen, die ihnen die Politik einer fernen, im Tiefland waltenden Regierung auferlegte. So sahen sie es. Artus, der es sich zur Aufgabe gemacht hatte, die territoriale Integrität des römischen Britanniens wiederherzustellen, stieß mit seiner Föderation der Königreiche bei diesen Herrschern auf Ablehnung, und viele hielten ihn für rückständig und unmodern. Mordred dagegen, ein Ausländer und Junger Kelte, war der Führer, den sie sich erhofft hatten. Daß es Artus gerade jetzt gelungen war, die keltischen Lande vor neuer römischer Herrschaft zu schützen, hätte ihn bestimmt ihren Herzen wieder näher gebracht, aber Artus galt als tot, und es wurde immer offenkundiger, daß seine Rückkehr im keltischen Hochland keine Begeisterung auslösen würde.

Mordred ging behutsam vor, achtete auf jedes seiner Worte, zählte die auf sein Banner eingeschworenen Bundesgenossen und ging jeden Abend zur Königin.

Es war vielleicht etwas betrüblich anzuschauen, wie Guinevere bei seinen Besuchen auflebte und ihn mit Fragen bestürmte. Er antwortete ihr bereitwillig, fand mehr Zeit, als Artus sich genommen hatte, um sie über alles auf dem laufenden zu halten. Sie ahnte nicht, daß er in Wahrheit jede Gelegenheit benutzte, in ihrer Nähe zu sein, daß ihm jedes Mittel recht war, seine Unterredungen mit ihr in die Länge zu ziehen, ihr Vertrauen zu gewinnen und sie an seine neue Rolle als ihr Herrscher und Beschützer zu gewöhnen. Sie sah darin nur sein Bemühen, ihr Unterhaltung und Zerstreuung zu bieten, und war ihm dankbar dafür. Und ihre Dankbarkeit – in dieser Zeit der Ungewißheit, des Kummers und der Angst – ging (wie Mordred es sich erhofft hatte) bis an die Grenzen der Zärtlichkeit und des lebhaftesten Einvernehmens. Jedenfalls, wenn er ihr die Hand küßte oder es gar wagte, ihr tröstend die Hand zu halten, zog sie sich nicht mehr eiligst vor seiner Berührung zurück.

Was Mordred betraf, dem sein neues Ansehen, die Ungewißheit der Lage, das glanzvolle Gelingen lang gehegter Pläne und nicht zuletzt die Nähe der seit langem begehrten liebreizenden Guinevere täglich neuen Auftrieb gaben, so riß ihn die Flut seines Hochgefühls und Machtbewußtseins so weit fort, daß eine Umkehr nicht mehr möglich schien. In der Liebe, wie in anderen Dingen, kommt eine Zeit, da die Vernunft dem Begehren weicht, und dann vermag nicht einmal Orpheus seine Liebe aufzugeben und blickt zurück. Auch er hatte zurückgeblickt und die wahre Guinevere gesehen, eine einsame Frau voller Lebensangst, ein im Winde treibendes Blatt, das aber nun jeder Sturm in eine sichere Ecke wehen wird. Denn sie stand jetzt und für immer unter seinem Schutz. Er war feinfühlig genug, zu erkennen, daß sie es wußte, und ging sanft mit ihr um. Er konnte warten.

So vergingen die Tage. Der Wind sperrte immer noch die Überfahrt, und beide blickten täglich auf die Straße und den Hafen hinaus, erwarteten den Boten aus der Bretagne. Und jeder von ihnen lag des Nachts lange wach, spähte ins Dunkle, dachte und dachte, und wenn sie schließlich in Schlaf versanken, träumten sie nicht voneinander, sondern von Artus.

An Herzog Constantin, der brütend auf seiner Burg in Cornwall saß, dachten sie nie.

7

Constantins Brief wurde Artus in seinem Heerlager in der Nähe von Autun überbracht. König Hoel, den, da die Schlacht vorüber war, wieder sein Alter und seine Gebrechen plagten, hatte sich auf sein Schloß zurückgezogen. Artus war mit Gawain allein, der ihm in diesen Tagen nicht von der Seite wich.

Er war auch sehr müde. Nach dem kurzen Straffeldzug in den Bergen hatte er seine Truppen in heller Panik vorgefunden. Man suchte immer noch seine Leiche unter den aufgehäuften Toten und glaubte, keinen König mehr zu haben. Selbst seine Rückkehr ließ wenig Freude aufkommen, denn Bedwyr, schwerer verletzt, als er zugegeben hatte, siechte dahin, und die Wundärzte schüttelten die Köpfe über der Pritsche im Anbau des königlichen Pavillons, wo er bewußtlos lag.

So war Artus in mehr als einer Hinsicht allein. Bedwyr lag im Sterben. Cei, der ältere Pflegebruder, mit dem er aufgewachsen, war tot. Auch Cajus Valerius, der greise Krieger, Heerführer unter Ambrosius, Freund Uther Pendragons und Merlins ... Die Liste schien endlos, und an ihren Namen ließ sich die ganze Geschichte der ruhmreichen Vergangenheit Artus' ablesen oder die seiner Freundschaften. Von denen, die ihm nahestanden, war Gawain allein unverletzt geblieben, und er hatte sich im Freudentaumel über seinen ersten großen Kampf und den klangvollen Sieg als eine starke Hilfe erwiesen. Ihm wandte sich Artus, der zum ersten Mal sein Alter spürte (obgleich er viel jünger als König Hoel war), dankbar und huldvoll zu.

Zuerst las er den Brief des Herzogs. Durch die Zeltwand, wo Bedwyr sich auf seinem Krankenlager wälzte, hörte er das Stöhnen und Gemurmel. Man hatte gesagt, er werde am Morgen sterben, falls das Fieber nicht nachließ.

Wieder der Brief. Mordred ... macht sich zum Hochkönig, verhandelt mit Cerdic, versammelt die Könige von Wales und dem Norden um sich …

»Nun«, sagte Artus stirnrunzelnd. Der Kopf schmerzte ihm, und die Worte tanzten im Licht der Fackel. »Alles das war zu erwarten. Falls die Nachricht über meinen angeblichen Tod zu Mordred gelangte, hat er genau das Richtige getan. Wir sprachen darüber, bevor er Kerrec verließ. Er sollte sich mit Cerdic treffen, um den Vertrag zu bestätigen und gegebenenfalls eine neue Abmachung auszuhandeln. Er mag es im Hinblick auf die Todesnachricht für angebracht gehalten haben, neue Bedingungen auszumachen, da der alte Vertrag dann nicht mehr gültig wäre.«

»Neue Bedingungen! Ein Bündnis, das bestenfalls eine Torheit ist und schlimmstenfalls eine tödliche Gefahr! Und dann dieser Cynric, der hier auf dem Kontinent ein ganzes sächsisches Heer aushebt. Wußtet Ihr davon, Onkel?«

Auf der anderen Seite der Zeltwand schrie der Kranke auf, verstummte dann. Jemand sprach in großer Eile, dann hörte man Gemurmel, rasche Schritte und das Rascheln von Seilen. Der König hatte sich halb erhoben, das Pergament fiel vergessen zu Boden, und dann ertönte neues Gemurmel. Also noch nicht tot … noch nicht. Artus sank auf seinen Stuhl zurück.

»Wußtet Ihr von Cynric?« fragte Gawain wieder.

»Cynric? Ach ja, er ruft seine Männer zu den sächsischen Fahnen. Nein, aber wenn es wahr ist …«

»Ich bin sicher, daß es wahr ist«, sagte Gawain. »Es hat sich bereits im Lager herumgesprochen. Massenaufmarsch an der Neustrischen Küste. Die Langschiffe liegen so dicht aneinander in den Häfen wie die Pfeile in einem Köcher. Und zu welchem Zweck? Cynric greift vom Meer an, Cerdic stößt zu den südöstlichen Häfen vor, und wenn sie die Südsachsen in der Zange haben, fällt der ganze Südosten unter Cerdics Herrschaft, und dann ist er frei, dort so viele Truppen auszuheben, wie es ihm beliebt. Südsachsen war der andere Wall, der ihn bisher aufhielt. Wer wird ihn jetzt zurückhalten?«

Er funkelte den König zornig an, als ob dessen Ruhe ihn empörte. Wenn er die Geräusche jenseits der Zeltwand gehört hatte, so schien er sie nicht zu beachten. Jedenfalls bemühte er sich nicht, leiser zu sprechen.

»Der nächste Kurier wird mir bestimmt berichten, was Cynric treibt.« Artus schien überdrüssig, jedoch verhältnismäßig unbesorgt. »Aber was das übrige in diesem Brief betrifft, Gawain, so vergiß nicht, wer es schrieb. Herzog Constantin war bereits über Mordreds Ernennung zum Regenten verstimmt, und daß ich ihn zu meinem Alleinerben machte, wird ihn noch mehr verstimmt haben. Alles, was er hier schreibt ...« Er zeigte auf den Brief am Boden, und Gawain las ihn auf. »Alles, was er über Mordreds Tun schreibt, war zwischen Mordred und mir abgesprochen und sollte geschehen. Wir haben nur Constantins Wort, und es ist nicht das Wort eines Freundes, wenn man die Absicht bedenkt.«

»Aber warum hat Mordred Euch keinen Bericht gesandt? Wenn Constantins Bote durchkommen konnte ...«

»An wen hätte er den Bericht senden sollen, wenn ihm mein Tod gemeldet wurde?« sagte Artus.

Mit einem ungeduldigen Achselzucken schickte Gawain sich an, den Brief seinem Onkel zurückzugeben. Dann hielt er inne. »Hier steht noch mehr. Auf der Rückseite, seht Ihr?«

Artus nahm den Brief, sah die letzten Sätze auf der Rückseite und begann sie laut vorzulesen.

»Und schließlich plant er, nachdem der Hochkönig tot ist, Königin Guinevere zur Frau zu nehmen. Er hat sie nach Caerleon gebracht und ...«

Er verstummte, aber Gawain beendete den Satz, und in seiner Stimme klangen Zorn und eine Art von Triumph.

»Und lebt dort mit ihr!« Er wandte sich ab, dann wieder dem König zu. »Onkel, ob er Euch für tot hält oder nicht, das ist Verrat! Er hat keinen Beweis, nicht die geringste Ursache gestattet ihm, die Königin nach Caerleon zu bringen und ihr den Hof zu machen! Ihr sagt, alles übrige in diesem Brief könnte wahr sein … Falls dem so ist und wie auch immer, muß auch das wahr sein!«

»Gawain …«, hob der König mit warnender Stimme an, aber Gawain fuhr hitzig fort:

»Nein, Ihr müßt mich anhören! Ich bin Euer Anverwandter. Ich werde Euch die Wahrheit sagen. Mordred hat schon immer nach dem Königreich getrachtet. Ich weiß, wie ehrgeizig er ist, er war es schon daheim auf den Inseln, als er noch nicht ahnte, daß er Euer Sohn ist. Euer Sohn, ja! Aber trotzdem ein Fischerbalg, ein Bauer mit der Gier und Verschlagenheit eines Bauern und der Ehre eines Lumpen! Bei der ersten Gelegenheit ist er zum Verräter geworden und nimmt sich, was er will. Mit den Sachsen und Walisern im Rücken und der Königin auf seiner Seite … ›Und lebt dort mit ihr‹, in der Tat! Er hat keine Zeit verschwendet! Ich habe gesehen, wie er sie anblickte …«

Etwas in Artus' Gesichtsausdruck brachte ihn zum Schweigen. Was es war, ließ sich schwer sagen, denn der König sah wie ein in grauen Stein gemeißeltes Standbild aus. Und dann erinnerte er irgendwie an einen Mann, der in einen mit Speeren bespickten tödlichen Abgrund blickt und sich in hartnäckigem Glauben an einen schwachen Setzling klammert, um nicht zu fallen. Im anliegenden Raum herrschte jetzt Stille.

Artus' Stimme klang gefaßt und vernünftig, aber tonlos und ohne Leben. »Gawain. Das letzte, das ich meinem Sohn für den Fall meines Todes auftrug, war die Bitte, für die Königin zu sorgen und sie zu beschützen. Auch sie betrachtet ihn als ihren Sohn. Vergessen wir, was gesagt worden ist.«

Gawain neigte den Kopf und murmelte irgend etwas, das eine Entschuldigung sein konnte. Artus gab ihm den Brief.

»Verbrenn ihn. Jetzt.« Als Gawain das Pergament an eine Fackel hielt und beobachtete, wie es schwarz wurde und sich in der Flamme kräuselte, fügte er hinzu: »So ist es gut. Jetzt muß ich zu Bedwyr. Morgen früh …«

Er beendete den Satz nicht, erhob sich langsam wie ein alter Mann, die Arme auf die Stuhllehnen gestützt. Gawain, der ihn verehrte, wurde von plötzlicher Reue ergriffen und sprach mit sanfterer Stimme.

»Es tut mir leid, Onkel, glaubt mir, es tut mir wirklich leid. Ich weiß, wie Ihr zu Mordred steht und daß Ihr es nicht glauben wollt, also hoffen wir auf baldige Nachricht. Kann ich inzwischen etwas für Euch tun?«

»Ja. Du kannst Befehl für den Abmarsch erteilen. Ganz gleich, was sich als wahr erweisen wird, muß ich möglichst rasch heimkehren. Entweder werde ich mit Mordred abrechnen oder mit Constantin. Es ist nicht an der Zeit, unseren Sieg weiter zu verfolgen oder gar uns in Verhandlungen mit dem Kaiser einzulassen. Ich werde ihm eine Botschaft senden.«

»Ja?« fragte Gawain, als der König innehielt.

Artus' Blick war rätselhaft. »Eine Aufgabe, die dir gefallen wird. Sorge dafür, daß Lucius Quintilianus' Leiche ausgegraben und zum Kaiser geschickt wird, mit folgender Botschaft: Das ist der Tribut, den die Briten an Rom entrichten. Jetzt laß mich. Ich muß zu Bedwyr.«

Bedwyr starb nicht. Die Stille, die den König so beunruhigt hatte, war nicht der Tod oder das Koma, sondern ein Schlaf, aus dem der Kranke erwachte, von Fieber und Wundbrand genesen. Jetzt konnte Artus, was ihn auch immer erwartete, unbesorgter und leichteren Herzens nach Britannien zurückkehren.

Als das Schiff des Königs endlich in See stach, war der Himmel grau, das Meer bewegt, und schwere Wolken ballten sich am Horizont. Die Seehexe schien über den Gewässern des Engen Meers zu herrschen. Der Wind hatte zwar gewechselt, aber es war, als hätten sich Himmel und Meer mit ihr gegen ihren alten Feind Artus verschworen. Selbst die Möwen, wie Fetzen über den weißen Schaumkämmen schwebend, stießen in ihrem Hin und Her unheimliche Schreie aus, die wie Spottgelächter klangen. Eine düstere, stürmische See, ohne Glanz, ohne Licht, vom plötzlichen Windwechsel aufgewühlt, türmte sich vor ihnen im Norden. Eine Bö riß die Standarte der *Seedrache* vom Mast und wehte sie in Fetzen vor sich her. »Ein böses Omen«, flüsterten die Männer, aber Artus blickte auf und sagte lachend:

»Sie ist uns vorausgeeilt. Mit diesem Wind im Rücken werden wir ebenso schnell wie sie fliegen.«

Und sie flogen wirklich. Ohne allerdings zu wissen, daß Cynrics Sachsen die gleiche günstige Gelegenheit genutzt hatten und mit ihren Langschiffen das Enge Meer kreuzten. Wie hätten die Briten auch diese langen und niedrigen Schiffe in dem hohen Wellengang sichten können? Erst im letzten Schimmer eines späten und wolkigen Nachmittags, als sie längs der Sachsenküste trieben, sah der Späher der *Seedrache* einige Schatten, die sich den Ufern zu bewegten und wie sächsische Langschiffe aussahen.

Aber als der König, langsam und schwerfällig wie so oft in diesen Tagen, die Kommandobrücke erklommen hatte, waren die Langschiffe – oder ihre Schatten – verschwunden.

»Südsächsische Schiffe, vom Windwechsel überrascht«, sagte der Kapitän neben ihm. »Und endlich in seichten Gewässern. Sie hatten Glück. Wahrscheinlich sind sie inzwischen im Hafen. Also keine Gefahr für uns, wenn wir …«

Weiter kam er nicht. Ein Ruf vom Mastkorb ließ sie alle aufblicken.

Tief über dem Wasser, in einem Sprühregen, der wie Hexenhaar wehte, kam eine Sturmbö auf sie zu. Ihr Schatten flog unheilverheißend voraus. Der Kapitän brüllte Befehle, die Seeleute rannten an ihre Plätze. König, Ritter, Matrosen, alle suchten den nächsten Halt.

Die Bö schlug ein. Schreiender Wind, peitschender Regen. Die Luft war schwarz. Wasser, brausend und zischend, prallte ihnen entgegen wie tausend Nadelstiche, und sie hielten sich die Hände vor das Gesicht. Das kleine Schiff schwankte und schlingerte, krachte, als sei es auf einen Felsen gestoßen, krängte, richtete sich wieder auf, bäumte sich wie ein scheues Pferd. Taue quietschten und rissen, und der ganze Rumpf des Schiffs ächzte. Irgendwo brach eine Planke.

Die Bö tobte etwa zehn Minuten lang. Dann wehte sie so plötzlich fort, wie sie gekommen war, flog über die See, ihrem Schatten nach, und die kleine vom Wind zerstreute und beschädigte Flotte trieb bis fast in Rufweite der Küste zu. Aber es war die westsächsische Küste, und sie hatten keine Aussicht, in dem launischen und ständig umschlagenden Wind weiter nach Westen zu gelangen, die Häfen von Dumnonia zu erreichen oder auch nur die Potter'sche Bucht, die ohnehin fragwürdigen Schutz bot.

Der König, auf dem unteren Deck der *Seedrache*, bis über die Knöchel im Wasser, blickte auf die zu den beiden Seiten sich mühsam hinschleppenden Schwesterschiffe und gab den Befehl.

Und so zog die Seehexe Artus auf sächsischem Gebiet an Land, wo sich Cerdics Sohn Cynric, die Nachzügler seiner eigenen heimkehrenden Flotte erwartend, mit einer Schar seiner Männer nach der stürmischen Überfahrt am Ufer ausruhte. Zu ihm kam der Späher aus der Ruine des römischen Leuchtturms gerannt. Schiffe – mindestens drei und wahrscheinlich mehr – steuerten auf den tiefen Hafen im Westen zu. Keine Standarte, kein Erkennungszeichen, aber der Bauart und der Takelung nach müßten es britische Schiffe sein, und sie hätten doch gewiß kein Recht, hier zu landen. Im rasch schwindenden Licht hatte er nicht sehen können, wie beschädigt sie waren.

Cynric wußte nicht, daß der Einwanderungsplan den Briten bekannt war und von ihnen gebilligt wurde, und er konnte auch nicht wissen, daß die britischen Schiffe, gemäß des zwischen Mordred und Cerdic geschlossenen Vertrags, in den sächsischen Häfen willkommen waren. Er zog seine eigenen Schlüsse: Die Landung war beobachtet worden und sollte in letzter Minute verhindert werden. Er sandte eiligst einen Boten ins Land, um Cerdic seine Ankunft zu melden und ihn zur Hilfe zu rufen, und dann versammelte er seine Männer, um die Briten abzuwehren.

Wären die beiden Streitkräfte sich erst begegnet, nachdem ihre Führer einander erkannt oder sich wenigstens Meldegänger zugesandt hätten, so wäre vielleicht alles noch gutgegangen. Aber sie trafen sich in der anbrechenden Dunkelheit eines ohnehin trüben Tages, und beide Seiten gaben sich nur ihrem verzweifelten Kampfeswillen hin, blind für alles andere.

Die Sachsen waren müde nach der stürmischen Reise, die meisten von ihnen Fremde im Lande und demnach besonders um ihre Sicherheit besorgt, und um so mehr noch als sie ihre Frauen und Kinder bei sich hatten. Mit den Legenden der Kriege in Hengists Zeiten aufgewachsen, da jeder Zoll Boden erkämpft werden mußte, und angesichts der ihnen an Zahl unterlegenen Eindringlinge – ihr Nachteil war an den wenigen Schiffen zu erkennen – griffen sie zu den Waffen und stürmten zum Angriff vor.

Artus war in der Tat in schwerem Nachteil. Seinen

Männern fehlte es zwar weder an Schulung noch an Kampferfahrung, aber sie hatten wenig Ruhe gehabt, und viele litten immer noch an den Auswirkungen der Reise. Nur ein Glück war ihm beschert. Der Pferdetransport hatte sich auf der Suche nach einem flachen Strand weiter die Küste entlanggewagt und war in sicherer Entfernung gelandet, wo die Kavalleristen, die die Überfahrt unbeschadet überstanden hatten, sich in aller Ruhe versammeln konnten. Aber auch sie, obgleich Artus' beste Truppe, vermochten nichts gegen Cynrics Heer auszurichten. Artus und die ihn begleitenden Ritter wurden von bewaffneten Sachsen angegriffen, als sie noch auf dem steilen Geröllhang am Ufer waren, und mußten zu Fuß kämpfen, wo sie gerade standen. Die Schlacht verlief in heilloser Unordnung, wurde zu einem blutigen Gemetzel, und beide Seiten erlitten schwere Verluste.

Kurz vor Einbruch der Nacht kam auf der sächsischen Seite ein keuchender Bote auf einem schweißnassen Pony angeritten und überbrachte Cynric eine Meldung: Cerdic sei unterwegs, und mit ihm Britanniens neuer König. Cynric solle sich zurückziehen.

Cynric zog sich dankbar und nach bestem Vermögen zurück. Allmählich verschwanden seine Streitkräfte landeinwärts in der Dunkelheit, wurden, von dem Boten geführt, dem sich nähernden westsächsischen Heer entgegengeschickt.

Artus, erschöpft, jedoch unverletzt, hörte sich schweigend an, was ihm ein Mann berichtete, der die den Sachsen laut verkündete Meldung vernommen hatte.

»Sir, Cynric selbst hat diesen Angriff geleitet. Jetzt ruft er seinen Vater zur Hilfe, und Cerdic ist unterwegs. Mit Britanniens neuem König, hörte ich sie sagen, der gegen Euch marschiert, um Cynric und seinen Eindringlingen beizustehen.«

Artus war todmüde und trauerte seinen Verlusten

nach, deren Zahl man jetzt einzuschätzen versuchte, stützte sich schwer auf seinen Speer, verwirrt und – was erstaunlich schien – unentschlossen. Daß ›Britanniens neuer König‹ nur Mordred sein konnte, war offenbar. Aber selbst wenn Mordred ihn tot glaubte, würde er doch nicht den Sachsen helfen, britische Truppenschiffe anzugreifen, die, wie er wußte, Artus' schlachtmüde Streitkräfte heimbrachten, es sei denn, daß Constantin recht gehabt hatte und er in seinem Ehrgeiz, das Königreich zu besitzen, bis zum Verrat ging.

Jemand näherte sich ihm schlurfend im knirschenden Kies. Als Artus sich umdrehte, halb gefaßt, diesen Beweis des Verrats aus dem Mund des zornig triumphierenden Orkney-Prinzen zu vernehmen, kam ein Mann auf ihn zu.

»Hoher Herr, Sir! Prinz Gawain ist verletzt. Sein Boot wurde zerstört, als es an Land ging, und er wurde verwundet, bevor er das Ufer erreichte. Man nimmt an, daß er sterben wird.«

»Führ mich zu ihm«, verlangte der König.

Gawain war an Land getragen worden, auf einer aus den zerbrochenen Planken des zerstörten Boots gezimmerten Bahre. Die übrigen Trümmer lagen, von der Brandung umspült, am Strand. Überall ringsum Tote und Verwundete, verstreut im Sande wie nasse Kleiderballen.

Gawain war noch bei Bewußtsein, aber es gab keinen Zweifel, daß er nicht mehr lange zu leben hatte. Sein Gesicht war wachsbleich, sein Atem röchelnd und stockend.

Artus beugte sich über ihn. »Wie geht es meinem Neffen?« Die blassen Lippen öffneten sich. Nach einer Weile flüsterte Gawain; »Mein Pech. Gerade jetzt, wo der Krieg beginnt.«

Der Krieg, den er gewünscht hatte, der fast sein Werk war. Der König wollte jetzt nicht daran denken, beugte sich tiefer, benetzte die Lippen des Sterbenden mit etwas Wein aus seiner Flasche.

Die Lippen bewegten sich wieder.

»Was war das? Ich habe es nicht verstanden.«

»Bedwyr«, sagte Gawain.

»Ach ja«, sagte der König verwundert. »Bedwyr geht es recht gut. Wie ich höre, wird er bald genesen sein.«

»Bedwyr ...«

»Gawain. Ich weiß, daß du Bedwyr viel zu vergeben hast, aber wenn du mich bittest, ihm anderes auszurichten, als daß du ihm verzeihst und wieder sein Freund bist, so bittest du mich umsonst, ob du stirbst oder nicht.«

»Nicht das. Laßt Bedwyr kommen. Jetzt. Unbedingt. Er soll ihn töten ... Mordred ... den Verräter ...«

Artus antwortete nicht darauf. Aber einen Augenblick später sah er, daß sich eine Antwort erübrigte.

So starb, immer noch Mord und Gewalt auf den Lippen, der vierte Sohn Morgauses. Es blieb nur noch einer. Mordred, sein eigener Sohn. *Mordred, der Verräter*?

8

Mordred war nach Camelot zurückgekehrt, als ihn die Nachricht von den Kämpfen an der Südküste erreichte. Keine Einzelheiten wurden gegeben. Eingedenk seiner Verpflichtung Cerdic gegenüber versammelte er alle verfügbaren Truppen und eilte nach Süden, um sich dem westsächsischen Heer anzuschließen. Kaum war er dort, als ein zweiter Bote in wildem Galopp erschien und einen ausführlicheren, jedoch seltsam klingenden Bericht über das, was geschehen war, überbrachte.

Hier ist seine Geschichte: König Artus' Truppenschiffe wurden von den sächsischen Küstenbewohnern gesichtet, kurz nachdem die Langschiffe, die den

Hafen in der Mündung der Itchen nicht zu erreichen vermochten, die Einwanderer in den seichten und geschützten Gewässern hinter der Seehundsinsel abgesetzt hatten. Dann war die britische Flotte hinter der schwarzen Wolke einer Sturmbö verschwunden. Die gerade angekommenen Sachsen, nervös und im ungewissen über die Absichten der Briten, hatten ihre Frauen und Kinder eiligst von der Küste fort landeinwärts gebracht und sich dann zur Verteidigung in Blickweite der Signalfeuer des Leuchtturms versammelt. Die Küstenbewohner, die ihnen zur Begrüßung entgegengekommen waren, beruhigten sie rasch, sagten ihnen, sie seien jetzt in Sicherheit, die Schiffe des Hochkönigs, ob mit oder ohne ihn an Bord, würden nicht in die Häfen der Küste einlaufen, die sie seit vielen Jahren durch Vertrag an die Sachsen abgetreten hatten.

Doch gleich nach diesen Versicherungen war der Mann aus dem Leuchtturm zu ihnen gerannt und hatte, noch nach Atem ringend, verkündet, die Schiffe seien im Schutz der Sturmwolke an die Küste gelangt und landeten jetzt an den Stränden ein wenig weiter im Westen mit ihren bewaffneten Streitkräften. Alles wies darauf hin, daß Artus, vor der Umsiedlung der bretonischen Sachsen gewarnt, gehofft hatte, sie auf hoher See anzugreifen, und da ihm das nicht gelungen war, nun seine Truppen an Land schickte, um sie niederzumachen oder gefangenzunehmen. Die, die es zu bezweifeln wagten – alteingesessene Bürger und auch Cynric –, wurden von den Neuankömmlingen nicht angehört. Das Risiko war zu groß. Falls die Briten es ernst meinten und man ihnen Zeit ließ, ihre Pferde an Land zu bringen ... jeder kannte den Ruf von Artus' Reiterei.

So hatten die Sachsen, obgleich noch müde von der Reise und ohne jeden Plan, zum Sturmangriff gerufen und sich am Strand Artus' Mannen zum Kampf gestellt. Es war zu einem blutigen Gemetzel gekommen, das mit ihrer Niederlage endete, und jetzt schleppten sie sich mit den verängstigten Einwohnern der Küstendörfer landeinwärts, verfolgt von Artus und seiner Reiterei. Und, so schloß der Bote mit einem argwöhnischen Seitenblick auf Mordred, jetzt flehen die Sachsen – Männer, Frauen und Kinder – den König an, ihnen gegen Artus zu helfen, den Vertragsbrüchigen, den Angreifer ihres durch Recht verbürgten Königreichs, den Mörder friedlicher und ehrbarer Einwanderer.

Der Mann leierte seinen traurigen Bericht in der rauhen Sprache der sächsischen Bauern herunter, und es ist zu bezweifeln, daß Mordred mehr als ein Drittel davon verstand. Aber das Wichtigste hatte er begriffen, und während er an Cerdics Seite saß, fühlte er eine Kälte in sich aufsteigen, als ob das Blut ihm aus dem Körper wich und in den Kreideboden verrann. Der Mann endete seine Rede, Cerdic wollte etwas sagen, aber Mordred kam ihm zuvor, alle Höflichkeitsregeln mißachtend, und fragte in scharfem Ton:

»Der Hochkönig? Hat er gesagt, Artus persönlich sei gelandet?«

»Ja. Es scheint mir«, sagte Cerdic mit grimmiger Selbstbeherrschung, »daß wir zu früh gehandelt haben, Prinz Mordred!«

»Ist es sicher?«

»Ganz sicher.«

»Das ändert alles.« Mordred brachte die unzulängliche Feststellung mit bemühter Ruhe hervor, aber in seinem Kopf überschlugen sich die Gedanken. Was geschehen war, könnte … nein, hatte bereits zu einer Katastrophe geführt, für ihn selbst, für die Königin, für die Zukunft Britanniens.

Cerdic, der ihn mit finster zusammengezogenen Brauen beobachtete, nickte nur.

»Sagt mir genau, was geschehen ist«, fuhr Mordred

rasch fort. »Ich habe es kaum verstanden. Falls doch noch die Möglichkeit eines Irrtums besteht ...«

»Unterwegs«, sagte Cerdic. »Reitet an meiner Seite. Wir haben keine Zeit zu verlieren. Artus scheint sich nicht damit zu begnügen, die Küstendörfer einzunehmen, denn er treibt die Leute landeinwärts und verfolgt sie mit seiner Reiterei. Wir müssen ihnen zu Hilfe eilen.« Er spornte sein Pony an, und während Mordred neben ihm ritt, wiederholte der alte König ihm den Bericht in allen Einzelheiten.

Er war noch nicht am Ende, als Mordred, der bis jetzt in ungeduldiger Wut geschwiegen und sich auf die Lippe gebissen hatte, nicht mehr an sich halten konnte.

»Das ist alles Unsinn! Manches noch zweifelhaft? Es ist einfach nicht zu glauben! Der Hochkönig soll seinen eigenen Vertrag gebrochen haben? Ist es nicht sonnenklar, daß seine Schiffe vom Sturm an die Küste getrieben wurden und landen mußten, wo sie konnten? Schon eins beweist es: Wenn er einen Angriff geplant hätte, wäre seine Reiterei zuerst an Land gegangen. Es klingt mir eher so, als sei er gezwungen gewesen, die Küste anzulaufen, und als hätten ihn Cynrics Leute aus bloßem Argwohn angegriffen, ohne eine Verhandlung abzuwarten.«

»Gewiß, das kann durchaus wahr sein. Aber, wie dieser Mann sagte, wußten sie nur, daß die Schiffe britisch waren. Das königliche Schiff hatte keine Standarte am Mast. Das mußte zu Verdacht führen ...«

Mordred fühlte ein plötzliches Herzpochen, Scham und Hoffnung zugleich. Könnte sich nicht doch noch alles zum Besten wenden? (Zum Besten? In seiner Scham und Hoffnung verfolgte er den Gedanken nicht.) »Dann ist es also möglich, daß Artus selbst gar nicht da war? Wurde er gesehen? Erkannt? Wenn seine Standarte nicht wehte ...«

»Als die Briten an Land waren, wurde die Drachenflagge gehißt. Er war da. Der Mann sah ihn selbst. Auch Gawain. Gawain ist übrigens tot.«

Die Hufe der Pferde schlugen gedämpft auf dem feuchten Boden auf. Regen peitschte ihnen ins Gesicht. Nach langem Schweigen sagte Mordred, jetzt wieder kühl und gefaßt:

»Wenn also Artus lebt, gilt weiterhin sein Vertrag mit Euch. Das neue Bündnis, das in der Annahme seines Todes geschlossen wurde, ist somit hinfällig. Aber wie dem auch sei, bin ich überzeugt, daß er diesen Vertrag nicht bräche. Was hätte er dabei zu gewinnen? Er kämpfte nur, weil er angegriffen wurde. König Cerdic, Ihr könnt ihm nicht deswegen den Krieg erklären.«

»Legt es aus, wie Ihr wollt, der Vertrag ist gebrochen«, sagte Cerdic. »Artus ist bewaffnet in mein Land eingedrungen und hat meine Leute getötet. Und andere wurden aus ihren Heimen vertrieben. Sie haben mich zur Hilfe gerufen, und ich muß ihrem Ruf folgen. Ich werde von Cynric die Wahrheit erfahren, sobald wir ihn treffen. Falls Ihr nicht mit uns zu reiten wünscht...«

»Ich werde mit Euch reiten. Falls der König wirklich seine Truppen durch sächsisches Gebiet heimführt, tut er es bestimmt aus einem zwingenden Grund. Er will keinen Krieg. Das weiß ich. Es war ein tragisches Mißverständnis. Ich kenne Artus, und Ihr, König Cerdic, solltet ihn auch kennen. Ihm ist Beratung lieber als das Schwert.«

Cerdics Lächeln war grimmig. »Zuletzt vielleicht. Nachdem er seinen Willen durchgesetzt hat.«

»Und warum nicht?« entgegnete Mordred. »Also gut, reitet zu Cynric, wenn Ihr müßt, aber redet auch mit Artus, bevor es zu neuen Torheiten kommt. Falls Ihr es nicht tut, gestattet mir wenigstens, selbst mit ihm zu sprechen. Wir können diesen Sturm noch abwenden.«

»Nun, gut«, sagte der alte König nach einer Weile.

»Ihr wißt, was Ihr zu tun habt. Aber wenn es zu Kämpfen kommt ...«

»Dazu braucht es nicht zu kommen ...«

»Wenn Artus kämpft, werde ich mich ihm stellen. Aber Ihr – was ist mit Euch, Prinz Mordred? Ihr seid nicht länger an mich gebunden. Werden Eure Männer Euch gehorchen? Sie waren einmal seine.«

»Und jetzt sind sie meine«, gab Mordred zurück. »Aber, mit Verlaub, ich habe nicht die Absicht, ihre Treue in dieser Weise auf die Probe zu stellen. Schlägt die Verhandlung fehl, so werden wir weitersehen.«

Cerdic nickte, und sie ritten schweigend Seite an Seite.

Wie die Ereignisse es bestätigten, hatte Mordred seine Leute richtig eingeschätzt. Zum größten Teil unter ihm geschult und seit langem seinem Befehl unterstellt, waren sie natürlich auch gewillt, ihn als ihren König anzuerkennen. Das Volk – Städter, Kaufleute und vor allem die vielen Siedler, deren Land die alten Verträge sicherten – wollten von einem neuen Sachsenkrieg nichts wissen, und der erst vor kurzem öffentlich verkündete Beschluß Mordreds, den Vertrag zu erneuern und, mehr noch, sich mit dem mächtigen König der Westsachsen zu verbünden, hatte in allen Ratssälen und auf allen Marktplätzen freudigen Widerhall ausgelöst. Seine Offiziere und Männer folgten ihm treu und ergeben.

Ob sie jedoch auch gegen Artus kämpfen würden, das ließ sich nicht so leicht voraussagen. Aber dazu durfte es natürlich nicht kommen ...

Nachdem Artus einen kleinen Teil seiner Streitmacht am Strand gelassen hatte, bis der Sturmschaden an den Schiffen behoben wäre, führte er den Rest seines Heeres landeinwärts, in der Hoffnung, keinen sächsischen Nachzüglern zu begegnen und ohne weitere Schwierigkeiten über die Grenze zu gelangen. Doch bald meldeten ihm seine Späher, daß Cerdic auf dem Anmarsch sei, um seinem Sohn zu helfen, und den Briten geradewegs entgegenkäme. Und jetzt sahen sie es klarer durch eine Senke im hohen Heideland: Die Speere und zottigen Pferde der Kriegshorden Cerdics, und im Hintergrund, im Sprühregen nur verschwommen erkennbar, das Glitzern der in geordneten Reihen vorrückenden Reiterei unter einer Flagge, die Artus' Drachenstandarte sein konnte. Unverkennbar war dagegen Mordred, der neben Cerdic den Sachsen voranritt.

Artus' Leute hatten ihn zuerst gesehen. *Mordred, der Verräter.* Das Raunen verbreitete sich rasch. Vielen waren noch Gawains letzte Worte in Erinnerung, und jetzt, da sie Mordred erblickten, so deutlich sichtbar auf dem glanzvoll gestriegelten Rappen, den Artus ihm geschenkt, an der Spitze des sächsischen Heers, schwoll das Raunen zu lautem Murren an.

»Mordred! Verräter!«

Fast glaubte Artus, es selbst geschrien zu haben. Die Zweifel, die Erschöpfung und der Gram, die anschuldigenden Worte Gawains, den er trotz seiner Fehler geliebt hatte, lasteten auf ihm, lähmten seine Gedanken. In dieser Verwirrung, im Nachhall eines solchen Kummers und Verlustes, erinnerte er sich wieder – als hätte ihm auch das ein unheilverheißender Wind zugetragen – an die Voraussage Merlins und die Mahnungen Nimuës. Mordred, geboren, um ihm zum Verhängnis zu werden. Mordred, das Werkzeug des Todes. Und jetzt Mordred hier auf diesem düsteren Schlachtfeld, ihm entgegenreitend als Anführer der Sachsen, seiner alten Feinde …

Das Krebsgeschwür des Verdachts brach in wildem Schmerz auf, wurde zur Gewißheit. Gegen allen Glauben, gegen alle Hoffnung auf Irrtum – es mußte wahr sein. *Mordred, der Verräter.*

Cerdics Heer scharte sich um seine Führer. Der sächsische König, die Waffe zum Befehl emporgestreckt, sprach zu Mordred. Aus dem Gedränge hinter ihnen ertönten bedrohliche Rufe und Schildergeklirr.

Artus ließ sich nie überraschen. Er war immer der Schnellere gewesen. Bevor Cerdic seine Horden in Schlachtordnung aufstellen konnte, griff Artus' Reiterei an.

Mordred rief etwas, spornte sein Pferd, aber Cerdic griff ihm in die Zügel.

»Zu spät. Heute wird nicht mehr verhandelt. Kehrt zu Euren Mannen zurück. Und laßt sie mir nicht in den Rücken fallen. Hört Ihr mich?«

»Ihr könnt mir vertrauen«, sagte Mordred, wendete sein Pferd und galoppierte durch die sächsischen Reihen zu seinen Leuten.

Diese, die den Sachsen in einiger Entfernung gefolgt waren, hatten noch nichts gesehen. Die Befehle des Regenten waren kurz und dringlich. Das Wort ›Flucht‹ benutzte er zwar nicht, aber darauf kam es letztendlich hinaus. Seinen Offizieren erklärte er:

»Der Hochkönig ist hier und liefert Cerdic eine Schlacht. Wir haben nichts damit zu tun. Ich werde Euch nicht gegen Artus führen, und ich kann auch nicht mit Artus gegen einen Mann Partei ergreifen, dem ich vertraglich verbunden bin. Lassen wir diesen Tag zu Ende gehen, und dann werden wir die Sache irgendwie beilegen, wie es sich für vernünftige Menschen geziemt. Bringt die Truppen nach Camelot zurück.«

So kehrte die Streitmacht des Regenten um, ohne Blut an ihren Schwertern, mit frischen Pferden, und überließ den beiden alternden Königen das Feld.

Artus stand noch immer unter seinem guten Stern. Wie Merlin ihm vorausgesagt hatte, siegte er auf jedem Schlachtfeld. Die Sachsen wichen, räumten das Feld, und nachdem die Verwundeten aufgelesen und die Toten begraben waren, gab der Hochkönig sogleich Befehl, Mordreds angeblich fliehende Truppen in der Richtung von Camelot zu verfolgen.

Über den Ausgang der Schlacht, soweit es Cerdic betraf, ist nur zu sagen, daß niemand einen Sieg feierte. Artus hatte zwar den Kampf gewonnen, das Land jedoch seinen sächsischen Besitzern gelassen. Die Sachsen lasen ihre Toten auf, zählten ihre Verluste und sahen sich immer noch in ihren alten Grenzen. Aber Cerdic, der dem britischen Heer nachblickte, als es, wieder gesammelt und in Marschordnung, das Schlachtfeld verließ, sagte finster und entschlossen:

»Auch für dich wird der Tag kommen, Artus. Dein Tag wird kommen.«

9

Der Tag kam. Er kam mit der Hoffnung auf Waffenruhe, auf Besinnung, auf Vernunft und Mäßigung.

Mordred zeigte als erster Vernunft. Er hatte nicht die Absicht, in Camelot einzuziehen, und noch weniger, es gegen seinen König zu halten, und versammelte seine Truppen auf dem flachen Gelände längs des kleinen Flusses Camel. Dort befanden sich die Übungsplätze, ein Heerlager und genügend Vorräte für einige Zeit. Und das war gut so, denn die Kriegsgerüchte hatten sich bereits in der Gegend verbreitet, und die Bewohner der Dörfer waren, wie einem vom Wind zugetragenen Befehl gehorchend, mit ihren Frauen, Kindern und Vieh in die befestigte Stadt gezogen, wo sie auf den Gemeindewiesen nordwestlich hinter den Mauern den Lauf der Ereignisse abwarteten. Als Mordred in jener Nacht seinen Rundgang machte, fand er seine Leute verwirrt und ein wenig verärgert vor, jedoch ihm immer noch in Treue ergeben. Man schien allgemein anzunehmen, der Hochkönig sei alt geworden und habe es an Urteilsvermögen fehlen lassen. Daß er dem Sachsenkönig Unrecht angetan hatte, wurde ihm bald verziehen; aber er hatte sich auch gegen seinen Sohn gestellt, gegen Mordred, den Regenten, den treuen Verwalter des Königreichs und Beschützer der

Königin. Das sagten sie zu Mordred, und sie waren sichtlich erfreut, als er ihnen versicherte, daß er entschlossen sei, Unterhandlungen zu führen.

»Kein Schwert wird sich gegen den Hochkönig erheben«, erklärte er ihnen, »es sei denn, wir sind gezwungen, uns gegen eine Verleumdung zur Wehr zu setzen.«

»Er bittet um eine Unterredung«, sagte Artus zu Bors.

»Werdet Ihr sie ihm gewähren?«

Die Streitkräfte des Königs waren in einiger Entfernung von denen des Regenten aufmarschiert. Zwischen ihnen plätscherte die Camel mit ihren von Schilfrohr und Hahnenfuß bewachsenen Ufern dahin. Der stürmische Himmel hatte sich gelichtet, und die Sonne schien wieder in ihrer Sommerpracht. Hinter Mordreds Zelten und Standarten erhob sich der große flachkuppige Hügel von Caer Camel mit den Türmen von Camelot, dessen goldene Zinnen in den Himmel ragten.

»Ja. Aus drei Gründen. Erstens, weil meine Mannen müde sind und Ruhe brauchen. So in der Nähe ihrer Familien, die sie seit vielen Wochen nicht gesehen haben, möchten sie bestimmt für ein paar Tage bei ihnen sein. Zweitens brauche ich Zeit und Verstärkung.«

»Und drittens?«

»Nun, weil es sein könnte, daß Mordred etwas zu sagen hat. Er steht nicht nur zwischen meinen Leuten und ihren Heimen, sondern auch zwischen mir und dem meinen, und um das zu klären, braucht es mehr als ein Schwert.«

Die beiden Heere richteten sich wachsam in ihren Stellungen ein, und Meldegänger liefen hin und her, unter Eskorte und mit allen gebührenden Ehren. Drei Kuriere wurden heimlich und rasch von Artus ausgesandt; der eine nach Caerleon mit einem Brief an die

Königin, der zweite nach Cornwall, um Constantin zur Hilfe zu rufen, der dritte in die Bretagne, um von Bedwyr Verstärkungen anzufordern, und sein persönliches Erscheinen zu erbitten, sobald es ihm möglich wäre.

Früher als erwartet kehrte dieser Bote zurück. Bedwyr, obwohl noch nicht völlig wiederhergestellt, war bereits mit seiner vortrefflichen Reiterei unterwegs und würde in wenigen Tagen beim König sein. Die Winde waren günstig und ließen eine glatte und rasche Überfahrt erhoffen.

Es war auch höchste Zeit, denn man hatte dem König inzwischen gemeldet, daß einige Herrscher der abgelegenen Fürstentümer sich versammelten, um nach Süden zu marschieren. Und die Sachsen entlang der ganzen Küste trafen Vorbereitungen, ins Innere des Landes vorzudringen.

Für den Entscheid der Fürsten war Mordred nicht verantwortlich, und er hätte ihnen, wenn es ihm möglich gewesen wäre, nach bestem Vermögen Einhalt geboten; aber er und Artus wurden, ohne es zu wollen, ohne Grund, von Stunde zu Stunde immer tiefer in eine Lage gedrängt, aus der es kein Zurück gab.

Auf einer Burg hoch im Norden, vor deren Fenstern die Vögel an diesem Morgen in den Birken sangen, warf Nimuë, die Zauberin, ihre Decke zurück und stieg aus dem Bett.

»Ich muß nach Applegarth!«

Ihr Gemahl Pelleas streckte lässig die Hand aus und zog sie zu sich in das Bett zurück.

»Wo die Raben über dem Schlachtfeld kreisen?«

»Wer hat von einem Schlachtfeld gesprochen?«

»Du, Liebste, in deinem Schlaf heute nacht.«

Sie löste sich aus seinem Griff, zog sich ihr halboffenes Gewand zu, blickte zu Boden. Ihre Augen, geweitet und noch vom Schlaf benommen, waren von Tragik umwölkt.

Er sagte sanft zu ihr: »Laß, Liebste, es ist eine erdrückende Gabe, aber du hast dich daran gewöhnt. Seit langem hast du davon gesprochen und es erwartet. Du kannst nichts mehr tun.«

»Nur warnen und wieder warnen.«

»Du hast sie beide gewarnt. Und Merlin erteilte die gleiche Warnung vor dir. Mordred wird Artus' Verhängnis sein. Jetzt nähert sich die Stunde, und obgleich du sagst, daß Mordred im Grunde seines Herzens kein Verräter ist, ließ er sich zu Taten treiben, die allen verräterisch erscheinen müssen, und ganz besonders dem König.«

»Aber ich kenne die Götter. Ich rede zu ihnen, sie begleiten mich auf Schritt und Tritt. Sie wollen nicht, daß wir tatenlos bleiben, nur weil wir glauben, daß Taten gefährlich sind. Sie haben ihre Drohungen immer hinter einem Lächeln verborgen, und umgekehrt lauert die Gnade hinter jeder Wolke. Wir mögen ihre Worte hören, doch wer kann sie über allen Zweifel hinaus erklären?«

»Aber Mordred ...«

»Merlin hätte ihn bei seiner Geburt tot gewünscht, und der König auch. Und doch ist so viel Gutes durch ihn geschehen. Wenn man sie jetzt noch dazu bringen könnte, miteinander zu reden, wäre das Königreich vielleicht gerettet. Ich werde nicht müßig abwarten, nicht einfach voraussetzen, daß das Verhängnis sich schon jetzt vollziehen muß. Ich werde nach Applegarth gehen.«

»Und was willst du dort tun?«

»Artus sagen, daß es keinen Verrat gibt, nur Ehrgeiz und Begehren. Zwei Dinge, die ihm in seiner Jugend im Überfluß zu eigen waren. Er wird mich anhören, glaub mir. Sie müssen miteinander reden, denn sonst werden sie Britannien entzweibrechen und die Feinde durch die Bresche eindringen lassen, die sie selbst geschlagen haben. Und wer soll das dann wiedergutmachen?«

Im königlichen Palast von Caerleon überbrachte der Kurier Guinevere den Brief. Sie kannte den Mann, der schon oft Nachrichten zwischen ihr und Mordred vermittelt hatte.

Als sie den Brief in der Hand umdrehte und das Siegel sah, wurde sie kreidebleich.

»Das ist nicht das Siegel des Regenten. Der König trug es auf dem Ring an seiner Hand. Hat man ihn gefunden? Ist mein Gemahl wirklich tot?«

Der Mann, der noch vor ihr kniete, fing die aus ihrer Hand fallende Rolle auf, erhob sich, trat einen Schritt zurück, starrte sie an.

»Aber nein, Madame. Der König lebt und befindet sich wohl. Habt Ihr es nicht gehört? Viel Böses ist geschehen, Lady, und noch immer steht nicht alles zum Besten. Aber der König ist heil nach Britannien zurückgekehrt.«

»Er lebt? Artus lebt? Dann ist dieser Brief – gib mir den Brief – vom König?«

»Ja, Madame.« Er gab ihr den Brief zurück. Die Wangen hatten wieder Farbe angenommen, aber ihre Hand zitterte, als sie das Siegel zu brechen versuchte. Ein Wirrsal von Gefühlen spiegelte sich auf ihrem Gesicht wie Schatten über fließendem Wasser. Am anderen Ende des Zimmers flüsterten die Frauen erregt, und auf ein Zeichen der ältesten von ihnen entfernte sich der Bote leise. Die auf seine Nachrichten erpichten Frauen folgten ihm hinaus.

Die Königin hatte nichts davon wahrgenommen. Sie begann den Brief zu lesen.

Als die erste Kammerfrau zurückkehrte, fand sie Guinevere allein und in großer Betrübnis vor.

»Wie? Meine Königin weint? Während ihr Herr Gemahl am Leben ist?«

Alles, was Guinevere zu sagen vermochte, war: »Ich bin verloren. Sie sind im Krieg, und wie es auch enden mag, ich bin verloren.«

Ein wenig später erhob sie sich. »Ich kann hier nicht bleiben. Ich muß zurück.«

»Nach Camelot, Madame? Wo die Heere sind?«

»Nein, nicht nach Camelot. Nach Amesbury. Keine von euch braucht mit mir zu kommen, wenn sie es nicht will. Dort habe ich alles für meinen Bedarf. Sag es ihnen für mich, bitte. Und hilf mir, mich reisefertig zu machen. Ich will jetzt gleich aufbrechen. Ja, heute abend noch.«

Mordreds Bote, der gerade ankam, als die morgendlichen Marktkarren über die Iscabrücke rollten, fand den Palast in hellem Aufruhr vor. Die Königin war abgereist.

10

Es war ein leuchtendheller Tag, der letzte des Sommers. Früh am Morgen geleiteten die Herolde der beiden feindlichen Lager ihre Führer zur lang erwarteten Unterredung.

Mordred hatte nicht geschlafen. Die ganze Nacht war er wach gewesen, hatte nachgedacht. Was sollte er sagen? Und wie? Welche Worte wären klar genug, um kein Mißverständnis aufkommen zu lassen, und doch wieder nicht so scharf, daß sie zu Unversöhnlichkeit führen könnten? Wie sollte er dem müden, gramgebeugten, alternden König erklären, daß nichts mehr so sein würde, wie es früher gewesen war? Daß er ihm auch weiterhin die Treue halten könnte, wie er sie ihm immer gehalten hatte, aber als gleichgestellter Herrscher und nie mehr an zweiter Stelle? (Gemeinsame Herrscher vielleicht? Könige des Nordens und des Südens? Würde Artus das auch nur in Betracht ziehen?) Morgen am Verhandlungstisch sollten sich Vater und Sohn zum ersten Mal als ebenbürtige Führer begegnen und nicht mehr als König und Stellvertreter. Aber als zwei sehr verschiedenartige Führer. Mordred hatte immer gewußt, daß er, wenn seine Zeit käme, nie ein Abbild seines Vaters sein würde, sondern ein König auf seine Art. Artus gehörte einer anderen Generation an, und sein Sohn hatte seine eigenen Gedanken und Ziele. Das wäre auch ohne die Verschiedenheit ihrer Erziehung so gewesen. Was für Mordred harte Notwendigkeit war, mußte es nicht für Artus sein, aber beide hatten die gleiche Einstellung zu ihrer Pflicht: Sie war ihnen rückhaltloses Gebot. Ob der alte König je in den neuen Ideen, deren Kommen Mordred vorausgesehen und die sich in dem Begriff ›Junge Kelten‹ (wenn auch zum Schluß mit schlechtem Sinn) verkörpert hatten, etwas anderes als Verrat sehen würde, konnte er nicht einmal vermuten. Und dann die Königin. Das konnte er ihm nicht sagen: ›Selbst wenn Ihr tot wärt, welche Aussichten hätte ich gehabt, solange Bedwyr noch lebte?‹

Stöhnend wälzte er sich auf seinen Kissen, biß sich auf die Lippe, weil er fürchtete, die Wache könnte ihn hören. Im Feldlager macht man leicht aus jeder Kleinigkeit ein böses Omen.

Daß er ein Führer war, wußte er. Selbst jetzt, da die Standarte des Hochkönigs über dem Lager am See wehte, waren ihm seine Leute treu geblieben. Und hinter dem Hügel hatten die Sachsen ihre Zelte aufgeschlagen. Zwischen ihm und Cerdic war auch jetzt noch ein für beide Seiten lohnendes Bündnis möglich; eine bäurische Genossenschaft hatte er es genannt, und der alte Sachse hatte darüber gelacht… Aber nicht zwischen Cerdic und Artus, weder jetzt noch irgendwann… Gefährlicher Boden, gefährliche Worte. Der bloße Gedanke daran galt jetzt noch als unsinnig. Wieder drehte er sich um, suchte eine kühle Stelle auf dem Kissen, bemühte sich, für einen Augenblick wieder Artus' pflichtgetreuer, bewundernder, gehorsamer Sohn zu sein.

Irgendwo krähte ein Hahn. Im Dämmerzustand des

Halbschlafs sah er die Hühner über das Besengras zum Kiesstrand laufen. Sula streute das Futter aus. Über ihr kreisten und kreischten die Möwen, und einige wagten, im Flug nach den Körnern zu picken. Sula hob lachend den Arm und verscheuchte sie.

Schrill wie der Schrei der Möwe verkündete die Trompete den Tag der Unterredung.

Eine halbe Meile entfernt schlief Artus in seinem Zelt am Seeufer, aber sein Schlaf war unruhig, und er träumte.

In seinem Traum ritt er am Seeufer entlang, und dort stand Nimuë in einem Kahn, stakte ihn durch das seichte Wasser; nur war es nicht Nimuë, sondern ein Knabe mit Merlins Augen. Der Knabe blickte ihn mahnend an und wiederholte mit Merlins Stimme, was Nimuë ihm gestern gesagt, als sie, mit ihren Jungfrauen im Kloster von Ynys Witrin angekommen, ihn um eine Unterredung gebeten hatte.

»Du und ich, Emrys«, (das war der Kindheitsname, den Merlin ihm gegeben hatte) »haben uns von der Prophezeiung verblenden lassen. Wir lebten im Bann des Verhängnisses, und nun dünkt es uns, daß das lang gefürchtete Schicksal sich vollziehen wird. Aber höre, Emrys, das Schicksal wird von den Menschen bestimmt, nicht von den Göttern. Unsere eigenen Torheiten, nicht die Götter, führen uns ins Verhängnis. Die Götter sind Geister, sie wirken durch Menschenhand, und es gibt Menschen, die den Mut haben, aufzustehen und zu sagen: *›Ich bin ein Mensch; ich werde es nicht tun.‹*

Hör mich an, Artus. Die Götter haben gesagt, daß Mordred dein Verhängnis sein wird. Falls dem so ist, so wird es nicht durch eine von ihm gewollte Tat geschehen. Zwing ihn nicht zu dieser Tat … Ich werde dir jetzt erzählen, was zwischen Mordred und mir ein Geheimnis bleiben sollte. Vor einiger Zeit kam er zu mir nach Applegarth und bat mich um Hilfe gegen das ihm vorausgesagte Schicksal. Er schwor, daß er sich eher töten werde, als dir ein Leid anzutun. Wenn ich ihn nicht gehindert hätte, wäre er tot. Wer ist also schuldig, er oder ich? Und dann begab er sich nach Bryn Myrddin, um allen Trost zu suchen, den ich, Merlin, ihm zu geben vermochte. Wenn er den Versuch wagen konnte, den Willen der Götter abzuwenden, so kannst du es auch, Artus. Leg dein Schwert zur Seite und hör ihn an. Nimm keinen anderen Rat, rede mit ihm, höre und lerne. Jawohl, lerne. Denn du wirst alt, Artus-Emrys, und die Zeit wird kommen, ist gekommen, da du und dein Sohn Britannien wie ein in Wolle gehülltes Kleinod in euren Händen haltet. Lockert den Griff, und es fällt zu Boden, bricht in Scherben, vielleicht für immer.«

In seinem Traum wußte Artus, daß er ihrem Rat gefolgt war. Er hatte die Unterredung einberufen, beschlossen, sich alles anzuhören, was sein Sohn ihm zu sagen hätte, aber immer noch weinte Nimuë-Merlin, stand im Kahn, der über den spiegelglatten See glitt und im Dunst verschwand. Und dann, plötzlich, als er sein Pferd wendete, um sich zum Treffen zu begeben, strauchelte das Tier, und er stürzte kopfüber ins tiefe Wasser. Das Gewicht seiner Rüstung – warum ging er vollbewaffnet zu einer Friedensverhandlung – zog ihn tiefer und tiefer hinunter in einen schwarzen Abgrund, wo Fische ihn umschwammen, wo Wasserschlangen wie Schlingpflanzen und Schlingpflanzen wie Wasserschlangen sich um seinen Körper wickelten und ihm die Glieder lähmten …

Er schrie auf und erwachte naß von Schweiß, als wäre er tatsächlich ertrunken, aber als seine Diener und Wachen herbeieilten, lachte er, nahm es nicht ernst, schickte sie fort und verfiel gleich wieder in unruhigen Schlaf.

Dieses Mal kam Gawain zu ihm, ein blutiger und

toter Gawain, doch irgendwie von einer grotesken Energie erfüllt, ein Gespenst des alten kämpferischen Gawains. Auch er schwamm auf der Oberfläche des Sees, kam aber direkt aus dem Wasser in das Zelt des Königs, stellte sich neben das Bett, zog einen Dolch aus seinem blutverkrusteten Gürtel und hielt ihn dem König entgegen.

»Bedwyr«, sagte er, nicht in jenem hohlen Flüsterton, mit dem Gespenster sprechen, sondern mit hoher schriller Stimme, knarrend und rasselnd wie die im Wind schwankenden Zeltpfähle. »Wartet auf Bedwyr. Versprecht dem Verräter alles, was er will, Land, Herrschaft, das Hochkönigreich nach Euch. Sogar die Königin. Alles, um ihn hinzuhalten, bis Bedwyr mit seiner Streitmacht kommt. Und dann, wenn Ihr Euch des Sieges gewiß seid, greift ihn an und tötet ihn.«

»Aber das wäre doch Verrat.«

»Was einen Verräter vernichtet, ist kein Verrat.« Jetzt sprach Gawains Geist seltsamerweise mit Artus' Stimme. »Auf diese Weise bist du sicher.« Das blutverschmierte Messer fiel auf das Bett. »Zerschmettere ihn, vernichte ihn, Artus, sei sicher, sicher, sicher …«

»Sir?«

Der Diener am Bett berührte die Schulter des Königs, schreckte jedoch zurück, als Artus sich jäh aufrichtete, sich wie im Zorn umblickte. Aber dann sagte er nur barsch: »Sag ihnen, sie sollen gefälligst das Zelt nachspannen. Wie kann ich schlafen, wenn alles um mich herum zittert und wackelt, als ob ein Sturm bliese?«

Beim Austausch der Herolde war man übereingekommen, daß vierzehn Offiziere von jedem Lager sich an einem Punkt in halber Entfernung zwischen den Heeren treffen sollten.

Nicht weit vom Seeufer erstreckte sich ein Streifen trockenen Moorlands, wo man zwei kleine Zelte errichtet hatte, zu beiden Seiten eines Holztischs, auf den die Schwerter der beiden Führer gelegt wurden. Falls die Unterhandlung scheitern sollte, so galt das Erheben eines Schwerts als Aufforderung zur Schlacht. Über dem einen Zelt wehte die Standarte des Königs, der Drachen auf goldenem Grund. Mordred als Regent hatte das Recht, die gleiche Flagge zu hissen. Aber da er es als notwendig erachtete, in Gnade empfangen zu werden und nicht den geringsten Anstoß zu erregen, hatte er den Befehl gegeben, seine Königsflagge einzurollen und nur eine einfache Fahne zu hissen, bis der Tag vorüber wäre und er wieder zum Alleinerben Artus' erklärt werden würde.

So flatterte eine weiße Fahne über dem anderen Zelt, und als die beiden Herrscher am Verhandlungstisch Platz nahmen, sah Mordred seinen Vater erstaunt aufblicken. Er wußte nicht, daß Artus in seiner Jugend mit einem weißen Banner in die Schlacht gezogen war. »Weiß ist meine Farbe«, hatte er damals verkündet, »bis ich meinen eigenen Wahlspruch geschrieben habe, und den werde ich schreiben, allen Hindernissen zum Trotz.«

Zu Nimuë in ihrem Jungfrauenkloster auf der Seeinsel kam Artus' Schwester Morgan. Die einst so hochmütige Königin wirkte bescheiden und ängstlich, denn sie wußte wohl, welches Schicksal sie erwartete, wenn Artus die Schlacht oder sein Leben verlöre. Sie war ihres Bruders Feind gewesen, aber ohne ihn hatte sie überhaupt nichts mehr zu erhoffen. So konnte man ihr jetzt vertrauen und ihre Kunst und Zaubergabe, deren sie sich so rühmte, für ihn nutzen.

Nimuë nahm sie bei sich auf. Als Oberin des Seeklosters schuldete sie Morgan, der Königin und Zauberin, keine besondere Ehrfurcht. Unter ihren Jungfrauen waren noch andere von königlichem Geblüt, eine Kusine Guineveres aus Nordwales, eine zweite aus

Manau Guotodin. Mit ihnen wies sie Morgan an, Wundsalben und Heilmittel zu bereiten und die Barken zu betreuen, mit denen die Verletzten über den See gebracht werden sollten, um auf der Insel zu genesen.

Sie hatte Artus gewarnt und ihm das Versprechen abgenommen, daß er die Unterhandlung einberufen und den Regenten anhören werde. Aber Nimuë wußte, ungeachtet ihrer an Pelleas gerichteten Worte, was die Götter hinter den Sturmwolken verbargen, die sich gerade jetzt jenseits des spiegelglatten Sees zu ballen begannen. Winzig klein sah man von der Insel aus die beiden Zelte und den kleinen Zwischenraum, der sie trennte.

Trotz der Wolken, die sich am fernen Horizont türmten, versprach es, ein schöner Tag zu werden.

Und der Tag nahm seinen Lauf. Die Offiziere, die ihre Führer zum Verhandlungstisch begleitet hatten, zeigten sich zuerst recht befangen, musterten argwöhnisch Freunde oder ehemalige Kameraden, die jetzt auf der anderen Seite standen, aber nach einer Weile entspannten sie sich, begannen miteinander zu plaudern und bildeten Gruppen hinter den Zelten ihrer Führer.

Außer Hörweite von ihnen standen Artus und Mordred. Von Zeit zu Zeit und wie im Einvernehmen machten sie ein paar Schritte, gingen auf und ab. Manchmal sprach der eine, manchmal der andere. Die Beobachter, die, selbst während sie von anderen Dingen redeten, die beiden nicht aus den Augen ließen, versuchten zu erraten, was sich zwischen ihnen abspielte. Aber sie konnten es nicht. Der König, immer noch müde aussehend und mit tief gefurchter Stirn, schien sich mit höflicher Ruhe anzuhören, was der jüngere Mann ihm mit offenbarer Eindringlichkeit zu sagen hatte.

Etwas weiter fort, von wo fast nichts zu sehen und hören war, hielten sich die Heere bereit. Die Sonne stieg höher. Es wurde heißer, und die glatte Oberfläche des Sees flimmerte in blendendem Licht. Pferde stampften, schnaubten, schlugen mit den Schwänzen aus, litten unter der Hitze und den Fliegen, und in den Reihen der Soldaten wich die anfängliche Neugierde einer bedrohlichen Unruhe. Die ebenfalls überreizten Offiziere hielten sie im Zaum, so gut sie konnten, blickten immer wieder mit ständig wachsender Spannung zum Tisch und zum Himmel. Irgendwo in der Ferne ertönte das erste dumpfe Rollen des Donners. Die Luft war schwül, und man fühlte das nahende Gewitter. Es schien offenbar, daß niemand den Kampf wollte, doch wie bei jenen Launen des Schicksals, die Gewalt entfesseln, steigerte sich die Spannung immer mehr, je länger sich die Friedensgespräche hinzogen, bis schließlich der geringste Funke genügte, um ein Feuer zu entflammen, das nur noch der Tod zu löschen vermag.

Keiner derer, die sie beobachteten, sollte je erfahren, was zwischen Artus und Mordred besprochen wurde. Einige erzählten später – die wenigen, die es überlebten –, daß der König zum Schluß gelächelt habe. Verbürgt ist, daß man sah, wie er seinen Sohn freundlich beim Arm nahm und mit ihm zum Tisch zurückkehrte, wo neben den beiden nackten Schwertern zwei Becher und ein goldener Weinkrug standen. Die in nächster Nähe Stehenden hatten einige Worte vernommen:

»... um nach meinem Tode Hochkönig zu sein«, sagte Artus, »und dir inzwischen eigenes Land zu nehmen.«

Mordreds Antwort kam zu leise, um gehört zu werden. Der König wies seinen Diener an, Wein einzuschenken und sprach wieder. Man hörte nur ›Cornwall‹, dann ›Kent‹, und dann: »Es könnte sich wohl erweisen, daß du recht hast.«

Hier hielt er inne und blickte sich um, als habe ein Geräusch ihn unterbrochen. Ein heftiger Windstoß,

Vorbote des Gewitters, rüttelte an der Seide seines Zeltes, zerrte an den Seilen. Artus hob die Schultern, als wenn er fröstelte, warf seinem Sohn einen seltsamen Seitenblick zu (der Diener erzählte später diesen Teil der Geschichte), einen Blick, der sich im plötzlich aufblitzenden Zweifel auf Mordreds Gesicht widerspiegelte, als ob sich hinter dem Lächeln, den beschwichtigenden Worten und dem angebotenen Trunk eine List verbergen könnte. Dann jedoch lächelte der Regent achselzuckend und nahm den Becher aus seines Vaters Hand.

Ein Raunen lief durch die Reihen der wartenden Krieger, wie das Rauschen des Windes in einem Kornfeld.

Der König hob seinen Becher, und die Sonne funkelte auf dem goldenen Rand.

Doch dann sah er ein zweites Funkeln in der Gruppe neben seinem Zelt, wirbelte herum, brüllte einen Befehl. Aber es war zu spät.

Eine Natter, gescheckt und kaum einen Fuß lang, war aus ihrem Versteck gekrochen, um sich in der Sonne zu wärmen. Ein Offizier Artus', der die Szene am Tisch verfolgte, hatte unabsichtlich nach ihr getreten, die Natter war emporgeschnellt und hatte ihn gebissen. In seinem Schmerz taumelte der Mann zurück und sah die Schlange. Als geschulter Kämpfer überlegte er nicht lange, zog sein Schwert, schlug auf die Schlange ein und tötete sie.

Die Sonne glitzerte auf der Klinge. Das aufblitzende Schwert, des Königs erhobener Arm, die plötzliche Bewegung, der Befehlsruf, das alles geschah in Sekundenschnelle und gab den wartenden Truppen das langersehnte Signal. Die Untätigkeit, die nervenzerreißende Spannung, die drückende Hitze, der Schweiß, die Ungewißheit des endlosen Wartens, die ganze angestaute Ungeduld entlud sich jäh in einem einzigen wilden Schrei auf beiden Seiten des Feldes.

Es war Krieg. Der Tag war gekommen, der Tag des Unheils.

Zu Dutzenden blitzten die Klingen auf, als die Offiziere auf beiden Seiten die Schwerter zogen. Trompeten schallten, übertönten die Rufe der Ritter, die, zwischen den Heeren eingedrängt, den Knappen die Zügel ihrer Pferde entrissen, sich in die Sättel schwangen und in wilder Verzweiflung versuchten, die aufeinander einstürmenden Reihen zurückzutreiben. Man hörte sie nicht, und ihre wütenden Gesten, die man für Anspornungen zum Kampf hielt, waren vergeblich. Es dauerte Sekunden, Sekunden der Verwirrung und tosenden Lärms, bis die ersten Reihen der beiden Heere in dröhnendem Krachen aneinanderprallten. Der König und sein Sohn wurden zurückgedrängt, jeder an seinen Führungsposten, Artus unter sein Drachenbanner, Mordred – nicht mehr Regent, nicht mehr Sohn des Königs, für immer als Verräter gebrandmarkt – unter die weiße Fahne, die jetzt nie mehr ein Wappen schmücken sollte. Und dann, dem Trompetenruf folgend, rollte das Heer der Sachsen wie eine Brandung über das Feld, mit ihren Speeren, ihren wallenden Mähnen und den zottigen Pferden, und hinter ihnen die schwarzen Banner der Krieger des Nordens, die, wie die Raben, es kaum erwarten konnten, über die Toten herzufallen.

Bald, doch zu spät, verschwand die Sonne, die das funkelnde Signal ausgelöst hatte, hinter den langsam aufziehenden Gewitterwolken. Der heiße Himmel verfinsterte sich, und in der Ferne zuckten die ersten Blitze, die Verkünder des Sturms.

Noch einmal begegneten sich der König und sein Sohn.

Gegen Ende des Tages, inmitten seiner toten oder sterbenden Freunde und alten Gefährten, der umsonst gefallenen Mannen, deren Leichen zu Hunderten in den jetzt finsteren und drohenden Himmel starrten, erinnerte sich Artus wohl kaum noch, daß er in Mordred je etwas anderes gesehen hatte als einen Verräter und Eheschänder. Das offene Gespräch, die während der Verhandlung erbrachten Wahrheitsbeweise, der Glaube und das wiederhergestellte Vertrauen, das alles war im ersten Sturm des Angriffs vergessen. Artus, der Schlachtenführer, zog wieder ins Feld. Mordred war der Feind, die sächsischen Verbündeten seine wilden Helfershelfer. Diese Schlacht war schon oft geschlagen worden. Es war Glein und Agned, Caerleon und Linnuis, Cit Coit Caledon und Badon Hill. Auf all diesen Schlachtfeldern hatte der junge Artus gesiegt, für sie alle hatte ihm sein Prophet und Ratgeber Merlin Sieg und Ruhm versprochen. Auch hier auf dem Feld von Camel war ihm der Sieg gewiß.

Am Ende des Tages, unter dem schwarzen Himmel, beim Rollen des Donners und dem weißen Aufflammen der Blitze, die über dem Wasser des Sees zuckten, begegneten sich Artus und Mordred, Angesicht zu Angesicht.

Kein Wort wurde gesprochen. Was konnten Worte noch ausrichten? Für Mordred wie für seinen Vater war der andere jetzt der Feind. Was gewesen, war gewesen, und außer der Notwendigkeit, dem Augenblick ein Ende zu machen, und mit ihm dem Tag, gab es keine Zukunft mehr.

Es wurde später erzählt, niemand weiß von wem, daß die beiden Männer im Augenblick der Begegnung, jetzt zu Fuß und weiß vom Staub des Schlachtfelds, in Schweiß gebadet, einander erkannt hatten. Mordred blieb stehen, bevor er zur Waffe griff. Artus, der erfahrene Kämpfer, tat es nicht, stieß seinem Sohn den Speer direkt zwischen die Rippen.

Blut schoß aus der Wunde, bespritzte Artus' Hand. Er lockerte den Speer und griff nach dem Schwert. Mordred sprang ihn an wie ein vom Spieß getroffener

Eber. Das Ende des Schafts schlug zu Boden, er stützte sich darauf und kam, noch im Schwunge seiner zu späten Abwehrbewegung, in Schwertweite seines Vaters. Artus' Hand, glitschig vom Blut, rutschte am Knaufe Caliburns ab, und im selben Augenblick traf ihn Mordreds Schwert, während dieser sterbend hinsank, mit einem harten und tödlichen Schlag in die Schläfe.

Mordred stürzte in die Lache seines eigenen Bluts. Artus stand eine Weile ganz still, das Schwert fiel ihm aus der blutigen rechten Hand, die linke bewegte sich schlaff, wie um einen leichten und schwachen Hieb abzuwenden, und dann sackte er langsam zusammen, beugte und krümmte sich, strauchelte, ging zu Boden, lag in seinem Blut, das sich mit dem Mordreds mischte.

Die Wolken brachen, und die Regenflut prasselte nieder wie ein Wasserfall.

EPILOG

Einen Augenblick noch spürte Mordred das kühlende Naß auf dem Gesicht und wurde sich der Dunkelheit ringsum bewußt. Stille herrschte, und die Geräusche kamen wie von weit her, wie plätschernde Wellen an einem fernen Strand.

Irgendwo ein Schrei: *»Der König! Der König!«*

Ein Vogel pfiff. Die Weibchen liefen über den Kies am Meer und suchten nach Futter. Eine Möwe kreischte, schrie in menschlicher Sprache: *»Der König! Der König!«*

Dann – und jetzt war er sicher, daß er träumte – Frauenstimmen. Er konnte nichts sehen, fühlte nichts, aber er hörte noch das Rascheln eines Kleides und nahm einen weiblichen Duft wahr. Stimmen wehten an ihm vorüber, doch keine berührte ihn. Eine Frau sagte:

»Hebt ihn vorsichtig. Hierher. Ja, ja, Herr, bleibt ruhig liegen. Alles wird gut sein.«

Dann die Stimme des Königs, zu schwach und nicht mehr verständlich, gefolgt von der – wie kann das sein? – Bedwyrs:

»Es ist hier. Ich habe es. Die Frau wird es verwahren, bis Ihr es wieder braucht.«

Dann der Regen, das Quietschen von Ruderdollen, klagende Frauenstimmen, immer ferner auf dem plätschernden Wasser, rauschender Regen.

Seine Wange war auf ein Kissen von Thymian gebettet. Der Regen hatte das Blut fortgewaschen, und der Thymian verbreitete sommerlichen Duft.

Die Wellen plätscherten. Die Ruder quietschten. Die

Seevögel schrien, ein Tümmler aalte sich glitzernd in der Sonne.

Und am fernen Horizont sah er das goldene Ufer des Königreichs, von dem er, seit er ein kleiner Junge war, geträumt hatte.

DIE LEGENDE

Ich habe zwei Quellen benutzt, die von Geoffrey von Monmouth im zwölften Jahrhundert geschriebene *Historia Regum Britanniae* und Malorys epischen Roman *Le Morte d'Arthur* aus dem fünfzehnten Jahrhundert.

Geoffrey von Monmouths *Geschichte der britischen Könige:*

Zur Zeit des Kaisers Leo sandte Lucius Hiberius, Prokurator der römischen Republik, eine Botschaft an König Artus mit der Aufforderung, Rom den Tribut zu entrichten, und dem Befehl, sich ob seiner Versäumnis vor dem Senat zu verantworten. Eine Weigerung bedeutete, daß die Römer Britannien angreifen und wieder unter die Herrschaft der römischen Republik stellen würden.

Artus antwortete darauf, indem er ein Heer versammelte und sich mit ihm über das Meer in die Bretagne zu seinem Vetter König Hoel begab und seine Verbündeten aufrief, sich ihm anzuschließen. Inzwischen schickte er Gesandte an Lucius Hiberius, um ihm mitzuteilen, daß er den Tribut nicht entrichten und kämpfen würde. ›Daraufhin ziehen die Gesandten ab, die Könige machen sich auf, die Ritter und Barone, und sie zaudern nicht lange, das zu vollbringen, was zu tun ihnen geheißen war.‹

Unterdessen wurde Artus und Hoel böse Kunde überbracht. Ein ungeheuerlicher Riese hatte Hoels Nichte, die Prinzessin Helena, entführt und war mit ihr auf den Gipfel des Berges von St. Michael geflohen. Artus brach mit Kay und Bedivere auf, um das Ungeheuer zu stellen. Sie sahen ein Feuer auf dem Berge und ein zweites auf einer kleinen Insel in der Nähe. Bedivere sandte Kundschafter aus, fand ein kleines Boot und ruderte zur Insel, wo er, als er an Land ging, das Geheul einer klagenden Frau vernahm, und am Feuer fand er ein altes Weib, das vor einem frischen Grabhügel weinte. Der Riese hatte die Prinzessin getötet und war in seine Behausung auf dem Berge von St. Michael zurückgekehrt. Bedivere berichtete es Artus, der daraufhin das Ungeheuer vor seiner Berghöhle angriff und im Zweikampf tötete.

Dann versammelte König Artus sein Heer und zog mit seinen Verbündeten nach Autun im Burgund, um den Römern eine Schlacht zu liefern. Er schickte einen Gesandten voraus, forderte Lucius Hiberius auf, sich zurückzuziehen, weil er, Artus, ihn sonst bekriegen würde, wie er es geschworen hatte. Gawain war mit der Gesandtschaft, und die jüngeren Ritter, rauflustig und auf einen Kampf erpicht, stachelten ihn an, einen Streit vom Zaun zu brechen, was er auch tat. Nach einem heftigen Wortwechsel tötete er den Römer Cajus Quintilianus, den Neffen des Hiberius. So kam es zur Schlacht. Bedivere und Kay wurden getötet, aber Artus siegte und rückte weiter nach Osten vor, in der Absicht, nach Rom zu ziehen und sich dort zum Kaiser krönen zu lassen.

Aber da hörte er, daß sein Neffe Mordred, dem er in seiner Abwesenheit die Regierung des Königreiches anvertraut, die Königskrone an sich genommen und Königin Guinevere zur Frau genommen hatte, obgleich sie verheiratet war.

Mordred hatte auch Cedric, den Sachsenfürsten, nach Germanien gesandt, um dort seine Landsleute aufzubieten und sie nach Britannien zu bringen, als Verstärkung für Mordreds Heer. Dafür sollten den Sachsen größere Ländereien zugeteilt werden. Mordred hatte auch die Schotten, Pikten und Iren um sich geschart und traf Vorbereitungen, die Rückkehr Artus' nach Britannien abzuwehren.

Artus eilte zurück, landete bei Richborough und schlug dort Mordreds Heer, aber Gawain wurde im Kampfe getötet. Mordred floh, lieferte jedoch noch eine Schlacht bei Winchester, wo er die Königin untergebracht hatte. Von der Angst getrieben, suchte sie Zuflucht in einem Kloster nahe Caerleon, wo sie den Schleier nahm. Artus und Mordred kämpften wieder bei Winchester, und wieder floh Mordred, dieses Mal in die Richtung von Cornwall, wo er und Artus in einer letzten Schlacht am Flusse Camel fielen.

Artus, der zur Heilung seiner Wunden auf die Insel Avilion gebracht worden war, überließ sein Königreich Constantin von Cornwall. Es war eine der ersten Taten Constantins, sich der beiden Söhne Mordreds habhaft zu machen und sie auf dem Altar des Heiligtums ›eines grausamen Todes‹ sterben zu lassen.

Sir Thomas Malorys *Morte d'Arthur:*

1. Als Artus hörte, daß Mordred geboren war, ließ er alle im selben Monat geborenen Kinder holen, in der Hoffnung, Mordred zu finden und ihn zu vernichten. Das Schiff, auf dem die Kinder waren, versank, aber Mordred wurde gerettet und von einem guten Mann aufgenommen, der ihn bis zu seinem vierzehnten Lebensjahr ernährte und dann an den Hof brachte.

2. Als Königin Morgauses Söhne erfuhren, daß sie Sir Lamorak zum Buhlen genommen hatte, luden Gawain und seine Brüder sie in ein Schloß in der Nähe von Camelot ein, in der Absicht, Lamorak dort in die Falle zu locken und zu töten. Eines Nachts, da Lamorak mit der Königin war, ergriff Geheris die Gelegenheit, kroch vollbewaffnet an ihr Bett, packte seine Mutter an den Haaren und schlug ihr den Kopf ab. Da Lamorak unbewaffnet war, konnte Geheris ihn nicht töten. Lamorak hatte keine andere Wahl als zu fliehen,

aber schließlich kamen ihm die Brüder aus Orkney und Mordred auf die Spur und töteten ihn.

3. Einige Zeit später forderten Agravaine und Geheris Sir Tristram zum Kampf heraus, doch er verweigerte es ihnen, weil er sie an ihrem Wappen als Artus' Neffen erkannt hatte. »Es ist eine Schande«, sagte er, »daß Sir Gawain und ihr, die ihr von so edlem Geblüt seid und einen solchen Namen tragt, im Verrufe steht, die schlimmsten Mörder der edelsten Ritter im ganzen Lande zu sein.« Die Brüder riefen dem cornischen Ritter Beschimpfungen zu, worauf er sich umkehrte und davonritt. Agravaine und Geheris griffen ihn rücklings an. Tristram, nun zum Kampfe gezwungen, schlug Agravame auf den Kopf, verwundete ihn schwer, und stieß Geheris aus dem Sattel. Gareth, der später mit Tristram sprach, erklärte sich uneins mit seinen Brüdern. »Ich halte mich aus ihren Angelegenheiten heraus, und deshalb liebt mich keiner von ihnen. Und da ich verstehe, daß sie Mörder edler Ritter sind, will ich nichts mehr mit ihnen gemein haben.«

4. Agravaine und Mordred haßten Königin Guinevere und Lancelot. Agravaine bestand darauf, daß der König von dem Ehebruch erführe, den er zu beschwören bereit war (und den Lancelot später unter Eid ableugnete). So ging er zu Artus und erzählte ihm vom Betrug Lancelots und der Königin, die, wie das Gesetz es befahl, vor Gericht gebracht werden müßten. Er erbot sich, Artus den Beweis zu liefern. Der König, der die Beschuldigung lieber nicht gehört hätte, da er sowohl Lancelot als der Königin sehr zugetan war, sah sich gezwungen, ihm die Bitte zu gewähren. Er erklärte sich einverstanden, auf die Jagd zu gehen und Guinevere zu sagen, daß er die Nacht fortbleiben werde. Agravaine und Mordred scharten zwölf Ritter um sich – offenbar Landsleute von ihnen aus Orkney – und versteckten sich in der Nähe des Schlafgemachs der Königin, um die Ereignisse abzuwarten. Als Lance-

lot Sir Bors anvertraute, daß die Königin ihn in dieser Nacht zu einem Gespräch bei sich gebeten hatte, versuchte Sir Bors, verlegen, jedoch nicht wissend, was sich da anbahnte, ihn zurückzuhalten. Lancelot wollte ihn nicht anhören und ging zur Königin. Auf ein verabredetes Zeichen stürmten die zwölf Ritter an Guineveres Schwelle, riefen: »Jetzt seid ihr überführt!«, und stießen die Tür mit einer Bank auf. Lancelot, der nicht bewaffnet war, schlug sich den Mantel um den Arm, ließ den ersten herein und tötete ihn. Die Frauen der Königin halfen ihm, die Rüstung des Toten anzulegen. Im folgenden Gemenge tötete er Agravaine und Gareth, während Mordred nur verletzt wurde und fliehen konnte. Er ritt geradewegs zum König und erzählte ihm von der Metzelei; Artus grämte sich bitterlich, weil er wußte, daß es das Ende der Geselligkeit der Tafelrunde bedeutete, und auch weil er jetzt gezwungen war, nach dem Gesetz zu handeln und Guinevere der peinlichen Feuerprobe auszusetzen.

Dann folgt die unvermeidliche Rettung in letzter Minute. Den Liebenden gelingt die Flucht, sie begeben sich auf Lancelots Schloß Frohewacht (Joyous Guard), Artus setzt ihnen nach, besiegt Lancelot in einer Schlacht, worauf dieser die Königin feierlich zu ihrem Gemahl zurückführt und sich über das Meer flüchtet. Lancelot, ›der über ganz Frankreich herrschte‹, zog auf sein Schloß in Burgund und versammelte dort ein Heer, um König Artus Widerstand zu leisten. Artus ließ Mordred als Regenten zurück, als ›Herrscher über ganz England‹, und schiffte sich mit Gawain und einer großen Streitmacht ein, um Lancelot in Burgund anzugreifen. Es kam zu einer großen Schlacht mit schrecklichen Verlusten auf beiden Seiten.

Aber dann wurde Artus gemeldet, Mordred habe mit gefälschten Briefen, die angeblich vom Kontinent gekommen waren, die Nachricht verbreitet, daß er, Artus, umgekommen sei. Mordred hatte ein Parlament einberufen, das ihn zum König ernannte, und seine Absicht kundgetan, Guinevere zur Frau zu nehmen. Sie jedoch war unwillig, floh in die Towerfestung von London und hielt sie gegen ihn. Während Mordred sie umzustimmen versuchte, hörte er, daß König Artus an der Spitze einer Streitmacht heimkehrte, um sein Königreich zurückzuerobern. Mordred sandte im ganzen Lande Boten aus, um Hilfe anzufordern, die er dann auch in großem Maße fand, denn ›es herrschte Einstimmigkeit unter ihnen, daß es unter Artus kein anderes Leben gab, als Krieg und Kampf, während unter Sir Mordred viel Freude und Segen zu erwarten war... Und so erging es den Leuten zu jener Zeit, daß sie an Sir Mordred mehr Gefallen fanden‹, als zuvor an König Artus. Also zog Mordred mit einem großen Heer nach Dover, wo er sich der Landung seines Vaters widersetzte. Eine schreckliche Schlacht folgte. Gawain wurde sterbend auf einem halb an Land gezogenen Boot gefunden, und in seinen letzten Atemzügen riet er Artus, Lancelot zu vergeben und zurückkommen zu lassen, damit er ihm helfe, Mordred zu vernichten. Dann starb Gawain. Artus verfolgte Mordred und sein fliehendes Heer und lieferte ihm noch einmal die Schlacht im Hügelland, wo Mordred abermals in die Flucht geschlagen wurde.

Schließlich trafen sich die beiden Heere wieder ›an der Meeresküste westlich von Salisbury, nicht weit vom Ufer‹. Unter Mordreds Truppen waren die ›aus Kent, Southsex und Surrey, Estsex, Southfolk und Northfolk‹. Aber während der Nacht hatte Artus böse Träume, in denen ihm Gawain erschien und ihn warnte, daß er sterben werde, falls er am folgenden Tage kämpfte. Wieder riet ihm Gawain, Lancelot kommen zu lassen und Mordred mit Versprechungen hinzuhalten, um die Schlacht so lange hinauszuzögern, bis Hilfe käme und Mordred vernichtet werden könnte.

So sandte der König Boten an Mordred und versprach ihm ›so viel Land und Güter, wie es dir beliebt … und zuletzt sollte Sir Mordred zu Artus' Lebzeiten Cornwall und Kent erhalten, später ganz England, nach dem Ableben König Artus'‹.

Als nächstes wurde eine Unterhandlung zwischen Mordred und dem König vereinbart. Jeder von ihnen nahm vierzehn Ritter mit sich, und sie trafen sich an einem Ort zwischen den beiden Heeren. Die Truppen waren vorgewarnt, falls die Verhandlung scheitern sollte, auf das Signal zum Angriff zu achten – ein gezücktes Schwert. ›Und so trafen sie sich, wie es verabredet war, und so einigten sie sich, stimmten in allem überein, und Wein wurde eingeschenkt, und sie tranken.‹ Aber eine Natter kroch aus dem Heidegebüsch und biß einen Ritter in den Fuß. Der Mann zog das Schwert, um die Natter zu erschlagen, und darauf griffen die wartenden Heere einander an. Gegen Ende des Tages der blutigen Schlacht forderte Artus Mordred, der als einziger seiner Truppen noch lebte, zum Kampf. Von Artus' Heer hatten nur Sir Lucan, Sir Bedivere und der König die Schlacht überlebt. Sir Lucan versuchte, Artus zu überreden, von Mordred abzulassen, denn ›wir haben das Feld gewonnen, da wir drei noch am Leben sind, und bei Sir Mordred lebt keiner mehr, und wenn Ihr jetzt von dannen zieht, ist der Tag des Unheils vergangen‹.

Aber Artus hörte nicht auf ihn, griff Mordred an, tötete ihn und erhielt dabei seine Todeswunde. Sir Bedivere trug ihn an das Ufer, wo ein Boot sie erwartete. In ihm saßen drei Königinnen – seine Schwester Königin Morgan, die Königin von Nordwales und die Königin des Ödlands – und Nimuë, die Oberin des Seeklosters. Das Boot brachte sie nach Avilion, wo man hoffte, des Königs schwere Wunde heilen zu können.

ANMERKUNG DER AUTORIN

›Der böse Tag des Schicksals‹, wie Malory ihn nennt, ist der Tag, da Artus' letzte Schlacht bei Camlann ausgefochten wurde. In dieser Schlacht, so wird uns erzählt, ›fielen Artus und Medraut‹.

Dieser Hinweis aus den *Annales Cambriae*, die drei oder vielleicht sogar vier Jahrhunderte nach Camlann geschrieben wurden, ist alles, was wir über Mordred wissen. Als er uns viel später wieder in den Epen und Romanen Malorys und der französischen Dichter begegnet, hat er die Rolle des in der Romantradition notwendigen Bösewichts angenommen. Mordred, der Verräter, der Eidbrüchige und Eheschänder ist ebenso eine Erfindung wie der geliebte und edle Ritter Sir Lancelot, und in den Erzählungen von König Artus und seiner Tafelrunde haften beiden die unvermeidlich absurden und schablonenhaften Züge dieses literarischen Genres an.

In den Auszügen der für dieses Buch benutzten Geschichten sprechen die Unsinnigkeiten für sich selbst. So zeigt Artus, der weise und erfahrene Herrscher, als das Unheil sich vollzieht, weder Vernunft noch Mäßigung, und, schlimmer noch, er erweist sich, er, der Mordred des Verrats beschuldigt, selbst als ein übler Verräter. Hätte Artus irgendeinen Grund gehabt, Mordred zu mißtrauen (zum Beispiel wegen des Mordes an Lamorak oder der Bloßstellung Lancelots und der Königin), so wäre es ihm wohl kaum eingefallen, ihn als ›Herrscher über ganz England‹ und Beschützer der Königin zurückzulassen, als er sich auf einen Feldzug begab, von dem er vielleicht nie wiederkehren würde. Andererseits ist es schwer einzusehen, warum Mordred, zum Regenten ernannt und mit der berechtigten Hoffnung, seines Vaters Erbe zu werden, einen Brief gefälscht und die Kunde vom angeblichen Tod Artus' verbreitet haben sollte, um sich des Königreichs und der Königin zu bemächtigen. Mordred wußte ja, daß Artus lebte und immer noch an der Spitze einer großen Streitmacht stand, und er konnte sich die Folgen leicht ausmalen, denn der König würde geradewegs heimkehren, seinen Sohn bestrafen und sein Königreich und die Königin wieder an sich nehmen. Außerdem wurde die Schlacht zwischen König und ›Verräter‹ nur durch einen Zufall ausgelöst und im Augenblick, da der König im Begriff war, mit dem ›Bösewicht‹ Mordred ein Waffenstillstandsabkommen zu besiegeln und ihm Länder abzutreten. (Es erscheint ebenfalls, wenn auch in geringerem Maß, unsinnig, daß diese Länder Cornwall und Kent sind, die an den entgegengesetzten Enden des Landes liegen und, was Kent betrifft, den Sachsen, und, was Cornwall betrifft, Artus' offiziellem Erben Constantin gehörten.)

Für die ›Geschichte Mordreds‹ gibt es also keine glaubwürdigen Unterlagen. Aus den *Annales Cambriae* geht nicht einmal hervor, ob Mordred und Artus wirklich in gegnerischen Lagern gekämpft haben. Es wäre möglich gewesen – und sehr verlockend –, die ganze Geschichte umzuschreiben und Artus mit Mordred gegen die Sachsen kämpfen zu lassen, die (wie die Chronik der Angeln und Sachsen berichtet) im Jahre 527 den Briten eine Schlacht lieferten und sie wahrscheinlich auch besiegten, da die Chronik nichts von einer sächsischen Niederlage erwähnt. Dem Datum nach hätte es die Schlacht von Camlann sein können, die letzte, die die Briten gegen die Sachsen fochten.

Aber ich mußte der Versuchung widerstehen. Bis ich die Einzelheiten durchforscht hatte, aus denen sich Mordreds Geschichte zusammensetzt, war er für mich natürlich auch der Bösewicht gewesen, der Unhold, durch den sich Artus' tragisches Geschick vollzieht. Und in meinen vorhergehenden Büchern hatte ich

Merlin das Verhängnis voraussehen und davor warnen lassen. So war es mir nicht mehr möglich, die Schlacht von Camlann umzuschreiben, aber ich bemühte mich, einige Unsinnigkeiten der alten Geschichte abzuschwächen und dem schwarzen Porträt des Bösewichts ein paar graue Schattierungen beizufügen. Ich habe aus Mordred keinen ›Helden‹ gemacht, aber in meiner Darstellung ist er wenigstens jemand, der in seinen guten und schlechten Eigenschaften konsequent ist und der zu seinem Verhalten, wie die Legende es ihm zuschreibt, gewisse Gründe hatte.

Das Erregendste an der Geschichte der letzten Jahre König Artus' ist vielleicht die verblüffende Übereinstimmung von Legende und historischen Ereignissen. Artus hat ganz bestimmt gelebt, also Mordred höchstwahrscheinlich auch, aber der Romanbösewicht Mordred ist ein Phantasieprodukt des Erzählers, genau wie der meiner Geschichte, und zumindest mit dem gleichen Anspruch auf Glaubwürdigkeit, denn ich meine, mir einen Platz unter jenen verdient zu haben, von denen Gibbon in *Verfall und Untergang des römischen Reiches* mit überlegener Geringschätzigkeit schreibt:

›Die Deklamation Gildas', die Fragmente und Fabeln Mennius', die obskuren Hinweise auf sächsische Chroniken und Gesetze, und die geistlichen Schriften des ehrwürdigen Bedes wurden mit Fleiß illustriert und oft auch mit dem Beiwerk der Phantasie einer ganzen Folge von Schriftstellern versehen, auf deren Arbeiten ich nicht den Ehrgeiz habe, kritisch einzugehen oder sie gar zu zitieren.‹

WEITERE KURZE ANMERKUNGEN

Camlann: Mit Gewißheit läßt sich der Ort, an dem Artus' letzte Schlacht stattfand, nicht ermitteln. Für einige Geschichtsforscher war es Birdoswald in Northumbria (das römische Camboglanna), für andere Camulodonum Romanum (Colchester). Im allgemeinen wird angenommen, es sei in Cornwall am Fluß Camel gewesen, und das vor allem, weil Artus besonders stark mit der Legende des Südwestens Englands verbunden ist. Ich habe die Schlacht an das Ufer des Camel in der Nähe von Cadbury in Somerset verlegt. Der Hügel südlich von Cadbury könnte sehr wohl – und kürzlich gemachte Ausgrabungen weisen darauf hin – Artus' Festung, vielleicht sogar das sagenhafte Camelot gewesen sein. Daher erübrigte es sich für mich, weiter nach dem Ort der letzten Schlacht zu suchen. Ich weiß nicht, wann der Fluß den Namen Camel erhielt, aber die lange Hügelkette in der Nähe war im Altertum als ›die Camelberge‹ bekannt.

Zu dieser Zeit erstreckten sich der See und die Marschen von der Mündung der Brue weit landeinwärts, fast bis nach Süd-Cadbury. Die Hügel des jetzigen Glastonburys könnten also die damaligen Inseln gewesen sein – Ynys Witrin, die Glasinsel und auch Caer Camel, das ›nicht weit vom Meer lag‹. Die Barke, auf der der verwundete Artus nach Avilion gebracht wurde, hätte es nicht weit bis zu der legendären Heilungsstätte gehabt.

Das Datum der Schlacht von Camlann: Die Geschichtsgelehrten haben das Datum auf irgendwann zwischen 515 und 539 festgelegt – was einen weiten Spielraum läßt –, aber vieles spricht dafür, daß es zwischen 522 und 527 gewesen ist. Für Badon Hill wird als Datum 506 angegeben, und Camlann soll (gemäß der *Annales*

Cambriae) einundzwanzig Jahre später stattgefunden haben.

Folgende Übersicht gibt die ›wahren‹ (im Gegensatz zu den vermuteten) Daten an:

527 Chlodomir, Sohn Chlodwigs und Herrscher über den mittleren Teil des fränkischen Reiches, fällt bei Véséronce in einer Schlacht gegen die Burgunder. Zwei seiner Söhne – sie sind sieben- und elfjährig – werden in Paris in die Obhut Clothildes gegeben, der Witwe Chlodwigs, fallen jedoch kurz darauf dem Mordanschlag ihrer Onkel zum Opfer. Der dritte Sohn flieht in ein Kloster.

526 Theoderich, König von Rom und ›Kaiser des Westens‹, stirbt in Ravenna.

526 Der alternde ›Kaiser des Ostens‹ Justin dankt zugunsten seines Neffen Justinian ab.

527 Gemäß der *Angelsächsischen Chronik* ›kämpften Cerdic und Cynric in diesem Jahr an einem *Cerdicesleag* genannten Ort (Cerdics Feld oder Wald) gegen die Briten‹.

Neustria: So hieß der westliche Teil des fränkischen Reiches nach der Teilung bei Chlodwigs Tod im Jahre 511.

Drustan: Drust oder Drystan, der Sohn Talorcs, ist ein Krieger des achten Jahrhunderts, der später unter dem Namen Tristram in die Artuslegende aufgenommen wurde.

Linet: In einer Fassung der Legende heiratet Gareth Liones, in einer anderen ihre Schwester Linet.

Artus' Söhne: Von zweien sind uns die Namen überliefert: Amr und Llacheu.

Kloster: In vielen religiösen Stiften oder Klöstern waren gleichzeitig Männer *und* Frauen untergebracht, wenn auch in getrennten Wohngemeinschaften.

Der Sohn des Harfenspielers: Es handelt sich um eine freie Übersetzung des angelsächsischen Gedichts *Der Wanderer,* das ich in *Merlins Abschied* Merlin zuschrieb.